D.C. ODESZA

Abend Gewitter

Dich zu lieben,
bedeutet
meinen Tod

Umschlaggestaltung © My Bookcovers
Unter Verwendung von Shutterstock
Korrektorat – Sybille Weingrill
swkorrekturen.eu
odesza.info@gmail.com

D.C. ODESZA

D.C. ODESZA ist das Pseudonym einer jungen, deutschen Autorin mit französischen Wurzeln. In ihren erotischen Romanen gibt es keine Tabus. Die Szenen werden ausführlich und abwechslungsreich umgesetzt mit einem Hauch an BDSM Einflüssen.

Folge mir auf Instagram
Finde mich auf Facebook
www.dcodesza.com

»Du würdest immer eine Maske lieben«,
raunt er vor meinem Gesicht,
nachdem er meine Kehle entlangstreichelt.

ABENDGEWITTER
DICH ZU LIEBEN, BEDEUTET MEINEN TOD

HINWEIS

In meinen Romanen werde ich, bis auf wenige Passagen, auf Verhütungsmittel verzichten – was jedoch nicht heißen soll, dass sie im realen Leben nicht wichtig sind! Nur leider kommt es häufiger als gedacht vor, dass Leser einen fiktiven Roman mit der Realität verwechseln.

KLEINE INFO

♥

An meine wundervollen Leser,

»AbendGewitter« *ist eine kleine Premiere für mich. Warum? Das ist leicht beantwortet. Weil ich als D.C. Odesza bisher nur Roman-Reihen geschrieben und veröffentlicht habe. Nicht nur, dass* »AbendGewitter« *ein in sich geschlossener Roman ist, handelt diese Geschichte, anders als das Cover vielleicht vermuten lässt, von keiner klischeehaften Romanze. Nein, auf keinen Fall. Sie unterscheidet sich sehr von den Geschichten, die ich bisher geschrieben habe. Diese Geschichte ist geheimnisvoll, tödlich und unvorhersehbar und ganz sicher anders, als alles, was ihr zuvor gelesen habt. Euch wird während des Lesens eine ganz bestimmte Frage nicht mehr loslassen. Ihr glaubt mir nicht? Wir werden sehen.*

Ich wünsche euch eine ganz besondere, spektakuläre Reise ins wunderschöne und gefährliche Panama.

Cordialement!
D.C. Odesza

PROLOG

Ich habe keine Ahnung, wie genau ich beginnen soll. Aber ich fange einfach damit an, mich vorzustellen.

Während ich sieben Bleistiftenden zerkaut habe, um diese Sätze zu verfassen, und ich nicht die geringste Ahnung habe, warum du – ja, genau *du* – diese Zeilen lesen solltest, so weiß ich doch, du hängst mir bereits an den Lippen. *Äh, nein.* Deine Augen kleben an diesen Zeilen. Schließlich sitzen wir uns nicht gegenüber, obwohl ich dir meine Geschichte zu gern erzählen würde, während ich dir dabei in die Augen blicke, um in deinem Gesicht zu lesen, was du während meiner Erzählung empfindest.

Und bevor ich mich lange mit unnützen, hochgestochenen, unausgereiften Einleitungen aufhalte, beginne ich einfach damit, meine Geschichte zu erzählen.

Mein Name ist Samira. *Sa-mi-ra.* Mein Name kann in drei Silben geteilt werden, rückwärts gelesen lautet er *Arimas* und bedeutet auf Arabisch *die Unterhalterin.* Samira ist kein hässlicher Name, auch kein gewöhnlicher Name. Magst du deinen Namen? Er verfolgt uns ein Leben lang, ohne dass wir selbst entscheiden konnten, ob wir ihn annehmen wollen.

Meine beste Freundin nennt mich Mira. Zumindest

glaube ich, dass ich so heiße. Denn ... ich kann mich seit dem 27. Juli nicht mehr an meine Vergangenheit erinnern. Ich weiß weder woher ich komme noch wohin ich wollte. Ich weiß nicht einmal, wie alt ich wirklich bin.

Unheimlich, oder?

Nach über zwei Monaten sollte man meinen, ich müsste endlich die Suche nach meiner Vergangenheit aufgegeben haben. Müsste ich endlich die Fragen, die mich öfter vor dem Einschlafen quälen, zurückdrängen können oder sie an Bedeutung verlieren. Doch das ist nicht so.

Hätte ich die letzten Wochen ein friedliches, sorgenfreies Leben gehabt, hätte ich vermutlich weniger darüber nachgedacht, woher ich kam, wer ich bin, wohin ich gehöre.

Allerdings durchlebte ich die Hölle. Ja, richtig. Ich durchlebte sie und überstand sie. Ob lebend oder tot?

Ich bin in etwas ziemlich Gefährliches, Böses hineingeraten, aus dem ich ohne Hilfe nicht mehr allein herauskommen kann. Wenn du also Angst vor der grausamen Wahrheit dieser Welt hast, lieber nichts davon wissen willst und die Augen davor verschließen möchtest, lies am besten nicht weiter.

Solltest du eine kitschige Romanze erwarten, muss ich dich enttäuschen. Das Leben ist weder kitschig noch wartet ein Retter um die Ecke auf dich. Nein, ab hier geht es ums Überleben.

Um dich nicht komplett zu verwirren, beginne ich von Anfang an. Stück für Stück.

Gehen wir zurück zum Tag, bevor ich meine Erinnerung für immer verlieren sollte.

Zurück zum Freitag, den *26. Juli.*

KAPITEL 1

SAMIRA

»Worauf wartest du, Mira, wir müssen uns beeilen, wenn wir noch Chips im Kiosk kaufen wollen. Er schließt in dreißig Minuten!«, höre ich Zahra von unten aus dem schmalen Flur zu mir hoch rufen.

»Einen Moment. Ich hab's gleich.« Ich will nur noch diese Nachricht abschicken, dann können wir losgehen.

In dem Forum, in dem ich mich angemeldet habe, um mich mit Einwohnern Panamas auszutauschen, antworte ich auf *Tormenta*. Ein eigentümlicher Name, ich weiß. Denn übersetzt heißt *la tormenta* das Gewitter.

Noch bevor wir vor zwei Wochen nach Panama flogen, hat unser Chat begonnen. Ich nannte mich *Masa*, was aus dem Arabischen übersetzt so viel wie Abend bedeutet. Ich weiß, ich habe nicht lang über einen Nicknamen in einem fremden Forum nachgedacht. Alles, was ich wollte, war, nicht zu viel von mir zu verraten. Daher gab ich keine Jahreszahl an und gab auch nicht an, wie ich in Wirklichkeit heiße.

Masa könnte alles bedeuten, sogar ein Spitzname oder mein realer Name sein. Für mich hat der Name eine ganz besondere Bedeutung. Meine Oma nannte mich immer *mein Abend*, wenn ich sie besuchte, weil sie angeblich jedes Mal die

Sterne in meinen dunklen Augen funkeln sah. Im Gegensatz zu meinen Eltern, meinen Cousinen und mir ist meine Oma Muslima. Daher spreche ich neben Hebräisch sehr oft Arabisch. Schließlich ist Arabisch die zweite Amtssprache in Israel.

Eigentlich dachte ich, ich würde im Chatroom auf ausländische Studentinnen so wie Zahra und mich stoßen, die sich bereits in Panama aufhalten. Ich wollte vor dem Antritt der Reise in Erfahrung bringen, was wir in dem fremden Land beachten müssen, was wichtig ist, welche kulturellen Bräuche es gibt und so vieles mehr. Natürlich haben Zahra und ich uns eine Menge Lektüre über die Länder besorgt, die wir innerhalb eines Jahres bereisen wollen. Aber es konnte nicht schaden, sich mit Leuten, die in diesen Ländern bereits Erfahrungen gesammelt haben oder in diesen Ländern leben, auszutauschen.

Und so bin ich auf *Tormenta* gestoßen. *Gewitter.*

Mittlerweile nenne ich ihn immer nur Tor. Tor wie der keltische Donnergott Thor, den die Heiden früher angebetet haben.

Ich muss los. Ich melde mich später, wenn die Heisshungerattacke meiner Freundin gestillt wurde.

Masa

Eigentlich hätte ich mich viel lieber mit ihm über die Tour durch den Nebelwald ausgetauscht, als jetzt einen Kiosk aufzusuchen.

»Komm schon, Mira. Wir wollten in einer Stunde den Film anfangen und bis dahin alles am Start haben«, drängelt Zahra in ihrem nahezu perfekten Spanisch. Mein Spanisch ist nicht ganz so fließend wie ihres, dennoch bringe ich die nötigen Worte zusammen, die ich im Alltag brauche.

Später sollte ich meine Eltern anrufen, die sich jeden Tag Sorgen um mich machen und glauben, ich könnte vom Erdboden verschluckt werden, in einen geöffneten Gullydeckel fallen oder von Einheimischen über dem Feuer gegrillt werden.

Im kleinen, dafür geräumigen Zimmer blicke ich mich um, schnappe meine dunkelblaue Sweatjacke vom Stuhl, auf dem ich vor dem Laptop gesessen habe, und streife sie über mein Top. Vor dem Spiegel bleibe ich stehen, um mein dickes gewelltes Haar unter die Kapuze zu stopfen. Denn wie passend: Es ist nicht nur Abend, sondern ein leises Grummeln ist von draußen zu hören, das ein Gewitter ankündigt.

In Shorts mit Schlitzen, Adidas-Sneakers und der Sweatjacke schnalze ich mit der Zunge, damit Blue sich aus Zahras Bett erhebt und das Zimmer verlässt.

Zahra mag keine Tiere in ihrem Bett. Sie ekelt sich vor Haaren und Parasiten, die Haustiere mit sich herumschleppen könnten. Während ich die letzte Stunde am MacBook gechattet habe, muss sich der Hundemischling ins Zimmer geschlichen und in ihr Bett gelegt haben.

Einen Moment blicke ich mir mit einem Strahlen in meinen dunklen Augen entgegen, da ich immer noch die Aufregung bis in meine Fingerspitzen spüren kann.

Ich. Erkunde. Die. Welt.

Und das mit meiner Freundin Zahra Saad. Sie ist nicht nur meine Freundin, sondern auch meine Begleitung, damit meine Eltern abends beruhigter einschlafen können. Aber manchmal kann sie zum echten Tyrannen werden, wenn sie ihrer Rolle als Aufpasserin gerecht werden will.

Nachdem Blue träge aus dem Zimmer trottet, folge ich ihm bis zum Treppenabsatz der ersten Etage und sehe Akeem das Kinderzimmer schräg vor mir verlassen. Akeem ist das drittälteste Kind unserer Gastfamilie. Die anderen beiden

Kinder Yelena und Isai sind bereits acht und zehn Jahre, die draußen mit Freunden auf dem Spielplatz sind.

Akeem reibt sich verschlafen die Augen, da er vor einer Stunde ins Bett gebracht wurde und längst schlafen müsste. Schließlich ist der kleine Mann erst vier Jahre alt und geht jeden Abend Punkt 19 Uhr ins Bett. In dem Haus unserer Gastfamilie herrschen strenge Regeln, die ich auch von meinem Zuhause gewohnt bin.

»Akeem, warum bist du wach?« Unvermittelt steht Rachel, unsere Gastmutter, unten am Treppenabsatz, die streng von mir zu ihrem vierjährigen Sohn blickt. Akeem umklammert neben mir stehend seinen Stoffhasen und gähnt mit Tränen in den Augen. »Ab ins Bett, junger Mann.«

»Ich kann nicht, Mama, mir ist …« Plötzlich rollt eine Träne über seine Wange. »Ein Unglück passiert.«

Unglück? Ich gehe neben ihm in die Knie. »Was ist passiert?«

»Te habías orinado, mama«, wimmert er und bricht in Tränen aus.

Ah, okay, ich sehe, wo es brennt. Auf seiner kleinen hellgrauen Pyjamahose breitet sich ein dunkler feuchter Fleck auf. Rachel atmet tief durch, bevor sie die Treppe hochsteigt.

»Soll ich mich darum kümmern?«, biete ich ihr an.

»Nein, ihr habt frei. Geht besser, bevor der Sturm aufzieht. Es sind starke Regengüsse angekündigt worden. Yelena und Isai sind gerade mit den Fahrrädern zurück.«

»Okay.« Schnell eile ich die Treppe hinunter und höre den näher kommenden Donner, der über Panama-Stadt aufzieht.

Panama-Stadt ist die – wie es der Name schon verrät – Landeshauptstadt Panamas, in der rund 700.000 Einwohner leben. Unsere Gastfamilie Quispe wohnt in einem sicheren und ruhigen Stadtviertel. In Panama-Stadt gibt es ein modernes Bankenviertel mit gigantisch hohen Hochhäusern. Ebenso gibt es unsichere Stadtteile, in die man nachts besser keinen Fuß setzen sollte. Nicht, wenn man nicht ausgeraubt oder entführt werden möchte.

Das Wetter kann an manchen Tagen unberechenbar sein, vor allem gegen späten Nachmittag. Von Mai bis November herrscht die Regenzeit, sodass es mitunter bis zu zwanzig Tage im Monat regnen kann. Ansonsten gibt es keine stark ausgeprägten Jahreszeiten in Panama. Hier ist es immer warm und sonnig. Meistens herrschen in Panama tropische Temperaturen von 28 bis 32 Grad.

»So, wir können los«, sage ich im Vorbeigehen zu Zahra, schnappe meine Umhängetasche vom Garderobenhaken im engen Flur und öffne die Haustür.

»Jetzt hast du es aber eilig«, murrt sie hinter mir. Plötzlich piept mein Handy in der Jackentasche, als Zahra auf mich zukommt, während ich bereits auf die leicht geneigte Straße hinunterlaufe.

»Ich hab nicht vor, nass zu werden«, murmele ich und angele mein Smartphone aus der Jackentasche. Auf dem Display blinkt eine neue Nachricht der Panama-App auf. Die App ist ähnlich wie Telegram, sie funktioniert mit dem Handy und auf dem PC. Tor hat geantwortet:

Es ist bereits dunkel draussen und es regnet demnächst. Passt auf euch auf.
In welchem Stadtteil befindet ihr euch?
T.

Ich schmunzele, als ich seine Zeilen zweimal lese, da sich Tor Sorgen macht.

Keine Sorge, wir halten uns im San Filipe auf.
M.

Schon habe ich die Nachricht abgeschickt, Zahra tritt an meine Seite und schaut auf mein Handy, bevor ich es wieder in der Jacke verstauen kann.

»Sag nicht, du schreibst immer noch mit Tor? Warst du nicht letzte Woche sauer, weil er sich drei Tage nicht gemeldet hat? Du wolltest ihm nicht mehr antworten.«

»Und doch habe ich es getan«, antworte ich schmunzelnd. Wir laufen an den Wohnhäusern entlang auf die Kreuzung zu, an der sich drei kleine Geschäfte befinden. Von hier aus kann man bereits das Meer zwischen den bunten Häusern mit ihren kleinen Balkonen erkennen. Die ersten Blitze zucken unheilvoll am Nachthimmel und kündigen einen heftigen Regenguss an.

»Ich weiß nicht. Ganz ehrlich, ich finde den Typen schräg. Wir sollten uns morgen lieber mit Liza und Michell treffen. Die beiden mag ich und wirken vertrauenswürdig. Oder hast du mittlerweile ein Foto von Tor?«

Nein. Weil ich ihn nicht fragen wollte. Er wollte auch keines von mir. Das einzige Bild, das er von mir besitzt, ist das meines Handgelenks mit dem Tattoo. Und das nur, weil ich die Landkarte von Panama mit unseren Zielen darauf abfotografiert habe und ihn dazu etwas fragen wollte.

Genervt von ihrem Genörgel reibe ich über die Lippen, stopfe die Hände in die Sweatjacke und beschleunige meine Schritte. Es sind nur noch wenige Menschen auf den Straßen unterwegs. Einige nehmen ihre Wäsche auf den Balkonen ab, andere tragen ihre Einkäufe in die Häuser, deren Fensterläden eingeklappt werden.

»Mira?«, hakt Zahra nach, die mich anstößt und neben mir ihr Gesicht in mein Blickfeld schiebt.

Ich mustere sie aus den Augenwinkeln. Zahra hat dunkelbraunes allglattes Haar, mandelförmige Augen, einen gebräunten Teint und schöne Lippen. Sie gehört zwar zu den selbstbewussten Frauen, die öfter einen lockeren Spruch loslassen, aber trägt dennoch figurbetonte Kleidung. Heute läuft sie mit schwarzen Shorts und einer bauchfreien Bomberjacke in Kaki neben mir her.

»Was? Nein, ich habe ihn nicht nach einem Foto gefragt. Warum sollte ich das tun? Ich wollte nur Informationen über das Land von ihm wissen und mich nicht mit ihm zu einem Date verabreden.«

»Das hast jetzt du gesagt. Trotzdem sollte man wissen, mit wem man schreibt«, belehrt mich Zahra. »Wer weiß, vielleicht ist es ein perverser, alter Mann mit Glatze oder … ein Teenager, der dich verarscht.«

Besserwisserisch hebt sie ihre linke Braue, als ich leise schnaube, sie stehen lasse und weiter zielstrebig auf das gelbrot flackernde Reklamelicht mit der Aufschrift *El Kiosko* zugehe.

Wieder klingelt mein Handy. Abrupt bleibe ich stehen, da Zahra es aus meiner Jackentasche holen will.

»Lass den Blödsinn, ich kann allein lesen.«

»Nein, lass mich mal mit Tor schreiben.«

»Spinnst du? Nein. Das ist peinlich.«

»Wieso?« Vor mir verschränkt sie die Arme vor der Brust, als ich mit schnellen Schritten Abstand von ihr nehme, um die Nachricht zu lesen.

»Wieso wohl? Ich bin keine zwölf mehr, Zahra.«

Als ich die Nachricht antippe, sehe ich ein Foto vom Abendhimmel, an dem über dem Bankenviertel ein greller Blitz zu erkennen ist. *Das bedeutet, er ist ganz in der Nähe.*

Unter dem Foto stehen die Worte:

Neben San Filipe liegt El Chorrillo.
Von dem Viertel solltet ihr euch besser fernhalten.
T.

Plötzlich fällt eine dunkle Haarsträhne über meine Schulter, die nicht mir gehört. »Ist er dein Guide oder was?«, fragt Zahra neben mir, sodass ich mich erschrecke.

»Nein«, keuche ich.

»Aber das Foto hat er von einer Plattform aus gemacht oder es ist ein Fake. Warum hat er nicht einmal ein Profilbild? Selbst du hast deine Koffer als Profilbild drin.«

Sofort hebe ich das Gesicht an und schubse sie an der Schulter von mir. »Hör auf, so misstrauisch zu sein.«

»Hör du auf, so gutgläubig zu sein«, kontert sie mit einem ernsten Gesichtsausdruck. Obwohl sie ein Jahr älter ist als ich, muss sie mir nicht immer sagen, dass ich leichtgläubig bin. Denn das bin ich ganz sicher nicht.

»Gutgläubig, wirklich? Hältst du mich etwa für naiv und blöd? Ich pass auf, was ich ihm schreibe und sage, okay?«

»Sage?«, wiederholt Zahra unvermittelt und rümpft ihre kleine gerade Nase. »Du hast mit ihm gesprochen?«

Shit. Das hätte ich nicht erwähnen sollen.

Ich recke mein Kinn vor, bevor ich an ihr vorübergehe. Das lauter werdende Donnern liegt uns im Nacken. Wir sollten zusehen, den Kiosk, der sich nur noch fünfzig Meter von uns entfernt befindet, zu erreichen, anstatt uns auf offener Straße zu streiten.

»Mira, sag schon«, bohrt sie weiter. Ich höre ihre näher kommenden Schritte, als ich von einem grellen Blitz zusammenzucke, dem ein lauter Donnerhall folgt. Wie ich Gewitter hasse. Ich fürchte mich jedes Mal.

»Was soll ich dir sagen? Klar hab ich mit ihm gesprochen. Es waren bloß Sprachnachrichten, um herauszufinden, ob es sich um einen perversen alten Mann oder Teenager handelt, der sich einen Spaß mit mir erlaubt. Und nein, ich habe weder mit einem alten Mann noch einem Kind Sprachnachrichten ausgetauscht.«

Eigentlich habe ich nicht einmal mit ihm telefoniert. Es

waren wirklich bloß Sprachnachrichten. Soll ich mich jetzt vor jedem in Acht nehmen, den ich nicht kenne?

Natürlich besteht die Gefahr, dass fremde Menschen, mit denen ich schreibe, herausfinden könnten, wer ich bin. Aber ich kann und will mich nicht verstecken, und ich glaube daran, dass nicht jeder Mensch böse Absichten hegt. Wie gesagt, ich habe mich in keinem Flirtforum angemeldet, sondern in einer App, in der sich Menschen über Reiseziele und fremde Länder austauschen.

Ich bin vorsichtig und sicher nicht naiv, nicht nach dem Vorfall vor einem Jahr, bei dem mein Bruder starb.

Ich weiß, dass die Angst, mir könnte etwas passieren, tief in den Knochen meiner Familie und auch Zahra sitzt. Trotzdem passe ich auf mich auf. Ich bin keine fünfzehn mehr und weiß, wie man im Notfall mit einer Waffe umgeht, habe mit Hares Monate vor dem Auslandsjahr Verteidigungskurse absolviert und kenne einige Tricks, um einen Angreifer abzuwehren. Ein Anruf würde genügen und die Hälfte der Sicherheitsleute meines Vaters würden nach Panama-Stadt fliegen. Aber das wird nicht passieren.

Für mich war die Zeit nach dem Tod meines Bruders Melvin die furchtbarsten Monate meines Lebens. Am schlimmsten war der Verlust meines 28 Jahre alten Bruders, an dem ich sehr hing und auch jetzt noch hänge. Doch viel schlimmer war die Tatsache, dass alle Sicherheitsmaßnahmen drastisch – und zwar wirklich drastisch – verschärft worden sind. Dass ich ständig unter Beobachtung stand, ich nicht allein durch Israel gehen durfte. Ich die Hälfte des letzten Jahres in Amerika in einem Stadthaus in Washington zubringen musste, das ich selten verlassen durfte.

Es hat mich verdammt viel Anstrengung gekostet, meine Eltern zur Auslandsreise überreden zu können. Ich muss mich einmal täglich bei ihnen melden, einmal pro Woche erscheint irrsinnigerweise ein Sicherheitsmann, der mich besucht und abcheckt, ob ich auch gesund bin und mir keine tropische Krankheit eingefangen habe.

Ich bin mir nicht einmal sicher, ob mein Vater nicht doch irgendwo Wachposten oder Detektive losgeschickt hat, die mich im Auge behalten sollen. Manchmal spüre ich die fremde Präsenz, fühle ich, wie ich beobachtet werde.

Aber ich bin 24 Jahre alt, erwachsen, und niemand weiß, wer ich bin. Nicht einmal die Gastfamilie, die mein Vater ausgewählt hat, kennt meinen richtigen Namen. Mein Vater ließ die Familie von oben bis unten durchleuchten.

Zuerst wollte er, dass Zahra und ich von einem Hotel zum nächsten reisen. Ich hingegen wollte das nicht. Ich habe die Nase voll von Hotels und Resorts, in denen ich die fremden Länder und Kulturen nicht auf die Art kennenlernen kann, wie wenn ich in einer einheimischen Familie lebe.

»Nur Sprachnachrichten?«, hakt Zahra im Gehen nach. Die ersten schweren Regentropfen landen auf meinem Gesicht, als ich zum Himmel aufsehe.

»Nur Sprachnachrichten. Willst du das gern meiner Familie melden? Kannst du tun. Aber …« Ich bleibe auf der Straße stehen und drehe mich zu ihr. »Melde ihnen nicht alles. Sie sollen sich keine unnötigen Sorgen machen«, sage ich eindringlich. »Du weißt, wie sie reagieren können. Sie würden sofort zwei Sicherheitsmänner vor die Tür der Familie Quispe abstellen. Darauf habe ich keine Lust. Dann fliege ich lieber wieder zurück, als weiterhin unter Beobachtung zu stehen.«

Nun lächelt Zahra breit und neigt ihr hübsches Gesicht. »Du stehst längst unter Beobachtung, Mira. Nämlich unter meiner. Na gut, ich sage ihnen nichts. Aber wenn du dich mit dem Gewittertypen triffst, will ich davon wissen. Ich werde dabei sein und euer Treffen im Auge behalten, selbst wenn ihr nur ein Eis essen geht, verstanden?«

Das war mir klar.

»Keine Sorge, ich treffe mich nicht mit ihm. Können wir

jetzt das Thema vergessen und endlich deine Chips holen?« Denn mittlerweile setzt der Regen ein. Ich ziehe die Kapuze tiefer in mein Gesicht, wende mich von Zahra ab und eile mit großen Schritten auf den Kiosk zu. Der Ladenbesitzer trägt bereits seine Aufstellschilder ins Geschäft und grüßt uns freundlich.

In dem Moment klingelt wieder mein Handy. Im Laden angekommen, schiebe ich meine Kapuze zurück, blicke mich um und ziehe mein Smartphone aus der Jackentasche. Niemand ist im Geschäft, außer dem rundlichen Besitzer, der eine Zigarette zwischen die Lippen geklemmt seine Schilder hinter den Tresen trägt.

Es ist Abend und es gewittert.
Dabei musste ich an unsere Namen denken.
Was hältst du von einem
unverbindlichen Treffen, Masa?
T.

Sofort schaue ich mich verstohlen um. Zahra befindet sich drei Regale weiter von mir und kann sich nicht zwischen Pringles und Lays entscheiden.

Ich sollte keinem Treffen zustimmen. Würde ich Zahra davon erzählen, würde sie als Erstes alberne Sicherheitsmaßnahmen ergreifen.

Daher lasse ich die Frage unbeantwortet, schalte mein Telefon aus und schiebe es in die Tasche der Sweatjacke zurück.

KAPITEL 2

ELIAN

Unbemerkt stopfe ich das Smartphone in die Hosentasche, verschränke die Arme vor der Brust und behalte das Entladen des Schiffes im Auge. Die Löschung der Ware zieht sich dieses Mal unnötig in die Länge. Zuerst verspätet sich das Schiff und nun zieht ein verdammtes Gewitter auf.

Wind reißt an meiner Kleidung, als ich genervt stöhne.

»Elian, du könntest dich nützlich machen«, ruft Ciprian in meine Richtung, der sich aus der Traube der Mitarbeiter, die die Lieferungen auf Lkws verladen, löst.

»Nein, das ist dein Job. Meiner endet mit dem Einlaufen der Schiffe. Ich werde mich dann auch auf den Weg machen.«

»Um dich mit der Kleinen zu treffen?«, will Ciprian wissen, der sich nun vor mir aufbaut und beide Brauen in die Stirn hebt. *Er tut es wieder. Mich nachäffen.* Protzig verschränkt er die Arme und grinst blöde. »Oder willst du zu Alessios Party und ich soll hier im Dauerregen fortschwimmen?«

Ich grinse schief, bevor ich die Arme löse und mich von ihm abwende. »Du kannst später vorbeikommen und bist herzlich eingeladen. Mein Teil ist erledigt. Sieh zu, dass die Checks nicht baden gehen.«

Über den aufgerissenen Asphalt halte ich direkt auf meinen Wagen zu. Im Gehen ziehe ich meine Kapuze über die Haare und entriegele den Wagen. Als ich einen letzten Blick zurück zum Containerschiff werfe, sehe ich, wie Ciprian mir den Mittelfinger entgegenstreckt und sich danach wieder der Schmuggelware zuwendet.

Wie mir diese öffentlichen Auftritte mit Ciprian gegen den Strich gehen. Er lehnt sich ziemlich weit aus dem Fenster und genießt es, für den Moment die Oberhand zu haben.

Als ich auf dem Fahrersitz des Rangerovers Platz genommen habe, vibriert mein Handy, auf dem ich eine Minute später ihre Nachricht lese:

Halte ich für keine gute Idee.
Ansonsten würde das Treffen schnell zu einem Date werden.
M.

Leise schnaubend schüttele ich den Kopf. Date? Sind wir in der achten Klasse? Ich hatte in meinem ganzen Leben kein einziges Date, sondern sprach die Frauen an, die mir gefielen, und verbrachte ein paar Stunden mit ihnen. Selbst meine letzte kurze Liaison begann mit keinem Date.

Ich wusste, du würdest kneifen.
Seid ihr wieder zu Hause?
T.

Nein. Meine Freundin und ich hatten auf dem Weg zum Kiosk einen Streit. Am besten, ich melde mich später bei dir.

Hast du dann noch Zeit?

M.

Die Kleine ist wirklich witzig. Dabei habe ich keine Ahnung, wie sie aussieht und warum ich mit dem Texten überhaupt meine Zeit vergeude. Es ist irgendwie passiert.

Vor drei Wochen hat sie sich in der App angemeldet, in der ich mich mit den *Terequeraz* austausche, um die Deals abzuwickeln.

Diese App wurde allein dafür entwickelt, damit wir uns komplikationslos untereinander austauschen können. Sie ist nicht für jeden zugänglich. Jeder Nutzer wird vor der Freischaltung des Accounts eingehend geprüft. Es dürfen sich hauptsächlich Kunden und Verkäufer anmelden.

Im Prinzip ist sie eine Art Darknet-App, die so verschlüsselt ist, dass sie zuerst den Anschein erweckt, sie sei eine Panama-Reiseapp. Im Regelfall werden fremde Nutzer sofort blockiert. Dionel überwacht die Kommunikation, Anmeldungen und Verläufe dieser App und ist ein Ass in Sachen Programmierung und Hackerangriffe.

Zumindest meldete sich Masa vor ungefähr sechs Wochen an. Dionel ging von einer Kundenanfrage aus und ließ sie dann das knappe Anmeldeformular ausfüllen. Als er schließlich herausfand, dass sie Amerikanerin ist, sie in Washington lebt und eine Reise nach Panama plant, wollte er sich zuerst einen Spaß daraus machen und sie fürs Geschäft vorschlagen.

Damit er diesen Schwachsinn nicht durchzieht, da wir keine Ahnung haben, wer sie wirklich ist, habe ich mich um die Sache gekümmert. Zuerst wollte ich sie abwimmeln, habe ihr ein paar Sehenswürdigkeiten und Tipps zu Bars und

Restaurants in Panama gegeben und gedacht, damit sei es gegessen.

Doch sie fragte immer mehr. Es ist merkwürdig, aber irgendwie ist sie von dem Land besessen und kann nicht genug von Panama erfahren. Wie skurril. Hätte ich die Wahl – die ich auch habe –, wenn ich nicht meinen Job hätte, würde ich an ihrer Stelle Amerika interessanter finden als Panama und von hier eine Auszeit nehmen.

Aber gut, so schrieben wir über Tage hinweg weiter. Vor zwei Wochen landete sie in Panama-Stadt, wohnt wohl bei einer Gastfamilie und ist mit einer Freundin unterwegs. Keine Ahnung, aber ich sollte die Chats mit ihr bleiben lassen. Bloß irgendwie, so merkwürdig es klingen mag, würde mir das Schreiben mit ihr fehlen.

Welch ein kranker Scheiß.

Ich wische über mein Gesicht, bevor ich den Motor meines Wagens anlasse, um nicht zu spät zur Party zu kommen.

Irgendwie erinnert mich alles an ein Spiel. Ein Spiel, das mit jedem Tag interessanter für mich wird. Sie einfach loswerden, blockieren und aus meinem Leben streichen, wird immer noch mühelos möglich sein. Und wer weiß, ob sie mir nicht sogar nützlich sein kann.

Ich grinse schief, bevor ich Gas gebe und das Hafengelände verlasse.

KAPITEL 3

SAMIRA

Gegen 23.27 Uhr, als ich bereits im Bett liege, erhalte ich eine Nachricht von Tormenta:

Sorry. Ich war unterwegs.
Lass uns übermorgen Abend treffen.
Ganz unverbindlich, ohne Hintergedanken,
ohne es als Date anzusehen.
Ich hasse Dates.
T.

Er hasst Dates? Zittrig hole ich unter der Bettdecke Luft, vergrabe mich und das Handy tiefer unter der Decke, damit Zahra das Leuchten des Displays nicht sehen kann, und starre permanent auf die wenigen Zeilen.

Er meint es wirklich ernst? Entweder sage ich Ja und treffe mich, wie er vorschlägt, unverbindlich mit ihm. Oder aber ich lehne ab, kränke ihn womöglich, sodass er keinen dritten Versuch startet und sich nicht mehr meldet.

Ich will aber, dass er sich meldet und wir weiterhin schreiben. Einfach bloß schreiben. Er schreibt zudem nicht auf

Spanisch, sondern englisch, was es für mich wesentlich einfacher macht, ihn zu verstehen.

Über mein gedankliches Hin und Her in meinem Kopf schlafe ich kurz darauf ein, als das Handy mitten in der Nacht erneut in meiner Hand vibriert und ich verschwommen eine Adresse lese.

XF28+WM Panama City
Tio Navaja
9 pm
Ich freu mich auf dich!

~

Mit leichten Magenkrämpfen rutsche ich auf dem klapprigen Holzhocker vor dem schmalen Küchentresen hin und her. Ich drehe gedankenverloren mein Smartphone zwischen den Fingern und esse zugleich mein Müsli.

Wenn ich mich mit Tormenta treffe, werde ich Zahra davon erzählen. Sicher ist sicher. Ich will kein Risiko eingehen. Sie belügen, kommt nicht infrage. Ich vertraue ihr bedingungslos, so wie sie mir vertraut, als wären wir Schwestern.

Nur will ich ihn treffen? – Ja!

Ich könnte ihn in dem Lokal beobachten, obwohl ich keine Ahnung habe, wie er aussieht. Aber vielleicht fände ich es heraus. Vielleicht warten um 21 Uhr nicht so viele Männer allein auf eine Frau. Wenn er mir nicht gefällt, ungepflegt oder hässlich ist, könnte ich wieder gehen, ohne dass er es bemerkt hätte. Schließlich weiß er nicht, wie ich aussehe.

»Guten Morgen, guten Morgen. Na, du kleiner Racker, hast du die restliche Nacht nicht mehr in die Hose gemacht?«, trällert Zahra, die Akeems dunkles Haar zerwühlt, der ebenfalls seine Cornflakes und Melonenscheiben isst. Sofort mault er und stößt Zahra weg.

»Nein, ich hab nicht mehr in die Hose gemacht. Dafür habe ich ein Bonbon bekommen.« Über den Tresen streckt er seine Hand zu dem Zitronendrops, den ich ihm geschenkt habe, und lächelt mich mit einem Leuchten in seinen palisanderfarbenen Augen an. Ich erwidere sein Lächeln und nicke.

»Wo ist mein Bonbon? Ich habe auch nicht in die Hosen gemacht«, fragt Zahra gespielt beleidigt.

»Das hab ich hier.« Ich greife in die Tüte neben mir, fische eines hervor und werfe es Zahra an die Stirn, die mich anschaut, als hätte sie ein Blitz getroffen. Mit einem Plopp fällt das Bonbon zu Boden.

»Dir scheint es ja besser zu gehen, nachdem du gestern Abend bloß dein Handy angestarrt hast, statt den Film zu verfolgen. Sag nicht, er hat sich gemeldet.«

»Wer denn?«, fragt Akeem, der von Zahra zu mir schaut und dabei aufgeregt mit den Beinen auf dem hohen Hocker baumelt.

»Donner«, sagt Zahra geheimnisvoll und macht eine Grimasse.

»Tormenta?«, fragt Akeem und runzelt die Stirn. *Woher kennt er den Namen?* »Samira schaut die gesamte Zeit auf ihr Handy. Mama hat schon geschimpft. Wir dürfen kein Handy beim Essen lesen.«

Nun blickt er zusammen mit Zahra in meine Richtung und beide nicken wie einstudiert.

»Da gebe ich dir recht. Mira, du musst dein Handy abliefern«, fordert mich Zahra auf, das Telefon abzugeben, und streckt mir ihre rechte Hand entgegen. *Ist sie bescheuert? Nein.*

Mit zusammengepressten Lippen schüttele ich unmerklich den Kopf. Zahra hebt die Braue, um ihrer Forderung mehr Nachdruck zu verleihen, und schielt flüchtig zu Akeem.

»Na schön. Ich bin fast mit dem Frühstück fertig.« In der nächsten Sekunde überreiche ich ihr mein Smartphone. Zahra dreht es zu sich, blinzelt knapp und keucht leise, als es vibriert.

»Hat er geantwortet?«, frage ich sofort und springe vom Hocker auf, den ich fast umwerfe, der aber kippelnd zum Stehen kommt.

»Tormenta?«, fragt Akeem mit vollem Mund und dreht sich in seinem Fußballtrikot zu Zahra um.

»Deine Mutter hat dir geschrieben«, antwortet Zahra aufgesetzt gekünstelt. Also ist es gelogen und Tor hat etwas geschrieben. Dabei habe ich ihm noch nicht einmal geantwortet.

»Zum Glück sehe ich meine Mama jeden Tag«, sagt Akeem lächelnd und schaut zum Flur, als die Haustür laut krachend ins Schloss fällt. »Mama. Ich bin fertig.« Eilig rutscht Akeem vom Hocker und rast auf seine Mutter zu, die ihn zum Zahnarzt begleiten wird.

Es ist Samstag. Samstage wie Sonntage haben wir frei und können uns mit den Kindern beschäftigen oder unsere Freizeit nutzen, wie wir möchten. Bisher haben wir sie dafür genutzt, um uns Sehenswürdigkeiten anzusehen.

Heute wollen wir wie vereinbart in den Nebelwald gehen, danach mit Yelena einen Kuchen backen und später die Familie auf ein Fest begleiten.

Den Gastvater sehen wir selten, da er auch am Wochenende in Colón arbeitet. Jeden Tag fährt er sehr früh am Morgen mit dem Zug von Panama-Stadt durch den Dschungel nach Colón zur Arbeit.

»Wir sehen uns später. Vergesst nicht, die Schlüssel mitzunehmen und Blue, wenn er mitgehen will. ¡Luego nos vemos!« Im nächsten Moment fällt die Haustür erneut zu und es ist komplett still im sonst so belebten Haus.

»So, jetzt sind wir ganz allein«, sagt Zahra gespielt unheilvoll und setzt ihren finstersten Blick auf.

»Ich wollte es dir sagen. Denkst du wirklich, ich verabrede mich mit ihm, ohne dir davon zu erzählen?«, erkläre ich ihr sofort, da sie weiß, was los ist.

»Mit wem?«, fragt sie ahnungslos und reicht mir mein Telefon, auf dem ich nun die Nachricht von Tormenta lese:

¡Buenos días!

»Ähm … mit ihm«, antworte ich rasch, da die Katze eh aus dem Sack ist, »heute Abend. Ich hab noch nicht zugesagt. Also wenn du wieder irgendwelche Einwände hast, dann …«

»Gut. In Ordnung. Bringen wir es heute Abend hinter uns. Wo habt ihr euch verabredet?«

Ich scrolle den Verlauf höher und drehe das Display in ihre Richtung, bevor ich mein Müsli im Stehen aufesse. Ein Blick auf die Küchenuhr verrät mir, dass wir bereits fünf Minuten zu spät sind. Der Tourguide wollte uns an der Bushaltestelle gegen 7.30 Uhr abholen. Wir wollten um 7.15 Uhr zu Fuß zur Haltestelle laufen.

»Aha. Ich googele das unterwegs. Wir sollten uns beeilen. Hast du alles dabei?«

»Ja, Mama, der Rucksack ist gepackt.« Ich greife zum Wanderrucksack, der im Flur neben der Garderobe steht, schultere meinen und reiche Zahra ihren, die mir mein Telefon zurückgibt. Anschließend nehme ich das letzte Paar Schlüssel vom Haken neben der Tür und pfeife nach Blue. Augenblicklich sprintet der Mischling aus französischer Bulldogge und Jack Russel mit seinen acht Jahren auf uns zu.

Auf dem Weg zur Bushaltestelle hänge ich meinen Gedanken nach, Zahra googelt bereits das Lokal, das einwandfrei zu sein scheint. Hallo, es befindet sich in einem sicheren Viertel, hat sehr gute Bewertungen und sieht auf den Fotos nicht wie ein Schuppen aus, in dem Menschen verschwinden.

An der Haltestelle erwartet uns Edwin, ein sportlich aussehender Mann Ende zwanzig mit kurzen Sporthosen, Basecap, Sonnenbrille und meiner Meinung nach etwas zu engem T-Shirt, sodass sich jeder Brustmuskel einzeln abzeichnet.

Er ist wie jeder Südländer herrlich gebräunt, strahlt über das ganze Gesicht, als er uns sieht, und macht seltsame Joggingbewegungen auf derselben Stelle, damit wir uns wohl schneller zu ihm bewegen.

Okay, witziger Junge. Das könnte Spaß machen.

»¡Hola, ricura uno! ¡Hola, ricura dos!«, begrüßt er uns euphorisch, sodass uns andere wartende Fahrgäste an der Haltestelle anstarren und lachen.

Wenn ich es richtig verstanden habe, hat er uns mit »Hallo, Schätzchen eins! Hallo, Schätzchen zwei« begrüßt. Zahra und ich tauschen knappe Seitenblicke aus, bevor wir uns vorstellen. Blue setzt sich zwischen uns, der den Guide ebenfalls mit fragenden Blicken mustert.

Der Typ könnte wirklich für Unterhaltung im Nebelwald sorgen, da er aufgedreht ist wie Partygänger auf einem Speedtrip.

Nach etwa einer Stunde Fahrt mit Bus und Bahn erreichen wir den Charges Nationalpark, der zwischen Panama-Stadt und Colón liegt und nur zu Fuß zu durchqueren ist. Hätten wir nicht unseren unterhaltsamen Guide, der drauf und dran ist, Zahra anzugraben, bis er sich eine Ohrfeige kassiert, wäre die Wanderung halb so witzig.

»Was habt ihr beide heute Abend vor? Ich habe noch keine Pläne und würde ihn viel lieber mit euch beiden hübschen Amerikanerinnen verbringen«, drängt sich Edwin Zahra weiter auf, die mit ihren Händen allmählich nicht mehr weiß, wohin, und eisern ihre Rucksackgurte umklammert. Stur starrt sie geradeaus den Weg am Fluss entlang, ohne Edwin einen Blick zu schenken.

»Ich bin für heute Abend bereits verplant«, antworte ich.

»Ich auch«, murmelt Zahra. »Ich begleite sie.«

»Ein Doppeldate? Ich könnte euch ebenfalls begleiten«, schlägt er vor, schlingt seinen Arm um Zahras Nacken und zieht sie an sich wie ein Kuscheltier.

»Nein, wir haben reserviert. Es gibt keine freien Plätze mehr«, erwidert Zahra, die ich lange nicht mehr so genervt und zugleich hilflos gesehen habe, was mich schmunzeln lässt. Entschlossen schiebt sie seinen Arm von sich und bleibt unvermittelt stehen.

»Können wir nicht eine Pause einlegen? Es ist heiß, ich bin k. o. und habe Durst. Selbst Blue sieht müde aus.« Blue trottet wenige Meter hinter uns her, dem der einstündige Marsch durch die Flora und Fauna Panamas ebenfalls zu schaffen macht. Der sich allerdings weniger von Edwins Anwesenheit gestört fühlt wie Zahra, auf deren Wange ein Zucken zu erkennen ist.

Oh, ich kenne dieses Anzeichen bei ihr.

»Sicher. Ihr beiden steht nicht im Training. Tanken wir kurz Energie auf. Am besten, wir bereiten ein Lager am Flussbett vor.« Wie ein Späher hebt Edwin die Hand über die Augen und hält nach einem geeigneten Plätzchen für seine nächsten Anbaggerversuche Ausschau.

»Ich müsste kurz für kleine Mädchen«, entschuldige ich mich, schaue zum dicht bewachsenen Dschungel und hoffe, dass mir Edwin nicht beim Pinkeln zusehen wird.

»Ah, ich begleite dich«, schließt sich mir meine Freundin sofort an.

»Ist so euer Gruppending, was? Ihr kennt den Weg?«, erkundigt sich Edwin.

Hält er uns für blöd? Es gibt nur diesen einen Weg.

»Kennen wir. Wir sind gleich zurück.« Ich schenke ihm ein Lächeln, bevor ich mich abwende und den leichten Hang in den Dschungel hochsteige.

»Okay, ich befinde mich genau dort unten, ja? Falls ihr mich nicht seht, ruft nach mir. Verirrt euch nicht und lasst euch nicht von Jaguaren in eure hübschen Hintern zwicken«, kann er sich seinen unlustigen Witz nicht verkneifen.

»Sicher nicht«, murmelt Zahra, die mich mit großen Schritten überholt, die Augen verdreht und geräuschvoll einatmet. Als Edwin den Hang zwischen dem Gebüsch zum Flussbett hinabsteigt, halte ich Zahra an der Schulter fest, die sich jedoch aus meinem Griff befreit und tiefer in den Dschungel stampft.

»Was ein Blödmann! Er sollte doch kapiert haben, dass wir nichts von ihm wollen, oder? Ich mag dieses Antouchen nicht, dieses ›Oh, ihr Hübschen, lasst euch nicht von Jaguaren in eure Popos zwicken‹. Hallo? Hat der einen Treffer?«, redet sie sich weiter in Rage, während ich mir mein Lachen nicht mehr verkneifen kann. »Ich würde am liebsten umdrehen, ganz ehrlich. Der hat doch nicht mehr alle Latten am Zaun. Und mit dem müssen wir noch drei Stunden in der Wildnis aushalten? Verdammt, da begleite ich dich lieber zu deinem Date mit Tor, als eine Minute länger mit dem Aufreißer zu verbringen.«

»Beruhige dich mal wieder«, antworte ich kichernd, hole zu ihr auf, obwohl es mir schwerfällt, mit ihr Schritt zu halten. Sie stürmt wie ein Tornado durch das Dickicht, schiebt schwere Blätter beiseite, überwindet mühelos Wurzeln alter hochgewachsener Bäume und stört selbst das aufgeregte Gezwitscher tropischer Vögel in den Baumkronen.

Wenn sie so weitermacht, scheucht sie wirklich noch versehentlich ein Raubtier auf, dem sie blind vor die Nase läuft.

»Er meint es nett. Aber dich so zu erleben … man könnte fast meinen, du stehst auf ihn.«

»Bist du irre? Auf den Saftsack?«

Ich zucke im Gehen die Schultern. »Ich habe dich selten so aufgebracht erlebt. Er sieht nicht mal schlecht aus.«

»Er sieht aus wie ein Würstchen, das in einem Ganzkörperkondom steckt.«

»Dann sind dir seine Muskeln nicht entgangen?«, ziehe ich sie kichernd auf.

»Nein, auch nicht sein Gemächt, das sich unter seinen – unverschämt – engen Hosen abzeichnet. Abartig. Echt. Muss ich ein Top tragen, bei dem mir fast die Möpse rausfallen? Nein! Würde er mich nicht angraben wie bekloppt, würde ich fast glauben, er ist schwul.«

Weiterhin läuft sie ungebremst tiefer in den Urwald, ohne nach links und rechts zu schauen, umrundet Bäume und läuft irgendwie planlos im Zickzack weiter. Ich hole zu ihr auf.

»Wo du hinschaust, Zahra, ehrlich …« Ich schnalze mit der Zunge. »Wir sind weit genug entfernt. Ich will mich nicht verlaufen.«

»Wir sind lange noch nicht weit genug von dem Neandertaler entfernt. Der hockt doch hinterm nächsten Baum und spannt, wenn ich nicht aufpasse.« Zahra läuft zur Hochform auf, was mich weiterhin zum Lachen bringt. Ich hole mein Handy hervor, um sie zu filmen, um ihr später jedes Mal unter die Nase reiben zu können, dass sie wie eine Rakete abgehen kann, wenn sie mich mal wieder belehren will.

Gerade als ich das Video starte, stolpert sie über eine Wurzel und landet in einer Pfütze. »Mist!«, flucht sie und dreht sich zu mir um. Vollkommen von Matsch besudelt zieht sie sich in den Stand. »Statt mich zu filmen, könntest du mir helfen.«

»Ich weiß ehrlich gesagt nicht, warum du dich so aufregst. Manche Männer sind so. Ich finde ihn witzig. Uns hätte auch ein Rentner im Schneckentempo durch den Park führen können.«

»Wir hätten den Weg genausogut allein entlanglaufen können ohne einen Guide. Wir brauchen ihn gar nicht«, antwortet sie verärgert, klopft sich ihre sandfarbenen Shorts ab und wischt sich den Schlamm von den Armen. »Statt uns die

Vögel des Dschungels zu zeigen, denkt der Typ nur ans Vögeln.«

»Beruhig dich wieder und atme tief durch. Ich denke nicht, dass wir ohne ihn klarkommen würden. Der Wald ist riesig …« Ich werfe einen Blick über die Schulter. »Und auch etwas unheimlich.«

Zahra holt tief Luft. »Du hast recht. Suchen wir uns eine Stelle und kehren zu dem Blödmann zurück. Wo ist eigentlich Blue?«

Ich pfeife nach dem Hund, der jedoch nicht auftaucht. »Er ist sicher bei Edwin.« Vier Bäume weiter hocke ich mich hinter einen Stamm zwischen das Dickicht und lausche den Geräuschen des Waldes. Wasser tropft von den Blättern, Vögel zwitschern in den Ästen über mir, Insekten krabbeln am Stamm empor. Nachdem ich meine Blase erleichtert habe, schalte ich mein Handy an, um nachzusehen, ob Tor geantwortet hat. Während der Busfahrt habe ich dem Treffen zugestimmt und mit ihm Sprachnachrichten ausgetauscht.

Seine Stimme … Ganz ehrlich, könnte man sich in eine Stimme verlieben, wäre ich es. Sie ist angenehm rau und samtig zugleich, wie ein tiefes Vibrieren, das durch meinen Körper geht. Meine Stimme hat ihm ebenfalls gefallen. Zumindest hat er das erwähnt.

Doch hier im Dschungel habe ich wie erwartet keinen Empfang. Zudem ist keine ungelesene Nachricht auf dem Display abzulesen. Schade. Wir werden wohl erst wieder in der nächstgelegenen Stadt Empfang haben. Daher mache ich mir meinen Spaß draus, öffne die Kamera und will Zahra filmen und beim Pinkeln erschrecken.

»Wie lange brauchst du eigentlich?«, frage ich belustigt, stampfe durch den Dschungel und suche Zahra, die eigentlich bloß ein paar Bäume weiter sein müsste. Doch ich finde sie nicht. »Zahra?«, rufe ich sie.

»Komm nicht näher«, höre ich sie weiter weg auf Arabisch

zu mir sprechen. Sofort ziehe ich die Brauen zusammen, während sich ein ungutes Gefühl in meiner Magengegend ausbreitet. Ein Rascheln ist zu hören. Hat sie doch ein Raubtier aufgescheucht?

»Wieso nicht?« Ich halte die Handykamera weiterhin wie eine Taschenlampe vor mir. »Hat dich ein Jaguar überrumpelt oder Edwin gefunden?«

»Das ist nicht witzig«, antwortet sie auf Spanisch. »Wir wollen einfach nur gehen.«

Mit wem redet sie? Sofort senke ich das Smartphone, um meine Schritte zu verlangsamen und mich vorsichtig umzuschauen. Ich sehe aus den Augenwinkeln einen Schatten, danach Stützen einer Hütte im Wald.

Der Dschungel ist bewohnt? Ich weiß zwar, dass es Ureinwohner geben soll, aber …

Im nächsten Moment umfasst jemand hinter mir fest meine Schulter, zerrt meinen rechten Arm auf den Rücken und reißt mir das Handy aus den Fingern.

»Was ist hier los?«, frage ich mit gepresster Stimme auf Spanisch. »Wer …« Ich will mich umdrehen, um zu sehen, wer mich festhält, als ein dumpfer Schlag meinen Kopf trifft. Die Welt vor mir gerät ins Wanken, mein Sichtfeld vernebelt sich, bis mir komplett schwarz vor Augen wird und ich nach vorn in die Finsternis kippe.

KAPITEL 4

ELIAN

»Ich hätte wissen müssen, dass sie nicht kommt«, murmele ich angefressen zu mir selbst, werfe einen weiteren Blick auf meine Armbanduhr, um auszuschließen, mich nicht in der Stunde geirrt zu haben, und stütze mich mit dem Ellenbogen auf der Tischplatte ab. Ich habe mich nicht geirrt. Es ist bereits 21.47 Uhr. Mir reichts. Sie antwortet auf keine Nachricht, erscheint nicht und lässt mich warten.

Niemand lässt mich warten! Eilig stürze ich meinen eisgekühlten Seco Herrerano hinunter und ziehe ein Bündel Geldscheine aus der Innentasche meiner Jacke hervor. Anschließend schiebe ich dreißig Balboa unter das geleerte Glas und erhebe mich. Das Lokal ist heute so gut besucht, dass sogar Gäste im Eingangsbereich anstehen, ich dreimal angesprochen wurde, ob der Platz an meinem Tisch frei wäre.

Wie dämlich muss ich sein, um mich auf ein Date mit einer Wildfremden einzulassen! Bevor ich meiner Wut freien Lauf lassen kann, vibriert mein Diensttelefon in der Jackentasche.

Ciprian ruft an. Es gibt nichts, was meine Laune gerade aufhellen würde. Ich hoffe für ihn, er kommt mit keinem

Problem um die Ecke, ansonsten vierteile ich ihn noch heute vor dem Schlafengehen.

»¡Diga!«, raune ich ins Telefon, angele mit einer Hand eine Zigarette aus der Jackentasche, die ich mir zwischen die Lippen schiebe. Im Gehen umrunde ich die nervigen Menschenmassen, die sich an einem Samstagabend in der Altstadt Panamas tummeln. Unter ihnen sind viele Touristen, die leichte Opfer von Taschendieben sind. Gerade jetzt verfolge ich, wie ein Junge eine Dame mit einer großen, nahezu einladenden Handtasche bestiehlt. Selbst schuld, wenn sie nicht aufpasst.

»Elian, wir haben einen Job für dich. Richte dem Boss aus, wir haben ein Problem.«

»Ach wirklich? Warum kannst du es ihm nicht selbst ausrichten?« Auf die Antwort bin ich ehrlich gespannt.

»Weil … weil zwei Mädels sich vor einem unserer Lager rumgetrieben und es gefilmt haben. Wir wissen nicht viel, aber wir halten sie vorerst gefangen.«

Ich ziehe die Brauen zusammen, als ich die Anspannung in seiner Stimme höre. Zwei Frauen filmen im Dschungel eine unserer Hallen? Das kann kein Zufall sein.

»In Ordnung. Ich werde die Information an den Boss weiterleiten. Ihr behaltet sie da, verstanden! Keiner lässt sie gehen. Nicht, bevor Alessio eine Entscheidung gefällt hat.«

»Alles klar. Sie schlafen noch, zumindest die eine. Joel hat sie ziemlich heftig am Kopf erwischt.«

Wenn sich herausstellt, dass sie unser Lager ausspionieren wollten, wird der Treffer auf ihren Kopf ihr geringstes Problem sein. »Verstanden. Ich melde mich später.« Schon würge ich Ciprian ab. *Was ein verfluchter Scheißtag! Erst taucht Masa nicht auf, dann filmen Frauen unser Lager.*

»Sieht aus, als wäre dein Treffen vorzeitig beendet worden«, höre ich den Schatten rechts hinter mir, der sich aus der Menschenmenge schält und unbemerkt neben mir mitläuft. *Iron.*

Im Gehen schließe ich kurz die Augen, atme gleichmäßig aus und wieder ein und hebe den linken Mundwinkel. »Du hast es mir ohnehin nicht gegönnt.«

»Ich gönne dir alles, das weißt du. Ich will nur nicht, dass du irgendwann etwas bereust.«

»Wie aufmerksam. Du arbeitest für mich, vergiss das nicht«, antworte ich dem schwarzhaarigen Mann in seinem Anzug, der darunter Tätowierungen versteckt.

»Wir arbeiten gemeinsam und sollten das Problem aus der Welt schaffen. Danach kannst du dir von Dionel immer noch den Aufenthaltsort von Masa geben lassen.«

Es stört mich, ihm überhaupt von dem albernen Treffen erzählt zu haben. Iron ist einer meiner ältesten Begleiter und Teil der *Familie.* Er ist zudem vertrauenswürdig, loyal, zuverlässig und bewegt sich wie ein Schatten.

Allerdings glaubt er, mir öfter seine Meinung mitteilen zu müssen, die mich herzlich wenig interessiert. »Zuerst informieren wir Alessio, du hast Ciprians Anweisung verstanden«, antworte ich amüsiert. »Anschließend überlege ich, ob mir diese Masa nicht gleichgültig sein sollte.« Ihr weiterhin Beachtung schenken, nachdem sie mich fast eine Stunde im Lokal sitzen ließ? Niemals. Keiner hat von mir eine zweite Chance zu erwarten. Weder geschäftlich noch privat.

Ich werde sie noch heute aus der App entfernen lassen.

Ich sagte doch, ich hasse Dates!

KAPITEL 5

SAMIRA

Vollkommen benebelt blinzele ich gegen das schreckliche Ziepen hinter meinen Augen an. Mein Kopf dröhnt, als würden Elefanten auf ihm herumtrampeln. Meine Kleidung fühlt sich durchnässt an, mein Haar klebt in Strähnen auf meinem Gesicht. Es herrscht eine komplette Finsternis vor meinem Sichtfeld, bis ich ein helles Glimmen wie das eines Glühwürmchens vor meinen Augen erkenne. Es durchbricht die Dunkelheit, ohne sie vollkommen zu vertreiben.

Wo bin ich? Was ist passiert?

»¿La puedo ayudar en algo?«, höre ich eine völlig fremde Stimme einer älteren Frau in unmittelbarer Nähe sagen. Spanisch … »Was kann ich für Sie tun?« *Was soll sie denn tun? Warum?*

»Nimm Abstand. Siehst du nicht die Botschaft?«, sagt ein Mann. Ein Mann, dessen Stimme ich auch nicht zuordnen kann.

Unter meinen Fingerspitzen fühle ich feuchten Asphalt. Ich höre Verkehrsgeräusche, spüre die Anwesenheit mehrerer Menschen, die auf mich herabblicken. Mit jedem weiteren

Blinzeln erkenne ich, dass ich auf dem Boden liege, mich in einer Stadt befinde.

»Die Polizei kommt …«

»Es sieht grauenhaft aus …«

»Sie waren es!«

»Terequeraz. Wir sollten verschwinden.«

»Überall Blut …«, dringen die Wortfetzen in meinen trägen Verstand, während sich mein Magen schmerzhaft zusammenschnürt.

Nur mit viel Mühe kann ich mich auf den Händen und mit zittrigen Armen vom Asphalt hochstemmen. Ein Gefühl verrät mir, dass alle Augenpaare auf mich gerichtet sind, ohne aufsehen zu müssen. *Was ist denn passiert? Warum soll die Polizei kommen?* Erst nach und nach, kaum dass ich mich auf die Knie gezogen habe, sehe ich unter dem Laternenlicht meine blutverschmierten Hände. Blut rinnt an meinen nackten Unterarmen bis zu den Ellenbogen hinab.

»Aber …« Sofort beginne ich panisch damit, meinen Körper abzutasten. Ich fahre über mein ehemals weißes Top, meine schwarzen Shorts, nackten Oberschenkel. Alles ist blutbesudelt. Ich bin blutbesudelt, aber es fehlt mir nichts. Zumindest spüre ich, bis auf das heftige Hämmern unter meiner Schädeldecke, keine weiteren Schmerzen. Aus den Augenwinkeln sehe ich eine dunkelhaarige Frau neben mir auf dem Asphalt liegen, der ein Knebel verpasst wurde und die mir am Holzpfeiler eines Pavillons gefesselt mit geweiteten Augen panisch entgegen starrt, als hätte ich einen Massenmord verübt.

Habe ich? Wer ist sie?

Ich kann mich an nichts erinnern. Weder wie ich hierhergekommen bin noch wer die Frau an dem Pfosten ist und erst recht nicht, was geschehen ist. Der gesamte Asphalt, auf dem ein Rucksack liegt, ist blutbedeckt. Gehört er mir? Ich rutsche auf den Knien näher zu dem Gepäckstück, ignoriere die gaffenden Menschen und Schaulustigen, die aufgeregt tuscheln, Fotos machen, entsetzte Mienen ziehen.

Vom Blaulicht der Polizei werde ich abgelenkt. Noch bevor ich den Rucksack öffnen kann, um ein Indiz darin zu finden, was passiert ist, oder herauszufinden, ob er mir gehört, bin ich von drei Polizeibeamten umzingelt, die ihre Waffen auf mich richten.

»¡Estate quieto!«

»¡Ánimo!«

»¡Arriba!«

Hände weg! Kopf hoch! Aufstehen! Warum? Ich habe nichts verbrochen. Als ich versuche, mich zu erklären, wiederholen sie ihre Anweisungen strenger.

»Okay, okay, ich mache, was Sie wollen«, antworte ich, hebe beide Hände über den Kopf und stehe langsam auf. Ein Beamter geht auf die fremde Frau am Pfosten zu, um sie zu befreien und ihren Knebel zu lösen. Ein weiterer Beamter greift nach dem Rucksack.

»Was ist hier passiert?«, fragt die Polizistin die dunkelhaarige Frau, in deren Augen die pure Angst zu erkennen ist.

»Samira!«, ruft sie hektisch nach mir, reißt sich aus den lockeren Griffen der Polizistin los und stürzt auf mich zu. »Geht es dir gut? Ich dachte seit Stunden, du bist …«

»Gehen Sie von ihr weg!« Die Polizistin greift nach der Schulter der Fremden, die auf mich zugestürmt ist und die ich nicht kenne.

»Nein! Sie ist meine Freundin. Egal, was Sie hier sehen, sie ist unschuldig. Wir sind unschuldig. Wir wurden von Verrückten im Dschungel entführt, die uns fast drei Tage festhielten und dann …«

»Das können Sie uns auf der Wache erzählen.« Schon liegen die Hände der fremden, aufgeregten Frau, die mich zu kennen scheint, in Handschellen. Wie in Trance blinzele ich, versuche zu begreifen, was vorgefallen ist, wiederhole in Gedanken, was die dunkelhaarige Frau gesagt hat.

Dschungel? Unschuldig? Entführt?

»Sie sind verhaftet. Nehmt die Beweismittel mit.«

»Du glaubst nicht, was sich im Rucksack befindet«, höre ich rechts neben mir einen jungen Beamten sagen, der mit entsetztem Gesicht in den Rucksack blickt.

»Was befindet sich darin?«, will ich wissen. Doch die zwei Polizisten ignorieren mich komplett. Die Fremde wird zum Polizeiwagen geführt, während mir ein anderer die Handgelenke ebenfalls in Handschellen legt. Aus den Augenwinkeln sehe ich, wie der jüngere Polizist vor der schaulustigen Menschenmenge, die weiterhin ungeniert Fotos von der Szene machen, eine Plastiktüte hervorzieht, in der sich …

Mir wird übel. Mein Magen krampft sich schmerzhaft zusammen, als ich sehe, was sich in dem blutverschmierten Plastikbeutel befindet. Ein Herz. Ein echtes Herz. Keine Ahnung, ob von einem Tier oder einem Menschen. Aber die Vorstellung, es könnte von einem Menschen stammen … lässt Galle meine Speiseröhre hochkommen.

»Ich habe damit nichts zu tun«, presse ich sofort hervor. »Ich weiß nicht einmal, ob der Rucksack zu mir gehört.«

»Er lag direkt neben ihr«, mischt sich ein junger Mann ein, der meine Worte absichtlich überhört. »Er lag die gesamte Zeit neben ihr. Er gehört ihr.«

Sofort schnellt mein entsetzter Blick zu dem Einheimischen, der anscheinend mehr weiß als ich. Ich weiß nicht, ob der Rucksack mir gehört oder der Fremden. Könnte sein, könnte auch nicht sein.

Wieder pocht der stetig zunehmende Schmerz hinter meinen Augen. Ehe ich ein weiteres Wort über die Lippen bringen kann, werde ich zum zweiten Polizeiwagen geführt, auf die Rückbank gedrückt und wird die Tür neben mir verschlossen. Alles geschieht so schnell.

Touristen und andere Passanten bilden eine gaffende Menschentraube um die große Blutlache auf dem Asphaltboden. Erst jetzt sehe ich die Statue. Eine Statue einer wichtigen Persönlichkeit, die aus Stein gemeißelt über der Blutlache thront.

Wo bin ich verflucht? Und was ist geschehen? Was!

Vom Schmerz gelähmt und von dem Ereignis überrumpelt bleibe ich auf der Rückbank wie traumatisiert sitzen und starre aus dem Fenster. Ich blicke auf die Stadtgebäude, die Laternen, die Hochhäuser, die Fußgängerwege, auf denen sich Touristen und Einheimische bewegen und Bars aufsuchen, und doch sehe ich sie nicht. Ich schaue durch sie hindurch.

Mein Kopf fühlt sich so leer an. Ich hatte nicht einen Moment, um meinen Hinterkopf abzutasten und zu prüfen, ob ich verletzt bin. Denn woher soll das Blut stammen? Woher kommt dieses Herz? Wer ist die fremde Frau? Brauchen wir nicht eigentlich einen Notarzt?

Nach knapp einer halben Stunde Fahrtzeit stoppt der Polizeiwagen vor einem weißen großen Gebäude mitten im Stadtzentrum, an dem ein weißes großes Schild mit den blauen Lettern *Policia Nacional* hängt.

Ich bin nicht einmal nervös, da ich selbst wissen möchte, was vorgefallen ist. Die Polizisten werden mir sicher dabei helfen, die Sache aufzuklären.

Als Nächstes wird meine Autotür geöffnet, der junge Polizist zerrt mich ruppig aus dem Wagen, hält mich weiterhin an der Schulter fest und führt mich hinter den anderen Verhafteten ins Polizeigebäude.

»Mira, wir bekommen das geregelt. Mach dir keine Gedanken. Dein Vater kümmert sich darum«, spricht sie aufgebracht auf Arabisch, nicht auf Spanisch, und schaut immer wieder im Gehen über ihre Schulter.

Mein Vater?

»Wer bin ich denn? Wer ist mein Vater? Kennst du ihn?«,

frage ich sie auf Spanisch, was die Polizeibeamten verstehen und dazu führt, dass sie mich schräg anschauen.

»Du erinnerst dich nicht?« Im Gebäude verlangsamt die Fremde ihre Schritte, zerrt am Griff der Polizistin, die ihr giftige Worte zuraunt. Beide geraten in eine wilde Diskussion.

»Verdammt, ich will bloß mit ihr reden. Mehr nicht! Sie war bis vor einer Stunde bewusstlos. Jemand hat ihr einen Schlag auf den Hinterkopf verpasst. Sie braucht einen Arzt!«, verstehe ich ihre aufgebrachten Worte.

»Wir müssen zuvor den Vorfall klären. Haben Sie Papiere, mit denen Sie sich ausweisen können?«, fragt die Polizistin die Fremde schnippisch. Wir werden weiter über einen hellen Gang mit Neonröhren, deren Licht meinen Kopfschmerz verschlimmern, in einen schäbigen Raum geführt.

»Nein! Sie haben uns alles abgenommen! Unsere Ausweise, unsere Telefone, selbst unsere Lebensmittel!« Die dunkelhaarige Fremde scheint wirklich zu wissen, was passiert ist, während meine Erinnerungen brachliegen.

»Hier entlang.« Der junge Polizist führt uns um die Ecke an einem Anmeldetresen vorbei, hinter dem uns weitere Polizisten anstarren. Er tauscht ein paar Worte mit seinen Kollegen aus, bevor wir in einen hellen Raum mit flackernder Neonröhre gebracht werden. »Ihr wartet hier.«

Mit einem festen Griff werde ich zur Mitte des Raumes geführt, in dem sich ein Tisch und zwei Stühle befinden. Auf einem der Sitze werde ich ruppig hinuntergedrückt. Sie schließen die Handschellen nicht auf, dafür verschwinden beide aus dem Raum, den sie hörbar abschließen.

Ich glaube, ich träume.

Die Fremde sitzt mir gegenüber, brüllt: »Ihr Idioten! Ihr haltet die Falschen fest!« Sie atmet aufgeregt, was mir Angst macht. Als Ruhe eingekehrt ist, rutscht sie näher zu mir und beugt sich über den Tisch.

»Mira, sag etwas. Wie geht es dir? Wie fühlst du dich? Weißt du, wer ich bin?«

Mit einem fragenden Blick betrachte ich ihr Gesicht genauer. Ihr dunkles Haar ist zu einem Pferdeschwanz zusammengebunden. Lose Strähnen kleben an Wangen, Stirn und Hals. In ihren mandelförmigen karamellfarbenen Augen ist die pure Sorge um mich zu erkennen. Sie hat ein hübsches Gesicht, schmale Brauen, eine gerade Nase, geschwungene Lippen, mehrere Ohrstecker. Aber … ich kenne sie nicht.

Daher schüttele ich den Kopf.

»Nein«, antworte ich bloß.

»Nein?«, wiederholt sie, runzelt die Stirn und holt tief Luft. Einen Moment huscht die Verzweiflung über ihr Gesicht. »Ich finde einen Weg, damit wir hier rauskommen. Es ist alles bloß ein Missverständnis.«

»Wirklich?«, frage ich unsicher. »Ich weiß nichts mehr … Ich weiß … Wie sind wir auf den Platz gekommen? In welchem Land befinden wir uns? Spanien?«

Lägen ihre Hände nicht weiterhin auf dem Rücken in Handschellen, würde sie vermutlich besorgt über ihr Gesicht fahren.

»Wir sind in Panama, in Panama-Stadt. Wir kommen aus Amerika und wollten eine Südamerikareise machen. Auf dem Weg durch den Nebelwald sind wir von fremden Männern einer Gruppe, Organisation, Einheimischen, ich weiß es nicht, gefangen genommen worden. Du hast einen heftigen Schlag auf den Kopf bekommen und warst die meiste Zeit bewusstlos … Sie haben uns freigelassen.« Die letzten Worte flüstert sie und beugt sich mit ihrem blut- und schmutzverschmierten Gesicht näher zu mir. »Sie haben uns alles weggenommen, nur diesen einen Rucksack gelassen. Ich weiß nicht«, zischt sie und blickt immer wieder zur weißen Metalltür, deren Farbe an den Ecken abgeplatzt ist. »Wir haben irgendwas gefilmt, was sie nicht wollten. Ihren Standort oder so.«

Warum spricht sie so leise? »Okay, aber das können wir doch der Polizei sagen. Wir wissen nicht, was wir gesehen haben, oder?« Ich am allerwenigsten, da ich mich an nichts mehr erinnern kann.

»Nein. Nein, wir sagen überhaupt nichts. Du genießt politische Immunität. Wir kommen schneller wieder raus, als uns lieb ist, du wirst sehen.«

»Wirklich?«, hake ich nach, aber komme nicht so schnell mit, was sie mir an Informationen preisgibt.

»Wirklich. Dein Vater war der israelische Außenminister. Ein Anruf und wir sind frei. Wir müssen nicht aussagen. Ich glaube sogar, es ist besser, wenn wir nicht reden. Wenn sie uns das nächste Mal finden, werden sie uns umbringen.«

»Wer sind sie?«, will ich wissen, beuge mich zu ihr und neige den Kopf. Wieder ziept es unter meiner Schädeldecke vom grellen Licht, sodass ich die Augen zusammenkneife.

»Sie machen irgendwas Illegales. Etwas mit Menschen und auch Drogen. Ich habe … habe Schreie gehört. Ich habe Lkws gehört. Etwas findet im Dschungel statt«, wispert die Fremde auf Arabisch. »Etwas Grauenhaftes. Ich bin mir nicht sicher, welcher Gruppe sie angehören, im schlimmsten Fall der Terequeraz. Von denen habe ich vor der Anreise gelesen.«

»Das hört sich … Wie heißt du? Woher kennen wir uns?« Die Frage brennt mir bereits die gesamte Zeit auf der Zunge. Mehr noch als die Frage, wer uns entführt und auf dem öffentlichen Platz ausgesetzt hat.

Sie leckt über die Lippen, atmet leise durch und schaut mir traurig entgegen. »O Mann, Mira. Dich so zu erleben … Ich heiße Zahra Saad und bin deine beste Freundin. Wir kennen uns seit der Schulzeit. Ich arbeite für deine Familie. Die Familie Saleh. Wir …« Skeptisch schaut sie zur Stahltür, blickt sich in den Raumecken um und scheint ein Monster in den Ecken zu erwarten. »Ich kann dir an diesem Ort nicht alles sagen. Womöglich befinden sich hier Mikrofone oder wir werden belauscht. Zumindest wird sich alles aufklären, versprochen. Vertrau mir, Mira. Ich bekomme das geregelt.«

Ich soll ihr vertrauen? Sie scheint zumindest zu wissen, wer ich bin, woher ich komme, wie ich heiße.

»Aber wie, wenn wir keine Ausweise haben?« Das hat sie schließlich gesagt. Ohne Pässe sind wir ein Niemand.

»Ich muss nur einen Anruf tätigen.« *Wirklich?* Im nächsten Moment wird die Tür des Raums von zwei Polizisten geöffnet. Einer positioniert sich vor der Tür, ganz so, als könnten wir den anderen locker überwältigen und fliehen.

»Du sagst kein Wort. Nichts, okay?«, ermahnt mich Zahra. *Was habe ich für eine Wahl?* Ich meine, ich weiß nicht, was passiert ist. Ich kann den Beamten ohnehin nichts sagen, nur das, was mir Zahra gerade erzählt hat.

Langsam lehne ich mich auf dem wackeligen Stuhl zurück. Zahra nickt, bevor sie eine eiskalte Miene aufsetzt, obwohl sie mit Blut besudelt zum Fürchten aussieht. Selbst ich … Mein Blick wandert an mir hinab, ich sehe immer noch aus, als wäre ich der Mittäter eines Massenmordes gewesen.

»Beginnen wir mit der Vernehmung zum Tathergang, meine Damen«, unterbricht der ältere Polizist mit einem rundlichen Gesicht, leichtem Bauchansatz und kahl rasierten Wangen unsere Unterhaltung.

Zahra schüttelt erneut den Kopf. »Wir werden nicht aussagen. Nicht ohne einen Anwalt.«

»Ihr könntet uns vorerst verraten, wer ihr seid. Wir haben keine Pässe in dem Rucksack finden können.«

»Ich bin Zahra Saad, gebürtige Israelin. Das ist Samira Saleh, Tochter des ehemaligen Außenministers Israels«, verkündet sie stolz, reckt ihr Kinn vor und mustert den Mann schräg neben uns, der uns verdattert anblickt, anschließend losprustet.

»Und ich bin die Prinzessin von Argentinien«, verspottet er

uns mit einem Lachkrampf, an dem er sich fast verschluckt. Abartig.

»Ich sage die Wahrheit. Sie steht unter politischer Immunität und wird nicht aussagen!«, antwortet Zahra giftig.

Beide Beamte tauschen flüchtige Blicke aus, bevor der Jüngere an der Tür auf seine Armbanduhr blickt. »Wenn sie recht hat, kommen wir an diesem Punkt nicht weiter. Stecken wir sie in eine Zelle und telefonieren mit den Behörden von Israel.«

»Danke«, antwortet Zahra kühl. Allerdings schaut der jüngere Beamte merkwürdig in meine Richtung, als glaube er uns kein Wort. Es sieht eher aus, als hätte er Schichtende und möchte einfach das Polizeipräsidium verlassen, um pünktlich zum Essen mit seiner Familie zu Hause zu sein.

Wird er wirklich anrufen? Er muss, damit sich alles aufklärt.

Natürlich rief er nicht an. Die Beamten glaubten uns kein Wort. Stattdessen zwangen sie uns auch am nächsten Tag zu einem Verhör. Einem Verhör, das über elf Stunden dauerte, bis ich psychisch und physisch am Ende war. Sie stellten tausend Fragen zum Tatort. Dabei weiß ich nicht einmal, ob der Platz, an dem wir gefunden worden sind, ein Tatort ist.

Nach den ersten zwei Stunden, in denen wir gemeinsam verhört wurden, wurden wir getrennt. Laut der Beamten würde mich Zahra zu sehr beeinflussen, was nicht stimmt. Schließlich weiß ich nichts.

Nach den paar Stunden Schlaf in der kühlen Zelle auf einer schmalen Pritsche glaubte ich, beim Aufwachen würde mein Gedächtnis zurückkehren. Doch da war nichts. Ich erinnerte mich weiterhin an nichts, was vor dem 28. Juli geschah.

Wir durften uns mit einer Wasserschüssel das Blut und

den Dreck aus den Gesichtern und von den Händen waschen, wurden in eine gemeinsame Zelle mit zwei weiteren Gefangenen gesteckt und mussten vor den Augen der Polizisten und denen der Insassen die Toilette benutzen. Ich weiß nicht, ob ich jemals etwas Erniedrigenderes in meinem Leben erlebt habe.

Zahra munterte mich immer wieder mit den Worten: »Sie suchen bestimmt nach uns. Sie wissen, wo wir sind. Wir haben sicher bald Glück und sie holen uns hier raus«, auf.

Wie sollen sie uns finden, wenn wir nicht einmal unsere Ausweise haben? Selbst wenn mein Vater, an den ich mich nicht erinnere, alle Polizeipräsidien abtelefonieren würde, könnten sie ihm nicht unsere Namen geben, weil sie uns nicht glauben.

Aber sie müssen uns glauben. *Sie müssen!*

KAPITEL 6

ELIAN

Nach gefühlt einer Woche, in der sich Masa nicht mehr gemeldet hat, werde ich von einem Anklopfen an der Tür geweckt. Mein Blick fällt auf die silberne Uhr neben dem Schreibtisch, an dem ich gearbeitet habe.

Es ist gottverdammte 4.16 Uhr!

»¡Coño! Verflucht!«, murre ich und erhebe mich. »Was ist?«

»Ich bin's, Dionel.« *Was hat er um die Uhrzeit bei mir zu suchen!*

Müde wische ich über mein Gesicht, streiche mein dunkles Haar aus der Stirn und erhebe mich knurrend vom Schreibtisch, auf dem sich die Listen stapeln, in denen ich Lieferungen und Einnahmen aufgeschrieben habe und worüber ich eingeschlafen bin.

In dunklen Jogginghosen, Shirt und mit einem leichten Kater verlasse ich den Wohnbereich, steuere auf die Treppe zum Oberdeck und steige sie schwankend hoch.

»Machst du endlich auf, Elian? Ich will nicht gesehen werden.«

»Dich sieht keiner. Du wirst höchstens gehört«, knurre ich, schließe die rostige Tür zum Oberdeck auf und öffne sie.

Dahinter finde ich Dionel vor. Ein Mann Mitte zwanzig mit Nerdbrille, gescheiteltem Haar und Narbe am Hals. Er ist nicht schmächtig, aber auch nicht gerade der klassische Draufgänger, der Frauen mit seinem männlichen Körperbau imponieren kann. Dafür besitzt er einen rasiermesserscharfen Verstand, der mir öfter von Nutzen war.

»Los, komm rein«, zische ich, greife nach seinem Shirt und zerre ihn in das große Marineschiff. Als er im Wohnbereich steht, werfe ich einen letzten Blick durch die Tür auf das Außendeck. Es ist eine sternklare Nacht, es geht weder ein Wind noch kündigen herannahende Wolken Regen an. Weiter entfernt sehe ich die beleuchtete Altstadt Panama-Stadts und die leer gefegten Stände.

Niemand ist im abgelegenen Hafenbereich zu erkennen, da dieser Teil nicht überwacht oder von Touristen besucht wird. Dieses Viertel, das direkt an das der Altstadt mit ihrem Charme der Koloniezeit angrenzt, ist nachts ziemlich unsicher. Nur verblödete Touristen würden nachts in diese Viertel einen Fuß setzen. Selbst die Polizei wagt es nicht, mein Territorium zu betreten. Nur die, die ich herzitieren und für mich arbeiten lasse.

»Was gibt es so Wichtiges, dass du mich um kurz nach vier Uhr morgens störst?«, raune ich, gehe an ihm vorüber und steige die Treppe in meinen beleuchteten Wohnbereich hinab. Wenn es nicht wirklich wichtig ist, schwöre ich, hat seine Ruhestörung Konsequenzen.

»Ich weiß, wie beschäftigt du bist und dass wir dich nachts nicht stören sollen. Aber wir haben ein gewaltiges Problem.«

»Ach, haben wir das?«, hake ich nach, halte auf die Küche zu, die etwas chaotisch aussieht, und bleibe vorm Kaffeeautomaten stehen, um mir einen Espresso zu ziehen. »Wenn es ein solch gewaltiges Problem wäre, hättest du Alessio informiert und wärst nicht zu mir gekommen.«

»Das ist es ja«, sagt er angespannt, knetet neben mir

stehend nervös die Finger und erweckt den Eindruck, als würde er sich vor Angst gleich in die Hosen machen.

»Setz dich dort drüben hin. Du kennst dich aus. Ich brauch zuerst einen Kaffee.«

Dionel nickt, der seltsamerweise keinen dummen Spruch wie sonst auf den Lippen hat oder mir seinen IQ von 150 unter Beweis stellen muss. Er arbeitet erst seit anderthalb Jahren für die Terequeraz und befindet sich somit in der Probezeit. Er sollte Angst haben, wenn er etwas vermasselt hat. Die sollte er wirklich haben.

Mit der Espressotasse in der Hand, in der anderen ein Glas Wasser, da Dio nur Wasser trinkt, gehe ich in den Wohnbereich und reiche ihm das Glas. »Dann erklär mir alles.«

Ihm gegenüber nehme ich im Lehnstuhl Platz, neben dem sich meine Buchsammlung befindet und andere Antiquitäten, von denen ich mich nach dem Tod meines Onkels nicht trennen konnte.

Er hockt sich auf die Ledercouch, greift nach dem Glas und nimmt einen Schluck von seinem Wasser. »Am besten, ich rede nicht lange drumherum.«

»Wäre besser«, antworte ich dunkel grinsend.

»Okay, wie du weißt, wurden vor ungefähr sechs Tagen zwei Touristinnen im Dschungel im Charges aufgegriffen, die das Lager gefilmt haben. Laut der einen Frau namens Zahra unwissentlich. Sie hat immer wieder erklärt, nicht gewusst zu haben, was ihre Freundin filmt. Wir haben ihre Handys einkassiert, ihre Ausweise und alles, was möglicherweise auf uns zurückführen könnte. Dabei sind Ciprian die Pässe aufgefallen. Beide Frauen besaßen jeweils zwei. Wobei die beiden israelischen Ausweise im Rückenteil des Rucksacks eingenäht wurden. Zuerst haben wir sie nicht gefunden, erst als Joel und Mattheo Ciprians schwachsinnige Idee in die Tat umgesetzt haben und beide Frauen mit einem unbrauchbaren Spenderherz auf dem Plaza Catedral beim Pavillon abgesetzt haben.«

Wie bitte? »Alessios Anordnung war es, beide loszuwerden, nicht zu töten und sie …«

»Ich weiß. Wir haben ihnen nichts angetan, ehrlich nicht. Wir wollten sie loswerden, indem wir sie ausgesetzt und unser Zeichen hinterlassen haben. Die eine Frau – Samira Saleh – war ohnehin kaum wach zu bekommen. Joel hat ihren Kopf vermutlich etwas zu hart getroffen.«

Angestrengt versuche ich, seiner wirren Erzählung zu folgen, nehme einen Schluck von meinem Espresso, der mein schläfriges Hirn wach bekommen soll.

»Erzähl weiter …« Ohne ihn anzublicken, mache ich mit der Hand eine Geste, damit er mit seiner Erzählung fortfährt.

»Wie nach Plan wurden beide von der Polizei aufgegriffen und dürften den Schock ihres Lebens erhalten haben. So weit so gut.« Dionel legt eine Pause ein, verzieht sein Gesicht und kramt im nächsten Moment sein iPad aus der Umhängetasche. »Ich hatte vorerst andere Dinge für Alessio zu erledigen, bis ich dazu kam, mir die Handys der Frauen und ihre gefälschten Pässe anzusehen.«

Das bedeutet, die beiden sind ebenfalls kriminell und wollten uns absichtlich ausspionieren. Ich habe es geahnt! Wenn sie vom Malí-Kartell kommen, hätten wir sie doch beseitigen sollen. Sie in Maschendraht einwickeln und im Fluss versenken sollen, damit ihre Leichen, selbst wenn sie gefunden worden wären, kaum mehr zu identifizieren wären. Höchstens anhand ihres Gebisses, wenn wir ihnen die Zähne nicht zuvor ausgeschlagen hätten.

»Das solltest du dir ansehen.«

Dionel reißt mich aus meiner Überlegung, bevor ich den Espresso in einem Zug leere, dann das iPad von ihm abnehme, auf dem ich den Verlauf der Chatnachrichten von mir und Masa lesen kann. *Was soll der Schwachsinn?*

»Und? Ich weiß, dass du sie überwacht hast. Ich hoffe für dich, du hast die Frau aus der App entfernt.«

»Habe ich. Darum geht es nicht«, erklärt er angespannt. *Worum dann? Warum sagt er nicht, was los ist?*

»Was ist dann das Problem?«, will ich wissen, lehne mich im Sessel zurück und hebe den linken Knöchel auf das rechte Knie. »Wenn wir die beiden doch hätten beseitigen sollen, damit sie nicht reden, dann ist es noch nicht zu spät. Lasst das die Polizisten erledigen. Die beiden könnten von Malí oder Johanna Diego geschickt worden sein. Tötet die beiden einfach, wenn sie eine potenzielle Gefahr darstellen.«

»Wir können sie nicht töten!«, unterbricht Dionel meinen Vorschlag. *Warum ist er so panisch?* »Die Frau, die unser Lager im Dschungel angeblich versehentlich gefilmt und der Joel etwas zu hart auf den Kopf geschlagen hat, ist die Frau, mit der du seit Wochen geschrieben hast. Samira ist Masa. Samira ist Adriana.«

Augenblicklich erstarre ich in meiner Haltung und höre auf zu atmen. Jetzt komme ich nicht mehr mit. Er will mir gerade erklären, dass Masa Samira heißt und sie diejenige ist, die sie gefangen gehalten haben. »Adriana?«

»Ja, beide Frauen haben sich keine illegalen Pässe gekauft, sondern … Scheiße, du reißt mir gleich den Kopf ab.«

»Sag schon!«, knurre ich.

Dionel schließt die Augen, nimmt die Brille ab und grinst enttäuscht auf seine Hände, die auf seinen Beinen ruhen. »Samira ist die Tochter des ehemaligen israelischen Außenministers. Sie und ihre Familie erhielten neue Papiere, nachdem ihr Bruder ermordet wurde. Vor knapp sieben Monaten zogen sie von Israel nach Amerika, um sich dort ein neues Leben aufzubauen. Samiras Vater trat von seinem Amt zurück, nachdem sein Sohn Melvin eines Morgens vor dem Anwesen der Saleh tot aufgefunden wurde. Was die genauen Hintergründe sind, kann ich dir nicht sagen. Ich werde sie aber herausfinden. Wichtig ist nur, dass diese Frau unter politischer Immunität steht, auch wenn ihr Vater das Parlament verlassen hat. Zudem haben wir Scheiße gebaut. Wir wissen nicht einmal, ob der Schlag auf ihren Kopf keine bleibenden Schäden bei ihr hinterlassen hat. Sie war die letzten Tage nicht wach zu bekommen. Mattheo wollte keinen Arzt kommen lassen oder Alessio unnötig informieren. Und …«

»Es reicht!«, stoppe ich Dionels aufgeregtes Gefasel. »Ich werde mich ab jetzt um die Sache kümmern. Du wirst weitere Informationen über sie und ihre Familie einholen. Ich werde Alessio davon unterrichten und ganz ehrlich … ich werde mir Ciprian vorknöpfen. Dieser Spaß auf dem Plaza Capitol war sicherlich seine hirnverbrannte Idee, richtig?«

Dionel nickt unmerklich. »War sie, aber er hat die Aktion nicht durchgeführt oder in Auftrag gegeben. Matteo und Joel lassen sich dafür feiern. Was willst du mit den Frauen tun? Du kannst sie nicht töten. Sie können sich aber auch nicht ausweisen, um das Land zu verlassen. Das bedeutet …«

»Ich weiß, die Polizisten werden ihnen nicht glauben, wenn sie ihnen erzählen, wer sie wirklich sind«, antworte ich, erhebe mich aus dem Sessel und gehe in meinen Umkleideraum, da ich mich nicht mit Jogginghosen und Shirt im Polizeipräsidium blicken lassen will. Schließlich habe ich mein Ansehen zu verlieren. Obwohl mir das gerade egal sein sollte.

Deswegen ist Masa nicht zum albernen Date erschienen, weil unsere Männer sie im Dschungel gekidnappt haben. Das ist … unmöglich! Ich sollte mir etwas überlegen. Überlegen, wie ich die beiden aus dem Polizeirevier hole und ihnen ihre Pässe wiedergeben kann.

In schwarzen Hosen, frischem T-Shirt und Boots suche ich das Badezimmer auf, um mein Gesicht zu waschen.

Tja, es sieht ganz so aus, als würden wir heute Nacht unser Date nachholen. Im Spiegel grinse ich mir schief entgegen. Anschließend lasse ich mir von Dionel die Ausweise der Mädchen geben, klappe sie auf und schaue mir ihre Fotos genauer an. Beide Frauen sehen wirklich hübsch aus. Zahra ist

25 Jahre, Samira 24 Jahre alt. Die amerikanischen Papiere sind definitiv Originale oder täuschend echte Fälschungen. Ich blättere die Seiten im Licht durch, betrachte die Stempel und grinse.

»Du behältst die Pässe und wirst mich auf das Revier begleiten«, befehle ich ihm. »Informiere Ciprian. Hol ihn aus dem Bett, wir brauchen ihn.«

»Was ist mit Alessio? Sollten wir ihm nicht Bescheid geben?«

»Um die Uhrzeit?«, frage ich spöttisch lachend. »Vergiss es, wenn du deinen Kopf weiterhin auf den Schultern behalten willst. Wir lösen dieses Scheißproblem, in das ihr mich geritten habt, ohne Alessio. Wir werden Alessio überhaupt nichts davon erzählen. Erst wenn alles geregelt ist. Und jetzt komm mit.« An der Schulter bekomme ich Dionel zu fassen, den ich durch mein Schiff zum Oberdeck dirigiere, um mit ihm anschließend über die Außentreppe auf den Anlegesteg hinabzusteigen. Im Hafengebiet steuere ich eine veraltete brach gelegene Halle an, öffne die Vorhängeschlösser der massiven Schiebetüren und schalte das Licht an. In der heruntergekommenen Industriehalle, die von Graffiti besprüht wurde, befinden sich meine Wagen, von denen ich auf den Mercedes G-Klasse zuhalte und Dionel die Schlüssel zuwerfe.

»Du wirst fahren«, weise ich ihn an. »Ich werde mir während der Fahrt eine Strategie überlegen.«

»Es ist immer wieder beachtlich, wie gut dich Alessio bezahlt«, kommt es über die Lippen des gut aussehenden Nerdverschnitts.

»Ich weiß«, antworte ich schief grinsend. »Mir passieren eben keine gravierenden Fehler«, kann ich mir meinen Scherz nicht verkneifen.

KAPITEL 7

SAMIRA

Auf der harten Pritsche liegend und von nur einer müffelnden grauen Filzdecke bedeckt, wälze ich mich unruhig hin und her. Meine Kleidung stinkt weiterhin nach altem Blut, nach Schweiß und Dreck. Immer wieder rede ich mir ein, dass alles ein Irrtum ist, ein Albtraum, aus dem ich bald erwache.

Mein Schniefen durchbricht die Stille in der Zelle, die bloß von Zahras leisen Atemzügen gestört wird. Ich weiß, dass sie ebenfalls wach ist. Sie schläft noch weniger als ich und ist ständig am Grübeln. Sie besteht weiterhin darauf, meinen Vater anzurufen. Jedes Mal vertrösten die Polizisten sie erneut mit den Sätzen:

»Ja, ja. Machen wir gleich.«

»Wir finden gerade seine Nummer nicht.«

»Auslandsgespräche sind teuer.«

»Wir haben niemanden erreicht.«

Es sind alles Lügen. Wenn mein Vater so bedeutend wäre, wie Zahra meint, wäre er doch längst hier. Ist Zahra wirklich zu trauen? Oder belügt sie mich? Ist sie an allem schuld und hat mich in diese Misere hineingeritten? Warum kann sie sich an alles erinnern, ich mich nicht einmal an meine letzte

Mahlzeit, bevor ich blutverschmiert auf dem Platz aufgewacht bin?

Und dann dieses Herz. Soweit ich diese Beamten belauschen konnte, werden sie uns nicht so einfach gehen lassen. Sie vermuten, dass wir jemanden ermordet haben. Wie sonst sollten wir an ein menschliches Herz gelangen?

Bisher erschien auch kein Anwalt, obwohl uns einer versprochen wurde. Wir haben nicht das nötige Kleingeld, um jemanden zu beauftragen. Im Prinzip haben wir nichts. Und die Polizisten sind keine Hilfe. Ganz im Gegenteil. Mir kommt es vor, als wüssten sie mehr. Als hätten sie sich gegen uns verschworen und würden uns hier für den Rest unseres Lebens verrotten lassen.

Tränen rollen aus meinen Augenwinkeln über meine Wange. Wieder durchbricht mein Schniefen die Stille in dem Zellentrakt, während in meinem Körper die Hitze tobt.

»Versuch zu schlafen, *'ukhti*«, wispert Zahra. *Meine Schwester* – denke ich. *Ist sie das wirklich?*

»Ich versuche es«, wispere ich in die Dunkelheit.

Es vergehen weitere Minuten, in denen ich mich anschließend auf die Seite rolle. In der Zelle gibt es kein Fenster, nur vollgekritzelte Wände, von denen der rohe Beton bröckelt.

Es ist stockfinster. Der Gang vor den Zellen ist nicht beleuchtet, es gibt nicht einmal Leuchten von Notausgängen. Die anderen Zellen sind leer. Hin und wieder werden für wenige Stunden betrunkene Männer in eine Zelle zum Ausnüchtern gestopft, einmal sogar ein fünfzehnjähriger Taschendieb. Aber alle drei kamen nach nur fünf Stunden frei. Uns lassen sie nicht gehen, wollen die Verhöre in die Länge ziehen, erlauben uns weder, einen Anwalt anzurufen, noch überhaupt jemanden zu kontaktieren. Zahra hat alles versucht. Ihnen Geld angeboten, gewütet, sie angefleht, sie beschimpft, sie bespuckt, sie um einen Deal gebeten – nichts half. Nichts. Und wir wollten keine Aussage machen. Ich könnte ohnehin nichts sagen, Zahra will nichts verraten, weil sie glaubt, dass alles gegen uns verwendet werden könnte. So wie die Polizisten drauf sind, ja. Das glaube ich auf jeden Fall. Und dann ist da mein Kopf.

Ich habe eine klaffende Kopfverletzung, deren Blutung zwar gestillt ist, aber die mich hin und wieder quält. Manchmal wird mir unheimlich schwarz vor Augen und ich trete für ein paar Sekunden vollkommen weg. Ich habe mehr Angst davor, mir eine Infektion einzufangen, als dass ich mein Gedächtnis für immer verloren haben könnte. Ich will hier nicht sterben, nicht so …

Allmählich drifte ich in einen unruhigen, traumlosen Schlaf, bis ich weit entfernt Stimmen höre. Eine aufgeregte männliche Stimme, die sich etwas unterwürfig anhört, immer wieder »Ya, Sí, ich habe verstanden … kein Problem …« sagt. Von der anderen Stimme ist kaum etwas zu hören, sie ist gedämpft, sehr dunkel und ruhig. Dann sind Schritte zu hören, die näher kommen. Das Klappern von Schlüsseln dringt an meine Ohren.

Zahra ist schneller auf den Beinen, als sich das Flackern der angeschalteten Neonröhre im Gang beruhigt hat. Ich erhebe mich ebenfalls, stütze mich an der versifften Wand ab und kneife die Augen zusammen.

Kämpf gegen den Schwindel an! – Es geht gleich vorüber – ermahne ich mich.

Wieder wird mein Sichtfeld von schwarzen Schlieren umrahmt. Zahra stürzt auf mich zu, bevor meine Knie nachgeben, und fängt mich auf.

»Wir brauchen einen Arzt, verdammt! Haben Sie endlich angerufen!«, ruft sie laut. Jeder Ruf hallt an den kahlen Wänden der Zellen wider.

Plötzlich baut sich der ältere rundliche Polizist vor uns auf. Er ist der Einzige, der etwas Mitgefühl zeigt und nachts arbeitet. Als er die Schlösser öffnet, ohne uns den Grund zu nennen, sehe ich, wie sehr er schwitzt. *Wieso? Wollen sie mitten in der Nacht ein Verhör durchführen?*

»Kommt mit und verhaltet euch ruhig«, spricht er mit gesenkter Stimme auf Spanisch. Neben der geöffneten Gittertür wartet er, bis sich Zahra mit mir in Bewegung setzt.

»Wohin sollen wir gehen? Lassen Sie uns frei?«, fragt sie ihn und behält ihn lange im Auge. Er verzieht keine Miene, sondern senkt sein Gesicht.

»Geht vor zum Verhörraum. Macht schon, stellt keine Fragen.«

Das hört sich sehr verdächtig an. Warum sollen wir zum Verhörraum gehen?

Zahra wirkt ebenfalls misstrauisch, hilft mir aber und läuft – mich weiterhin stützend – den Gang entlang zum Hauptraum der Polizeiwache, von dem mehrere Türen abgehen. Wo sich der Verhörraum befindet, wissen wir zu gut. Als uns der Polizist überholt, den Raum aufschließt und uns hineinbittet, sieht er aus, als würde er gleich ohnmächtig werden. Was ist mit ihm? Was hat er vor? Warum ist er so nervös? Will er uns loswerden? Töten?

»Geht schon. Setzt euch und wartet hier.« Er gibt Zahra einen Stoß, die mit mir in den Raum wankt. Anschließend versperrt er die Tür hinter uns. *Er schließt sie sogar ab.*

»Ich habe kein gutes Gefühl bei der Sache. Warum sollen wir mitten in der Nacht in den Verhörraum?«, scheint sie sich selbst zu fragen. »Geht es? Willst du dich setzen, Mira?«

Ich nicke bloß. »Kannst du noch mal nach meinem Kopf sehen?«

Am Stuhl angekommen, lässt sie mich auf das harte Plastik sinken, tritt hinter mich und schiebt mein Haar auseinander. Plötzlich ist es sehr still. Totenstill, bis sie sich gekünstelt räuspert. »Es sieht … wesentlich besser aus … als gestern.« An ihrer Stimme erkenne ich, dass sie mich belügt.

»Es hat sich weiter entzündet, richtig?« Denn die Hitze,

die von Stunde zu Stunde durch meinen Körper kriecht, und der Schweiß, der auf meiner Stirn liegt, haben nichts mit dem feuchtwarmen Klima in Panama zu tun.

»Nem«, antwortet sie auf Arabisch. »Ja. Es wird schlimmer. Leider. Wir sollten uns einen Plan überlegen. Dieser Polizist ist allein. Wenn er den Verhörraum wieder betritt, werde ich ihn überrumpeln. Du bleibst hier sitzen und wartest, bis alles vorbei ist, in Ordnung?«, schlägt Zahra vor, bevor sie sich eilig neben der Tür an der Wand positioniert.

»Wie willst du das anstellen?«, flüstere ich und greife erschöpft nach meiner schweißnassen Stirn, auf der Haarsträhnen kleben. Wir besitzen keine Waffen, kein Messer, keinen Stein, nicht einmal einen Gürtel. Sie hat keine Chance gegen einen ausgewachsenen Mann, selbst wenn er in keinem guten Training steht wie die jüngeren Polizisten.

»Was mir Gott mitgegeben hat. Ich werde mich mit bloßen Händen, Nägeln und Zähnen verteidigen.«

»Toller Plan«, antworte ich skeptisch.

»Hast du einen besseren?«, fragt sie mich mit einem mitfühlenden Gesichtsausdruck, als sie mich kraftlos am Tisch sieht. »Er ist allein. Das ist unsere Chance.«

Ich schüttele schwach den Kopf, als in dem Moment die Klinke der Tür heruntergedrückt wird. Ein hochgewachsener dunkel gekleideter Mann betritt den Raum, der sein rabenschwarzes Haar locker aus der Stirn gestrichen trägt. Er besitzt dunkle gepflegte Bartschatten, geschwungene Lippen und ausdrucksstarke Augen. Für mich ist er einer der schönsten Männer, die ich je gesehen habe. Sein Blick wandert von mir zu Zahra, die einen Moment zögert, da sie wie auch ich mit dem rundlichen Polizisten gerechnet hat. Doch in der nächsten Sekunde springt sie ihn wie eine Furie an und will ihn mit Fäusten und Tritten zu Boden werfen.

Exakt einmal gelingt es ihr, ihm ihre Faust auf seine Brust zu rammen, da er vermutlich mit keiner Attacke gerechnet hat.

Die anderen Angriffe wehrt er wendig und geschickt ab. Zahra steht schneller im Schwitzkasten wütend schimpfend vor ihm, als ich den nächsten fremden Mann mit Brille in der Tür sehen kann.

»Beruhigst du dich wieder oder willst du dich weiter austoben, Kleine?«, spricht er in diesem fließenden geschmeidigen Spanisch, das mir unter die Haut geht. Seine dunklen palisanderfarbenen Augen ruhen auf Zahra, die mit dem Oberkörper nach vorn gebeugt ihren hochroten Kopf zu mir hebt. »Mach schon, renn, Mira!«

Was?

Ihr offenes strähniges Haar fällt um ihr verschmutztes Gesicht. Sie glaubt, die Männer … Sofort erhebe ich mich vom Stuhl, umfasse die Lehne und eile mit dem Stuhl voran auf den Fremden zu, der Zahras rechten Arm weiterhin verdammt grob auf ihrem Rücken fixiert. Sie schwitzt und keucht vor Schmerz. *Ich gehe nicht ohne sie.* Bevor ich mit dem Stuhl ausholen und ihn dem Fremden über den Kopf ziehen kann, ruft er nach dem Typen in der Tür.

»Beweg dich, Dio!« In der nächsten Sekunde stürmt dieser Dio auf mich zu, bekommt mich an der Mitte zu fassen und reißt mich eher ungeschickt um. Aber mal ehrlich, mich könnte selbst ein Kleinkind umschubsen, da ich mich körperlich in einer verdammt miesen Verfassung befinde.

Als ich mit dem Betonboden Bekanntschaft mache, explodiert ein greller Schmerz in meiner Schulter, der Sterne vor meinem Sichtfeld aufsprühen lässt. Klappernd kracht der Stuhl hinter uns auf den Boden und landet zum Glück nicht auch noch auf mir wie der Fremde.

»Nicht so hart!«, ermahnt ihn der andere.

Nicht so hart?

»Ich mache das nicht jeden Tag, klar?«, kontert der Typ auf mir, der sich peinlich berührt von mir erhebt und seine Brille richtet. Im nächsten Moment liegen meine wie auch Zahras

Hände wieder in Handschellen, weil der Polizist mit einem weiteren Fremden aufgetaucht ist, die uns nun zu viert umzingeln. Gegen vier Männer haben wir kräfte- und anzahlmäßig nicht die geringste Chance. *Das war's. Wir sitzen so was von in der Falle, verdammt.*

»Was wird das hier?«, presst Zahra wütend hervor, nachdem sie vom Polizisten durch die Tür geschoben wird. »Wer sind die Männer? Was passiert hier, zur Hölle!«

»Ihr werdet jetzt mit den Herren mitgehen«, erklärt der Polizist, als handele es sich um eine Selbstverständlichkeit. Aus seiner Uniform ragt ein Bündel Geldscheine, das er anscheinend notdürftig in die Tasche gestopft hat. Er wurde bestochen?

»Was?«, kommt es gleichzeitig über meine und Zahras Lippen. *Er übergibt uns wildfremden Männern?*

»Nein! Nein, das können Sie nicht machen!«, sage ich panisch und eile auf den Polizisten zu, komme allerdings keine vier Schritte weit, als mein Kreislauf wieder verrücktspielt. Meine Knie geben nach, und bevor Zahra mit gefesselten Händen auf mich zukommen kann, greift der dunkelhaarige Typ nach meinem Arm und hält mich aufrecht.

»Wir gehen. Ich danke dir, Romero.« *Er kennt ihn?* Blinzelnd schaue ich mit Tränen in den Augen zu dem rundlichen Polizisten, der mir zwar dieses mitfühlende Gesicht schenkt, aber die drei Fremden nicht davon abhält, uns mitzunehmen.

Zahra zappelt wie eine Irre im Griff des dunkelblonden blöd grinsenden Typen, beißt nach seiner Hand, die um ihren Arm liegt, und tritt ihn. Tritt ihn so heftig, dass sie mehrmals das Gleichgewicht verliert und gegen den Türrahmen stolpert. Doch er ist verdammt wendig, genauso wie der neben mir. Noch bevor sie ihm entwischen kann, um aus der Polizeiwache zu stürmen und Hilfe zu rufen, wirft er sie mit Schwung über seine Schulter und trägt sie vor mir wie ein Paket aus der Wache.

»Es freut mich, dass du dich nicht so widerspenstig zeigst wie deine Freundin«, raunt mir der Fremde nah an meiner Seite ins Ohr. Ich zerre an dem Griff, um mehr Abstand zu ihm zu gewinnen. Ich kann mich einfach nicht wehren, ohne ohnmächtig zu werden. Ich will meine Kräfte sparen, denn ein Gefühl verrät mir, dass ich sie brauchen werde. Ich will wissen, wohin wir gebracht werden, was hier passiert und vor allem: was sie vorhaben.

An der frischen Luft schreit Zahra laut: »Hilfe! Helft uns, wir werden entführt!« Doch recht schnell müssen wir feststellen, dass sich keine Menschenseele in der Straße befindet. Es regnet, ist dunkel und die Stille wird nur vom Rauschen des Meeres sehr weit entfernt durchbrochen.

Ich keuche, setze einen Schritt vor den nächsten, ohne überhaupt zu wissen, wohin es geht. Das Brillengesicht folgt uns, scheint aber kein Wort hervorzubringen. Als ich mich zu ihm umdrehe, sehe ich hinter seinen Brillengläsern, dass er nicht vorhat, ins Geschehen einzugreifen, und uns auch nicht an die Wäsche gehen will. Ich habe dafür einen Instinkt. Er ist der klassische Mitläufer, der teilnahmslose Zuschauer, der nur glotzt.

»Was wollt ihr von uns?«, frage ich den Typen neben mir. »Warum haben wir keinen Anwalt erhalten, aber müssen mit euch mitgehen? Sie können ehrlich zu mir sein. Was habt ihr vor?« Wir kennen sie doch gar nicht. Zahra scheint sie nicht zu kennen, also scheine ich sie auch nicht zu kennen.

Als Regen mein Gesicht bedeckt, schaue ich zu ihm auf. Der Fremde ist fast einen Kopf größer als ich, wirkt sportlich, gewieft und mir komplett überlegen. Es ist merkwürdig, aber er ist einer der beeindruckendsten Männer, die ich je gesehen habe – glaube ich. Es liegt nicht an seinem Aussehen, sondern wie er sich gibt. Gelassen, selbstsicher, aalglatt, kühl und doch mit diesem Hauch von Spott und Zynismus, während er spricht. Keine Ahnung, ob ich früher mit solchen Menschen zu tun hatte. Ich denke, ja.

»Ja, ihr werdet uns begleiten, da ich ein paar Fragen an euch habe und denke, dass wir die Zeit für euch um einiges angenehmer gestalten werden als in der gammeligen Zelle einer Wache.«

Vor einem Geländewagen stoppt der Kerl mit Zahra und entriegelt den Wagen.

In dem Moment sehe ich zwei Autos vor uns auf der Straße. Sehe dunkle Wagen, die über die Straße auf uns zurollen. *Unsere Chance.* Während Zahra in den Geländewagen geschoben oder eher gestoßen wird, hole ich tief Luft, reiße mich aus dem Griff des Fremden los und renne direkt auf die Straßenmitte.

»Stopp!«, schreie ich. »Halt!« Ohne lange zu überlegen, bleibe ich mitten auf der Straße stehen. Dummerweise kann ich meine Hände nicht in die Luft strecken, um dem Fahrer ein Zeichen zu geben. Trotzdem muss er anhalten und uns helfen. »Bitte anhalten!«, rufe ich auf Spanisch. Mit quietschenden Rädern hält der Wagen direkt auf mich zu, Licht blendet mich, ein Griff um meine Mitte zerrt mich zur Seite, schon gibt der Fahrer Gas und fährt davon. *Was …?*

»Bist du lebensmüde oder bescheuert!«, fährt mich der dunkle Mann an, der mich keuchend an den Straßenrand gezerrt hat.

»Weder noch!«, antworte ich giftig und schnell atmend. »Obwohl ich mich lieber überfahren lassen würde, als mit euch mitzugehen!«

»Tja, dir bleibt wohl keine andere Wahl. Leg ihr die Augenbinde um.«

»Nein!«, keuche ich, als ich den Brillentypen auf mich zukommen sehe und mich im Griff winde. Eisern umfasst der Fremde vor mir meine Schultern, damit ich ihm kein zweites Mal entwischen kann. Finster blicke ich ihm entgegen, sehe das Funkeln und die Entschlossenheit in seinen düsteren Augen, bevor sich mein Sichtfeld verdunkelt und der Brillentyp hinter mir die Binde zuzieht. So straff, dass ich vor Schmerz stöhne und wimmere. *Gott!* Meine Knie geben erneut nach, sodass ich gegen den Fremden taumele. Ich höre Zahra hinter einem Knebel schreien, wüten, auf der Rückbank des Geländewagens toben und Flüche aussprechen.

»Dass solltest du dir später ansehen. Joel hat sie wirklich übel getroffen«, höre ich den Brillentyp hinter mir, der bisher kein Wort gesprochen hat. *Joel? Übel getroffen? Bedeutet das, sie wissen, wer mir die Verletzung zugefügt hat?*

»Zeig her, du hältst sie.«

Warum sieht uns niemand? Warum greift niemand ein?

»Rühr mich nicht an!« Kaum dass er mich freigibt, setze ich wackelig wenige Schritte vorwärts, doch er bekommt mich fest an der Hüfte zu fassen, schiebt den Knoten der Binde über die Verletzung, sodass ich die Zähne zusammenbeiße und jammere.

Ein tiefes Durchatmen ist zu hören. Weiterhin prasselt Regen auf mein Gesicht und mein staubiges Haar. Kühler, frischer Regen. Nach so vielen Tagen fühlt er sich reinigend, angenehm und fast schon erlösend auf meiner Haut an, auch wenn mir keine Zeit bleibt, um ihn zu genießen.

»Du wirst Alessio darüber informieren, verstanden, Dio!«

»Ja, Elian.« *Elian? Alessio? Dio?*

»Und zu dir!« Plötzlich umfasst jemand grob mein Kinn. »Du solltest dich ausruhen. Es steht nicht wirklich gut um dich.« Erst jetzt bemerke ich die Stille. Ich höre Zahra seit wenigen Minuten nicht mehr schreien. Im nächsten Moment wird eine Nadel unter meine Haut geschoben, etwas in meinen Arm injiziert, bis mich die komplette Finsternis verschlingt. Mir bleibt keine Sekunde Zeit, um ihn abzuwehren, um mich zu verteidigen oder zu schreien.

KAPITEL 8

ALESSIO

Spätabends klopft Ciprian an die Tür der opulenten Stadtvilla, in der sich Joel und Mattheo aufhalten. Ohrenbetäubende Musik dringt durch die angekippten Fenster, hinter denen Licht brennt, an meine Ohren. Der Bass vibriert auf dem Gehweg des paradiesischen Gartens. Papageien kreischen im Säulengang am Haus in ihren goldenen Käfigen.

Ich war seit mehr als vier Jahren nicht mehr bei Joel, der anscheinend ohne Absprachen glaubt, eigene Entscheidungen treffen und dem Bündnis ungestraft schaden zu können. *Dieser Narr!*

»Es scheint ja voll abzugehen da drin«, sagt Ciprian, der auf ein Fenster zuhält und dagegen klopft. Fragt sich, wie lange die Party noch steigen wird, bis eine beklemmende Totenstille herrscht, sobald ich das Haus betrete.

»Scheiße, Joel, mach gefälligst die Tür auf, du Wichser!«, brüllt Ciprian. Hinter mir stehen Mihail, Adin und Luis, die am liebsten das Haus stürmen würden. Adin geht an mir vorüber, der permanent klingelt. Als es ihm zu blöd wird, tritt er nach einem Nicken von mir die Glastür der Villa ein. Glas splittert, die Türklinke fällt krachend auf den teuren Marmorboden, halb nackte Frauen springen kreischend zur Seite, als Adin durch die eingeschlagene Tür tritt. Dicht gefolgt von mir, dem das Affentheater zu dumm ist. *Wo befindet sich der Idiot, dessen letzte Stunden gezählt sind!*

In meinem schwarzen Anzug und Hemd trete ich gelassen über die Glasscherben. Keine zehn Meter weiter entdecke ich vor mir Mattheo bloß in Badehosen von zwei Weibern umringt, dem der Schnee unter der Nase klebt und der fette behaarte Bauch über dem Shortsbund schwappt, während ihm sein längeres Haar strähnig um sein hässliches Gesicht fällt.

»Alessio!«, bringt er mit ehrfurchtsvollem Gesicht über die Lippen, als er erkennt, wer vor ihm steht. Sofort schiebt er die beiden Frauen in ihren Bikinis von sich, um mir entgegenzukommen. Doch Ciprian kommt mir zuvor, macht mir den Weg frei und stößt ihn zur Seite.

»Wo befindet sich Joel? Alessio möchte ihn sprechen.«

»Zuletzt habe ich ihn oben mit einer Frau im Bad gesehen. Joel!«, brüllt er. »Macht doch verdammt noch mal die Musik leiser!« In seinem aufgedunsenen Gesicht ist die reine Ehrfurcht zu erkennen, mich hier anzutreffen.

Für gewöhnlich sehen mich Menschen nur zweimal in ihrem Leben. Das erste Mal, wenn ich mit ihnen einen Handel eingehe. Das zweite Mal, wenn ihr Tod naht. Und genau die Erkenntnis ist in Mattheos schmalen Schweinsaugen abzulesen. Er fürchtet sich mehr vor dem Tod, als seinen Freund zu decken oder ihm die Möglichkeit zu geben, abzuhauen. Mattheo und Joel sind beide Auftragskiller des dritten Rangs der Terequeraz. Für gewöhnlich sind die Cousins unzertrennlich. Wo der eine ist, ist der andere nicht weit.

Gemächlich durchschreite ich die prächtige Vorhalle mit den goldenen Spiegeln, den funkelnden Marmorwänden, der stuckbesetzten Decke, den teuren Skulpturen, goldenen Pokalen. Sämtliche Gäste ziehen sich tiefer in das Anwesen oder den Garten zurück. Endlich verstummt die ohrenbetäubende Musik.

»Joel!«, ruft Mattheo erneut, bis es Adin reicht, der mich überholt und im offenen Wohnbereich mit gezogener Pistole die Treppe in die erste Etage hochgeht.

»Ein schönes Anwesen hast du, Mattheo«, lasse ich ihn wissen, greife nach einem Apfel, der sich in einer Obstschale direkt auf dem Glastisch vor mir befindet, und poliere ihn an meinem Jackett. *Alles Gelder, die er mir zu verdanken hat.*

»Danke, Maestro. Hätte ich gewusst, dass Ihr heute Abend ebenfalls zur Party …«

»Ach, mach dir keine Umstände. Für gewöhnlich bleibt mir keine Zeit, um jeder Einladung nachzugehen.« Ciprian hält Mattheo weiter in Schach, der am liebsten näher an mich herantreten würde, um mir die Füße zu küssen.

Ich hingegen schlendere gemächlich durch den Wohnbereich, betrachte die teuren Gemälde an den Wänden, die Skulpturen von freizügigen Frauen, die breiten Couchlandschaften und bleibe vor dem mächtigen dunklen Kamin stehen, über dem ein großes Bild von Mattheo und Joel thront. Beide sitzen in schweren Sesseln wie die Könige Panamas auf dem Gemälde, die von fünf halb nackten Frauen umgeben sind und breit grinsend goldene Kelche schwenken.

»Ein sehr eindrucksvolles Gemälde«, erwähne ich beiläufig. »Die Symbolik darin imponiert mir sehr, das muss ich schon sagen.«

»Ich … Es sollte niemals Ihre Stellung herabsetzen«, höre ich ihn mit bebenden Stimmbändern sagen. Er quiekt gleich wie ein Schwein auf der Schlachtbank. Ciprian hält ihn weiterhin mit zwei Pistolen auf ihn gerichtet in Schach. Ich habe beim Zerfall und der Lasterhaftigkeit der geldgierigen Auftragsmörder, Schmuggler und Hehler viel zu lange weggesehen.

»Wirklich nicht?«, hake ich nach, da er weiß, wer das

Sagen hat. Ich mag mich selten zeigen, dennoch bin ich der Kopf der Schlange, derjenige, dem sie ihre krankhafte Dekadenz, ihren ekelhaften Protz, ihr nahezu sorgenfreies Leben zu verdanken haben.

»Nein, wirklich nicht. Ich …«

Ich hebe meine rechte Hand, um ihn zum Schweigen zu bringen.

»Spar dir deine Erklärungen. Ihr seid zu weit gegangen. Mir ist zu Ohren gekommen, dass ihr zwei Frauen im Charges angegriffen habt, die Edwin euch vor die Füße geworfen hat. Ist das wahr?« Edwin ist bereits Geschichte, dessen Leiche am Stahlpfeiler seines teuren Appartements baumelt.

»Das war so überhaupt nicht«, stammelt Mattheo. »Nicht ganz zumindest …«

»Nein, so war das überhaupt nicht«, höre ich nun Joel entschlossen antworten, der in Shorts die Treppe heruntersteigt. Adin befindet sich direkt hinter ihm, der ihm den Lauf seiner Knarre auf den Rücken drückt. »Wir haben das Unternehmen beschützt, weil die zwei Schlampen das Lager entdeckt und gefilmt haben. Wir haben alles im Namen der Terequeraz getan.«

Jeder gaffende Gast in diesem Raum, der noch zum Denken fähig ist, dürfte an seinem Gesicht erkennen, dass Joel lügt. Er ist zwar ein undurchschaubarer Killer, der die letzten zwei Jahre mehr als fünfzig Leute für mich erledigt hat. Dennoch zittern selbst ihm die Knie, als er mich sieht.

»Lüge.« Geschickt drehe ich den Apfel vor meinem Gesicht, bevor ich mein Messer ziehe und gemächlich ein Stück kunstvoll in Form eines Z herausschneide. Es herrscht eine beklemmende Stille, da jeder abwartet, was ich als Nächstes tun werde. Oh, das ist ganz einfach. Anschließend reiche ich einer Lady in meiner direkten Nähe die sorgfältig herausgeschnitzte Rune. »Ihr beide habt noch einmal die Möglichkeit, es richtigzustellen, damit ich eure Familie nicht nach euch in eure Gräber werfen lasse«, biete ich ihnen seelenruhig an, ohne sie eines Blickes zu würdigen.

Genüsslich grinse ich, als ich die Reaktion der beiden Versager abwarte. Mattheo besitzt eine Frau, vögelt ständig in der Weltgeschichte und der Hälfte der Puffs in Panama-Stadt herum, aber hat zwei Töchter im Alter von sieben und zwölf Jahren. Joel hingegen hängt an seiner Mutter und seinen zwei Cousinen, für die er alles tun würde.

Familie … Menschen sind doch so leicht erpressbar, wenn es um ihre Angehörigen geht.

Ich umfasse den Apfel fester mit den Fingern meiner rechten Hand, bevor ich auf beide zugehe und unter der Maske schief grinse.

»Sie haben recht. Wir haben mit Edwin gemeinsam Sache gemacht. Aber es war Mattheos Idee. Er war eine Woche im Lager und wollte sich keine Schlampen schicken lassen. Edwin meinte, er würde zwei hübsche Tourimädels durch den Dschungel führen, und hat uns angeboten, dass wir sie haben können. Ich schwöre, wir haben sie nicht angerührt. Die eine ist von dem Schlag auf den Hinterkopf total weggetreten, die andere schrie wie eine Furie. Um unseren Spaß zu haben, haben wir beide Frauen anderthalb Tage später am Plaza ausgesetzt. Das war deine Idee, Ciprian!«, fährt er ihn an. »Du wolltest die zwei Schlampen zur Schau stellen.«

»Sicher war es meine Idee, aber Joel hat sie umgesetzt! Ich hab mit dem Scheiß nichts zu tun!«, knurrt Ciprian. »Ihr lebt hier wie die Maden im Speck, euch ist eine Woche lang langweilig und ihr kidnappt Touristen. Was habt ihr an *›Gefährdet die Organisation nicht‹* nicht verstanden!«

Zumindest haben sie die Wahrheit gesagt.

Mattheo wie auch Joel blicken in meine Richtung. »Ich danke euch für eure Dienste.« Nachdem Ciprian und Adin mein knappes Nicken sehen, fallen vier Schüsse, noch bevor beide weitere vorgeheuchelte Worte über die Lippen bringen können. Gelassen wende ich mich von der Szene desinteressiert ab.

Beide waren längst überfällig und haben vergessen, worum es eigentlich ging. Dass wir keine Meuchelmörder, Hurensöhne und einfachen Straßenkriminelle sind. Es gelten Regeln. Allen voran, im Untergrund zu arbeiten und uns unauffällig zu verhalten.

Dass die zwei Amerikanerinnen unter Immunität stehen, konnten sie nicht wissen. Aber dass sie mit der Aktion unsere Geheimhaltung gefährden, schon. Sie haben somit die Bestimmungen des Deals nicht eingehalten und ich muss die lästige Dreckarbeit machen.

»Wir gehen.« Schließlich muss ich mich noch um die Frauen kümmern, die viel zu viel gesehen haben. Ein letztes Mal blicke ich auf den blutenden Fettsack, der schräg auf der Couch hängt und unter dem sich eine Blutlache auf dem ach so edlen Lederpolster bildet. Joel liegt seitlich mit geweiteten Augen auf dem Marmorboden und gibt seine letzten erbärmlichen Atemzüge ab. Die Gäste ziehen sich komplett zurück, selbst als ich ihnen freundlich anbiete: »Fahrt fort. Feiert ausgelassen weiter, wir sind bereits am Gehen.«

»Wohin möchtest du als Nächstes?«, fragt Ciprian, der an meine rechte Seite tritt und seine Sig sichert, dann unter dem Revers verstaut. Ich bleibe neben einem der vergoldeten Spiegel stehen, greife vom Nebentischchen eine Serviette, um den Saft des Apfels von meinen Handschuhen abzuwischen, und blicke mir in der silbernen Wolfsmaske entgegen.

»Ich denke, wir kümmern uns um unsere neuen Gäste. Es wird Zeit, dass ich die beiden kennenlerne.«

Ciprian nickt neben mir mit einem verschwörerischen Grinsen. »Das dachte ich mir. Samira schläft noch, während sich Zahra über Stunden die Stimmbänder heiser geschrien hat.«

Nun drehe ich das Gesicht zu Ciprian und mustere ihn

eingehend. Er ist seit mehr als zwölf Jahren einer meiner treuesten Killer und Aufseher, dem nichts entgeht, wie auch Elian, der heute Abend leider verhindert ist. »Es ist das Beste, beide Frauen weiterhin getrennt unterzubringen. Du kümmerst dich um Zahra, Elian um Samira.«

Ciprian nickt, schaut dann verstohlen zu Adin und Mihail, die sich wie Bodyguards hinter mir positionieren. Ein winziges Lächeln breitet sich auf Ciprians Lippen aus. »Sehr gerne. Ich werde sicher viel Spaß mit ihr haben.«

Davon gehe ich aus. »Wir sollten gehen. Mich ödet dieses protzige, nach Nutten und Koks stinkende Anwesen an.« Lässig werfe ich einem blonden Mädchen in einem roten Bikini den restlichen Apfel zu, den sie ungeschickt mit beiden Händen auffängt, da sie vor Angst zittert wie Espenlaub. Anschließend richte ich meine Jackettärmel, laufe über den Scherbenhaufen, der die ehemalige Eingangstür war, ins Freie.

Vor mir hält mein Fahrer die Tür des schwarzen Cadillacs auf, in den ich steige, und ich atme tief durch. Sosehr ich Hausbesuche hasse, so sehr verschaffte mir dieser Auftritt Genugtuung, da ich auf diese Weise wieder meine Macht und meinen Status demonstrieren konnte. Jeder soll sich fürchten. Jeder soll glauben, der Nächste zu sein. Jeder soll denken, dass ich jederzeit vor seiner Tür stehen werde.

Die Angst schafft Gerüchte und das Gerede der Menschen verschafft mir einen enormen Einfluss. Denn niemand möchte sich mit einem Gespenst oder einem Schatten anlegen, der an der Tür anklopft und den Tod mitbringt.

Dabei betrachte ich mich nicht als Todesengel, sondern jemanden, der Leben schenkt. Unzählig viele Leben verlängert.

Als Nächstes werden es die Leben der beiden Frauen sein.

Ich kann es kaum erwarten, beide anzutreffen.

KAPITEL 9

SAMIRA

Mit einem Ruck fahre ich hoch, werde zurückgerissen und lande mit Schwung wieder auf der Matratze. Es ist eine weiche Matratze, die nicht nach Schweiß und Dreck stinkt. Frische Laken umgeben meinen Körper. Ich trage nicht länger meine schmutzige Kleidung, sondern ein dunkles Top – soweit ich sehen kann.

Obwohl ich weiß, dass ich am Kopf verletzt bin, schmerzt die Verletzung nicht mehr. Trotzdem kann ich nicht nach meinem Hinterkopf tasten, da meine Handgelenke am Bett gefesselt sind.

»Aber …«, kommt es auf Arabisch über meine Lippen. Sofort starre ich zu den gefesselten Handgelenken auf, die in Seilen liegen und am Stahlornament des breiten großen Bettes angebracht sind. Ich zerre daran, aber kann die Seile nicht lockern.

»Schön, dass du wach bist«, höre ich eine fremde dunkle Stimme in meiner unmittelbaren Umgebung. Instinktiv zucke ich zusammen, da ich geglaubt habe, allein zu sein. Es ist Tag. Sonnenlicht scheint durch die hohen bodentiefen Sprossenfenster. Ich finde mich in einem nobel eingerichteten Raum mit bordeauxroten Tapeten und vertäfelten Wänden vor. Mir gegenüber befindet sich weiter entfernt ein runder schwerer Holztisch mit vier Stühlen. Auf einem davon sitzt ein Mann komplett in Schwarz gekleidet, der sogar Handschuhe trägt. Doch das Unheimlichste an ihm ist seine silberne Maske. Hinter ihm stehen dieser dunkelblonde Typ, der Zahra in den Wagen gezerrt hat, links von ihm steht ein mir vollkommen fremder Mann mit einem eher nichtssagenden Gesichtsausdruck, raspelkurzem Haar und definierten Muskeln, vor denen ich mich fürchten sollte.

Sie werden es tun, mich missbrauchen, schlagen, so lange gefangen halten, bis ich nur noch ein Schatten meiner selbst bin.

Panisch ziehe ich die Beine unter den roten Laken an meinen Körper und richte mich so weit auf, wie es mir die Handschellen ermöglichen.

»Tut mir bitte nichts. Ich und meine Freundin haben nichts verbrochen. Wir wollen einfach nur gehen. Bitte«, versuche ich es mit eindringlichen, ehrlichen Worten. »Wir sind in etwas hineingeraten, womit wir nie etwas zu tun haben wollen. Ehrlich. Ich weiß nicht einmal, warum wir im Dschungel festgehalten worden sind. Wir haben nichts gefilmt. Wir haben nicht einmal der Polizei von der Hütte erzählt. Ich war …« Ich schlucke hart, um meinen gesamten Mut zusammenzusammeln. Der fremde maskierte Mann starrt mich bloß an, lässt mich ausreden, ohne seine zwei Handlanger auf mich zu hetzen. Es ist offensichtlich, dass er das Sagen hat. Er sitzt, die beiden anderen stehen. Er ist maskiert und will sein Gesicht nicht zeigen, die anderen Gesichter darf ich sehen.

»Ich möchte einfach nach Hause gehen, bitte. Ich schwöre, ich erzähle niemandem davon.«

Als ich mit meinem aufgeregten Gestammel fertig bin, warte ich seine Reaktion ab. Ich sehe nichts. Da sein Gesicht komplett von der Maske verdeckt ist, kann ich keine Gefühlsregung ausmachen. Er sitzt zu weit weg, um in seine Augen sehen zu können. Unbeeindruckt bleibt er einfach sitzen, bevor ich ein leises Schnauben höre, er mit der rechten Hand ein Zeichen gibt, damit sich dieser dunkelblonde Mann zu ihm hinunterbeugt. Er raunt ihm etwas zu, was ich nicht hören kann.

Der blonde Mann mit diesen offenen grünen Augen schaut in meine Richtung, nickt und antwortet ihm sehr leise.

»Es freut mich, dass du wach bist und es dir besser geht. Wir werden in einer Stunde unten zusammen essen und du kannst ganz in Ruhe, ohne am Bett gefesselt zu sein, mit mir über alles sprechen.«

»Ich möchte gehen … ich habe alles gesagt«, erwidere ich, als ich sehe, dass sich der maskierte Mann in seinem perfekt sitzenden Anzug erhebt und Anstalten macht, den Raum zu verlassen.

»Du wirst nirgendwohin gehen. Du bist nicht meine Gefangene, aber auch nicht mein Gast. Du bleibst mit deiner Freundin so lange hier, bis ich weiß, was ich wissen will.«

Und was ist das? »Dann fragt mich!«, antworte ich sofort, als er sich bereits an der Flügeltür befindet.

»Gerade ist nicht der passende Moment.« Jetzt sehe ich hinter seiner Maske seine Augen über mich huschen, ganz so, als wollte er mir verdeutlichen, dass ich mich in einer ziemlich misslichen Lage befinde. Festgebunden am Bett, verletzt und nur dürftig bekleidet. Das ist mir egal, Hauptsache, ich komme weg.

»Bitte …«, versuche ich es erneut mit einem Flehen in der Stimme. Doch statt mich mein Anliegen aussprechen zu lassen, unterbricht er mich.

»Ciprian wird sich um dich kümmern. Wir sehen uns in einer Stunde.« Schon öffnet er die Tür, die ihm von dem kräftigen Mann aufgehalten wird, und verlässt den Raum.

»Nein!«, rufe ich ihm nach. »Das können Sie nicht

machen!« Er kann mir nicht den Typen hierlassen, der meine Freundin aus der Wache gezerrt hat und … Wo ist Zahra? Lebt sie noch? Geht es ihr gut? Waren sie bereits bei ihr, bevor ich wach geworden bin?

»Wir werden noch miteinander warm werden, du wirst sehen.« Plötzlich tritt dieser Ciprian, der nicht älter als Anfang dreißig sein dürfte, an das Bett heran und beugt sich zu mir herab. Gekonnt strecke ich mein linkes Bein aus und trete ihn weg. »Komm mir nicht zu nahe, du Monster! Ich kenne solche Typen wie dich! Fasst du mich …«

»Was dann? Willst du schreien? Nur zu, dich hört hier keiner. Alle, die dich hören werden, werden nicht eingreifen, klar? Jetzt bleib liegen, ich will nach deinem Kopf sehen.«

»Nein!«, antworte ich stur und setze eine entschlossene Miene auf. Ich will nicht, dass er mir zu nahe kommt. »Lasst uns laufen. Ihr gehört dieser Organisation an, nicht wahr? Du bist einer von denen, die uns im Dschungel gekidnappt haben und uns auf dem Platz abgelegt haben wie Müll! Was wollt ihr? Wir wissen wirklich nichts.«

»Mag ja sein, Hübsche«, antwortet dieser Ciprian, der nun die Arme vor der Brust verschränkt und auf mich herabblickt, als wäre ich ein erbärmliches Insekt. »Aber wie Alessio bereits sagte, ihr geht nirgendwohin. Sein Wort ist Gesetz. Also wirst du dich in einer Stunde mit ihm treffen und ihm alles erklären, verstanden? Jetzt lass mich nach deinem Kopf sehen.«

»Nein«, antworte ich erneut verängstigt. »Binde mich vom Bett los, dann kann ich selbst nach meinem Kopf sehen.« Sehen, ob die Entzündung abgeklungen ist. Obwohl sich mir der Magen bei der Vorstellung umdreht, dass ich von Fremden umgezogen, ans Bett gefesselt und am Kopf behandelt wurde.

Aber sie haben mich in kein Kellerloch geworfen oder in keine gammelige Zelle.

»Fein, bleib weiterhin stur. Ich handele mir keinen Ärger ein. Wenn du nicht kooperieren willst, wirst du deine

Freundin womöglich nie wiedersehen. Deine Entscheidung.« Plötzlich dreht er sich auf dem Absatz um und hält ebenfalls auf die Tür zu.

»Wie geht es Zahra?«, will ich dennoch wissen, bevor er geht.

»Gut. Noch«, raunt er, ohne sich zu mir umzudrehen. Ich starre auf das schwarze Shirt, seine dunklen Tätowierungen am linken Arm und sein dunkelblondes gepflegtes Haar. Er erinnert mich mehr an ein draufgängerisches Millionärssöhnchen als an einen Kriminellen. Selbst die Tattoos schrecken mich nicht ab, da sie heute jeder trägt, ob kriminell oder nicht.

»Kann ich sie sehen? Ich will mich selbst davon überzeugen.«

»Nein. Erst wirst du eine Dusche nehmen, dich umziehen und dich beim Abendessen benehmen. Danach entscheidet Alessio, ob du sie sehen darfst«, erklärt er trocken, dreht sich zu mir und wartet meine Antwort ab. »Deine Entscheidung. Ich würde dir anraten, es dir leichter zu machen, indem du auf das hörst, was dir gesagt wird.«

Bin ich ihre Magd? Aber was habe ich für eine Wahl? Wären es widerwärtige Kriminelle, die Frauen schänden und vergewaltigen, hätten sie sich längst an mir vergangen. Aber … Ich weiß nicht, wie lange ich geschlafen habe, seit wann ich hier bin. Es kann gut möglich sein, dass alles zu einem perfiden Spiel gehört, ich aufreizende Kleidung anziehen soll, damit es eine Freude für sie ist, mich nach dem Essen zu missbrauchen.

»Wie lautet deine Entscheidung?«, fragt er genervt.

»Okay«, wispere ich.

»Okay was? Okay, du willst am Bett gefesselt bleiben und warten, bis du verhungert bist. Oder okay, ich befolge Alessios Anweisung und esse mit ihm?«

Seine flussgrünen Augen bohren sich in meine. Mein Atem geht flach, da es mir vorkommt, als würde er mich mit nur einem Blick festnageln. Schnell weiche ich seinen Augen aus. »Letzteres. Ich esse mit ihm.«

»Cleveres Mädchen.« Es ist nicht clever, ich habe keine andere Option. Nur zusammen mit Zahra habe ich eine reelle Chance, zu fliehen. Sie kennt mich, sie hat mich sogar im Verhörraum verteidigt und wollte mir zur Flucht verhelfen. Ich vertraue ihr. Ohne sie werde ich diesen Ort, wo auch immer wir uns gerade befinden, nicht verlassen.

~

Nachdem mich Ciprian losgebunden hat, folge ich ihm zum Korridor, der sich vor dem Schlafzimmer befindet. Ich studiere jeden Gegenstand, an dem wir vorübergehen. Sehe alte Pendeluhren, royalblaue Teppichböden mit rätselhaften Ornamenten, stuckbesetzte Decken, kostbare Kronleuchter, viele dunkle Holztüren und verwinkelte Abzweige. Die kompletten Möbel erinnern an eine längst vergessene Zeit. Die Kolonialzeit vor über hundert Jahren. Dennoch sind die alten Kommoden, Schränke, Truhen, Tische und geschnitzten Stühle in einem tadellosen Zustand.

Am Ende des Ganges öffnet Ciprian eine dunkle schwere Holztür.

»Du kannst hinter dir abschließen, ich warte hier draußen auf dich. Stellst du Blödsinn an, versuchst zu fliehen oder mich anzugreifen, schwöre ich dir, liegst du schneller tot auf dem Boden, als du schreien kannst. Wir haben deine Freundin, vergiss das nicht«, droht er mir mit diesem unheilvollen bösartigen Blick. Neben der Korridorwand nimmt er vor dem Fenster in der Nische Platz. Während er sich setzt, sehe ich eine Waffe unter seinem Jackett. Er meint es todernst.

Daher betrete ich das Badezimmer, ohne einen Aufstand zu machen, schließe die Tür und prüfe zweimal, ob sie abgeschlossen ist.

Ich trage nicht viel mehr als einen schwarzen schlichten Pyjama aus Satin. »Ach so, wenn du fertig bist, bringe ich dich zurück und du ziehst dich dort an.«

Ich antworte nicht, sondern stürme auf das Fenster über der frei stehenden Wanne zu, hinter dem ich hohe Palmen ausmachen kann. Als ich es öffne, um die Höhe des Stockwerks abzuschätzen, wird mir flau im Magen.

Unter mir befindet sich auf einem gepflasterten Platz unter einem Sonnensegel eine Familie, und ich sehe mehrere gebräunte Männer, die alles im Visier behalten. Teilweise tragen sie sogar Maschinengewehre und patrouillieren über das Grundstück, das in einen weitläufigen Garten übergeht. Dahinter erstreckt sich endloser Dschungel. Die Familie am Tisch unter dem Sonnensegel zwischen den Oleander- und Hibiskussträuchern wirkt wie jede andere. Ein Mädchen und ein Junge spielen Verstecken im Garten, das Paar unterhält sich mit einem in Schwarz gekleideten Typen. *Schwarz.* Genau in dem Moment dreht er das Gesicht zu mir hoch und ich erkenne ihn sofort. Es ist dieser Elian, der ein T-Shirt und dunkle Hosen trägt. Er ist ebenfalls bewaffnet.

Erschrocken ziehe ich mich vom Fenster zurück, schließe es und atme an der Wand angelehnt schnell aus und wieder ein. Shit. Aus dem Fenster fliehen kommt nicht infrage. Aus der Tür spazieren ebenso wenig. Zudem würden sie Zahra dafür bestrafen oder foltern, wenn ich abhaue.

Daher bleibt mir nichts anderes übrig, als vorerst so zu tun, als würde ich ihre Anweisungen befolgen.

Ich trete an den Waschtisch, über dem ein großer runder Spiegel über zwei hellen Waschschalen hängt. Es befindet sich kaum etwas Persönliches in diesem Bad, als wäre es nur mit dem Nötigsten ausgestattet oder noch nicht lange bezogen worden.

Im Bad befindet sich eine große Badewanne, Dusche aus Naturstein und mit großem Duschkopf, frische weinrote

Handtücher, eine Flasche Shampoo und Duschgel sowie Seife, Zahnbürste, Zahnpasta, Bürste, Föhn und bordeauxrote Badeläufer, die auf dem cremefarbenen Fliesenboden liegen.

Es ist eingerichtet wie in einem Hotel. Frisch, sauber und fast unbenutzt.

Nachdem ich alle Fächer und Schubladen nach brauchbaren Dingen, die mir als Waffe nützlich sein könnten, durchsucht habe, finde ich nichts. Keine Schere, keine Rasierklingen, keinen spitzen Kamm. Enttäuscht atme ich geräuschvoll aus, bevor ich vor dem Spiegel nach meinem Hinterkopf taste. Ich kann nicht sehen, wie die Wunde aussieht, aber fühlen, dass eine Fläche auf meinem Kopf ausrasiert wurde und Fäden ertasten.

Die Wunde wurde genäht? Von wem? Seit wann bin ich eigentlich schon hier?

Ohne Zahra an meiner Seite, die mir die letzten Tage sagen konnte, was passiert ist, fühle ich mich seltsamerweise hilflos.

Eine Weile schaue ich mir im Spiegel entgegen. Mein Haar sieht furchtbar aus, stumpf, verfilzt, strähnig und dreckig. Mein Gesicht ist sauber, das mir wohl jemand gewaschen hat wie auch meine Arme und Beine, an denen keine Blut- und Dreckreste mehr kleben.

Ich schaudere bei der Vorstellung, dass mich jemand angefasst hat, als ich bewusstlos war.

Anschließend lasse ich die Jalousien vor dem Fenster herunter, damit mir niemand, wirklich niemand beim Duschen zusehen kann. Ich werde den Pyjama los, lege ein Handtuch über die Glastür, damit selbst dieser Ciprian, falls er das Bad betritt, mich nicht sofort nackt sieht. Denn ich traue niemandem.

Wie auch? Ich traue mir nicht einmal mehr selbst.

Nachdem ich jeden Zentimeter meines Körpers gewaschen und mein Haar vorsichtig mit der Handbrause eingeschäumt und ausgespült habe, ohne die Wunde zu berühren, schalte ich das Wasser ab und wringe mein Haar aus.

Wenn ich wirklich so wichtig und die Tochter des ehemaligen israelischen Ministers bin, wird eine große Suchaktion in die Wege geleitet worden sein. Ich müsste die Zeitungen lesen, den Fernseher anschalten, das Internet durchsuchen und wäre sofort informiert. Ich könnte sehen, ob sie wirklich mich suchen. Sie würden mein Bild überall zeigen. Daher brauche ich irgendwie Zugang zu einem der drei Dinge: Fernseher, Computer oder Zeitung.

In Gedanken vertieft greife ich nach dem Handtuch über der Glastür, um es um meinen Körper zu wickeln, als ich mitten in der Tür diesen dunkelhaarigen Mann sehe, der diese dunklen beeindruckenden Augen besitzt. Augenblicklich fahre ich schreckhaft zusammen und trete einen Schritt in der Dusche zurück.

»Keine Angst, ich will dich nur zu deinem Zimmer führen.«

»Kannst du dann nicht hinter der Tür warten?«, antworte ich in einem ängstlichen Tonfall. Sofort dreht er sich mit einem dunklen Lachen von mir weg und betrachtet die Maserung der Badtür.

»Weißt du, hier kommt nicht jeden Tag eine Frau hereinspaziert. Zumindest keine wie du, mein Herz.«

Mein Herz?

Als ich sicher bin, dass er nicht heimlich über die Schulter blickt, wickele ich das Handtuch rasch um meinen Körper, verknote es und trete aus der Dusche.

»Du hast doch bloß Angst, ich könnte dir entwischen. Wo ist dein zweiter zwielichtiger Freund, der draußen auf mich warten wollte?« In einem weiten Abstand bleibe ich neben der Wanne stehen und mustere seine Statur. Er ist wirklich verdammt groß. Hat mitternachtschwarzes Haar, ein schön geschnittenes Profil. Irgendwie sieht er nicht aus, als würde er aus Panama stammen. Die meisten Einwohner sind kleiner, untersetzter und haben rundlichere Gesichter.

Er hingegen hat scharf gezeichnete Gesichtszüge, einen Fünf-Tage-Bart, der sich von seinen Wangen bis zum Hals zieht, und ist ganz der Latinoverschnitt, wie ihn Modezeitschriften auf Hochglanzmagazinen abbilden. Sollte ich ihn kennen? Hätte ich doch bloß mein Gedächtnis nicht verloren. Aus den Augenwinkeln schielt er zu mir. Wie das letzte Mal trägt er ein dunkles T-Shirt mit V-Ausschnitt, sodass ich seine gebräunte Haut und seinen Brustansatz sehen kann. Seine Hose ist schmal geschnitten und er trägt dunkelbraune Boots. Auf seiner Haut ist kein Tattoo zu erkennen. Er trägt auch keine Piercings, soweit ich sehen kann, aber hat eine kleine gerade Narbe auf dem rechten Wangenknochen.

»Mein zwielichtiger Freund begrüßt gerade die Gäste. Du konntest doch vorhin aus dem Fenster sehen, dass wir Besuch haben.«

»Wo sind wir?«, frage ich vorsichtig an und versuche, nun wie bei diesem Ciprian und Alessio zuvor, dass er mir etwas verrät oder mich womöglich gehen lässt.

»Dort, wo uns niemand findet«, antwortet er geheimnisvoll grinsend, wendet sich zu mir um und lässt seine dunklen Blicke an mir auf und ab wandern. Wie zur Eisskulptur erstarrt presse ich die Lippen zusammen und bekomme keine Luft. »Starr mich nicht so an.«

»Warum nicht? Die halbe Welt starrt dich bereits in den Medien an.« *Er macht kein Geheimnis daraus?*

»Das bedeutet, nach mir wird gesucht?«

Er macht drei vorsichtige Schritte auf mich zu und nickt einmal mit diesem amüsierten Lächeln. »Allerdings. Deine Familie hat dein Verschwinden überall in den Medien verbreitet. Halb Amerika weiß davon. In Panama suchen Helikopter, Taucher, Spürhunde und sogar Detektive nach dir.«

»Dann werden sie mich auch finden«, antworte ich erleichtert. Wenn so viele unterwegs sind, werden sie irgendwann zu diesem Haus gelangen. Schließlich ist Panama ein kleines Land.

»Das glaubst du wirklich?«, hakt er nach und macht noch einen Schritt auf mich zu. Irgendwie ist er mir unheimlich. Es kommt mir vor, als würde er mich kennen. Nun ja, irgendwie scheint mich die halbe Welt zu kennen – bloß ich kenne mich selbst nicht.

Rasch schnappe ich den groben Kamm vom Waschtisch und halte ihn Elian abwehrend entgegen.

»Komm mir nicht zu nahe, bleib dort stehen!«, warne ich ihn, da mir sein Näherkommen nicht gefällt. Er schleicht sich an mich heran wie ein Luchs, der jede Sekunde zum Sprung ansetzt.

Ein Hauch von Spott zeichnet sich in seinem attraktiv geschnittenen Gesicht ab. Dennoch akzeptiert er meine Warnung und bleibt stehen. »Beeil dich besser. Alle geladenen Gäste treffen sich in zwanzig Minuten im roten Salon. Wir sehen uns später.«

Mit diesem geheimnisvollen Augenaufschlag mustert er mich erneut, lächelt düster und dreht sich zur Tür um.

»Stopp. Wie finde ich den Salon?«

»Deine persönliche Angestellte wird dich abholen. Sie weiß, wo er sich befindet.« Schon ist er durch die Tür gegangen. In der nächsten Sekunde stürze ich auf die Tür zu, die ich erneut verriegele und nicht mehr aus den Augen lassen werde.

Hinter der Tür höre ich ein amüsiertes Lachen, das mit jedem Schritt verklingt. Soll er doch lachen! Wie würde er sich fühlen, wenn er in einem fremden Haus festgehalten würde?

Ich würde am liebsten nicht zu diesem Essen gehen, wenn ich nicht dazu gezwungen werden würde. Am Tisch dieser Fremden werde ich sicher keinen Bissen hinunterbringen. Allerdings hoffe ich sehr, dass ich Zahra dort sehen werde. Nur aus diesem Grund werde ich zu diesem Essen erscheinen.

Nachdem ich mein Haar getrocknet und geföhnt habe, mein dunkles volles Haar in Wellen über meine Schulter fällt, öffne ich die Tür, hinter der niemand herumlungert. Seltsam. Sie scheinen nicht jeden meiner Schritte zu überwachen. Oder aber es gibt Videokameras.

Ich laufe exakt den Weg zum Zimmer zurück, den mir Ciprian gezeigt hat. Im Raum, in dem ich aufgewacht bin, schaue ich mich überall um. Er ist wirklich nobel und mit Geschmack eingerichtet worden, hell, freundlich und überhaupt nicht düster wie die Typen.

Im nächsten Moment entdecke ich den Fernseher hinter einer Zwischenwand gegenüber der Couchlandschaft, den ich sofort anschalte. Ich zappe durch die Kanäle von Panama. Es ist 20.20 Uhr, eigentlich keine Nachrichtenzeit, dennoch finde ich auf Anhieb zwei Kanäle, die die Suchmeldung von zwei vermissten jungen Frauen ausstrahlen.

Als ich mein Gesicht auf einem der beiden Fotos erkenne, sinke ich mit einem Keuchen auf das helle Sofa und verfolge gebannt das Aufgebot an Polizisten und Suchtrupps. Sogar hunderte Freiwillige suchen mich. Allerdings nicht als Samira, sondern Adriana Whitman. Zahras Bild wird ebenfalls gezeigt, unter dem der Name Payton Newton steht.

Eltern, die ein Interview geben, werden nur von hinten gezeigt. Warum kann ich nicht ihre Gesichter sehen? Sie wollen sich nicht der Öffentlichkeit zeigen. Richtig, weil Zahra meinte, wir wären nach Amerika gezogen, um dort ein neues Leben anzufangen. Wenn sie sich zeigen würden, würde man sofort wissen, wer sie sind. Und mich kennt die Welt nicht?

Ich verstehe überhaupt nichts mehr. Statt dass Fragen beantwortet werden, kommen immer mehr auf.

»... Der Dschungel stellt ein immenses Problem dar. Suchtrupps durchkämmen bereits Hunderte Hektar an Urwald, aber meiden bewusst Zonen, die an das Gebiet der Terequeraz grenzen. Ob Militär zum Einsatz kommt, wird sich die nächsten Tage zeigen. Rettungseinsätze in der Luft suchen mit Wärmebildkameras nach den Vermissten, bisher ohne Ergebnis. So viel ist gewiss, mit jedem Tag schwindet die Hoffnung, die beiden jungen Frauen lebend zu finden. Sollten sie einem der Kartelle zum Opfer gefallen sein, würde das ihr mysteriöses Verschwinden erklären …«, verfolge ich die Worte des Reporters, der sich inmitten des Urwaldes direkt vor einem Fluss befindet.

Ein Fluss. Kartelle. Terequeraz.

Unvermittelt klopft es an der Tür, bevor diese vorsichtig geöffnet wird.

»Miss Whitman, darf ich eintreten?« Es ist eine junge Frauenstimme. Sie muss die Angestellte sein, von der Elian sprach. Ein Blick auf die Uhr verrät mir, dass die zwanzig Minuten bereits um sind. *Ich bin viel zu spät!*

KAPITEL 10

SAMIRA

»Sí. Ja, Sie dürfen eintreten«, antworte ich nervös, schalte den Fernseher auf stumm und erhebe mich von dem Polster. Eine Frau mit einem schmalen Gesicht, dunklem Haar, das zu einem Zopf geflochten ist, in schwarzen Hosen und Poloshirt betritt den Raum. Sie schließt sehr ruhig und vorsorglich die Tür, bevor sie sich zu mir umdreht.

»Ich soll Ihnen beim Einkleiden helfen und auch bei anderen Dingen, die Sie benötigen.«

Oh, sie könnte mir einige Fragen beantworten. Nachdem ich sie eine Weile mustere und ausschließen kann, dass sie Waffen trägt oder eine Gefahr darstellt, da sie wesentlich zierlicher und jünger als ich ist, gehe ich auf sie zu.

»Wie heißt du? Bist du auch eine Gefangene?«, will ich wissen.

»Mein Name ist Pheola und nein.« Sie lächelt verhalten. »Ich bin keine Gefangene, sondern freiwillig hier.«

Freiwillig?

»Dann arbeitest du für diesen maskierten Mann?«

»Ja«, antwortet sie knapp. »Seit ich vierzehn bin, arbeite ich für den Maestro. Also seit circa fünf Jahren.«

»Warum?« Denn hätte ich die Wahl, würde ich nicht für diesen Alessio oder Ciprian oder Elian arbeiten.

»Weil er mich gut bezahlt und von der Straße geholt hat.«

»Du warst ein Straßenkind?«

»Sí.« Immer noch bleibt sie wie angewurzelt an derselben Stelle stehen, während ich über den Teppich nahezu geräuschlos an ihr vorübergegangen bin. Jedes Mal, wenn sie mir antwortet, blickt sie mir nicht direkt in die Augen. Ahnt nur, wo sich mein Gesicht befindet. *Etwas stimmt nicht mit ihr.*

»Wir sind schon spät dran. Das sieht er nicht gern. Er liebt Pünktlichkeit und Zuverlässigkeit.«

»Wer?«, will ich wissen, schleiche mich näher an sie, so nah, dass uns nur zwei Schritte trennen. Sie hört mich, aber … Ich hebe die rechte Hand und wedele vor ihrem Gesicht hin und her. Sie reagiert nicht. Ihre Augen verfolgen die Bewegung nicht. *Das bedeutet … sie ist blind?*

»Ich weiß, dass du direkt vor mir stehst und mich testest. Auch wenn ich dich nicht sehen kann, weiß ich, wo du dich befindest.«

»Du bist blind?«, hake ich nach, obwohl mein Test bereits gezeigt hat, dass sie nichts sieht. Ein weiches Lächeln huscht über ihre schmalen Lippen.

»Ja, das bin ich. Zu deiner Frage: Alessio liebt Pünktlichkeit und Zuverlässigkeit«, wiederholt sie erneut, da ihr wohl mein Heranpirschen unangenehm ist.

»Dann sind wir wohl zu spät. Ich könnte auch hierbleiben und nicht zum Essen erscheinen«, schlage ich vor und betrachte ihre haselnussbraunen Augen, die wenige Zentimeter an mir vorbeiblicken.

»Nein, ich lege alles raus. Du riechst gut. Nach Rose und Jasmin, den Duft mag er.«

Was? Sofort nehme ich Abstand zu ihr, da ich mich schlagartig unwohl fühle. Ich will nicht nach dem riechen, was er mag. Sie kichert, dreht sich nach rechts und läuft zielsicher zum Kleiderschrank, als könnte sie sehen. Sie schiebt die Türen auf, tastet nach den Kleidungsstücken darin, während mir der Mund offen stehen bleibt.

»Das hier möchte er an dir sehen.«

Sie holt ein schwarzes bodenlanges Kleid hervor. Alle Kleidungsstücke sind ausnahmslos schwarz in diesem Schrank. Okay, somit braucht sie kein Gerät, das ihr die Farbe ansagt. Maskierter Mann. Blinde Angestellte. Schwarze Kleidung. Wo bin ich hier gelandet?

Sie legt das schwarze Kleid mit dünnen Spaghettiträgern und seidigem Stoff auf das Bett, das einen wahnsinnig tiefen Ausschnitt besitzt, bodenlang ist und an ein Abendkleid erinnert.

»Nichts gegen deine … wie soll ich sagen … Einschränkung, aber du hast dich ganz sicher im Kleid geirrt.« Ich gehe an ihr vorüber, um ein wesentlich verschlosseneres Kleid auszuwählen.

»Nein, habe ich nicht. Du sollst genau das anziehen.«

Ich schlucke hart. Soll ich wirklich? »Wenn du es nicht tust, darfst du deine Freundin nicht sehen.«

Das ist Erpressung. Da sie mich nicht sehen kann, verdrehe ich verärgert die Augen. »Lügt dieser Alessio auch nicht?«

»Nein, er steht immer zu seinem Wort«, antwortet sie wie einstudiert. Als müsste sie ihn nicht anzweifeln oder könnte sich an kein Ereignis der letzten fünf Jahre erinnern, bei dem er gelogen hat. Jeder Mensch lügt oder bricht irgendwann sein Wort.

»Wirst du es anziehen?«, fragt sie und bleibt neben dem Bett stehen.

»Ja, aber nur, weil ich testen will, ob er wirklich zu seinem

Wort steht«, antworte ich mürrisch, knote das Handtuch auf und reiche es ihr, da sie die Hand danach ausstreckt. Anschließend nehme ich das Kleid vom Samtbügel und ziehe es an. Wie auch den Slip und die Heels, die sie mir ebenfalls rausgelegt hat. »Ist für heute Abend eine Party geplant?«

»Es ist Samstag«, antwortet sie, nachdem sie das Handtuch zusammengefaltet neben die Tür abgelegt hat. *Das bedeutet?* »Wie fast jeden Samstag sind Gäste eingeladen.«

»Verstehe.« Mein Glückstag. Während die halbe Welt nach mir sucht, vergeude ich meine Zeit auf einer Veranstaltung. Es kommt mir alles so falsch vor.

Nachdem ich den Reißverschluss des Kleides mit Pheolas Hilfe schließe, die wirklich geschickte Hände besitzt, obwohl sie nichts sieht, steige ich in die Schuhe. »Wann wurden die Kleidungsstücke ausgesucht?«

»Gestern, als du noch geschlafen hast.«

»Wie lange habe ich denn geschlafen?«

»Anderthalb Tage ungefähr?«

»Wo sind wir hier? Wie heißt der Ort?«, versuche ich mein Glück bei ihr.

»Du darfst nicht wissen, wo wir sind. Das darf niemand wissen, außer den Eingeweihten.«

»Das würde bedeuten, du lebst hier?«, schlussfolgere ich aus ihrer Erklärung.

»Richtig. Seit fünf Jahren. Das gesamte Personal lebt hier, Essen erhalten wir von einem Lieferanten. Wir sind mitten im Dschungel. Jeder wurde hierhergebracht, nachdem er einwilligte, an diesem Ort arbeiten zu wollen. Wenn wir ihn verlassen wollen, dann für immer. Die, die heimlich verschwinden wollten, wurden nie wieder gefunden.«

Das heißt, es gab vor mir bereits Menschen, die geflohen sind und nie wieder gefunden worden sind? Wenn wir uns im Dschungel befinden, kann es nur bedeuten, dass sie sich entweder verlaufen haben oder aber ermordet worden sind. *Warum vermute ich bloß Letzteres?*

Mein Magen krampft sich bei der Vorstellung übel zusammen. »Wir sind noch in Panama, oder?« Nicht in Kolumbien, Bolivien oder Argentinien?

»Das weiß ich nicht.«

»Das weißt du nicht?«, wiederhole ich mit ängstlicher Stimme. »Du musst es doch wissen. Irgendwas wird es dir sicher verraten haben, Geldnoten oder Besucher oder …«

»Was wird das hier, Samira?«, fragt unvermittelt eine Männerstimme, die den Raum betreten hat. »Willst du jeden Angestellten ausfragen? Sie werden und können dir nichts sagen. Und die, die dir hätten etwas verraten können, liegen bereits verscharrt unter der Erde«, lässt mich Ciprian wissen, dessen grüne Augen mir mit einem mordlustigen Blick entgegenfunkeln. »Du hast genug Zeit verplempert. Jetzt komm. Pheola, du hast frei.«

»Danke, Señor.« Sie nickt dankbar, bevor sie an mir vorübereilt und neben Ciprian das Zimmer verlässt.

»Schön siehst du aus. Passend zur Gesellschaft, die nur auf deinen reizenden Anblick wartet. Jetzt komm«, befiehlt er mir schroff und reicht mir eher genervt seine Hand. Ich schnaube und verschränke die Arme vor der Brust, da seine Blicke meinen Körper entlangwandern. Ich weiß, wie ich aussehe. Und das will ich nicht, nicht für sie. Selbst er hat sich umgezogen und trägt einen schwarzen Anzug mit schwarzem Hemd. Jeder scheint dunkle Farben zu tragen. Wieso?

»Ich folge dir. Wo ist Zahra?«

»Wo ist Zahra?«, äfft er mich nach. »Wenn du Glück hast, noch am Leben. Jetzt beweg dich endlich, bevor der zweite Gang aufgetragen wird. Du hast genug Zeit mit deinem Dauerduschen und Gequatsche vertrödelt. Wenn Pheola eine Strafe erhält, weil du sie von ihrer Arbeit abgehalten hast, ist das deine Schuld.«

»Ihr könnt sie nicht bestrafen. Sie hat nichts falsch gemacht«, antworte ich verärgert.

»Wo lebst du eigentlich? Sie ist hier angestellt. Wer Fehler macht, muss mit Konsequenzen leben.«

Da ihm mein stures Verhalten zu blöd ist, tritt er an mich heran und zerrt meine rechte Hand aus meinen verschränkten Armen. »Komm endlich.«

»Was ihr hier veranstaltet, ist doch krank!«, beschwere ich mich. »Ihr könnt uns nicht für immer festhalten.«

Ciprian überhört meine zornigen Worte, zerrt mich stattdessen ruppig hinter sich her durch die Tür auf den Korridor und weiter zur breiten Treppe, über der ein blauer Teppich verläuft. Von unten dringt Musik an meine Ohren. Klassische Musik, die von gedämpften Unterhaltungen übertönt wird. Das Klappern von Geschirr und Besteck ist zu hören.

»Ich merke mir jede Beleidigung. Du solltest dir dringend hinter die Ohren schreiben, dass hier niemand irgendwas vergisst und Wände Ohren haben. Das Personal ist blind, aber nicht blöd. Sie helfen dir nicht, sie retten dich nicht, sie sind nicht mal deine Freunde, verstanden? Alles, was du hier von dir gibst, wird an Alessio weitergetragen.«

»Und dann werde ich auch bestraft?«, antworte ich skeptisch.

Mitten auf der Treppe bleibt er stehen, sodass ich in ihn hineinlaufe und seinen herben männlichen Duft einatme, da meine Nase sich unfreiwillig in seinen Rücken gräbt.

»Dass du schon heute so aufdringlich wirst, hätte ich nicht erwartet«, scherzt er, bevor er mich an der Schulter zurückschiebt. Verärgert funkele ich ihm entgegen, was ihn zum Lächeln bringt. »Ja, du wirst bestraft, auch beim Erwischen des Versuchs, die Eingeweihten anzugraben.«

Sein Lächeln wird breiter. Ehe ich ihm eine schnippische Antwort verpassen kann, zieht er mich weiter die Treppe hinunter.

»Wer sind die Eingeweihten? Etwa die, die wissen, wer sich hinter der Maske verbirgt?«, frage ich weiter.

»Du willst wirklich wissen, wer er ist?«, fragt Ciprian beiläufig, als wir den Treppenabsatz erreicht haben, wir uns in einer hohen Eingangshalle wiederfinden, die nahtlos in eine Außenterrasse übergeht. Es befinden sich zwar Metalltore vor dem Garten, allerdings stehen sie weit offen. Ich sehe den paradiesischen Garten, in den ich flüchten könnte, wenn ich nicht beobachtet werden würde.

»Denk nicht daran, wenn du nicht zwei Schritte weiter mit einer Kugel im Kopf im Garten liegen willst«, höre ich Ciprian, der meinen Blicken wohl gefolgt ist und meine Gedanken lesen kann. »Wir gehen zum Saal, der sich dort drüben befindet.«

»Wer versteckt sich hinter der Maske?«, frage ich erneut.

»Dein Retter oder dein Tod.«

Was ist das für eine lächerliche Antwort. »Nein, im Ernst.«

»Das ist mein Ernst«, fährt Ciprian fort. »Noch nie etwas von den Terequeraz gehört? Ich frage mich ehrlich, wie man nach Panama reisen kann, ohne sich genügend informiert zu haben, was hier abgeht.«

»Entschuldigung, dass ich …« … mein Gedächtnis verloren habe. »Dass wir nicht vorhatten, uns mit einer kriminellen Bande einzulassen.«

»Lass das nicht Alessio hören«, warnt mich Ciprian schnippisch.

»Witzig, du wirst dafür sorgen, dass er es als Erstes erfährt, wetten?«, scherze ich und weiß vermutlich nicht, auf welch dünnem Eis ich mich bewege. Denn im nächsten Moment stoppt Ciprian vor einer Flügeltür und umfasst meine Schultern. Grob schiebt er mich gegen die linke Wand neben der Tür.

»Merke dir eines: Du befindest dich bei keiner kriminellen Bande! Wir sind mehr als eine lächerliche Gang, die Gesetze übertritt, andere bestiehlt oder grundlos tötet! Schärf dir das genau ein oder bete es meinetwegen jeden Abend vor dem Schlafengehen herunter!«, fährt er mich bösartig mit einer lauten Stimme an, da ich wohl etwas gravierend Falsches von mir gegeben habe. Verängstigt zucke ich unter ihm zusammen, kneife die Augen zu und warte ab, was als Nächstes passiert. Die Musik ist weiterhin hinter den Saaltüren zu hören, allerdings sind die Gespräche verstummt, was daran liegt, dass die Flügeltüren geöffnet worden sind und uns die Gesellschaft beobachtet. Langsam öffne ich meine Augen und schaue in den großen Saal, in dem sich eine lange Tafel neben bodentiefen Sprossenfenstern befindet. Gefühlt dreißig Menschen sitzen an der reich und edel eingedeckten Tafel, an der alle ihre Köpfe zu uns drehen.

»Jetzt beweg dich in den Saal. Niemand lässt Alessio warten!« Über mir stößt sich Ciprian mit einem Fauchen von der Wand ab, was mich erneut zusammenfahren lässt. Zwei Angestellte warten neben der geöffneten Tür, die uns wohl gehört haben müssen und deshalb die Türen geöffnet haben. Klasse, jetzt werde ich von allen Gästen am Tisch angestarrt wie ein Affe im Zoogehege – allen voran von Alessio, der weit entfernt an der Stirnseite der Tafel sitzt und zu mir schaut.

Für den Bruchteil einer Sekunde bleibe ich stehen, sehe Ciprian mit großen harschen Schritten auf die Tafel zuhalten, während ich mir vor allen so bloßgestellt vorkomme. Ich kann keinen Schritt in den Saal setzen. Ich sehe nicht einmal Zahra am Tisch sitzen.

Langsam mache ich einen Schritt zurück, hebe das Kleid mit beiden Händen an und wende mich eilig von der Szene ab. Doch als ich mich umdrehe, um durch die große Halle in den Garten zu laufen, sehe ich zwei bewaffnete Männer mit Maschinenpistolen auf mich zukommen. *Shit!* Augenblicklich stoppe ich meine Schritte, da ich unmöglich an ihnen vorbeikomme.

Mein Herz rast so schnell wie das eines Kolibris. Sofort drehe ich mich gefangen zwischen dem Saal und den bewaffneten Männern um die eigene Achse, bis ich Alessio vor mir stehen sehe, der mir seine Hand anbietet.

»Beruhig dich. Dir tut niemand etwas.«

Das sehe ich nicht so. Hektisch atmend schüttele ich den Kopf und weiche vor ihm zurück. Diese Maske ist so unheimlich. Wie alles. Ich befinde mich wie in einem üblen Albtraum.

»Wo ist Zahra?«

»Hier, sie sitzt genau dort.« Alessio deutet zur Tafel neben Ciprian, der nun Platz genommen hat, auf eine dunkelhaarige Frau, die ich zuerst übersehen haben muss. Denn direkt vor ihr sitzen weitere Menschen, die mich weiterhin angaffen. *Ich will hier weg.* Ängstlich blicke ich zu Zahra und schüttele den Kopf.

»Ich kann nicht … Ich will nicht …«, sage ich panisch, da ich aus den Augenwinkeln die bewaffneten Männer näher kommen sehe. Alessio hebt die Hand und macht ein Zeichen, damit sie sich verziehen.

»Natürlich kannst du. Wovor fürchtest du dich?«

Ist das ernst gemeint? »Vor allem: Was seid ihr? Warum tragen Sie diese Maske? Warum wird … das Anwesen bewacht wie eine Festung?«

»Wenn ich dir sagen werde, dass es zu meiner und ganz besonders zu deiner Sicherheit ist, wirst du es mir ohnehin nicht glauben, oder?«

Sofort schüttele ich den Kopf. Er überragt mich trotz meiner hohen Absatzschuhe um einen halben Kopf und grinst unter seiner Maske, was ich am Rand der Maske erkennen kann.

»Nein.«

»Es ist die Wahrheit. Wirst du freiwillig an der Tafel Platz nehmen und deiner Freundin Gesellschaft leisten oder möchtest du dich auf deinem Zimmer ausruhen?«

Er lässt mir wirklich die Wahl? Mein Blick wandert zu Zahra. Ein Zeichen von Alessio und die anderen Gäste vertiefen sich wieder in Gespräche und starren mich nicht länger an. Sie wissen vermutlich ganz genau, wer ich bin.

»Also?«

»Ich kann jederzeit auf das Zimmer gehen?«, frage ich ihn.

»Wann immer du willst. Aber mich würde es ungemein freuen, wenn du uns eine Weile deine kostbare Zeit schenken würdest. Schließlich haben wir einige Dinge zu besprechen.« Warum nur ist jedes Wort, das er spricht, wie ein Schmeicheln, eine Droge, die meinen Verstand vernebelt und mir vorgaukelt, dass ich mich an keinem schrecklichen Ort befinde?

Dieser Ort ist schrecklich. Daran gibt es nichts schönzureden.

»Gut, ich möchte bei Zahra sitzen.«

»Du möchtest die Gesellschaft umsetzen lassen?«, fragt er mich, als würde ich etwas Unmögliches verlangen. »Dabei glaubte ich, du wärst daran interessiert, dich mit mir zu unterhalten.«

Sicher habe ich einige Fragen an ihn, aber er hat etwas Angsteinflößendes an sich. Etwas Tödliches, was mir jedes Mal Gänsehaut verschafft, sobald ich ihn sehe.

Zittrig hole ich Luft. »Nein. Ich nehme dort Platz, wo Sie möchten.«

Wieder sehe ich dieses triumphierende Grinsen, bevor er mir erneut seine Hand anbietet. Da ich unter Beobachtung stehe und selbst Zahra nicken sehe, lege ich äußerst widerwillig meine Hand in seine. Er trägt wie vor einer Stunde Handschuhe, die aus einem glatten schwarzen Leder bestehen. Trotzdem fühlt sich seine Hand seltsam warm an.

»Sehr gut«, höre ich ihn unter der Maske sprechen, sehe seine graublauen Augen schwach funkeln, bevor er sich der Gesellschaft zuwendet und mich an den Tisch führt. Es ist offensichtlich, dass er glaubt, gewonnen zu haben. Dabei frage ich mich in diesem Moment, wie es ihm gelungen ist, mich dazu zu bringen.

Am Tisch angekommen, wird mein Stuhl von einer Angestellten zurückgezogen, auf dem ich direkt neben Alessio Platz nehme. Während die anderen Gäste, vorwiegend Paare im fortgeschrittenen Alter und einzelne Herren, ihren ersten Gang einnehmen, wird vor mir ein Salat aufgetragen. Vor Alessio befinden sich weder Geschirr noch Besteck. *Warum nicht?*

Ich ziehe skeptisch die Brauen zusammen, schaue flüchtig von ihm zu Zahra, die mir vielsagende Blicke schenkt, in denen ich ablesen kann, dass ich mitspielen soll.

Anschließend blicke ich auf den Salat, der vergiftet sein könnte. Warum sonst isst Alessio nicht?

Alles wird noch mysteriöser als ohnehin schon.

»Ich wünsche dir einen guten Appetit«, höre ich ihn neben mir sagen, bevor er sich nach rechts einer Frau zuwendet. Einer Frau mit goldblondem Haar und rehbraunen Augen, die mich immer wieder unauffällig mustert. Ich schätze sie auf ungefähr Ende zwanzig. Der Teller, der vor ihr steht, ist leer, wie auch die der meisten Gäste. Sie haben den Salat gegessen und sitzen noch aufrecht am Tisch. Selbst Zahra hat ihren zur Hälfte neben Ciprian gegessen.

»Iss ruhig«, fordert mich Alessio auf, der die Unterhaltung mit der Frau stoppt. Ob sie auch zu den Eingeweihten gehört? Sind wir in einem Sektentempel? Einer geheimen religiösen Organisation, die sich irgendwo im Urwald befindet?

Leise atme ich durch, greife nach der Gabel, da in dem Moment mein Magen verräterisch grummelt, und steche in eine Tomate, die ich genauer betrachte, dann in den Mund schiebe.

Alessio und seine Leute hatten mehr als einmal die Möglichkeit, mich zu töten. Außerdem wird er nicht die komplette Gesellschaft vergiften, wenn sie seine Untergebenen, Partner oder Angestellten sind. Das wäre mehr als unlogisch. Selbst Ciprian langt ordentlich zu, der mir schneidende Blicke zuwirft und den Kopf unmissverständlich schüttelt, als sich unsere Blicke kreuzen.

Mit der Zeit lockert sich die Stimmung der Gesellschaft auf. Während ich stumm ein paar Bissen esse, den angebotenen Wein koste, der wirklich hervorragend schmeckt, und meine Umgebung mustere, legt sich die Beklemmung in mir in keinem Moment. Wie soll ich mich hier auch wohlfühlen? Zahra und ich sind nicht freiwillig an diesem Ort. Zwar ist es hier besser und angenehmer als in der stickigen Polizeizelle, trotzdem sind wir Gefangene.

»Wie fühlst du dich, Samira?«, erkundigt sich Alessio nach gefühlt fünfzehn Minuten.

»Gut«, antworte ich knapp, als ich auf das argentinische Rinderfilet mit den Süßkartoffeln blicke, aber keinen Bissen hinunterbringe. Es sieht köstlich aus, duftet herrlich, dennoch fühle ich mich nach dem Salat pappsatt. Was nicht nur an der unangenehmen Gesellschaft liegt, sondern auch daran, dass ich die letzten Tage kaum etwas gegessen habe.

»Willst du mir nicht mehr sagen?«

»Was soll ich denn sagen?« Denn jedes Wort scheint hier auf die Goldwaage gelegt zu werden.

»Du kannst frei heraus sagen, was du denkst.«

Langsam senke ich das Besteck an den Tellerrand und wage einen Blick in seine Richtung. Die Wolfsmaske glänzt silbern und spiegelt das Licht des Kronleuchters an der Decke sowie die letzten Sonnenstrahlen von draußen wider. Ich würde zu gern wissen, wer sich hinter der rätselhaften Maske verbirgt. Selbst wenn ich sein Gesicht nicht kennen sollte, so würde es mich dennoch brennend interessieren, wie er aussieht.

Ist er entstellt? Ist er gut aussehend?

Blind wie die Angestellten ist er zumindest nicht, da sich

seine graublauen Augen direkt in meine graben, was ein unangenehmes Ziehen in meiner Magengegend auslöst. Ich schätze ihn zwischen Anfang und Ende dreißig. Aber er könnte genauso gut die vierzig überschritten haben. Sein dunkles Haar weist keine grauen Haarsträhnen auf. Obwohl es auch Männer Mitte dreißig gibt, die leicht ergrautes Haar haben. Zumindest hat er volles Haar. Bartansätze sind an seinem scharf gezeichneten Unterkiefer und Hals zu erkennen. Seine Ohren sind ebenmäßig, sein Kinn hat ein Grübchen, das ich nur sehe, wenn er spricht.

Ansonsten verbergen der vornehme Anzug, die Maske und die Handschuhe seine komplette Identität. Und er soll nicht kriminell sein? Wovor versteckt er sich also? Er muss kriminellen illegalen Geschäften nachgehen, ansonsten würde er sich nicht verkleiden. Wissen überhaupt die Anwesenden am Tisch, wie er wirklich aussieht? Wer er ist?

»Ich denke …«, beginne ich zaghaft und kann meine Blicke kaum von ihm lösen. »… dass ich hier nicht hingehöre. Dass ich zu meiner Familie zurückgehen sollte, die mich sucht und gerade durch die Hölle geht.«

»Wie sieht dein Vater aus?«, fragt er unvermittelt, da er erneut meine Versuche, mich gehen zu lassen, ignoriert.

»Was meinen Sie genau?« Denn so richtig verstehe ich seine Frage nicht.

»Sag doch du, niemand siezt sich an diesem Tisch, Samira«, antwortet er charmant und reibt mit dem Daumen der rechten Hand über die Fingerknöchel der anderen Hand.

»Okay, du. Also was meinst du?«

»Beschreib mir doch deinen Vater, der sich nicht in den Medien zeigen will«, besteht er weiterhin auf eine Antwort.

»Damit du ihn ausfindig machen kannst?«, weiche ich ihm geschickt aus. Auf den simplen Trick falle ich nicht herein.

Gemächlich beugt er sich mir nah an mein Ohr entgegen und raunt: »Ich weiß ganz genau, wo deine Familie in

Washington wohnt, Samira.« Als er die Worte spricht, breitet sich Gänsehaut auf meinen nackten Unterarmen aus. Langsam zieht er sich wieder von mir zurück. Doch irgendwie hält mich seine Aura weiterhin gefangen, und ich blinzele erst wieder, als er hinzufügt: »Ich möchte von dir wissen, wie dein Vater aussieht. Hast du Geschwister? Hast du Haustiere? Seit wann kennst du Zahra?«

Er will mich prüfen und herausfinden, was ich weiß. »Ich …« Auf dem Schoß balle ich die Finger zu Fäusten und blicke Hilfe suchend zu Zahra, die unser Gespräch zwar beobachtet, aber vermutlich nicht hören kann. »Weiß es nicht. Nicht mehr«, füge ich hinzu. »Nachdem mir dein Freund auf den Kopf geschlagen hat, kann ich mich an nichts mehr vor dem 28. Juli erinnern.«

Alessio räuspert sich leise. »Er war nicht mein Freund. Keiner an diesem Tisch ist mein Freund. Ich habe Geschäftspartner und meine Familie.« *Aber keine Freunde? Wie merkwürdig.*

»Das bedeutet, deine Freundin hat recht und du hast dein Gedächtnis verloren? Weißt du noch, was an dem Tag geschah, als dir Joel auf den Kopf geschlagen hat?«

»Joel, heißt er so?«

»Ja, er hieß so«, versichert er mir, bevor er sich entspannt in seinem Lederstuhl zurücklehnt. Die anderen Gäste schauen flüchtig zu ihm, als sie den Namen hören.

»Er lebt nicht mehr?«, will ich wissen und runzele die Stirn.

»Ich fürchte nicht«, antwortet er mit einem theatralischen Seufzen, dass sich mir die Nackenhaare aufstellen und ich mich alarmiert zu den anderen Gästen in ihrer teuren Kleidung umdrehe.

»Beantworte einfach seine Fragen«, mischt sich Ciprian ein. Sofort dreht Alessio sein Gesicht zu Ciprian, bevor beide Blicke austauschen, die ich nicht deuten kann.

»Ja«, sage ich schließlich. »Ich weiß nichts mehr. Das ist die Wahrheit. Daher hältst du mich absolut grundlos an diesem Ort fest. Ich möchte gehen, bitte.«

Alessio schaut wieder zu mir, als er meine Worte hört. »Dafür ist es zu spät. Deine Freundin hat alles gesehen. Sie hat zu viel gesehen. Ich kann dir das Angebot machen, dich gehen zu lassen. Sie wird jedoch hierbleiben. Möchtest du das wirklich?«

Zahra richtet sich mir gegenüber an der Tafel auf und nickt eifrig, da sie sein Angebot gehört hat. »Nimm das Angebot an, Samira. Sag Ja. Dann kannst wenigstens du gehen.«

Und sie im Stich lassen? Abwägend schaue ich von Zahra zu Ciprian, weiter zu Alessio. Sagte Pheola nicht, dass das Grundstück niemand je lebend verlassen hat? Aber selbst wenn er mich am Leben lässt, würde ich Zahra womöglich nie mehr finden. Ich könnte auch nicht mehr zurück oder der Polizei zeigen, wo sie festgehalten wird. *Nein, ich kann nicht.*

Daher schüttele ich den Kopf. »Ich gehe nicht ohne sie.«

Überrascht schaut Alessio zu Ciprian, der den Mund verzieht und den Blick senkt. »Du wirst kein weiteres Angebot erhalten, das ist dir sicherlich klar?«

Ich nicke. »Ich weiß.« Dafür werde ich mir etwas zusammen mit Zahra einfallen lassen, damit wir der Dschungelhölle entkommen können.

Genau den Gedanken muss Alessio in meinem Gesicht abgelesen haben, da er nun die Augen schmal zusammenzieht.

»Wie geht es dir körperlich? Hast du Schmerzen?«

»Nein«, antworte ich sofort und frage mich, warum er überhaupt an meinem körperlichen Wohlbefinden interessiert ist. Wenn er wollte, könnte er mich im Keller oder in einer abgelegenen Hütte gefangen halten und müsste mich und auch Zahra nicht an dieser reich eingedeckten Tafel beköstigen lassen, mich ärztlich behandeln und mich teure Kleidung tragen lassen.

»Das freut mich«, sind die letzten Worte, die er an mich richtet, bevor der Nachtisch aufgetragen wird, er sich nach wenigen Minuten erhebt und am anderen Ende der Tafel Platz nimmt. Er scheint genug von mir zu haben oder ich dürfte ihn langweilen. Zumindest unterhält er sich nun mit zwei Paaren, bevor sie sich gemeinsam von der Festtafel erheben und in den Garten zurückziehen.

Nachdem sich die Gesellschaft allmählich auflöst, Gäste vom Tisch aufstehen, gehe ich auf Zahra zu, die Ciprian weiterhin wie unter Adleraugen bewacht.

»Du siehst gut aus«, kommt es erleichtert über ihre Lippen. Sie hebt die Hände zu meinem Gesicht und fährt über mein Haar. »Geht es dir auch gut?«

»Ja, so weit schon. Meine Wunde wurde behandelt und ich habe kein Fieber mehr.«

»Ich weiß, sie haben dir Antibiotika gegeben und einen Arzt nach dir sehen lassen. Ich wollte immer wieder zu dir, aber sie haben mich nicht gelassen. Du hättest das Angebot annehmen sollen, Mira. Warum willst du hierbleiben, wenn dich deine Familie und die halbe Welt wie verrückt suchen?«

»Weil ich dich nicht allein zurücklasse. Ich mag vielleicht meine Erinnerungen verloren haben, aber ich habe nicht vergessen, was du für mich im Polizeipräsidium getan hast.«

Sie wollte, dass ich fliehe. Sie hätte sich gefangen nehmen lassen, damit ich frei bin. Selbst in den Medien haben sie gebracht, dass Zahra oder Payton meine beste Freundin ist, mit der ich jede freie Minute verbringe. Das kann nicht gelogen sein.

»Du bist verrückt. Wirklich.«

»Wir brauchen einen Plan.« Langsam gehe ich mit ihr auf die Fensterfront zu, um aus der Hörweite der anderen zu treten.

»Ich weiß. Allerdings stehen wir unter ständiger Beobachtung. Ich hab versucht, herauszufinden, wo wir sind, aber niemand erzählt hier irgendwas über den Standort. Ganz ehrlich, ich habe kein gutes Gefühl. Wenn uns die Terequeraz nicht mehr brauchen, werfen sie uns weg wie Müll. Noch behandeln sie uns gut, es fragt sich nur für wie lange.« Verstohlen blickt Zahra über die Schulter zu der eigentümlichen Gesellschaft.

Genau die Frage bereitet mir ebenfalls Sorgen. »Welche illegalen Geschäfte betreiben die Terequeraz? Was sind sie?«

»Sie sind eine Organisation, die seit über fünfzehn Jahren im Untergrund arbeiten. Sie verhalten sich äußerst unauffällig und Alessio soll angeblich eine wichtige Position in der Regierung Panamas haben. Er könnte auch der Präsident von Panama sein, verstehst du? Zumindest sind die am Tisch alles seine Partner. Die Terequeraz arbeiten mit Rauschgifthändlern und Edelsteinhändlern und auch der Mafia zusammen – wenn es stimmt, was ich vor unserer Reise in dieses Land gelesen habe. Sie selbst sollen im Organhandel mitmischen, was man ihnen aber nur nachsagt und nie bewiesen werden konnte. Es gibt Indizien, aber keine Beweise. Was ich in dem Lager gesehen habe, passt aber zu dem Gerücht. Ich habe diese grauenhaften Schreie gehört. Immer wieder verschwinden Menschen auf der gesamten Welt. In manchen Fällen geht man von Organhändlern aus, die ihre Opfer ausweiden und ihre Organe teuer an Scheiche, Politiker und wohlhabende Familien verkaufen, die kein Spenderorgan über den üblichen Weg erhalten.«

Das bedeutet, unschuldige Menschen fallen diesem grauenhaften Geschäft zum Opfer? Werden getötet und ausgeschlachtet? Und dieser Alessio kann nachts ruhig schlafen?

»Das gibt es also wirklich?«

Zahra nickt verängstigt. »Ja, das gibt es. Bisher ist alles geheim, weil sich diese Taten nie wirklich nachweisen lassen und weil die gesuchten Menschen nicht wieder auftauchen. Wie auch? Wenn wir Pech haben und wir nicht mehr gebraucht werden, werden sie mit uns dasselbe tun.« Ihre karamellfarbenen Augen suchen meinen Blick, den ich nachdenklich zum Garten richte, in dem ich Alessio sich mit seiner majestätischen Haltung mit zwei Männern unterhalten sehe. Dabei hat er eine Hand in die Hosentasche geschoben und hält ein Glas in der anderen Hand. Er trinkt doch etwas? Aber es sieht aus wie Wasser.

»Okay, beginnen wir Schritt für Schritt«, schlage ich vor, ziehe Zahra tiefer in die Raumecke zwischen Bücherregal und einen alten Globus, der neben den schweren bordeauxroten Vorhängen auf einer Anrichte steht. »Wo ist dein Zimmer? Meines befindet sich in der ersten Etage. Wenn man die Treppe hochgeht, die dritte Tür links.« Eine blinde Angestellte läuft mit einem Silbertablett zwischen den sich unterhaltenden Gästen auf uns zu, sodass ich eine Pause mache. Sie könnte mich hören. Wie auch Pheola bewegt sie sich mühelos zwischen dem Tisch, den Stühlen und den Menschen hin und her. Allein ihr starrer Blick verrät, dass sie blind ist. Als sie in den Garten geht, sagt Zahra:

»Ich bin nicht im Hauptgebäude, sondern …« Sie dreht sich um, deutet in den Garten nach rechts. »In einem Nebengebäude, das an ein Poolhaus erinnert. Das Haus ist wie ein Bungalow, in dem dieser Ciprian mich Tag und Nacht beobachtet.«

Und als hätte er ihre Worte verstanden, kommt er mit zwei Gläsern auf uns zu. Seine Miene ist eiskalt, und ich frage mich, wie die Männer es an diesem warmen Abend in den Anzügen aushalten können. Zahra trägt ein schwarzes Spitzenkleid, das weniger Ausschnitt zeigt, dafür bis zu ihren Knien geht.

»Plant ihr eure Flucht oder stimmt ihr ab, wer in diesem Saal am attraktivsten aussieht?«, unterbricht er unser Gespräch und reicht mir wie auch Zahra dieses merkwürdige Getränk.

»Ihr solltet das probieren. Es ist ein einheimisches Getränk, das nicht vergiftet wurde«, kann er sich seine dämliche Bemerkung nicht verkneifen. »Es heißt Seco Herrerano.«

Bevor er weiter versucht, uns davon zu überzeugen, dass wir an diesem Tag nicht sterben werden, greife ich nach dem Glas mit der Limette und durchsichtigem Alkohol. Ich leere es in einem Zug. Zahra beobachtet mich skeptisch, sieht aber, dass das Zeug ziemlich hochprozentig ist und ich anschließend tief durchatmen muss.

»Mutig, kleine Samira. Mit dir scheint man nette Trinkspiele am Abend veranstalten zu können. Mit dir auch?« Zahra nippt an dem Drink, bevor sie ihn ebenfalls leert und »Widerlich« hervorstößt. In dem Moment sehe ich Elian auf uns zukommen, der Ciprian einen Moment zur Seite zieht und mit ihm wenige Schritte entfernt knappe Worte wechselt.

Es sieht ganz so aus, als stände Elian über Ciprian in der Rangfolge und Alessio an der Spitze der geheimen Organisation.

»Hast du einen Moment?«, fragt mich Elian in fließendem Englisch, schaut in mein Gesicht und betrachtet anschließend das Kleid, das ich trage.

»In Ordnung, wenn es nur ein Moment ist.« Ciprian besieht meine Antwort mit einem höhnischen Schnauben.

»Dir ist noch nicht klar, wie viel Zeit wir miteinander verbringen werden, oder, Samira? Es kommen nicht jeden Tag so hübsche Frauen zu uns.« Dieser Ciprian hat wirklich ein verbotenes Mundwerk.

»Die ihr aus der Polizeiwache entführt habt«, ergänze ich scharf.

»Du wärst längst tot, wenn wir dich nicht aus dem Loch geholt hätten, Kleine!«, antwortet Ciprian, dem meine Antwort nicht gefällt.

»Ciprian, halt dich zurück«, warnt ihn Elian, der nach

meinem Handgelenk greift und von ihm fortzieht, bevor ich diesem Ciprian weiterhin Paroli bieten kann.

»Warum sind wir hier?«, frage ich geradeheraus Elian, der von allen – nun ja – einen zugänglicheren Eindruck auf mich macht.

»Weil ihr zu viel gesehen habt, das sagten wir dir mehrmals. Soll ich es dir noch einmal erklären?« Im Gehen gibt er mein Handgelenk frei, nachdem er merkt, dass ich ihm freiwillig in den Garten folge.

»Wie lange werden wir hierbleiben?«

»Das entscheidet Alessio. Am besten, du hörst auf, dir und uns diese Frage zu stellen. Es ist besser für dich, bevor du dich an eine Hoffnung klammerst, die nicht eintreten wird.«

Das sagt er so leicht. Ich kann nicht für immer hierbleiben. »Aber …«

»Kein Aber, Samira. Merke dir was: Verhalte dich ruhig und passe dich der Umgebung an. Wenn du auffällig wirst oder Ärger bereitest, wird das Alessio nicht lange dulden.«

Und er mich umbringen lassen. »Darf ich denn einmal – nur ein Mal – meine Eltern sehen?«, bitte ich ihn, nachdem wir im Garten auf dem akkurat geschnittenen Rasen unter einer Baumgruppe stehen bleiben.

»Nein«, antwortet er knapp. Traurig senke ich den Blick und fahre über mein Gesicht. »Sie dürfen dich aber ein letztes Mal sehen. Alessio scheint deine Bitte ernst zu nehmen und will dir nicht schaden. Daher wird er morgen ein Treffen mit der Presse an einem geheimen Ort vereinbaren. Du wirst die Möglichkeit haben, deinen Eltern zu sagen, wie es dir geht und dass sie die Suche einstellen sollen.«

Als ich seine Worte höre, halte ich die Luft an. Ich soll in die Kamera sagen, dass es mir gut geht und sie nicht nach uns suchen sollen?

Es hört sich so endgültig an, als hätte Alessio bereits festgelegt, dass wir nie wieder – wirklich nie wieder – diesen Ort verlassen werden. Überrumpelt von seinen Worten halte ich mich an der Palme neben mir fest, bevor ich das Gesicht senke.

»Nimm es nicht so schwer. Die Hälfte der Menschen, die für ihn arbeiten, haben sich nicht aus freien Stücken dafür entschieden. Aber nun sind sie glücklich darüber, für ihn zu arbeiten.«

»Weißt du gerade, was du gesagt hast? Hast du keine Familie? Keine Angehörigen?«

»Nein«, antwortet Elian eiskalt.

»Dann weißt du nicht, wie es ist, alles hinter sich lassen zu *müssen*!«

Sie verlangen zu viel. Viel zu viel. Wie soll ich jemals meine Erinnerungen zurückerlangen, wenn ich nicht die Möglichkeit habe, in mein gewohntes Umfeld zurückzukehren? Sanft berührt er meine rechte nackte Schulter, sodass ich rasch zurückweiche.

»Das weiß ich, mehr als jeder andere. Wenn du mir nicht glauben willst, musst du auf eine schmerzhafte Art und Weise lernen müssen, dass du für immer bleiben wirst. Finde dich damit ab.«

Allmählich lässt er seine freundliche Maske sinken und zeigt mir, was er wirklich denkt. »Handelt ihr mit Organen?«, frage ich frei heraus.

Er grinst schief und neigt den Kopf. »Wer weiß? Du solltest aufpassen, in welche Angelegenheiten du deine Nase steckst. Es könnte gut möglich sein, dass du in weitaus Dunkleres verstrickt bist, als du ahnst.«

Mit einem überheblichen Gesichtsausdruck, da er sieht, dass er mir mit seinen Worten Angst eingejagt hat, wendet er sich von mir ab. »Amüsier dich noch schön, und hör auf, Fragen zu stellen, die dir keiner beantworten wird.«

Was ein hinterhältiger Typ.

Ich werde nicht aufhören, Fragen zu stellen, das kann er

mir nicht verbieten. Gelassen geht er, ohne mich eines weiteren Blickes zu würdigen, auf Alessio zu, der auf ihn anscheinend wartet.

Worin auch immer ich verwickelt worden bin, ich muss wissen, worin genau.

KAPITEL 11

SAMIRA

Nach einer weiteren Stunde, die ich mit Zahra im Garten zurückgezogen verbracht habe, löst sich die Gesellschaft komplett auf. Jeder Gast musste vor dem Verlassen des Anwesens eine Tablette nehmen, bevor sie in dunkle Wagen einsteigen. Es ist offensichtlich, dass dies erneut zu einem merkwürdigen Plan gehört, damit die Gäste nicht ausplaudern, an welchem Ort sie sich aufgehalten haben. Jeder musste sein Handy abgeben und wurde selbst nach dem Verlassen der Veranstaltung auf Waffen und Abhörgeräte untersucht.

Ich bin mir sicher, selbst wenn ich ein Handy hätte, hätte ich in diesem Dschungel keinen Empfang. Zahra tröstete mich mit den Worten, dass sie eine Lösung finden wird, wie wir von hier fliehen können. Aber sie meinte auch, dass wir uns gedulden müssen. Wenn ich morgen mit Alessio vor die Kamera treten soll, könnte ich einen versteckten Hinweis geben. *Nur welchen?* Schließlich weiß ich nicht, wo wir sind.

Es ist kurz nach Mitternacht, als mich Pheola auf mein Zimmer begleitet. Seit einer Stunde habe ich weder Elian noch Alessio gesehen, die sich nicht einmal von den Gästen verabschiedet haben. Es ist merkwürdig, da Alessio immer wieder wie ein Geist auftaucht und verschwindet.

In meinem Zimmer werde ich das bodenlange schwarze Abendkleid los, schlüpfe in meinen Pyjama, der ebenfalls rabenschwarz ist, und suche das Bad auf, um meine Zähne zu putzen und mein Gesicht zu waschen. Als ich allein über den spärlich beleuchteten Gang laufe, der von Wandleuchten erhellt wird, prüfe ich im Vorübergehen jeden Türknauf. Ausnahmslos jede Tür ist verschlossen. Die Treppe führt zu einer weiteren Etage hoch, die ich noch nicht allein besichtigen konnte. Von unten dringen leise Gespräche in einem schnellen Spanisch an meine Ohren.

Nachdem ich im Bad mein Haar zu einem Knoten zusammengebunden, mein Gesicht gewaschen und Zähne geputzt habe, bleibe ich am Geländer der Treppe, die zur zweiten Etage führt, stehen. Sie führt ins Dunkle.

Mich treibt viel zu sehr die Neugierde, was sich dort oben befindet. Da sich zwei Männer weiterhin unten unterhalten und ich glaube, Alessios Stimme unter den beiden zu erkennen, nutze ich meine Gelegenheit und steige die Stufe leise empor. Pheola dürfte mich hoffentlich nicht hören. Kameras können mich unmöglich in der Dunkelheit filmen. Nur habe ich das Problem, dass ich kein Licht anschalten kann und nicht die geringste Ahnung habe, wohin ich gehe. Daher strecke ich meine Arme aus und taste mich über den Gang. Unter meinen Fingern spüre ich die Seidentapete und den aufwendigen Stuck an den Wänden, die ich entlangstreiche. Unter meinen nackten Füßen fühle ich weichen Teppich. Als ich einen Türbogen erreiche, der in einen offenen Raum führt, biege ich rechts ab und pralle ungeschickt mit der Stirn gegen einen Holzrahmen. Hier befindet sich ebenfalls eine Tür. Ich weiß nicht, ob ich weit genug entfernt bin, um Licht anzuschalten. Oder ob man von unten sehen kann, dass sich jemand Fremdes in der zweiten Etage aufhält.

Nein, ich schalte erst Licht an, wenn ich mich in einem geschlossenen Raum befinde. Vorsichtig taste ich mit den Fingern die Füllungen der Holztür ab, bis ich den Türknauf fühle und drehe. Erstaunlicherweise lässt sich die Tür öffnen, die ich langsam aufschiebe. Mir schlägt das Herz bis zum Hals, da ich keine Ahnung habe, was mich dahinter erwarten wird.

Trotzdem will ich herausfinden, was sich hier oben befindet. Vielleicht finde ich sogar eine nützliche Waffe oder ein Funkgerät, irgendetwas, was mir und Zahra helfen kann, von hier zu fliehen. Doch eines weiß ich: Unsere Flucht sollte gut geplant sein. Wir werden womöglich nur einen Versuch haben.

Leise verschließe ich die Tür hinter mir, die nahezu geräuschlos ins Schloss gleitet. Anschließend taste ich über die Wand nach einem Lichtschalter. Als ich endlich einen finde und Licht anmache, geht keine Lampe an der Decke an, sondern Lichter in einem Regal links von mir, in dem ich ungelogen zehn Metallmasken auf einem Glasregal beleuchtet sehe. Darunter liegen auf einem Fach zusammengefaltet schwarze Hemden und rechts davon hängen Kleidersäcke auf mehreren Bügeln.

»Hamaqa!«, fluche ich flüsternd auf Arabisch, als ich meinen Blick durch den Raum mit den dunkelblauen Wänden gleiten lasse und rechts von mir einen weiteren Durchgang sehe, hinter dem sich ein Bett befindet. Ich bin eindeutig in den Privaträumen von Alessio.

Aber wenn dies wirklich seine Zimmer sind, wird er irgendwo eine Waffe im Nachttisch, in seinem Schreibtisch oder in einem der Bücherregale verstecken. Den Tresor öffnen, den ich gegenüber in der Wand sehe, wird kaum möglich sein. Daher stürze ich, ohne lange zu überlegen, in das Nachbarzimmer und laufe über einen hellen Teppich auf die dunklen Nachttische zu. Ich öffne eine Schublade nach der anderen, aber finde kaum etwas Nützliches darin. Bloß Bücher, weitere

Handschuhpaare und Stofftaschentücher. Neben mir sehe ich eine massive schwarze Tür mit modernen silbernen Beschlägen. Sie sieht anders aus als die restlichen Türen in diesem großen Haus. Als ich auf sie zuhalte und sie öffnen will, da ich einen Waffenschrank dahinter vermute, geht sie nicht auf. Die Tür ist verschlossen. Verdammt. Neben der Tür sehe ich ein Scanpad, auf dem man den Fingerabdruck oder die Iris scannen muss.

Mit einem enttäuschten Seufzen fahre ich über meine Stirn und wende mich von der Tür ab. Ich weiß nicht, wie viel Zeit mir noch bleibt, aber der Schrank mit den Masken und Anzügen könnte vielleicht ein Geheimfach besitzen. Schließlich muss Alessio irgendwo eine oder mehrere Waffen besitzen, auf die er schnell zugreifen kann, ohne eine dreifach gesicherte Tür dafür öffnen zu müssen. Dass er an dem Abend keine Waffen trug, konnte ich mehr als einmal erkennen.

Als ich durch den Türbogen in den Nebenraum zurückgehe, bleibe ich wie erstarrt stehen. Rechts von mir sehe ich Alessio am Tisch sitzen und ein Messer zwischen den Fingern drehen. *Seit wann ist er hier?*

Er hält den rechten Ellenbogen auf der Tischplatte aufgestützt, während er den linken Fußknöchel entspannt auf sein anderes Knie abgelegt hat und mich nicht ansieht.

»Warst du erfolgreich bei deiner Suche?«

Wie vom Blitz getroffen kann ich mich kaum bewegen, obwohl mir eine innere Stimme »Flieh!« zuschreit. Entsetzt starre ich vom silberschwarzen Butterfly in seiner rechten Hand zu seiner Maske, die vom Schranklicht beleuchtet wird und gefährliche Schatten um seine Augen abzeichnet. Geschickt klappt er die über zwanzig Zentimeter lange Klinge immer wieder auf, die Schneide blitzt gefährlich scharf zwischen seinen Fingern auf, bis er sie wieder einklappt. Und das so schnell und geübt, dass ich es kaum mitverfolgen kann.

»Ich … habe mich verlaufen …«, lüge ich und könnte mir

im nächsten Moment vor die Stirn schlagen, weil ich auf keine einfallsreichere Lüge gekommen bin.

»Verlaufen in der Dunkelheit? Samira, Samira, Samira, du solltest lernen, besser zu lügen.« Es schwingt kein belustigter Tonfall in seiner Stimme mehr wie noch vor Stunden mit. Nein, jetzt hört sich jedes Wort wie eine Todesdrohung an. Er wirkt zutiefst verärgert, mich in diesen Räumen anzutreffen.

»Wenn du aufmerksamer gewesen wärst, hättest du dieses Messer direkt zwischen meinen Schuhpaaren entdeckt.« Augenblicklich hebt er sein Gesicht an, als ich langsam rückwärts zur Tür zurückgehen will. »Wo willst du hin!« Im nächsten Moment sehe ich einen silbernen Pfeil vor meinem Sichtfeld aufblitzen, bevor eine Klinge dumpf über meiner linken Schulter in den Holzrahmen der Tür eindringt. Panisch weite ich die Augen, greife nach dem Türgriff und will verschwinden. Allerdings lässt sich die Tür nicht mehr öffnen.

»Unterhalten wir uns doch. Wir sind allein und komplett ungestört.« Geschmeidig erhebt er sich aus dem Lehnstuhl und kommt auf mich zu. Ich werfe einen panischen Blick über die Schulter und zerre wie eine Verrückte an der Tür.

»Lass mich gehen. Ich wollte nur wissen, was sich hier oben befindet. Das ist die Wahrheit.«

»Die glaube ich dir sogar. Trotzdem wolltest du mich bestehlen, nicht wahr?«

»Nein.«

»Lüge!«, raunt er direkt hinter mir in meinen Nacken, sodass ich zaudere und die Augen schließe. Kühles Leder streicht über meinen Nacken. Es fühlt sich inmitten der Grausamkeit wie eine zärtliche Berührung an. »Weißt du, was ich mit Menschen mache, die mich belügen, bestehlen oder bedrohen?«

Mit zusammengepressten Lippen schüttele ich starr vor Angst den Kopf. Im nächsten Moment greift er nach meiner rechten Hand, die er auf dem Türblatt mit der Handfläche zu sich dreht. *Was wird das?*

»Es tut mir leid. Die Räume waren … nicht verschlossen. Es wird nicht wieder vorkommen, ich verspreche es«, sage ich aufgelöst mit Tränen in den Augen.

»Das ist noch lange kein Grund, sie ungefragt zu betreten.« Plötzlich sehe ich, wie er neben mir die Klinge aus dem Türrahmen zieht und sie zu meinem Arm hebt.

»Nein, bitte, bitte, bitte!«, flehe ich ihn panisch an und zerre an meinem Arm, den er nicht freigibt. Er hält meinen Arm eisern wie in einer Schraubzange fixiert umfasst, was verdammt schmerzt.

Und ehe ich eingreifen kann, fährt die Klinge über meinen rechten Unterarm, sodass ich mich kaum rühren kann. In mir macht sich viel zu sehr die Angst breit, er könnte mir mit der Klinge die Pulsader aufschneiden. Denn ich weiß, er könnte und er würde es tun. Mit zusammengekniffenen Augen flehe ich ihn weiterhin an, aufzuhören, worauf er nicht eingeht. Ein feines Brennen breitet sich auf meinem Unterarm aus, Blut rinnt über meinen Arm, der zittert wie auch der Rest meines angespannten Körpers.

»Wurde dir nicht von Pheola oder Ciprian gesagt, dass jedes Vergehen eine Strafe nach sich zieht?«

»Doch, aber ich …«

»Also kennst du die wichtigste Regel«, raunt er so nah an meinem Ohr, dass ich seinen warmen Atem auf meiner Wange spüre, der mir in diesem Moment schmeichelt. Als wäre es nicht schlimm, was er gerade macht. Mein Körper zittert, und ich will einfach nur, dass dieser Moment vorbei ist.

»Ich liebe den Duft«, lässt er mich mit einem amüsierten Lachen wissen, bevor er die Klinge absetzt und erneut über meine Haut fährt. Als ich vorsichtig die Augen öffne, verfolge ich, dass er drei Schnitte in Form eines spiegelverkehrten Z auf die Unterseite meines Unterarmes hinterlassen hat. Wieder setzt er die Klinge ab, um einen Strich durch das Z zu ziehen. *Was ist das für ein krankes Spiel?*

»Ich denke, du solltest ab jetzt wissen, dass es meine Regeln nicht zum Spaß gibt.« Über meinem Arm klappt er das Messer zusammen und befindet sich eine halbe Minute später nicht länger hinter mir. »Wenn du mich entschuldigen würdest. Es war ein anstrengender Tag. Du weißt, wo sich dein Zimmer befindet?«, fragt er weiter hinter mir, während ich wie perplex auf das Z auf meinem Unterarm in der Länge meines Zeigefingers starre. Blut quillt aus den Schnittwunden hervor, die höllisch brennen und ziepen. Trotzdem hat er nicht tief geschnitten, doch tief genug, dass dieses Zeichen, was auch immer es bedeutet, für immer auf meinem Unterarm bleiben wird.

»Ich weiß, ich weiß … wo es ist.« Statt Fragen zu stellen, will ich einfach nur weg. Irgendwann muss er die Tür entsperrt haben, als ich es nicht bemerkt habe. Ohne einen Blick in seine Richtung oder zum Schrank mit den unheilvollen Masken zu werfen, reiße ich die Tür auf und stürze auf den beleuchteten Gang.

Wann wurde das Licht angeschaltet? Sicher, als er seine Räume aufgesucht hat. Doch das ist mir gerade so was von egal. Ich will einfach bloß weg von dieser gruseligen Etage.

Mit tränenverschleiertem Blick stürze ich über den Korridor, stolpere über meine eigenen Füße und kann mich rechtzeitig an der Wand abfangen, um nicht der Länge nach zu stürzen. Anschließend suche ich die Treppe auf und rase in einem mörderischen Tempo hinunter.

Als ich an Pheola vorbeistürme, die im Zimmer auf mich wartet und fragt, was mit mir los ist, antworte ich ihr nicht.

Ich will einfach meine Ruhe und nichts mehr sagen. Im Bett schaue ich auf meinen rechten Unterarm, sehe die blutroten Linien wie ein grauenvolles Omen auf meiner Haut und hasse ihn dafür. Zwar hätte er mir weitaus mehr schaden können, mich schlagen oder einsperren können, aber die Narben der Schnitte werde ich nie wieder los. Mit einem Taschentuch tupfe ich die Wunde vorsichtig ab, rolle mich im Bett ein und sehe dabei zu, wie Pheola das Licht in allen Räumen ausschaltet und mein Zimmer anschließend leise verlässt. Auf die Seite zusammengerollt weine ich stumm ins Kissen und will einfach nur, dass ich aus diesem Albtraum aufwache und morgen früh die Augen an einem anderen friedlicheren Ort öffne.

Dieser Wunsch geht nicht in Erfüllung. Am nächsten Morgen werde ich von einem »Sí, Maestro« geweckt. Es ist Pheola, die sich in meinem Zimmer befindet.

»Vergiss nicht, was ich dir gesagt habe, und seid pünktlich. Eine Verspätung wie gestern dulde ich kein weiteres Mal«, spricht eine strenge Stimme.

»Sí, Maestro.«

Blinzelnd öffne ich die Augen und starre meinem rechten Arm entgegen, der etwas brennt und auf dem sich die Schnittlinien dunkelrot abzeichnen. Ich habe nicht geträumt. Ganz im Gegenteil. Auf dem roten Laken sind dunkle Flecken von getrocknetem Blut zu sehen. Vorsichtig schaue ich durch den Türbogen zum Nachbarraum, in dem ich Pheola vor Alessio knicksen sehe, der auf die Tür zugeht und einen flüchtigen Blick zu mir wirft. »¡Buenos días, Corazón mío!«

Rasch schließe ich die Augen, antworte ihm nicht und vergrabe das Gesicht unter die Laken. Er soll verschwinden und mir keinen Guten Morgen wünschen. Außerdem bin ich nicht *seine Schöne*.

Nachdem die Tür leise ins Schloss gefallen ist, tritt Pheola ans Bett. »Du musst aufstehen. Wir haben einen knappen Zeitplan, den wir einhalten müssen.«

Ach, haben wir den? Ich habe keinen Plan.

Am liebsten würde ich mich nach gestern Nacht den ganzen Tag im Bett verkriechen wollen. Allerdings würde mein Handeln wieder eine Strafe nach sich ziehen. Vermutlich eine härtere und brutalere als gestern. Nach gestern Nacht nehme ich Alessios Worte ernst. Todernst.

Daher gähne ich, reibe meine Augen und erhebe mich träge aus den Laken, während Pheola meine Kleidung auf der Bank am Fußende ordentlich ablegt. »Geh zuerst ins Bad, danach zieh dich an und ich kümmere mich um dein Haar. Alessio hat es gestern nicht gefallen.« *Mir ist scheißegal, was ihm gefällt und was nicht.* Mir gefällt auch so einiges nicht an ihm.

Aber würde ich protestieren, würde es wieder eine Strafe nach sich ziehen. Ich will nicht zu seiner Marionette werden, mich danach richten, was ihm gefällt und was nicht.

Nach einer halben Stunde hocke ich jedoch am Tisch vor einem aufgestellten eckigen Kosmetikspiegel und lasse mein Haar zu einem Pferdeschwanz hochbinden, um den eine Haarsträhne gewickelt wird. Mein restliches Haar wird geglättet und fällt bis über meine Schulterblätter auf das Blusenkleid. Wieder trage ich schwarz. Dafür Stiefeletten und dieses knielange, dafür kurzärmelige Blusenkleid, das an eine Tunika erinnert.

Immer wieder starre ich auf das seltsame Zeichen auf meinem Unterarm. »Was ist das für ein Mal?«, frage ich Pheola, bis mir auffällt, dass sie nicht sehen kann.

»Dass er dir als Bestrafung in die Haut schnitt?«

»Du weißt davon?«

»Sicher. Jeder weiß davon.« Um mich vermutlich vor allen lächerlich zu machen.

»Es ist die Wolfsrune.« Dann hat dieses Symbol wirklich eine Bedeutung? Nachdem Pheola mit meinem Haar fertig ist, greift sie nach meiner rechten Hand und tastet vorsichtig über meine Handfläche tiefer zu meinem Unterarm. Als sie die Stelle mit dem Z mit ihren Fingerkuppen erreicht und nachfährt, was brennt, lächelt sie.

»Du solltest dich geehrt fühlen. Nicht jeder erhält sie.«

Macht sie gerade Witze? Doch statt ihr meine ehrliche Meinung zu sagen, schließe ich die Augen. Den Menschen wurde doch eine gewaltige Gehirnwäsche verpasst, wenn sie das, was strafbar ist, als etwas Schönes und Tolles ansehen.

»Du bist fertig, Samira.« Mein Blick wandert zur Standuhr, auf der ich eine Minute vor 8 Uhr ablese. »Du musst in einer Minute unten sein.«

Ohne sie zu fragen, warum oder was Alessio vorhat, mache ich, was sie sagt, erhebe mich vom Stuhl und verlasse den Raum. In der Vorhalle angekommen, warten Ciprian, Alessio, dieser große Typ von gestern und ein weiterer in der Vorhalle, in der Vogelgezwitscher zu hören ist.

Alle Blicke sind auf mich gerichtet, als ich die Stufen hinuntersteige. Ciprian schaut interessiert und verwegen zugleich von meinem geschminkten Gesicht und frisierten Haar zu meinem Unterarm und flüstert Alessio etwas zu, der nickt.

»Das sind Mihail und Adin«, sagt Alessio knapp, der auf den kräftigen Mann mit einem Maschinengewehr deutet und einem eher zwielichtigen Typen mit Tattoos und feindseligen Blicken, der Adin heißt. Sie verziehen keine Miene, als er sie mir vorstellt.

»Hallo«, bringe ich leise hervor.

»Dann sind wir vollzählig und pünktlich«, merkt Alessio an, der nun an mir vorübergeht und durch die gusseisernen geöffneten Torflügel ins Freie tritt. Ciprian stößt mich an, damit ich ihm folge.

»Wer nicht hören kann, muss fühlen«, raunt er mir spöttisch zu und grinst blöd. Ich schaue flüchtig aus den Augenwinkeln zu ihm auf, aber sage kein Wort. Mir stellen sich die

Nackenhaare auf, als ich einen Blick über die Schulter werfe und die beiden Männer hinter mir sehe. Es sind sicher bezahlte Söldner oder Killer.

Alessio durchschreitet auf einem gepflasterten Weg den wunderschön angelegten Garten, den ich gestern nur zur Hälfte erkunden konnte. *Wohin gehen wir?*

Doch statt Fragen zu stellen, folge ich Alessio und beobachte seine gerade Haltung. Es sieht aus, als könnte er ebenfalls blind durch den Dschungel laufen, überwindet mühelos Wurzeln und Hölzer.

Anschließend gelangen wir an eine Mauer, vor der Alessio stoppt und einen Wachmann ein Tor öffnen lässt. Dahinter führt ein Weg tiefer in die feuchtwarme Wildnis, in der tropische Vögel in den Bäumen singen und ich Schlangen auf dem Humusboden vorbeihuschen sehe. Skeptisch verfolge ich alles um mich herum, während mein Verstand auf Hochtouren läuft. Ciprian geht direkt neben mir, der hin und wieder mein Gesicht studiert, als würde er jeden Moment eine Frage von mir erwarten.

Wir überqueren nach etwa hundert Metern eine schmale Holzbrücke, die über einen Fluss führt, und befinden uns in der offenen Wildnis.

Nach weiteren fünfzig Metern erreichen wir eine kleine Lichtung, die asphaltiert wurde und von der Palmenblätter und Tarnnetze gezogen werden. Zuerst verstehe ich nicht warum, bis ich die lauten Rotorblätter eines Helikopters ganz in unserer Nähe hören kann. Die Palmenblätter und das Gestrüpp sollten die Landefläche verstecken.

Am Rand der Fläche bleibt Alessio stehen, schaut zum azurblauen Himmel auf, auf dem keine Wolke zu sehen ist, und reibt sich über sein Kinn. Wie schon gestern trägt er einen schwarzen perfekt sitzenden Anzug, Lederschuhe, Handschuhe und seine Maske. Das rabenschwarze Haar ist aus der Stirn gekämmt, das im Sonnenlicht leicht golden schimmert. Kurz darauf landet der olivgrüne Helikopter vor uns, der von einem weiteren bewaffneten Mann verlassen wird, der Alessio begrüßt und uns mit Winkzeichen zu dem Hubschrauber führt.

Ich werfe einen Blick über die Schulter, um ein letztes Mal in die Richtung zu blicken, aus der wir gekommen sind. Wo auch immer wir hinfliegen werden, was auch immer Alessio als Nächstes vorhat, ich werde nicht fliehen. Nicht ohne Zahra, die sich hinter diesen hochgewachsenen uralten Bäumen befindet.

Adin, der ziemlich angespannt wirkt, als er meine Blicke mustert, deutet harsch zum Helikopter. »Geh schon!«, weist er mich über den ohrenbetäubenden Lärm der Rotorblätter hinweg an.

Ich werfe ihm einen grimmigen Blick zu, bevor ich mich Alessio anschließe und in den Hubschrauber mithilfe des Söldners am Eingang einsteige. Mein Haar wird beim Einsteigen leicht hochgewirbelt, bis ich den Bauch der Maschine betrete und links von mir den Piloten sehe. Rechts von mir sitzt Alessio in der ersten Reihe am Fenster, der direkt neben sich auf den freien Platz deutet. Ich schiebe mich mit gesenktem Kopf näher an ihn heran, lasse mir von ihm das Headset reichen, das ich aufsetze. Neben ihm nehme ich auf dem Ledersitz Platz, als Ciprian und Adin an uns vorübergehen. Der Schrank von Mann Mihail setzt sich ans andere Fenster von mir. Mein Herz rast wie das eines aufgeregten Kükens. *Wohin fliegen wir?* Zwar hat Elian gestern erwähnt, dass ich heute ein Interview geben soll, doch es könnte sich genauso gut um meine Exekution handeln.

Allerdings müssten sie mich dazu nicht in einem Helikopter mitnehmen und könnten mich ganz einfach im Dschungel erschießen und verscharren.

»Du siehst heute ziemlich angespannt aus, meine liebe

Samira«, höre ich Alessio durch das Headset sagen. Er sieht eigenartig aus mit der Maske und dem Headset.

Ich schaue aus den Augenwinkeln zu ihm, aber antworte ihm nicht. Schließlich hat er mich gestern verletzt. Stattdessen blicke ich wieder stur auf den Piloten, neben dem der Söldner wendig auf den engen Platz rutscht und ein Okayzeichen gibt. Im nächsten Moment heben wir vom Landeplatz ab und fliegen in die Höhe.

»Antworte mir«, befiehlt mir Alessio, der nun seine Hand um meinen Unterarm legt, genau um die Stelle der Verletzung.

»Mir geht es gut.«

»Du bist doch nicht beleidigt?« Ich hasse diesen Zynismus von ihm.

»Nein«, lüge ich, ohne eine Miene zu verziehen.

»Das freut mich.« Unvermittelt hebt er seine rechte Hand nach hinten zu Ciprian, bevor er sie wieder zu sich zieht und mir eine Tablette entgegenhält. »Nimm sie.«

Der Pilot dreht sich zu uns, der den Helikopter in keine Richtung gelenkt hat. Ich sehe nur den endlosen Dschungel unter uns. Es ist die weiße selbe Tablette, die gestern jeder Gast nehmen musste, der das Anwesen verlassen hat.

Wenn ich sie nicht nehme, bestraft er mich oder Zahra. Daher greife ich mit einem verärgerten Blick nach der Tablette auf seiner Hand und schiebe sie zwischen die Lippen. Mihail reicht mir eine Wasserflasche, aus der ich drei Schlucke nehme.

»Sehr gehorsam. Ruh dich etwas aus«, spricht Alessio fürsorglich, der nun über meinen Arm streichelt und mit der anderen Hand mein Kinn umfasst, da dieses Zeug, das ich genommen habe, verdammt schnell wirkt. Nach nur zwei Minuten kippt mein Kopf nach vorn, den er vorsichtig zur Kopfstütze zurückschiebt.

»Du kannst weiterfliegen, Fiaz«, sind die letzten Worte, die ich dumpf durch einen dicken Nebelschleier in meinem Kopf höre, bevor ich komplett wegtrete.

KAPITEL 12

SAMIRA

Als ich die Augen öffne, sitze ich auf einem Stuhl mit dem Oberkörper festgebunden und hebe langsam meinen gesenkten Kopf an.

»Sie wird wach!«, ruft Ciprian, der sich neben mir befinden muss und plötzlich die Seile um meinen Oberkörper löst, während sich der Nebel vor meinem Sichtfeld lüftet. Unscharf erkenne ich vor mir eine alte Halle mit Graffiti an den Wänden. Das Gebäude besitzt keine Fenster oder Türen mehr. Vielmehr erinnert es an eine offene Lagerhalle, die bereits von der Natur zurückerobert wurde. Dichtes Gestrüpp ragt in die Durchbrüche, hinter denen ich nur Maschendrahtzaun und weiter entfernte Blockhäuser erkennen kann. *Wir sind nicht mehr im Dschungel?*

So wie es aussieht, müssen wir uns in einer Stadt aufhalten. Irgendwo im Industrie- oder Hafengebiet.

Schräg vor mir sehe ich eine hübsche Frau mit Brille und kastanienbraunem Haar, die sich mit Alessio unterhält und ihm immer wieder anschmachtende Blicke zuwirft. Dass sie sich an ihn ranschmeißt, ist kaum zu übersehen. Sie ist zierlich, trägt einen Stiftrock und eine weiße Bluse.

Neben ihnen positioniert sich ein Kameramann, der die Linse direkt auf mich hält.

Skeptisch, was hier geschieht, ziehe ich die Brauen zusammen und stehe vom Stuhl auf, als im nächsten Moment meine Knie nachgeben.

»Scheiße«, fluche ich, weil das Narkotikum weiterhin wirkt und mein Körper immer noch gelähmt ist.

»Geh es langsam an, verdammt«, flucht Ciprian, der mich am Arm hochzieht und dabei die Stelle mit der Schnittverletzung fest umfasst. Gequält jaule ich auf, da mein Arm höllisch brennt.

»Verflucht, lass los!«, rufe ich. Sofort liegt jede Aufmerksamkeit auf uns. Mihail stürmt mit angelegtem Maschinengewehr durch das Gestrüpp in die Halle wie auch Adin, die glauben, ich würde mich zur Wehr setzen.

»Verzeih Ciprians Verhalten. Er weiß nicht, wie man mit einer Frau umgeht«, sagt Alessio belustigt, als er an uns herantritt.

»Ach und du schon?«, fahre ich ihn an, ohne zu überlegen, dass meine schnippische Antwort Konsequenzen nach sich ziehen könnte.

»Schon hat sie wieder die große Klappe. Setz dich und bleib dort sitzen!« Ciprian schiebt mich auf den Stuhl zurück.

»Du solltest mit deinen Worten vorsichtig sein«, warnt mich Alessio, der mir nun ein Stück Papier reicht. »Lies die Zeilen aufmerksam durch. Genau die wirst du in wenigen Minuten aufsagen.«

Perplex greife ich nach dem Zettel, auf dem folgende Worte stehen:

Hallo, mein Name ist Adriana Whitman.
Ich weiss, dass nach mir gesucht wird, und möchte, dass die Suche eingestellt wird. Ich befinde mich in bester Verfassung und halte mich bei den

Terequeraz auf, die mich aufgenommen haben. Jeder, der nach mir sucht, muss damit rechnen, davon abgehalten zu werden. Ich werde nicht mehr zurückkommen. Es ist meine freie Entscheidung gewesen, fortzugehen. Erwartet keine weiteren Nachrichten mehr von mir.

Als ich die Sätze lese, weiten sich meine Augen.

»Nein«, sage ich sofort. »Das werde ich nicht sagen. Das würde bedeuten, ich wäre freiwillig bei euch. Außerdem werden sie weitersuchen.«

»Du wirst exakt diese Worte sagen, keines auslassen oder welche hinzufügen«, besteht Alessio weiterhin auf seine Anweisung. Ich lecke angespannt über die Lippen. Wir gehen vermutlich nicht live. Somit könnten sie die Aufnahme zuvor schneiden, falls ich Sätze hinzufüge.

Erneut blicke ich zu Alessio, der sich hinter mir positioniert. »Du möchtest doch nicht, dass die Identität deiner Familie auffliegt?«, flüstert er mir zu, ohne ihn sehen zu können. »Sag die Worte. Du ersparst ihnen damit eine sinnlose Suche, die sie womöglich ihr gesamtes Erspartes kosten wird.«

Ein flaues Gefühl breitet sich in meiner Magengegend aus. Ich lese die Zeilen erneut, immer und immer wieder. *Es hört sich so endgültig an.* Wie schon gestern Abend scheint Alessio meine Zukunft bereits geplant und mein Leben in seiner Hand zu haben.

Mit zittrigen Fingern senke ich die Augen, als eine Träne über meine Wange läuft, die ich verbergen will. So oder so, gebe ich ihm recht, wird die Suche erfolglos bleiben. Wenn sie die Territorien dieser Organisation weder absuchen noch betreten dürfen, ohne mit dem Tod zu rechnen, werden sie mich nicht finden.

Somit sähen mich meine Eltern in einem guten Zustand. Mir geht es wirklich gut, bis auf das Mal auf meinem Unterarm, das im Vergleich zu meiner Kopfverletzung ein Kratzer ist.

Ein Kratzer, den die Welt sehen wird und zeigt, dass ich mich ihnen angeschlossen habe. So oder so sitze ich in der Klemme. Adin und Mihail taxieren mich aufmerksam mit ihren Blicken, nachdem ich den Kopf anhebe und nicke. »Einverstanden.«

»Sehr gut«, höre ich Alessio. »Dann können wir beginnen.«

Die Reporterin erscheint neben mir, als befänden wir uns in einem Studio, und hält mir ein Mikrofon vor meinen Mund.

»Es gibt neue Informationen zum Fall Adriana Whitman«, beginnt sie ihre Ansage, während ich meinen Mut sammele und die Tränen schnell fortwische. Nachdem sie zusammenfasst, dass der Anführer der Terequeraz auf ein Interview mit mir bestand, damit sich meine Familie, Freunde und Angehörige keine Sorgen mehr um mich machen müssen, appelliert sie an seine Großzügigkeit und Ehrlichkeit. Langsam drehe ich mein Gesicht zu Alessio, der hinter mir neben Ciprian steht und die Arme vor der Brust verschränkt hält.

»Sie haben ein paar Worte an Ihre Familie zu richten?«, fragt mich nun die Reporterin, die mir das Mikro unter die Nase hält und mir erwartungsvoll entgegenblickt. Dabei starre ich auf ihre knallroten Lippen und ihre intensiv geschminkten Augen. Als ich nichts sage, schielt sie zu Alessio, der nun eine Hand auf meine Schulter legt. »Sag, was du zu sagen hast.«

Ich nehme der Reporterin das Mikrofon aus der Hand und drehe mich zum Kameramann um, bevor ich nach einem tiefen Durchatmen die Worte sage, die Alessio vorbereitet hat.

»Nehmt meine Worte bitte ernst. Payton geht es ebenfalls

gut. Wir haben uns aus freien Stücken entschieden, bei den Terequeraz zu bleiben«, füge ich hinzu, damit meine Erklärung glaubhafter wirkt, obwohl sich meine Stimme gebrochen anhört. Ich übergebe der jungen Frau das Mikrofon, die einige Schlussworte sagt und sich dann neben mir erhebt.

»Ging schneller als gedacht. Die letzten Worte von ihr können wir wegschneiden«, erklärt sie Alessio, der erst jetzt die Hand von meiner Schulter nimmt, die ich die letzten Minuten ausgeblendet habe.

»Nein, nehmt ihre Rede so, wie sie sie gehalten hat. So wirkt sie authentischer.«

»Wie du möchtest«, antwortet die Reporterin, die mit ihm flirtet, dass mir schlecht wird. Vorsichtig erhebe ich mich vom Stuhl, um auf den Kameramann zuzugehen. Adin bewegt sich ebenfalls auf ihn zu, als befürchte er, ich könnte den Mann erstechen oder erwürgen. »Darf ich die Aufnahme sehen?«, frage ich ihn.

»Sicher, oder?« Auch er richtet seine Frage an Alessio, der nickt und sich dann weiter mit der Reporterin unterhält, die ihn am Arm berührt und kichert.

Konzentriert blicke ich auf das Display der Kamera, die das Interview oder eher die knappe Ansage von mir abspielt. Ich wirke ernst und etwas verunsichert, was jedoch nur Menschen merken dürften, die mich kennen. Die schwarze behandschuhte Hand ruht während der gesamten Rede auf meiner Schulter. Alessios Gesicht ist nicht zu sehen, dafür meine verdammten Schnitte am Unterarm.

Ich hasse mich bereits jetzt dafür, die Worte ausgesprochen zu haben. »Geh wieder zurück«, befiehlt Adin, der mich weiterhin im Auge behält und mich zu Alessio schickt.

»Wir können wieder gehen. Sorge dafür, dass das Video an alle Sender geschickt wird.«

Die Reporterin läuft rot an, nickt und eilt auf den Kameramann zu, bevor vor meinem Sichtfeld wieder eine schwarze

Hand mit einer weißen Tablette auftaucht. »Ich bin stolz auf dich.«

Die Worte kann er sich sparen! Trotzig nehme ich die Tablette und habe vergessen, mich zuvor zu setzen. Keine Minute später sinke ich zusammen, bevor mich Alessio auffängt und »Geh es langsam an« sagen höre, als sei ich wertvoll für ihn.

KAPITEL 13

ELIAN

Wieder auf meinem Schiff werde ich mein schwarzes Hemd los, werfe es achtlos über die Sessellehne im Wohnbereich, greife zur Fernbedienung auf dem Tisch aus Nussbaumholz und schalte den Fernseher an.

Es läuft noch Werbung, da es erst kurz vor 20 Uhr ist. Wenn Kendra ihren Job richtig erledigt hat, dürfte das Video auf allen Nachrichtensendern ausgestrahlt werden und Samiras Eltern endlich die Suche einstellen. Sie werden nicht so dumm sein, sich mit den Terequeraz anzulegen. Auf diesem Feldzug wird ihnen niemand beistehen. Sie sollten aufgeben und einsehen, dass sie ihre Tochter nie wiedersehen werden.

Vielleicht übergeben wir sie ihnen, wenn sie lästig wird, irgendwann gegen ein nettes Lösegeld. Wer weiß schon. Bisher ist sie eine unterhaltsame Abwechslung.

Auf dem Tisch greife ich nach den Papieren, die mir Dionel gestern Abend gegeben hat und sich mit Samiras und Zahras Vergangenheit befassen.

Ich hatte noch keine freie Minute, um sie mir anzusehen. Oberkörperfrei ziehe ich im Gehen die Zettel aus dem Umschlag und suche die Küche auf, um mir einen Espresso zu machen. Als ich die Papiere durchgehe und die Markierungen von Dio genauer lese, runzele ich die Stirn.

Scheint ganz so, als hätte Samiras Vater ein paar üble Gestalten aufgemischt und die Hälfte einer Gang hochnehmen lassen, als er vor sieben Jahren als Anwalt tätig war. Als Dankeschön wurde eines Morgens sein Sohn tot vor der Haustür gefunden, der zu der Zeit in Tel Aviv-Jaffa studiert hat. Sein Körper wies mehr als dreißig Messerstiche auf und zeigte Würgemerkmale. Zudem wurden ihm beide Beine gebrochen und laut Obduktion starb er erst an einem Kopfschuss. Das hört sich mehr als grausam an, mehr wie eine Folterung mit anschließender Hinrichtung.

Um seine Familie zu schützen, hat er sie in ein Zeugenschutzprogramm aufnehmen lassen. *Interessant.* Einige Namen der Kriminellen sagen mir sogar etwas, die krumme Geschäfte mit Waffenhändlern aus Russland und den Yakuza abwickelten. Und Samiras Vater ist so blöd und stochert in einem Wespennest herum. Er sollte daraus gelernt haben. Falls nicht und er will seine Tochter weiterhin suchen, wird er als Nächstes seine Frau tot in der Küche vorfinden.

Im Gegenzug zur israelischen Mafia geben wir ihm die Möglichkeit, umzudenken. Aber manche Menschen sind unbelehrbar. So uneinsichtig wie Samira. Doch sie hat ihre Rede vor der Kamera erstaunlich überzeugend gesprochen, da sie allmählich einsieht, dass ihre Auflehnung nichts bringt.

Ich ziehe die Tasse aus dem Automaten, gehe zurück in den Wohnbereich und nehme auf der Couch Platz. Endlich wird eine Eilmeldung angekündigt. Ich kann mir mein Grinsen kaum verkneifen, als die Nachrichtenreporterin das Video erwähnt, das gleich darauf abgespielt wird. Ab jetzt dürfte es durch die halbe Welt gehen und die Suchaktionen, die unseren Geschäften schaden, eingestellt werden.

Zudem wird uns keiner angreifen, da sie Samiras Leben nicht gefährden wollen. Ich hoffe für sie, dass sie sich bald einlebt und aufhört, Fragen zu stellen, auf die sie vorerst keine Antworten erhalten wird. Es brennt mir zwar jedes Mal, wenn ich sie sehe, auf der Zunge, ihr zu sagen, dass sie mit mir vor ihrer Entführung gechattet hat. Aber sie kann sich ohnehin seit dem 28. Juli an nichts mehr erinnern. Es würde nichts bringen, ihr davon zu erzählen. Nein, ich würde sie nur noch mehr verunsichern.

Ich hoffe wirklich, dass sie sich bald wieder an alles erinnern wird. Nach außen hin lässt sie sich kaum anmerken, dass es sie quält. Aber ich will nicht wissen, wie es in ihrem Inneren aussieht. Nicht zu wissen, wer man ist, zu wem man gehört, wem man vertrauen kann, muss schrecklich sein.

Andererseits hat sie so die Möglichkeit, von vorn zu beginnen. Zahra macht einen vernünftigen Eindruck auf mich, die Samira in ihren Entscheidungen lenkt. Gewinnen wir Zahras Sympathie, gewinnen wir auch Samiras Vertrauen. Und ich will ihr Vertrauen. Es ist nicht so, dass wir sie zum Spaß festhalten. Nein, es ist viel mehr. Einerseits wollten wir sie gesund pflegen, da sie sich in einem wirklich bedenklichen Zustand befand. Andererseits ist es Joels und Edwins Schuld, dass es überhaupt dazu kam. Und dann ist da Zahra, die laut Ciprian verdammt viel mitbekommen hat. Die gesehen hat, dass Menschen in die Hallen gegangen sind, die nicht wieder zurückgekehrt sind. Sie ganz genau weiß, wo sich eines unserer Lager befindet, weil Edwin dieser Narr sie dorthin führen musste.

Ich gebe ihr keine Schuld, trotzdem können wir sie nicht gehen lassen. Und Samira wird nicht ohne Zahra gehen.

Wir werden sehen, was die Zeit bringt. Zuerst muss ich Schlaf nachholen, da ich die halbe Nacht an der Rede der Stiftung gearbeitet habe. Wie ich solche Events hasse. Aber nach außen hin soll die Organisation einen tadellosen Eindruck hinterlassen. Daher ist dieses Geschwafel wichtig.

Auf der Couch strecke ich mich der Länge nach aus, gähne

hinter vorgehaltener Hand und verfolge die wahnwitzigen Spekulationen der Medien, sehe skurrile Berater, die ihre dämliche Meinung zu dem Video abgeben müssen, verfolge eine Sondereinheit der amerikanischen Polizei, die sich an Interpol wenden wollen – bla-bla-bla. Sollen sie weiter herumstochern, sie werden ohnehin nichts finden und sich die Zähne ausbeißen, bis ihnen die Mittel und Informationen ausgehen.

Von unserer Seite aus dürfen sie auf kein Lebenszeichen von Samira mehr hoffen. Und sollte sie wirklich so dumm sein und mit Zahra fliehen, werde sogar ich selbst den Abzug drücken, um sie zu töten – wenn auch nur äußerst ungern.

KAPITEL 14

SAMIRA

Blind renne ich durch das Dickicht des Dschungels mitten in der Nacht. Ich weiß nicht, wohin ich laufe, weiß nicht einmal, wo Norden und wo Süden ist. Ich renne einfach in der Hoffnung, irgendwann auf Zivilisation, ein Dorf oder eine Stadt zu treffen. Wobei mir schon eine befestigte Straße nützlich wäre.

Zwischen den Blättern und Gestrüpp blitzen immer wieder gefährlich glühende Augenpaare auf, die mich verfolgen wie Raubtiere. Ich werde beobachtet, sie sehen mich, obwohl es stockdunkel ist. So dunkel wie in der zweiten Etage des Anwesens. Egal, wohin ich renne, sie wissen ganz genau, wo ich bin.

Mit einem heftigen Ruck werden meine Schritte ausgebremst. Mein linker Fuß verhakt sich unter einer aufgewölbten Wurzel, ich verliere das Gleichgewicht und lande hart der Länge nach auf dem Waldboden. Tränen brennen in meinen Augenwinkeln, Blut rauscht in meinen Ohren, mein Herz schlägt bedrohlich laut.

Bum-bumm. Bum-bumm. Bum-bumm.

Ich muss weiter. Jeder Meter trennt mich vom Anwesen. Ich muss …

»Sch, beruhige dich«, höre ich jemanden sagen, bis ich die Augen entsetzt aufschlage und eine schwarze Gestalt über mir gebeugt sehe. Das Silber der Maske erinnert mich an eine scharfe Klinge.

Sie haben mich gefunden!

Panisch rutsche ich von der Gestalt weg. Es ist dunkel. Mitten in der Nacht.

Ehe ich begreife, mich im Bett statt im Dschungel zu befinden, komme ich hart auf dem Teppich neben dem Bett auf, noch bevor Alessio nach meinem Arm greifen und mich vom Sturz abhalten kann.

»Es ist schon interessant, was du mitten in der Nacht für akrobatische Kunststücke absolvierst.«

Will er mich verarschen? Was sucht er hier?

Seit drei Tagen war er nicht mehr im Anwesen, musste Geschäften in Panama-Stadt nachgehen, obwohl er angeblich viel lieber an diesem Ort wäre.

»Warum … bist du in meinem Zimmer?«, frage ich nach Atem ringend und kämpfe mich aus den verhedderten Bettlaken.

»Mir gehört das Haus. Das dürfte deine Frage beantworten.«

Ein Blick auf den Wecker verrät mir, dass es 2.55 Uhr ist. »Warum um die Uhrzeit?«

Auf dem Fußende nimmt er Platz und dreht sein Gesicht zu mir. »Willst du dich nicht vom Boden erheben?«

»Beantworte meine Frage.«

»Du scheinst nicht verstanden zu haben, dass *du* mir meine Fragen beantworten solltest«, sagt er scharf und mit mehr Nachdruck in seiner rauen Stimme.

Langsam erhebe ich mich vom weichen Teppich und steige ins Bett. Dabei achte ich darauf, dass ich eine Distanz zu ihm halte, da es mir mehr als unangenehm ist, dass er sich mitten in der Nacht in meinem Schlafzimmer befindet.

Geschmeidig erhebt er sich. »Pheola erzählte mir von deinen Schlafstörungen. Ich wollte mich davon selbst überzeugen. Willst du etwas nehmen, um ruhig durchschlafen zu können?«

Warum nur gibt er vor, besorgt um mich zu sein?

»Nein«, antworte ich ruhig. »Ich trink einen Schluck Wasser und versuche weiterzuschlafen.« Ich sollte nicht zu viele Medikamente nehmen. Letztens habe ich Antibiotika genommen, Tage später diese weißen Tabletten, nun Schlafmittel? Nein, besser nicht.

»Wie du möchtest. Que duermas bien«, wünscht er mir eine gute Nacht.

»Warum bist du noch wach?«, frage ich ihn, als er zur Tür geht und sich seine schwarze Gestalt mit den dunklen Schatten vermischt.

»Weil ich bis vor einer halben Stunde gearbeitet habe und nach dir sehen wollte.«

Dann muss er nach 21 Uhr das Anwesen betreten haben, da ich ihn bis neun Uhr abends nicht gesehen habe. Okay, ich halte mich die meiste Zeit in meinem Zimmer auf, trotzdem darf ich mich frei bewegen und Zahra so oft sehen, wie ich möchte.

»Wir sehen uns zum Frühstück«, sind die letzten Worte, die er sagt, bevor er durch die Tür geht und den Raum verlässt. Die gesamten letzten Tage, in denen er nicht hier war, war es anders … irgendwie fehlte etwas, zugleich konnte ich freier durchatmen. Gerade jetzt weiß ich nicht, ob ich nach seinem Erscheinen so einfach wieder einschlafen kann. War er wirklich bloß eine halbe Stunde hier und hat mir beim Schlafen zugesehen? *Unheimlich.*

Ein kalter Schauder jagt mir über den Rücken, da ich sicher kein Auge mehr zubekommen werde und daran denken muss, dass er jede Minute wieder wie ein Geist im Zimmer stehen könnte.

Mit einem beängstigenden Gefühl greife ich zum Wasser, nehme zwei Schlucke und rolle mich in die Laken ein. Ich brauche gefühlt eine Stunde, bis ich wieder einschlafe und am nächsten Morgen vollkommen erschöpft aufwache.

Ich fühle mich nicht so, als hätte ich überhaupt geschlafen. Meine Muskeln schmerzen, unter meiner Schädeldecke pocht es und ich werde einfach nicht wach. Trotzdem halte ich mich an Pheolas Vorgaben. Bad, anziehen, frühstücken.

Schlag 8 Uhr treffe ich im Salon ein, den ich das letzte Mal bei der Veranstaltung betreten habe. In den vergangenen Tagen durfte ich mit Zahra draußen unter dem Pavillon essen. Ungestört und ohne Beobachtung. Heute treffe ich Alessio allein am Tisch an und sehe weder Zahra noch Ciprian, Adin, Mihail oder Elian.

»Guten Morgen, meine liebe Samira«, begrüßt er mich, als ich in schwarzen Shorts und Bluse etwas perplex stehen bleibe. *Ich soll allein mit ihm frühstücken?*

»Guten Morgen«, bringe ich eher monoton über die Lippen, gehe auf ihn zu und nehme am Tisch weiter entfernt von ihm Platz.

»Ich beiße nicht«, versichert er mir, als er von seiner Zeitung aufsieht und mich eingehend studiert.

»Dafür schneidest du mich«, kontere ich sofort.

Seine graublauen Augen verengen sich zu schmalen Schlitzen hinter der silbernen Maske. »Dir scheint meine Abwesenheit nicht gutgetan zu haben.«

»Doch, sie tat mir gut. Sehr gut sogar«, versichere ich ihm. »Ich konnte seit Langem frei durchatmen.«

»Du siehst nicht aus, als würdest du unter Atemnot leiden«, scherzt er mit einem zynischen Lächeln und widmet sich wieder seiner Zeitung. Im nächsten Moment betreten zwei blinde Angestellte den Raum, die den Tisch eindecken. Alessio deutet direkt neben sich auf den Platz, den ich während der Veranstaltung einnehmen musste.

Genau an der Stelle deckt das Personal Geschirr, Besteck und Serviette ein wie auch ein Service vor ihm.

»Worauf wartest du?«, fragt Alessio schließlich, als er bemerkt, dass ich mich nicht vom Fleck rühre und weiterhin drei Plätze weiter von ihm sitzen bleibe.

»Ich möchte gern mit Zahra frühstücken.«

»Kommt nicht infrage. Ich habe dir drei Tage Freizeit geschenkt als Belohnung für deine Rede vor der Kamera.«

Als Belohnung? »Du warst beschäftigt, wurde mir gesagt.«

Wieder straft er mich mit einem strengen Blick. »Es spielt keine Rolle, was ich in meiner Abwesenheit getan habe. Du hattest Zeit für dich, jetzt fordere ich wieder deine Aufmerksamkeit. Du setzt dich zu mir und leistest mir Gesellschaft.«

Was, wenn nicht? Wird er mir eine zweite Rune in die Haut ritzen?

Sein harter unnachgiebiger Blick bohrt sich in meinen, dem ich standhalte. Langsam schüttele ich den Kopf. *Soll er seine anderen Leute herumkommandieren, mich nicht!*

Noch bevor er mir drohen kann, erhebe ich mich vom Tisch. »Du entschuldigst mich. Mir ist der Appetit vergangen.«

Ich komme exakt zwei Schritte weit, als ich ihn »Du setzt dich sofort wieder an den Tisch!« höre.

Träum weiter, das werde ich nicht tun. Zwar bleibe ich einen winzigen Moment stehen, überwinde aber meine Furcht und gehe stur auf den Ausgang des Saals zu.

Allerdings schieben sich zwei Angestellte vor mich, die die Tür verriegeln. Sofort stoppe ich meine Schritte. Ich könnte sie zur Seite stoßen und mir den Weg frei machen. Aber ich will sie nicht verletzen.

»Hör auf das, was er sagt«, spricht die linke dunkelhaarige junge Frau zu mir. Der Mann neben ihr Ende zwanzig nickt.

Langsam schließe ich die Augen, um mich zu beruhigen, da ein wütender Tornado in meiner Brust tobt. Ich will Alessio nicht recht geben, einknicken und mich seinen Anweisungen beugen.

Doch ich muss einsehen, dass ich keine andere Wahl habe, daher drehe ich mich auf den Sandalen um und gehe mit gesenktem Gesicht auf die Tafel zu, ziehe den Stuhl neben Alessio ruppig zurück und nehme darauf Platz. Bisher hat er mir bis auf die Kratzer nichts getan. Ich hätte gern gewusst, was er getan hätte, wenn ich seine Angestellten angegriffen hätte. Aber ich bin kein Unmensch und könnte keinem anderen schaden.

»Freut mich, dass du einsichtig bist. Bedien dich.«

»Spar dir deine Worte«, bringe ich wütend über die Lippen, greife zur silbernen Kaffeekanne, ohne ihn eines Blickes zu würdigen, und gieße mir frischen Kaffee ein, anschließend Milch. Eilig greife ich nach einem dieser süßen Brötchen, nach Honig, nach Butter und Melonen-, Avocado- und Ananasstücken. Alles stapele ich kreuz und quer auf meinen Teller, obwohl es für das Obst Schalen gibt.

Er soll merken, dass es mir nicht gefällt, neben ihm zu sitzen und zu essen. Nachdem eine Weile eine beklemmende Stille herrscht, er meine aufsässige Antwort ignoriert, liest er seine Zeitung weiter und rührt in seinem Tee. Da die Maskenschnauze nur zur Hälfte seinen Mund bedeckt, kann er essen. Und was er isst, ist merkwürdig. Er isst irgendwelches komische Zeug wie Maisfladen und gefüllte Tortillas.

Außerdem isst er nicht viel und extrem langsam. Während ich nach zehn Minuten alles in mich hineingestopft habe, um den Tisch so schnell wie möglich zu verlassen, hat er erst zwei Schlucke von seinem Kräutertee genommen und drei Bissen von diesem gelblichen Fladen in den Mund geschoben.

Als ich fertig bin, lege ich das Besteck akkurat nebeneinander auf den Teller, nehme die Serviette vom Schoß und erhebe mich.

»Hat man dir nicht beigebracht, solange am Tisch sitzen zu bleiben, bis der Letzte mit Essen fertig ist?«

»Wenn ich mich erinnern könnte, was mir beigebracht wurde, würde ich es dir sagen«, kommt es etwas zu aggressiv über meine Lippen.

»Setz dich wieder und erzähl mir, was du die letzten Tage gemacht hast.«

Nun klappt er seelenruhig die Zeitung zusammen, auf der weiterhin mein Gesicht abgebildet ist. In den letzten Tagen wird täglich von mir berichtet und meine Videobotschaft ausgewertet. Es wurde das Mal auf meinem Unterarm als Bild eingeblendet, darüber diskutiert und spekuliert. Aber letztendlich fallen die Meinungen unterschiedlich aus. Einige glauben, ich habe mich der Gruppierung freiwillig angeschlossen, genau so, wie ich es im Video sage. Andere meinen, ich sei zu der Aussage gezwungen worden. So oder so müssen sie jedoch die Suche einstellen, da ich erwachsen bin, frei entscheiden kann, wohin ich gehe, was ich mache und wo ich mich aufhalte.

Meine Eltern sah ich ein Interview geben. Sie zeigten ihre Gesichter nicht, ließen sie verpixeln, aber glaubten an eine Verschwörung. Wenn ich sie nur sehen könnte. Ihre Gesichter und mich vielleicht so wieder an alles erinnern könnte. Das Weinen meiner Mutter während des Interviews berührte mein Herz, sie scheint mich sehr zu lieben, zu vermissen und daran zugrunde zu gehen, nicht zu wissen, wo ich bin.

Über Edwin wurden auch Neuigkeiten gebracht. Es wurde erzählt, dass Zahra und ich von ihm in den Dschungel geführt, von Kriminellen überrascht und entführt worden sind. Edwin wurde einige Tage später tot in seiner Wohnung gefunden. Laut Aussagen und Bildern soll er sich selbst erhängt haben. *Warum?*

Zahra meinte, dass selbst er dieses Schicksal nicht verdient hätte, und glaubt an keinen Selbstmord. Ciprian versicherte uns, dass jeder seine gerechte Bestrafung erhält, der der Organisation schadet. Mehr sagte er nicht dazu. Er weiß, was mit Edwin geschah. Er weiß es ganz genau.

»Ganz ehrlich, meine liebe Samira. Mir gefällt es nicht, wie du dich heute verhältst. Ich habe angenommen, dir hätten die drei Tage gutgetan, du hättest dich erholt und eingelebt.«

»Eingelebt?«, wiederhole ich leise zu mir selbst flüsternd. »Ich habe mich nicht eingelebt.«

»Zeig mir deinen Arm.« Er greift nach meiner rechten Hand, ehe ich sie von ihm wegziehen kann. Seine Blicke studieren die verschorften Schnitte, die abheilen und sich nicht entzündet haben. Dafür jucken sie bestialisch.

»Sieht gut aus. Setz dich wieder.«

Er löst seine Finger um mein Gelenk und deutet auf den Platz. Eines muss ich ihm lassen: Er greift mich nicht an, übt keine Gewalt aus, zwingt mich nicht körperlich oder beleidigt mich. Er ist wie … wie eine unantastbare Gottheit, die überlegen auf alles herabblickt.

Ich nehme wieder neben ihm Platz. »Es läuft so ab«, beginnt er zu erzählen und stützt den linken Ellenbogen auf den Tisch ab, während er seine Tasse hält. »Benimmst du dich und hältst dich an die Regeln, wirst du alles erhalten, was du dir wünschst. Ich werde dir mehr Freiraum geben und versuchen, dir das Leben an diesem Ort so angenehm wie möglich zu machen.«

Nachdenklich schaue ich zu ihm. »Wenn ich mich nicht an die Regeln halte, bestrafst du mich und ich werde im schlimmsten Fall getötet«, füge ich hinzu.

Er nickt bloß, da er in meinem Gesicht ablesen kann, dass ich diese einfache Regelung verstanden habe. »Stell dir vor, du besitzt etwas, woran dein Herz hängt. Etwas, was dir sehr viel bedeutet. Würdest du es dir von jemandem zerstören lassen?«

»Du sprichst auf deine Organisation an, nicht wahr?«

»Es ist viel mehr als das«, antwortet er und nimmt einen

Schluck von seinem Kaffee. Ja, das konnte ich auch lesen und über die Nachrichtensender mitverfolgen.

Die Terequeraz werden sogar von einem Großteil der Bevölkerung angehimmelt, da sie den Armen helfen oder sie bestechen oder wie auch immer man es sehen möchte. Die Organisation arbeitet geheim, niemand kennt ihre Vorgehensweise oder Routen. Niemand kennt das Gesicht hinter der Maske, nach dem mehr als ein Jahrzehnt gesucht wird. Es gab zahlreiche Versuche, um herauszufinden, wer der Mann hinter der Maske ist. Es wurden Menschen eingeschleust, die alle tot und mit Warnungen auf Schildern um den Hals in Panama-Stadt oder im Dschungel aufgefunden worden sind. Nicht auf öffentlichen Plätzen, so wie Zahra und ich, sondern meistens in ihren Wohnungen, da Panama auch vom Tourismus lebt. Würde bekannt werden, dass Auftragsmörder Menschen öffentlich hinrichten und töten, würde keiner mehr das Land betreten.

Es gab auch die Versuche, den Dschungel zu durchkämmen, Wanzen und GPS-Geräte an Wagen und Personen anzubringen, die für die Organisation arbeiten. Alles lief fehl. Und ich weiß warum: weil Alessio jeden, selbst seine engsten Vertrauten, ständig absucht, kontrolliert, bewacht und filzt.

Keine Person, die nicht der Organisation angehört, kam ihm so nah. So nah wie ich ihm. Und ich frage mich wirklich, warum er es zulässt. Aus Mitleid, weil er mich nicht töten kann? Weil er mich mag? Weil er nicht durch und durch verdorben ist? Oder wegen Schuldgefühlen? Oder weil er weiß, dass ich die Tochter eines Ministers bin? Weil er mehr über mich weiß als ich?

Was zum aktuellen Stand logisch ist. Fast jeder weiß mehr über mich als ich über mich selbst.

In der Stadt sind angeblich überall Graffiti von seiner Maske abgebildet, Menschen laufen nachts mit der Wolfsmaske herum, was es der Polizei unmöglich macht, den wahren Alessio zu schnappen. Wie auch, niemand kennt sein wahres Gesicht. Die Taktik halte ich für sehr clever. Selbst wenn er inhaftiert werden würde, könnte keiner nachweisen, dass es sich um den echten Alessio handelt. Selbst die Handschuhe, die er trägt, verraten nichts. Es gibt keinen Fingerabdruck, ich sehe keine Ringe, keine Lebermale, keine besonderen Merkmale. Alles, was ich sehe, sind sein dunkles Haar, das 99 Prozent der Bevölkerung in Panama hat, und seine leicht gebräunte Haut, seinen Hals und Unterkiefer.

»Mein Unternehmen liegt mir sehr am Herzen. Viele mögen sagen, ich sei böse und würde gesetzeswidrig handeln, Menschen ermorden lassen und Gift unter die Menschheit verteilen. Ich denke sogar, dass sie wirklich glauben, dass es so ist. Aber es gibt einen Teil der Menschheit, der mir dankbar ist für das, was ich ermögliche und mache.« Er spricht zum ersten Mal über sich und seine Organisation. Die Gelegenheit sollte ich nutzen, um mehr über ihn zu erfahren.

»Was genau ermöglichst du?«, frage ich vorsichtig nach.

»Ich schenke Leben.« Obwohl ich seine Mimik nicht erkennen kann, sehe ich ihn lächeln. Er löst seinen Blick von mir und greift nach seinem Besteck. Ich könnte ein Messer stehlen, in meinen Shortstaschen verstecken und es ihm bei einer passenden Gelegenheit in den Hals rammen.

Und dann? Ciprian würde dich schneller töten, als dass du Alessio die Maske vom Gesicht gezogen hättest.

»Leben schenken? Mit Waffen und Drogen? Meinst du das ernst? Waffen töten Menschen, Drogen vergiften sie.«

»Es ist ein weitverbreiteter Irrglaube, dass ich allein mit Waffen und Drogen handele. Es gibt ein Abkommen unter den Kartellen und Händlern, um uns die Routen zu teilen. Aber ich vertreibe nicht ausschließlich Waffen und Drogen«, erklärt er mit angespannter Stimme. Ich sollte vorsichtig sein, da ich vermutlich auf ein empfindliches Thema gestoßen bin.

»Was vertreibst du dann?«

»Das sagte ich dir bereits. Versuch nicht, mich auszufragen. Ich habe dich vorhin gefragt, wie du deine letzten Tage verbracht hast, und bisher keine Antwort erhalten. Nachdem ich dir etwas von mir erzählt habe, könntest du so freundlich sein und mir etwas über dich erzählen. Erzählen, was du in den letzten Tagen über dich herausgefunden hast.« Das hört sich merkwürdig an. Ich habe nicht wirklich viel über mich herausgefunden.

Gedankenverloren pflücke ich eine Hibiskusblüte aus dem herrlichen großen Blumenstrauß vom Tisch und drehe sie zwischen den Fingern. »Ich weiß, dass ich nicht gern frühstücke«, beginne ich vollkommen ernst, was ihn belustigt schnauben lässt.

»Ich weiß, dass ich diese Farbe mag.« Ich deute auf die Blüte, die in einem hübschen Granatrot strahlt. »Ich weiß, dass ich früh gern länger schlafe und abends nicht vor Mitternacht ins Bett gehe. Ich lese gerne, ich kann, glaube ich, nicht gut singen und beherrsche vier verschiedene Sprachen. Laut Zahra kann ich hervorragend tanzen, malen und muss die Freiheit lieben. Ich habe nur wenige Freunde, die ich dafür fast ein Leben lang kenne. Ich kann wohl auch reiten und hasse lange Fußmärsche. Im Winterurlaub war ich nie, und ich hatte einen Bruder, den ich über alles geliebt habe. Und ich habe vier Cousinen, die ich nicht leiden kann. Ich gehe gern weg, liebe Partys und das Meer. Und ich muss Linguistik und Geschichte studiert haben. Mehr kann ich dir auch nicht sagen«, spreche ich etwas enttäuscht, da ich nicht mehr über mich weiß.

Es ist ein merkwürdiges Gefühl. Diese Leere in meinem Kopf, die von einem dicken Nebelschleier ausgefüllt wird, macht mir Angst. Ich würde zu gern Bilder in meinem Kopf entdecken, die ich zuordnen kann.

»Ein guter Anfang. Ich danke dir für dein Vertrauen.« In seinen graublauen Augen sehe ich ein weiches Funkeln, als würde ihm gefallen, dass ich mich nicht länger so widerspenstig zeige.

»Du kannst deine Freundin treffen und mit ihr den Tag verbringen«, fügt er hinzu, nachdem er mit Essen fertig ist und sich vom Tisch erhebt. Gleich darauf stehe ich auch auf, was ihn lächeln lässt. Hinter mir werden die Türen von zwei Angestellten geöffnet. Weitere treten an den Tisch heran, von dem sie das Geschirr und Besteck abräumen.

»Danke«, sage ich wie aus Gewohnheit, da ich Benimmregeln anscheinend doch kenne.

»Trotzdem bestehe ich darauf, dass wir früh und abends zusammen essen. Jeden Tag, den ich hier bin.« Schon wendet er sich vom Tisch ab, um zum zweiten Ausgang zu gehen, der sich direkt hinter ihm befindet.

»Wie lange wirst du hierbleiben?«, frage ich ihn und rechne mit keiner Antwort.

»Sieben Tage«, höre ich ihn sagen, nachdem er sich zu mir in seinem Anzug umgedreht hat. »Möglicherweise auch länger. Das hängt von den Umständen ab.«

Welchen genau? Etwa, weil sie nach ihm und mir suchen und er sich hier sicherer fühlt?

Doch bevor ich ihn fragen kann, passiert er die Flügeltür, hinter der ich einen Wendelgang erkenne, den man vom Garten aus sehen kann.

»Es ist gar nicht so übel, nicht wahr?«, spricht eine Angestellte, die das Geschirr auf ein Tablett lädt, nachdem Alessio gegangen ist. Ich antworte ihr nicht, sondern blicke eine Weile etwas ratlos zur Tür, die wieder hinter ihm verschlossen wird.

Nein, er kann freundlich sein. Trotzdem bleibt er mir ein absolutes Rätsel.

KAPITEL 15

SAMIRA

In den nächsten Tagen verbringe ich die meiste Zeit mit Zahra, mit der ich zu Mittag esse, wir im Garten lesen, uns unterhalten, Fluchtpläne schmieden, die wir nicht überleben werden, und die Männer, die für Alessio arbeiten, beobachten.

Hin und wieder treffen wir auf Elian oder Ciprian, die uns Gesellschaft leisten oder uns Botschaften von Alessio überbringen wie: »Du verspätest dich, Samira. Alessio wartet bereits im Saal auf dich.«

Jeden Morgen esse ich zusammen mit ihm Frühstück und jeden Abend Punkt 20 Uhr Abendbrot. Er isst immer dasselbe. Immer und immer wieder, obwohl die Tafel mit so vielfältigen Speisen eingedeckt ist, von denen ich jede probiere. Hauptsächlich gibt es einheimische Speisen.

Unsere Gespräche sind meistens eher wortkarg und distanziert, und ich frage mich weiterhin, warum er meine Gesellschaft schätzt und nicht lieber mit Elian, Adin, Mihail oder Ciprian essen will. Oder seinen anderen Männern, von denen ungefähr zwanzig das Gelände bewachen. Diesen Dio habe ich kein weiteres Mal mehr seit der Polizeiwache gesehen.

Nach dem Abendessen verbringe ich den restlichen Abend

mit Zahra im Nebengebäude, das wie das restliche Haus in einem prächtigen Kolonialstil eingerichtet ist und in dem auch Ciprian wohnt. Elian verlässt jeden Abend das Anwesen und schläft selten hier im Dschungel. Adin und Mihail sind überall dort, wo auch Alessio ist.

»Wenn du bereits Sympathiepunkte bei ihm gesammelt hast, frag ihn doch, ob du deiner Familie einen Brief schreiben kannst«, schlägt Zahra vor.

»Und was soll ich ihnen schreiben? Ich weiß nicht, was ich verfassen könnte. Aber du könntest deiner Familie schreiben.«

Neben mir streckt sich Zahra in ihren lockeren Stoffhosen und bauchfreiem T-Shirt auf der Bank des Pavillons aus und starrt zum Dach. Überall ranken hübsche violette Blüten an Fassaden und um die Säulen des Pavillons, von denen ich zwei flüchtig abpflücke. An Bananenstauden dürfen wir uns jeden Tag bedienen wie auch an den Avocadobäumen und den Ananaspflanzen.

»Ich vermisse meine kleine Schwester und meine Brüder sehr. Meinst du, du bekommst ihn dazu überredet?«, fragt mich Zahra nachdenklich. »Er darf den Brief auch vorab lesen. Ich möchte nur, dass sie sich keine Sorgen um mich machen und wissen, dass ich meinen Job weiterhin erledige und auf dich aufpasse.«

»Wie witzig. Du solltest auch auf dich aufpassen. Ich kann ihn morgen früh fragen, schließlich habe ich mich in den letzten Tagen nicht auffällig verhalten, und er versprach mir, mir das Leben an diesem Ort so angenehm wie möglich zu machen.«

»Glaubst du wirklich daran?«, hakt sie nach und schnaubt leise. »Er verfolgt irgendwelche anderen Absichten. Vielleicht will er uns verkaufen und es stehen bereits zwei Anzeigen mit unseren Gesichtern im Internet.«

Sie glaubt, er mischt im Menschenhandel mit? »Nein, das glaube ich nicht.«

»Ich habe Mädchen im Fernsehen gesehen, die in Asien oder Lateinamerika entführt und in Amerika oder Europa verkauft worden sind. Sie trugen auch immer ein Zeichen am Handgelenk. Es waren zwar Tattoos, aber dieses Symbol sieht dem sehr ähnlich. Irgendwann wird er uns loswerden wollen, das weiß ich. Bis dahin sollten wir zusehen, von hier zu verschwinden.«

Sofort breitet sich in mir ein beklemmendes Gefühl in meiner Brust aus. Ich will Zahras Worte nicht glauben. *Das würde Alessio nicht tun, oder doch?* Was weiß ich schon über ihn. Ich esse mit ihm zusammen, trotzdem geben seine Antworten auf meine Fragen keine wichtigen Informationen preis. Im Gegenteil, meistens kommen weitere Fragen auf.

»Ich frage ihn nach dem Brief.« Langsam erhebe ich mich von der Bank, da es bereits weit nach Mitternacht sein dürfte und das Personal die Außenbeleuchtung ausgeschaltet hat.

»Ich wollte dich nicht beunruhigen.« Neben mir legt sie eine Hand auf meine Schulter und macht ein besorgtes Gesicht. »Nur … wir sollten nicht naiv sein.«

»Keine Sorge«, lüge ich und senke den Blick auf den Unterarm, auf dem sich die Wolfsrune befindet. »Ich weiß auch, dass er etwas geplant hat. Ich versuche weiterhin, an Informationen zu gelangen, so wie besprochen. Aber erwarte nicht zu viel. Er redet sehr wenig über sich oder die Organisation.«

»Okay, sei vorsichtig«, haucht sie leise, bevor sie mich umarmt und mir einen Kuss auf die Wange gibt. »Denk immer daran, er ist unser Feind.«

»Wie könnte ich das vergessen«, antworte ich ernst, auch wenn ihr vermutlich nicht entgangen ist, dass ich mich Alessio mit jedem Tag mehr anvertraue und ihm Details von mir erzähle. Aber bloß, damit er mir ebenfalls wichtige Dinge verrät. Manchmal ertappe ich ihn dabei, wie er kurzzeitig Sachen aus der Vergangenheit erzählt, aber aufpasst, weder

Namen noch Orte zu nennen. *Ob er mir jemals vertrauen wird? Nein, ich denke nicht. Dafür ist er zu vorsichtig und clever.*

Nachdem ich den Garten verlasse, schließen zwei Angestellte die Torflügel zu und begleiten mich bis zur Treppe. Allein steige ich die Stufen hoch und hänge meinen Gedanken nach.

Ich werde mehr über ihn erfahren. Sehr bald, ich muss nur geschickt vorgehen und ihn glauben lassen, ich würde ihm gehorchen und mich an diesem Ort wohlfühlen.

In meinem Zimmer erwartet mich Pheola bereits in ihrem schwarzen Nachthemd, die müde ihre Augen reibt.

»Ich wünsche dir eine gute Nacht, Samira. Ich habe deine Nachtwäsche bereits aufs Bett gelegt. Brauchst du meine Hilfe?«

»Nein«, sage ich mit einem freundlichen Lächeln zu ihr und halte ihr die Tür auf. »Du kannst schlafen gehen. Gute Nacht.«

Sie nickt, erwidert mein Lächeln, als hätte sie es gesehen, und huscht durch die Tür. Als ich das Bad aufsuche, mein Haar kämme, Zähne putze und zum Zimmer zurückgehe, ist es totenstill im Anwesen. Es ist merkwürdig, aber man könnte meinen, ich wäre allein.

Nur das kontinuierliche Ticken der Standuhren ist zu hören, das mich bei jedem Schritt begleitet. Wieder in meinem Zimmer wünschte ich, ich hätte einen Schlüssel, um meine Räume abzuschließen. Denn nach der einen Nacht, in der Alessio urplötzlich an meinem Bett stand, kann ich noch schlechter durchschlafen. Ständig verfolgen mich in meinen Träumen merkwürdige Bilder, die Erinnerungen sein könnten oder auch eine Vorahnung. So albern es sich anhört, aber irgendwie glaube ich, dass etwas in mir arbeitet und in meinen Träumen an die Oberfläche will.

Auf dem Bett finde ich statt meinem Pyjama ein durchscheinendes Negligé vor. Zwar wache ich fast jeden Morgen oder mitten in der Nacht schweißgebadet auf, trotzdem muss mir Pheola deswegen keine noch knappere Schlafwäsche hinlegen. Aber da ich zu müde bin und einfach bloß schlafen will, ziehe ich mich um, zupfe das tief ausgeschnittene Negligé zurecht und greife nach dem Wasserglas auf dem Nachttisch. Jeden Abend bietet mir Alessio an, Schlafmittel zu nehmen. Aber ich möchte nichts nehmen.

Neben dem Bett öffne ich das Fenster, damit frische Luft ins Zimmer strömt, lege mich dann ins Bett und schalte das Licht aus. Wie immer starre ich zur Decke und lausche den fremden Geräuschen des Dschungels. Einmal habe ich das gefährliche Fauchen eines Jaguars gehört, was mir einen riesigen Schrecken eingejagt hat. Ein anderes Mal hörte ich einen seltsamen Vogel merkwürdige Geräusche machen oder musste einen großen Käfer vom Vorhang sammeln, der sich durch das Moskitonetz geschoben hat.

Irgendwie ist alles so anders. Ich spüre es. Spüre, dass ich diesen Ort nicht gewohnt bin. Langsam sinken meine Augen zu und ich falle in einen tiefen Schlaf. Jedoch träume ich wieder. Ich spüre die Angst, wie sie meinen Brustkorb wie Schraubzwingen fest zuschnürt. Obwohl es nicht meine Angst ist, sondern die meines Vaters, der mich unvermittelt von der Uni abholte, ohne mir eine Erklärung zu geben.

»Folge mir. Wir müssen los. Schnell, Samira!«

Die Mittagssonne brennt auf meinen nackten Schultern, als zwei Bodyguards mich links und rechts flankieren und wir meinem Vater zum SUV folgen. Etwas ist geschehen. Etwas Schlimmes, da ich meinen Vater so nie erlebt habe.

»Was ist passiert? Warum werde ich abgeholt?«, frage ich ihn und will, dass er sich zu mir umdreht, um sein Gesicht zu sehen. Vor mir bleibt er am Wagen stehen, senkt das Gesicht und fährt sich unter seiner Brille über die Augen. »Ich habe

einen Fehler begangen, einen schrecklichen. Steig ein. Ich erzähle dir alles.«

Mit einer bösen Vorahnung steige ich hinter ihm in den SUV, der kurz darauf losfährt. »Melvin ist tot«, sagt er, ohne mich vorzubereiten. Melvin?

»Wir haben deinen Bruder vor zwei Stunden vor unserer Haustür gefunden. Er wurde ermordet. Uns bleibt keine Zeit, wir müssen Tel Aviv noch heute verlassen.«

Als ich die Worte höre, fühlt es sich an, als würde eine rasiermesserscharfe Klinge zwischen meine Rippen gestoßen werden, ein höllisches Feuer in mir auflodern und gleichzeitig ein Tornado in mir wüten. Mich durchrauschen so viele Gefühle und so viele Gedanken in nur wenigen Sekunden, dass ich wie gelähmt und zugleich geschockt auf der Rückbank sitze. Melvin ist tot? Mein Bruder lebt nicht mehr?

»Nein«, sage ich, umklammere im nächsten Moment die Rückenlehne seines Sitzes und beuge mich zu ihm vor. »Das kann … nicht sein. Er hat … nichts verbrochen.«

»Es ist so. Sie haben ihn uns genommen und auf brutale Weise gefoltert und anschließend getötet. Hör zu, Samira.« Er dreht sich zu mir, aber ich erkenne sein Gesicht nicht. Zeig es mir. Zeig mir dein Gesicht. Es wird wie von einem dichten Nebeldunst überschattet, der sich nicht lichtet. »Ich will nicht, dass dir und deiner Mutter dasselbe zustößt. Daher fahren wir nach Hause, du packst deine nötigen Sachen, informierst Zahra und wir verschwinden aus der Stadt …« Er spricht weiter, während mein Verstand seinen Worten nicht mehr länger folgen kann.

Ich höre mich wie in weiter Entfernung »Ich kann nicht alles zurücklassen« sagen. Ich weine, frage ihn mehrmals, ob er sich nicht irrt, und kann nicht glauben, dass Melvin tot ist.

Zugleich will ich meinen Vater sehen.

Doch der Traum verblasst und wird von einer samtigen

Dunkelheit verschlungen. Einer Dunkelheit, die mich beruhigt und die sämtliche Gefühle verdrängt.

Wie ein zarter Umhang umgibt mich eine warme Präsenz, die in mein Bewusstsein dringt und mich tröstet.

Etwas schlingt sich um meine Arme, was mich hält, aber nicht festhält, damit ich nicht voran in ein Loch kippe. Sanft kitzelt etwas wie ein warmer Atem mein Rückgrat hinab, schmiegt sich um meine Hüfte und wandert über meine erhitzte Haut. Es fühlt sich gut und fremd zugleich an. Denn jeder Gedanke vom Traum ist wie fortgeblasen. Alles, was ich möchte, ist Ruhe, Halt und Hoffnung. Nur ein kleines bisschen Hoffnung, dass alles wieder so wird, wie es war.

Von meinem immer noch leicht abgehackten Atem wache ich auf und blinzele in der Finsternis. Der Vorhang neben dem Fenster bewegt sich sanft im Abendwind, der ein grummelndes Gewitter ankündigt. Ich liege auf dem Bauch, die Fingerspitzen in etwas Festes gekrallt, und atme gleichmäßiger, damit ich wieder einschlafen kann, bis ich begreife, nicht allein zu sein.

In dem Moment spüre ich Finger die Spitze meines Slips zur Seite schieben und eine Präsenz direkt hinter mir. Wind kühlt meine nackte Haut, während mein Blick weiterhin unscharf ist und ich die Augen schließe.

Ich will einfach nur schlafen – denke ich. Nicht mehr träumen. Nicht mehr überlegen müssen, was real und was fiktiv ist.

In dem Moment umfasst kühles Leder meine Hüfte, hebt sie hoch und ich spüre wie in Trance eine beißende und zugleich prickelnde Berührung um meine rechte Brustwarze. Eine angenehme Feuchte wird zwischen meinen Beinen verteilt, bevor ich leise keuche, da sich ein herrliches Ziehen in meinem Becken ausbreitet. Es fühlt sich gut an und zugleich, als würde ich träumen. Als ich jedoch langsam etwas in mich eindringen spüre, öffne ich die Augen.

»Ein Wort von dir und ich gehe«, höre ich hinter mir. *Alessio?*

Ich schlucke hart, als ich begreife, dass ich wirklich nicht allein bin, er sich hinter mir befindet und … Mein Sichtfeld schärft sich für einen Augenblick und ich finde meine Handgelenke zusammengebunden mit einem Seil am Bettpfosten vor. *Was passiert hier?*

In dem Moment stößt er in mich und ich spüre ein heißes unangenehmes Ziepen. *Gott.* Zentimeter für Zentimeter nimmt er von mir Besitz, während ich noch halb weggetreten bin und nicht realisieren kann, was passiert. Sanft streicheln seine Finger über meinen Rücken, mein Rückgrat hinab zu meiner Hüfte, die er anschließend umfasst. Er fühlt sich so mächtig an, wie eine fremde Macht, die von mir Besitz ergreift und komplett in mir ist.

Ein Wort von dir und ich gehe – rufe ich mir seine Worte ins Gedächtnis und kann doch nicht klar denken, als er sich aus mir zurückzieht, meine Klit massiert wird und er anschließend erneut in mich eindringt. Ich unterdrücke einen Schrei, weil es immer noch brennt und ich mich in dem Moment frage, ob dieser Moment für mich zum ersten Mal passiert.

Dennoch geht er nicht grob vor und kurbelt weiterhin diese ungeahnte Hitze in mir an, was mich feuchter werden lässt. Als er spürt, wie mein Körper auf seine Berührungen reagiert, zieht er sich wieder aus mir zurück und nimmt mich mit jedem Stoß, der folgt, schneller. Er verschlingt mich mit jedem Eindringen, sodass ich lauter keuche und ein gequältes Stöhnen über meine Lippen kommt. Ich zerre an den Seilen, die meine Handgelenke bis hoch zu den Unterarmen fixieren, und scheine ihm damit nur noch mehr das Gefühl zu geben, mich zu dominieren.

Aus den Augenwinkeln sehe ich mich im Schiebeschrank zum Spiegel und verfolge die Szene, wie er hinter mir auf dem Bett kniet und mich vögelt. Ich sehe das Silber seiner Maske, wie sie vom Licht eines grellen Blitzes aufleuchtet, verfolge seine geschmeidigen Bewegungen und die Berührungen seiner Hände auf meinem Körper. Draußen setzt ein stürmischer Regen ein, Wind heult auf, Regen prasselt auf die schweren Palmenblätter.

Weiterhin trägt er Handschuhe, dafür keinen Anzug. Er hat sich entkleidet und ich kann schwarze Schwingen auf seinem nackten Rücken sehen. Linien, die von seinem Rücken über seine Rippen verlaufen wie die eines Todesengels.

Ein Wort von dir und ich gehe.

Will ich, dass er geht? In keinem Moment war ich ihm so nah und hielt er mich dennoch so auf Distanz. Es ist viel zu spät, als ihn von mir zu stoßen und ihn beenden zu lassen, was vielleicht meine einzige Chance ist, um zu entkommen. Nein, ich knicke nicht ein, da ich ihm ansonsten nie wieder in die Augen blicken könnte.

Daher schließe ich die Augen, keuche in die schwarzen Laken.

Schwarz …

Warum ist mir nicht zuvor aufgefallen, dass Pheola mein Bett frisch bezogen hat? Die roten Laken gegen mitternachtsschwarze ausgetauscht wurden und sie mir nur aus diesem Grund das Negligé herausgelegt hat? Damit er leichten Zugang hat. Warum, verflucht, habe ich nicht begriffen, dass sie längst vor mir wusste, was heute Nacht passieren würde?

Ich hätte von allein darauf kommen können. In fast jeder Nacht habe ich seine Präsenz gespürt, hat mich mein Unterbewusstsein geweckt, als er mich beobachtet hat und sich in meinem Zimmer befand. Und ich habe es bloß als Einbildung abgetan. Wie dumm von mir.

Immer härter dringt er in einem schneller werdenden Rhythmus in mich ein. Seine Härte ist so verdammt groß, dehnt mich und reibt an meinen Scheidenwänden entlang über eine empfindliche Stelle, die mich erneut stöhnen lässt.

Mir ist unendlich heiß, ich fühle sein Glied in mir pulsieren, spüre, wie er nicht genug von mir bekommen kann und mich mit sich in einen tiefen gnadenlosen Abgrund hinabreißt. Mein Atem geht viel zu abgehackt, mein Herz rast mörderisch schnell, ich höre das Blut in meinen Ohren rauschen, als ich »›Iinaa asif‹« murmele und anschließend tief und willenlos stöhne. Er weiß, dass er das von mir bekommen hat, was er wollte. Mich und meinen Körper. Und er genießt es, alles von mir besitzen zu dürfen, denn mein Stöhnen, das ich zwar zurückhalten will, aber nicht kann, wird von seinem rauen Knurren überschattet.

Seine Griffe werden fester, als er zum Höhepunkt gelangt, ich ihn im Spiegel das Gesicht mit der Maske wie eine Gottheit zur Decke heben sehe und er einen Moment später tief in mir verharrt. Kaum klar denkend löst sich eine Träne aus meinen Wimpern, die ich am liebsten vor ihm verbergen würde.

Es ging alles viel zu schnell und zugleich so lang, um es hätte beenden zu können. Ich wollte ihn nicht zurückweisen, weil ich viel zu neugierig war, was er machen würde.

Ohne ein Wort zu sagen, zieht er sich aus mir zurück und steigt vom Bett.

Erschöpft und erhitzt sinke ich in die Kissen und lausche dem Regen, gefolgt vom leiser werdenden Donnerhall. Das Gewitter zieht weiter und entfernt sich, ehe es über uns war. Ein erdiger Geruch dringt vom geöffneten Fenster in meine Nase. Die Luft fühlt sich kühl und wohltuend auf meinem nackten Körper an.

Nach wenigen Minuten deckt er mich zu, tauchen Hände in meinem Sichtfeld auf, die das lange Seil routiniert lösen und zusammenwickeln. Anschließend beugt er sich zu mir herab und umfasst mein Kinn. »Du wirst es nicht bereuen, verstanden?«

Instinktiv nicke ich, obwohl ich von tausend Gefühlen

durchflutet werde. Alles fühlt sich an wie in meinem Traum, als mir mein Vater erzählte, dass Melvin tot ist.

»Sag es«, besteht er auf meine Antwort. Ich sehe ihn vor mir wieder angekleidet und kann seine Augen kaum unter der Maske erkennen.

»Ich werde es nicht bereuen«, sage ich die Worte, die er hören will. Ein leises Lächeln ist zu hören, bevor er mit dem Daumen über meine Unterlippe reibt, mich dann freigibt und im nächsten Moment vom Bett zurücktritt. Ich bringe kein weiteres Wort mehr hervor, da ich nicht wüsste, was ich sagen sollte.

Was sagt man in dieser merkwürdigen und beklemmenden Situation?

»Wir sehen uns um acht Uhr zum Frühstück. Schlaf gut, meine liebe Samira«, spricht er zu mir, bevor seine Schritte verklingen und er den Raum verlässt. Er ist so leise, dass ich mir nicht sicher bin, ob er wirklich gegangen ist. Erst nach gefühlt fünf Minuten, als ich kein verräterisches Geräusch mehr höre, erhebe ich mich aus den Laken und setze mich auf.

Mir ist seltsam schwummrig. Ich fühle mich erschöpft und zugleich hellwach. Immer noch verfolgt mich dieses Ziehen in meinem Becken, das sich unangenehm anfühlt. Und ich weiß, warum.

Im Bett sitzend, ziehe ich die schwarzen Laken eng an meine Brust. Ich trage kein Negligé mehr, nur den Slip. Den Slip, der sich feucht anfühlt. Das darf nicht wahr sein.

Er war der Erste, der mich angefasst hat.

KAPITEL 16

ALESSIO

»Du solltest heute zurückfliegen, bevor es eskaliert …«, höre ich Ciprians Worte wie aus weiter Entfernung.

Es ist kurz nach sieben Uhr. Verdammt früh, nachdem ich nur drei Stunden Schlaf finden konnte. Doch mir war es der nächtliche Besuch wert, den ich jede Sekunde genossen habe, wie Samira ebenfalls. Ich habe es nicht nötig, Frauen zu misshandeln oder gefügig zu machen. Trotzdem nehme ich mir, was ich möchte und wann ich will.

Sie war so herrlich fügsam, so willenlos und zugleich voller Gier. Sie wollte es so sehr wie ich, dass ich sie nehme und tiefer in ihr Bewusstsein eindringe. Sie ist nicht wie die käuflichen Frauen, die leicht zu erobern sind und gern an diesem Ort bleiben würden. Sie ist auch nicht wie eine gewöhnliche Frau, die vor Angst schlotternd jede Nacht die Türen mit Möbeln verbarrikadieren würde. Sie ist perfekt. Geschaffen für mich.

Sie ist auf seltsame Art auf meiner Augenhöhe, sagt frei heraus, was sie denkt, was sie hasst und was sie liebt, hat dieses elfenhafte Aussehen mit diesen wunderschönen Engelsaugen und strahlend weißen Zähnen und einen schlanken perfekten Körper. Allein ihre vollen Lippen beim Sprechen zu verfolgen oder das feine Zucken über ihren geschwungenen Augenbrauen zu entdecken, wenn ich sie aus dem Konzept bringe, gefällt mir. Sie gefällt mir – mit jedem Tag mehr. Sie ist etwas Besonderes. Wie besonders kann ich noch nicht sagen, aber ich werde es herausfinden. Denn etwas verbindet uns, derselbe Schmerz und die tiefe Sehnsucht nach etwas, was wir nicht haben können.

»Hast du mir zugehört?«, fragt er mich verärgert.

»Habe ich«, antworte ich knapp, als ich den letzten Knopf meines Hemdes schließe. Trotzdem ignoriere ich ihn, gehe auf meinen Schrank mit den Anzügen zu und lasse mir von Ashara mein Jackett vom Bügel reichen. »Ich entscheide in zwei Stunden, ob meine Anwesenheit wirklich nötig ist.« Gerade will ich nicht an Geschäfte, die Konkurrenz und Abtrünnige wie Johanna denken.

»Sie ist nötig. Johanna sabotiert weiterhin unsere Arbeit und plaudert Informationen aus. Sie arbeitet mit dem DEA zusammen. Wir sollten sie loswerden, bevor sie vor unserer Tür stehen.«

Muss er mich so früh gleich mit Problemen überrennen …

»Wie ich sagte, ich entscheide es später.« Da ich immer noch nicht von dem Gedanken loskomme, heute Nacht Samira entjungfert zu haben. Nach den Recherchen von Dio hatte ich angenommen, sie hätte längst mit ihrem damaligen Freund, den sie an der Uni in Tel Aviv-Jaffa kennenlernte, geschlafen. Ich war ehrlich überrascht, als ich das Blut sah. Sah, wie ich ihr anfänglich Schmerzen zugefügt habe, bis sie sich fallen ließ. Sie wirkte selbst überrascht darüber, sich aufgehoben zu haben. Für wen?

Umso mehr gefällt mir jedoch der Gedanke, ab jetzt für sie verantwortlich zu sein und der Erste gewesen zu sein, der mit ihr schlief. Das erste Mal vergisst man nie. Sie wird sich auch zukünftig immer daran erinnern, wer sie entjungfert hat.

Der Gedanke schmeichelt mir, sodass ich grinse, was Ciprian nicht entgeht.

Letzte Nacht gehörte sie mir. Sie wusste längst, dass ich mehr von ihr erwarte und sie nicht schonen werde. Auch wenn mir ihre merkwürdigen Spekulationen zu Ohren gekommen sind, liegen Zahra und sie mit ihrer Vermutung vollkommen falsch. Ich werde beide nicht an Menschenhändler, von denen mir fünf auf Anhieb einfallen, verkaufen. Warum sollte ich so dumm sein und das, was mir gerade Ablenkung verschafft, weggeben?

Ich will ihre Aufmerksamkeit, ihr Vertrauen und ihre Gedanken. Selbst wenn ich es nicht wahrhaben will und mich teilweise selbst frage, wie es dazu kommen konnte, fühle ich mich tatsächlich für die beiden Frauen verantwortlich. Dank meiner kurzsichtig denkenden Männer sind sie in die Fänge der Terequeraz geraten. Samira hat in den letzten Tagen viel opfern und aufgeben müssen, doch sie scheint sich allmählich zu erholen.

Zwar wird sie jede Nacht von schweren Albträumen geplagt, trotzdem kehren allmählich ihre Erinnerungen zurück. Wenn auch nur in ihren Träumen. Gestern Nacht hörte ich sie mehrmals den Namen ihres Bruders wimmern, als ich sie ans Bett festgebunden habe. Ich wollte sie nicht aus dem Schlaf reißen, aber sie vom Albtraum fortlocken. Es ist kaum mit anzusehen, wie sie sich jede Nacht selbst quält.

»Wie laufen die Vorbereitungen für das Fest?«, unterbreche ich Ciprians Redeschwall, den ich am Morgen nicht ertragen kann.

»Läuft … Die Gäste haben ihre Einladungen erhalten, den Ort gibst du ihnen drei Stunden zuvor wie vereinbart bekannt. Heute dürften wir die letzten Zusagen erhalten. Was machen wir mit Zahra und Samira? Sollen sie übermorgen von Adin und Nathanael bewacht werden?«

»Nein. Ich lasse sie nicht hier. Sie werden uns begleiten.«

Das habe ich bereits gestern Abend beschlossen. Samira hat sich die letzten Tage vorbildlich verhalten, warum sollte ich mich nicht erkenntlich zeigen und sie nicht belohnen?

Ciprian klappt die Kinnlade herunter, als er meine entschiedenen Worte hört, ich vor den Spiegel trete und mein noch feuchtes Haar aus der Stirn streiche.

»Ich zweifele deine Entscheidung selten an, das weißt du, aber das meinst du nicht ernst? Ich hielt das letzte Essen vor den anderen Dealern bereits für fragwürdig und hätte beide nicht am Tisch mit den Rodriguez-Brüdern und dem Paar vom Jahoel-Kartell sitzen lassen, aber …«

»Ich meine es ernst. Todernst. Wie macht sich Zahra?«, wechsele ich das Thema, damit er aufhört, meine Entscheidung infrage zu stellen.

»Gut. Sie ist nervig und anstrengend, aber hält sich an die Regeln. Man merkt, dass sie Samiras Aufpasserin ist. Zahra ist wirklich clever und versucht mich weiterhin auszufragen und mich anzugraben. Da ist sie an der vollkommen falschen Adresse«, streitet er sofort ab. Ist das so? Ansonsten schlägt Ciprian nie ein nettes Flirt- oder Sexangebot aus.

»Du magst doch nervig und anstrengend«, kann ich mir meinen Spott nicht verkneifen. »Du wirst sie schon um den Finger wickeln.«

»Und du die andere Kleine?«, fragt er mich herausfordernd und direkt heraus. Ihn trifft mein eiskalter Blick, da er es wagt, mich zu provozieren. Ohne ihm zu antworten, rücke ich die Jackettärmel über den Handschuhen zurecht, streiche das Revers glatt und greife nach der ersten Maske im Regal, die poliert glänzt. »Wir sehen uns in zwei Stunden, Ciprian«, sage ich unbeeindruckt, gehe an ihm vorüber und verlasse den Raum, nachdem ich die Maske über mein Gesicht gezogen habe. »Wenn du dich nützlich machen willst, hilf Elian – er könnte Hilfe bei gewissen Nachforschungen gebrauchen.«

»Okay, wird gemacht. Sei weiterhin vorsichtig«, höre ich

ihn hinter mir besorgt sagen. Es gab kaum einen Moment in meinem Leben, in dem ich nicht vorsichtig war. Ich wurde so erzogen, immer wachsam zu sein. Spätestens als ich die Verantwortung über die Terequeraz übernahm, sorgte ich dafür, mir mehrere Fluchtwege offen zu halten, Menschen immer wieder zu überwachen und mich nicht von ihnen vereinnahmen zu lassen. Ciprian braucht sich nicht als mein Beschützer aufzuspielen, da nicht er, sondern ich bisher alles geregelt habe.

Er ist ein guter Berater, aber letztendlich entscheide ich, wie wir vorgehen und auf welche Weise ich die Geschäfte abwickele. Als ich die erste Etage erreiche, huscht Pheola an mir in ihrem Nachthemd vorbei. Kaum dass sie mich bemerkt, zuckt sie zusammen, schlägt sich dann wie ein schusseliges Kind vor den Kopf und knickst vorzeigbar. »Entschuldigung, Maestro. Ich habe Sie nicht gehört.«

»Du siehst aus, als hättest du dich verspätet«, stelle ich fest und verschränke die Arme vor der Brust. Sie schaut zu mir auf. In ihren kastanienbraunen Augen sehe ich seit einem Jahr diesen Hoffnungsschimmer, da sie wieder an sich und das Gute im Menschen glaubt. Als ich sie vor fünf Jahren auf der Straße fand, war sie nichts weiter als eine Bettlerin, die unter der Brücke Panamas lebte und sich nicht in der dunklen Welt zurechtfand. Wäre ihr Bruder nicht gewesen, der sich um sie kümmerte, Essen auftrieb und ihr frisches Wasser brachte, wäre sie wohl längst unter der Brücke verhungert oder von anderen Obdachlosen beseitigt worden. Es ist kein Geheimnis, dass selbst die Armen keine Rücksicht auf die anderen nehmen und jeden lästigen Mitstreiter töten.

»Ähm, ja. Ich habe verschlafen, weil ich gestern auf Samira gewartet habe, die erst so spät ins Bett kam. Das soll keine Entschuldigung sein. Es liegt an mir. Ich kümmere mich um sie und wecke sie sofort.« Mein Blick fällt auf die Standuhr mit den aufwendigen gedrehten Marmorsäulen, auf der ich 7.25 Uhr ablesen kann.

»Beeilt euch.«

»Sí, Maestro.« Wieder knickst sie, klemmt ihren Kulturbeutel unter den Arm, da sie einen Abstecher ins Gemeinschaftsbad der weiblichen Angestellten machen wollte, und klopft an Samiras Zimmer. Auch wenn ich zu gern selbst nach ihr sehen würde, zwinge ich mich, die Treppe hinunterzusteigen.

Im Saal angekommen erwarten mich wie üblich Dios interne Neuigkeiten der Organisation, meine Zeitung und das schwarze Buch, in dem alle Zahlungseingänge eingetragen wurden. Einen PC oder Laptop brauche ich an diesem Ort nicht. Es gibt weder WLAN noch Funknetz. Jeder Computer kann gehackt werden, außer der von Dio. Ein Buch kann ich ohne Weiteres loswerden, mitnehmen und ich brauche keinen Strom. Außerdem müssen meine Codierungen erst einmal entschlüsselt werden.

Wie gesagt, ich bin mehr als vorsichtig in allem, was ich tue. Ciprian braucht mich nicht darauf hinzuweisen, achtsam zu bleiben. Als es kurz vor 8 Uhr ist, nimmt Ashara, eine meiner ältesten Angestellten, die Anfang dreißig ist, das Buch und die Dokumente vom Tisch, damit sie mein Gast nicht sieht.

»Du wirkst heute angespannt«, stellt sie fest. Sie besitzt einen siebten Sinn, seit sie blind ist.

»Ich habe zu wenig geschlafen«, antworte ich freundlich.

»Achte mehr auf dich.«

Meine Mundwinkel zucken, als ich ihre Worte höre. Sie ist hübsch, eine schlanke kleine Frau mit schulterlangem Haar, die mit Hernandez zusammen ist, der ebenfalls hier arbeitet.

»Sie kommt«, höre ich sie zu mir sagen, noch bevor die Türen von Yaritza und Kelvin geöffnet werden, beides Geschwister, die nach und nach aufgrund einer Erbkrankheit erblindet sind.

Als Ashara verschwindet und die Küche aufsucht, damit

Speisen, Besteck und Geschirr aufgetragen werden können, sehe ich Samira in der Tür stehen. Für den Bruchteil einer Sekunde huscht ihr Blick zu mir, bevor sie ihre Augen auf ihre Sandalen senkt und auf den Tisch zugeht. Sie sieht unverändert aus, wenn auch etwas befangen.

»Guten Morgen, meine liebe Samira«, begrüße ich sie, damit sie mir ihre Aufmerksamkeit schenkt.

»Guten Morgen, Maestro.« Sie lernt dazu, was mir gefällt.

Ihr Haar ist zu einem Pferdeschwanz zusammengebunden. Zwei kleine Strähnen sind über ihre perfekt gezupften Brauen gerutscht, die ich ihr am liebsten aus dem Gesicht mit der seidenzarten Haut streichen würde. Flüchtig, aber nicht ängstlich hebt sie den Blick. Ihre kakaobraunen Augen treffen auf meine.

Ich schwöre, seit ich ihre Augen sah, habe ich keine vergleichbar schönen zuvor gesehen. In ihrem schwarzen Kleid nimmt sie neben mir auf dem Stuhl Platz und löst rasch ihren Blick von mir. Auf ihrer Kehle beobachte ich ihr nervöses Schlucken.

»Wie hast du geschlafen?«, provoziere ich sie, greife nach der Zeitung und gebe vor, darin zu lesen.

»Ganz gut. Sind die Blumen von dir?« Sie hat sie auf dem Tisch bemerkt? Nachdem ich mir gemerkt habe, welche Farbe ihre Lieblingsfarbe ist und dass ihr Rottöne gefallen, ließ ich nachforschen, welche Blumen in Israel wachsen. Gegen 6 Uhr früh habe ich ihr Kronen-Anemonen in ihr Zimmer bringen lassen.

»Richtig, als Aufmerksamkeit für deinen Gehorsam.« Als ich diese Worte ausspreche, trifft mich ihr scharfer Blick und sie hebt die linke Braue. Doch recht schnell weicht diese Entschlossenheit und sie runzelt die Stirn.

»Danke. Ich hätte jedoch etwas, was mir noch mehr bedeuten würde, als Gegenleistung für … meinen Gehorsam«, antwortet sie mit gesenktem Blick, da nun Ashara und Jasmin den Tisch eindecken.

»Dir gefallen die Blumen nicht?«, frage ich interessiert.

»Doch, sehr. Sie sind wunderschön, aber …« Sie holt tief Luft. »Zahra hat mehrere Geschwister, die sich genauso sehr um sie sorgen wie meine Familie um mich«, beginnt sie. Warum wollen heute Morgen alle mit mir verhandeln oder Probleme besprechen? Gelassen lehne ich mich zurück, um mir ihre Bitte anzuhören. »Sie möchte ihnen einen Brief schreiben, damit …«

»Kommt nicht infrage«, schließe ich sofort aus, bevor sie zu Ende gesprochen hat. Briefe könnten auf uns und unseren Standort zurückführen. Selbst Pollen dieser Pflanzen, die im Garten stehen, wären ein Indiz, wo wir uns befinden. Sie könnte Wasserzeichen verwenden oder mit faulen Tricks eine nicht lesbare Tinte verwenden, die über Feuer gehalten oder über die eine Substanz geträufelt werden muss, um die Botschaft zu lesen.

»Aber ihr würde es viel bedeuten.«

»Mag sein, aber ich bleibe bei meiner Antwort.« Ich will nicht, dass aufgrund eines lächerlichen Briefs alles auffliegt.

»Sie könnte ihn in deiner Anwesenheit verfassen«, bietet sie mir an und wirkt plötzlich angespannt und leicht aufgebracht.

»Nein, Samira. Gib dir keine Mühe, du hast deine Antwort, die ich nicht ändern werde. Wir sollten mit dem Frühstück beginnen.«

Ihre Hände ruhen auf ihrem Schoß. Sie kneift die Augen verärgert zusammen, holt tief Luft, sodass sich zwischen ihren Brauen zwei Furchen abzeichnen.

»Dann möchte ich deine Blumen nicht. Nicht dafür, was gestern Nacht passiert ist.« Schon erhebt sie sich, ohne ihr erlaubt zu haben, zu gehen. Ashara verschüttet vor Schreck den Kaffee über das Service, als Samira ihren Stuhl kräftig an den Tisch schiebt. Mit schnellen Schritten eilt sie auf die Tür zu, bevor Kelvin und Yaritza sie vor ihr verschließen können.

»Sollen wir sie zurückholen?«, fragt Ashara vorsichtig an. Ich balle die rechte Hand langsam auf dem Tisch zu einer Faust, sodass das Leder der Handschuhe leise knirscht.

»Nein, ich kümmere mich selbst um die Angelegenheit.«

Sosehr mir Samira auch gefällt, ich kann ihre Bissigkeit in manchen Momenten nicht ausstehen. Andererseits … gefügige Frauen haben mich noch nie angesprochen.

KAPITEL 17

SAMIRA

Was ist verkehrt daran! Warum darf Zahra keinen Brief schreiben!

Er fällt nachts über mich her, schenkt mir Blumen und denkt, ich wäre glücklich und zufrieden?

Nein, das kann er vergessen. Ich hatte geglaubt, etwas, nur etwas Zugang in den vergangenen Tagen zu ihm gefunden zu haben. Aber Fehlanzeige.

In meinem Zimmer angekommen knalle ich die Tür laut hinter mir zu. Dabei erschrecke ich Pheola so sehr, dass sie panisch aufschreit. Ich finde sie neben dem Bett vor, als sie die Laken gewechselt hat und nun in Deckung geht.

»Was ist passiert? Sind sie da?«, fragt sie verängstigt und schaut mit ihren blinden Augen an mir vorbei, als erwarte sie ein Monster.

»Ich hatte eine Auseinandersetzung mit Alessio. Wer soll denn da sein?«

»Niemand. Niemand«, wiederholt sie, als sie sich dabei ertappt, wohl etwas Falsches gesagt zu haben. Nachdem ich auf sie zugehe und sie wegschicken will, um allein zu sein, geht hinter mir die Tür auf. Noch bevor ich weiß, was geschieht, legt sich eine Hand um meine Kehle und ich werde neben der

Tür hart gegen die Wand gedrückt. Alessio steht wie ein Geist vor mir, der vermutlich erzürnt ist. Könnte ich sein Gesicht sehen, wüsste ich es ganz genau.

»Lässt du uns einen Moment allein, Pheola«, bittet er sie höflich. Pheola nickt, verlässt mit zügigen Schritten das Bett und huscht an uns vorbei, während ich die Finger zu seiner Hand hebe und ihn von mir stoßen will.

»Niemand wirft in meinem Anwesen die Türen, verstanden?«, sagt er gefasst und zugleich aufgewühlt. Ich weiß, dass ich damit das blinde Personal erschreckt habe. Aber um es rückgängig zu machen, ist es zu spät.

»Lass los«, krächze ich und winde mich in seinem Griff. »Hättest du mir diesen einen Gefallen getan …«

»Du bist nicht hier, damit ich dir einen Gefallen tue, Samira«, fährt er mir über den Mund. »Du bist hier, weil ich so gnädig war und dich aus der Polizeiwache geholt habe, in der du wahrscheinlich gestorben wärst.«

Ach, denkt er das? Redet er sich das so ein?

»Ich bin hier, weil wir im Dschungel durch bloßen Zufall auf euer Lager gestoßen sind. Zahra hat mir alles erzählt, woran ich mich nicht mehr erinnern kann. Ihr quält dort Menschen, schlachtet sie aus und verkauft ihre Organe, nicht wahr? Ihr habt die Angestellten erblinden lassen, damit sie nicht sehen können, was ihr macht. Das habt ihr auch mit uns vor.«

Für den Bruchteil einer Sekunde wirkt er vollkommen überrumpelt von meiner Überlegung. »Du hast Edwin, unseren Guide, getötet, so war es doch!«

Im nächsten Moment gibt er mich frei und lacht verdorben. Er lacht mich aus, was mir durch Mark und Bein geht.

»Das glaubst du? Du glaubst, ich töte unschuldige Menschen? Edwin hat für mich gearbeitet. Er hat euch beide in einen Hinterhalt gelockt und euch als billige ahnungslose Sexsklaven für meine Männer ins Lager geschickt. Hätte

Ciprian nicht davon erfahren, würdet ihr dort im Kühlraum vermutlich vergammeln und nur zum Spielen freigelassen werden. Dank mir und meiner Gnade bist du und Zahra hier.«

Es ist das erste Mal, wirklich das allererste Mal, dass er mir eine vollständige und logisch klingende Erklärung gibt. Ich schlucke hart und verziehe die Mundwinkel zu einem verbissenen Lächeln.

»Warum bringst du deine eigenen Leute um?«

»Weil ich keine Leute gebrauchen kann, die uns in Gefahr bringen, die Touristen anschleppen, die zu viel sehen könnten, und womöglich fliehen. So weit solltest du meinem Handeln hoffentlich folgen können!«, raunt er mit gesenktem Gesicht.

»Ich bin nicht blöd!«, antworte ich verärgert.

Er schnaubt höhnisch. »Aber dumm genug, euch von einem Guide, der bei keiner Agentur arbeitet, in den Dschungel führen zu lassen. Und das allein und nicht als Gruppe. Du befindest dich nicht in Amerika, das Licht sollte dir allmählich aufgehen.«

Er beleidigt mich. Feindselig blicke ich in seine eiskalten graublauen Augen. »Das Licht ist mir längst aufgegangen, als ich dich und deine lächerliche Maskerade zum ersten Mal gesehen habe!« Schnell husche ich an ihm vorbei, um Abstand zu ihm zu gewinnen, gehe auf den Tisch zu und hebe die schwere Kristallvase mit den Anemonen an, die ich demonstrativ vor meinen Füßen fallen lasse.

»Eines solltest du dir merken, Alessio. Ich hasse dich. Ich hasse dich so sehr für das, was du uns antust!«

Laut krachend zerbirst die Vase in tausend Stücke, was er stillschweigend beobachtet. Irgendwie kippt sein Blick, als er das Resultat auf dem Boden sieht, und ich merke, zu weit gegangen zu sein und zu impulsiv gehandelt zu haben. *Nein, was hab ich gemacht?*

Ohne ein Wort zu sagen, kommt er auf mich zu, schnappt

meine rechte Hand und zerrt mich aus dem Raum. »Dir geht es wirklich zu gut. Genau das ist dein Problem.«

Ruppig reißt er mich mit sich aus dem Zimmer. Egal, wie sehr ich ihn von mir stoßen will oder die Fersen in den Boden stemme, er ist wesentlich stärker und schleift mich grob mit sich. Auf dem Korridor hält er geradewegs auf die Treppe zu, die er mit mir hinuntergeht. Rasch klammere ich mich am Geländer fest.

»Adin, übernimm das.« Sofort sprintet der athletische, bösartig glotzende Typ auf mich zu und schnappt mich. »Bring sie in den Bunker.«

»Was?«, frage ich panisch.

»Bist du dir sicher?«, fragt Ciprian, der unten steht und meine Wutschreie gehört haben muss.

Doch Alessio übergeht Ciprians Frage, nickt Adin zu, der mich über die Schulter wirft und den Rest der Treppe hinunterträgt. Ich werde nicht flehen, ich werde nicht betteln, ich werde nicht schreien. Wütend starre ich über Adins Schulter zu Alessio und forme die Worte: »Ich hasse dich!«

~

Ich bereue nichts, gar nichts! Ich mag vielleicht unüberlegt gehandelt haben, trotzdem ist das kein Grund, mich in einem dunklen Bunker einzusperren und an der Betonwand anzuketten.

Es ist verdammt kühl hier unten, während oben im Garten tropische Temperaturen herrschen dürften. Immerhin scheint die Sonne, die ich durch zwei schmale Spalte der Luke über mir sehen kann. Nachdem ich gefühlt mehr als eine Stunde im Dunkeln hocke, ziehe ich die Knie an den Körper und seufze. *Mir ist so verdammt kalt.*

Plötzlich kracht es laut und ich fahre zusammen. Ich muss so heftig zusammenfahren wie Pheola, als ich die Tür laut ins

Schloss fallen ließ. Die Aktion tut mir wirklich leid, da sie nichts dafür kann. *Ob Zahra weiß, wo ich bin?*

Ob sie weiß, dass die Frage nach dem Brief diese Konsequenzen nach sich zog?

Wasser tropft über die feuchtkühlen Wände in eine Pfütze. Der Bunker ist gefühlt fünf Quadratmeter groß und keiner dieser tollen Bunker, in denen Reiche im Notfall den Rest ihres Lebens verbringen wollen. Es ist vielmehr ein Lagerraum. Es riecht etwas muffelig und feucht. Gut möglich, dass sie hier drin auch schon Leichen versteckt haben. Ich traue Alessio alles zu. Wenn er selbst seine eigenen Leute tötet oder töten lässt, wird es kein Problem für ihn sein, zwei Frauen, die ihm lästig werden, loszuwerden. Aber wollte uns Edwin wirklich an die Männer im Dschungel übergeben, damit sie ihre perversen Hintergedanken ausleben können? Aber sie scheinen es nicht getan zu haben, da Ciprian davon Wind bekommen hat.

Ob es stimmt oder nicht, ob er uns half oder nicht, spielt keine Rolle. Er kann mich hier nicht einfach einsperren. Obwohl … kann er schon und tut er bereits. Trotzdem, auch wenn ich überreagiert habe, knicke ich nicht ein, rufe nicht nach Hilfe oder flehe ihn an, mich freizulassen.

Stur senke ich das Kinn auf meine Knie und schließe die Augen. Gänsehaut spannt sich über meinen gesamten Körper, meine Pobacken fühlen sich taub vom Sitzen an. Wenn ich aufstehe, muss ich den Kopf etwas gesenkt halten. Vier in Beton eingelassene Sprossen führen zur Luke, die ich nicht erreiche, da ich an Ketten an der Wand fixiert worden bin. Dennoch lassen mir die Ketten so viel Spielraum, um meine kalten Hände um meine Schienbeine zu legen.

Kurz darauf nicke ich irgendwann ein, meine Gliedmaßen fühlen sich taub an, als würden sie mir nicht mehr gehorchen. Als ich blinzle, ist es immer noch dunkel. Die zwei Ritzen über mir strahlen nicht mehr hell. Und im nächsten Moment weiß ich, warum und wovon ich wach wurde. Denn ein Gewitter zieht auf wie gestern Nacht. Ich hoffe wirklich, dass kein Wasser in den Bunker läuft. Ein paar Pfützen konnte ich erkennen, als mich Adin in den Bunker hob, und das nicht grob und herzlos, sondern wie eine Beute, die wichtig ist.

Von ihm hätte ich erwartet, dass er mir mit dem Griffstück seiner Maschinenpistole einen Stoß zwischen die Schulterblätter verpasst, sodass ich mit dem Gesicht voran in den Bunker stürze. Stattdessen griff er unter meine Arme und hob mich hinein, bis er meine Handgelenke anschließend in diese Eisen legte.

Allmählich weiß ich nicht mehr, was ich denken soll. Ein Sturm zieht auf, der heulend durch die schmalen Ritzen pfeift, was sich unheimlich anhört. Schon wenige Minuten später höre ich das dumpfe Prasseln von schweren Regentropfen auf dem Stahldeckel. Ich mag keine Gewitter, mochte sie noch nie – glaube ich zumindest.

Langsam erhebe ich mich aus meiner Haltung und reibe über meine eiskalten Arme. Ich recke meinen Hals und massiere meine Schultern.

Ein greller Blitz zuckt durch die Ritzen, bevor es ohrenbetäubend laut donnert. So laut, dass der Boden unter meinen Füßen erzittert. Und wie vermutet rinnt Wasser in kleinen Bächen durch die Spalten der Luke an den Wänden hinab. Es wird so dunkel, dass ich kaum etwas sehe. Ich drehe meine Gelenke in den rostigen Eisenschellen, die viel zu eng sind, als mich aus ihnen zu befreien.

Verdammt, ich will nicht für immer hier unten hocken. Aber schreien werde ich nicht. *Nein, das lässt mein Stolz nicht zu.*

Ich weiß, dass Alessio mich nicht töten wird, mich *nur* zur Vernunft bringen will. Er will mir nicht schaden, da er bisher bis auf die Rune auf meinem Unterarm nichts getan hat. Hätten seine Männer nicht auf der Wache eingegriffen, wäre ich wirklich an der Infektion gestorben – das muss ich mir eingestehen.

Trotzdem hätten sie uns gehen lassen können. *Nein, hätten sie nicht, wann begreifst du es endlich! Wir könnten ihn verraten.*

Ich bin in meinen Gedanken hin- und hergerissen, weiß nicht mehr, ob er aus guten Absichten handelt, aus welchen, um sich zu schützen, oder sogar welchen, um uns zu beschützen. Es kommt mir vor, als wäre ich nur ein kleines Rädchen in einem großen Getriebe, das nicht weiß, wozu es da ist. Und er verrät es mir nicht.

Nach gestern Nacht hätte ich geglaubt, ihm etwas, nur etwas mehr zu bedeuten. Ob er auch mit Zahra geschlafen hat? Ob er die Angestellten nachts besucht? Bei der Vorstellung wird mir übel. Ich sehe an diesem Ort selten fremde Frauen, nur Angestellte oder Gäste. Vielleicht sind meine Worte vor Stunden nicht richtig: Ich hasse nicht ihn, sondern mich. Weil ich es gestern Nacht nicht aufgehalten habe. Ansonsten wäre dieser Tag vermutlich anders verlaufen. Ich habe mir etwas mehr darauf eingebildet, weil wir Sex hatten, obwohl es mir immer noch wie ein Traum vorkommt. Ich hätte wissen müssen, dass sich für ihn nichts, absolut gar nichts ändern wird. Auch wenn ich versuche, seine Worte zu glauben, und er uns wirklich helfen will, tut er mir auf so viele andere Arten weh.

Mein Blick wandert traurig zu der Luke. Mit jeder Minute strömt mehr Wasser in den Bunker. *Was, wenn sie mich vergessen haben?*

Langsam weiche ich zur Wand zurück, als der Boden bereits unter Wasser steht, da draußen ein heftiger Regenguss niedergehen muss.

Ich schlucke hart und keuche. Ich will lieber wieder in das Zimmer zurück, als die Nacht hier verbringen zu müssen. Ohne zu überlegen, umgreife ich blind die rechte Kette an der

Wand und zerre an ihr. Ich lege mein gesamtes Gewicht in die Kette, die sich keinen Millimeter bewegt. Am schlimmsten ist diese erstickende Dunkelheit, da ich nichts mehr sehen kann und so blind wie Pheola bin. Nur die Blitze spenden Licht und lassen mich panisch zusammenzucken, da ich die Sekunden zähle, bis es laut donnert. Mein Herz geht rasend schnell, mein Magen fühlt sich leer an und die Angst erdrückt mich fast.

Ich zerre weiter verzweifelt an den Ketten und will hier einfach nur raus. Aber ich reiße mir eher die Handflächen blutig auf, als die Ketten aus der Verankerung zu lösen. Schluchzend gebe ich nach einigen Minuten den Kampf auf und weine. Mich hört hier ohnehin niemand, da ich mich am anderen Ende des Gartens befinde. Langsam sinke ich an der Wand auf die Knie. Die Ketten müssen hinter mir hängen, die sich so eiskalt anfühlen wie das Wasser, das meine Knie umspült. Ich sollte aufgeben, es hat keinen Sinn, meine Kräfte zu vergeuden. Ich bin gefangen und komme nicht ohne Hilfe wieder heraus.

KAPITEL 18

ELIAN

Nachdem ich kurz nach 22 Uhr das Vorhängeschloss der Bunkertür aufschließe und bis auf die Socken durchgeweicht bin, öffne ich gemeinsam mit Adin die massive fünfzig Kilo schwere Tür. Sie saß lang genug in dem Loch, um begriffen zu haben, dass wir sie wesentlich grausamer behandeln könnten.

Es ist so scheiße dunkel, dass ich zuerst nichts sehe.

»Mach das Licht an«, sage ich zu Adin, der die Taschenlampe aus der Gesäßtasche zerrt und anschließend in den Bunker leuchtet. *Scheiße.* Er ist zehn Zentimer hoch voll Wasser gelaufen. Samira hockt eingekauert, vollkommen durchweicht, an der Wand und rührt sich nicht mehr. Ich bin fest davon ausgegangen, dass sie sich die Seele aus dem Leib schreien würde, dass sie uns anfleht, sie zu befreien. Doch wir haben keinen Ton gehört. Adin war die gesamte Zeit in der Nähe der Luke, um im Notfall eingreifen zu können.

»Samira!«, rufe ich sie, bevor ich die Tritteisen zum Bunker hinabsteige. Sie hebt müde den Kopf, wirkt vollkommen erschöpft und hat tränenverquollene Augen. Ich seufze leise, als ich ihren Anblick sehe. Adin reicht mir die Schlüssel der

Handschellen, die ich ihm abnehme. Anschließend gehe ich vor Samira in die Hocke. Schlammiges kaltes Wasser läuft in meine Schuhe. »Ich denke, du hast lang genug hier unten eingesessen. Los, komm hoch.« Vorsichtig fasse ich unter ihre Arme und hebe sie in den Stand. Sie ist viel zu kalt. Schwach taumelt sie gegen die Wand.

»Wie spät ist es?«

»Kurz nach zehn Uhr. Das Gewitter ist vorübergezogen. Alessio will dich sehen.«

Sofort tritt die Furcht in ihre Augen und sie schüttelt den Kopf. »Nein, bring mich nicht zu ihm.« Ich umfasse ihre rechte Hand, um das verrostete Eisen aufzuschließen. Früher diente der Raum dazu, Lebensmittel zu kühlen, als es keinen Kühlschrank gab, ansonsten haben wir zwei biestige Angestellte hier hineingesteckt, bis sie zur Vernunft kamen. Allerdings blieben sie keine vierzehn Stunden hier unten, höchstens sechs. Ich hoffe für sie, sie hat aus Alessios Bestrafung gelernt.

»Es ist nicht meine Entscheidung, Samira. Ich bringe dich zu ihm.«

»Bleibst du auch bei mir?«, fragt sie mich mit diesen großen geweiteten Augen. »Bitte, ich will nicht allein mit ihm sein.«

Der Lichtkegel, den Adin auf ihr Gesicht hält, zeigt mir, wie gebrochen sie aussieht. Es war zu lang.

»Ich kann es dir nicht versprechen«, antworte ich und blicke über die Schulter zu Adin, der den Kopf schüttelt.

Nachdem ich sie auch von der zweiten Handschelle befreit habe, trage ich sie auf den Armen zu den Sprossen, die sie selbst hochklettern muss. »Komm schon, Kleine, mach jetzt nicht schlapp.« Ich weiß, dass sie einen starken Kampfgeist hat. Sie klammert sich an den Sprossen fest und zieht sich an ihnen mit zittrigen Armen hoch. Als sie Adin erreicht, hebt er sie den letzten Meter aus der Luke und setzt sie auf dem Rasen ab.

»Mach den Scheiß nie wieder und du landest nicht mehr dort unten«, sagt er zu ihr. Sie nickt knapp. Ihn mehr als vier Worte sprechen zu hören, überrascht mich. Irgendwie mag er sie.

»Na, komm schon.« Ich hebe sie ohne weitere Worte auf die Arme, während Adin die Luke mit viel Schwung loslässt und sie ohrenbetäubend laut zuknallt. Anschließend leuchtet er uns den Weg zum Anwesen, bis wir den Pavillon erreichen, unter dem sich Zahra und Ciprian befinden, die sich unterhalten.

»Samira!«, ruft sie und springt sofort auf, noch bevor Ciprian sie zurückhalten kann.

»Bleib hier, das geht dich nichts an, Zahra«, sagt Ciprian.

»O doch, du hast mir gesagt, dass sie dort unten gelandet ist, weil sie nach dem Brief gefragt hat, den ich an meine Familie schicken wollte«, spricht sie aufgelöst und stößt Ciprian von sich. »Sie ist meinetwegen dort unten gewesen.«

Ist sie nicht. Aber wie sollte sie es verstehen?

»Wohin bringt ihr sie? Ich werde mich um sie kümmern.« Zahra reißt sich aus Ciprians Griff los und tritt nach ihm, ehe ich mit Samira auf dem Arm an ihr vorübergehen kann. Sie stürzt auf uns zu und umfasst Samiras Schulter. »*Madha hdth? Was ist passiert?*«, fragt sie Samira auf Arabisch, damit wir sie nicht verstehen können.

»Concho!«, flucht sie und schaut zu mir auf. »Sie ist eiskalt. Ich begleite euch. Sie braucht ein Bad und etwas Heißes zu trinken und …«

»Vergiss es. Du bleibst schön hier.« Ciprian schlingt von hinten seinen Arm um Zahras Mitte und presst sie an sich. Sie sträubt sich wie eine wild gewordene Katze und zappelt, während ich mit Adin weitergehe.

Im Anwesen trage ich Samira, die immer wieder sagt, dass ich sie hinunterlassen soll, in die erste Etage, direkt in ihr Zimmer. Sie schlottert am gesamten Körper, braucht wirklich ein Bad und muss unbedingt aufgewärmt werden, bevor sie sich ernsthaft erkältet.

»Bleib auf dem Stuhl sitzen und warte hier«, sage ich ruhig zu Samira, gehe schnell zum Bett, um eine Decke zu holen und sie über ihre Schultern zu legen. Sanft wickele ich sie in das Laken ein. Sie spricht kein Wort, greift aber nach den Deckenecken und zieht sie eng um ihren Körper.

Mir gefällt ihr Anblick überhaupt nicht, aber es ging wohl nicht anders. Gerade als ich mich von ihr abwende, um den Raum zu verlassen, ruft sie nach mir: »Elian.«

Sofort bleibe ich neben Adin stehen. »Ja?«

»Geh nicht, du wolltest hierbleiben.«

Einen Moment verharre ich in meiner Haltung, da ich weiß, ihr zu viel versprochen zu haben, was Adin weiß.

»Alessio will, dass du zurück nach Panama-Stadt fährst, um die Sabotage zu untersuchen«, mischt sich Adin in unsere Unterhaltung ein. Ich schaue mit einem vielsagenden Blick zu ihm, bevor ich mich zu Samira umdrehe.

»Ich muss los.«

»Nein.« Sofort springt sie auf. »Du bist der Einzige, der … der …« *Der was?* Doch so abrupt wie sie vom Stuhl aufgesprungen ist, bleibt sie mitten im Raum stehen, schaut traurig zu mir und schüttelt anschließend den Kopf. »Schon gut, wenn du gehen musst, solltest du das tun. Ansonsten bestraft er dich auch.«

Nachdenklich kneife ich die Augen zusammen. »Mach schon«, sagt Adin ruppig. »Du weißt, wie er Unpünktlichkeit hasst.« Adin reißt neben mir die Tür auf, durch die ich gehe und ein letztes Mal zu Samira blicke, die wieder gehorsam auf dem Stuhl Platz nimmt. Hinter mir schließt Adin die Tür. »Das nächste Mal«, raune ich Adin zu, »verrätst du weniger Details.«

»Wird nicht wieder vorkommen«, antwortet er und schaut

ernst zur Tür hinter uns. »Schick Pheola zu ihr, sie soll in der Zwischenzeit auf sie aufpassen«, richte ich meine Worte an Adin, der knapp nickt, bevor ich den Korridor verlasse.

KAPITEL 19

SAMIRA

Auf dem Stuhl wippe ich vor und zurück. Ich spüre die Wärme im Raum, aber sie geht nicht auf meinen Körper über. Meine Finger, Zehen und mein Gesicht fühlen sich kalt und taub an. Während Pheola ein heißes Bad einlässt, stiere ich auf die Tür, hinter der jeden Moment Alessio erscheint. Ich hatte so sehr gehofft, Elian würde bei mir bleiben. Er war nie grob oder gemein zu mir. Er wirkt immer besorgt und fragt öfter, wie es mir geht, wie ich mich fühle, was ich denke. *Warum muss er gehen?* Aber er geht jeden Abend und bleibt fast nie über Nacht im Anwesen.

Jetzt muss ich Alessio allein gegenüberstehen.

Pheola öffnet die Tür, hinter der ich Alessio noch nicht sehe. Mein gefrorenes Herz rast vor Nervosität. Es wird ihm Genugtuung verschaffen, mich so zu sehen.

»Brauchst du etwas? Ich hole noch ein paar Decken aus dem Schrank.« Sie eilt zum Wandschrank mit dem Spiegel und schiebt die Türen auf. Mein Blick wandert von ihr zum Bett. Es wurde frisch bezogen, aber wieder mit schwarzen Laken.

Sofort zucken meine Brauen. »Pheola«, beginne ich leise.

Sie streckt sich auf die Zehenspitzen, um ins obere Fach zu greifen und nach den Decken zu tasten.

»Ja, was?«

»Warum sind die Laken schwarz?«

»Weil es der Maestro wollte«, antwortet sie knapp. »Ich sollte die Laken der rechten Schrankseite nehmen, nicht die der linken.« Weil sie ja keine Farben erkennen kann. Ein Schauder wandert über mein Rückgrat hinab. *Das ist nicht sein Ernst. Was mache ich jetzt?*

Immer noch heftig zitternd wie ein trockenes Blatt im Wind erhebe ich mich und will den Raum verlassen. Gerade als ich die Tür öffne und hindurchgehen will, pralle ich gegen eine harte maskuline Brust. Ich sehe das dunkle Hemd, atme seinen Duft von frischer Zeder und Amber ein. Augenblicklich fahre ich zusammen und weiche hektisch zurück, da ich weiß, in wen ich gelaufen bin.

»Wohin so eilig?«

Ich schlucke hart, schaue rasch zu Pheola, die einen Berg Decken aus dem Schrank hebt und aufs Bett legt. »Ich kann das nicht«, sage ich leise.

»Was kannst du nicht?«, fragt Alessio mit einer rauchigen dunklen Stimme.

»Ich …« Verdammt, ich ersticke fast und bekomme kaum ein Wort hervor. Stattdessen senke ich den Blick auf den Boden, als Tränen unaufhaltsam in meinen Augen ziepen.

»Oh, das Bad dürfte fertig sein«, unterbricht Pheola die Stille, die an uns vorbeigeht. Sofort schließe ich mich ihr an, bevor sich ein ausgestreckter Arm vor mich schiebt und am Gehen hindert.

»Wohin willst du gehen? Ich dachte, du hättest mir etwas zu sagen.«

Nervös ziehe ich das Laken enger um mich, kaue auf der Unterlippe, aber schaue entschlossen zu ihm auf. »Es tut mir leid, dass ich die Vase zerstört und die Tür zugeknallt habe.« Mehr tut mir nicht leid, das dürfte er in meinem Blick ablesen können. Aus den Augenwinkeln sehe ich verschwommen die Blumen auf dem Tisch stehen. Sie wurden in eine neue Vase gestellt, allerdings sind einige Blütenköpfe geknickt – und das bloß meinetwegen.

»Es freut mich, dass du dich zum Teil einsichtig zeigst. Ich hoffe, ich muss die Bestrafung nicht wiederholen.«

Was soll diese Frage? Obwohl ich die Antwort kenne, die er hören will.

»Nein«, sage ich leise. Er senkt den Arm vor mir, bis er nach meiner Hand greift.

»Ich glaube dir.« *Es ist mir egal, ob er mir glaubt oder nicht.* »Jetzt komm. Nimm dein Bad. Du siehst durchgefroren und gerade nicht wirklich ansprechend aus.« Seine rechte Hand umfasst meine linke. Mit der anderen streicht er eine Strähne aus meinem Gesicht, bevor ich ihn leise lächeln höre. Anschließend führt er mich zum großen Badezimmer, in dem Pheola das Wasser abstellt und ein Schaumbad auf mich wartet. Dieser Griff um meine Hand fühlt sich so fremd, so eigenartig und doch auf skurrile Weise beschützend an.

Sie knickst und verlässt den Raum wieder. Nicht aber Alessio. Nachdem sie die Tür hinter uns geschlossen hat und er meine Hand freigibt, gehe ich zur Wanne und drehe mich anschließend zu ihm um.

»Wartest du draußen?«, frage ich verunsichert.

»Sehe ich so aus?«

Nein, oder? Ich beobachte ihn dabei, wie er sich in den Korbstuhl, der sich neben der Wanne befindet, setzt und eine entspannte Haltung einnimmt. »Worauf wartest du? Ich dachte, du wolltest baden.«

»Hast du mich nicht bereits genug an einem Tage bestraft und gedemütigt? Muss ich mich unbedingt vor dir ausziehen und baden?«, frage ich ihn müde.

»Ich habe dich in keinem Moment gedemütigt. Bestraft ja,

aber nicht bloßgestellt.« Ohne mich eines Blickes zu würdigen, richtet er seine Manschettenknöpfe an den Hemdärmeln. Er trägt kein Jackett wie sonst, trotzdem die Handschuhe und seine Maske. »Nach gestern Nacht muss dir nichts unangenehm sein. Zieh dich aus und steig in die Wanne. Du hast dir das Bad verdient.«

»Und danach?«

Nun scheine ich sein Interesse geweckt zu haben, da er zu mir aufsieht. »Du weißt, was danach kommt. Wovor fürchtest du dich? Sag es mir. Vor diesem Moment oder dem, der danach kommen wird?«

Ich fürchte mich nicht vor ihm. Ganz sicher nicht. »Glaub nicht, ich würde Angst haben. Steck mich meinetwegen jeden Tag in den Bunker, ich werde dir dennoch nie die Füße küssen und auf Knien vor dir rutschen.«

Entschlossen drehe ich mich zum Waschtisch um, lege die Laken ab und sehe mein verschmutztes Gesicht und strähniges Haar. Ich öffne den Pferdeschwanz und versuche, Alessio hinter mir zu ignorieren.

»Wenn es nach mir gegangen wäre, wäre dieser Tag anders verlaufen. Denkst du, mir gefällt es, dich in ein Loch zu stecken?«

Oh, jetzt kommt er auf die Tour. »Ja, ich weiß, ich bin schuld«, murmele ich zynisch zu mir selbst und öffne den Reißverschluss des Kleides. Meine Finger fühlen sich vom Wasser im Bunker immer noch leicht aufgedunsen und seltsam kribbelnd zugleich an, sodass ich den Verschluss immer wieder im Stoff verhake.

»Ich gebe dir nicht die Schuld. Du solltest nur verstehen, worum es hier geht. Lass mich das machen.« Unvermittelt steht er neben mir, schiebt meine Hand weg und greift nach dem Reißverschluss, den er trotz der Handschuhe geschickt öffnet. »Es ging um keinen Brief, den ich nicht erlaube, sondern darum, dass dir nicht klar ist, was er für Konsequenzen nach sich ziehen könnte. So weit denkst du einfach nicht.«

»Woher soll ich die Konsequenzen kennen, wenn du mir nichts erzählst?«

Einen Moment verharrt seine Hand um meine Hüfte, nachdem er den Reißverschluss losgelassen hat. Er beugt sich zu meinem Ohr herab, sodass ich uns im Spiegel sehe. »Du möchtest mehr über mich wissen?«

Ich nicke. »Dann darfst du mir drei Fragen stellen, wenn du in der Wanne bist. Drei. Keine mehr.«

Ich rechne damit, dass er meine Fragen wieder geschickt umgehen wird. Dennoch könnte ich ihm Ja-oder-Nein-Fragen stellen, die er unweigerlich beantworten muss.

»Einverstanden«, nehme ich sein Angebot an, da ich mit Sicherheit kein weiteres erhalten werde.

»Ich bin gespannt, welche deine wichtigsten Fragen sind.« Zugleich schiebt er die Träger des Kleides über meine Schultern, sodass das schwarze nasse und schmutzige Kleid an meiner Hüfte hinabrutscht. Anschließend stehe ich einen Moment wie versteinert vor ihm, als er den BH auf meinem Rücken öffnet und ihn mir auszieht. Mein Puls beschleunigt sich mit jeder Sekunde mehr, in der er mich wieder nackt sieht. Als der BH dem Kleid auf dem Boden folgt, schlage ich die Augen nieder. Er umfasst von hinten mein Kinn und hebt mein Gesicht an. »Scheint so, als würdest du dich doch fürchten oder vor etwas verstecken.«

»Sagt der, der eine Maske trägt«, antworte ich und schmunzele dem Fußboden entgegen.

»Ich trage die Maske nicht bloß, um mich zu verstecken oder mich zu schützen, sondern auch diejenigen, die mir loyal ergeben sind und mir vertrauen.« Mehr sagt er nicht. Ich brauche einen Moment, bis ich seine Worte verstehe. Verstehe, dass, wenn jemand von seinen Männern geschnappt, befragt und gefoltert werden würde, er nicht verraten könnte, wer

Alessio wirklich ist und wie er aussieht. Niemand weiß, wer von seinen Leuten seine wahre Identität kennt – vermute ich mal.

Sinnlich streichelt seine rechte Hand über meine Brüste. Er krümmt die Finger und fährt mit den Knöcheln unter meinen Brüsten entlang, tiefer hinab über meinen Bauch. Bisher fühlt es sich nicht schlimm an. Ganz im Gegenteil.

Meine Brustwarzen ziehen sich von seinen Berührungen kribbelnd zusammen, ein dumpfes Pochen breitet sich in meinem Becken aus. Langsam gleiten sein Zeige- und Mittelfinger unter den Bund des Slips, während er mir flüchtig und zugleich verboten im Spiegel entgegenblickt.

»Wirst du mir jemals verraten, wer du bist?«, frage ich ihn, ohne zu ahnen, damit die erste Frage ausgesprochen zu haben.

»Nein«, raunt er ruhig. »Wenn ich es dir verrate, würde ich dich einer Gefahr aussetzen, die du dir nicht einmal ansatzweise ausmalen kannst. Du wärst nie wieder sicher und ich könnte dich nicht beschützen«, antwortet er mit einem heißen Atem nah an meinem Ohr. In dem Moment schieben sich seine Finger über meinen Venushügel zu meinen Schamlippen, die er auseinander drängt. Seine andere Hand umfasst fest meine rechte Brust und reibt mit dem Daumen über meine harte Brustwarze.

Es juckt mir in den Fingern, mich nicht doch zu ihm umzudrehen und ihm die Maske vom Gesicht zu ziehen. Doch der Gedanke verfliegt, als er mit seinen Fingern bestimmend in mich stößt und über meine Klit reibt, sodass ich keuche und die Augen schließe. Ein genüssliches Lächeln ist zu hören, bis er sich von mir zurückzieht und mich zur Wanne führt. »Du fühlst dich eiskalt an. Nimm dein Bad.«

Vor der Wanne gibt er meine Hand frei, nimmt wieder auf dem bequemen Korbstuhl Platz und schaut erwartungsvoll zu mir auf. Seine Blicke sind wie feurige Berührungen, die jeden Zentimeter meines Körpers in Flammen versetzen. Er betrachtet meine Brüste, meinen flachen Bauch, meine Hüfte und Beine. Als ich mich von ihm abwende, um den Slip auszuziehen, räuspert er sich.

»Es gab keine Frau vor dir, die sich geschämt hat, sich vor mir auszuziehen. Du wirst nicht die Erste sein. Dreh dich zu mir.«

Stimmt es, was er sagt? Hat er mich jemals belogen? Nein, nicht wirklich. Er weicht höchstens Fragen aus, aber hat mich in den letzten Tagen nie hintergangen oder belogen. Daher atme ich geräuschvoll durch, drehe mich zu ihm und ziehe, nachdem ich meinen Mut gesammelt habe, den Slip hinunter.

Er neigt den Kopf, bis ich das dunkle Funkeln in seinen Augen sehe. Gefällt ihm der Anblick oder gefällt er ihm nicht? Ein Teil von mir will, dass er ihm gefällt. Einer verrät mir, dass es mir komplett egal sein sollte. Aber mir ist es nicht gleichgültig.

Er streckt die rechte Hand aus und fährt über den rasierten Strich auf meinem Venushügel. Anschließend schaut er zu mir auf und nickt zur Wanne.

Ich steige vorsichtig in die Badewanne, so, dass ich ihm wenige Sekunden später direkt gegenüberliege. Kaum lasse ich mich langsam im warmen Wasser sinken, seufze ich und schließe die Augen. *Wie gut sich warmes Wasser anfühlen kann.* Gerade jetzt, weiß ich, bin ich hier sicher. Er wird nicht zu mir ins Wasser steigen, nicht, wenn ich ihn nicht provoziere.

»Nachdem ich dir Frage Nummer eins bereits beantwortet habe, wie lauten deine anderen?«, fragt er mich, hebt den linken Fußknöchel auf das Knie und lehnt sich im dunkelblauen Polster des Stuhls zurück.

Es mag merkwürdig klingen, aber die nächste Frage ist mir ziemlich wichtig. »Du antwortest ehrlich?«, will ich wissen und ziehe einen Schaumberg näher an mich heran.

»Ich lüge nicht, du hast mein Wort.« Gespannt erwartet er die nächste Frage von mir.

»Wie alt bist du?« Das will ich wirklich wissen, da ich sein Alter nicht einschätzen kann. Er könnte zwischen Ende zwanzig und Mitte vierzig alles sein.

Einen Moment wirkt er überrascht, bis er dunkel lacht. »Warum nur habe ich tatsächlich relevante Fragen von dir erwartet?«, fragt er sich selbst und fährt sich über sein Haar, was er nie zuvor getan hat, als hätte ich ihn für einen Moment aus dem Konzept gebracht.

»Sie ist mir wichtig«, antworte ich, woraufhin er sich räuspert, dann im Stuhl aufrichtet und wieder seine Selbstkontrolle zurückgewinnt.

»Ich bin vierunddreißig Jahre. Zehn Jahre älter als du.« Erleichtert atme ich durch. »Was hast du geglaubt?«, fragt er unvermittelt.

»Keine Ahnung, du siehst … also das, was ich sehe, wie Anfang dreißig aus, aber verhältst dich wie vierzig oder älter.«

Erneut scheint es ihm kurz die Sprache zu verschlagen, als er meine Antwort hört. »Pass auf, was du sagst. Ich investiere viel Zeit in mein Aussehen und meine Gesundheit.«

»Das du versteckst«, kann ich mich nicht zurückhalten und lache amüsiert.

Er beugt sich zur Wanne und schnippt Schaum in meine Richtung. »Werde nicht frech. Wie lautet deine letzte Frage?«

Meine letzte Frage ist mir auch wichtig. Da er mir mit Sicherheit nicht seinen wahren Namen verraten wird oder was es mit seiner Organisation auf sich hat, bleibt nicht viel übrig. »Wird …« Ich schaue auf den Schaum, den ich mit den Fingern glatt streiche.

»Wird was?«, hakt er interessiert nach. Ich würde zu gern wissen wollen, mit welchen Fragen er von mir gerechnet hat.

»Wird sich das von gestern Nacht wiederholen?« Ich

sammele erneut meinen Mut zusammen und blicke ihm fragend entgegen.

»Ja«, antwortet er gelassen, ohne lange zu überlegen. »Die Frage hättest du dir längst selbst beantworten können. Schade, dass du sie vergeudet hast«, erwidert er selbstüberlegen und spöttisch zugleich.

»Ich kannte die Antwort, als ich die Laken gesehen habe. Ich wollte nur Gewissheit.«

Anerkennend hebt er das Gesicht, lehnt sich dann wieder im Stuhl zurück und fixiert mich mit seinen Blicken.

»Die dürftest du jetzt haben«, fügt er mit geschmeidiger Stimme mit einem frivolen Blick hinzu. »Drehen wir den Spieß um und ich stelle dir drei Fragen.«

Sofort entgleisen mir die Gesichtszüge. Warum nur habe ich wieder geglaubt, es gäbe bloß eine Einbahnstraße?

»Okay, gut.« Neugierig blicke ich in seine Richtung. Er scheint einen Moment zu überlegen, bevor er mir die erste Frage stellt, schließlich weiß er zum Teil mehr über mich als ich selbst.

»Wovor fürchtest du dich am meisten?« Eine sehr interessante Frage. Allerdings weiß ich nicht, warum sie wichtig sein sollte. Oder doch, um meine Angst gegen mich zu verwenden. So simpel ist die Frage nicht, denn ich wüsste auch gern, wovor sich ein einflussreicher düsterer Mann wie er sich am meisten fürchtet.

»Ich fürchte mich am meisten vor …« Ich hauche dem Schaum entgegen, ohne auf seine Maske zu blicken. »Dem Alleinsein. Davor, alles zu verlieren, was mir etwas bedeutet, wie Zahra zum Beispiel. Und ich fürchte mich zugleich davor, dass diejenigen, die mir wichtig sind, leiden.«

»Scheint so, als seien wir uns ziemlich ähnlich.«

Sofort schnellt mein Blick hoch. Sind wir uns nicht – würde ich am liebsten sagen. »Ich denke, diese Angst haben die meisten.«

»Die meisten haben Angst zu sterben«, versichert er mir. »Niemand klammert sich mehr an sein Leben als die, die alles haben.« Scheint so, als wüsste er genau, wovon er spricht.

Langsam schließe ich die Augen, weil sich die wohltuende Wärme in meinem Körper ausbreitet und ich sie endlich bis in meine Knochen spüren kann.

»Schlaf nicht ein. Ich habe noch zwei weitere Fragen.«

»Stell sie mir«, wispere ich mit geschlossenen Augen.

»Hasst du mich für gestern Nacht?« Ich runzele die Stirn. Die Frage ist ziemlich interessant, deren Antwort ich sofort nennen kann. »Nein«, sage ich knapp. »Ich hasse mich dafür, zu viele Erwartungen gehabt zu haben.« Und ich geglaubt habe, er würde etwas Simplem wie einem Brief zustimmen.

»Ich habe gesehen, dass du stark und entschlossen sein kannst, Kampfgeist besitzt und Mut hast, aber wie sieht es mit Loyalität aus? Würdest du für Zahra sterben?«

Nun öffne ich blinzelnd die Augen, da seine Stimme näher gekommen ist. Er hat auf dem Wannenrand Platz genommen und beugt sich zu mir herab, um in meinen Augen zu forschen.

»Du kennst die Antwort ebenfalls und vergeudest deine Frage.« Ich verwende dieselben Worte, die er vor Minuten an mich gerichtet hat.

»Ich will es von dir hören, wissen, ob es mir das wert ist, dich näher kennenzulernen.« *Das ist seine Absicht?*

»Ja, ich würde für die, die mir alles bedeuten, sterben. Ich habe keine Angst vor dem Tod. Zumindest nicht jetzt. Ich weiß nicht, ob ich früher Angst davor hatte, da ich mich nicht mehr erinnere.« Ihm scheint meine Antwort zu gefallen, da ich dieses verräterische Funkeln in seinen eisblauen Iriden erkenne.

»Ich wüsste einen Weg, wie du dich erinnern könntest, der jedoch ziemlich unangenehm ist. Ich hatte gehofft, die Zeit im

Bunker würde dir helfen, dich wieder zu erinnern. Aber es war nicht schlimm genug.« *Nicht schlimm genug?*

Plötzlich hebt er die Hand und legt sie um meine Kehle. »Nein«, sage ich sofort, als ich in seinen wunderschönen raubtierhaften Augen ablese, was er vorhat. »Nicht so. Nicht unter Zwang.«

Sofort hebe ich die Hände um sein Handgelenk, um ihn abzuhalten, mich einer Nahtoderfahrung auszusetzen, mich zu würgen oder unter Wasser zu drücken. So verrückt ist er nicht.

»Sondern? Du willst warten, bis sie irgendwann zurückkehren? Das könnte im schlimmsten Fall nie eintreten oder Jahre dauern.«

»Ich will mir selbst Zeit geben. Das entscheidest nicht du. Entscheide meinetwegen, dass ich hierbleiben oder … was ich anziehen soll, aber nicht, wann ich mich erinnern darf. Nicht auf diesem Weg.«

Er stöhnt leise, senkt den Blick und schaut auf meine Hände, die um seinen Arm liegen. »Fein. Verdien es dir.«

Verdienen? »Wie bist du aufgewachsen? Dass sich jeder alles verdienen muss und bestraft wird, wenn er einen Fehler begeht?«

Einen Moment ist es still, und ich glaube nicht mehr, eine Antwort zu erhalten. »In der Hölle, Samira. Ich bin in der absoluten Hölle aufgewachsen, von der du keine Vorstellung hast.« Geschmeidig erhebt er sich vom Wannenrand, nachdem ich die Hände von ihm löse und weiß, dass er sein Vorhaben nicht beenden wird. Irgendwie scheine ich mit meiner Frage die Stimmung verdorben zu haben. Vermutlich habe ich Erinnerungen in ihm geweckt, die er längst verbannt hat.

»Genieß das Bad und ruh dich aus.« Ohne ein weiteres Wort zu sagen, verschwindet er. In derselben Sekunde frage ich mich, ob ich ihn irgendwie gekränkt habe, denn das wollte ich nicht.

Nachdem ich weitere zehn Minuten bade, meinen Körper

und mein Haar wasche und anschließend die Wanne verlasse, klopft Pheola an die Tür, die mir ein frisches Negligé aus schwarzer Spitze und einen passenden String bringt. Ich putze die Zähne, während sie mein langes Haar kämmt und zu einem Zopf flechtet.

Anschließend gehe ich ins Bett, schalte das Licht aus und wünsche Pheola eine gute Nacht. Nach vorhin gehe ich nicht davon aus, dass Alessio heute Nacht erscheinen wird. Es ist ohnehin bereits kurz nach ein Uhr nachts.

Trotzdem bleibe ich bis zwei Uhr wach, lausche angestrengt nach Schritten oder einem verräterischen Geräusch hinter der Tür. Draußen ist es absolut still, nichts ist zu hören. Irgendwann schlafe ich über das Warten ein und werde erst wieder wach, als ich Seile um meine Handgelenke spüre.

»Warum …?«, frage ich verschlafen und schlage träge die Augenlider auf. Ich liege auf dem Rücken und sehe ihn direkt auf mir.

»Weil es zu deinem Schutz ist.« Er ist bereits entkleidet wie ich auch, was ich nicht mitbekommen habe, und stützt sich über mir ab, nachdem er meine Hände wieder in einem komplizierten Schlaufenmuster ans Bett fixiert hat.

»Ich würde dir nichts tun«, versichere ich ihm schläfrig.

»Ich weiß«, bringt er amüsiert über die Lippen, bevor seine Hüfte zwischen meine Beine rutscht, er dann meinen Hals umfasst und ich seine Härte zwischen meinen Schenkeln spüre. Ich würde ihn zu gern berühren. Seine Haut spüren wollen, was das Seil jedoch verhindert. Verschlafen drehe ich den Kopf zur Seite, sehe seinen muskulösen Körper im Spiegel zur Hälfte auf mir und spüre im nächsten Moment, wie feucht ich bereits bin. *Wie …?* Noch bevor ich es herausfinden kann, dringt er mit einem harten Stoß in mich ein, sodass ich laut stöhne. Er umfasst meinen Hals direkt unterhalb des Kiefers und zieht sich zur Hälfte aus mir zurück, um erneut komplett in mich einzudringen und zu dehnen, was etwas schmerzt.

»Gott!«, wimmere ich, was ihm ein kehliges Lachen entlockt.

»Du hältst mich für einen Gott?«

Sofort schüttele ich den Kopf. Genau in dem Moment drückt er meinen Hals fester zu und nimmt mich schneller, nimmt sich wie gestern Nacht alles von mir. Für eine Sekunde kommt die Befürchtung in mir auf, er würde sein Vorhaben, mich an die Grenze zum Tod zu treiben, in die Tat umsetzen. Doch ich habe vorhin gesehen, dass er meine Bitte respektiert. Er wird es nicht tun. Nicht jetzt.

Er verstärkt den Druck um meinen Hals nur so weit, dass ich spüren soll, nicht die Kontrolle über das Geschehen zu haben. Er selbst angibt, wann ich atmen darf. Ich bin gefesselt, er würgt und vögelt mich und ich kann ihn nicht davon abhalten. Ein Teil in mir will es auch nicht.

Es mag sich seltsam anhören, aber er ist nicht brutal, nicht roh und bösartig. Ständig forscht er in meinen Augen, um zu wissen, wie weit er gehen kann. Einen winzigen Moment keimt das Verlangen in mir auf, ihn zu küssen oder geküsst zu werden. Was jedoch nicht geht – oder niemals gehen wird. Genauso wenig wie seine Hände ohne die Handschuhe auf meinem Körper zu spüren.

Er zwirbelt meine rechte Brustwarze, während er mich hungriger fickt und keine Rücksicht nimmt, ob wir gehört werden könnten. Denn nach einer Weile geht sein Keuchen in ein kehliges Knurren über. Er dreht meine Brustwarze so fest, sodass ein elektrischer Impuls direkt in mein Becken schießt und ich vor Schmerz wimmere. Finger reiben anschließend meine Klit, drücken meinen Hals noch fester zu, bis ich von einem berauschenden Gefühl, an das ich seit gestern Nacht pausenlos denken musste, in Besitz genommen werde und mich eine unermessliche Hitze regiert. Mein Blick trübt sich, mein Sichtfeld kippt, und ich verliere seine schönen Augen aus dem Blick, als ich rückwärts einen starken Strom hinabgerissen werde und mich unter ihm fallen lasse.

Meine Pussy zieht sich eng um seinen großen Schwanz in mir zusammen, was er spüren dürfte. Ich werfe den Kopf in den Nacken und stöhne laut mit geöffneten Lippen einen Fluch.

Über mir höre ich ihn neben meinem Keuchen dunkel lachen.

»Du bist so leicht erregbar.« Seine Finger ziehen sich von meiner Klit zurück, damit er sich mit beiden Händen neben meinen Schultern abstützen und er mich hungriger und animalischer vögeln kann. Einerseits wünschte ich mir, es würde niemals aufhören. Andererseits sollte ich es mir nicht wünschen.

Ich kralle die Fingernägel in die Seile und wölbe den Rücken durch, halte den Widerstand und übergebe ihm weiterhin die absolute und bedingungslose Kontrolle über meinen Körper. Im Spiegel verfolge ich wieder, wie athletisch er sich wie ein Raubtier auf mir bewegt und seine Arm- und Brustmuskeln angespannt sind.

Auch dieses Mal sehe ich den Teil einer abgrundtief finsteren Tätowierung, bevor er den Kopf in den Nacken reißt und kehlig stöhnend kommt. Mit drei harten Stößen ergießt er sich in mir. Einen Moment später senkt er den Kopf über meinem Gesicht und holt schnell Luft. Ich schaue in seine Augen, die in meinen versinken, sehe, dass er erschöpft ist und er doch den Sex mit mir jederzeit wiederholen würde.

Für eine kleine Ewigkeit sind unsere Blicke wie durch ein Band verschmolzen. Ich fühle mich nackt und wehrlos und gebe ihm damit das, was er will. Den Schlüssel zu mir selbst.

»Du solltest jetzt schlafen, meine liebe Samira«, bringt er die Worte höhnisch über die Lippen, bevor er sich geschmeidig über mir erhebt und aus dem Bett steigt. Er geht tiefer in den Raum zurück, sodass ich ihn noch etwas sehen kann.

Dieses Mal sehe ich, wie er in seine Hosen steigt, das Hemd überstreift und flüchtig schließt. Etwa drei Minuten später ist er bei mir und fährt mit den Fingerspitzen über mein rechtes Schlüsselbein, zwischen meine Brüste hinab tiefer über meinen Bauch zu meiner Hüfte. Seine Berührungen sind sanft, nicht mehr besitzergreifend und fordernd. Wieder deckt er mich zu und löst dann die Knoten des Seils um meine Arme. Auf meinen Unterarmen zeichnen sich die Seilmale ab, die er mit einem zufriedenen Blick mit den Fingern nachmalt.

»Gute Nacht, Alessio«, sage ich, als er an der Tür angekommen ist.

»Gute Nacht, Samira.«

Mehr als das, was wir nachts haben, kann ich nicht von ihm erhalten. Und ich weiß nicht, ob ich es nicht doch bald beenden sollte. Denn etwas verändert sich in mir. Er ist weder zärtlich noch liebevoll, aber ich weiß, dass ich seine ungeteilte Aufmerksamkeit habe und ihm indirekt schaden könnte. Ich müsste mir nur etwas überlegen und könnte ihn in dem Moment, in dem er von der Gier getrieben wird, verletzen. Aber will ich das wirklich?

Gerade weiß ich überhaupt nicht mehr, was ich will. Aber ich werde es sehr bald wissen. *Bald …*

Nach wenigen Minuten sinke ich in den warmen Laken, die nach ihm duften, in einen tiefen Schlaf ohne Albträume.

KAPITEL 20

SAMIRA

Am nächsten Morgen erfahre ich im leeren Saal, dass Alessio kurzfristig abreisen musste. Er hat gegen fünf Uhr morgens das Anwesen verlassen. Ashara richtete mir von ihm aus, mich in der Zwischenzeit zu erholen und meine Zeit mit einem neuen Gefährten zu verbringen. Als ich sie fragte, von welchem Gefährten die Rede ist, brachte sie mir ein Picknickkörbchen, mit dem ich mich vor dem Frühstück unter dem Pavillon in den Garten verzog.

Der Inhalt des Körbchens ist schwer. Kaum dass ich auf der Bank Platz nehme und den Deckel aufklappe, schauen mir zwei kakaobraune Augen entgegen.

»Ein Hund?« Zahra beugt sich unerwartet über meine Schulter, da ich sie nicht kommen gehört habe. Am Deckel ist eine Nachricht befestigt. Ich öffne das schwarze Kärtchen, auf dem mit weißen Buchstaben geschrieben steht:

Lerne, dein Herz nicht an ein Geschöpf zu verschenken, das du verlieren wirst.

Was für eine seltsame Botschaft. »Zeig mal her.« Zahra schnappt sich die Karte und macht große Augen. »Soll bedeuten, er schenkt dir einen Hund, den du nicht mögen darfst? Warum schenkt er dir überhaupt einen Hund, Mira?«

»Ich weiß nicht …« Vorsichtig hebe ich den schwarzen Welpenmischling aus dem Korb und prüfe seine Augen. Er ist nicht blind, dafür sieht er klein und schmächtig aus. Er wirkt krank, träge und verängstigt in meinen Händen und zittert.

Was stimmt nicht mit ihm? Er erinnert mich an einen Mischling aus Labrador und Dobermann, da sein Fell rabenschwarz ist und er eine braune Schnauze besitzt.

»Du weißt es nicht? Meinst du nicht, er hat ein schlechtes Gewissen, weil er dich gestern in den Bunker gesteckt hat?« Zahra nimmt mir den Welpen, der um die drei bis vier Monate alt sein dürfte, aus den Händen und setzt ihn achtlos auf den Rasen.

Eher humpelnd tapst er über die Grünfläche und legt sich erschöpft in den Schatten. Was hat er? Er wirkt so klein und hilflos.

»Ich weiß es wirklich nicht. Ich kann ihn schlecht einschätzen.« Das meine ich absolut ernst. In einem Moment kann ich mit ihm ausführliche Gespräche führen, im anderen verhält er sich wieder mir gegenüber distanziert, herrisch und doch nicht bösartig. Ich ahne, warum ich den Hund bekommen habe. Aus demselben Grund, aus dem ich die Blumen von ihm geschenkt bekommen habe. Allmählich verstehe ich sein Handeln. Er beschenkt mich immer, wenn er sich etwas von mir eingefordert hat. Er bestraft mich, wenn ich nicht das mache, was er will. So merkwürdig es sich anhören muss, aber es scheint fast so, als wäre ihm früher nichts geschenkt worden. Als hätte er sich alles selbst verdienen und erarbeiten müssen. Ich wüsste zu gern, von welcher Hölle er sprach.

»In meinen Augen ist er egozentrisch und nicht ganz

richtig im Kopf. Er wirkt wie ein Psychopath, der ziemlich komisch vorgeht. Und das mit allem, was er macht. Er will dich immer mehr beeinflussen, was mir nicht gefällt, Mira.« Zahra zieht nachdenklich die Brauen zusammen, als sie die Hand zu meiner Wange hebt. »Pass auf dich auf und sei vorsichtig. Er ist nicht unser Freund, bloß weil er dir einen Hund schenkt.«

»Einen kranken Hund«, ergänze ich. »Um den ich mich anscheinend kümmern soll, ohne ihn in mein Herz zu schließen. Warum nicht?«

»Weil er vielleicht bald stirbt?«, setzt Zahra meinen Gedanken fort. »Genau das ist merkwürdig. Wer schenkt absichtlich jemandem einen kranken Hund? Niemand. Genauso wie niemand blinde Angestellte hat. Das ist alles unheimlich und bizarr.« Einen Moment verstummt sie, als Ashara die Außenterrasse betritt und über den Rasen näher auf den Pavillon zukommt. Sie trägt ein Tablett mit Geschirr, das sie auf der Tischfläche neben uns abstellt.

»Ihr könnt ruhig weitersprechen. Gefällt dir der Hund?«, fragt mich Ashara, die jeden Morgen Alessio bedient hat und womöglich zu den vertrauenswürdigsten Angestellten im Anwesen gehört.

»Ja, er ist niedlich und befindet sich ein Stück rechts von dir neben der Hibiskushecke.«

»Ich weiß«, sagt sie ruhig. »Ich höre ihn, höre seine Bewegungen und sein Schnaufen. Wirst du ihm einen Namen geben?«

Zahra zieht beide Brauen in die Stirn und macht ein Gesicht, als hielte sie Ashara ebenfalls für verrückt.

»Er hat noch keinen?«, frage ich sie.

»Nein.« Akkurat deckt sie den Tisch ein, nachdem sie eine Tischdecke ausgebreitet hat. Jedes Mal bewegt sie sich fast so, als könnte sie alles genaustens sehen. »Alessio wollte, dass du ihm einen Namen gibst.«

»Ähm«, unterbricht Zahra unsere Unterhaltung. »Warum gibt er ihn ihr nicht selbst?«

»Weil er nicht da ist.« Ashara beantwortet Zahras Frage etwas kühler.

»Und wo ist er jetzt? In dem Lager, in dem Menschen getötet werden, die zuvor gekidnappt worden sind?« *Sie geht eindeutig zu weit und sollte aufpassen, was sie sagt. Und besonders zu wem.* Gerade jetzt ertappe ich mich dabei, wie ich beinahe wie Alessio denke.

»Zahra«, zische ich leise, damit sie aufhört, das Personal anzufeinden.

»Dazu werde ich nicht antworten.« Ashara rückt die Gabel zwischen Teller und Messer zurecht, bevor sie eine Glocke läutet und ich kurz darauf zwei weitere Angestellte die Speisen ins Freie tragen sehe. »Gib ihm einen schönen Namen, Samira«, sagt Ashara anschließend lächelnd, bevor sie sich zu dem schwarzen Hund umdreht, der immer wieder aufsteht und tapsig in einen Hibiskuszweig beißt. »Wenn ihr etwas benötigt, ruft mich jederzeit.«

Schon tritt sie vom Tisch mit den anderen blinden Angestellten zurück und verlässt den Garten.

»Sie will dich auch in die Irre führen«, flüstert Zahra hinter vorgehaltener Hand zu mir. »Sie will, dass du ihm einen Namen gibst, während Alessio dir schrieb, dass du dein Herz nicht an das Tier hängen sollst.«

»Ich finde, er hat einen Namen verdient«, sage ich entschieden. »Schließlich lebt er. Und ich werde mich um ihn kümmern. Wird er sterben, werde ich ohnehin traurig darüber sein, das kann er mir nicht verbieten. Mach dir nicht zu viele Gedanken«, beruhige ich sie und greife nach dem noch warmen Fladenbrot im Korb. Sofort streckt sie die Hand aus, umfasst mein Handgelenk und dreht meine Handfläche nach oben.

»Ich soll mir keine Sorgen machen, wenn ich das sehe?« Sie

schaut auf meine aufgerissene Handfläche, die ich mir im Bunker verletzt habe.

»Zahra, lass das. Mir geht es gut. Es war nicht richtig, dass er mich eingesperrt hat, aber ich habe es provoziert.«

»So denkst du darüber?«, hakt sie nach und gibt meine Hand frei. »Was ist los mit dir? Niemand darf jemand anderen verletzen. Auch nicht, wenn du nicht so handelst, wie er es will.«

Gerade will ich nicht mit ihr darüber sprechen, da sie nicht dabei war. Sie weiß nicht, was ich getan habe. Sie weiß höchstwahrscheinlich bloß, dass ich über vierzehn Stunden in einem nassen kalten Bunker eingesperrt worden bin.

»Können wir das Thema lassen? Ich finde nicht alles richtig, was er macht, trotzdem hat er es nicht grundlos getan«, antworte ich scharf und fülle mir Früchte in eine Holzschale.

Eine Weile betrachtet mich Zahra skeptisch, als würde sie mich nicht mehr wiedererkennen. »Darf ich dich etwas fragen und du bist ehrlich zu mir?«

»Sicher, frag mich.«

Sie verschränkt die Finger auf ihrem Schoß, aber schaut besorgt zu mir. »Läuft da etwas zwischen dir und Alessio? Etwas, was du mir bisher nicht erzählt hast?«

»Wie meinst du das?« Ich gebe vor, nicht zu wissen, was sie meint. Obwohl ich es ahne.

»Du weißt schon. Ciprian hängt die meiste Zeit bei mir, der wirklich aufdringlich werden kann. Und immer wenn ich dich unangekündigt im Hauptgebäude besuchen will, weisen mich Angestellte zurück und meinen, du bist bei Alessio.«

»Es ist ja auch so. Er möchte mit mir frühstücken und Abendbrot essen und …«

»Das meine ich nicht. Schlaft ihr miteinander?«, fragt sie, nachdem sie sich durchgerungen hat, die Frage zu stellen. Sofort erstarre ich und der Löffel mit dem Obst rutscht mir aus den Fingern.

»Wie bitte?«

»Du hast mich verstanden. Macht er andere Sachen, die du nicht willst, und manipuliert dich? Schlägt oder misshandelt er dich?« Aus den Augenwinkeln sehe ich, wie sie meine nackten Arme, Beine und meinen Oberkörper nach blauen Flecken absucht. Ich habe heute Morgen im Spiegel keine Würgemale gesehen. Die Abdrücke der Seile sind ebenfalls verblasst.

»Nein«, antworte ich ihr sofort. »Er misshandelt mich nicht.«

»Aber er schläft mit dir.«

Ich schlucke hart, was mich wohl ebenfalls verrät. »Du … Ich weiß nicht …«, höre ich sie plötzlich aufgelöst sagen. »Das ist … falsch und irgendwie abartig.«

»Ist es nicht«, sage ich sofort und schaue verärgert zu ihr. »Ich will es. Er zwingt mich nicht.«

»Aber besticht dich mit Geschenken«, wirft sie ein. »Mann, Mira, du wolltest immer auf den Richtigen warten und erst nach der Hochzeit intim werden.«

»Woher sollte ich das wissen, Zahra? Ich erinnere mich nicht mehr an meine Vorsätze vor einigen Wochen. Ich weiß nicht mehr, was ich früher wollte. Es spielt auch keine Rolle, weil ich jetzt anders darüber denke.«

»Hat er dich gezwungen?«, wirft sie ein, weil sie mich plötzlich aufgeregt erlebt.

»Nein, nicht wirklich«, weiche ich ihrer Frage mit gerunzelter Stirn aus.

»Nicht wirklich?«, hakt sie skeptisch nach. »Das ist kein Nein. Ich will dich nicht bevormunden oder dass du dich rechtfertigen sollst, aber pass auf. Bitte. Wir wollen nicht für immer an diesem Ort bleiben oder hat sich deine Meinung geändert?« Nun greift sie nach meiner Hand und sucht meinen Blick.

»Hast du mit Ciprian geschlafen?«, frage ich sie gerade heraus.

»Nein, das wüsste ich«, unterbricht Ciprian unsere Unterhaltung und nimmt machohaft neben Zahra auf der Bank Platz. »Ihr lasst es euch ja gut gehen in Alessios Abwesenheit.« Ein leises Bellen ist zu hören. »Ah, und er hat dir wirklich diesen Köter geschenkt.«

Plötzlich kippt die Stimmung. Zahra und ich tauschen flüchtige Blicke aus. Sie soll mich nicht für komplett bescheuert, willenlos und unterwürfig halten. Das bin ich nicht. Ich wehre mich gegen Alessio und würde jederzeit sagen, wenn ich etwas nicht will. Die beiden Nächte wollte ich. Außerdem hat er mir die Möglichkeit gegeben, ihn jederzeit fortzuschicken.

»Was ist los, ihr Hübschen? Störe ich eure Lästerei?« Ciprians grüne Iriden wandern von Zahra zu mir, nachdem er dem Hund eine Weile beim Herumtollen zugesehen hat.

»Du störst immer. Dass dir das nicht bereits aufgefallen ist, grenzt schon an unheilbare Blödheit«, kann sich Zahra ihren Spruch nicht verkneifen.

»Du bist charmant und witzig wie jeden Tag, kleines Biest, was?« Er grinst breit, sodass sich zwei Grübchen auf seinen Wangen abzeichnen.

»Wo ist Elian?«, frage ich Ciprian, der sich einen Teller nimmt und sich dann Maisfladen, Rührei und Bacon auf den Teller stapelt. Anschließend Kaffee in seine Tasse gießt und nicht so aussieht, als würde er uns allein lassen.

»Keine Ahnung. Bei Alessio vermute ich mal. Wir melden uns nicht jedes Mal ab wie im Kindergarten. Vermisst du ihn?«, scherzt Ciprian mit diesem intensiven fordernden Blick. »Ich kann ihm gerne ausrichten, dass er dir fehlt, was Alessio sicher nicht gefallen wird.«

Sein rasiermesserscharfer Blick bohrt sich in meinen, da er genau weiß, was Sache ist. Zahra versteht es ebenfalls, die zwischen mir und ihm hin und her blickt.

»Ich mag Elian, mehr nicht.«

»Ist das so? Und Alessio magst du nicht?«

Mir sind seine Fragen zu blöd, daher schenke ich ihm einen giftigen Blick und widme mich wieder meinem Essen.

»Komm ihr nicht blöd, ja?«, höre ich Zahra sagen.

»Ich bin nur aufmerksam und möchte auf dem neusten Wissensstand bleiben. Ihr redet sehr viel am Tag, zieht euch immer zurück und plant etwas. Alessio mag es egal sein oder darüber hinwegblicken, aber mir ist es nicht egal, wenn er nicht da ist. Also behalte ich euch im Auge, verstanden.«

Hört sich ganz so an, als würde er uns immer noch misstrauen. Und das zu Recht. Wir vertrauen ihnen auch nicht komplett.

Nachdem ich ruhig weiter esse, aber Ciprian am liebsten vom Tisch verbannen würde, schaue ich gelegentlich zu meinem Hund. Er erkundet den Garten, bevor er plötzlich an Kelvins Beinen klebt, als er Kaminholz ins Anwesen trägt. Er hat seine liebe Not, den Hund abzuschütteln, der ihm neugierig hinterher hüpft.

Ich mache Schnalzgeräusch, schnappe mir frischen Schinken vom Teller und halte ihn unter den Tisch, um den Hund anzulocken.

»Ja, verwöhn die Missgeburt noch«, sagt Ciprian überheblich.

»Sei leise!«, fahre ich ihn an. »Er kann nichts dafür, dass er so ist!« Als mich der Hund hört, schaut er zu mir und kommt eilig auf mich zugerannt. Sein kleiner Schwanz peitscht aufgeregt hin und her.

Ciprian schnaubt abfällig, woraufhin ihn Zahra gegen das Schienbein tritt. »Du beleidigst den Hund nicht. Ich mag auch keine Hunde, aber ihn als Missgeburt zu bezeichnen, ist fies.«

»Dann weiß ich ja, was ich dir als Nächstes schenken werde, um dich so richtig verrückt zu machen«, kann er sich seinen dämlichen Kommentar nicht verkneifen, während mein Hund den Schinken frisst.

»Es gibt nichts, was du tun könntest, um mich auf die

Palme zu bringen«, kontert Zahra überlegen und tauscht komische Blicke mit Ciprian aus.

»Wirklich nicht?« Nun beugt er sich ihr aufdringlich entgegen. Es ist kaum zu übersehen, wie sich beide ständig anfeinden müssen, aber trotzdem die Gesellschaft des anderen genießen. Aber mein Verhältnis zu Alessio ist krank?

»Geh weg.« Sie stößt ihn von sich, als er nach ihrer Haarsträhne greift. »Ich bin hier, um auf Samira aufzupassen.«

»Du bist nicht hier, um auf sie aufzupassen. Du bist der Grund, weshalb ihr beide hier seid. Weil du zu viel gesehen hast.«

»Weil Edwin uns in den Dschungel geführt hat!«, sagt sie angefressen. »Er war auch so ein Neandertaler wie du.«

Ciprians Nasenflügel weiten sich. »Es bringt nichts, sich länger darüber zu streiten. Fakt ist, du passt auf Samiralein auf, ich auf Alessio. Sollte deine Freundin irgendwelchen Blödsinn anstellen, werde ich dafür sorgen, dass sie verschwindet. Darauf kannst du dich verlassen.«

Plötzlich erhebt sich Zahra vom Tisch und knallt ihm eine. Sein Kopf fliegt unerwartet zur Seite. »Wenn du ihr etwas antust, werde ich dir deine grünen funkelnden Raubtieraugen ausstechen, du Schwein!«, geht sie ihn wütend an.

Sofort erhebt er sich, grinst selbstgefällig und umfasst ihre Schulter. »Scheint so, als würden wir beide jemanden beschützen. Dann pass auf deine Freundin auf, damit sie sich benimmt. Solange Alessio nicht hier ist, haben Elian und ich das Sagen, klar?«

Zahra windet sich aus seinem Griff. »Pass du auf, dass dein Alessio meiner Freundin nicht schadet, ansonsten finde ich einen Weg, um dich zu kastrieren.«

Ciprian lacht amüsiert. »Du bist scharf auf mich, nicht wahr?«

Zahras Gesichtszüge geraten ins Wanken. »Nein!«, kreischt sie peinlich berührt und etwas zu laut.

»O doch. Ich sehe es an deinen Blicken. Fein. Frühstückt schön weiter, spielt mit der Kröte und genießt eure Freizeit, bis einer von euch wieder im Bunker landet.«

Selbstgefällig geht Ciprian davon und sieht über Zahras Ohrfeige hinweg? *Interessant.*

»Ekelhafter Typ mit einer viel zu großen Klappe. Jedes Mal, wenn er den Mund aufmacht, stinkt sein Atem nach Kompost.«

»Das habe ich gehört, hässliche Schlange!«, ruft Ciprian zu uns, als er die Terrassenstufen erreicht hat.

Nun bin ich diejenige, die zwischen beiden hin und her blickt und lacht. »Ich finde nicht, dass er Mundgeruch hat«, sage ich lächelnd, um sie zu necken.

»Ach, du weißt, was ich meine«, antwortet sie fahrig und wedelt mit der Hand vor ihrem Gesicht herum, um die Sache abzutun. »Er ist ein Kotzbrocken, ein Widerling, ein Ekelpaket.«

»Trotzdem schaust du ihm öfter länger als nötig hinterher. Mir sind deine Blicke auch nicht entgangen«, lasse ich sie wissen und hebe eine Braue.

»Habt ihr euch beide gegen mich verschworen, oder was? Ich steh nicht auf ihn und er nicht auf mich. Er ist doch ein Macho und läuft nicht ganz rund.«

Ich quittiere ihre Worte bloß mit einem Lächeln, greife nach meinem Hund und hebe ihn auf die Bank. Seine rehbraunen Augen blicken mir neugierig entgegen. Er wirkt seit einigen Minuten hellwach und zittert nicht mehr ganz so sehr.

Wie nenne ich dich bloß?

KAPITEL 21

ALESSIO

Was ein übler Tag, der mich mit Problemen überrennt. An den Grenzgängen wurde eine Ladung einkassiert, die CIA mischt mit und Johanna stellt einen Kreuzzug gegen die Terequeraz auf, weil ihr Mann von uns getötet wurde. Dass er uns um etliche Einnahmen gebracht und Koks, das mir gehört, in Amerika verkauft hat, scheint sie zu vergessen.

Diese Verräterin müssen wir zeitnah zum Schweigen bringen, bevor sie redet und noch mehr Probleme macht. Nur leider erweist sich die Suche aufwendiger als gedacht. Diese rothaarige Furie verkriecht sich hinter dem Malí-Kartell, das sie aufgenommen hat, um Ärger zu machen.

Aus diesem Grund ist das Fest in sieben Tagen äußerst wichtig. Ich muss meine Kontakte auffrischen und mir sicher sein, wer noch auf meiner Seite steht. Adin und Dio gehen weiterhin allen Spuren nach, um Johanna aufzuspüren.

Ich greife sie mir, wenn es sein muss, auch allein und werde ein Exempel an ihr statuieren, das durch die Medien geht. Niemand hat sich so aufzuspielen und plaudert Geheimnisse an die Behörden aus. Es mag nicht viele Regeln und

Gesetze unter Kriminellen geben, aber jeder, der redet, ist nicht gern gesehen.

In der Limousine beuge ich mich zu Fiaz vor. »Wie lange fahren wir noch?«, erkundige ich mich.

»Noch zehn Minuten, Maestro.«

Angespannt lehne ich mich zurück und wünschte, in meinem Anwesen in Yaviza zu sein, um Samiras Augen zu sehen, wenn sie den Hund im Korb entdeckt.

Ich weiß, dass sie Tiere mag, in der Gastfamilie ein Hund namens Blue sie überall hin begleitet hat. Ein Mitarbeiter fand einen Hundewurf inmitten des dreckigen Armenviertels Curundú, von dem nur ein Welpe noch lebte. Den, den nun Samira bekommen hat. Ich bin gespannt, wie sie ihn nennen wird.

Als die Limousine durch die Provinz Darién, die sich an der Grenze zu Kolumbien befindet, Richtung Puerto Piña fährt, schaue ich durch die Fenster in die Dunkelheit.

Die Grenze zwischen Panama und Kolumbien besteht aus Dschungelgebiet und ist das Umschlagzentrum krimineller Organisationen. Die kolumbianische Guerilla, Paramilitärs sowie Drogenmafia, Terequeraz wie auch das Malí-Kartell beherrschen diese Region. Die Provinz ist für Auswärtige eine absolute Gefahrenzone.

Als wir den kleinen Hafenort erreichen, Adin neben mir seine Waffen anlegt, sehe ich durch die Frontscheibe bereits das Leuchten von zwei Lichtschranken. Die Limousine parkt an einer unbefestigten Straße wie ein weiterer Wagen mit Mihail, Jose und Luis.

Es wird Zeit, Johannas Bruder zu besuchen. Wie ich diese nervigen Auftritte hasse. Ich steige aus dem Wagen, nachdem mir Fiaz die Tür aufhält, und warte, bis Luis, Mihail und Jose so weit sind, dass wir gemeinsam das heruntergekommene Wohngebäude betreten können.

Der Himmel ist bedeckt und kündigt wieder Regen an, als

wir auf die unbeleuchtete Straße auf den Wohnblock zugehen, in dem ich sieben Parteien zähle. Adin und Mihail halten die Umgebung streng im Blick. Das Rauschen des Meeres dringt unweit an meine Ohren, während wir uns still über die Straßen fortbewegen. Vor dem Haupteingang prüft Adin die Tür, die er knackt, um uns Zutritt zu verschaffen.

Ich wäre nicht mitgekommen, wenn mir Anthony nicht wichtig wäre. Er war lange Zeit ein sehr guter Schmuggler, der mir von Nutzen war. Hätte er seiner Schwester nicht geholfen, unterzutauchen, und sich in dieses kleine Dorf verkrochen, wäre er längst tot.

Nachdem wir das Treppenhaus hinter uns lassen, Adin und Mihail vor der Tür mit der Nummer 6 stoppen und lauschen, richte ich meine Jackettärmel und nicke.

»Bringen wir es hinter uns.« Sie treten die mit Ketten gesicherte Tür ein, schießen die Schlösser auf, was einen ohrenbetäubenden Lärm verursacht, und machen mir dann den Weg frei. Ich schiebe mich um die Wand und komme nur wenige Schritte weit, da ich Anthony vor dem Fenster im unaufgeräumten Wohnbereich sitzen sehe, der eine Pistole an seinen Kopf hält.

»Ich wusste, ihr würdet bald kommen«, sagt der Mann, der nicht älter als ich ist. »Ich wollte nicht, dass es so endet.«

»Das wollte ich auch nicht«, versichere ich ihm. »Du kannst mir jedoch einen letzten Dienst erweisen und verraten, wo sich deine Schwester befindet.«

Im Halbdunkel suchen Adin und Mihail die Wohnung ab, um weitere Personen auszuschließen, während ich mich mit Anthony unterhalte, der panisch wirkt und vor Todesangst schwitzt.

»Ich kann es dir nicht verraten, Alessio. Familie geht vor Geschäft. Du wirst das verstehen.« Mit zittriger Hand hält er den Lauf der Waffe weiterhin an die Schläfe. Ich verstehe ihn mehr als jeder andere.

»Gut, wenn du es selbst entscheiden willst, gebe ich dir die Möglichkeit.«

»Du bist doch hier, um mich zu töten?«, fragt er mit der winzigen Hoffnung in seiner Stimme, dass meine Antwort Nein lautet. Er glaubt, ich würde es mir anders überlegen.

»Ja«, antworte ich ruhig. »Du weißt, dass es das Beste ist. Du weißt, wofür du stirbst.« Er nickt ergeben, und noch bevor ich einen weiteren Schritt an ihn herantreten kann, murmelt er ein leises Gebet. »Ja, Maestro. Ja …« Ängstlich kneift er die Augen zusammen und drückt ab.

»Immerhin sparen wir unsere Munition«, brummt Mihail, der wie die anderen zu Anthony blickt, der schlaff auf dem Stuhl zusammengesunken vor mir liegt.

»Es ist schade um ihn«, sage ich seufzend. »Da er eigentlich richtig gehandelt hat.«

Mitfühlend werfe ich einen letzten Blick auf Anthony, unter dem sich bereits eine Blutlache bildet, bevor ich mich von der Szene abwende. Wir haben vollkommen unnötig die Tür aufgebrochen. »Wir sollten gehen.«

Langsam laufe ich Richtung Flur und sehe im Vorübergehen an der Wand neben dem Flurspiegel zwei Fotos hängen. Auf beiden sind Anthonys Kinder zu sehen, die neben ihm strahlen.

Johanna, das ist alles deine Schuld.

KAPITEL 22

SAMIRA

Es sind bereits vier Tage vergangen, in denen ich Alessio nicht im Anwesen sehe. Er scheint dieses Mal länger abwesend zu sein als das letzte Mal. Dafür verbringe ich die meiste Zeit mit Tormenta. Ich habe mich für den Namen entschieden, weil er mir vertraut vorkam.

Zahra erklärte mir kurz darauf, warum mir der Name vertraut ist. Da ich angeblich vor unserem Dschungelbesuch mit einem Mann namens Tormenta gechattet habe. Als ich ihr erzählte, wie ich den Hund nennen werde, glaubte sie einen Augenblick, ich könnte mich wieder an alles erinnern. Aber das ist nicht so.

Ich habe meinen Hund so benannt, weil immer ein Gewitter einherging, wenn ich Zeit mit Alessio verbringe. Und der Name hört sich stark und mächtig an. Tormenta ist kein schwacher Welpe, sondern besitzt Überlebenswillen.

Mit jedem Tag erholte er sich mehr. Ich ließ von Pheola eine Wurmkur auf die Liste der Bestellungen setzen und weitere Dinge, die ich für ihn haben möchte, damit er gesund bleibt. Denn er war nicht nur schwach, sondern auch verlaust und hatte einen aufgedunsenen Bauch.

Zahra hält mich weiterhin für bekloppt, Ciprian zieht

mich ständig auf, wenn er mich mit dem Hund sieht, und Elian beobachtet mich stillschweigend. Er ist der Einzige, der meine Entschlossenheit bewundert.

»Hast du einen Augenblick, Mira?«, fragt er mich, als er sich unter dem Pavillon erhebt und an mich herantritt. Er trägt wie alle ein schwarzes T-Shirt und dunkle Jeans. Neben mir geht er in die Knie, als ich Tormentas Bauch kraule.

»Klar. Was gibt es?«

»In drei Tagen steht ein bedeutendes Fest an. Bevor ich wieder zurückfahre, wollte ich dich in Kenntnis setzen, dass Alessio dich ebenfalls auf die Liste gesetzt hat.«

Ein Fest? »Was wird gefeiert?«

»Er braucht keinen Anlass, um ein Fest zu geben«, erklärt er ruhig und streichelt den Welpen ebenfalls mit seinen wirklich schönen Händen und schlanken Fingern.

»Das Fest wird vermutlich hier stattfinden, nicht wahr?«

»Nein, Samira. Er hat einen anderen Ort festgelegt, von dem die Gäste erst zwei oder drei Stunden zuvor erfahren. Das macht er immer so.«

Das würde bedeuten, wir würden das Anwesen verlassen und hätten vielleicht die Möglichkeit, zu fliehen. Während mir der Gedanke durch den Kopf geht, schaue ich weiterhin auf Elians rechte Hand, an dem ein goldener Siegelring prangt. Würde ich zu ihm aufsehen, würde er sofort wissen, was ich denke. *Aber … will ich noch fliehen?*

Ja! Zahra würde sofort Ja sagen.

»Wird uns Zahra begleiten?«, frage ich ihn, hebe das Gesicht und blicke in seine palisanderfarbenen Augen.

Ein Zucken umspielt seine Mundwinkel. »Ja, sie wird dabei sein. Du kannst ihr die Nachricht selbst übermitteln. In wenigen Minuten werden eure Angestellten eure Maße nehmen, damit die Kleider angepasst werden können.«

»Es hängen sehr schöne Kleider in meinem Schrank, ich

brauche kein neues«, sage ich lächelnd und erhebe mich neben ihm.

»Er möchte es aber«, antwortet er eindringlich und leckt sich über seine geschwungenen Lippen. »Geh hoch und nimm Zahra mit. Anschließend möchte ich dir etwas sagen.«

Er wirkt plötzlich so geheimnisvoll und etwas verschlossen. »Du machst es ja sehr spannend.«

»Wo bliebe sonst der Spaß? Mach schon.« Als er neben mir steht, stößt er mich sanft an.

Ciprian tritt ebenfalls an uns heran, der Elian erst jetzt bemerkt. »Knuddelt ihr den Flohsack jetzt gemeinsam?«

»Ciprian, stör nicht«, murrt Elian. »Oder aber du bist in der Lage, etwas Konstruktives von dir zu geben.«

»Musst du gleich beleidigend werden? Habt ihr Zahra gesehen?«

»Nein«, antworte ich sofort. »Sie wollte duschen gehen.«

»Sie ist aber nicht im Bad oder in ihrem Zimmer. Ich geh sie suchen.«

»Ich kann das erledigen. Wir sehen uns später, Elian«, sage ich, bevor ich mich auf den Weg zum Poolhaus mache. Ich hoffe wirklich, sie hat keinen Mist gebaut und versucht, in Alessios Zimmer einzubrechen. Ich habe sie mehrmals davor gewarnt, es sein zu lassen. Tormenta läuft aufgeregt neben mir her, begleitet mich auf der Suche nach Zahra, bevor sie von Ciprian oder Elian entdeckt wird. Wird sie vor mir gefunden, kann sie als Nächste die Nacht im Bunker verbringen.

Nachdem ich sie nicht im Poolhaus finde, auch nicht im Bad, gehe ich ins Anwesen. Mir ist etwas schlecht bei der Vorstellung, sie könnte etwas Dummes angestellt haben. In meiner Etage finde ich sie auch nicht. Die meisten Türen sind abgeschlossen. Als ich leise in die zweite Etage hochsteige, nachdem ich Tormenta in meinem Zimmer zurückgelassen habe, ist es wieder stockdunkel. Unheimlich dunkel.

Ich würde sie am liebsten rufen, was aber nicht geht. Als

ich blind die Türen abtaste, da ich kein Licht anmachen kann, suche ich mit ausgestreckten Armen weiter nach der richtigen Tür. Als ich sie erreiche, ist sie verschlossen. Logisch, wenn Alessio nicht da ist, wird er nicht so dumm sein und die Türen unverschlossen zurücklassen.

Gerade als ich mich umdrehen will, pralle ich gegen etwas oder jemanden. *Gott!*

»Was hast du hier oben verloren?« Plötzlich geht Licht an, und ich sehe Elian vor mir stehen, der mir einen riesigen Schrecken einjagt.

»Ich wollte …« Mir verschlägt es kurz die Sprache. »Ich wollte Zahra suchen.«

»Hier oben?« Sofort weicht sein finsterer Blick, der mir unter die Haut ging. »Gibt es etwas, was ich wissen sollte?«, fragt er ruhig, als er mich eingehend mustert und in meinen Augen forscht. Ich kann es ihm nicht sagen, ohne dass sie bestraft wird.

»Sie war neugierig und wollte sich im Anwesen umsehen.«

»Woher weißt du davon, wenn du seit einer Stunde ohne sie im Garten warst?« Berechtigte Frage. Ich sitze wohl in der Klemme – oder nein, Zahra, die hinter ihm leise einen Raum verlässt, was Elian nicht entgeht. *Verdammt! Wir sind so was von aufgeflogen.* Denn Zahra hält Papiere zusammengerollt zwischen ihren Fingern, die sie rasch hinter dem Rücken versteckt.

»Sie wollte sich umsehen, ja? Oder uns bestehlen? Wie zur Hölle hast du die Tür geöffnet bekommen?«, geht Elian sie wütend an. Zahra setzt einen Schritt zurück und macht ein verängstigtes Gesicht.

»Ich kann Schlösser knacken, seit ich acht Jahre alt bin«, erklärt sie trotzdem selbstsicher.

»Wirklich? Was hast du gestohlen? Gib es mir.« Elian streckt die Hand nach ihr aus. Im selben Moment höre ich Ciprian von unten rufen: »Was ist bei euch los?«

»Zahra bestiehlt uns und ist in Alessios Räume eingebrochen.«

»Sie hat es nicht böse gemeint«, versuche ich einzugreifen und dazwischenzugehen, doch Elian lässt mich nicht an Zahra heran, sondern stößt mich zur Seite. »Halte dich bitte da raus und geh wieder nach unten.«

Zahra weitet die Augen und schüttelt den Kopf. »Geh nicht, Mira.«

»Sie geht!«, sagt Elian harsch. »Mach schon. Du hast damit nichts zu tun. Falls doch, kannst du ebenfalls mit einer Strafe von Alessio rechnen.«

Und noch bevor ich etwas ausrichten oder sagen kann, befindet sich Ciprian im zweiten Stockwerk, der mich am Arm zurückzieht. »Geh runter, wir klären das.«

»Nein, tut ihr nichts.« Doch ehe ich mich an Ciprian vorbeischieben kann, umfasst er meine Mitte, hebt mich über die Schultern und trägt mich in die erste Etage in mein Zimmer. Neben Pheola setzt er mich auf der Couch ab. »Du bewachst sie. Du lässt sie nicht aus dem Zimmer, bevor wir es dir sagen«, spricht er streng zu Pheola, die nickt. Im nächsten Moment verlässt Ciprian das Zimmer, das er von außen abschließt.

»Seid ihr irre!« Sofort springe ich auf, stürme auf die Tür zu und zerre an dem Türgriff. Ciprian antwortet mir nicht, dafür höre ich weiter oben Zahras Schreie. Sie wimmert und sagt etwas. Ich lege mein Ohr an die Tür, um etwas zu hören. Plötzlich knallt es und ich zucke schreckhaft zusammen. *Was haben sie getan?*

Starr vor Angst weite ich die Augen, bevor ich aus der Trance erwache und gegen die Tür hämmere, damit sie sie wieder öffnen. »Lasst mich raus.« Neben mir bellt Tormenta aufgeregt und Pheola tritt an mich heran.

»Beruhige dich, Samira.«

»Beruhigen? Sie werden ihr wehtun.«

Pheola reibt nervös über ihren nackten Oberarm und macht ein missmutiges Gesicht. »Nicht, wenn sie nichts verbrochen hat.«

Sie haben sie dabei ertappt, wie sie in Alessios Räumen herumgewühlt hat. Keine Ahnung, aber das werden sie ganz sicher nicht ungestraft an sich vorbeigehen lassen.

Nach einigen Minuten höre ich nichts mehr hinter der Tür. Tormenta setzt sich neben mir hin und schaut fragend zu mir auf, während Pheola nichts Besseres zu tun hat, als einen Nähkoffer herauszuholen und Maßbänder auf dem Tisch akkurat auszubreiten.

»Wir sollten mit dem Abmessen beginnen.« Ich weiß, dass sie nur ihre Aufgaben erledigen will, trotzdem muss sie doch ein Herz haben und wissen, dass das, was gerade geschieht, nicht richtig ist. Erst jetzt weiß ich, wie sich Zahra fühlen musste, als sie davon erfuhr, dass ich im Bunker eingesperrt wurde.

Als Minuten vergehen, laufe ich zu Pheola, die mir dabei hilft, meine Kleidung bis auf die Unterwäsche auszuziehen.

In mir wütet ein heftiger Orkan, den ich kaum besänftigen kann. *Was haben sie mit ihr gemacht?*

»Kannst du dich etwas lockerer hinstellen?«

Nein, kann ich nicht, da jede Faser meines Körpers angespannt ist. Trotzdem versuche ich es, atme gleichmäßig aus und wieder ein und bleibe ruhig stehen. Pheola nimmt von meiner Taille Maß, von meiner Hüfte und Brust. Sie misst meine Arme und Beine und sogar meine Füße.

Dieser Moment kommt mir so bizarr vor.

»Wir sind fertig«, sagt sie schließlich nach über zwanzig oder dreißig Minuten. In dem Moment klopft es an der Tür, bevor sie aufgeschlossen wird. Ohne ein »Herein« von mir betritt Elian das Zimmer, der abrupt stehen bleibt und mich anstarrt.

»Ihr seid noch nicht fertig?«

»Doch«, antworte ich ihm, nachdem er sich umdreht. »Ich muss mich bloß wieder anziehen.« Rasch steige ich in Shorts, Top und Sandalen. »Wo ist Zahra?«

Vorsichtig wirft er einen Blick über die Schulter. »Auf ihrem Zimmer und darf darauf warten, bis Alessio zurück ist und die Angelegenheit klärt.«

Zumindest haben sie sie nicht in den Bunker gesperrt. »Du belügst mich nicht?«, frage ich ihn, als ich auf ihn zugehe. Pheola räumt eifrig die Maßbänder zusammen und verlässt den Raum, obwohl Elian sie nicht fortgeschickt hat.

»Ich lüge nicht. Das ist nicht meine Art. Ihr geht es gut. Mach dir um sie keine Gedanken.«

Die mache ich mir aber. »Was hat sie gestohlen?«

»Etwas, was sie nichts angeht. Begleitest du mich kurz nach draußen? Wir könnten zusammen essen, bevor ich zurückfahre.«

Was habe ich für eine Wahl? Ich will wissen, was er mir Spannendes mitzuteilen hat. Wenn er gegangen ist, kann ich mich später zu Zahra schleichen. Ich sollte mir nur überlegen, wie ich Ciprian ablenke, der sie mit Sicherheit bewacht.

»Ja, gerne.«

KAPITEL 23

ELIAN

Dieses kleine Monster wühlt in Alessios Sachen und bestiehlt ihn auch noch. Zwar hat sie nur Dokumente von Dio in den Händen gehalten, aber wer weiß, was sie noch entdeckt hat.

Sie war sicher auf der Suche nach einem Funkgerät, Handy oder etwas, mit dem sie einen Hilferuf senden kann. Anders als Samira gibt sie einfach nicht auf.

Ciprian hat ihr übel zugesetzt, als er von der Sache erfahren hat, musste sie knebeln und fesseln. Sie befindet sich nicht in ihrem Zimmer, sondern in Ciprians, der sie bewacht. Aber davon muss Samira vorerst nichts wissen.

Unter dem Pavillon nimmt Samira am Tisch Platz. Dass sie weiterhin an ihre Freundin denkt, ist kaum zu übersehen. Sie vorhin halb nackt im Zimmer stehen zu sehen, geht mir nicht mehr aus dem Kopf. Sie ist wirklich atemberaubend schön. So zart und zerbrechlich.

Ich will ihr heute sagen, dass ich es war, der mit ihr geschrieben hat. Vielleicht hilft es und sie erinnert sich wieder an alles.

»Wow, du hast das Essen länger vorbereitet«, stellt sie fest, als sie die Tafel sieht. »Darfst du das überhaupt in Alessios Abwesenheit?«

Berechtigte Frage. »Ja, ich bin neben Ciprian sein bester Berater und gehöre zur Familie.«

»Du kennst ihn sehr lange, oder?«, fragt sie, breitet die Serviette auf ihrem Schoß aus und lässt sich von mir aus der Auflaufform Essen auffüllen. Anschließend gieße ich Wein in ihr und mein Glas. »Allerdings. Ich könnte fast sagen … ich kenne ihn ein Leben lang«, antworte ich grinsend.

Plötzlich schaut sie verdutzt zu mir auf. »Dann weißt du, aus welcher Hölle er kommt?«

»Ja«, antworte ich ihr, beuge mich zu ihr vor und umfasse ihr Kinn. »Sprich ihn nie darauf an.« Mein Blick verschmilzt mit ihrem. Mit der plötzlichen Berührung von mir hat sie nicht gerechnet. »Wir sind beide gemeinsam durch die Hölle gegangen, obwohl es ihn härter getroffen hat. Schlimme Ereignisse verbinden einander.«

Sie nickt und schaut von meinen Augen über meine Nase zu meinen Lippen, bis sie sich langsam zurückzieht und lächelt. »Das glaube ich dir. Dann hat er in dir einen sehr guten Freund und Vertrauten.«

»Nein«, antworte ich lächelnd. »Wir sind eine Familie. Hört sich verrückt an, aber so ist es. Alessio hat keine Freunde, höchstens Partner.«

»Und auch keine richtige Familie, sondern dich?«, hakt sie nach, greift zu ihrem Besteck und schiebt sich anschließend eine Gabel mit dem Auflauf in den Mund.

»Er besaß nie eine richtige Familie, wie du sie kennst. Du kannst dich wirklich glücklich schätzen, wohlbehütet und geborgen in einer heilen Familie aufgewachsen zu sein. Leider wissen es die wenigsten zu schätzen.« Die letzten Worte sage ich gedämpfter. Ich hätte mir nichts mehr als eine heile Familie gewünscht, als mich als kleiner Junge durchs Leben zu schlagen, von Abfällen zu leben und von Banden verprügelt zu werden.

Nachdenklich greife ich zum Weinglas, als sie ihres erhebt und mit mir anstößt. »Ich weiß sie zu schätzen, auch wenn ich mich nicht an sie erinnere. Sie bedeutet mir dennoch viel und sind hier.« Samira legt lächelnd ihre freie Hand auf ihre Brust, schließt sanft die Augen und wirkt glücklich und zufrieden bei dem Gedanken. Und das, obwohl sie doch nicht einmal weiß, wie ihre Eltern aussehen und dass sie ihren Bruder verloren hat. Seltsam. Aber sie so zu sehen, weckt in mir eine Sehnsucht, die ich nie gespürt habe. Sie wirkt so vollkommen im Reinen mit sich selbst.

Als sie ihre Augen öffnet und meinem Blick begegnet, wünschte ich, wir hätten uns an dem Abend des 27. Juli kennengelernt. Obwohl, nein. Vielleicht wäre sie nicht so gewesen wie jetzt. In ihre Augen zu blicken und darin zu versinken, weckt neben der Sehnsucht ebenfalls das Gefühl, so zu fühlen wie sie. Irgendwas zieht mich magisch zu ihr hin, was ich selbst nicht verstehe. Sie ist wie ein kleines Glühwürmchen, das selbst der Finsternis etwas Schönes abgewinnt.

Doch bevor ich weiterhin die Kontrolle über mich verliere und womöglich einen Fehler begehe, löse ich meinen Blick von ihr und nehme drei große Schlucke vom Wein.

»Was wolltest du mir erzählen, Elian?«, durchbricht sie die Stille. Plötzlich gehen über uns die kleinen Lichter unter dem Pavillon an, da die Dämmerung bereits einsetzt.

Cojones! Mussten sie diese Lichterketten anbringen? Der Blödsinn ist sicher auf Asharas Mist gewachsen.

»Elian?«

Ich löse den finsteren Blick von den Lichtern über uns. Es wird Zeit, es ihr zu erzählen.

»Wie beginne ich am besten. Wir haben, bevor du deine Erinnerungen verloren hast, miteinander geschrieben.«

»Geschrieben?«, fragt sie nach, nimmt einen Schluck von

ihrem Wein und stützt sich auf den Ellenbogen ab. Ich ziehe mein Handy aus der Hosentasche, öffne die App und den Chatverlauf. Anschließend lege ich ihr das Telefon neben ihren Teller. Sie starrt überrascht auf das Smartphone. »Selbst wenn du auf dumme Ideen kommen solltest, du hast hier keinen Empfang.«

»Daran habe ich nicht gedacht«, antwortet sie und schaut mir mit diesem offenen Augenaufschlag entgegen, der mir den Atem stiehlt. In ihren Augen ist dieses wunderschöne warme Glitzern der Lichter eingefangen. Ihr Gesicht wird vom schwachen Schein angeleuchtet und lässt sie noch schöner als ohnehin schon aussehen. Ich esse weiter, als sie nach dem Telefon greift und den Verlauf aufmerksam durchliest.

Immer wieder werfe ich flüchtige Blicke zu ihr, da sie in Abständen ihre Lippen leicht öffnet oder die Brauen zusammenzieht. »*Masa*? Ich habe mich wirklich Masa genannt?«

»Ja«, antworte ich ihr dunkel lachend. »Wahrscheinlich hast du deinen Namen geändert, weil ich mich Tormenta genannt habe. So wie dein Hund.«

»Und du hast geglaubt, ich hätte mich wieder erinnert?« Sie blickt vom Display auf, wischt den Verlauf höher und liest weiter.

»Ja, das habe ich geglaubt.«

Enttäuscht über sich selbst verzieht sie ihre hübschen Lippen zu einem trüben Lächeln, bis sie die Augen etwas weitet. »Wir haben uns verabredet?«

»Ja«, sage ich ruhig, lege mein Besteck an den Tellerrand und beuge mich ihr entgegen.

»Du hast im Lokal auf mich gewartet und bist wirklich gekommen?«

»Ich war da und habe fünfzig Minuten auf dich gewartet. Als du an dem Abend nicht erschienen bist, hätte ich dich am liebsten geköpft, bis ich Tage später erfuhr, was wirklich passiert ist. Dio fand heraus, dass du Masa bist und …« Ich räuspere mich. »Ich bat Alessio, dich aus der Polizeiwache zu befreien. Und nun bist du hier.«

Sie braucht einen Moment, um alle Informationen zu verarbeiten, blinzelt mehrmals und liest einige Nachrichten erneut. *Erinnert sie sich doch? Versteht sie, dass alles zusammengehört?*

Erinnere dich doch, Samira! Erwartungsvoll blicke ich ihr entgegen, als sie den Kopf anhebt und das Handy zu mir schiebt.

Sag mir, dass du weißt, was passiert ist.

»Sieht fast so aus, als würden wir das Date heute nachholen«, sagt sie schmunzelnd. In ihrem Gesicht kann ich ablesen, dass sie sich nicht erinnert. Ohne zu überlegen, greife ich in ihren Nacken und ziehe sie näher zu mir. »Gefällt es dir?«

»Sehr«, haucht sie vor meinem Gesicht, ohne sich zurückzuziehen. Ich atme ihren Duft von frischem Jasmin und weichen Rosenblüten ein, der mich magisch anzieht. Anschließend blicke ich von ihren Augen zu ihren Lippen.

Gerade als ich es für keine gute Idee halte, ihr noch näherzukommen, und mich zurückziehen will, umfasst sie meinen Hals und kommt mir entgegen. Ihre Lippen legen sich hauchzart auf meine.

Es ist verdammt lang her, von einer Frau so sinnlich geküsst zu werden, was mir schmeichelt. Ich lasse sie gewähren, gebe ihr die Chance, sich mir zu nähern, bis ich den Kuss erwidere und sie besitzergreifend zu mir ziehe. Langsam öffnet sie die Lippen. Sie schmeckt nach süßem Wein, keucht vor meinem Mund, bevor unsere Zungen zu einem sinnlichen Tanz verschmelzen. Jede Dunkelheit wird wie fortgeblasen und von einer fremden hellen Brise vertrieben, die mir das schwache Aufblitzen eines Hoffnungsschimmers schenkt. Eine kleine Hoffnung, dass solch eine verdorbene tödliche Seele wie ich solch einem Menschen so nah sein kann, ohne ihn zu zerstören. Es fühlt sich wie eine bunte

Farbexplosion an, die jede Finsternis vertreibt. Samira strahlt so viel Licht und Farbe aus, wie ich sie nie in meinem Leben gefühlt habe.

Sie küsst unglaublich gut, gibt sich mir ohne Zweifel oder Hintergedanken hin und fährt mit ihren Fingerkuppen über meinen Bart auf meiner Wange meinen Kiefer entlang. Meine Hand rutscht von ihrem Nacken zu ihrem Hals, den ich sanft umfasse. Mit dem Daumen reibe ich über ihre Kehle, als der Kuss intensiver und hungriger wird. Ich sollte es stoppen, solange ich noch kann. Denn dieses verräterische Brennen in meiner Brust, ihr Duft, ihre Erscheinung, alles trübt meinen Verstand.

Sanft und doch bestimmend löse ich mich von ihren Lippen und fahre mit dem Daumen über ihre weiche Unterlippe. Mit einem durchtriebenen Lächeln küsse ich ihren Mundwinkel.

»Die Entschädigung ist dir gelungen.« Anzüglich hebe ich die Brauen. »Ich habe noch etwas für dich«, füge ich hinzu, »Was ich fast vergessen hätte.«

Immer noch überwältigt von *einem* Kuss, was ich nie für möglich gehalten hätte, greife ich zu meinem Smartphone und öffne die Galerie. Ich suche die Bilder, die mir Dionel vor einer Woche geschickt hat. Sie ist bereit, um sie zu sehen.

»Fängst du wie Alessio an und belohnst mich, wenn ich etwas richtig gemacht habe?«, scherzt sie, setzt ihr Glas an die Lippen und leert es in einem Zug. Zweifelnd schaue ich zu ihr.

»Du solltest mich nicht mit ihm vergleichen. Hier, das solltest du sehen.« Ich halte ihr das Handy entgegen, auf dem sie ihre Eltern sehen kann, damit sie weiß, wie sie aussehen. »Wenn du weiter nach rechts streichst, sind noch vier Bilder.«

Sie umfasst das Handy und schaut gebannt auf das leuchtende Display. Irgendwas verändert sich in ihrem Blick, bevor ihre Augen schimmern. Sie betrachtet ihre Mutter, von der sie eindeutig ihre Schönheit geerbt hat, und ihren Vater, der einen einflussreichen Eindruck auf dem Familienbild macht. Als sie die nächsten Bilder sieht, treten Tränen in ihre Augen.

War es doch keine gute Idee, ihr die Fotos zu zeigen?

Denn nun schaut sie auf ihren Bruder, Melvin, der auf dem Foto neben ihr steht und in die Kamera grinst. Er ist Ende zwanzig und vier Jahre älter als sie gewesen, zu dem sie wohl eine sehr gute Beziehung hatte. Möglicherweise erinnert sie sich jetzt wieder an alles.

Eine Träne löst sich aus ihrem Wimpernkranz, als sie die nächsten beiden Bilder betrachtet und ihre Lippen aufeinander reibt. Ihr scheinen die Tränen in meiner Anwesenheit nicht unangenehm zu sein, auch nicht, als ich ihr eine vorsichtig mit dem Zeigefinger von der Wange wische. »Ich danke dir für die Bilder.«

Und plötzlich legt sie das Handy auf dem Tisch ab, erhebt sich und verlässt den Pavillon. Etwas ratlos blicke ich ihr hinterher, als ich ebenfalls aufgesprungen bin, um ihr zu folgen.

»Gib ihr Zeit«, höre ich ihn zu mir sprechen. »Sie braucht einen Moment.« Augenblicklich erstarre ich, als ich seine Stimme höre.

»Iron. Du solltest nicht hier sein«, kommt es knurrend über meine Lippen. Eine dunkle Gestalt tritt zwischen den künstlich angelegten Sträuchern hervor.

»Jemand muss doch aufpassen, dass du keine Fehler begehst. Keine dummen. Du solltest aufpassen, nicht dein Herz an sie verlieren. Es sah für mich ganz danach aus, als würdest du gefunden haben, wonach du so lange gesucht hast.« Schräg hinter mir bleibt er stehen und legt seine Hand auf meine Schulter.

»Ich weiß, was ich tue.« Wendig befreie ich mich aus seinem lockeren Griff. »Du solltest darauf achten, nicht aufzufallen. Es missfällt mir, dass du immer wieder erscheinst, ohne dich darum gebeten zu haben.« Ich kann nicht länger meine Fassade aufrechterhalten.

»Ich bin nicht dein leibeigener Trottel, den du herumkommandieren kannst. Finde meinetwegen heraus, was du von ihr willst, was es ist, was dich an ihr fasziniert, aber bleib wachsam.«

Ich schnaube verächtlich, bevor ich ihn stehen lasse. Er sollte wachsam bleiben, da er aus den Fenstern beobachtet werden könnte. Zwar sind alle Angestellten blind, nicht aber Zahra, Samira oder die Eingeweihten.

Ich würde sagen, das Essen ist gelaufen. Ob gut oder schlecht, kann ich nicht sagen. Wenn es wirklich ein Date war, war es gar nicht übel.

KAPITEL 24

SAMIRA

Jede Nacht, in der ich weiterhin von Albträumen verfolgt werde, wache ich mit verschwitzten Bettlaken auf. Roten Bettlaken, da Alessio immer noch nicht zurückgekommen ist. Jede Nacht, so albern es sich anhört, erwarte ich seine Rückkehr. Aber er kommt nicht zurück. Es ist bereits so schlimm, dass ich mir Sorgen um ihn mache. Dafür genieße ich Elians Anwesenheit und die Zeit, die ich mit ihm verbringe.

Dieser Kuss … ich denke so oft daran, wie an die Nächte mit Alessio. Zahra wurde am nächsten Tag aus ihrem Zimmer freigelassen. Sie behandelt Ciprian und Elian seit dem Vorfall wie Luft. Aber ihr geht es gut. Nachdem ich Elian, bevor er am Abend nach unserem Essen ging, am Treppenabsatz darum bat, Zahra nicht zu schaden, hat er wohl seine Meinung geändert. Zahra erzählte mir, dass sie in Alessios Arbeitszimmer Dokumente über mich gefunden hat. Alles Notizen von meiner Vergangenheit und zu meiner Familie.

Vielleicht zeigte mir Elian aus diesem Grund die Bilder meiner Familie, damit ich ihm vertraue. Mir war klar, dass sie in meiner Vergangenheit herumschnüffeln würden, daher habe ich keinen Aufstand gemacht. Immerhin hat er mir einen Teil von sich anvertraut. Wenn auch nur sehr wenig. Aber im Gegensatz zu Alessio erzählt er mir überhaupt etwas über sich.

Es ist wieder Mitten in der Nacht. Genau genommen kurz nach drei Uhr nachts, als ich die Hand vom leuchtenden Wecker nehme und an die Stirn ziehe und mich wie jede Nacht im Bett aufsetze. Immer dieselbe Zeit, als würde mein Geist mir etwas sagen wollen.

Leise keuchend fahre ich über mein Gesicht, bevor ich neben mir das Licht anschalte und heftig zusammenfahre, als ich Alessio auf der Couch im Nebenraum sitzen sehe, der sich einen Drink genehmigt. Wie eine Erscheinung der dritten Art sitzt er dort wie eine Puppe, sodass ich heftig schreie.

»Mit dieser Begrüßung hätte ich nicht gerechnet«, sagt er trocken und vollkommen unbeeindruckt.

»Was … was machst du hier?«, stoße ich erschrocken aus.

»Herumsitzen und warten, bis du dich wieder beruhigst«, antwortet er höhnisch und irgendwie niedergeschlagen. »Ich nahm an, dass die Albträume aufhören würden. Scheint nicht so zu sein.«

Im Bett rutsche ich mit dem Rücken an das Kopfende, greife nach dem Wasserglas neben dem Wecker und nehme einen Schluck. Denn meine Kehle fühlt sich staubtrocken an, nicht bloß vom Schrei. »Seit wann bist du zurück?«

»Spielt es eine Rolle?«

Wieder antwortet er nur mit Gegenfragen, statt mir meine Fragen zu beantworten. »Ich wollte dich nicht mit meinem Erscheinen erschrecken, dafür habe ich andere Mittel«, sagt er zynisch, leert das Glas mit dem bräunlichen Inhalt in einem Zug und stellt es neben der Flasche auf den Glastisch ab. »Wir sehen uns in wenigen Stunden zum Frühstück.« Er erhebt sich leicht schwankend. *Warum betrinkt er sich? Was ist passiert?*

»Okay«, wispere ich und behalte ihn im Blick. Erst jetzt

sehe ich, dass er im Gehen seine linke Schulter umfasst und leise stöhnt. »Was ist passiert?«, frage ich ihn schließlich, schiebe die Laken zurück und steige aus dem Bett.

»Machst du dir etwa Sorgen um mich?«, fragt er interessiert und wendet mir sein Gesicht mit der silber glänzenden Wolfsmaske zu.

»Hör auf, mir immer Gegenfragen zu stellen.«

Geräuschvoll höre ich ihn durchatmen. »Mir geht es gut. Dem Hund auch, wie ich sehe.« Er nickt zu Tormenta, der im Körbchen am Fenster schläft. »Du scheinst meine Nachricht missverstanden zu haben, obwohl sie eindeutig war.«

»Ich habe sie nicht missverstanden. Ich habe ihn gesund gepflegt und werde mir nicht verbieten lassen, mein Herz an ihn zu hängen.«

»Das ist töricht«, kann er sich seinen bösartigen Kommentar nicht verkneifen. »Wie hast du ihn benannt?«

»Er heißt Tormenta.« Als er den Namen hört, schaut er skeptisch von mir zu dem schlafenden schwarzen Hund im Körbchen. »So wie sich Elian nannte, als ihr miteinander geschrieben habt? Interessant.«

Er interpretiert zu viel in die Sache hinein. »Ich wünsche dir eine gute Nacht, meine Samira«, sagt er anschließend, bevor er mit der rechten Hand die Türklinke umfasst und hinunterdrückt. *Meine Samira?* Sonst nannte er mich immer meine liebe Samira.

Was hat sich plötzlich geändert?

Noch ehe ich es ihn fragen kann, ist er gegangen. Und den Mut aufbringen und ihm hinterherlaufen, kann ich nicht.

Auch am nächsten Morgen, nachdem mir Pheola ein wunderschönes schwarzes Kleid rausgelegt hat, das sehr figurbetont ist, sie mein Haar aufwendig zur Seite geflochten hat und ich am Frühstückstisch Platz nehme, wirkt Alessio in Gedanken vertieft. Er schaut mich nicht wie sonst an, widmet sich nur seiner Zeitung und trinkt seinen Tee.

Obwohl ich mich auf seine Rückkehr gefreut habe, besonders auf das Frühstück, wirkt er irgendwie verändert. Ihn fragen, was passiert ist, werde ich nicht. Ich werde ihn auch nicht auf das Fest morgen ansprechen, von dem mir Elian erzählt hat. Draußen sehe ich Zahra mit Ciprian hinter den Blütenbüschen unter dem Pavillon sitzen.

Bis auf ein »Guten Morgen« haben Alessio und ich kein Wort gewechselt. Da sich auch einige Minuten später nichts daran ändert, esse ich stillschweigend mein Rührei, den Bagel und Obst und warte anschließend darauf, bis er fertig ist, damit ich den Tisch verlassen kann.

Kaum hat er das Besteck akkurat auf dem Teller platziert und steht Ashara unvermittelt neben ihm, die sein Geschirr vom Tisch nimmt, erhebe ich mich vom Stuhl.

»Ich brauche dich später«, höre ich Alessio hinter mir, nachdem ich mich vier Schritte vom Tisch entfernt habe.

»Wofür?«, frage ich ihn.

»Du wirst es früh genug erfahren. Warte pünktlich um elf Uhr in deinem Zimmer auf mich.« Das hört sich ziemlich geheimnisvoll an, wie alles von ihm.

»Ich werde pünktlich sein, Maestro.« Ashara schaut verdutzt in meine Richtung, dann zu Alessio. Ich benutze absichtlich die Anrede, die er jedoch kaum zu schätzen weiß. Er schaut nicht wie sonst mit diesem intensiven verdorbenen Blick zu mir, sondern verhält sich, als sei jemand gestorben. *In seinem Gewerbe ist das sicherlich keine Seltenheit* – denke ich zynisch und verlasse kurz darauf den Saal.

Was verdammt ist mit ihm los? Der Gedanke verfolgt mich, als ich mit Tormenta die Mauern des Grundstücks entlanglaufe und er Vögeln hinterherjagt.

Nach der morgendlichen Runde um die Grundstücksgrenze, einem Stopp an einem Bach oder Tümpel, kehre ich mit Tormenta kurz vor elf Uhr wieder zurück ins Anwesen.

Im Zimmer werde ich meine feuchten Schuhe los, an denen Matsch und Gräser kleben. Während ich Tormenta in sein Körbchen schicke, suche ich eilig das Bad auf, um meine Füße in der Dusche zu waschen und mit sauberen Sandalen zurück in meine Räume zu gehen. Ich komme exakt zwei Minuten zu spät und finde Alessio in meinen Räumen vor, die Pheola wohl verlassen hat.

»Ich dachte, du hättest gelernt, pünktlich zu sein«, werde ich mit den Worten begrüßt.

»Ich habe mich um zwei Minuten verspätet und keine Viertelstunde«, antworte ich ihm ebenfalls kühl und beleidigt. In einer gespielt lockeren Haltung deutet er mit der rechten Hand auf den Sessel neben der Couch. »Nimm doch Platz, wir haben ein paar Angelegenheiten zu besprechen.«

Nervös hole ich Luft, mache aber, was er sagt, und gehe an ihm vorüber zum Sessel. Erwartungsvoll blicke ich zu ihm, als er »Chécelin, du kannst den Raum betreten« ruft. Keine drei Sekunden später erscheint eine Frau mittleren Alters mit einem langen Kleidersack in meinem Zimmer, gefolgt von Pheola.

»In meiner Abwesenheit sollte ein Kleid für dich angefertigt werden. Ich möchte sehen, ob es dir steht und Änderungen vorgenommen werden müssen.« Er spricht, als handele es sich um einen Pflichtpunkt auf seiner ellenlangen Agenda.

Okay, bringen wir es hinter uns.

Als beide Frauen den Reißverschluss des Kleidersacks öffnen und ein mitternachtsschwarzes Kleid hervorholen, verschlägt mir der Anblick die Sprache. Es ist wunderschön. Sofort erhebe ich mich wie auch Alessio, der sich die Handarbeit genauer ansehen möchte.

»Ich sehe es zwar nicht, aber ich weiß, dass es wundervoll

sein muss«, sagt Pheola, die vermutlich an meiner Reaktion merkt, dass mir beim Anblick der Atem stockt.

Die Schneiderin, diese Chécelin, ist nicht blind und hängt das Kleid an einen Paravent schräg hinter sich auf.

»Los, probiere es an«, fordert mich Alessio auf, dem meine Reaktion ebenfalls nicht unbemerkt geblieben ist.

Mit Pheola verschwinde ich hinter dem Paravent, um mein jetziges Kleid auszuziehen und bloß in Slip in das neue bodenlange Kleid mit den silbernen Applikationen an der Hüfte und am Dekolleté zu steigen. Als sie hinter mir den Reißverschluss schließt, fahre ich mit den Fingern über die durchscheinende Spitze über meinen Bauch. Das Kleid ist an meiner Hüfte und meinen Brüsten blickdicht, besitzt einen tiefen Ausschnitt und fällt ab Mitte der Oberschenkel in leicht durchscheinende Stoffbahnen hinab. Es hat keine Ärmel und keine Träger und sitzt doch wie angegossen.

»Lasst euch nicht zu viel Zeit. Ich möchte sehen, wie es dir steht.« Alessios Stimme wirkt immer noch angespannt. Hinter Pheola verlasse ich den Paravent, hebe das Kleid an, da ich keine Absatzschuhe trage und es mir so etwas zu lang ist.

Als ich dahinter hervortrete, sehe ich Alessio wieder auf der Couch sitzen, der einen Schluck aus dem Wasserglas nimmt. Leider sehe ich sein Gesicht nicht, dafür, wie er hart schluckt, als er mich betrachtet.

»Ihr beiden könnt gehen«, schickt er Pheola wie auch die Schneiderin fort. *Wieso?*

Kaum dass beide das Zimmer verlassen haben, ich auf den goldgerahmten Spiegel neben dem Paravent zugehe, um mir das Kleid genauer an mir anzusehen, erhebt er sich und tritt an mich heran.

»Sie werden vor Neid erblassen«, höre ich ihn, nachdem er dicht hinter mir stehen bleibt und ich seine Blicke verfolge, die über meinen Körper wandern. Schwach erkenne ich, wie seine Mundwinkel am Rand der Maske ein Grinsen bilden.

»Es ist ein Traum«, stimme ich ihm zu und will mich zu ihm umdrehen. »Ich danke …« Doch er umfasst von hinten meine Hüfte und mit der anderen Hand meine rechte Brust.

»Danke mir nicht. Ich schenke es dir nicht. Ich möchte nur, dass du einen bleibenden Eindruck bei den Gästen der Veranstaltung hinterlässt.« Sofort flauen meine Euphorie und das Glücksgefühl in meiner Brust ab, das beim Anblick des wunderschönen Kleides in mir aufgekommen ist.

»Was ist los mit dir? Über die Blumen sollte ich mich freuen, über das Kleid darf ich …«

»Du darfst dich über etwas anderes freuen, das ich dir als Nächstes mitteilen werde.« Seine flussblauen Augen suchen im Spiegel meinen Blick, nachdem er seine Hand von meiner Brust höher über mein Dekolleté bis zum Hals geschoben hat. Mit Daumen und Zeigefinger umfasst er fest mein Kinn. Nicht grob oder schmerzhaft, aber so, dass ich seinem Griff nicht entkommen kann. Er steht hinter mir wie eine dunkle Gottheit, einen Kopf größer als ich und senkt nun sein Gesicht an mein Ohr.

»Worüber darf ich mich freuen?«, frage ich schließlich, als ich seinen warmen Atem auf meinem Hals spüre, seine linke Hand sich über meine Hüfte tiefer hinabschiebt.

»Darüber, dass du mir ein Kind schenken wirst.« Als ich diese Worte höre, geben kurz meine Knie nach. *Was hat er gesagt?*

»Nein«, keuche ich sofort, als die Worte in meinen Verstand vordringen. »Das kannst du nicht verlangen.«

»Ich verlange es gar nicht von dir«, antwortet er, hebt das Gesicht an und löst seinen Griff um mein Kinn. In der nächsten Sekunde wird mir flau im Magen. Ich schmecke Galle auf der Zunge und spüre dieses merkwürdige unheilvolle Brennen in meiner Brust, das mich fast erdrückt. Er dreht mich an der Hüfte zu sich um und überwindet mit einem letzten Schritt die Distanz zwischen uns. Rasch weiche ich vor ihm zurück, aber komme nicht weit. Meine nackten Schultern prallen gegen das Spiegelglas, als ich zu ihm aufsehe. Ich sitze in der Falle.

»Ich zwinge dich nicht, meine geliebte Samira. Ich biete es dir an. Gebär mir ein Kind und ich lasse dich gehen. Du darfst im Anschluss mit Zahra den Dschungel verlassen und musst in keinem Moment davon ausgehen, dass ich dich verfolgen oder töten werde.«

Ist das ein kranker Deal? Sprachlos über solch ein unmoralisches Angebot öffne ich die Lippen und schüttele den Kopf. Er betrachtet mich blinzelnd und dürfte erkennen, mich mit diesem Vorschlag komplett überrumpelt zu haben.

»Nein«, antworte ich erneut. »Das mache ich nicht. Ich … Du … könntest ein Kind adoptieren … du hast Personal gefunden … den Hund … du kannst alles bekommen …«

»Ich will ein eigenes mit meinen Genen und deinen. Ich habe lange darüber nachgedacht. Es ist kein Wunsch, den ich erst seit Kurzem habe.«

»In deiner Position ein Kind zu haben, ist …« *Wahnsinn. Warum?* Ich fühle mich überhaupt noch nicht in dem Alter, Kinder zu bekommen. Und erst recht nicht mit ihm. Ich weiß nicht einmal, wer er ist.

»Es wird es gut bei mir haben, das weißt du. Ich behandele jeden Menschen gut. Überdenke meinen Vorschlag. Du musst deine Entscheidung nicht heute und auch nicht morgen treffen. Übermorgen Abend will ich sie wissen«, sagt er mit diesem sarkastischen Unterton in seiner Stimme, der mich skeptisch den Blick senken lässt.

»Meine Antwort wird sich nicht ändern.«

»Dann wirst du für immer hierbleiben!«, antwortet er eisern und mit einem rauen Klang. »Außerdem bist du clever genug, um zu wissen, dass die letzten beiden Male nicht geschützt stattgefunden haben.«

Einen Moment kommt es mir vor, als würde er mir mit

diesen Worten den Boden unter den Füßen wegreißen. Ich weiß, was er sagen will. Er will mir damit sagen, dass wir nicht verhütet haben.

Mir wird heiß und kalt auf einmal, Gänsehaut spannt sich über meine Unterarme, obwohl es nicht kalt ist. Als ich den Blick hebe, höre ich das Klacken der Tür. Er ist gegangen und ich fühle mich …

»Verdammt, ich bekomme keine Luft«, keuche ich panisch.

Zitternd greife ich zum Reißverschluss auf dem Rücken, um dieses Kleid loszuwerden. Das Kleid, das mir vor wenigen Minuten so sehr gefallen hat und mir jetzt wie ein Bestechungsversuch vorkommt. Ich will es ausziehen, verflucht.

Mit hektischen Atemzügen bekomme ich irgendwann den Reißerverschluss zu fassen, öffne ihn und zerre das Kleid an mir hinunter. Vor dem Spiegel sinke ich im aufgetürmten Tüll und Spitze auf die Knie und hebe die Hände zum Gesicht. Ich träume nur. *Das alles … ist … Wahnsinn! Vollkommen verrückt.*

Ein Kind. Mit ihm?

Von so vielen Gefühlen regiert, die in meiner Brust toben, weine ich hinter den Fingern und kann die Verzweiflung kaum abschütteln. *Er ist solch ein Monster! Er will mich nur für seine Zwecke missbrauchen!*

Nein, ich werde es nicht zulassen. Ich gebe ihm nicht, was er will. Entschlossen hole ich Luft, senke die Hände vor dem Gesicht und spüre eine raue Zunge über meinen nackten Oberschenkel lecken. Tormenta hat mich schluchzen gehört und schaut mit einem wehleidigen Hundeblick zu mir auf.

Ich gebe ihm nicht das, was er will. Ich sollte mit Zahra eine Flucht planen. Am besten während des Festes und so lange die Fassung wahren. Wie er sagte, muss ich ihm erst übermorgen eine Antwort nennen, nicht heute und auch nicht morgen.

Und diese Zeit werde ich nutzen.

Du schaffst das, Samira. Zeig ihm keine Schwäche und verrate dich nicht. Nur zwei Tage, dann bist du frei.

KAPITEL 25

SAMIRA

Den restlichen Tag verbrachte ich im Zimmer, zog mich um und starrte aus dem Fenster. Am Abend speiste ich zusammen mit Alessio wie gewohnt um acht Uhr. Dabei kostete es mich Mühe, ihn nicht mit der Gabel zu attackieren.

Während des Abendessens stellte er mir zum Glück kaum Fragen, wirkte immer noch etwas nachdenklich, aber nicht mehr wie am Morgen. Ich mied jeden Blick in seine Richtung und zählte innerlich die Sekunden, bis er mit essen fertig war.

Ich frage mich wirklich, welche kranken Gedanken in seinem Hirn kreisen. Er zwingt mich zwar nicht, aber sein Deal ist abartig und makaber.

Den Rest des Abends verbringe ich mit Zahra, die ich zu einem Spaziergang bewege, bevor es dunkel wird, und der ich in gedämpftem Ton alles erzähle. Sie kippte fast um, als sie hörte, was Alessio will.

»ghadaan hi allahzat almunasaba. Wir werden morgen fliehen«, flüstere ich zu Zahra, ohne die Lippen groß zu bewegen und auffällig in ihre Richtung zu blicken. Morgen ist der richtige Zeitpunkt, um endlich unserem grauenhaften Schicksal zu entkommen.

»Ich werde dabei sein. Ab morgen sind wir frei«, sagt sie entschlossen, greift nach meiner rechten Hand und umschließt sie mit ihren warmen Fingern. Diese Berührung gibt mir Halt und Zuversicht. Gemeinsam finden wir einen Weg hier raus. Und falls nicht, finden wir den Tod, aber können zu nichts mehr gezwungen werden.

Bis nach ein Uhr nachts sitzen wir unter dem Pavillon mit Ciprian und Elian, die uns Gesellschaft leisten. Aber ich fühle mich so unendlich müde und leer, dass ich seinen Blicken ausweiche. Und auch seine flüchtige Berührung auf meinem Handrücken mit einem Keuchen abschüttele und Ciprians flache Witze nicht ertragen kann. Ich bleibe, wenn es sein muss, die gesamte Nacht wach.

Doch kurz nach halb zwei Uhr nachts tritt Pheola an mich heran, die mich in mein Zimmer bringen soll. Elian ist längst zurückgefahren und auch Ciprian erhebt sich mit den Worten »Eine angenehme Nachtruhe euch beiden«. Dass er nicht Zahra und mich meint, ist in seinem verwegenen Blick abzusehen.

»Komm, Zahra.«

Kurz tausche ich Blicke mit Zahra aus, die wieder nach meiner Hand greift und mir einen mitfühlenden Blick schenkt. Mit ihren Lippen formt sie auf Hebräisch die Worte »Eine Nacht«.

Bloß eine und wir hätten es hinter uns, könnten den feuchtwarmen Dschungel verlassen und die nächste Botschaft aufsuchen, sagen, wer wir sind, da uns ohnehin jeder erkennt, seit unsere Bilder durch die Presse gegangen sind, und nach Amerika zurückreisen.

Ich folge Pheola ins Anwesen und erschrecke mich, als ich Adin am Hinterausgang stehen sehe, der die Lichter ausschaltet.

»¡Buenas noches!«, wünscht er mir.

Nervös und flach atmend, was Pheola nicht entgeht, da sie

immer wieder über ihre Schulter zu mir blickt, als könnte sie mich sehen, steige ich hinter ihr die Stufen in meine Etage.

Eine Nacht noch. Nur eine.

Nachdem ich im Bad eine kurze Dusche genommen, mein geflochtenes Haar geöffnet und meine Zähne geputzt habe, laufe ich mit Pheola in diesem dämlichen Negligé über den Gang zu meinen Räumen. Sie verabschiedet sich vor meiner Tür und verschwindet drei Türen weiter in ihrer Kammer.

Kurz schließe ich die Augen, sammele den Mut zusammen und drücke dann die Türklinke hinunter. Ich weiß, dass er bereits wartet, und das schon sehr lange. Dieses Mal erscheint er nicht mitten in der Nacht. Dieses Mal will er, dass ich hellwach bin, er mich bei vollem Bewusstsein besitzen kann.

Der Raum wird von zwei Wandleuchten erhellt, die warmes Licht spenden, aber die Kälte in mir nicht vertreiben können. Mein Blick wandert durch den Raum, bis ich Alessio vor dem Fenster stehen sehe, der sich erst zu mir umdreht, als ich die Tür hinter mir geschlossen habe.

»Ich kann mir vorstellen, wie sehr ich dich mit meinem Vorschlag durcheinandergebracht habe«, beginnt er und tritt an mich heran.

Nein, das kann er sich nicht einmal ansatzweise vorstellen. Wie versteinert bleibe ich vor der Tür stehen, während mein Herz verräterisch schnell schlägt. Ich werde nicht mit ihm reden, es hinter mich bringen und an morgen denken.

Als er vor mir steht, legt er beide Hände auf meine Schultern. Ich senke den Blick und beiße die Zähne aufeinander, als er damit beginnt, die Träger des Negligés hinunterzuschieben. Aus den Augenwinkeln sehe ich die schwarzen Bettlaken. So schwarz wie seine Seele und seine verdorbenen Fantasien. Sanft rutscht der dünne Stoff über meine Brüste, meine Hüfte hinab. Ich balle neben meiner Hüfte die Finger zu leichten Fäusten. Ich könnte ihn wegstoßen oder sagen, dass er gehen soll.

»Ich will, dass du gehst«, sage ich, als er mit den behandschuhten Fingern über meine Brüste gleitet und mit dem Daumen über meine Brustwarzen fährt, sie umkreist und an ihnen zupft.

»Nein, das willst du nicht«, höre ich ihn über mir verschwörerisch sagen. »Ich weiß, dass du mich jede Nacht erwartet hast. Ich weiß, dass du mich vermisst hast, wie ich dich vermisst habe.«

»Das stimmt nicht«, lüge ich. *Es war so, ja.* Aber seit heute hat sich alles geändert. Seine rechte Hand umfasst fest meine linke Brust, die seine Handfläche komplett ausfüllt, während er die andere zu meiner Kehle hebt und mich so zwingt, zu ihm aufzusehen.

»Sag es noch mal«, raunt er mir nah vor meinem Gesicht entgegen. Ich hatte gehofft, indem ich mit ihm schlafe, würde ich ihm näherkommen, doch ich habe mich getäuscht. Ich werde niemals zu ihm vordringen, sein Geheimnis lüften und sein Vertrauen gewinnen. Aber wenn ich mich ihm nicht hingebe, wird er merken, dass etwas nicht stimmt. Er kann verdammt gut in meinen Augen forschen und mein Verhalten analysieren.

Und wenn ich ein letztes Mal, bloß ein letztes Mal zustimme, ganz gleich, ob mich morgen die Freiheit oder der Tod erwarten wird?

Denn … ob ich es wahrhaben will oder nicht, irgendwie werde ich magisch von ihm angezogen. Mein Blick versinkt in seinem, verliert die Angst und die Zweifel. Ich atme seinen herben Duft von dunkler Zeder und weichem Wildleder ein.

Er lässt mir den Moment, um meine Entscheidung zu treffen. Langsam hebe ich die rechte Hand zu ihm hoch und lege meine Finger vorsichtig über dem schwarzen Hemdkragen auf seinen Hals. Er lässt es zu, auch wenn ich ihn keuchen höre und seine Anspannung fühle. Sanft gleiten meine Finger zu seinem Haar, das sich weich und voll anfühlt. Doch in der nächsten Sekunde löst er seine Hand von meiner Brust und greift nach meinem Handgelenk, um meine Hand von sich zu schieben.

»Lass das.«

»Warum?«, frage ich ihn. »Ich werde dir nicht die Maske abnehmen.« Das scheint auch nicht seine Sorge zu sein. Sein Blick, der einen Moment weich geworden ist, ist nun wieder hart und unnachgiebig. Er dreht mich unvermittelt, ehe ich reagieren kann, mit dem Gesicht zur Tür und schlingt ein Tuch um meinen Mund, das er auf meinem Hinterkopf zusammenbindet. *Was!*

Ich hebe sofort die Hände, um den Knebel loszuwerden, als er meine Gelenke zu fassen bekommt und sie unterhalb meines Rückens ebenfalls mit einem kurzen Seil oder Tuch zusammenbindet.

»Nein, hör auf«, keuche ich in das Tuch, aber fühle ihn plötzlich direkt hinter mir, wie er mir mit seinen Füßen meine Beine auseinanderschiebt und seine Hände zwischen meinen Oberschenkeln entlangstreicheln, bevor Finger meine Spalte entlanggleiten und er meine leichte Erregung spüren dürfte.

Bestimmend reibt er meine Klit und verteilt die Feuchte zwischen meinen Schamlippen. Eine Hand hält unnachgiebig meine Hüfte umfasst, die er näher zu sich zieht, damit ich ein Hohlkreuz mache.

»Keine Sorge, ich nehme dir heute nicht deine Entscheidung ab, meine liebe Samira«, raunt er belustigt in mein Ohr. *Was soll das bedeuten?*

Ich will das Gesicht über die Schulter zu ihm drehen, als er mit Fingern in meine feuchte Pussy eindringt und mich mit ihnen fickt. Weiterhin reibt er meine Klit, sodass mir heiß wird und ich die Augen schließe, um das Gefühl zu genießen, obwohl ich wachsam sein sollte.

Doch dann zieht er die Finger aus mir und dringt mit

einem in meinen Anus, sodass ich die Augen weite. »Entspann dich.«

Entspannen? Mein Herz rast wie verrückt, mein Körper verfällt komplett seinen Berührungen, während mein Verstand auf Hochtouren läuft.

Als er mit einem Finger meinen Anus dehnt, und das nicht grob und schmerzhaft, keuche ich flach und schließe die Augen. Es fühlt sich nicht so schlimm an wie gedacht. Das Tuch zwischen meinen Zähnen ist bereits feucht von meinem Speichel. Jeder Schrei wird ohnehin gedämpft, auch als ich wimmere, da er nun einen zweiten Finger in meinen Anus schiebt und beide in mir bewegt. Zugleich massieren Finger seiner anderen Hand meine Perle so fest, dass das verlangende Pochen in meinem Becken kaum mehr zu ignorieren ist.

Gott, was er macht, ist teuflisch schön, sodass ich kaum mehr an Flucht denke, sondern einfach alles spüren will, was er mir gibt. Auch, wie er meinen Körper an seine Grenzen treibt. Mir wird unendlich heiß, ich stöhne und meine Knie geben einen Moment nach, als ich laut komme und ich sein triumphierendes Lachen an meinem Ohr höre.

»Du solltest dir eines merken, meine schöne Samira. Ich bekomme immer, was ich will.« Und das glaube ich ihm sogar. Benebelt von dem tiefen Orgasmus, der meinen Körper durchflutet, hebt er mich an und trägt mich zum Bett. Er trägt mich, als würde ich kaum etwas wiegen, und legt mich mit dem Bauch auf den glatten Satinlaken ab, bis er mir den Slip auszieht und er hinter mir aufs Bett steigt. »Du solltest dich sehen. Dein erhitztes Gesicht und den erwartungsvollen Blick mit der Frage in den Augen, wann ich dich ficken werde.«

Sofort schließe ich die Augen, ziehe mich auf die Knie und will mich aufrichten, da ich ihm beweisen will, dass er falschliegt.

Doch im nächsten Moment drückt er mich im Nacken fest in die Laken und zieht meinen Po zu sich. Ich spüre seine

Schwanzspitze, bevor ich realisieren kann, was er vorhat. Im nächsten Moment dringt er in meinen Anus, was zuerst verdammt schmerzt. Nach ein paar Zentimetern gibt er mir die Möglichkeit, mich an ihn zu gewöhnen, zieht sich zurück und verteilt mehr Feuchtigkeit um meinen Muskel.

Ich schüttele den Kopf, damit er es bleiben lässt, und beiße in der nächsten Sekunde fest auf das feuchte Tuch, als er in mich eindringt, langsam, aber doch ohne aufzuhören. Ich verkrampfe mich, will, dass es vorbei ist, und balle die Finger zu Fäusten, sodass sich meine Nägel schmerzhaft in meine Handballen bohren.

»Vergiss nicht, zu atmen.« Mein Herz klopft so hart zwischen meinen Rippen, als ich die Augen zusammenkneife. Wieder massiert er meine Klit, um mir die reine Lust zu verschaffen, obwohl ich glaube, zu zerreißen. »Entspann dich, desto weniger Schmerzen füge ich dir zu.«

Das sagt er so leicht. Er weiß vermutlich nicht, wie es sich anfühlt. Wie eng, wie erniedrigend und fremd es sich anfühlt.

»Lass es zu.« Seine Hände massieren meine Pobacken, in Abständen meine Klit, als er sich weiter Stück für Stück in mich schiebt. Würde er wirklich aufhören, wenn er mir bestialische Schmerzen bereitet? Er weiß, dass ich ihn niemals mehr, ohne ihn zu beißen, zu treten oder zu schlagen, an mich heranlassen werde, wenn er mich verletzt.

Das weiß er, oder? Bitte, lass es ihn wissen. Er wird sich nicht das zerstören wollen, was er am meisten will. Auch wenn er noch nicht weiß, dass ich es ihm niemals geben werde.

Mein Körper zittert, als er stoppt und ich ihn hinter mir keuchen höre. Ist er komplett in mir? Hört er auf? Gibt er mir einen Moment?

»Du bist viel zu angespannt«, höre ich ihn mit rauer Stimme sprechen. »Und ich habe nicht vor, mich dir aufzuzwingen.«

Erleichtert lasse ich die angestaute Luft aus meinen Lungen, als ich seine Worte höre. Er wird aufhören.

Augenblicklich öffne ich die Augen, als er sich aus mir zurückzieht und ich mich wieder etwas entspanne. »Wahrscheinlich bist du doch nicht für mich geschaffen«, will er mich provozieren. »Dabei dachte ich, du wärst mir ansatzweise ebenbürtig.«

Will er mich verarschen! Wütend schaue ich über die Schulter zu ihm, sehe ihn hinter mir knien. »Ja, funkel mich ruhig mit deinen hübschen Augen an. Ich vergeude nur meine Zeit.« Gerade als er sich erheben will, ich mich nicht noch mehr von ihm kränken lassen will, schüttele ich den Kopf.

»Mach es!«, sage ich so deutlich wie möglich durch den Knebel. Ich will sicher nicht als die Verliererin dastehen, an die er sich ab morgen erinnert. Er hätte roh und brutal vorgehen können, hat er jedoch nicht. Daher … gebe ich ihm eine zweite Chance.

Ein amüsiertes Schnauben ist zu hören, bevor er meine Hüfte wieder umfasst und den Kopf neigt. »Du gibst nicht auf?«

Ich schüttele den Kopf. »Fein, dann halte dich an meine Worte, lass los, entspann dich und dir wird es gefallen, verstanden?«

Ich nicke, obwohl mir sein herrischer Tonfall nicht gefällt. Einen Moment duellieren sich unsere Blicke, und ich weiß, dass er ebenso gewinnen will wie ich.

Daher atme ich mit dem Tuch zwischen den Zähnen tief durch, lockere meine Haltung, meine verspannten Finger und bette die Wange auf das Laken. Ich biete mich ihm an, was ihm zu gefallen scheint, da er plötzlich »So gefällst du mir um einiges mehr. Ich habe mich wohl doch in dir getäuscht« sagt.

Im nächsten Moment schließe ich die Augen und versuche alles um mich herum auszublenden und es zu genießen. Es muss ja etwas an seinen Worten dran sein.

Finger umspielen wieder meine Klit. Eine Hand zieht meine Schamlippen auseinander, was mich noch mehr erregt. Ich spüre seine Schwanzspitze feucht in mich eindringen und dieses Mal gleitet er mühelos in meinen Anus. »Sehr gut.«

Er kann sich sein Lob sparen. Ich gebe ihm ein allerletztes Mal, was er will. Und irgendwie auch mir die Möglichkeit, den Sex mit ihm mitzunehmen. Ich weiß nicht, wie es mit einem anderen Mann ist. Ob jeder Mann bedacht ist, Frauen zum Höhepunkt zu bringen, sie zu führen oder nur an sich denkt.

Zumindest treibt mich Alessio immer an meine Lustgrenze, wie auch jetzt. Ich stöhne in den Knebel, als er komplett in mir ist, ich ihn geräuschvoll ausatmen höre und er es genießt. Im nächsten Augenblick zieht er sich aus mir zurück und nimmt mich mit tiefen, aber langsamen Stößen. Da er weiterhin meine Lust ankurbelt, werde ich noch feuchter, was ihm nicht entgeht.

Willenlos, wie er es sich wünscht, lasse ich mich unter seinen Stößen fallen und öffne in keinem Moment die Augen.

Es geht lange, sehr lange – gefühlt über zwanzig Minuten, als ich zwei weitere Male heftig komme, er mir immer wieder einen Moment Zeit gibt, mich zu sammeln, bevor er mich wieder anal fickt. Er hat eine Wahnsinnskondition und Ausdauer.

Vollkommen erschöpft, verschwitzt und schwer atmend, aber ohne Schmerzen geben meine zitternden Beinmuskeln irgendwann nach. Er kommt so verdammt tief und hart in mir, dass er mich eng an sich presst und mich an sich hochzieht. Würden seine Hände mich nicht halten, würde ich schlaff vor ihm zusammensacken. Fest schmiegt er seinen rechten Unterarm um meinen Oberkörper und umfasst meine rechte Brust. Die andere Hand legt sich um meine Hüfte, als würde er mich nie wieder gehen lassen.

Schwitzend, laut atmend und mit leicht verschwommenem Blick sinkt mein Kopf schwer gegen seine harte Schulter. »Wir werden noch so viele unglaublich schöne Momente teilen, meine geliebte Samira«, raunt er mir anzüglich ins Ohr. Er wirkt ebenfalls erschöpft, außer Atem und zieht sich aus mir zurück. Wie jedes Mal lässt er mich langsam auf das Bett sinken, löst die Fessel um meine Gelenke und den Knebel, bevor er das Laken sorgsam über mich zieht.

Müde blinzelnd verfolge ich, wie er vom Bett steigt, seine Hose verschließt und dann an mich herantritt. Ich rolle mich auf die Seite und schaue ihm finster entgegen.

»Geh einfach«, sage ich leise und kann die bitteren Tränen nicht verbergen. Ich weiß nicht, warum ich weine, aber irgendwie bricht ein Damm angestauter Gefühle in mir. Ich kann weder klar denken noch frei Luft holen.

Nachdenklich reibt er sich über sein Kinn, bevor er in die Hocke geht und die Finger nach meiner Wange ausstreckt. Sofort schiebe ich sie weg. »Geh, Alessio. Es ist spät und ich brauche noch etwas Schlaf.«

Und Zeit für mich und meine wilden Gedanken, die in meinem Kopf umherkreisen. Tief seufzend erhebt er sich geschmeidig neben dem Bett.

»Träum gut und erhol dich. Ich danke dir.«

Am liebsten würde ich ihm sagen, dass er mir nicht zu danken braucht, sondern ich es für mich getan habe. Um eine Erfahrung zu sammeln, um ihm nicht komplett die Oberhand zu geben und als Versagerin dazustehen.

Nachdem er mehrere Schritte Abstand genommen hat, dreht er sich zu mir um. Schnell vergrabe ich mein Gesicht in die Laken, greife zur Taste neben dem Bett und schalte die Wandlampen aus. Über den Rand der Decke hinweg beobachte ich, wie er an der Tür angekommen einen weiteren Blick in meine Richtung wirft.

Etwas scheint ihn zu beschäftigen. Es sieht kurz so aus, als würde er es sich anders überlegen und noch mal zu mir kommen wollen, bis er sich doch dazu durchringt und den Raum verlässt.

Endlich.

Denn nun rolle ich mich eng zusammen und weine bitterlich.

KAPITEL 26

SAMIRA

Den nächsten Tag bin ich vollkommen erschöpft und ausgelaugt. Ich habe, nachdem Alessio das Zimmer verlassen hat, kein Auge zubekommen. Ich habe an das gedacht, was passiert ist, und an das, was mich heute erwarten wird. Hin- und hergerissen von meinen Gedanken konnte ich keinen Schlaf finden. Und genauso fühle ich mich, als ich Schlag acht Uhr den Speisesaal betrete.

Ich habe bisher kein Wort gesprochen. Nicht einmal mit Pheola, die mich freudestrahlend wecken wollte. Ihr Lächeln verblasste, als sie mich auf der Couch vorfand, schon angezogen, geduscht und frisiert. Ich habe gefühlt eine Stunde um halb fünf Uhr morgens unter der Dusche verbracht, um meine Gedanken und Erinnerungen fortzuspülen. Mit wenig Erfolg.

»Guten Morgen, meine liebe Samira«, begrüßt mich Alessio, als ich an die Tafel mit langen schwarzen Hosen, Top und geöffneter Sweatjacke herantrete und Platz nehme. Im Gegensatz zu gestern sehe ich in der lockeren Kleidung sicher nicht ansprechend aus, dafür ist sie bequem. Ich habe nicht vor, ein weiteres Mal mit ihm zu schlafen und seine Triebe zu wecken.

Stumm wie ein Fisch nehme ich Platz. »Was ist mit dir?«,

fragt er angespannt, als Ashara heißes Wasser in seine Tasse gießt.

»Nichts, mir geht es gut«, lüge ich mit einem schwachen Lächeln. Vielleicht lege ich mich später noch einmal hin. Interessiert mustert er mich, wirkt ausgeruht und im Gegensatz zu gestern wesentlich besser gelaunt.

»Belüg mich nicht. Was ist los?« Er rührt den Honig in seinem Tee mit einer Gelassenheit, die mir nicht gefällt.

»Ich habe kaum geschlafen. Ich werde mich später noch mal hinlegen«, antworte ich monoton, greife zur Kaffeekanne, bevor mir Ashara zuvorkommt, und gieße mir frisch gebrühten Kaffee ein, anschließend Milch und bete innerlich, dass er mich nicht mit weiteren Fragen löchert.

Eine Weile beobachtet er mich bloß, aber fragt mich nichts mehr. Ashara legt ihre Hand auf seine Schulter, bis sie verschwindet. Irgendwas läuft doch zwischen den beiden. Sie wirken so vertraut. Er behandelt sie sicher besser als mich. Aber mir kann es egal sein.

Ich setze die Tasse an die Lippen und nehme einen Schluck. Während er wie gewohnt seine Maisfladen isst, habe ich keinen Appetit und kann keinen Bissen hinunterbringen.

»Warum isst du nichts?«, fragt er als Nächstes, was ich erwartet habe.

»Ich habe keinen Hunger.«

Unvermittelt schlägt er die flache Hand auf den Tisch, was mich zusammenfahren lässt. »Was soll das? Willst du mich heute mit einem Hungerstreik und deinem Schweigen bestrafen?«

Skeptisch blicke ich zu ihm und schüttele den Kopf. »Es dreht sich nicht alles um dich, Alessio«, antworte ich ernst. »Ich bin kein Kind mehr und kann selbst entscheiden, wann ich esse und wann nicht.«

Ihm scheinen meine Worte nicht zu gefallen, aber er springt mir auch nicht an die Kehle. Stattdessen hört er ebenfalls mit essen auf und deutet zur Tür. »Dann geh. Ich hole dich heute Abend um 20 Uhr vom Zimmer ab. Du darfst gegen 18 Uhr mit Zahra zusammen essen. Sei pünktlich.«

Schon erhebt er sich vor mir und verlässt durch die Türen hinter sich den Saal. Sieht ganz danach aus, als hätte ich ihm den Tag vermiest, und sei ihm auch der Appetit vergangen. *Dann weiß er, wie ich mich fühle.*

Den restlichen Tag verbringe ich ausnahmslos mit Zahra. Ciprian und Elian sind mit den Vorbereitungen für die Veranstaltung beschäftigt, Alessio zeigt sich kein einziges Mal mehr, Pheola plant zusammen mit Chécelin bereits mein Make-up und meine Frisur und auch die anderen Angestellten wirken heute emsiger als sonst.

»Hast du dein Kleid schon gesehen?«, fragt mich Zahra, die mich mit dem Ellenbogen anstößt, als wir gegen Mittag einen Spaziergang mit Tormenta an den Grundstücksgrenzen entlang machen.

»Ja. Es ist schön. Hast du auch eines bekommen?«

»O ja. Ciprian hat es mir gebracht und vermutlich gestern Abend erwartet, ich würde ihm dankbar um den Hals fallen. Es ist wirklich superschön, aber ich habe auch vorgesorgt.«

Plötzlich holt sie ein Täschchen aus ihrer Rocktasche, das sie öffnet. In ihm befinden sich Feile, Gabel, Scherbe, Brotmesser und ein spitzer Kamm.

»Sie könnten nützlich sein. Ich werde sie später in den Saum des Kleides nähen.«

»Du hast sehr gut vorgeplant.« Anerkennend hebe ich beide Brauen in die Stirn und blicke mich versteckt zwischen Bananenstauden um.

»Na ja, so gut auch wieder nicht«, bringt sie mit einem enttäuschten Gesichtsausdruck hervor. »Wir brauchen viel Glück, damit unser Plan funktioniert. Mit dem Kinderkram haben wir keine Chance gegen eine Waffe«, wispert sie auf Hebräisch.

»Was wir bisher nicht wissen, ist, wo die Veranstaltung ist.«

»Hast du nicht etwas aus ihm herausbekommen können?«, hakt sie nach.

Ich seufze finster lächelnd. »Nein. Ich habe ihn überhaupt nichts gefragt, um ihn gar nicht erst neugierig zu machen.« Zahra von letzter Nacht erzählen, kann ich einfach nicht. Ich schäme mich selbst dafür und will nicht als das Opfer dastehen.

»Du siehst heute nicht gut aus. Bist du wirklich fit genug?«

»Ich lege mich gleich hin und schlafe noch ein paar Stunden«, antworte ich ihr matt, fahre über mein Gesicht und pfeife auf den Fingern, damit Tormenta die Vögel nicht länger verfolgt. Wild mit dem Schwanz wendelnd kommt er auf uns zu gerannt und springt aufgeregt an meinen Beinen hoch. Zumindest ihm geht es gut. Aber ich werde ihn zurücklassen müssen, wenn wir heute Nacht fliehen. Es wird mir das Herz brechen. Aber ihn zur Veranstaltung mitnehmen, würde Alessio argwöhnisch werden lassen.

»Mach das. Ich bereite alles vor. Verlass dich auf mich.« Sie schenkt mir einen Kuss auf die Wange, als wir uns wieder auf der Außenterrasse befinden, und streichelt besorgt über meine Schulter. Anschließend geht sie ins Poolhaus, als ich Tormenta auf den Arm hebe und in der Bewegung ein Aufblitzen am Fenster der zweiten, Etage sehe. *Alessio.* Er schaut auf mich herab. Selbstsicher begegne ich seinem Blick, den ich jedoch schnell wieder losreiße und ins Haus an Elian vorbeigehe.

KAPITEL 27

ALESSIO

Kühl und distanziert läuft sie neben mir her, nachdem wir aus dem Escalade ausgestiegen sind und den Bunker, der sich unter unseren Füßen mitten im Dschungel befindet, betreten. Die schweren Gitter sind zurückgeschoben, der Gang vor uns ist spärlich mit Fluchtleuchten erhellt.

Ich fühle mich innerlich zerrissen. Einerseits brauche ich die Kontrolle. Andererseits spüre ich, wie ich ihr schade und sie mir entgleitet. Dabei konnte ich die letzten Tage an nichts anderes denken als an sie.

Wahrscheinlich bin ich so zerstört, dass ich einem Menschen wie ihr niemals das geben kann, wie sie es sich wünscht und erwartet. Ich möchte nichts weiter als ihre Aufmerksamkeit. Doch gerade straft sie mich mit Schweigen, einer Ablehnung, die schmerzt und mich zugleich wütend macht.

Niemand ignoriert mich, weist mich ab oder zeigt mir die kalte Schulter. Aber bei ihr lasse ich es zu? Nur um sie nicht weiter von mir zu stoßen. Nur aus diesem Grund. Ich will sie und ihr Vertrauen. In ihren Augen konnte ich so oft ablesen, dass sie wirklich an mir interessiert ist. Was sich wohl geändert hat.

Sie wirkt müde und erschöpft und sieht zugleich hinreißend in dem atemberaubend schönen Kleid aus. Warum bin ich solch ein Narr und konnte ihr in keinem Moment bisher sagen, wie wunderschön sie aussieht?

Stattdessen musste ich ihr vorhin mitteilen, dass Zahra an der Veranstaltung nicht teilnehmen darf. Das hat mehrere Gründe.

Erstens hat sie mich bestohlen und Dokumente aus meinem Arbeitszimmer mitgehen lassen.

Zweitens spüre ich, wenn mich jemand hintergeht und mir, sobald ich ihm den Rücken zudrehe, am liebsten ein Messer in den Rücken jagen würde. Zahra hasst mich und will mich loswerden – das ist mehr als offensichtlich.

Und drittens planen beide etwas. Ich vermute eine Flucht an diesem Abend. Sie haben die letzten Tage erstaunlich viel Zeit zurückgezogen verbracht und leise geflüstert. Dass sie einen Fluchtversuch planen, habe ich in Samiras Gesicht deutlich ablesen können, als ich sagte, dass Zahra heute Abend im Anwesen bleiben wird. In dem Moment brach ihre Welt zusammen. Sie ließ es sich kaum anmerken, aber ich bin nicht blind.

Ich kann sie nicht gehen lassen, keine der beiden. Die Malí würden sie schneller einkassieren, als sie ihre Gastfamilie begrüßen könnten. Es ist zu ihrer Sicherheit, was sie nicht verstehen. Wie auch … Und es ihnen erklären, nein, das will und kann ich nicht.

Nachdem wir gefolgt von Adin, Mihail und Luis nach dem langen Tunnel unter der Erde den ersten Sektor betreten, warten zwei Wachposten meiner Organisation an den Stahltüren, die uns passieren lassen. Anschließend gelangen wir in den zweiten wesentlich angenehmer eingerichteten Bunker Nummer zwei.

Samira blickt sich fragend um, die wahrscheinlich keine Ahnung hat, wo wir uns befinden. Anschließend erwartet uns im zweiten Bunker ein ansprechendes Etablissement, eine Showbühne, auf der eine Band spielt, die von kreisrunden Tischen umgeben ist. Alles erinnert an einen festlichen Saal außerhalb des Erdreiches, genau so, wie ich es wollte. Allerdings befinden sich meine Gäste gefangen unter der Erde, die gründlich kontrolliert wurden und nun ihre Köpfe nach uns umdrehen, als wir den Bunker betreten. Über fünfundsiebzig geladene Gäste sind erschienen. Die Band hört auf zu spielen und kündigt uns an.

Samira erstarrt neben mir, da sie von vielen Blicken fast durchbohrt wird, wie ein Ausstellungsstück. Jeder dürfte wissen, wer sie ist. Mit dem Interview von ihr habe ich der Welt zeigen können, wen ich festhalte und wie leicht es war, die Tochter eines ehemaligen Ministers das machen zu lassen, was ich will. Wie auch jetzt. Sie ist meine Abendbegleitung und gehört zu mir.

Ich grinse unter der Maske, da mir dieser Auftritt gelungen ist.

»Folge mir, Samira«, sage ich zu ihr gewandt und biete ihr meinen Arm an. Sie blickt mit diesem zornigen Funkeln in ihren großen Augen zu mir auf. Einen Moment glaube ich, sie würde sich mir widersetzen und mir die Show stehlen. Doch dann setzt sie ein freundliches gespieltes Lächeln auf und nimmt meine Geste an. Sie hakt sich bei mir unter, als sie begreift, dass wir im Mittelpunkt des Abends stehen. Gelassen führe ich sie an unseren Tisch in der ersten Reihe über den schwarzen Teppich. Adin, Mihail und Luis behalten alles im Blick, aber können sich entspannen. Ich habe an diesem Abend nichts dem Zufall überlassen.

In ihrem schwarzen eleganten Kleid, das bei jedem ihrer Schritte mitschwingt, erstrahlt Samira zu einer wahren Königin der Unterwelt. Ich weiß, dass es nur Show ist, dennoch genieße ich es. Sie ist mit Abstand die schönste Frau im Bunker.

Als wir den Tisch erreichen, nicke ich zur Band, die eine Pause einlegen kann. Anschließend ziehe ich Samira den Stuhl zurück, auf dem sie Platz nimmt, und wende mich den Gästen zu.

»Es ist mir immer wieder ein Vergnügen, euch anzutreffen. Ich hoffe, ihr amüsiert euch und vergesst für einen Abend die Geschäfte. Auf einen angenehmen Abend.« Ich greife zum Glas, in das Scotch eingefüllt wurde. Jeder der Gäste erhebt sein Glas und prostet mir zu. Während sie trinken, rühre ich mein Glas nicht an. Es gab viel zu häufig in der Vergangenheit rätselhafte Vergiftungen von einflussreichen Persönlichkeiten. Ich traue keiner dieser geladenen Seelen über den Weg, die nur auf ihren Profit aus sind. Das Fest dient einzig und allein dazu, meine Position zu stabilisieren und klarzustellen, wer in der Rangfolge ganz oben steht.

Als die Musik wieder einsetzt, nehme ich neben Samira am Tisch Platz und schaue zu ihr. Etwas angespannt reibt sie über das Mal auf ihrem rechten Unterarm, das wunderbar verheilt ist.

»Du hasst mich wieder, das ist kaum zu übersehen«, raune ich ihr ins Ohr. Ihre schweren Ohrringe schwingen hin und her. Sie trägt ihr dunkles langes Haar zu einem Knoten auf dem Hinterkopf. Eine Haarsträhne wurde seitlich über ihre Stirn festgesteckt. An Armen und um ihren Hals trägt sie die teuersten Schmuckstücke, die ich auftreiben konnte, damit jeder sehen kann, was sie mir wert ist. Nur sie scheint es nicht zu erkennen.

»Ich hasse dich nicht, Alessio«, antwortet sie ruhig und wieder in sich gekehrt. *Wirklich nicht?* Plötzlich dreht sie ihr Gesicht zu mir. »Ich verstehe dich bloß nicht.« Die lauten Soulklänge des Saxofones übertönen ihre helle Stimme.

»Was möchtest du denn verstehen?«, frage ich sie und

umfasse ihre linke Hand. Sie greift zum Glas mit dem Seco Herrerano und nimmt drei große Schlucke davon. Adin nickt einverstanden, da er verfolgt hat, wie die Flasche neu geöffnet wurde.

»Wie man so herzlos sein kann«, antwortet sie selbstsicher und mit diesem Funkeln in den Augen. »Du kannst nicht alles haben. Es dir erzwingen, wird dir nicht das geben, was du dir erhoffst.« Sie spricht eindeutig auf das Kind an.

Wie sollte sie es verstehen? Ich will einen Teil, der mir nie vergönnt war. Eine Familie. Sie zwingen, bei mir zu bleiben, will ich nicht. Sie soll aus freien Stücken bleiben, wenn sie es später will. Ein Kind von einer Hure oder Leihmutter austragen lassen, nein … das kommt für mich nicht infrage. Ich will es selbst zeugen, und das mit einer Frau, die ich kenne und die es wert ist. Wie Samira. Dass ich sie mit dem Angebot überrumpelt habe, wurde mir erst so richtig klar, als ich sie verzweifelt in ihrem Zimmer weinen gehört habe.

Ich werde sie nicht missbrauchen oder es erzwingen. Das werde ich nie und habe ich nie getan. Möglicherweise braucht sie Zeit, um die Sache zu verarbeiten.

»Ich habe dich nie gezwungen, zu nichts«, antworte ich gelassen. »Du hattest immer die Wahl, bis auf mein Anwesen zu verlassen. Nun gebe ich dir die Wahl.«

»Zu welchen kranken Bedingungen«, fährt sie mir über den Mund und leert das Glas Seco. Als eine Bedienung an unseren Tisch tritt, bestellt sie ein weiteres Glas.

»Für dich mag sie krank sein, für mich ist sie wichtig.«

Einen Moment bleibt ihr der Mund offen stehen. »Du bist vollkommen irre, weißt du das? Ein Kind plant man in den meisten Fällen, wenn sich ein Paar liebt. Du willst es nur für deine Zwecke und genauso verderben, wie du verdorben wurdest.«

Sie täuscht sich. Ich wurde selbst nie geliebt. Was hat sie das Recht, über mich zu urteilen? Sie versteht gar nichts. Sie weiß nicht, wovon sie spricht!

»Du solltest vorsichtig mit deinen Vermutungen sein, Samira«, warne ich sie.

Mit einem unverständlichen Blick greift sie zum Glas, leert es wieder in einer Rekordzeit, was mir nicht gefällt, und bestellt sich das nächste.

»Es reicht«, gehe ich dazwischen.

»Maestro«, werde ich unterbrochen und sehe unvermittelt Paolo und seine Mittelsmänner an meinen Tisch treten, die sich zu uns setzen. Ich gebe Adin eine Geste, damit er auf Samira aufpasst und sie davon abhält, sich ins Koma zu trinken.

Dass mit ihr heute nicht mehr zu reden ist, muss ich wohl akzeptieren. Am besten, wir sprechen uns morgen aus und ich erkläre ihr meine wahren Absichten. Denn heute Abend wollte ich damit beginnen, meine Gäste zu prüfen und herauszufinden, wer zu mir steht und wer auf Johannas Seite.

Es ist ohnehin besser, wenn ich Samira erst einmal Zeit gebe, um die Eindrücke zu verarbeiten. Dennoch werde ich sie in keinem Moment aus den Augen lassen. Nicht, weil ich befürchte, dass sie fliehen könnte, sondern weil ich meine Blicke kaum von ihr lösen kann. Sie gehört mir. Für wie lange, bestimme ich, nur ich.

KAPITEL 28

SAMIRA

Als er Zahra verbot, die Veranstaltung zu besuchen, hätte ich am liebsten auf ihn eingeschlagen. Aber ich hätte mich damit verraten. Ich hätte uns und unser Vorhaben verraten.

Nur aus diesem Grund bin ich widerstandslos mitgefahren und befinde mich unter den Raubtieren der Gesellschaft, für die allein Profit und ihre Geschäfte wichtig sind. Ich mache mir nichts vor, manche Politiker und Personen in hohen öffentlichen Positionen gehören ebenfalls zu diesen skrupellosen Menschen, allerdings bewahren sie ihr Ansehen.

Diese Menschen, mit denen ich in einem Raum gefangen bin, sind Waffenhändler, Hehler, Schmuggler, arbeiten für Drogenkartelle, Menschenhandel, die Mafia.

Und mir verschafft es ein eisiges Gefühl, mich mitten unter ihnen zu befinden und ihre Anwesenheit ertragen zu müssen. Sie respektieren Alessio und sich gegenseitig. Allerdings entgehen mir ihre schneidigen Blicke nicht. Sie sind sich untereinander, auch wenn sie kooperieren, Feinde. Niemand gönnt dem anderen mehr, als er selbst besitzt. Genau so sind die Abgründe der Menschheit.

Alessio befindet sich an der Bar, um eine Unterhaltung mit

einem rundlichen Typen in Anzug und Fliege zu führen. Zugleich umgarnen ihn immer wieder drei Frauen, die zu einem Typen gehören, der mehr Tattoos und Goldketten trägt, als ich je gesehen habe.

Ich weiß nicht, was es ist, aber selbst auf die kriminellen Bosse, die im Untergrund agieren und von der Polizei gedeckt und in Schutz genommen werden, scheint Alessio eine wichtige Position einzunehmen. Sie achten ihn auf ihre Weise, scheinen gern mit ihm zusammenzuarbeiten und sich mit ihm zu unterhalten. Oder aber jeden interessiert es, zu wissen, welcher Mann sich hinter der Maske verbirgt.

Adin und Mihail behalten die Umgebung streng im Visier wie alle Begleiter der Bosse. Ich hingegen langweile mich und nippe am dritten Seco.

»Du solltest dich nicht betrinken«, raunt mir Adin zu, der mein Glas zu sich zieht.

»Ich bin kein Kind mehr und weiß, wie viel ich vertrage.« Ich lächele ihm knapp entgegen und angele mir das Glas zurück. Ich ahne bereits, was mich nach der Veranstaltung erwartet. Alessio, der wieder nachts mein Zimmer betritt und womöglich erneut eine neue Fantasie mit mir ausleben will. Ganz ehrlich, es sind nicht seine Fantasien, die mir Angst machen, sondern seine Zukunftspläne für mich. Niemand hat das Recht, meine Zukunft zu planen. Das habe ich allein.

Aber das versteht solch ein Mann, der alles in seinem Leben bekommen hat und sich mit Gewalt und Geld verschaffen kann, einfach nicht. Soll er ein Kind adoptieren. Ich finde bis dahin einen Weg, um mit Zahra zu fliehen. Ganz sicher. Der Gedanke gibt mir Halt und Hoffnung.

Ich leere das Glas in einem Zug, bis ich nach einer Stunde den Stuhl zurückschiebe, um die Toilette aufzusuchen. Ich brauche einen Moment allein, ohne die Gespräche und Blicke um mich herum, ohne mit ansehen zu müssen, wie Alessio von den drei Frauen angegraben wird. Die drei können ihn haben, die ganze Nacht.

Obwohl … wenn ich ehrlich bin, macht sich ein ziehendes Gefühl von Eifersucht in meiner Brust breit. Allmählich sollte ich mir Gedanken über mich machen. Ich sollte nicht auf die Frauen eifersüchtig sein, von denen er vor mir sicher reihenweise abgeschleppt hat.

Mit leicht schwankenden Schritten erhebe ich mich vom Tisch. Dabei reiße ich versehentlich das Glas um und muss mich an Adin festhalten, der ebenfalls aufgestanden ist. »Ups, es geht schon.«

»Sehe ich etwas anders. Musstest du dich so abfüllen?«, fragt er mich mit kratzigen Stimmbändern. *Wird von ihm erwartet, ein Kind auf die Welt zu setzen? Nein. Also darf ich das, solange ich noch kann.*

»Ich hab mich nur amüsiert. Ich bin gleich wieder zurück. Wo waren die Toiletten noch mal?«

»Ich begleite dich. Mihail, halt die Augen offen. Ruf Luis zu uns«, richtet er die Worte an seinen Kumpanen. Ich lasse mir von Adin an den anderen Tischen, an denen ebenfalls feuchtfröhlich getrunken und gefeiert wird, vorbeihelfen.

»Was ist los?« Unvermittelt steht Alessio neben mir, der uns wohl beobachtet hat.

»Nichts«, antworte ich, bevor Adin, die Labertasche, ihm genaustens Bericht erstatten wird.

»Ich begleite dich«, schlägt Alessio vor, der einen Blick mit Adin austauscht.

»Um mich auf der Toilette flachzulegen? Vergiss es«, sage ich lachend, was er überhaupt nicht komisch findet, da wir gesehen werden.

»Benimm dich, Samira!« Oh, ihm ist mein Verhalten unangenehm?

»Wenn ich dir peinlich bin, hättest du mich auch im Anwesen lassen sollen«, antworte ich und eise mich von ihm los. Ich komme exakt drei Schritte weit, als ich laute Schüsse höre und die Eisentüren am Ende des Bunkers, etwa vierzig Meter von mir entfernt, geöffnet werden. In meinem Leben habe ich noch nie so hautnah Schüsse gehört. Und diese klangen nicht wie die von gewöhnlichen Pistolen, sondern Maschinengewehren. Ein wilder Tumult bricht aus, als eine Wache am Eingang von Kugeln durchlöchert in den Raum fällt. Mir stockt das Herz bei dem Anblick.

Ein Paar betritt den Bunker, gefolgt von weiteren Leuten, die ziemlich zwielichtig aussehen.

»Bewahrt die Ruhe, Leute.« Neben einer dunkelhaarigen Frau, die mich sehr an eine Businessfrau erinnert, steht ein Mann in weißem Anzug und schwarzer Maske. *Was?* »Wir haben nicht vor, die Feierlichkeit lange zu unterbrechen.« Der Typ mit der Maske schießt einmal zur Decke, damit die anderen unbewaffneten Gäste nicht in Panik ausbrechen.

»Ich will nur Alessio abholen.« Als ich die Worte höre, drehe ich mich zu Alessio um, der auf mich zugeht. »Und ich hab ihn schon gefunden. Mit seiner neuen Begleitung.« Mit großen Schritten kommt der Fremde auf uns zu, der seine Waffe auf mich richtet und abdrückt. Ehe ich realisieren kann, was hier geschieht und in welchem Tempo, sehe ich mich bereits tot auf dem Boden liegen und verbluten. Doch Alessio schiebt sich mit ausgebreiteten Armen vor mich und fängt sich statt mir eine Kugel ein.

Wankend stolpert er gegen mich, sodass ich ihn auffange. *Nein!* Unter Schock bleibe ich stehen. Wieder bricht Tumult aus und ich sehe Mihail mit einer Pistole auf die ungebetenen Gäste schießen, von denen drei verletzt oder tot umkippen. Im nächsten Augenblick gewinnt Alessio mit einem Knurren das Gleichgewicht wieder, dreht sich zu mir um und reißt mich mit sich unter den Tisch. »Bleib hier unten. Warte hier.«

»Und was ist mit dir?«, frage ich ihn.

Er greift nach einer Waffe unter der Bühne, da er wohl

vorgesorgt hat, gibt mir keine Antwort und erhebt sich. Mihail, Luis und Adin treiben gemeinsam die Eindringlinge zurück, noch bevor Alessio eingreifen kann. *Ich will hier weg.* Am besten kämpfe ich mir selbst einen Weg nach draußen und verstecke mich hinter den panischen Gangstern, die durch den Ausgang strömen.

»Los, komm.« Unvermittelt taucht eine schwarze Hand vor meinem Gesicht auf, als vor uns ein lauter Schusswechsel folgt. Es ist so laut, so brutal. Die Schreie, die umgeworfenen Tische und das Splittern von Glas versetzen mich wieder in eine Schockstarre. Er hat auf mich geschossen, ohne mich zu kennen. Er wollte mich töten. Der Fremde mit der Maske.

Mit einem festen Griff um meinen Oberarm zerrt mich Alessio unter dem Tisch hervor. »Träum nicht, Samira! Reiß dich zusammen und beweg dich, wenn du am Leben bleiben willst!«

»Folgt mir.« Adin steht keine Sekunde später neben uns, der uns beide hinter die Bühne treibt, hinter der sich versteckt eine weitere Tür befindet.

»Behaltet sie im Auge! Schnappt Alessio! Los!«, höre ich hinter uns. Ich öffne noch immer leicht angetrunken und mit einer furchtbaren Angst in meinem Brustkorb die massive Tür, durch die wir in einen Tunnel gelangen. Wieder prallen Schüsse an den Wänden hinter uns ab, die mein Herz kurz zum Stillstand bringen. *Gott, ich will nicht sterben.* Ich besitze nicht einmal eine Waffe, um mich zu verteidigen. Verängstigt reiße ich die Hände über den Kopf und renne blind in den beleuchteten Tunnel, nachdem Adin die Tür hinter uns blockiert hat.

»Schneller, renn, Samira!«, ruft Adin hinter uns, der immer wieder über die Schulter blickt. Ich hebe das lange Kleid an, um nicht auf den Saum zu treten, und renne als Erste den endlos langen Tunnel entlang.

Alessio folgt mir, aber kommt seltsamerweise langsamer

voran. »Du schaffst es. Noch ein paar Meter«, höre ich Adin zu Alessio sagen. Kurz bevor ich ein Gitter erreiche und in einer Pfütze stehen bleibe, überholt mich Adin, der das Tor aufschließt und aufschiebt. »Hier durch. Beeilung!«

Ich höre hinter uns Schritte und Rufe. Unsere Verfolger, die Alessio schnappen und mich tot sehen wollen, sind uns dicht auf den Fersen.

»Bleib bei ihr, Adin. Ich …« Alessio entsichert seine Waffe, lehnt sich einen Moment mit der Schulter an die Betonwand im Tunnel und stöhnt gequält. An seinen zusammengezogenen Augen weiß ich, er wurde irgendwo getroffen. Und das bloß, weil er sich in die Schusslinie geworfen hat.

»Vergiss es. Ich bringe euch beide hier raus. Allen voran dich.« Ohne dass Adin weiter mit sich diskutieren lässt, zieht er Alessio mit sich, der verärgert knurrt.

»Das hast nicht du zu entscheiden!«

Adin ignoriert Alessios Proteste. Stattdessen weist er mir mit dem Lauf seiner Pistole an, die Stufen hinter dem Gitter hochzusteigen und rechts zu den parkenden Wagen zu rennen.

Eine Sekunde, wirklich eine Sekunde zieht der Gedanke durch meinen Kopf, zu fliehen. Alessio wurde angeschossen, Adin wird ihn um jeden Preis in Sicherheit bringen wollen, und niemand achtet auf mich. *Jetzt wäre meine Chance.* Adin hat gerade alle Hände voll zu tun, der mir kaum hinterherjagen wird.

Am Wagen angekommen, schaue ich zurück zu beiden, die langsamer vorankommen als ich. Um uns herum befindet sich der Dschungel mit all seinen tödlichen Fallen. Es ist stockdunkel. Bis auf eine Laterne, die einen schwachen Lichtkegel spendet, sehe ich keine zehn Meter weit.

»Wag es nicht, auf die Idee zu kommen und abzuhauen«, warnt mich Adin, der den Cadillac entsperrt und mich mit der Waffe bedroht. Er hat meine Blicke gesehen. »Steig auf den Rücksitz!«

Ich mache, was er sagt, da eine Flucht nicht nur lebensmüde wäre, sondern auch einen Verrat an Zahra bedeuten würde. Daher reiße ich die Tür auf und rutsche auf die Rückbank. Adin hilft Alessio, auf dem Beifahrersitz Platz zu nehmen, und setzt sich anschließend ans Steuer. Wir haben es so gut wie geschafft. Wir sind bald auf dem Anwesen, auf dem Zahra auf mich wartet.

»Mach dir keine Sorgen, das gehörte zwar nicht zum Plan, aber wir sind bald in Sicherheit«, will mich Alessio beruhigen, der mir wohl ansehen dürfte, wie mitgenommen und verängstigt ich aussehe.

Ich nicke bloß, als wieder Schüsse erklingen, die auf dem Metall des Wagens abprallen. Rasch ducke ich mich mit einem leisen Aufschrei und hebe die Hände schützend über den Kopf. Adin startet den Motor und setzt mit Schwung zurück. »Der Wagen ist kugelsicher.« Alessios Hand legt sich auf meinen Kopf, trotzdem will ich mich nicht aufrichten. Wir fahren wieder die holprige unbefestigte Straße entlang, von der wir gekommen sind. Im Rückspiegel sehe ich plötzlich das Licht unserer Verfolger. Weitere Schüsse fallen, als vor uns ebenfalls ein Wagen auf der schmalen Straße auftaucht. Wir sitzen in der Falle, da die Straße nicht breit genug ist, um dem entgegenkommenden Wagen auszuweichen.

»Haltet euch besser fest!«, brüllt Adin, der Vollgas gibt und uns jede Sekunde umbringen wird.

»Umrunde sie!«, ruft Alessio, der ins Lenkrad greift. Im nächsten Moment werde ich so hart gegen den Vordersitz geschleudert, dass ich mir dabei die Hand verdrehe und vor Schmerz aufschreie.

Metall schrammt über Metall, bevor der Wagen stoppt. Was ist passiert? Sind wir mit dem Wagen vor uns kollidiert? Vorsichtig hebe ich den Kopf, als uns von hinten ein Wagen mit voller Wucht rammt und vorwärtsschiebt. Metall krächzt so laut, was sich wie fremde Schreie in meinen Ohren anhört,

Glas zerbricht, und ich bete zu Gott, dass ich heil aus der Sache herauskommen werde. »Übernimm du«, höre ich Adin sagen, der aus dem Wagen springt und ohne Pause mit einem Maschinengewehr auf das dunkle Fahrzeug hinter uns feuert. Alessio rutscht auf den Fahrersitz, gibt Vollgas und das, obwohl unser Geländewagen bereits einiges wegstecken musste. Immerhin fährt er noch.

»Du lässt Adin zurück?«, frage ich ängstlich und schaue über die Rücklehne zur dunklen Gestalt, die von Scheinwerfern angestrahlt wird.

»Ich muss. Oder willst du mit ihm tauschen? Mach dir um ihn keine Sorgen.« *Die mache ich mir aber irgendwie.*

Langsam richte ich mich auf, umfasse mein schmerzendes Handgelenk und blicke aus der zersplitterten Heckscheibe. Wir entfernen uns immer weiter aus dem Sichtfeld der Verfolger, die von nur einem Mann aufgehalten werden. Während ein Wagen von ihnen gegen einen Baum geschoben wurde, wird das andere von Adins Kugel durchsiebt wie im Film. Alessio fährt die holprige Straße konzentriert weiter, greift hin und wieder nach seiner linken Schulter und stöhnt angestrengt.

»Was war das gerade eben? Ich dachte, deine Gäste würden alle kontrolliert werden und Waffen sind verboten«, frage ich ihn.

»Sie standen nicht auf der Gästeliste, Samira. Ich weiß nicht, wie sie sich Zugang in den Tunnel verschaffen konnten, aber ich finde es heraus!«, knurrt er zornig und umfasst mit feuchten Handschuhen das Lenkrad fester. Als er jedoch mehr Gas gibt, atme ich einen stechenden Geruch von Plastik und Rauch ein. Plötzlich qualmt es unter der Motorhaube, nachdem wir nur gefühlt zwei Meilen zurückgelegt haben.

»Mierda!«, flucht Alessio, kaum dass der Wagen stotternd zum Stillstand kommt, und schlägt auf das Lenkrad ein. Rechtzeitig kann er den Cadillac am Rand der Straße ins

Dickicht lenken, bis der Motor seinen Geist aufgibt. Das passiert nicht wirklich, oder? Wir sind mehr als eine Dreiviertelstunde durch den Dschungel gefahren, um zu diesem Bunker zu gelangen. Gerade haben wir nicht einmal ein paar Meilen zurückgelegt und stecken fest?

»Wir müssen aussteigen«, beschließt Alessio, der sich nicht zu mir umdreht, sondern die Fahrertür aufreißt.

»Was?«, frage ich perplex.

»Mach schon, steig aus. Wir können nicht im Wagen bleiben, ansonsten finden sie uns sofort.« Heftig wirft er die Tür hinter sich zu, umrundet den Wagen mit schnellen Schritten und öffnet die verklemmte Hecktür mit einem gequälten Stöhnen. Ich betrete vorsichtig den matschigen Weg und blicke in die reine Dunkelheit zwischen den Bäumen und wilden Dschungelgewächsen. Als ich neben Alessio stehe, der den Kofferraum durchsucht hat, sich einen Rucksack aufgeschultert, eine Decke unter den Arm geklemmt und Waffen geschnappt hat, greift er nach meiner Hand und zieht mich bestimmend den leichten Abhang in das Dickicht. »Zieh deine Schuhe aus und folge mir.«

»In den Dschungel?«, frage ich perplex.

»Wir haben keine andere Wahl oder willst du mit einem Kopfschuss im Wagen enden?«

»Nein«, antworte ich sofort.

»Dann mach, was ich sage!« Mit mir bleibt er kurz inmitten des feuchten Dschungels stehen, in dem merkwürdige Geräusche an meine Ohren dringen. Ich löse mich aus seinem Griff und werde die Schuhe los und …

»Ohne Schuhe komme ich noch langsamer voran.« Der Boden ist von Ästen und Wurzeln bedeckt.

»Verdammt, wir gehen nicht weit. Nur ein Stück, damit sie uns nicht sofort finden, bis uns Mihail und Luis aufspüren.«

Okay, das schaffe ich. Entschlossen lasse ich die Schuhe im Dunkeln zurück und folge Alessio, der wieder meine Hand umfasst und mich tiefer in den Urwald zieht. Wir laufen in einem zügigen Tempo. Ich trete in Pfützen, Schlamm, in spitze Zweige und hoffe so sehr, dass mich kein Skorpion sticht oder keine Schlange beißt. Trotzdem beschwere ich mich kein weiteres Mal, laufe ihm blind hinterher, weil Alessio aussieht, als wüsste er, was er macht. Ich hoffe es. Nicht, dass er uns umbringt.

Nach einigen Metern höre ich ein leises Plätschern. Irgendwo muss sich ein Bachlauf oder Fluss befinden. Alessio zieht mich weiterhin mit sich, scheint hoffentlich zu wissen, wohin wir laufen, obwohl seine Kondition nachlässt und sich seine Schritte allmählich verlangsamen.

An einem stark bewurzelten Abhang bleibe ich mit dem Fuß hängen, schreie auf und kippe nach vorn. Bei dem Schwung bringe ich Alessio ebenfalls aus der Balance, der mit den Füßen abrutscht und mit dem Rücken neben mir landet.

»Pass doch auf.«

»Pass du doch auf. Ich sehe kaum etwas. Außerdem komme ich barfuß langsamer voran als du«, antworte ich ihm.

»Warte …« Er setzt sich mit einem leisen Seufzen auf, wühlt anschließend im Rucksack und holt eine Lampe daraus hervor.

»Wir sind weit genug entfernt. Das Licht dürfte nicht auffallen«, erklärt er, schaltet die Taschenlampe an und überreicht sie mir.

Mühsam ziehe ich mich eher ungeschickt auf dem glatten Wurzelgeflecht in den Stand und halte mich an einem Baum fest. Als ich die Umgebung mit der Taschenlampe ableuchte, wird mir übel. Alles sieht gleich aus. Ich weiß nicht einmal, in welche Richtung wir gehen müssen.

Plötzlich zieht sich Alessio ebenfalls an einem Baum hoch und greift nach meinem langen, bereits verdreckten Rock. Er zieht ein Messer und beginnt damit, die Stoffbahnen abzutrennen. »Sosehr mir dieses Kleid auch an dir gefallen hat, es ist unpraktisch und hindert dich am Laufen.«

»Lass mich das machen«, sage ich, da ich nicht will, dass er mir zu nahe kommt. Mit einem dunklen Lachen schaut er zu mir auf. Ich leuchte ihm direkt auf die Maske, sodass er die Augen zusammenkneift.

»Nein, ich überlasse dir keine Waffe, mit der du mich und höchstwahrscheinlich auch dich verletzen wirst.« Er misstraut mir immer noch, das ist offensichtlich.

Weiterhin kniet er vor mir und schneidet den Stoff in großen Stücken von meinen Beinen. Ich bräuchte ihn bloß den verwurzelten Abhang hinabzutreten und könnte fliehen. Mit der Verletzung an der Schulter, die durch den dunklen Anzug kaum zu sehen ist, aber stark genug ist, um ihn zu schwächen, hätte ich sogar eine realistische Chance.

Und Zahra?

»Du wirkst so nachdenklich, Samira. Ich hoffe, du kommst auf keine dummen Gedanken. Ich besitze eine Pistole. Solltest du fliehen, finde ich dich und werde nicht zögern, dich zu verletzen, wenn es sein muss«, spricht er mit rauen angespannten Stimmbändern, dreht die Klinge wendig zwischen den Fingern und schiebt sie zurück unter sein Jackett.

»Ich fliehe nicht«, antworte ich entschlossen. *Noch nicht.*

»Wir müssen weiter. Am Bachlauf werden wir einen Stopp einlegen.«

»Wohin willst du eigentlich? Ich dachte, wir verstecken uns im Wald und kehren irgendwann zum Auto zurück, wenn die Kriminellen …« Dabei fällt mir auf, dass er ja auch zu der Sorte gehört. »Oder deine Feinde«, korrigiere ich mich. »Die Suche aufgegeben haben.«

»Sie werden die Suche nicht so leicht aufgeben, Samira. Das ist seit Jahren ihre Chance, mich allein und ohne meine Leute zu schnappen. Du stellst keine wirkliche Bedrohung dar und könntest dich im Notfall nicht einmal selbst verteidigen.«

Bereits kraftlos zieht er sich mit der rechten Hand an einem gebogenen Zweig in den Stand vor mir, rutscht aber mit dem Fuß ab und keucht. Bevor er rückwärts den Abhang hinunterstürzt, bekomme ich ihn an der linken Hand zu fassen und halte ihn fest.

Verdammt, ist er schwer. Keuchend prallt er gegen mich und gegen den Baum. »Danke«, keucht er, schaut mir tief in die Augen und schüttelt den Kopf. »Gehen wir zum Flusslauf. Sei vorsichtig.«

»Sagst ausgerechnet du«, murmele ich belustigt, nachdem er wieder meine Hand schnappt und vorausgeht. Wir steigen die Wurzeln wie Stufen hinab, schieben große Blätter beiseite, während ich den Weg vor uns beleuchte.

»Du hast mir keine Antwort gegeben. Wann gehen wir wieder zur Straße zurück?«, frage ich ihn.

»Gar nicht. Wir laufen zum Anwesen.«

»Laufen? Das schaffen wir unmöglich.«

»Wo ist dein Kampfgeist? Es sind bloß fünfzig Meilen quer durch den Urwald.«

»Bloß?« Dafür brauchen wir Stunden, wenn nicht sogar Tage.

Am Bachlauf angekommen, der sich einen schlängeligen Weg zwischen Steine und einem moosbewachsenen Ufer bahnt, gibt er meine Hand frei und nimmt mir die Taschenlampe ab. Als er einen flachen großen Stein gegenüber von uns anstrahlt, sehe ich ihn unter der Maske knapp grinsen. Ich bemerke auch, wie verschwitzt er ist – wie ich ebenfalls. Das Kleid geht mir jetzt bloß noch bis zur Hälfte der Oberschenkel, meine Füße sind bereits schmutzig und der Schmuck stört mich.

»Wir werden dort drüben einen Stopp einlegen. Komm.«

Plötzlich strahlt er mir direkt mit der Taschenlampe ins Gesicht, sodass ich nichts sehe und die Hand vors Gesicht halte.

»Lass den Blödsinn.«

»Ich wollte mich nur revanchieren.« Ohne nach meiner Hand zu greifen, geht er vor, steigt das Ufer hinab und überwindet mühelos die vielen runden und großen Steine im Bachlauf. Am flachen Tafelstein angekommen, zieht er sich wendig mit der rechten Hand hoch, aber wirkt doch ziemlich angeschlagen. Seine Bewegungen verraten, dass er sich im Dschungel auskennt, wenn nicht sogar weiß, wie man in der Wildnis überlebt. »Worauf wartest du?«, erkundigt er sich, nachdem ich ihn eine Weile beobachtet habe.

Sorgsam legt er den Rucksack auf dem Stein ab, geht in die Knie und holt die Decke hervor, die er ausbreitet. Als ich nicht reagiere, schaut er skeptisch in meine Richtung und zieht die Pistole, ohne sie auf mich zu richten. »Zwing mich nicht, dir drohen zu müssen.«

»Nein, ich …« Plötzlich sehe ich eine Schlange nah am Bach entlangkriechen und schreie panisch auf.

»Beweg dich nicht und sie tut dir nichts.«

»Gibt es hier nicht auch Mambas?« Eine der tödlichsten Schlangen der Welt.

»Wir sind nicht in Afrika. Dich kann höchstens eine Anakonda verschlingen.« Er macht sich über mich lustig. *Dieser Schuft!* Ohne mich vom Fleck zu bewegen, verfolge ich, wie die Schlange mit dem dunklen Rautenmuster sich zwischen Steinen versteckt und nicht mehr zu sehen ist. Sie war ungelogen über einen Meter lang.

»Du scheinst Angst vor Schlangen zu haben. Einen Punkt, den ich berücksichtigen werde. Ich bin auf deine Reaktion gespannt, wenn wir auf Pfeilgiftfrösche, Vogelspinnen, Kaimane und Tukanen treffen.«

»Tukanen?«, frage ich ihn.

»Komm zu mir rüber.« Langsam gibt er die Waffe frei, verstaut sie unter seinem Jackett und packt den Inhalt des Rucksacks weiter aus. Ich nicke, bevor ich mir einen Ruck gebe und vorsichtig durch den Bachlauf steige, dabei aufpasse, nicht auf den klitschigen Steinen abzurutschen und mir das Genick zu brechen. Immer wieder schaut Alessio zu mir und schüttelt amüsiert den Kopf.

»Ich glaube, ich war früher nie im Urwald oder in der Wildnis«, spreche ich einfach darauf los, was mich ablenkt und mir die Angst nimmt.

»Das ist offensichtlich. Es gibt immer ein erstes Mal«, antwortet er, während ich in die Knie gehe, um mit dem Hintern über einen Stein zu rutschen. Das warme Wasser umspült meine Beine, was sich sogar wohltuend anfühlt.

Als ich jedoch seine Worte höre, fühle ich mich sofort an die erste Nacht mit ihm erinnert.

»Vermutlich …«, murmele ich. »Weißt du, ob ich gegen alles geimpft wurde?« Ihm diese Frage zu stellen, ist mir unangenehm, aber er besitzt nicht nur Zahras und meine Pässe, sondern auch Impfausweise.

»Ja, du bist gegen Gelbfieber, Malaria und Hepatitis geimpft worden.« Das beruhigt mich. »Aber du solltest trotzdem vorsichtig sein, nicht jede Frucht essen oder Wasser trinken. Mücken übertragen auch andere Krankheiten.«
Klasse. Wenn ich Pech habe, kann ich hier wirklich sterben.
»Gib mir deine Hand.« Unter dem schweren Stein angekommen, auf dem er sich befindet, streckt er mir die rechte Hand entgegen, nach der ich greife, und ich steige über weitere Steine zu ihm hoch.

In dem engen Kleid, das feucht an meinem Körper klebt, bekomme ich immer weniger Luft. Ich wünschte, ich würde ein T-Shirt oder ein praktisches Top und Shorts tragen als ein Abendkleid.

Tief durchatmend nehme ich neben ihm auf den Knien auf der Decke Platz und ziehe das Kleid weiter hinunter.

»Hier, trink etwas, aber teile es dir ein. Wir haben keinen

großen Vorrat. Anschließend sollten wir uns hinlegen und schlafen.«

Schlafen in der Wildnis? Verunsichert greife ich nach der Wasserflasche, die ich aufschraube und von der ich einen Schluck nehme. Neben ihm sehe ich ausgebreitet eine weitere Wasserflasche, Seile, Pistole, Erste-Hilfe-Set, Taschenlampe und drei Messer.

»Wie fühlst du dich?«, erkundigt er sich neben mir, als er alles bis auf das Kletterseil im Rucksack verstaut. Mein Blick bleibt länger darauf hängen. Er hat nicht vor, mich hier zu fesseln, oder doch?

Ich lecke angespannt über die Lippen. »Gut, noch etwas schwindelig vom Alkohol, aber gut.«

»Du hättest dich nicht betrinken sollen«, lässt er mich wieder wissen. Ich verdrehe die Augen und nehme mehrere Schlucke vom Wasser, als ich mich erhebe. »Du wirst mich nicht fesseln, nicht hier, oder?«

Ein tiefes Stöhnen ist zu hören. »Ich würde es nicht tun, wenn ich dir vertrauen könnte. Ich kann dich hier nicht allein lassen. Aber ich kann auch nicht zulassen, dass du abhaust, die Waffen stiehlst, mich tötest oder mir die Maske vom Gesicht nimmst, wenn ich schlafe.« Das sind viele und berechtigte Gründe. Wäre ich an seiner Stelle, würde ich vermutlich auch nicht anders handeln.

»Okay. Aber nur an einer Hand und an den Baum dort drüben«, bitte ich ihn, damit er mich nicht sehr weit weg von sich festbindet.

»Du widersetzt dich nicht? Beachtlich. Dabei ging ich wieder von Protesten aus.«

»Ich verstehe dich. Aber lass mich nicht allein, okay?«

Er nickt, als er sich mit dem Seil erhebt, mir dann seine rechte Hand gibt, in die ich meinen linken Arm lege. Er wickelt zwei Bahnen um mein Handgelenk, bis er das Seil um einen Baum, der sich am Rand des Steins befindet, bindet und verknotet. Es ist merkwürdig, wieder wie ein Opfer festgebunden zu werden.

»Du wirst nicht heimlich gehen, wenn ich schlafe?«, frage ich ihn und greife mit der rechten Hand nach seinem Revers.

Dicht neben mir schüttelt er den Kopf. »Nein. Ich muss dir allerdings beide Hände festbinden, da du dich ansonsten befreien kannst.«

»Bitte nicht. Ich löse das Seil nicht«, antworte ich ihm und suche seinen Blick. Kurz sieht es aus, als würde er seine Meinung ändern, bis ich seinem harten unnachgiebigen Blick entgegne.

»Es geht nicht anders.« Schon greift er nach meiner rechten Hand, die von seinem Revers sinkt, und legt zwei Seilbahnen um mein Handgelenk, während Tränen in meine Augen treten.

»Wenn es dich beruhigt, ich schlafe nur einen Meter von dir entfernt. Wenn etwas ist, bin ich bei dir.«

Ich schniefe und nicke traurig. Er hat das Seil ziemlich lang gelassen, sodass ich Spielraum habe und mich etwas bewegen kann. Daher lege ich mich vorsichtig auf der Decke auf die Seite und ziehe die gefesselten Gelenke an mein Gesicht. Einen Moment betrachtet er mich, sieht nicht glücklich über seine Entscheidung aus, aber legt sich ebenfalls mit dem Rücken auf die Decke. Anschließend schaltet er die Taschenlampe aus, um die Batterie zu schonen.

»Schlaf gut, meine liebe Samira«, höre ich ihn wie die Nächte zuvor im Anwesen, bevor er mein Zimmer verließ. Ich schmunzele bitter, schließe die Augen und wische die Tränen aus den Augenwinkeln.

»Gute Nacht, Alessio.« Erschöpft von der Wanderung im Dschungel, träge vom Alkohol, der noch in meinen Blutbahnen rauscht, und zugleich abgekämpft von der Flucht schließe ich die Augen. »Du hättest die Kugel nicht für mich abfangen müssen«, flüstere ich leise.

Ich höre ihn schnauben. »Keine Sorge, ich werde es überleben. Du solltest nicht in den Krieg hineingezogen werden. Nur aus diesem Grund bin ich dazwischengegangen.«

Das schmerzt, da ich eine andere Antwort erwartet habe. Ohne die Augen zu öffnen, hole ich zittrig Luft und sinke kurz darauf in einen tiefen Schlaf.

KAPITEL 29

ALESSIO

Während Samira neben mir eingeschlafen ist, schiebe ich den rechten Arm unter meinen Kopf und starre zu den dichten Baumkronen auf. Zwischen zwei Lücken sehe ich die Sterne funkeln. Wir können von Glück reden, dass heute Nacht kein Gewitter einbricht. Aber es kann sich jede Stunde ändern, da das Wetter launenhaft ist.

Meine linke Schulter, die den Streifschuss abbekommen hat, brennt höllisch. Adin konnte sich kurz im Tunnel die Verletzung ansehen. Zum Glück steckt keine Kugel in meinem Körper und es wurde keine Arterie getroffen, dennoch spüre ich bei jeder Bewegung, wie angeschlagen ich bin. Wir werden mehr als zwei Tage brauchen, um Richtung Norden nach Yavize zu gelangen. Zwei Tage. Das ist machbar. Aber wird keine leichte Wanderung werden. Die wenigsten trauen sich in den Dschungel. Johannas Mitläufer werden den Wagen längst gefunden haben und sich die Mäuler darüber zerreißen, wie dumm wir sind, die Wildnis zu durchqueren. In ihren Augen mag es dumm sein, aus meiner Sicht ist es clever. Im Gegensatz zu ihnen weiß ich, wie wir in diesem tödlichen Paradies überleben können.

Ich drehe das Gesicht zu Samira und hebe die linke Hand,

begleitet von dem stechenden Brennen in der Schulter. Sanft fahre ich über ihre Wange. Obwohl ihre Tränen versiegt sind, spüre ich ihre Angst. Ihre größte Angst ist es, sie allein zurückzulassen. Das werde ich nicht tun.

Aber momentan muss ich auch an mich denken. Ich will nicht, dass sie flieht oder mir hinterrücks die Kehle durchschneidet, falls ich doch Schlaf finden sollte. Zwar wünschte ich, ich könnte ihr trauen, aber das tue ich nicht. Nicht, nachdem sie für heute Nacht mit ihrer Freundin eine Flucht geplant hat.

Unter meiner sanften Berührung zuckt sie etwas zusammen. Sie murmelt leise Worte, bis sich ihr Atem beruhigt. Nach wenigen Minuten schließe ich ebenfalls für einen Moment die Augen. Nur eine Minute. Bloß kurz. Einfach, um mich auszuruhen.

Als ich jedoch die Augen wieder öffne, dämmert es bereits. Sofort fahre ich hoch, als ich begreife, im Dschungel aufgewacht zu sein und nicht geträumt zu haben. Aus den Augenwinkeln sehe ich Samira immer noch eingerollt auf der Seite liegen und schlafen. Erleichtert, dass sie noch da ist, ich lebe und sie ihren Rausch ausschläft, atme ich durch. Ich erhebe mich vorsichtig vom Stein, bevor ich die Uhr und den Kompass aus dem Rucksack hole. Ein Handy ist an diesem Ort nutzlos. In diesem Dickicht die Himmelsrichtungen am Sonnenstand abzulesen, stellt ein absolutes Problem dar. Daher bin ich froh, dass meine Männer in jedem Wagen einen Notfallrucksack verstaut haben.

Als ich 5.12 Uhr von der Taschenuhr ablese, kalibriere ich als Nächstes den Kompass. Wir müssen uns weiter entlang dem Bachlauf bewegen, der sehr bald in den reißenden Fluss Río Chucunaque mündet und uns nach Hause führt.

Entschlossen, dass wir die Wanderung überstehen werden, lausche ich den Geräuschen des Waldes. Über uns raschelt es in den Baumkronen, bis ich fünf neugierige Kapuzineräffchen entdecke, die mich im Auge behalten und absolut ungefährlich sind.

Ich steige zum Bachlauf hinab, um das Blut vom Körper zu waschen. Von Lanzenottern, Jaguaren oder Ozelot ist nichts zu sehen. Ich habe auch nicht vor, eines der Raubtiere im Notfall erschießen zu müssen. Dennoch trage ich meine Waffen am Körper.

Am Wasser angekommen, werde ich das Jackett los, das nicht nur lästig ist, sondern mich unnötig schwitzen lässt. Und wir müssen Wasser sparen. Zwar könnten wir Wasser aus dem Bach trinken, was ich jedoch vermeiden möchte, damit wir uns keine Vergiftung zuziehen. Als ich das Jackett auf dem Stein neben mir ablege, knöpfe ich mein Hemd auf und streife es mit einer Hand und begleitet von einem gequälten Stöhnen von den Schultern. Mittlerweile hat mein Blut den Stoff an meinen Körper geklebt. Aber ich kann mir erst jetzt ansehen, wie schlimm der Kratzer wirklich ist.

Als ich das Hemd neben das Jackett, in dem sich die Waffen befinden, lege, gehe ich locker in die Hocke und wasche den Schweiß und das vertrocknete Blut von meinem Arm und Oberkörper. Weiterhin halte ich wachsam die Umgebung im Auge. Die Äffchen trauen sich näher an mich heran. Von Weitem höre ich das Hämmern von Tukanen, die uns bald ebenfalls lästig werden könnten. Diese neugierigen Vögel sind zwar für Touristen eine Attraktion, aber sie können aufdringlich werden wie die Affen.

Nachdem ich mir sicher bin, dass Samira noch schläft und mich nicht sehen kann, nehme ich die Maske ab, um mein Gesicht zu waschen. Das Wasser rinnt wohltuend über meine Haut und Kehle entlang. Ich hebe mit beiden Händen Wasser über mein Haar und spüle die letzten Dreckreste fort.

Als ich die Maske ebenfalls im Bachlauf wasche, höre ich Samira plötzlich nach mir rufen: »Alessio!«

Sofort hebe ich die Maske aus dem Wasser, schüttele sie

und setze sie auf. »Ich bin hier.« Gut, dass sie bereits wach ist, dann können wir weitergehen.

Als ich die Steine wieder zu ihr hoch steige, sehe ich hinter ihr einen Kojoten, der knurrt. »Rühr dich keinen Zentimeter«, warne ich sie.

»Wieso nicht?« Langsam greife ich zur Pistole, die ich mit den Messern in den Gürtel und Hosenbund geschoben habe. Starr vor Angst weicht sie in dem Moment vor mir zurück. »Nicht.«

Ich richte den Lauf gen Himmel und drücke ab, damit der Kojote sich verzieht. Jaulend rennt er zurück ins Dickicht. Doch wo einer ist, sind die anderen nicht weit.

»Was war das gerade eben? Ich dachte …«

»Ich würde dich erschießen?«, beende ich ihre Vermutung. »Keine Sorge, Liebling, ich brauche dich noch.«

»Liebling?«, wiederholt sie giftig und zerrt am Baum angelehnt an ihren Fesseln. »Bindet man einen Liebling fest?«

Ich grinse unter der Maske, trete an sie heran und lege mein Jackett und Hemd neben ihr ab, bevor ich die Waffe wieder sichere und in den Bund schiebe. Dicht vor ihr neige ich den Kopf und blicke in ihre Augen. Sie trägt immer noch den teuren Schmuck, den sie loswerden sollte.

»Ja, ganz besonders die störrischen und bissigen«, antworte ich höhnisch. »Reich mir deine Hände.« Sie gibt mir mit diesem zweifelnden Blick ihre Handgelenke, damit ich sie losbinde. Dabei fällt ihr Blick auf meinen Oberkörper, wandert zur Wunde auf meiner Schulter und die Wassertropfen auf der Maske und meiner Haut.

»Wenn du wach bist, können wir direkt weitergehen. Nimm zuvor den Schmuck ab.«

Kaum dass ihre Hände befreit sind, greift sie zu den Ohrringen, die sie abnimmt wie auch die Kette, bei der ich ihr helfe. Sie lässt es zu, lässt sich von mir helfen, ohne sich aufzuregen. *Beachtlich.*

»Wie geht es dir?«, erkundigt sie sich. »Wir sollten zuvor deine Verletzung behandeln, bevor wir weitergehen.«

»Möchtest du die Krankenschwester abgeben? Sehr gerne, dazu sage ich sicher nicht Nein, nachdem ich dich schließlich wieder gerettet habe.« Ich kann mir meine spöttische Bemerkung nicht verkneifen. Sie stößt mit der flachen Hand gegen meine Brust.

»Dir scheint es viel zu gut zu gehen.«

Geht es mir nicht, aber muss sie nicht wissen. Ich halte die Hand auf, damit sie mir die teuren Schmuckstücke zurückgibt. Gehorsam legt sie die Juwelen in meine Hand, die ich im Rucksack verstaue. Anschließend erhebt sie sich etwas wackelig in ihrem zerfetzten Kleid, das ihre hübschen langen Beine preisgibt, und greift zur Erste-Hilfe-Tasche. »Ich weiß nicht, ob ich das kann, aber ich kann es versuchen.«

Kurz darauf deutet sie auf die Decke, damit ich Platz nehme.

»Ich lasse mich gern überraschen. Stellst du etwas Dummes an, du weißt schon.«

»Wie oft willst du das noch sagen?«, fragt sie genervt und kniet sich neben mich, als ich auf der Decke Platz nehme. »Ich fliehe nicht. Ohne deine Hilfe würde ich hier verhungern, gestochen, gebissen und gefressen werden.«

»Ganz richtig«, stimme ich ihr zu, als sie zum ersten Mal erkennt, auf mich angewiesen zu sein. Plötzlich kippt sie Jod auf die zehn Zentimeter lange und gefühlt fünf Zentimeter tiefe Wunde, was mich wild knurren lässt. »Weniger!«

»Nein, halt still!«

Zornig fahre ich zu ihr herum, hebe die rechte Hand zu ihrem Hals, weil sie sich mir widersetzt, aber verharre kurz vor ihrer Kehle und lasse die Hand sinken. Mit der reinen Furcht in den Augen hält sie die Luft an. Anschließend fährt sie einfach fort, als wäre nichts passiert. Ich sollte mich mehr unter Kontrolle haben. »Du kennst dich im Dschungel aus, bewegst dich, als wüsstest du genau, wie man hier überlebt.«

»Wird das jetzt eine Art Small Talk?«

»Nein, es ist nur eine Feststellung.« Und sie erwartet, dass ich sie bestätige?

»Ich habe viel Zeit in der Wildnis verbracht.« Meine Augen huschen zu ihrem Gesicht. Sie beginnt damit, die Wunde abzutupfen, anschließend eine Mullbinde anzulegen. So wie sie es macht, scheint sie es nicht zum ersten Mal zu tun. Hinter ihr sehe ich die Nervensägen von Affen, die sich im Gebüsch zu uns herabhangeln und am Stamm herunterklettern. Ich grinse, weil Samira sie nicht bemerkt. Auch nicht die Vogelspinne, die in der Felsspalte rechts von ihr lauert. »Ich weiß, wie man überlebt, weil ich es auf die harte Tour lernen musste. Seit ich sechs Jahre alt bin, habe ich zeitweise immer mal wieder Tage im Dschungel verbracht, um mich zu verstecken.« Erst jetzt bemerke ich, bereits zu viel erzählt zu haben.

»Vor wem?«, fragt sie weiter, ohne den Blick von der Verletzung zu heben. Ihre Finger streifen immer wieder wie eine hauchzarte Berührung meine Haut. Sie wirkt konzentriert und schaut erst zu mir, als ich ihr keine Antwort gebe.

»Das ist nicht relevant.«

»Nicht so relevant, wie wir gestern fast getötet worden wären? Wer war der andere maskierte Mann? Ich dachte, es gibt nur einen von deiner Sorte.« Sonst ist sie morgens halb so gesprächig wie heute.

»Er ist Johannas Vorzeigeschild, wenn man es so sehen will. Er soll die Leute täuschen und handelt unwillkürlich, brutal und mordet ohne Grund. Man soll ihn mit mir verwechseln, damit die Menschen, die hinter mir stehen, mich anzweifeln. Wer er ist, weiß ich seit Längerem.« Und auch, dass er zum lästigen Problem seit einem Jahr geworden ist und die Bevölkerung Panamas verunsichert.

»Er ist also ein Doppelgänger?«, hakt sie nach.

»Sieht so aus. Wir beenden die Fragestunde und sollten aufbrechen. Am besten, du wäschst dich kurz im Bach.« Mein Blick fällt auf ihren tiefen Ausschnitt, was ihr nicht entgeht. Ihre Beine sind von Schlamm bedeckt wie auch ihre Arme und ihr hübsches Dekolleté.

»Widerling!«, faucht sie und erhebt sich. In dem Moment huscht ein Äffchen an ihr vorbei, das sich die Schere schnappt und damit abziehen will. Samira quiekt erschrocken auf, als ich mich rasch zu dem Affen beuge und ihm die Schere aus den Krallen reiße. »Mistvieh!«

Der Affe faucht mich an und fletscht die Zähne. »Beißt du Vieh mich, drehe ich dir den Hals um.« Doch er entkommt mir, aber lässt die Schere zurück. Samira schaut von mir zu dem Affen und hebt die Braue. »Sind das Kapuzineräffchen wie im Zoo?«

»Zoo? Ich war nie in einem Zoo. Keine Ahnung. Zumindest sind sie aufdringlich und frech. Sie tun nichts, außer einen bestehlen, verfolgen und nerven.« Jetzt sehe ich diesen verträumten Blick von ihr. »Komm nicht auf die Idee, einen von ihnen mitzunehmen.«

Sie zeigt mir einen Vogel, bevor sie die Steine hinabsteigt und zum Bach geht. Ich zähle bereits die Sekunden, bis sie wieder schreit und ein Tier ihr neugierig aus einer Felsspalte oder zwischen Blättern entgegenblickt. Während es erstaunlich still ist, betrachte ich die verbundene Verletzung. Sieht sehr professionell aus. Vorsichtig taste ich über den Verband, der fest und gut sitzt. Anschließend sammele ich alles von unserem notdürftigen Lager ein, schüttele die Decke aus, rolle sie zusammen und schiebe den Kompass, das Seil, die Wasserflaschen und die Taschenlampe zurück in die Seitenfächer.

Als ich das Hemd überstreife, an den Ärmeln hochkrempele und den Rucksack auf die gesunde Schulter hebe, kommt sie barfuß zurück. Mir gefällt es nicht, dass sie keine Schuhe trägt, aber ich habe keine andere Lösung für sie. Sie tragen, geht nicht, ihr meine Schuhe geben, ist auch Blödsinn.

»Pass auf, wohin du trittst, und folge mir.«

»Kannst du auch ein Mal etwas Nettes sagen?«

Ich schnaube, bevor ich sie mit einem spöttischen Blick besehe, dann an ihr vorübergehe. »Warum? Machst du immer, was ich sage?«

Weiterhin trottet sie mir hinterher und blickt sich überall neugierig um. »Wie ein Kind für dich gebären?«

»Zum Beispiel«, kontere ich amüsiert. »Damit würdest du in meinem Ansehen aufsteigen.«

»Warum sprichst du immer so gestochen? Du bist mit acht im Dschungel aufgewachsen wie Tarzan und sprichst wie einer, der einer Adelsfamilie abstammt.«

»Wir waren beim Thema Kind.«

»Vergiss es.«

Sofort drehe ich mich zu ihr um, woraufhin sie mit der Nase voran direkt in mich hineinläuft und an meinem durchgeschwitzten Hemd klebt. Peinlich berührt hebt sie das Gesicht, was mich grinsen lässt. »Ist das deine letzte Antwort?« An den Schultern bekomme ich sie zu fassen.

»Wir sollten weitergehen …«, murmelt sie und will sich aus meinen Griffen befreien.

»Nein, du gibst mir eine Antwort.«

»Die gebe ich dir nicht. Nicht hier.« Also scheint sie es sich vielleicht doch noch einmal zu überlegen. »Du könntest mir verraten, warum du ein Kind willst. Warum ich diejenige sein soll, die es austragen soll, und warum keine andere Frau.« *Berechtigte Frage.*

Wendig drehe ich mich um und gehe weiter. »Das ist nicht so einfach.«

»Du könntest versuchen, es mir zu erklären. Ich bin erst vierundzwanzig und wollte noch nicht Mutter werden, sondern ….« Sie überlegt, was sie eigentlich in ihrem Leben wollte, und weiß es doch nicht mehr. Das macht mich nachdenklich, weil es ein grausames Gefühl sein muss. Ich werfe einen Blick über die Schulter zu ihr, als sie verstummt.

»Ich bin vierunddreißig und wollte immer eine Familie«, antworte ich ihr. »Es ist etwas, was ich mir wünsche. Etwas, was ich nicht hatte wie andere. Ich habe lange darüber nachgedacht, Samira, und ich möchte das Kind nicht von irgendjemandem, sondern jemandem, der …« Ich gerate ins Stocken, als ich bemerke, wieder zu viel gesprochen zu haben.

»Sondern jemandem, der?«, hakt sie nach und folgt mir weiterhin am Bachlauf entlang.

»Jemandem, den ich persönlich kenne, respektiere und der jung und gesund ist. Du bist jung, siehst sehr gut aus, bist intelligent und hast diesen Kampfgeist. Das ist die perfekte Mischung.«

»Verstehe«, antwortet sie gedankenverloren und zugleich weiterhin angewidert von meiner Bitte. Ich weiß, dass sie es nicht versteht. »Wie sollte es denn ablaufen, wenn ich – also nehmen wir an, ich würde zustimmen, es auf die Welt bringen und du würdest mich danach freilassen – dürfte ich es sehen?«

»Nein«, antworte ich rigoros und balle die Finger der rechten Hand zu einer Faust zusammen, um den pochenden Schmerz in meiner Schulter niederzukämpfen.

»Wieso nicht?«

»Wenn du einmal gehst oder fliehst, wirst du mich nie wiedersehen«, antworte ich ruhig. »Es wäre nicht nur für mich besser, sondern auch für dich.«

»Dann würdest du das Kind von Ashara und den anderen blinden Angestellten aufziehen lassen? Ich dürfte es nie wiedersehen? Hast du einen Moment daran gedacht, dass mir das Kind nicht egal sein würde? Dass es auch meins ist?«, spricht sie unvermittelt zorniger.

Natürlich habe ich daran gedacht, aber sie ist jung, sie

könnte später eine neue Familie gründen und von vorn anfangen – obwohl …

Irgendwie nagt ein ungutes Gefühl in mir bei der Vorstellung. Wenn ich ehrlich bin, will ich überhaupt nicht, dass sie geht. Ich habe ihr nur die Freiheit im Gegenzug für das Kind geboten, damit sie zustimmt. Damit ich das Kind habe, auch wenn sie gegangen ist. Beides … nein, werde ich nicht bekommen.

»Warum machst du dir bereits jetzt darüber Gedanken, meine liebe Samira?«, frage ich sie und drehe mich zu ihr um. »Gerade sollten wir daran denken, heute dreißig Meilen unbeschadet zurückzulegen.«

»Ich will dich bloß verstehen. Einfach wissen, warum du so etwas absolut Unmoralisches verlangst.« Ihre rehbraunen Augen suchen meine. Kurz öffne ich den Mund, will ihr antworten und am liebsten erzählen, warum, aber ich kann nicht. Nicht jetzt. Nicht so. Nicht hier.

»Ich erzähle es dir. Nicht heute, aber bald, damit du es verstehen kannst. Jetzt komm, wir müssen weiter.« Sanft streichele ich über ihren Oberarm, bis ich mich wieder umdrehe, das Brennen in meiner Schulter erneut ignoriere und weitergehe.

Wir laufen über zwei Stunden den Bachlauf entlang, der allmählich an Wassermengen zunimmt. Endlich. Wir dürften mittlerweile um die acht Meilen zurückgelegt haben.

Als wir eine Pause einlegen, meine Kleidung feucht an meiner Haut klebt und ich diese aufkommende Hitze in meinem Körper spüre, ahne ich, dass etwas nicht stimmt. *Verdammt …*

»Hast du etwas zu essen dabei?«, fragt Samira, die sicher Hunger hat.

»Nein. Zwei Tage ohne Nahrung ist kein Problem, solange wir Wasser haben.« Um zu jagen, bleibt uns keine Zeit.

Nach dem Stopp von einer Stunde gehen wir weiter,

immer weiter. Ich halte die Augen nach Raubtieren, Reptilien und Kartellen offen. Schließlich befinden wir uns nahe der Grenze zu Kolumbien, und ich habe keine Lust, feindlichen Kartelllagern, Söldnern oder dem Paramilitär vor die Füße zu fallen. Nicht in meinem Zustand. Adin, Mihail, Luis, alle Männer werden bereits nach uns suchen. Wenn wir großes Glück haben, finden sie uns, bevor wir das Anwesen erreichen.

Samira schlägt sich tapfer. Sie wirkt zwar erschöpft, ihr setzt die hohe Luftfeuchtigkeit und die Hitze zu, trotzdem hält sie weiterhin mit meinem Tempo mit und ich verliere sie kein einziges Mal. Sie unternimmt keinen Fluchtversuch, bleibt mir dicht auf den Fersen und versucht mich immer wieder in ein Gespräch zu verwickeln.

Ich unterhalte mich gern mit ihr, aber lasse mich nicht ausfragen. Zudem driftet mein Verstand von Stunde zu Stunde immer mehr ab. Ich weiß, dass die Infektion bereits ihren Lauf nimmt. Bei dem feuchtwarmen Klima reicht eine leichte Entzündung, die in wenigen Tagen zum Tod führen kann. Daher liegt mir die Zeit im Nacken. Ich erzähle Samira nichts davon, um sie nicht zu beunruhigen, schließlich setzt sie alles auf mich und hofft, dass ich sie aus dem Dschungel heil rausbringe.

Gegen Abend setzt ein heftiger Sturm ein. Ich halte nach einem geeigneten Platz zum Übernachten Ausschau und finde wild gewachsene Bananen, von denen ich ein paar pflücke und sie ihr gebe.

»Es wird gleich gewittern«, höre ich sie hinter mir sagen.

Wenige Schritte später glaube ich einen Moment, zu träumen, denn ich sehe eine alte heruntergekommene und zugewucherte Baracke, die wohl als Zwischenlager gedient haben muss.

»Wir werden die Nacht dort drinnen verbringen.« Ich deute auf das halb eingefallene Gebäude, auf das Samira eilig zuhält. Rasch halte ich sie davon ab. »Warte hier. Ich schau nach, ob niemand drin ist.« Oder Tiere darin nisten.

»Ich warte hier.«

Vorsichtig schiebe ich die Zweige vor dem Eingang zurück und betrete das verlassene Gebäude, das nur aus Welldach und Stützen mit vermoosten Mauern besteht. Niemand befindet sich in dem Gebäude, wenn man es überhaupt als eines bezeichnen kann. Ich finde verrostete Fässer vor, einen von Holz und Schutt übersäten Boden. In den Ecken huschen Eidechsen entlang, die sich zwischen die aufgestapelten Steine verkriechen. Eine Boa funkelt mir bösartig entgegen, die ich vertreibe. Ansonsten finde ich nichts Gefährliches vor.

»Du kannst kommen«, rufe ich Samira, die langsam die Überdachung betritt. Keinen Moment später geht ein heftiger Regenguss nieder. Ein greller Blitz zuckt am Himmel, der sie heftig zusammenfahren lässt.

»Hast du Angst vor Gewitter?«, frage ich sie, als ich den Rucksack absetze, den ich nur auf einer Schulter getragen habe, und die Decke hervorhole. Neben ihr stelle ich die halb leeren Wasserflaschen ab, da ich sehe, dass sie am Verdursten ist.

»Etwas«, wispert sie angespannt und nervös. Ein Knall und sie kauert sich in die Ecke zusammen und zieht die Arme schützend über ihren Kopf.

»Und du benennst deinen Hund Tormenta? Oder liegt es daran, dass Elian sich so nannte, dem du deine Zunge in den Hals stecken musstest, als ich nicht da war?«

Als sie meine Worte hört, blinzelt sie mehrmals, bis sich ihr Blick ändert und sie einen Wimpernschlag später verärgert zu mir schaut. »Du weißt davon«, stellt sie fest.

»Ich weiß alles«, antworte ich gelassen. »Du magst ihn, nicht wahr? Ihm hast du eigentlich zu verdanken, dass du hier bist und noch lebst.«

Ohne sie weiter zu beobachten, senke ich den Blick, packe

die Seile aus, lege die Taschenlampe daneben auf den Boden und blinzele mehrmals gegen den Schleier vor meinem Sichtfeld an. *Verflucht!* Mit der rechten Hand fahre ich über meine Schläfe neben der Maske.

»Ich weiß, er hat mir alles erzählt. Ja, ich mag ihn. Er behandelt mich freundlich und erzählt mir mehr über sich als gewisse andere Männer.«

Hinter der Maske verziehe ich das Gesicht. »Ich soll dir mehr über mich erzählen, ist es das? Würdest du mich dann auch mögen?«

Sie tritt in mein Sichtfeld, bevor sie mir eine geschälte Banane reicht und auf der Decke Platz nimmt. Es sieht wieder so aus, als wäre sie froh, dass ich bei ihr bin, da sie bei jedem Donner heftig zittert.

»Vielleicht, ja. Du musst mir nicht verraten, wer du bist. Das will ich überhaupt nicht. Du könntest mir nur sagen, was du magst, was du hasst, wie du gelebt hast, wie du zu dem Menschen geworden bist, der du bist.«

»Und was würde das ändern, Samira? Was würden dir Details aus meinem Leben bringen?«, frage ich sie interessiert.

»Wieder antwortest du mit Gegenfragen.« Sie seufzt enttäuscht und zieht die Knie eng an ihren Oberkörper. Ich setze mich zu ihr, beiße von der Banane ab und kaue.

»Ich …«, ringe ich mich nach einigen Minuten durch, nachdem wir den Regen beobachten, sie schrecklich zittert und ich mit dem Fieber zu kämpfen habe. »Ich bin in Costa Rica geboren worden. Meine Mutter war Deutsche, mein Vater stammt aus Puerto Limón. Meine Mutter starb während meiner Geburt und …« Mit gesenktem Blick starre ich auf den Deckenrand vor meinen Füßen. »Ich hatte weitere drei Geschwister, die mein Vater und meine Tante allein durchbringen mussten. Nachdem ich acht Jahre alt war, kam ich nach Panama.« Ich weiß, dass sie ihr Gesicht zu mir dreht und mich anblickt, während ich erzähle. Sie unterbricht mich nach keinem Satz.

»Nachdem ich an keine sonderlich angenehme Einrichtung verkauft wurde, wir tagsüber Touristen bestohlen haben, um die Einrichtung zu finanzieren … sind Elian und ich eines Tages geflohen. Wir lebten auf der Straße und verloren uns irgendwann aus den Augen. Ab und zu waren Gangs hinter mir her, weil ich sie ebenfalls beklaut habe. Waffen verkauften sich einfach besser als gefälschte Uhren, weißt du?« Sie runzelt ihre hübsche Stirn, während ich schwach grinse. »Ich musste im Dschungel untertauchen und überleben lernen. Aber ich war frei.« Nun drehe ich mein Gesicht zu ihr mit diesem Strahlen in den Augen. Sie zieht mitfühlend ihre schmalen Augenbrauen zusammen. »Hab kein Mitleid, Samira. Der beste Teil kommt noch.«

Skeptisch betrachtet sie mich, bis ich mich dazu durchringe, ihr von der Gang zu erzählen, die mich eines Nachts aus Rache kidnappte und an einen Menschenhändler verkaufte. Sie waren mich los und kassierten zudem eine Stange Geld. Für mich begann ein Albtraum, aus dem ich lange Zeit nicht aufwachen durfte. Ich kam zu einer Familie, für die ich arbeiten musste, hart arbeiten musste. Später übergaben sie mich einem anderen Paar, das meinen schrecklichen Zustand und die Umstände, wie ich lebte, während eines Besuchs sah und furchtbar fand. Sie wollten mir helfen und nahmen mich mit elf mit zu sich nach Hause. Sie hatten zwei Kinder in meinem Alter, ließen mich ebenfalls arbeiten, aber sorgten dafür, dass ich eine Schulausbildung erhielt, lesen, rechnen und schreiben lernte. Mit sechzehn traf ich wieder auf Elian, der sich einen Namen in einer anderen Gang machte und der mich nach all den Jahren wie einen Freund betrachtete.

»Er war mir immer noch dankbar, ihn damals aus der Einrichtung befreit zu haben, und verhalf mir, mir nebenbei Geld zu verdienen. Zuerst schmuggelten wir Tabak und Gras über die Grenzen von Kolumbien nach Panama. Die Grenzen sind teilweise nur zu Fuß zu überqueren. Später reparierten wir einen alten Kahn, um die Ware übers Meer nach Panama zu bringen, die von dort aus über die Karibik nach Amerika gelangte. Panama ist das Land der Geldwäscherei, und wir gründeten mit dem Geld, das wir verdienten, mehrere Scheinfirmen. Wir schauten uns von den großen die Tricks ab, und ehe wir uns versahen, hatten wir einige Jahre später unsere eigene Gang, unsere Leute, unser Unternehmen, unser Imperium. Das ist im Wesentlichen das, was ich dir sagen kann, falls es dir Elian nicht bereits erzählt hat.«

»Nein, er hat es nur grob angerissen, dass euch etwas verbindet.« *Etwas ist gut. Uns verbindet sehr viel.*

»Seit wann trägst du die Maske?«, fragt sie als Nächstes. Ich werfe die Bananenschale ins Freie, wo das Gewitter tobt. Sie rückt mit jeder Minute näher an mich heran, was mir gefällt. Kurz kommt das Verlangen in mir auf, sie an meine Seite zu ziehen. So etwas habe ich nie getan.

»Seit über zwölf Jahren. Seit wir beschlossen haben, unter falschen Namen zu leben. Anfangs wollte ich mich mit der Maske vor der Gang, die mich gejagt, misshandelt und gefoltert hat, verstecken. Ich wollte um keinen Preis, dass sie erfahren, wer ich bin. Später hat die Maske eine wesentlich bessere Funktion eingenommen. Jeder rätselt, wer sich dahinter verbirgt. Sie verschafft mir Respekt und Anerkennung und schützt meine Identität.« *Sie ist ein Teil von mir.*

Es ist ein Wunder, dass sie nicht bereits auf meinem Gesicht eingewachsen ist.

»Mir gefällt die Maske. Sie verleiht dir etwas Erhabenes und Mystisches.« Sie hebt plötzlich die Finger zu meinem Gesicht und will über die Konturen der Maske fahren.

Ich weiche einige Zentimeter zurück. »Lass das«, keuche ich angestrengt, da mir nicht gefällt, dass sie mir noch näherkommt.

»Vertrau mir, ich nehm sie dir nicht ab.«

»Du vertraust mir ebenso wenig.«

»Ich versuche es aber.« *Wirklich?* Das hat nie jemand zu mir gesagt. Eher unwillig lasse ich es dennoch zu, dass sie über das Metall fährt und die Maske berührt, als würde sie mein Gesicht abtasten.

Als es wieder grell aufblitzt und sie ängstlich vom Donner die Augen zusammenkneift, lege ich meine Hand um ihr Gesicht.

»Beruhige dich, das Gewitter ist bald vorüber.« Wir sollten eher hoffen, dass es zu keinem Erdrutsch oder keiner Überschwemmung kommt.

Sie nickt, zieht ihre Hand von mir und streichelt mit ihren Fingerspitzen über meine Brust.

»Woher hast du gelernt, dich so zu geben? So auszudrücken?«, höre ich sie fragen.

Ich lache leise, lege mich langsam auf den Rücken und ziehe sie mit mir herab. Und plötzlich bettet sie ihren Kopf nah an meine Brust und schaut zu mir auf. Das Gefühl ist so fremd, da ich nie jemanden so nah an mich herangelassen habe. Sich mir niemand auf die Art nähern wollte, bis auf die Huren früher, die ich abwies.

»Die zweite Familie, für die ich arbeitete, an die ich übergeben wurde, war nicht schlecht. Ich musste arbeiten, dafür durfte ich mit ihren zwei eigenen Kindern am Privatunterricht teilnehmen. Nicht jeden Tag, aber wenn es die Arbeit zuließ, sehr oft.«

»Privatunterricht spricht für eine wohlhabende Familie.«

»Ja. Sie hatten Geld, waren angesehen und … reich.« *Bis sie ermordet wurden.* »Jetzt bist du dran …«, spreche ich schleppender. »Erzähl mir etwas von dir. Irgendetwas«, bitte ich sie, da es mir schwerfällt, die Augen aufzuhalten.

Sie beginnt zu erzählen, hauptsächlich Dinge, die ihr Zahra gesagt hat. Ich höre ihr gern zu, mag den weichen Klang ihrer Stimme, der etwas Fröhlichkeit in der eisigen Finsternis in mir verbreitet. Mit jedem Satz, den sie erzählt, sinke ich ungewollt tiefer in eine erdrückende Dunkelheit, verliere ihre Stimme aus meinem Kopf und dämmere weg.

»Du fühlst dich so heiß an«, höre ich sie irgendwann sagen und muss matt grinsen. Hände fahren über mein Haar, über meinen Hals und prüfen meinen Puls, bis ich hochfahre und ihre Hand zu fassen bekomme.

»Ich tu dir nichts«, höre ich jemanden in der Dunkelheit sprechen. *Wer?* Ich blicke mich um, aber kann die Person nicht sehen. Langsam schieben mich Hände zurück auf den Boden, etwas kühlt meine Stirn über der Maske. Ich taste danach.

Ich trage sie noch … Ich sollte Samira … fesseln, bevor sie … die Waffen nimmt … flieht …

KAPITEL 30

SAMIRA

Anfangs glaubte ich, er wäre von der Wanderung durch den Wald erschöpft und müde, schließlich wurde er angeschossen.

Als ich aber, nachdem er eingeschlafen ist, nach seiner Stirn taste, stelle ich sehr schnell fest, dass er hohes Fieber hat. Seit wann hat er das Fieber bereits? Und warum habe ich es nicht früher bemerkt? Vielleicht hat er mir nur im Fieberwahn so viel von sich erzählt, weil er nicht mehr die Kontrolle über das hatte, was er sagt. *So oder so … ich muss etwas tun.* Nachdem das Gewitter endlich vorbeigezogen ist, kühle ich seine Stirn und halte ihm eine Wasserflasche an die Lippen, damit er trinkt, und lasse ihn anschließend schlafen.

Was mache ich ohne ihn? Ohne seine Hilfe finden wir niemals aus dieser unheilvollen gefährlichen Wildnis heraus.

Als die Nacht einbricht, ich immer wieder ein beängstigendes Rascheln höre und weiter entfernt das Jaulen eines Kojoten an meine Ohren dringt, verknotet sich mein Magen. Ich habe solche Angst wie lange nicht mehr.

Daher presse ich mich enger an Alessio und bete zu Allah, dass er morgen früh aufwacht. Dass wir beide die Nacht überstehen. Ich will die Batterien der Lampe aufsparen, obwohl ich mir seine Verletzung noch mal ansehen sollte. Sie muss sich entzündet haben und er davon bereits Stunden wissen. *Warum sagt er nichts? Warum hat er mich glauben lassen, ihm ginge es gut? Damit ich mir keine Sorgen mache? Die mache ich mir aber.*

Nah an seiner Brust atme ich seinen vertrauten Duft ein, spüre seine gleichmäßigen Atemzüge und beobachte, wie seine Finger hin und wieder über den staubigen Boden zucken.

Es wird alles gut werden. Wir schaffen es. Gemeinsam – rede ich mir immer wieder ein.

Am nächsten Morgen wache ich, kaum dass es draußen hell geworden ist, vor Alessio auf. Ich blicke mich langsam in der Baracke um, sehe Gott sei Dank keine Bedrohung auf uns lauern und erhebe mich vorsichtig an seiner Brust. Er liegt immer noch wie am Abend zuvor in derselben Position da. Eine Weile beobachte ich ihn, überlege für den Bruchteil einer Sekunde, die Maske von seinem Gesicht zu nehmen, um für mich, nur für mich zu erfahren, wer er ist, wie er wirklich aussieht. Doch dann entscheide ich mich dagegen.

Nein, das wäre Verrat. Er würde mir nie wieder vertrauen. Mir wäre seine Bestrafung relativ egal – sollte er die Reise durch den Dschungel überleben. Ich würde es *mir* nicht verzeihen können, ihn hintergangen zu haben.

Zwar nagt die Neugierde in mir, trotzdem respektiere ich seinen Wunsch. Falls irgendwann doch der Moment eintreten sollte, soll er mir von sich aus sein Gesicht zeigen. Neugierde hin oder her. Ich will es nicht sehen. Es verändert womöglich mein komplettes Bild über ihn, falls ich es sehe. Und aus irgendeinem Grund möchte ich das nicht.

Daher greife ich zur Wasserflasche, drehe sie auf und schiebe meine Hand unter seinen Hinterkopf. »Alessio«, sage ich ruhig, damit er wach wird. »Wach auf. Du solltest etwas trinken.«

Eine Zeit lang rührt er sich nicht. Nachdem ich weiterhin vorsichtig an seiner gesunden Schulter rüttele, öffnet er benebelt die Augen. »Si crees que te lo voy a decir, puedes esperar sentado«, antwortet er rau. – ›*Wenn du glaubst, dass ich es dir verrate, kannst du lange darauf warten.*‹

Was meint er mit den Worten?

»Ich habe dich nichts gefragt. Trink etwas.«

Verwirrt schüttelt er den Kopf und schiebt die Flasche zur Seite. »¡Esfúmate! Verschwinde!«

Bevor er mir die Flasche aus der Hand reißen und sie verschütten kann, lege ich seinen Kopf wieder auf die Decke und erhebe mich. Es steht übel um ihn. Übler, als ich gedacht habe.

»Ich bin gleich wieder zurück.« Langsam entferne ich mich von ihm, um hinter der Baracke zwischen Büschen meine Blase zu erleichtern. Als ich zurückkehre, hat er sich aufgesetzt und starrt mich böse an.

»Wolltest du fliehen?«

»Nein. Ich war nur … du weißt schon. Wie geht es dir?«, frage ich ihn und nähere mich ihm langsam.

»Gut, so weit. Wir sollten weitergehen. Das Wetter scheint sich beruhigt zu haben.« Mit einem zittrigen Arm stützt er sich auf und zieht sich schwankend in den Stand.

»Schaffst du es wirklich? Du hast hohes Fieber, und ich weiß nicht, was ich machen soll, in welche Richtung ich laufen muss, um Hilfe zu holen.«

»Ich schaffe es.« An der Säule, die sich in seiner Nähe befindet, hält er sich wackelig fest, greift zum Wasser und leert die Flasche mit großen Schlucken. Er muss am Verdursten sein. »Die Hälfte haben wir gestern zurückgelegt. Heute Abend sind wir zu Hause.«

Zu Hause … Ich nicke, packe eilig alles zusammen und

kann mich nicht schnell genug beeilen. Wenn er recht hat, wäre heute Abend alles vorbei, er könnte behandelt werden und wir wären in Sicherheit. Meine Entschlossenheit und ein Funken Hoffnung kehren wieder zurück.

Kurz darauf setzen wir den Weg fort. Doch bereits nach anderthalb Stunden geht es ihm immer schlechter. Er schwankt bedrohlich, muss mehrere Stopps einlegen und wäre einmal fast in den Fluss gekippt, hätte ich ihn nicht rechtzeitig festgehalten.

»Leg deinen Arm um mich. Wir sind sicher gleich da.« Denn wenn es stimmt, was er sagt, müssen wir das Anwesen bald erreicht haben. Bloß kommen wir viel zu langsam voran.

Er stützt sich auf mir ab und ist so verdammt schwer. Anfangs ließ er mich kaum sein Gewicht spüren, doch mit jedem Meter, den wir zurücklegen, nickt er ein und sinkt auf meine Schultern. Ich motiviere ihn immerfort, weiterzugehen und nicht stehen zu bleiben, was anfangs funktionierte, jetzt hingegen nicht mehr. Vögel und Affen verfolgen unsere verzweifelte Wanderung durch das Dickicht. Der Weg, der keiner ist, wird immer gefährlicher, die Abhänge tiefer, die Wassermassen des Flusses stärker. Ein falscher Schritt von ihm und er stürzt in die Tiefe.

Ich halte seine Hand fest um mich geschlungen. Wenn er stürzt, falle ich mit ihm. »Komm schon, wir haben es bald geschafft«, sage ich zu ihm, bis er neben mir plötzlich auf die Knie sinkt und ich ihn nicht mehr zum Aufstehen bewegen kann.

»Ich kann nicht … geh ohne mich …«

»Nein, du kannst. Ich gehe nicht ohne dich. Ich lasse dich nicht zurück.« Neben ihm knie ich mich hin und helfe ihm, sich auf den Boden hinzulegen. Er braucht sicher nur eine Pause. Einen Moment, um seine Kräfte zu sammeln.

»Sei nicht dumm, Samira. Du hast eine Chance …«

Gegen die grelle Sonne anblinzelnd hebt er die Hand zu

meinem Gesicht, das er nicht ganz erreicht. Geschwächt sinken seine Finger wieder, bevor sie mein Gesicht berühren konnte. Ich greife nach ihr und lege seine Hand auf meine Wange.

»Nein«, sage ich entschlossen. »Falls ich gehe, bringe ich Ciprian mit oder Elian, Mihail, Luis, Ashara … alle. Du musst dich nur kurz ausruhen«, bringe ich mit bebenden Lippen hervor und kann die Verzweiflung in meinem Gesicht kaum überspielen.

»Du vertraust mir wirklich«, sagt er mit kratzigen Stimmbändern. Über ihn gebeugt nicke ich, sehe den Schweiß seinen Hals hinablaufen und spüre die Hitze, die von seinem Körper ausgeht. »Ich dir auch … Geh … Lass mich zurück.«

Mit seiner Hand auf meiner Wange schüttele ich den Kopf, bis er seine Worte wiederholt und dann erschöpft die Augen schließt. »Geh nach Norden … Sei … vorsichtig und nimm … die Pistole.« *Und ich soll ihn unbewaffnet zurücklassen? Er vertraut mir wirklich seine Pistole an?* »Nimm sie schon.«

»Okay. Ich beeile mich. Versprochen.« Ich ziehe die Waffe aus seinem Hosenbund, hole die zusammengerollte Decke aus dem Rucksack und schiebe sie behutsam unter seinen Kopf, damit er weicher im Schatten unter dem Baum liegt. In seine rechte Hand drücke ich sein Messer, was er umfasst, in der anderen überlasse ich ihm den letzten Rest meines Wassers.

»Schlaf kurz.« Sanft streichele ich über sein Haar, das ich, ohne nachzudenken, küsse, und erhebe mich. »Wenn du aufwachst, bin ich wieder zurück.«

Meine Füße haben sich die letzten Tage an den unebenen, spitzen und harten Boden gewöhnt, sodass ich schneller und geschickter vorankomme. Ich laufe den Fluss weiter und werfe ein letztes Mal einen besorgten Blick zu ihm. Es ziept in meinen Augenwinkeln, bevor ich weine, aber allen Mut zusammensammele und weitergehe. *Er wird es überleben wie ich auch.* Fest entschlossen halte ich den Griff der Waffe umfasst und laufe weiter.

Nach gefühlt drei Stunden brennt meine Kehle. In der schwülen Hitze schwitze ich unaufhörlich und verdurste fast. Ich muss es aber bald geschafft haben. Ich muss bald ankommen. Eher schleppend setze ich einen Schritt vor den anderen. Unter mir sehe ich im angestauten Teil des Flusses Kaimane schwimmen und muss immer wieder aufpassen, wohin ich meine Füße setze, da ich ab und zu Reptilien begegne.

Als es bereits dunkler wird und ich allmählich gefährlich funkelnde Augenpaare zwischen den Palmenblättern entdecke, die mich verfolgen, bekomme ich es immer mehr mit der Angst zu tun.

Ich schaffe es nicht mehr rechtzeitig.

Doch! Reiß dich zusammen, geh weiter!

Plötzlich dringt das ohrenbetäubende Fauchen eines Jaguars an meine Ohren, das mich aufschreien lässt.

Ich hebe die Waffe, sehe die funkelnden Augen in der Baumkrone rechts über mir und richte den Lauf auf das Tier. Aber ich kann nicht abdrücken, sondern mache es wie Alessio, entsichere die Beretta und schieße in die Luft. Ein lauter Knall ist zu hören, der das Tier verscheucht, trotzdem rast mein Herz und Adrenalin jagt durch meine Arterien. Ich schieße ein weiteres Mal, höre die Vögel aufgeregt schreien und verfolge, wie sie die Baumkronen überstürzt verlassen. *Seltsam. Ich weiß, wie man mit einer Waffe umgeht. Ich habe nicht lange gezögert.*

Ohne lange darüber nachzudenken, laufe ich weiter und entdecke ein Stück entfernt die Brücke. Die Brücke, über die wir durch den Dschungel zum Landeplatz des Helikopters gelaufen sind.

Sofort weite ich erleichtert die Augen, hebe die Finger zu den Lippen und pfeife nach Tormenta, der mich sicher hören wird. Mir und Alessio liegt die Zeit im Nacken. Er braucht Hilfe. Bis er gefunden wird, ist es sicher mitten in der Nacht.

Plötzlich höre ich das aufgeregte Bellen meines Rüden. Ein losgelöstes Lächeln bildet sich auf meinen Lippen, bevor ich ein stummes Dankesgebet gen Himmel richte. Ich laufe und stürze blind durch die Dämmerung auf die Brücke zu, auf der ich bald darauf Lampen sehe, die die Umgebung ableuchten.

»Hier!«, rufe ich, reiße die Arme hoch und sehe Ciprian und Mihail, die in meine Richtung leuchten. »Ich bin hier drüben!«

»Da ist Samira!«, höre ich Ciprian, der gefolgt von Luis und Mihail über die Brücke auf mich zueilt. Erschöpft und erleichtert zugleich falle ich Ciprian um den Hals und beginne an seiner Schulter zu weinen.

»Wo ist Alessio?«, fragt Mihail ernst.

»Er ist …« Ich löse mich von Ciprian, der wohl etwas überrumpelt wirkt. »Im Dschungel und schwer verletzt. Er wollte, dass ich allein weitergehe.« Sofort fällt Ciprians Blick auf meine Waffe. Misstrauisch mustert er mich eingehend.

»Du solltest ihn zurücklassen und besitzt seine Waffe?«

»Das ist ein Trick«, sagt Luis mit schmalen Augen, der mir im nächsten Moment hart die rechte Hand auf den Rücken hochdrückt, was mich schmerzhaft aufschreien lässt.

»Wo ist er jetzt?«, fragt Mihail schroff, der mir die Waffe abnimmt und sie mir in der nächsten Sekunde an den Kopf hält.

»Drei Stunden entfernt am Ufer. Beeilt euch. Er hat … hohes Fieber …«

»Ich hoffe für dich, er lebt noch und du belügst uns nicht!«

»Wo ist Adin?«, frage ich Ciprian. Adin dürfte ihnen erzählt haben, was passiert ist und dass Alessio angeschossen wurde.

»Tot.« *Was?* Ein Keuchen kommt über meine Lippen. »Bringt sie ins Haus. Luis, du kommst mit.«

Gemeinsam mit Luis joggt Ciprian den Fluss entlang, um Alessio zu suchen, während Mihail mich vor sich zum Anwesen treibt. »Ich glaube dir nicht, dass er dich fortgeschickt hat.«

Wieso sollte er mir auch glauben? Er weiß nicht, was passiert ist. Aber ich will mich ihm auch nicht widersetzen und mir kurz vor meinem Ziel eine Kugel einfangen. Daher laufe ich gehorsam über die Brücke zum Grundstück und werde dort von den Söldnern empfangen, die sich um mich versammeln und beschließen, mich in den Bunker zu stecken. »Nein«, sage ich sofort. »Wartet, bis sie Alessio gefunden haben.«

»Solange die Sache nicht geklärt ist und der Maestro nicht hier ist, wartest du dort unten.« *Das kann nicht ihr Ernst sein.* Nach der anstrengenden Wanderung können sie mich nicht in das Loch stecken. »Gebt mir wenigstens Wasser.« Da ich kurz vorm Verdursten bin.

»Geh runter.« Nachdem sie die Luke geöffnet haben, zwingt mich Mihail mit Alessios Waffe in der Hand, in das finstere Loch zu steigen, in dem wieder Wasser angestaut steht, das schrecklich müffelt.

»Bitte, ihr könnt nicht …« Ich schaue zu ihnen auf, als er mit Schwung die Luke krachend zuwirft und mich die Panik überkommt. Ich steige die Sprossen hoch und klopfe gegen die schwere Stahltür.

»Lasst mich raus! Bitte!« *Ich habe nichts verbrochen.* Über mir höre ich Tormenta aufgeregt bellen, an der Luke kratzen und jaulen. Dann erklingt das Einrasten eines Schlosses, als befürchten sie, ich hätte wirklich die Kraft, die massive Tür allein aufzustemmen.

Nachdem ich weiterhin an der Luke klopfe und sie anflehe, mich gehen zu lassen, überkommt mich die eisige Kälte und verschlingt mich die gnadenlose Dunkelheit.

Einige Zeit später gebe ich auf und kauere mich auf dem

schlammigen Boden zusammen, da mich meine Beine nicht mehr länger tragen können.

Sie werden Alessio finden. Er lebt noch. Hauptsache, sie finden ihn und retten ihn – geht mir der Gedanke durch den Kopf, als ich das Kinn auf die Knie ablege und die Augen schließe.

Schlotternd vor Kälte wache ich auf und sehe nichts um mich herum. Was, wenn sie mich vergessen haben? Was, wenn sie mich hier unten verdursten lassen? Meine Zunge fühlt sich pelzig an, meine Kehle staubtrocken. Das schlammige Wasser um mich herum will ich nicht trinken. Es könnte verseucht sein und mich auf grausame Art umbringen.

Müde lehne ich den Kopf gegen die kühle Betonwand und nicke immer wieder in Abständen ein, wache auf und schlafe ein. Bis ich glaube, nicht mehr aufwachen zu können, weil mir jede Kraft fehlt.

KAPITEL 31

ALESSIO

Als ich aufwache, ist es hell und ich fahre aus einem üblen Albtraum hoch. Doch statt wie erwartet im Dschungel aufzuwachen, befinde ich mich in meinem Bett. Meine Pendeluhr zeigt kurz nach 19 Uhr abends an.

»Endlich wachst du auf. Wir haben uns Scheißsorgen gemacht.« Ciprian und Luis sitzen neben mir am Bett und spielen Karten.

»Wie lang habe ich geschlafen?«, frage ich mit kratzigen Stimmbändern, nachdem ich auch Jerome sehe, der mich behandelt haben muss. Zumindest spüre ich kein Fieber mehr und kaum Schmerzen in der Schulter.

»Zwei Tage. Die hier gehört dir, die dir Samira gestohlen hat.« Ciprian deutet auf meine Pistole, die auf dem Nachttisch liegt.

»Gestohlen?« Ich ziehe die Brauen zusammen, weil ein heftiger Kopfschmerz unter meiner Schädeldecke tobt.

»Wir trafen sie vollkommen abgedreht an und dachten uns schon, dass etwas vorgefallen sein muss. Zuerst glaubten wir, sie hätte dich verletzt, angeschossen und dir deine Waffe gestohlen. Dass sie so dumm ist und zu uns läuft …« Ciprian lacht abfällig.

Ich verstehe nicht, was er sagt. »Wo ist sie jetzt?«

»Im Bunker.« *Wieso?*

»Seit wann!«, knurre ich.

»Seit zwei Tagen«, antwortet er seelenruhig.

»Ihr …!« Ohne zu überlegen, reiße ich die Laken von mir und erhebe mich mit verbundener Schulter und in Shorts aus dem Bett, als mein Kreislauf verrücktspielt.

»Was wird das jetzt?«, erkundigt sich Ciprian. »Du kannst später mit ihr abrechnen.«

»Sie hat mich nicht angeschossen, ihr Idioten. Es war Johanna. Ich habe Samira mit meiner Waffe zu euch geschickt, damit sie Hilfe holt und mich nicht weiter tragen muss. Und ihr sperrt sie in den Bunker ein! Zwei Tage lang! Habt ihr nach ihr gesehen?«

Luis und Ciprian tauschen Blicke aus. »Mihail hält mit dem Köter Wache, der ständig bellt.«

Mich überkommt eine beklemmende Panik, als ich seine Worte höre. Schlagartig verlasse ich mein Schlafzimmer, bis ich im Vorübergehen mein Gesicht im Spiegel sehe. Ich greife mir eine Maske aus dem Regal, setze sie auf und eile die Stufen hinunter.

Verdammt, nicht dass sie erfroren oder verdurstet ist. Sie hat mir den letzten Rest des Wassers dagelassen und selbst nichts mehr besessen.

Trotz der schwarzen Ränder, die um mein Sichtfeld aufflackern, jogge ich durch den Garten und sehe Tormenta, der mir aufgeregt bellend entgegenkommt. Mihail starrt mich an wie eine Erscheinung der dritten Art.

»Öffne die Luke! Beweg dich!«, brülle ich von Weitem, bis er sich in Bewegung setzt und mit einem der Wachposten das Schloss aufschließt und die Luke öffnet.

Lass sie am Leben sein. Ich könnte mir nicht verzeihen, wenn sie aufgrund der Dummheit meiner Leute getötet wurde. Sie hat mir vertraut. Ich habe ihr vertraut. Ohne sie würde ich vermutlich im Dschungel bereits von Kojoten gefressen werden.

Als die Luke geöffnet wird, sehe ich Samira eingekauert im Wasser sitzen und sich nicht bewegen.

»Samira!«, rufe ich sie über das aufgeregte Bellen von Tormenta hinweg. Ich stoße Mihail zur Seite, den ich mir später vornehmen werde, und steige die Tritteisen hinab in den schmutzigen Bunker. Bei ihr im fauligen Wasser angekommen, greife ich unter ihre Arme und hebe sie an. Sie ist eiskalt wie der Tod.

»Samira. Wach auf.« Ich schüttele sie, aber sie öffnet ihre Augen nicht. Sofort prüfe ich am Hals ihren Puls, den ich nicht spüre. Aber … Mit geweiteten Augen schüttele ich sie weiter. »Öffne die Augen, komm schon.« Vorsichtig gehe ich in die Hocke und lege sie über meine Beine.

»Ruft Jerome!«, befehle ich Mihail und den glotzenden Söldnern. »Er soll kommen. Bringt Wasser mit!«

»Ach du … Das war … Ich dachte, Mihail würde sich darum kümmern«, höre ich über mir Ciprian sagen, der eilig heruntersteigt. »Lebt sie noch?«

Wütend schnappe ich sein Shirt und ziehe ihn ruppig zu mir. »Wenn sie stirbt, bist du der Nächste! Du hattest die Verantwortung in meiner Abwesenheit!« Es ist offensichtlich, dass sie für ihn ein Dorn im Auge war. Er wollte sie nur loswerden. Ob langjähriger loyaler Freund oder nicht. Das geht zu weit!

»Ich wollte sie nicht töten. Ich … dachte, sie hintergeht dich.«

»Und dabei ist es dir nicht in den Sinn gekommen, dass sie die Wahrheit sagen könnte?«, knurre ich ihn an und stoße ihn von mir. »Hilf mir, sie aus dem Loch zu heben!«

Sofort erhebt er sich wankend aus dem stinkenden Wasser, nickt und klettert die Tritteisen hoch. Ich hebe Samira, die schlaff über meinen Armen hängt und sich viel zu leicht anfühlt, zu Ciprian, der sie mir vorsichtig aus den Händen nimmt. In dem Moment sehe ich Jerome mit schnellen Schritten und Koffer durch den Garten eilen.

Auf dem Rasen umfasse ich Samiras Handgelenk, um ihren Puls zu spüren, beuge mein Ohr an ihre Lippen. Ciprian schaut mit einem zerstörten Blick auf mich herab, als er erkennt, den Fehler seines Lebens begangen zu haben.

»Sie hat noch einen sehr schwachen Puls«, stellt Jerome fest. Augenblicklich schaue ich zu ihm.

»Samira lebt noch?«

»Noch, ja. Sie ist vollkommen unterkühlt und dehydriert. Bringt sie ins Haus. Schnell!«, weist Jerome, der als Arzt für mich arbeitet, die anderen an. »Du solltest dich auch schonen, Alessio«, richtet er die Worte an mich. *Das kann ich nicht. Nicht, wenn sie nicht über den Berg ist.*

In meinem Leben gab es sehr wenig Menschen, die sich für mich, ohne bezahlt zu werden, einsetzten, sich aufopferten und hinter mir standen. Samira ist einer dieser Menschen, den ich nicht allein lassen werde. Nicht, nachdem ich ihre Ängste kenne und weiß, wie viel Überwindung es sie gekostet haben muss, allein weiterzugehen und Hilfe zu holen.

Ich will mir nicht ausmalen, was sie gedacht hat, als sie als Dank in den Bunker eingesperrt wurde. Sie muss sich verraten und hintergangen gefühlt haben. Missverstanden und benutzt.

Es tut mir leid, nicht auf sie aufgepasst zu haben. Nicht da gewesen zu sein, als sie mich brauchte.

~

Nachdem Jerome sie behandelt hat, ihr eine Infusion gibt, damit sich ihr Flüssigkeitshaushalt wieder stabilisiert, sie mit Wärmedecken eingewickelt und von Pheola gewaschen wurde, bessert sich ihr Puls. Sie ist bisher noch nicht aufgewacht, dafür hat ihr Gesicht eine gesündere Farbe angenommen. Sie sieht nicht mehr ganz so blass und ausgezerrt aus wie vor Stunden.

Es ist halb vier Uhr morgens, als ich an ihrem Bett sitze und sie im Auge behalte. Ich bleibe die ganze Nacht, wenn es sein muss. Nach den letzten Tagen werde ich sie nicht mehr unbewacht lassen. Ciprian kann von Glück reden, dass sie noch am Leben ist, ansonsten hätte ich ihm genommen, was ihm wichtig ist! Und zwar Zahra, die er wohl während unserer Abwesenheit getröstet hat. All das ließ ich mir von Ashara berichten, die jede Veränderung und Auffälligkeit während unserer Wanderung durch den Dschungel bemerkte.

Zwar haben meine Leute die Wildnis ebenfalls abgesucht, hauptsächlich einen weiten Radius um den verlassenen Cadillac, aber nach anderthalb Tagen der Suche beschloss Ciprian, dass die Hälfte meiner Leute im Anwesen auf uns warten sollte. Darauf warten sollte, bis wir zurückkommen, da sie wissen, wie gut ich mich im Dschungel auskenne. Als Zahra wohl panisch wurde, sich Vorwürfe machte und vor Sorge durchdrehte, blieb er ständig bei ihr. Ich wusste, dass ihm die Kleine gefällt.

So sehr, wie mir Samira gefällt? Meine müden Augen wandern über ihr Gesicht. Ihr Haar wurde in weichen Wellen um ihr Gesicht gelegt, ihre dichten Wimpern ruhen entspannt auf ihren Wangen. Sie kämpft gegen keine Albträume wie sonst jede Nacht.

Zwischen meinen Händen halte ich ihre Finger. Ihre Füße wurden ebenfalls von Jerome behandelt, da sie sich Schnitte und Blasen zugezogen hat. Dass Samira überhaupt noch laufen konnte, ist ein Wunder. Sie ist ein Wunder.

Für einen Moment blinzele ich, weil ich überlege, ob ich sie berühren will. Wissen will, wie sie sich anfühlt. Daher lege ich ihre Hand neben ihren eingewickelten Körper zurück und streife den rechten Handschuh von meiner Hand.

Anders als sonst trage ich keinen Anzug, bloß lockere

dunkle Stoffhosen und ein schwarzes T-Shirt wie Elian. Als sie weiterhin gleichmäßig atmet, beuge ich mich weiter zu ihr hinab und berühre ihre Wange mit den Fingern der rechten Hand. Sie hat so wundervoll weiche perfekte Haut, ohne jeden Makel.

Sanft streiche ich über ihre Wange, fahre ihren Kiefer entlang, weiter über ihre leicht geöffneten Lippen, die sich verletzlich und zart anfühlen.

Sie ist trotz der Umstände für mich die schönste Frau, die ich getroffen habe. Und der Gedanke, dass sie von mir ein Kind erwartet, fegt jeden Zorn auf Ciprian und Mihail fort.

KAPITEL 32

SAMIRA

Die Welt um mich herum ist seidenschwarz, in der silberne Ascheblättchen um meinen Körper wirbeln. Oder sind es doch glänzende Regentropfen, die funkelnd um mein Gesicht tanzen?

Zumindest hüllt mich diese Schwärze ein, behütet mich, wärmt mich und vertreibt jede Angst. Ein angenehmer Duft umgibt mich. Er erinnert mich an den Duft, der direkt nach einem Abendgewitter in der Luft schwebt. Einerseits ist er wohltuend und frisch, andererseits verspricht er einen neuen Tag.

Da die Kälte aus meinen Knochen gewichen ist, ich mich besser fühle, traue ich mich, die Augen zu öffnen. Ich will nicht wieder im eiskalten Bunker aufwachen. Lieber bleibe ich in Gedanken an diesem zwar ebenfalls dunklen, dafür schützenden Ort.

Es ist um mich herum nicht dunkel. Tageslicht ziept auf meiner Netzhaut, als ich blinzele und mich langsam umsehe. Ich befinde mich in meinem Zimmer. Ich bin nicht mehr im Garten im Bunker gefangen. Und mein Körper fühlt sich auch nicht mehr träge und eiskalt an, sondern warm. Ich schwitze unter dem Deckenberg und sehe neben mir eine aufgehängte Infusion, deren Schlauch zu meinem rechten Arm führt.

Zwar fühlt sich meine Zunge immer noch staubtrocken an, dafür habe ich nicht mehr diesen quälenden Durst.

Als ich an der Infusion herabblicke, sehe ich Alessio im Sessel sitzen, der … Ich muss genauer hinsehen, um zu erkennen, dass seine Augen hinter der Maske geschlossen sind.

Er schläft. Er ist hier? Ihm geht es gut.

Ein abgekämpftes Lächeln breitet sich auf meinen Lippen aus. Ich würde ihn am liebsten wecken, was ich nicht tue, da er so friedlich aussieht. Sein dunkles Haar ist etwas zerwühlt. Er trägt keinen perfekt sitzenden Anzug, sondern lockere dunkle Kleidung, seine Lippen sind leicht geöffnet. Unter dem Ausschnitt seines Shirts sehe ich einen weißen Verband.

Vorsichtig ziehe ich mich auf den Ellenbogen im Bett höher und will die Decken loswerden, da mir heiß wie in einer Sauna ist. In dem Moment höre ich Krallen über den Holzboden kratzen, höre die Schritte von Tormenta, der längst bemerkt hat, dass ich wach bin. Kaum hat Tormenta das Bett erreicht, schlägt Alessio die Augen auf und holt tief Luft.

»Wie spät ist es?«, murmelt er müde und gähnt hinter vorgehaltener Hand. Tormenta springt in einem Satz zu mir aufs Bett, was er eigentlich nicht darf, und bleibt aufgeregt vor meinem Gesicht stehen, um mit der Zunge meine Wange abzulecken.

»Keine Ahnung«, antworte ich und sehe auf den Wecker. »9.45 Uhr. Ich würde sagen, du kommst zu deinem eigenen Frühstück zu spät«, antworte ich schmunzelnd.

»Dir scheint es ja wieder sehr gut zu gehen. Wie fühlst du dich?«, erkundigt er sich, schnappt Tormenta, den er vom Bett nimmt, und forscht in meinem Gesicht.

»Ganz gut. Mir ist nur heiß.«

»Das Gefühl kenne ich«, scherzt er dunkel lachend und greift unvermittelt nach meiner Hand. Seine schwarzen Finger schieben sich zwischen meine, was ich nicht von ihm erwartet hätte.

»Ich müsste nur auf die Toilette. Kannst du das Ding abmachen?«, frage ich ihn und nicke zur Infusionskanüle.

»Ich rufe Jerome. Keine Sorge, er ist mein Leibarzt, vor dem du dich nicht fürchten musst.«

Leibarzt? Der vermutlich ihn und mich behandelt hat. Ich nicke, als er sich aus dem Sessel erhebt und sich einen Moment später mit einem unergründlichen Lächeln über mich beugt und sinnlich über meine Wange meine Kehle hinabstreichelt.

»Was ist?«, frage ich ihn. »Dir scheint es auch besser zu gehen.«

»Mir geht es fabelhaft.« *Das ist doch gelogen.* Skeptisch schaue ich ihm entgegen, da er mir etwas verschweigt, was mir nicht gefällt. »Warte hier. Ich bin gleich mit Jerome zurück.«

Ich nicke. Sanft löst er sich von mir, streckt sich neben dem Bett, da die Nacht im Sessel sicher nicht sehr angenehm war, und verlässt das Zimmer mit den Worten: »Guten Morgen, meine geliebte Samira.«

»Guten Morgen, Alessio«, antworte ich perplex. *Was hat sich plötzlich geändert? Ist es die Tatsache, dass er lebt? Dass es ihm besser geht?*

Auf dem Bett schiebe ich die Decken von meinem Körper, setze mich auf und hebe die Beine über die Matratzenkante. Ich trage einen bequemen schwarzen Pyjama. Allerdings fühlt er sich feucht an. Ich umfasse die Bettdecke und schiebe sie zur Seite. Auf den roten Laken zeichnet sich ein dunkler großer Fleck ab.

Peinlich berührt schiebe ich die Decke wieder darüber. Pheola erscheint mit einem fröhlichen »Guten Morgen, Samira. Ich freue mich so sehr, dass es dir wieder besser geht und du wach bist. Heute darfst du auf deinem Zimmer essen. Wenn du möchtest, auch im Bett.«

Ich nicke nur mit einem: »Okay.« Mehr bringe ich nicht über die Lippen. Im nächsten Moment schiebt sie die langen hellen Gardinen zur Seite und öffnet die Fenster, damit frische Luft ins Zimmer strömt.

Ich ziehe die Hand zur Stirn, greife dann zum Wasserglas und nehme gierig drei Schlucke, während ich auf diesen Jerome warte. In Begleitung von Alessio betritt er nach einem Anklopfen den Raum. Er ist Ende vierzig, besitzt ein warmes Lächeln, schmale, immer lächelnde Augen und einen Schnauzer. Er ist nicht sehr groß, aber wirkt erfahren. Nachdem ich seine knappen Fragen beantworte, befreit er den Schlauch von meiner Kanüle und hilft mir auf. Alessio nimmt währenddessen wieder in einer lockeren Haltung im Sessel Platz.

»Pheola, du kannst Ashara ausrichten, dass wir beide auf Samiras Zimmer essen werden.«

»Sehr gerne, Maestro.«

Ich hingegen erhebe mich mit Jeromes Hilfe und spüre, kaum dass ich stehe, ein heftiges Ziehen in meinem Becken, das nicht von meiner Blase stammt. Oder doch?

Augenblicklich kralle ich mich an Jeromes kariertem Hemd fest und kneife die Augen zusammen.

»Was ist?«, fragt Alessio sofort, der mich beobachtet hat.

»Ein Schwindel. Es geht gleich wieder«, presse ich gleichmäßig atmend hervor.

»Soll ich dich zum Bad begleiten?«, bietet mir Jerome an. *Nein, auf keinen Fall.* Ich schüttele sofort den Kopf.

Bevor Pheola durch die Tür geht, um die Küche im Erdgeschoss aufzusuchen, ruft sie Alessio zurück. »Du begleitest sie.«

»In Ordnung.« Ich richte mich erleichtert auf, als der Druck in meinem Becken abebbt.

Mit Pheola in Begleitung laufe ich im Morgenmantel über den Gang. »Wie geht es Zahra?«, frage ich sie. Sie beginnt zu erzählen, dass sie sich schreckliche Sorgen um mich macht und mich heute Morgen besuchen will, um nach mir zu sehen.

Ja, ich will sie auch unbedingt sehen. Kurz vor dem Bad spüre ich wieder dieses heftige schmerzhafte Ziehen im Unterleib und knicke kurz mit den Knien ein.

»Samira, was ist mit dir? Soll ich Hilfe holen?«

»Ich muss nur ins Bad. Alles … okay«, bringe ich gepresst über die Lippen, finde an der Wand im Gang Halt und warte die Schmerzwelle ab, die wieder langsam abebbt.

Endlich. Es ist vorbei.

»Falls etwas ist, ruf nach mir. Ich warte vor der Tür.« Ich nicke, was sie natürlich nicht sehen kann, streichele über ihre Schulter und kann die Badtür nicht schnell genug hinter mir schließen.

Was zur Hölle ist los? Habe ich mir eine Nierenbecken- oder Blasenentzündung eingefangen? Bisher hatte ich nur eine, die mich die ganze Nacht wachhielt und so schmerzhaft war.

Auf der Toilette erleichtere ich meine Blase und sehe das Blut im Satinstoff glänzen. Zuerst glaube ich, dass ich es mir einbilde, weil es auf dem schwarzen Stoff kaum zu sehen ist, bis ich mit den Fingern danach taste. Kaum habe ich mich von der Toilette erhoben und die Spülung betätigt, rechne ich nach … Wann war meine letzte Periode? Doch ich komme nicht weit, gehe auf den Waschtisch zu, als es wieder höllisch zieht und ich gequält wimmere.

»Lass mich zu ihr rein!«, höre ich plötzlich Alessio vor der Tür. Ich knie mich vor dem Waschtisch hin und halte mich am Waschbeckenrand fest, um den Schmerz auszuhalten. Plötzlich sehe ich Alessio vor mir. »Etwas stimmt nicht«, jammere ich und halte mit der rechten Hand meinen Unterbauch umfasst.

»Hilf ihr, Jerome. Versuch, es aufzuhalten!« Neben mir geht Alessio in die Knie, der einen Arm um mich legt und mir aufhelfen will. Vehement schüttele ich den Kopf. *Ich will sitzen bleiben, nicht aufstehen.*

»Ich kann es nicht mehr stoppen, wenn der vollständige Abort eingeleitet ist.«

Ich verstehe überhaupt nicht, was um mich herum geschieht, nur, dass es sich so schmerzhaft anfühlt wie damals, als mir Melvin vor über sieben Jahren einen Fußball in den Unterleib gekickt hat. Er spielte jeden Freitag nach der Schule in der Wüste Israels eine Runde Fußball mit seinen Freunden. Als Zahra und ich ihn abholen wollten, schoss er Nadim den Ball zu, der ihn nicht erreichen konnte. Dafür traf mich der Fußball mit voller Wucht, dass ich Sterne vor meinem Sichtfeld aufblitzen sah.

Ich weiß es wieder … Ich erinnere mich …

Wimmernd vor Schmerzen hilft mir Alessio, mich auf den weichen Badläufer hinzulegen, bevor er mich auf die Arme hebt. »Ich bringe dich zurück ins Zimmer. Du wirst gleich etwas gegen die Schmerzen bekommen.«

Wieder im Bett verabreicht mir Jerome ein Schmerzmittel durch die Kanüle, das verdammt schnell wirkt und die wehenartigen Schmerzen in meinem Becken stillt. Endlich.

»Du wirst gehen. Ich versorge sie.« Jerome nickt zur Tür und will, dass Alessio geht.

»Warum?«, will ich wissen. »Was … was stimmt nicht mit mir?« Sie sehen aus, als wüssten sie genau, was los ist.

Ich höre Alessio tief stöhnen, bevor er sich zu mir herabbeugt und sich mit einer Hand neben meiner Schulter abstützt, um mir ins Ohr zu flüstern: »Du warst schwanger und … verlierst es gerade.«

»Unmöglich«, kommt es über meine Lippen. »Ich hätte …« … davon gewusst. Voller Schamgefühl ziehe ich die Decke höher über meinen Körper.

»Ich bin wieder zurück, wenn Jerome dich behandelt hat.« Ein fieses Knurren schwingt in seiner Stimme mit, das nichts Gutes verheißt. Er erhebt sich, bevor ich ihn aufhalten kann und er mit großen Schritten durch die Tür geht. *Ich war schwanger? Von ihm?*

Unter der Decke lege ich eine Hand auf mein Becken. *Das kann nicht sein. Woher weiß er es?* Sofort fällt mein Blick auf diesen Arzt. »Sie wussten davon?«

Er nickt. »Seit deiner Rückkehr. Lass mich dich untersuchen und den Grund herausfinden, warum es zum Abort kommt.«

Sofort weite ich die Augen, da ich mich nicht von einem Fremden untersuchen lassen will. Mir haben meine ersten Besuche beim Frauenarzt gereicht. Noch heute ist es mir unangenehm, auf den Stuhl zu steigen und mich untersuchen zu lassen.

Doch was habe ich für eine Wahl? Ich will mir keine Infektion einfangen, außerdem fühlt sich alles merkwürdig in mir an. Die Vorstellung, von Alessio doch geschwängert worden zu sein … Er wusste es vor mir … und ich erinnere mich. An alles.

KAPITEL 33

ALESSIO

Wütend schlage ich auf den Spiegel in der Vorhalle ein. Blut rinnt meinen Unterarm entlang, als ich mir in den zerbrochenen Spiegelstücken hundertfach entgegenblicke. *Warum!*

Ich war so nah dran. So nah! Sie war bereits schwanger und verliert es aus einem unersichtlichen Grund. *Warum zur Hölle!*

Ist es eine Art Bestrafung? Will mir das Schicksal wieder beweisen, wie wenig Einfluss ich auf mein Leben habe!

In mir toben eine todbringende Wut und ein mörderischer Zorn. Ich ahne bereits, warum sie es verloren hat. Wegen Ciprian! Weil er sie zwei Tage im Bunker verrotten ließ. Sie unterkühlt war, fast verdurstet wäre. Wenn es ihr nicht gut geht, kann es dem Kind auch nicht gut gehen. *Er wird dafür bezahlen!*

»Beruhige dich wieder.« Ashara tritt an mich heran, die jedoch in einem gesunden Abstand hinter mir stehen bleibt. Wie ein Raubtier fahre ich zu ihr herum.

»Ich will ihn tot sehen!« Grausam funkele ich ihr entgegen, was sie nicht sehen kann. Trotzdem dürfte sie meine unbändige Wut spüren. »Er ist daran schuld, dass sie leidet und sie mein Kind verloren hat.«

»Sie war erst in der sechsten Woche schwanger, wenn überhaupt. Du solltest es bedachter angehen.«

»Ich bin bedacht!«, knurre ich und wende mich vom Spiegel ab. *Ich will Ciprian sehen. Augenblicklich!* »Hol ihn! Such ihn! Und sage ihm nicht, was vorgefallen ist.« Ich will ihn unerwartet damit konfrontieren und danach vierteilen!

»Er ist immer noch auf dein Geheiß in Panama-Stadt.«

Immer noch? Aufgewühlt fahre ich durch mein Haar, atme schwer aus und wieder ein und spüre den beißenden Schmerz in meiner Schulter, da ich meine Medikamente noch nicht genommen habe. »Glaub mir, es ist besser so. Überdenke alles, bewahre die Fassung und warte die Diagnose ab.«

Wie Ashara in dieser Situation so ruhig bleiben kann, ist mir ein Rätsel. Sie müsste am besten wissen, wie ich mich fühle. Sie müsste meine Lage kennen, da sie selbst ein Kind vor drei Jahren verloren hat.

Ich hole tief Luft, um mich abzureagieren und keinen Lärm zu machen, damit mich Samira nicht hört und meine Angestellten nicht fluchtartig das Gebäude verlassen.

»Du hast recht. In einer Stunde werde ich zusammen mit Samira essen. Wartet so lange auf das Frühstück«, antworte ich, bevor ich mich in meine Räume zurückziehe.

~

Nach über einer halben Stunde tigere ich immer noch in meinen Wohnräumen auf und ab, überdenke die nächsten Schritte und warte darauf, dass das Scheißmedikament hilft und die Schulterschmerzen nachlassen.

Mit gesenktem Blick bleibe ich vor dem Fenster stehen und sehe Zahra unter dem Pavillon sitzen, die allein isst. Sie wartet sicher ungeduldig auf ihre Freundin und hat keine Ahnung, was vorgefallen ist. Ich lege die Hand auf das Glas, bevor ich sie langsam zu einer Faust balle.

Ich sollte Samira Zeit geben. Sie muss sicher komplett verwirrt sein. Erst landet sie im Bunker, anschließend wacht sie auf und weiß nicht, dass sie schwanger ist.

Hätte Jerome ihre Blutwerte nicht ermittelt, wüsste ich auch nicht davon. Doch seit gestern hatte ich Gewissheit und wollte es ihr in einem ruhigen Moment sagen. Ihr davon erzählen, wenn sie wieder stabil ist. Denn … irgendwas hat sich während der letzten Tage im Dschungel verändert. Ich kann es mir selbst nicht erklären, aber wenn ich ehrlich bin, kann ich nicht mehr so vorgehen wie geplant. Wen sie vorerst braucht, ist Elian und ihre Freundin.

Ich sollte mich in der Zwischenzeit um Johanna und Azekeem kümmern, die einen Schritt zu weit gegangen sind. Mein Vorteil ist, dass ich genau weiß, wer sich hinter der anderen Maske versteckt. Ein schwachköpfiger Idiot, der nicht älter als fünfundzwanzig Jahre alt ist und sich für Johannas Zwecke einspannen lässt.

Unerwartet klopft es an meiner Tür.

»Herein«, knurre ich angespannt und höre hinter mir die Schritte von Jerome.

»Bevor du Ciprian foltern willst, solltest du etwas wissen«, dringen seine Worte an mein Ohr. Er muss mich gehört haben und davon wissen, dass ich Ciprian und Mihail für das, was passiert ist, verantwortlich machen werde.

»Wie geht es ihr?«, frage ich ihn, nachdem ich mich zu ihm umgedreht habe.

»Besser. Sie hat sich beruhigt und die Blutung ist gestoppt. Gib ihr Zeit, alles zu verarbeiten.« *Die werde ich ihr geben.*

Ich nicke, bevor ich mich der schwarzen opulenten Couch zuwende und darauf Platz nehme.

»Was wolltest du mir noch sagen?«

Mir gegenüber nimmt er Platz und holt Papiere hervor, die er mir entgegenhält. »Es ist nicht allein Ciprians Schuld, dass sie das Kind verloren hat, was im Übrigen noch nicht als solches wirklich bezeichnet werden kann. Sie ist Rhesusnegativ. Du bist positiv. Ihr Körper hat das Kind aufgrund eurer unterschiedlichen Blutgruppen abgestoßen. Zumindest bin ich der festen Überzeugung, dass es daran liegt.«

Ich schnappe mir die Zettel, um ihre Blutwerte anzusehen. »Was hat das zukünftig für Auswirkungen? Sollte ich es nicht noch mal versuchen?«, frage ich ihn.

Jerome lächelt bitter. »Du solltest überhaupt überdenken, ob es clever ist, sie damit unter Druck zu setzen«, kann er seine ehrliche Meinung nicht zurückhalten. Ich funkele ihm finster entgegen. »Falls du es dennoch auf *deine* Weise durchziehen willst …« Er seufzt gedämpft. »Ihr können Rhesus-Antikörper gespritzt werden. Sie kann also Kinder von dir bekommen.«

Innerlich erleichtert mich diese Antwort, auch wenn mir die andere Hälfte seiner Antwort nicht gefällt. Doch er hat recht. Ob ich es einsehen will oder nicht, ich will sie nicht zwingen. Nicht mehr, weil es der ganzen Sache zwischen mir und ihr einen üblen Beigeschmack verleiht.

»Ich möchte, dass du die nächsten Tage täglich bei ihr vorbeischaust«, ordne ich an.

»Du willst das Anwesen verlassen?«, fragt er direkt heraus. Ich erhebe mich, räuspere mich im Anschluss, da ihm das Blut auf meinem rechten Unterarm nicht entgangen ist.

»Ich muss. Es gibt Dinge, die momentan Vorrang haben. Außerdem braucht sie eine Schonzeit, wie du selbst vorgeschlagen hast.« Unter der Maske hebe ich eine Braue, was er nicht sehen kann.

»Du solltest auch über eine Schonzeit für dich nachdenken, Junge«, antwortet er, ohne ihn um seine Meinung gebeten zu haben.

»Mir geht es bestens«, versichere ich ihm selbstsicher.

»Das sehe ich«, murmelt er und erhebt sich ebenfalls. »Du wurdest vor vier Tagen angeschossen, hattest eine Infektion, die immer noch nicht ausgeheilt ist, und willst sofort wieder zurück in die Stadt?«

Sieht so aus. »Nicht sofort. Zuerst esse ich mit Samira.«

KAPITEL 34

SAMIRA

Irgendwie kommt es mir vor, als hätte ich versagt. Als läge es an mir, als hätte ich etwas falsch gemacht, obwohl ich nichts für die Reaktion meines Körpers kann.

Alessio sitzt rechts von mir am Tisch und sagt kein Wort. Ich kann auch keines über die Lippen bringen, ihm nicht sagen, dass es mir auf seltsame Weise leidtut. Auch für mich.

Ich kann Alessio ansehen, wie er leidet und ihm seine Hoffnungen mit einem Schlag genommen wurden. Er will um jeden Preis dieses Kind. Aber vielleicht bin ich nicht die Richtige und bin noch nicht so weit, selbst wenn ich zustimme.

»Ich möchte, dass du dich ein paar Tage ausruhst. Versprich mir, es die nächste Zeit ruhig anzugehen und auf dich zu achten«, durchbricht er die beklemmende Stille.

Ich nehme einen Schluck von meinem Kaffee, halte die Tasse weiterhin vor den Lippen und nicke. Am liebsten würde ich ihm davon erzählen, mich wieder an alles erinnern zu können, aber ich kann nicht. Ich freue mich sehr darüber. Doch meine Freude wird von dem, was vorgefallen ist, gedämpft.

»Ich achte auf mich. Du kennst mich.«

Er schnaubt leise. »Ich kenne dich zu gut.« Neben mir zucken seine Finger auf der Tischplatte. Er schaut mich an, das weiß ich, ohne dass ich ihm in die Augen blicken kann.

»Du kannst dich jede Stunde selbst davon überzeugen«, füge ich hinzu und schiebe ein Melonenstück zwischen die Lippen, obwohl der Saft der Frucht auf meiner Zunge wie bittere Asche schmeckt.

»Ich werde ein paar Tage das Anwesen verlassen und anderen Verpflichtungen nachgehen müssen.«

Augenblicklich höre ich auf zu kauen und schaue zu ihm. »Du gehst?«

Aus irgendeinem Grund möchte ich nicht, dass er geht und mir nicht noch mehr das Gefühl gibt, versagt zu haben. Er legt seine behandschuhte Hand auf meine. »Nicht für lange. Ich werde in ein paar Tagen zurück sein. Du wirst verstehen, dass ich den Vorfall auf der Veranstaltung nicht hinnehmen kann.«

Das bedeutet, er will seine Feinde aufspüren und sich rächen? In seinem Zustand? »Ich … halte das für keine gute Idee. Du musst dich ebenfalls erholen und solltest nicht …«

»Du machst dir wirklich Sorgen um mich«, stellt er mit einem amüsierten Klang in seiner Stimme fest. »Die mache ich mir auch um dich. Wenn etwas sein sollte, wende dich an Elian. Ich schicke ihn gelegentlich vorbei.«

Elian? »Für wie lange willst du weggehen?« *Liegt es an mir?* – würde ich ihn am liebsten fragen, aber kann mich nicht dazu durchringen.

»Eine Woche, höchstens«, antwortet er ruhig und will seine Hand von mir nehmen, nach der ich schnell greife.

»Ich könnte dich begleiten.« *Habe ich das gerade wirklich vorgeschlagen?*

»Nein, du bist hier sicher aufgehoben. Du wirst sehen, wir brauchen beide Zeit für uns.« Unvermittelt hebt er die andere Hand zu meiner Wange und fährt mit dem Daumen über meinen Mundwinkel. Die Berührung fühlt sich so vertraut an. »Ich werde jeden Tag an dich denken, meine geliebte Samira.«

Eigentlich sollte ich seine Entscheidung, mir Zeit zum Heilen zu geben, zu schätzen wissen, würde er mir mit dieser Entscheidung nicht einen Riss in meiner Brust verschaffen. Aber was ist schon eine Woche? Eine Woche, in der ich wieder Kräfte sammeln und mich erholen werde, wird schnell vergehen. Schneller, als ich vielleicht glaube. Danach bleibt uns sicher Zeit, über alles zu sprechen und von vorn anzufangen.

Langsam schließe ich die Augen, um seine Berührung zu genießen, was ihm nicht entgeht.

Zwölf Tage später

Eine Woche ist längst um und ich habe kein Lebenszeichen von Alessio erhalten. Elian überbringt mir zwar hin und wieder knappe Berichte, dass es ihm gut geht, er viel zu tun hat, aber viel mehr erfahre ich nicht. Es ist verrückt, vielleicht auch krank, aber ich werde wahnsinnig vor Sorge. Und ein Teil vermisst ihn, vermisst seine Präsenz, seine Stimme, seine Nähe, seinen Duft, seine intensiven Augen.

Ich sollte mir allmählich Gedanken darüber machen, ob ich nicht bereits Hals über Kopf mein Herz an meinen Entführer verschenkt habe.

Aber ist er denn noch mein Entführer?

Oder doch mein Beschützer?

Auch Zahra hat ein Techtelmechtel mit Ciprian angefangen, was wohl selbst jedem Blinden nicht entgeht.

Ich weiß nicht mehr richtig, wie ich unsere Situation einschätzen soll. Allmählich wurden die Linien zwischen schwarz und weiß verwischt.

An diesem Ort fühle ich mich nicht mehr länger wie in

einem Gefängnis, sondern beschützt, geachtet und nicht mehr allein. Nicht mehr so allein, wie ich mich früher nach dem Tod meines Bruders gefühlt habe. Nachdem ich mich an alles erinnern kann, nicht nur an das Gute, sondern auch die finsteren Seiten meiner Vergangenheit, sehe ich alles aus einem anderen Blickwinkel.

Die vergangenen Monate war ich in Washington eingesperrt wie in einer Festung, hatte bis auf Zahra keinen Kontakt mehr zu ehemaligen Freunden, Verwandten und Bekannten. Angestellte sprachen nicht so mit mir, wie sie es hier in Alessios Haus tun. Ich musste alles aufgeben, und mir wurde nicht mehr die Chance geboten, neue Freunde kennenzulernen. Zwar begann ich das Studium in Tel Aviv-Jaffa, aber musste es logischerweise nach dem Tod meines Bruders abbrechen. In Amerika habe ich nicht wirklich Fuß gefasst. Wenn ich ehrlich bin, hasste ich mein neues Leben.

Die Reise nach Mittelamerika war daher mein Ticket in die Freiheit. Okay, ich bin zuerst in der Vorhölle gelandet, aber nun … bin ich nicht mehr allein. Ich habe Zahra, Pheola, Elian, Alessio und auch Ciprian, dem ich verziehen habe. Aber bloß weil sich der Hornochse immer wieder bei mir entschuldigt hat, mir Blumen, Pralinen, Parfüm und sogar Schmuck schenkte. Und ein Messer. *Ein Messer!* Das bedeutet, er vertraut mir auch. Irgendwie. Also auf seine verdrehte Art.

Wie gesagt, alles hat sich geändert. Statt dass wir länger als Geiseln gehalten werden, sind wir zu Vertrauten aufgestiegen. So empfinde ich es, ganz besonders in Elians Nähe. Ich habe ihn gern um mich, wie auch jetzt. Wir unterhalten uns und können zusammen schweigen. Manchmal verstehen wir uns auch nur mit Blicken, als würde ich ihn Jahre kennen.

»Wenn du möchtest, bleibe ich die Nacht hier, bis Alessio morgen früh zurückkommt«, bietet mir Elian an, der mich viermal während Alessios Abwesenheit besuchte, dem ich sehr viel erzählt habe, der mich immer fragt, wie es mir geht, der sich für mich interessiert. So sehr, dass ich mir fast vorkomme, als würde ich Alessio hintergehen.

»Ich bin mir nicht sicher, ob es eine gute Idee ist«, antworte ich ihm. »Alessio wird heute Nacht zurückkommen?«

Erwartungsvoll blicke ich zu ihm auf, als wir im beleuchteten Garten spazieren gehen.

Mit einem knappen Blick lächelt und nickt er. »Ja, so wie es aussieht, ist er in wenigen Stunden zurück. Er wollte dir eine Auszeit geben, und ich denke, du scheinst dich in den letzten Tagen sehr gut erholt zu haben. Du lachst wieder, scheinst nachts problemlos durchzuschlafen und …«

Abrupt bleibt er stehen, während ich zwei Schritte weitergehe, dann ebenfalls stehen bleibe und mich zu ihm umdrehe.

»Und was?«, möchte ich wissen und werfe ihm einen fragenden Blick zu. Er leckt sich über die Lippen, tritt an mich heran und legt plötzlich seine rechte Hand um meinen Hals, als hätte er es die gesamten letzten Stunden tun wollen.

»Und du siehst wieder gesund und perfekt aus wie auf der Veranstaltung.« Schmunzelnd bedanke ich mich für seine Worte, greife aber nach seiner Hand um meinen Hals und löse sie vorsichtig.

»Ich habe dich überhaupt nicht auf der Veranstaltung in den geheimen Bunkern gesehen.«

Plötzlich runzelt er die Stirn. »Ich bin im Wagen hinter euch mitgefahren und habe draußen Wache gestanden. Trotzdem ist mir nicht entgangen, wie schön du an dem Abend ausgesehen hast.«

Nachdenklich überlege ich, ob ich ihn wirklich nicht gesehen habe. Im Anwesen ja, als Alessio Zahra verbot, an der Veranstaltung teilzunehmen, war ich vermutlich viel zu durcheinander, um mein Umfeld richtig wahrzunehmen. Seine Hand, die ich von mir genommen habe, umfasst mein Handgelenk, er treibt mich langsam rückwärts zu einer hohen angestrahlten Palme und senkt sein Gesicht zu mir herab. »Seitdem kommt es mir vor, als hättest du dich von mir zurückgezogen. Ich habe oft an den Kuss denken müssen.«

Ich auch. Aber … Ich habe bisher nur drei Männer geküsst, und das auf solch eine andere Art als Elian. Mein Blick wandert von seinen palisanderfarbenen Augen, in denen sich ein schmaler Lichtstreifen abzeichnet, zu seinen geschwungenen Lippen.

»An deinem Blick sehe ich, dass es dir genauso geht.«

Ich schlucke hart, spüre die nagende Sehnsucht und das Verlangen. Nachdem ich die ersten Tage, als Alessio das Anwesen verlassen hat, mich die meiste Zeit auf meinem Zimmer oder mit Tormenta im Garten allein zurückgezogen habe, habe ich nach etwa fünf Tagen wieder versucht, mich abzulenken, um nicht mehr länger über das verlorene Kind zu trauern, mich zu hinterfragen und mir selbst Vorwürfe zu machen. Meine Fußsohlen sind wieder verheilt, ich esse normal, ich kann fast jede Nacht durchschlafen. Seit ich meine Erinnerungen zurückgewonnen habe, quälen mich keine Albträume mehr.

Zugleich vermisse ich Alessio und frage mich so oft, beinahe stündlich, wann er zurückkommt, ob er mich auch vermisst, wie er vor seinem Gehen gesagt hat, wann er sich meldet und wie es ihm geht. Mit jedem Tag wird das Warten unerträglicher, ich will ihn um mich haben, mit ihm sprechen und ihn fühlen.

»Ich vermisse ihn so sehr, Elian«, hauche ich und ziehe die Augenbrauen zusammen, bevor ich meinen Blick von ihm losreiße. »Ich …« Noch bevor ich ein weiteres Wort aussprechen kann, umfasst er mein Kinn, hebt mein Gesicht zu sich und küsst mich, was er die gesamte Zeit tun wollte. Ich konnte es in seinem Blick ablesen, auch die Male davor, als er hier war.

Zuerst lasse ich ihn gewähren und fühle mich etwas überrumpelt, bis ich mich von seinen Lippen löse. »Das ist … nicht richtig«, antworte ich.

»Wieso nicht?« Weiter drängt er mich gegen den Stamm der Palme hinter mir, fängt mich mit seiner großen Statur ein, sodass ich ihm nicht entkommen kann. Ohne meine Antwort abzuwarten, legt er wieder seine Lippen auf meine und küsst mich. Küsst mich so hungrig und voller Begierde, dass ich einen Moment nachgebe.

Ich erwidere den Kuss, da ich nie so geküsst worden bin, hebe meine Hände zu seinem Nacken und fahre mit den Fingern in sein seidiges Haar. Er duftet nach einem Hauch von Zitrone und Amber, nach Abendregen und Dunkelheit.

Nachdem sich unsere Zungen hungrig umkreisen, er mir fast den Atem stiehlt, weil er sich immer mehr nimmt, löse ich die Hände von seinem Nacken und winde mich mit einem entschuldigenden Blick aus seinem Griff.

»Ich kann das nicht«, sage ich schwer keuchend und bleibe neben ihm auf zwei Schritten Distanz stehen. »Wenn Alessio davon erfährt …«

»Er weiß sicher längst davon«, will er mich beruhigen und grinst dunkel.

»Verarsch mich nicht. Er war letztens schon nicht begeistert davon, dass wir uns geküsst und getroffen haben.«

Er fährt sich mit dem Daumen über den Mundwinkel und will auf mich zukommen. »Trotzdem schickt er mich, sooft er kann, zu dir. Ist dir nicht in den Sinn gekommen, dass er es will?«

»Was will?« Ich komme nicht mehr hinterher.

»Dass wir Zeit miteinander verbringen? Wir uns weiter kennenlernen, vertrauen und uns näherkommen?«

»Nein, das denke ich nicht. Das ist doch … nicht normal«, antworte ich zweifelnd. Allein die Vorstellung, er würde es gutheißen, wenn ich mit seinem besten Freund herummache.

Ich mag Elian, ich mag ihn sogar sehr, und ich wüsste

nicht, ob ich mich nicht in ihn verliebt hätte, wenn ich zuvor nicht so viel Zeit mit Alessio verbracht hätte. Aber beide … gleichzeitig? Das ist schwer vorstellbar.

»Ich sollte besser reingehen. Ich wünsche dir eine gute Nacht, Elian.« Bevor ich es mir anders überlegen kann, ein schlechtes Gewissen bekomme, weil ich ihn abserviert habe, halte ich mit schnellen Schritten auf die Terrasse des Hauses zu.

Ich wage keinen Blick zurück, da ich seine Enttäuschung nicht ertragen könnte. Doch schlagartig erscheint er vor mir und hält mich vom Gehen ab.

»Du siehst es aus einer völlig falschen Perspektive«, sagt er und umfasst meine Mitte.

»Nein, das denke ich nicht.« Schnell umfasse ich seine Handgelenke und will seine Hände von mir nehmen. »Mir bedeutet Alessio etwas. Ich kann ihn nicht hintergehen. Das müsstest du als sein langjähriger Freund verstehen.«

In seinem Blick, der zuvor entspannt war, regt sich etwas. Etwas verändert sich. »Er bedeutet dir etwas? Was genau?«

»Kann ich nicht sagen. Lass mich gehen, bitte.«

»Nein, sag es mir. Ich will es wissen.«

Sofort verdüstert sich mein Blick. »Nein. Das ist eine Sache zwischen mir und ihm. Wenn du ihm etwas davon erzählst, dann …« Leider muss ich einsehen, zu viel ausgeplaudert zu haben und kein Druckmittel zu besitzen. *Verdammt. Ich wollte nur ehrlich sein. Dabei war ich unvorsichtig.* »Vergiss es wieder … vergiss, was ich gesagt habe.«

Im nächsten Moment lockert sich sein Griff um meine Mitte und ich atme tief durch. »Ich wünschte ehrlich, du wärst Edwin niemals begegnet, dann hätten wir uns abends am 27. Juli getroffen und alles hätte einen anderen Weg eingeschlagen.«

Ich weiß, dass er sich das wünscht. Ich wünsche es mir manchmal auch. Als ich den Blick von ihm losreiße, sehe ich zwischen zwei dichten Sträuchern eine dunkle Gestalt uns beobachten. Eine Person, die unheilvoll zu uns blickt. Sofort weite ich die Augen. »Wer ist das?«, flüstere ich erschrocken.

Wendig dreht sich Elian um und schaut in dieselbe Richtung.

»Mach dir keine Sorgen, er arbeitet für die Terequeraz. Ich kümmere mich darum. Ich wünsche dir auch eine gute Nacht, Masa. Geh ins Haus.«

Ein letztes Mal blicke ich zu der Gestalt, auf die sich Elian zubewegt, kaum dass ich durch die geöffneten Tore ins Haus gehe. Ich will wissen, was hier läuft. Wer diese Person ist. Etwas stimmt hier nicht. Doch ich kann Elian und den Fremden nicht beobachten, da Ashara wenige Sekunden später vor mir erscheint, die mich zu meiner Etage begleiten möchte.

KAPITEL 35

ELIAN

»Hat sie dich abblitzen lassen, Elian? Das muss dich ja sehr hart treffen.«

»Du hast uns belauscht?« Allein dafür sollte ich ihn einsperren und bestrafen. »Es ist nicht von Bedeutung, was sie will.«

»Ach nein? Es sah für mich so aus, als würdest du nachgeben und den Plan ändern. Warum? Weil sie Alessio liebt?« Iron lacht finster, der sich in seiner Stellung so überlegen vorkommt. Dabei konnte er nicht ihren Blick sehen. Nicht erkennen, wie wichtig ihr Alessio geworden ist und wie ihr schlechtes Gewissen an ihr nagt. Sie glaubt, ihn zu hintergehen, scheint ihn mit jedem Tag mehr zu vermissen und ihr Herz an ihn zu verschenken, womit ich niemals gerechnet hätte. Niemals.

Einen Moment war ich wirklich sprachlos, als ich ihre Worte hörte und sie davon sprach, wie sehr sie ihn vermisst.

»Nein«, knurre ich. »Ich ändere nichts an meiner Vorgehensweise. Wieso sollte ich das tun? Alessio wird heute Nacht zurückkehren.«

»Und du wieder nach Panama-Stadt zurückgehen? Offiziell?« Er stellt zu viele Fragen. »Liebe sie nicht. Mach dir keine

Hoffnung und halte sie auf Abstand«, will er mir vorschreiben, was ich zu tun habe. Dafür ist es zu spät, befürchte ich. Ich brauche sie noch. Ich mag ihre Anwesenheit, ihre Nähe, ihren Duft und ihre Ausstrahlung.

»Kümmere dich darum, Johanna und Azekeem in die Enge zu treiben. Während ich mich erholt habe, hast du die Beine hochgelegt und keinen Finger gerührt. Das war nicht Teil der Abmachung. Wenn du Johanna nicht endlich aus dem Malí-Kartell an ihren roten Haaren herausholst, werde ich dafür sorgen, dass deine Leiche im Panamakanal von Kaimanen gefressen wird.«

Ich brauche ihn nicht, wenn er mir nicht von Nutzen ist, er sich stattdessen in private Angelegenheiten einmischt und mich seine ungebetene Meinung wissen lässt.

»Dir bleibt nicht mehr viel Zeit, Iron!« Und noch bevor er mich weiter provozieren kann, wende ich mich von ihm ab. Eine Sekunde später wirft er einen Stein nach mir, der meine Schulter triff, sodass ich harsch herumfahre.

»Du bekommst sie lebend mit deinem großen, letzten Auftritt. So wie du es seit Wochen planst. Verlass dich auf mich. Ich war die letzten Wochen nicht untätig.« Ehe ich ihn attackieren kann, weil er es wagt, mich mit Steinen zu bewerfen, verschwindet er wie ein Geist und flieht im Dickicht des Gartens. Ich muss ihn auf Abstand halten, sobald alles hinter uns liegt, bevor er mir Probleme macht.

Mürrisch reibe ich meine Schulter, die er getroffen hat, und gehe anschließend ins Hausinnere, um das Anwesen wieder zu verlassen und in meinen Rangerover zu steigen.

Es ist kurz nach 23 Uhr. Alessio sollte gegen 1 Uhr eintreffen, obwohl er auch morgen Vormittag erscheinen könnte. Samira wird die ganze Nacht auf ihn warten, das weiß ich und konnte ich in ihrem Blick ablesen.

Ihr ist Alessio wichtig … Diese Worte werde ich nicht so

schnell aus meinen Gedanken verbannen können. *Sie vermisst ihn so sehr …*

Ein Teil in mir, der wesentlich mächtigere und düstere, brüllt auf, will die Worte wieder vergessen und Samira am liebsten bestrafen. Doch ein anderer Teil, der schwächere, flüstert mir zu, es zuzulassen.

Was habe ich schon zu verlieren?

Außerdem verliere ich nie.

Mit einem durchtriebenen Grinsen lasse ich den Motor meines Geländewagens an, sehe oben im beleuchteten Fenster eine Silhouette in Samiras Zimmer vorübergehen.

Es wird Zeit, dass Alessio zurückkehrt. Sie hat lang genug auf ihn gewartet.

KAPITEL 36

SAMIRA

Im Bett wälze ich mich unruhig hin und her und finde doch keinen Schlaf. Die Laken sind rot, was bedeutet, dass Alessio nicht vorhat, mit mir zu schlafen, oder aber überhaupt nicht heute Nacht zurückkommen wird.

Es war so dumm von mir, Elian gesagt zu haben, dass mir Alessio wichtig ist und ich ihn vermisse. Er wird es ihm erzählen und Alessio es gegen mich verwenden – oder schlimmer noch, sich darüber lustig machen.

Ich bin so dämlich und bescheuert. Als ich keine Ruhe finde, es weit nach ein Uhr nachts ist, reiße ich Laken von mir und steige in meinem Pyjama aus dem Bett. Ich will zu Zahra gehen, die mir sicher einen Rat geben kann. Sie ist bisher die Einzige, die weiß, dass ich mich wieder an alles erinnern kann.

Ohne das Licht anzumachen, schlüpfe ich in meine Flipflops und gehe zur Tür. Ich fahre mir durch mein offenes langes Haar, öffne die Tür und gehe über den Gang auf die Treppe zu. Von unten sind leise Stimmen zu hören. Stimmen, die mir vertraut vorkommen. Ich höre Alessio, was sofort mein Herz stillstehen lässt, und eine andere Stimme. Eine vollkommen fremde.

»… morgen wird es sich zeigen, bis dahin will ich, dass niemand davon erfährt …« Es ist Alessio.

»… dir ist klar, was das Ganze nach sich ziehen könnte? Einen Straßenkrieg, der auch Unschuldige in die Sache hineinziehen wird …« Diese Stimme ist älter, rauer und unheimlich. Sie löst einen Schauder bei mir aus. Trotzdem gehe ich näher zum Geländer, um zu sehen, mit wem sich Alessio unterhält.

»Daran habe ich gedacht. Mir bleibt keine andere Wahl. Sie untergraben meine Führung, alles, was ich aufgebaut habe. Ich will sie tot sehen. Wenn sie nicht freiwillig herauskommen, werde ich ihre Freunde, Verwandten, Familien dafür bezahlen lassen … oder … sie aus ihren Verstecken locken, wenn sie glauben, mich in der …«

Unvermittelt stoppt Alessio seine grausame Aufzählung. Ich erkenne einen lang gezogenen Schatten in der Vorhalle. Bevor ich zurück zur Wand gehen kann, sehe ich seine silberne Maske und wie er zu mir hochblickt. »Solltest du nicht längst schlafen, Samira?«

Mir gefriert das Herz, da er mich entdeckt hat. Ohne zu antworten, gehe ich zurück in mein Zimmer und schlage mir gegen die Stirn. *Hätte ich nicht vorsichtiger sein können!*

Doch bevor ich mich weiter über meine Blödheit ärgere, höre ich Schritte hinter der Tür, die kurz darauf geöffnet wird.

Er betritt den Raum. »Ich hatte mir unsere Begrüßung etwas anders vorgestellt.« Ich gehe rückwärts zu meinem Bett und lächele knapp.

»Ich wollte zu Zahra und hab nicht gewusst, dass du zurück bist.«

Hinter sich schließt er die Tür langsam und kommt auf mich zu. Seine Blicke wandern über meinen Körper, mein Gesicht, meine Hände, mit denen ich nicht weiß wohin. »Elian hat dir erzählt, dass ich heute wieder zurückkommen werde, oder nicht?«

»Ja«, antworte ich sofort. »Aber er hat öfters gemeint, du wärst bald zurück, was dann doch nicht so war.«

»Komm zu mir.« Er streckt seine rechte behandschuhte Hand nach mir aus. Zuerst komme ich mir vor, als würde er mich wie ein Hündchen zu sich rufen. Alles wirkt wieder fremd und eigenartig.

Trotzdem gebe ich mir einen Ruck und gehe auf ihn zu. Als ich direkt vor ihm stehe, atme ich seinen warmen Duft ein, den ich so sehr liebe.

»Wo du schon wach bist, kannst du mir verraten, wie es dir geht.« Er umfasst meine rechte Schulter, mit der anderen Hand meine Mitte. Langsam streichelt seine Hand höher von meiner Taille zu meinen Brüsten, wieder hinab zu meinem Po.

»Also?«, hakt er nach, als ich schlucke.

»Gut, ich habe mich gut erholt, was du sicher längst weißt.«

»Trotzdem wollte ich es von dir hören. Du hattest während meiner Abwesenheit viel Zeit, um über alles nachzudenken. Wie lautet deine Entscheidung?«

Er ist zurück und will direkt dort anknüpfen, wo wir vor der Veranstaltung aufgehört haben? »Das ist nicht dein Ernst.«

»Es hat sich nichts geändert«, raunt er mit herabgebeugtem Gesicht nah an meinem Ohr. Aber … ich hatte angenommen, es hätte sich einiges zwischen uns geändert. Sehr vieles sogar.

»Nicht so. Nicht jetzt«, sage ich entschieden. »Ich kann es nicht und will es nicht.« Nicht, wenn ich weiter unter Druck gesetzt werde. Wenn er mir wieder mit dieser Strenge und Distanziertheit entgegentritt, kann ich das auch.

Rasch löse ich mich aus seinen lockeren Griffen. »Du vergeudest deine Zeit, Alessio. Geh bitte wieder.«

Erst als ich die Worte vor Enttäuschung ausgesprochen habe, wird mir bewusst, in welchem Tonfall ich mit ihm spreche. Was wohl ein dummer Fehler ist, da ich seinen Zorn weiter anstachele.

Er schnaubt spöttisch. »Ich habe nicht vor, zu gehen, Samira.« Und schon holt er mich ein und dreht mich an der Hüfte zu sich. »Du lehnst mein Angebot also ab? Ist das deine letzte Antwort?«

»Müssen wir das ausgerechnet jetzt besprechen? Ich hatte mir die Begrüßung auch anders vorgestellt.«

»Ist das so?« *Was stimmt nicht mit ihm? Warum wirkt er wieder so autoritär und finster? Was ist in den letzten Tagen geschehen, dass er sich wieder verändert hat?* »Wir bekommen nicht immer das, was wir wollen oder erwarten. Wenn du meinen Wunsch ausschlägst, brauchst du nicht darauf zu hoffen, dass ich dich schonen werde.«

»Du würdest mich nicht zwingen!«, antworte ich verärgert und stoße ihn von mir. Im nächsten Moment bekommt er mich am Hals zu fassen und drückt mich auf die Knie. »Ich kann dich zu ganz anderen Dingen zwingen.«

Ehe ich begreife, was er vorhat, kämpfe ich gegen seine Griffe an. »Tu das nicht«, bitte ich ihn, aber flehe ihn sicher nicht an. Doch er gibt meinen Hals nicht frei, drückt aber auch nicht fest zu.

»Ich sollte dir wieder zeigen, wo dein Platz ist. Gefesselt hast du mir wesentlich besser gefallen. Streck die Arme vor.«

»Nein«, antworte ich selbstsicher und hebe die Hände zu seinem Arm, den ich locker umfasse. »Überleg eine Sekunde, was du gerade vorhast. Du würdest dir vielleicht erzwingen können, was du willst, aber du würdest dir auch vieles nehmen.«

In meinen Augen bilden sich Tränen, als ich zu ihm aufsehe. »Tu es nicht. Nicht auf die Art.«

Er muss erkennen, dass ich mich ihm freiwillig hingeben würde und er aus mir ein Wrack machen würde, würde er mich benutzen und mich brechen.

Sein Blick ist hart, dunkel und unnachgiebig. »Ich geb dir

bis zum Frühstück Bedenkzeit. Wenn deine Antwort weiterhin Nein lautet, nehme ich mir, was ich will.«

Schon gibt er meinen Hals mit einem harten Ruck frei und tritt von mir zurück. »Warte …«, sage ich mit kratzigen Stimmbändern. Bevor er gehen will, erhebe ich mich und gehe auf ihn zu.

»Für mich war es nicht leicht, es zu verlieren, auch wenn ich nicht einmal wusste, schwanger gewesen zu sein. Du bist gegangen und hast dich fast zwei Wochen nicht gemeldet. Ich dachte, es hätte sich etwas zwischen uns geändert. Mein Nein bedeutet nicht, dass ich es für immer ausschließen werde, nur jetzt … es wäre zu überstürzt und unüberlegt. Warum lässt du deinen Zorn unbegründet an mir aus?«

Mit dem Gesicht zur Tür gewandt, senkt er den Kopf. »Weil alles nicht so läuft, wie ich es mir wünsche. Weil ich glaube, allmählich die Kontrolle zu verlieren – selbst über dich.«

Stimmt das? »Du musst mir nicht mehr nur deine finstere Maske zeigen, Alessio.« Ich gehe näher an ihn heran, so nah, wie ich glaube, dass er es zulassen kann. »Ich bin gern hier. Ich kann mich wieder an alles erinnern.«

Augenblicklich dreht er sich zu mir um und misst mich mit seinen Blicken. »Was sagst du?«

»Seit dem Vorfall im Badezimmer sind meine Erinnerungen zurückgekehrt, was nichts für mich ändert. Ich will, dass du es weißt, obwohl ich es dir nicht sagen müsste. Ich will, dass du mir vertraust. Mich nicht länger infrage stellst oder an mir zweifelst.«

Für einen Moment, glaube ich, zerbricht etwas in seinem harten Blick. Er scheint vielleicht endlich zu begreifen, dass er sich Vertrauen und Loyalität nicht nur erkaufen oder erzwingen muss. Seine empathische Seite hat mir oft genug gezeigt, wie leicht er mich umstimmen konnte. »Zeig mir nicht nur deine Maske, sondern den Menschen dahinter.«

Langsam gehe ich rückwärts zum Bett, behalte ihn im Blick, öffne die drei obersten Knöpfe des Pyjamaoberteils und schiebe die Träger über die Schultern.

»Und ich habe dich vermisst, ja, und jeden Tag an dich denken müssen. Ich möchte, dass du das weißt, bevor du mich mit Füßen trittst.« Sanft gleitet der Stoff über meine nackten Arme, weiter über meine Hüfte hinab. Er soll verstehen, dass ich ihn mag, ganz egal, wie oft er mir seine grausame Seite zeigt, mich wegstößt oder kontrollieren will.

Als ich am Bett angekommen bin, schiebe ich das Unterteil des Pyjamas über die Hüfte, das ebenfalls auf den Boden um meine Füße sinkt. Anschließend lege ich mich nackt ins Bett und hebe die Hände zum Kopfteil des Bettes. »Wenn du willst, fessel mich. Aber ich will es, das solltest du nicht vergessen. Du brauchst mir nicht länger deine Maske zu zeigen. Ich weiß, wie du bist.«

Ohne mir zu folgen, schaut er mir sprachlos entgegen, scheint kurz abzuwarten, ob ich es mir nicht doch anders überlegen werde. »Ich werde dich nicht anfassen, wenn du es nicht willst.« *Vertrau mir* – würde ich ihm am liebsten sagen.

Mit langsamen Schritten wendet er sich von der Tür ab und kommt zu mir.

»Das solltest du nicht tun, Samira.«

»Warum nicht?«

»Weil mich zu lieben, deinen Tod bedeutet. Ich sehe an deinen Augen und deinem Verhalten, wie viel ich dir bedeute und …« Er seufzt, bleibt vor dem Bett stehen und betrachtet meinen nackten Körper, den ich ihm anbiete. »… das habe ich weder verdient noch verlangt.«

»Wie kann man von jemandem verlangen, ihn zu lieben?«, antworte ich amüsiert und richte mich vorsichtig in dem Sitz auf.

Ohne den Blickkontakt abzubrechen, rutsche ich auf den Knien an ihn heran und umfasse zögerlich das Revers seines

Anzuges, bevor ich ihm das Jackett über die Schultern schiebe. Er lässt es zu und stöhnt tief.

»Du würdest immer eine Maske lieben«, raunt er vor meinem Gesicht, nachdem er meine Kehle entlangstreichelt. Seine Finger wandern tiefer meine Brüste hinab, deren Konturen er nachzeichnet. Auf den Stellen meines Körpers, die er berührt, bildet sich Gänsehaut. Sofort spüre ich das verlangende Pochen in meinem Becken und Prickeln meiner Brustwarzen, über die er reibt.

Ich öffne die Knöpfe seines Hemdes und warte nur darauf, bis er mich wegstößt, was er jedoch nicht tut. Auch nicht, als er das Hemd auszieht und ich zuerst mit meinen Augen, dann mit meinen Fingern über seinen athletischen Oberkörper fahre. Ich jeden Muskelstrang entlangstreiche und mich zu ihm vorbeuge, um seine Haut zu schmecken.

Unter meinen Berührungen schaudert er einen Moment, lässt mich jedoch weiterhin über seine Brust lecken und seine Haut küssen. Er riecht so magisch anziehend, so unvergleichbar nach Gefahr und zugleich nach Geborgenheit. Dieser Duft gab mir im Dschungel Halt und die Hoffnung, heil aus der Wildnis herauszufinden.

Umgeben von seinem betörenden Duft schließe ich die Augen, knie vor ihm und genieße es, ihn zu berühren. Seine Finger schieben sich über meinen Nacken in mein Haar, in das er bestimmt greift, und zieht langsam meinen Kopf nach hinten, sodass ich zu ihm aufblicken muss.

»Dir ist hoffentlich klar, dass ich dir nie das geben kann, was dir ein anderer Mann bieten könnte.«

Ein Schmunzeln breitet sich auf meinen Lippen aus. »Wer sagt, dass ich das möchte?« *Er hat sich wirklich mit dem Gedanken beschäftigt, ob er mir genügen kann?*

Als die Worte in meinen Verstand vordringen, schlägt mein Herz zwischen den Rippen schneller wie das eines aufgeregten Kolibris.

Mit einem Funkeln in den Iriden schüttelt er spöttisch den Kopf. »Warum bloß habe ich diese Antwort erwartet?«

»Weil du mich kennst.« Nachdem er den Griff in meinem Haar lockert, umfasse ich seinen Gürtel, den ich öffne wie auch seine Hose. Ich küsse seine Brust abwärts seinen Bauch hinab, bis ich an seiner Hüfte ankomme und seine Shorts hinunterschiebe. Ich kann sein Verlangen nach mir nicht nur in seinem verdorbenen Blick ablesen, sondern spüre es in meinen Händen.

Sein Schwanz, den ich nie zuvor gesehen habe, ist bereits halb erigiert und hat eine erstaunliche Größe. Allgemein ist Alessio in seiner Statur wesentlich größer als der durchschnittliche Einwohner Panamas, was wohl an den Genen seiner Eltern liegt. Dafür ist seine Haut auch im schwachen Mondlicht herrlich gebräunt, so bronzefarben wie meine.

Ich lecke über seinen Schaft und wage keinen Blick zu ihm hoch. Ich will nicht, dass er sich beobachtet fühlt und sich jetzt zurückzieht, sondern ihm zeigen, dass er alles von mir bekommen kann und ich ihm alles geben werde, wenn er es zulässt.

Mit der Zunge befeuchte ich seine glatte Schwanzspitze und nehme seine Härte langsam in meinen Mund auf. Ich habe ehrlich gesagt wirklich Angst, es falsch zu machen, daher gehe ich langsam vor und nehme sein Glied Zentimeter für Zentimeter auf, rutsche näher an ihn heran, spüre seinen fester werdenden Griff in meinem Haar und höre ihn lauter atmen.

Es scheint ihm zu gefallen. »Diese Art von Begrüßung gefällt mir wesentlich besser.«

Auch ohne Fesseln? – würde ich ihn am liebsten fragen und wage es, mit einem Strahlen in den Augen zu ihm aufzusehen. Zugleich begegnet er meinem Blick mit einem düsteren geheimnisvollen Funkeln.

Vorsichtig schiebe ich meine Hände zu seinem festen Hintern, um Halt zu finden, und fühle, wie er das Tempo mit jeder Sekunde bestimmt, mir zeigt, wie er es braucht. Er genießt es, wie ich seinen Schwanz blase, ihm freiwillig gebe, was ihm gefällt. Ich nehme ihn tiefer auf, bis er ihn in meinen Rachen stößt und meinen Kopf in den Nacken zieht.

»Dich so zu sehen, hätte ich mir niemals träumen lassen«, spricht er rau mit diesem hungrigen Blick zu mir. Keuchend drängt er mich immer weiter in die Laken zurück. Ich stütze mich auf den Ellenbogen auf, lasse zu, dass er mich dominiert und mir seine Härte in den Mund stößt. Nach einer Weile erhebt er sich über mir, zieht vor dem Bett stehend seine Hose und seine Shorts komplett aus und umfasst meine Handgelenke mit einer Hand. Er hält sie über meinen Kopf, drängt sich zwischen meine Hüfte und hebt ein Bein über seine Schulter.

Von seiner Nähe, seinem Duft, seinem Griff um meine Gelenke und seinem männlich herben Geschmack auf meiner Zunge bin ich so feucht, dass er mühelos in mich eindringen kann. Was er jedoch nicht tut. Er zwirbelt mit einer Hand meine Brustwarze, so fest, dass ich die Augen zusammenkneife und wimmere. Anschließend gleiten zwei Finger zwischen meine Schamlippen, drängen sie auseinander und dringen in meine Pussy. Er behält mich die gesamte Zeit im Blick. Ist mir so nah. Sein Gesicht schwebt nur wenige Millimeter über meinem, um meine Reaktion auf seine Berührungen in meinem Gesicht abzulesen.

Obwohl er meine Hände festhält, weiß ich, könnte ich mich spielend leicht aus dem Griff befreien und ihn entblößen. Aber das will ich nicht. Er spielt mit mir, meinen Sinnen und meinem Körper, streichelt mit feuchten Fingern durch meine Spalte und schiebt seine zwei Finger anschließend zwischen meine Lippen. Als ich an seinen Fingern sauge, dringt er zuerst vorsichtig in mich ein.

Ich lutsche an seinen Fingern und stöhne. Ein herrliches

Prickeln rauscht wie warmes Wasser durch meinen Körper, als er komplett in mir ist.

»Etwas wird mir immer fehlen«, keuche ich, nachdem er seine feuchten Finger, die nach meiner Pussy schmecken, aus meinem Mund nimmt.

»Was wird dir fehlen?«, fragt er über mir und bewegt sich nicht. »Du sagst mir sofort, wenn du Schmerzen hast.«

»So besorgt?«, stelle ich schmunzelnd fest, hebe mein Gesicht näher zu seiner Maske und reibe mit meinen Lippen seinen Hals entlang. »Ich vermisse es, deine Lippen nicht auf mir zu spüren, dich nicht küssen zu dürfen und dass deine Hände mich nicht berühren werden«, flüstere ich an seinem Hals und küsse seine Haut. In dem Moment spüre ich, wie er hart schluckt, sich anschließend über mir etwas erhebt und meine Handgelenke freigibt.

»Du solltest nicht so vorschnell sein. Wir haben viel Zeit. Jede Nacht, wenn ich will«, antwortet er durchtrieben, verschränkt seine Finger zwischen meine, drückt sie in die Laken und stützt sich so über mir ab. Wieder bin ich gefangen, doch auf eine beschützende Art. Seine Art.

Anschließend hebe ich mein Gesicht, um ihm wieder näher zu kommen, was er jedoch mit einem dunklen Lachen quittiert. »Du hast genug für heute bekommen. Ich kann dir nicht noch mehr geben.«

Okay, das akzeptiere ich. Denn ich weiß, dass ich ihm bereits näher als irgendjemand vor mir gekommen bin. Langsam bewegt er sich in mir, zieht seinen erigierten großen Schwanz aus mir, um mich nun seine komplette Stärke spüren zu lassen, aber mir mit seinen Händen Halt zu geben. Er nimmt sich Stück für Stück alles von mir, was ich ihm bereitwillig gebe.

»Ich weiß es zu schätzen«, keuche ich, lasse mich unter seinen immer schneller und tiefer werdenden Stößen fallen und schlinge mein linkes Bein um seine Hüfte. Das andere ruht weiterhin über seiner breiten Schulter, sodass ich seinen Phallus verdammt hart in mir spüre. Spüre, wie er mich dehnt, mich ausfüllt, ich noch feuchter werde und er wieder von der reinen Gier, mich zu unterwerfen, getrieben wird. Und ich liebe es. Denn ich vermisse in dem Moment nichts. Er schenkt mir die Nähe, die er bereit ist, zu geben. Und das genügt.

Immer impulsiver dringt er in mich ein. Seine Schwanzspitze reibt über eine Stelle in mir, die mich keuchen und anschließend tief stöhnen lässt. Er ist verdammt ausdauernd und zugleich achtsam. Ein Knurren verlässt Minuten später seine Lippen, das in ein Stöhnen und sich mit meinem Stöhnen vermischt. In meinem Becken staut sich die Hitze an, meine Beine zittern, bis ich von dem heftigen Höhepunkt schreiend ins schwarze Nichts gestoßen werde.

Meine Pussy zieht sich eng um seine Härte zusammen, ich drücke mein Rückgrat durch und schreie vor Lust. Sein Schwanz pulsiert, bevor er sich mit drei harten Stößen in mir ergießt.

Ich fühle warmes Metall an meiner Wange, seinen heißen Atem nah an meinem Ohr, als er sich erschöpft über mir abstützt und das Gesicht senkt. Sein Atem geht genauso schnell und abgehackt wie meiner.

Während er mit der rechten Hand meine Finger weiterhin umschließt, löst er die Finger aus meiner anderen Hand, die ich zu seinem Nacken hebe. Ich gleite durch sein Haar und taste anschließend langsam über seinen Rücken, seine Wirbelsäule entlang. Ich kann jeden einzelnen Muskel spüren, seine glatte Haut fühlen und ertaste zugleich hin und wieder leichte Unebenheiten von Narben. Und davon trägt er einige.

Doch er stößt meine Hand nicht weg, entzieht sich mir nicht, sondern lässt mich ihn weiterhin berühren, was ihn sicher Überwindung kostet.

Er ist so … besonders und auf seine Art verboten schön.

Nachdem sich mein und sein Atem beruhigt haben, stemmt er sich über mir auf und zieht sich aus mir zurück.

»Wir sollten schlafen und sehen uns wie gewohnt zum Frühstück, meine geliebte Samira.« In seinen Augen erkenne ich die Müdigkeit, die zurückgekehrt ist. Langsam erhebe ich mich und halte seine Hand fest. »Kannst du nicht die Nacht hierbleiben?«

Ein weit entferntes Grummeln ist durch die geöffneten Fenster zu hören, Wind zieht auf und selbst Tormenta, der friedlich während unserer *Begrüßung* im Körbchen liegen geblieben ist, fiept leise.

»Ich kann nicht. Es wäre keine gute Idee.« Reflexartig löst er sich aus meinen Fingern, sieht meinen traurigen Blick und kleidet sich an. Als er mich weiterhin betrachtet, wie ich mich unter die Laken schiebe, stöhnt er leise. »Aber ich kann so lange bleiben, bis du eingeschlafen bist, wenn es dir hilft, Cariño?«

Wirklich? Sofort schaue ich ihm dankbar entgegen. »Das Angebot nehme ich gerne an.«

Nachdem er wieder seine Hose trägt, seine restlichen Kleidungsstücke auf der Bank am Fußende abgelegt hat, steigt er ins Bett und setzt sich ans Kopfende. Wie ein dunkler Gott wacht er über mich, während ich näher an ihn rücke. Ich schaue eine Weile in seine wunderschönen Augen, bevor ich meine Hand auf sein angewinkeltes Knie lege und mich neben seinem Bein einrolle. Nicht lange und ich blende das Gewitter, das anscheinend nicht näher kommt, aus und sinke in einen tiefen Schlaf.

»Esta mujer es un misterio para mí«, höre ich seine angenehm beschützende Stimme kaum hörbar murmeln.

KAPITEL 37

SAMIRA

Als ich die Augen am nächsten Morgen aufschlage, ist er verschwunden. Stattdessen finde ich in der Hand, die zuletzt auf seinem Knie ruhte, eine schwarze kleine Schachtel.

Mich zuerst im Bett rekelnd rolle ich mich nackt auf den Rücken und werde von Tormenta begrüßt, der seine Schnauze über die Bettkante schiebt und gestreichelt werden will.

Nachdem ich seinen Nacken gekrault habe, setze ich mich im Bett auf und öffne die Schachtel. In schwarzem Samt steckt ein goldener Ring, der eine dunkle Perle einfasst. Eine Perle, die von zwei goldenen Blättern gehalten wird und wundervoll funkelt. Es ist keine Tiefseeperle, sondern eher ein kristallklarer schwarzer Stein, der in der Form einer Perle geschliffen wurde. Sonderbar und einzigartig. Und vermutlich wieder eine Aufmerksamkeit von ihm, da wir letzte Nacht miteinander geschlafen haben. *Ob ich ihm den Irrsinn irgendwann ausreden kann?* Obwohl … ich mag seine Gesten, seine Aufmerksamkeiten und seine Wertschätzung.

Es wäre gelogen, wenn sie mir nicht schmeicheln würden.

Nachdem ich das Bett verlasse und das Badezimmer im

Morgenmantel aufsuche, stelle ich fest, dass es bereits 8.17 Uhr ist. *Heilige Scheiße!*

Warum hat mich Pheola nicht geweckt? Wo steckt sie eigentlich?

Doch ich kann mich so nicht im Saal blicken lassen und brauche eine Dusche. Eilig husche ich ins Badezimmer, stelle mich unter den angenehm warmen Wasserstrahl, wasche meinen Körper und schäume mein Haar ein. Anschließend putze ich die Zähne, kämme mein feuchtes Haar und creme mich mit der Lotion ein, die Alessio so sehr liebt.

Als ich fertig bin, suche ich mein Zimmer auf. Doch von Pheola fehlt jede Spur. Besorgt knote ich das schwarze Handtuch enger um meine Brust und suche ihr Zimmer am Ende des Ganges auf. »Pheola?«, rufe ich sie. »Bist du wach? Geht es dir heute nicht gut?«

Nichts ist hinter der Tür zu hören. Daher drücke ich die goldene Klinke der Holztür hinunter und schiebe sie auf. Tormenta verlässt wie ein Blitz mein Zimmer und sprintet zu mir. An der Türschwelle bleibt er stehen, knurrt kehlig und kläfft wie von einer Hornisse aufgestachelt. *Warum?*

Doch zwei Sekunden später weiß ich warum. Pheola liegt blutüberströmt in ihrem Bett, neben ihr befindet sich eine dunkle Gestalt. Es ist weder Alessio noch Elian oder Mihail oder Ciprian. Als sich die Person mit einer Maske zu mir umdreht, beginne ich laut zu schreien und weiche ängstlich zurück.

Was hat er hier verloren? Wie konnte er in das Anwesen eindringen?

Statt mich zu attackieren, flüchtet er aus dem Fenster über das Vordach. »Nein!«

»Was ist los?« Wenige Sekunden später befinden sich Ciprian, Mihail und zwei Söldner bei mir in Pheolas Zimmer.

»Er hat … sie verletzt.« Ich eile auf Pheola zu, die in ihrem

Nachthemd im Bett liegt. Über ihr gebeugt greife ich nach ihrer Schulter. »Pheola, mach die Augen auf.«

»Wo ist er jetzt? Wer war hier?«, fragt mich Mihail eindringlich und umfasst meine Schulter, während Ciprian aus dem Fenster blickt und nach dem Feind schießt.

»Er ist durchs Fenster. Es … es war der Mann mit der Maske auf dem Fest … Nicht Alessio, sondern …«

Doch Mihail scheinen die Erklärungen zu genügen, der mit den Söldnern das Zimmer verlässt, das nun Alessio betritt, und sieht, was vorgefallen ist. Beide unterhalten sich hinter mir, während ich an Pheola rüttele, ihren Puls suche und irgendwas machen muss, um ihr zu helfen. Ich versuche es mit einer Herzdruckmassage und verzweifelten Mund-zu-Mund-Beatmung. Doch sie reagiert nicht. »Atme, Pheola«, sage ich panisch und fahre fort.

»Sie ist … Samira, hör auf.« Schwarze Hände legen sich um meine Oberarme, die mich von meinem Dienstmädchen ziehen. Ihr Blick ist so leer. Ihre Lippen einen Spaltbreit geöffnet. Ihr Körper von mehreren Stichen durchlöchert. Ihre Kehle … durchgeschnitten.

Galle breitet sich auf meinen Lippen aus, meine Hände sind blutverschmiert, als ich würge und die Magensäure zurückdrängen muss, um mich nicht zu übergeben.

»Ich bring dich raus. Kümmere dich um den Rest, Ciprian, und findet ihn!«

»In Ordnung. Ich sehe nach Zahra.« Ciprian stürmt vor uns aus dem Zimmer, während mir schwindelig ist.

»Hol Jerome, er kann …«

»Es ist zu spät, Samira. Wir können ihr nicht mehr helfen«, höre ich Alessios angespannte Stimme, der sich am liebsten selbst auf die Suche nach dem anderen maskierten Mann begeben würde. Stattdessen bleibt er mit mir im Gang stehen und dreht mich zu sich. »Ist dir etwas passiert? Hat er dich gesehen?«

Ich nicke und wische aufgelöst mit dem Handrücken die Tränen von meiner Wange. »Er hat sich zu mir umgedreht, als ich nach Pheola sehen wollte. Sie … war nicht wach, hat mich nicht wie sonst … geweckt und …« *Verdammt, warum wurde ihr das angetan?* »Warum?«, frage ich Alessio mit Tränen in den Augen, die ich einfach nicht zurückdrängen kann. »Warum sie?«

»Ich denke, dass er nicht sie töten wollte, sondern sein Ziel ein anderes war«, bringt er mit angespanntem Kiefer hervor. Sein Blick wandert von Pheolas geöffneter Zimmertür zu mir. »Wir müssen packen. Nimm alles mit, was dir etwas bedeutet. Geh deine Hände und dein Gesicht waschen, danach verlassen wir Yaviza.«

Ohne seine Entscheidung anzuzweifeln, da es offensichtlich ist, dass Feinde wissen, wo wir uns aufhalten, laufe ich ins Badezimmer. Alessio ruft drei Männer, die jeden meiner Schritte im Auge behalten sollen.

Ohne wirklich aufhören zu können, zu weinen, wasche ich meine Hände und mein Gesicht, binde mein Haar zu einem Knoten zusammen und suche anschließend Zahra auf, mit der ich zusammen packe. Ciprians Aufgabe war es zwar, den Feind ausfindig zu machen, doch gerade passt er nur auf uns beide auf, während Luis, Mihail und Lionel die Wagen vorfahren und alles einpacken, was wichtig ist. Das Personal und Alessios Söldner sollen das Haus weiterhin bewachen und in Stand halten.

Als ich mit Tormenta und einigen gepackten Koffern hinuntergehe, nimmt ihn mir sofort Alessio ab. »Geh, setz dich mit Tormenta in den Wagen.« Unter seinem Jackett lugt seine Beretta hervor, als er den Koffer anhebt und Luis reicht. Anschließend setzt er mich auf die Rückbank und schnallt mich an.

»Ich könnte helfen …«, biete ich ihm an, da das Personal weiterhin Gepäckstücke und Koffer in die Wagen lädt.

»Nein, du bleibst hier mit Tormenta. Zahra fährt bei Ciprian mit.« In weniger als fünf Minuten werden die Heckklappen der drei Wagen geschlossen, Luis steigt auf der Fahrerseite ein, während Alessio einige Worte mit Ashara wechselt, ihr über die Wange streichelt und sie irgendwie vertraut wirken. Sie nickt, legt ihre Hand auf seine Brust und wendet sich dann von ihm mit Tränen in den Augen ab. Als sie die Tür hinter sich schließt, kommt Alessio zu unserem Wagen und steigt auf der Beifahrerseite ein. Gleich darauf strecke ich meine Hand zu ihm vor. »Ich nehm sie.«

»Du nimmst was?«, fragt Luis, der sich mit seinem fragenden Blick umdreht. »Eine Knarre bekommst du nicht.«

»Du musst kein Narkotikum nehmen.« Alessio lacht hinter der Maske. »Fahr los, Luis.«

»Wieso nicht?« Tormenta hat es sich bereits neben mir auf der Rückbank bequem gemacht und blickt hechelnd von meiner Hand zu Alessio.

»Weil du wissen darfst, wo sich das Anwesen befindet. Und selbst mit dem Wissen wirst du nicht ohne Hilfe an diesen Ort zurückfinden. Und ich will nicht, dass du unnötig Medikamente verabreicht bekommst. Ich muss dir nicht sagen, warum, oder?« Nun dreht er sich zu mir um, und ich weiß, dass er hinter seiner Maske verdorben grinst. Selbst Luis weiß, worauf er anspricht, und schenkt mir einen durchtriebenen Blick im Rückspiegel.

»Das Thema ist noch nicht durch«, antworte ich scharf, da er nicht glauben soll, ich hätte mein Okay gegeben.

»Ist es. Seit gestern Nacht.«

Ach, so sieht er es.? Nun greift er nach meiner linken Hand, an der sich sein Ring an meinem Ringfinger befindet. »Außerdem hast du ihn angenommen. Also ja, du brauchst nicht mehr vorzugeben, es nicht zu wollen. Es ist bereits entschieden, was mich sehr freut, meine bezaubernde Samira.«

Er ist so wahnsinnig gut darin, mich mit meinem eigenen

Verhalten zu schlagen. Aber er hat recht. Ich habe es gestern zugelassen, es gewollt und sollte jetzt keine Vorwände einbringen.

Trotzdem schenke ich ihm einen gespielt feindseligen Blick, nehme meine Hand aus seiner und schaue anschließend aus dem Fenster in den Dschungel. Ich kann mir genau einprägen, welchen Weg wir entlangfahren. Allerdings behält Alessio recht.

Schon zwanzig Minuten und vier Kreuzungen später bin ich mir nicht mehr sicher, in welche Richtung das Anwesen versteckt im Urwald liegt.

Knapp anderthalb Stunden später hält der Wagen gefolgt von den anderen an einer abgelegenen Tankstelle vor der nächsten Großstadt. »Wir werden auftanken und etwas zu essen auftreiben. Du hattest noch kein Frühstück.« Alessio wartet neben meiner geöffneten Tür, bis ich aus dem Cadillac ausgestiegen bin.

»Ich passe auf Tori auf und geh eine Runde mit ihm.« Luis dreht sich zu Tormenta um, den er zwischen seinen schwarzen Ohren krault und der sich seine Hand von ihm ablecken lässt.

»Danke, Luis.«

»Mach ich gern. Ich mag Tori.« Das ist kaum zu übersehen, was mich schmunzeln lässt.

»Du hast sicher auch nicht gefrühstückt. Oder hast du ohne mich angefangen?«, necke ich Alessio im Gehen. Seine silberne Maske glänzt im Sonnenlicht, als er sein Gesicht zu mir dreht. Es müssen bereits über 30 Grad herrschen, die Luft flimmert, keine Wolke ist am strahlend blauen Himmel zu sehen. Hinter mir steigen Zahra und Ciprian aus, um sich die Füße zu vertreten oder eine Zigarette zu rauchen.

»Was wäre ich für ein ignoranter Arsch, wenn ich vor meiner Herzdame esse? Ich habe nicht auf dich gewartet, weil ich selbst aufgehalten wurde. Was jetzt erklärt, wieso.«

»Wieso?«, frage ich, da er es mir auch erklären kann.

»Um dich zu töten, natürlich«, antwortet er so charmant wie möglich.

Wir betreten gemeinsam den Tankstellenshop, in dem uns einige Leute angaffen. Alessio lässt sich nichts anmerken, schlendert durch die Regale, als wäre es das Selbstverständlichste auf der Welt, sich mit einer Wolfsmaske in der Öffentlichkeit blicken zu lassen.

»Was möchtest du trinken?« Ich gehe auf das Kühlregal zu, aus dem ich mir ein stilles Wasser, ein Redbull und Orangensaft nehme. Sofort tritt Alessio an meine Seite und nimmt mir das Redbull ab. »Du solltest auf deine Ernährung achten.«

»Ach, sollte ich das?«, hake ich amüsiert nach. »Ich bin nicht schwanger und werde sicher nicht auf meinen Kaffee verzichten.« Prompt schnappe ich mir einen gekühlten Kaffee to go und wende mich von ihm mit einem breiten Lächeln ab.

Hinter mir höre ich ihn genervt stöhnen. »Dann wirst du das selbst bezahlen müssen. Fragt sich nur von welchem Geld«, will er mich provozieren. *Er hat recht. Ich habe keinen Cent.*

Abrupt bleibe ich stehen und will ihm eine schlagfertige Antwort an den Kopf werfen, schließlich besitzt er Zahras und mein Portemonnaie, als ich plötzlich von einem Tuscheln neben mir abgelenkt werde.

»Alessio ist hier«, höre ich unvermittelt einen circa elfjährigen Jungen sagen, der um das Regal mit zwei Freunden blickt und anschließend auf ihn zugeht. Zuerst glaube ich, Alessio würde die Kinder ignorieren, die ihn mit leuchtenden Augen ansehen, als träfen sie auf ihr Idol. Doch dann werde ich Zeuge, wie er ihnen je ein Getränk aus dem Kühlfach gibt, ihnen ihre Chips und Schokoriegel abnimmt und mit ihnen spricht. Anschließend geht er mit ihnen zur Kasse und bezahlt die Dinge, die die Jungen kaufen oder wohl eher doch stehlen wollten.

Nachdem er ihnen zwei Sätze mit auf den Weg gibt, verlassen sie eilig und sich unterhaltend den Shop. Was war das gerade eben? Ich trete näher an ihn heran und lege meine Getränke an der Kasse ab.

»Wir nehmen noch zwei von diesen köstlich aussehenden Tortillas.« Alessio deutet neben der Kasse auf die Speise. Im Anschluss nimmt er mir die Getränke ab und begleicht die Summe – und das mit einem großzügigen Trinkgeld.

»Was war das gerade?«, frage ich ihn, nachdem wir die Tankstelle verlassen und ich erst jetzt bemerke, dass die Wagen nicht aufgetankt wurden, sondern fortgefahren sind. »Wo sind die Autos?« Suchend blicke ich mich um, bevor im nächsten Moment eine Limousine vorfährt, in der Luis hinterm Steuer sitzt und Tormenta neben ihm auf dem Beifahrersitz aus der heruntergelassenen Scheibe zu mir blickt.

»Was meinst du?«, fragt Alessio gespielt ahnungslos, öffnet die hintere Tür des Wagens, um mich einsteigen zu lassen. Ah, ich verstehe. Sie haben die Wagen gewechselt.

»Du weißt, was ich meine. Die Kinder, woher kennen sie dich?«, will ich wissen, nachdem er neben mir auf der Rückbank des Lexus Platz genommen hat und mir mein Wasser und meinen Orangensaft reicht.

»Wieso sollten sie mich nicht kennen?«

»Hör auf mit den Gegenfragen«, bohre ich weiter und blicke mich um. Als wir die Tankstelle verlassen, sehe ich Menschen sich vor dem Gebäudeeingang versammeln und zu uns blicken. Zwei Mädchen rennen dem Wagen lachend hinterher und winken uns nach. *Was läuft hier?* Fragend drehe ich mich zur Heckscheibe um, da ich nicht verstehe, warum die Mädchen auch noch lachen.

»Du solltest mit offenen Augen durch die Welt gehen, meine geliebte Samira«, spricht er zu mir, umfasst mein Kinn und dreht mein Gesicht zu sich. »Du übersiehst sehr viel.« Ihn scheint meine Ahnungslosigkeit zu amüsieren. »Hier, nimm die Tortilla. Du hast noch nichts gegessen.«

»Und an mich hast du nicht gedacht?«, fragt Luis, der sich

ruckartig mit seinem Ganovengrinsen zu uns umdreht. »Scheiße, riechen die lecker. Wenn du sie nicht willst, ist sie bei mir an der richtigen Adresse.«

Skeptisch blicke ich den in Papier gewickelten Tortillas entgegen.

»Sei nicht so verfressen, du wolltest eine Diät machen und fasten. Samira hingegen sollte aufpassen, nicht noch mehr abzunehmen.« Alessio verpasst Luis einen leichten Hieb auf den Hinterkopf, damit er sich wieder auf die Fahrbahn konzentriert.

Gespielt mürrisch begegne ich Alessios erwartungsvollem Blick, schnappe mir die Tortilla und beiße demonstrativ von ihr ab. Seine Blicke ruhen auf mir, während Luis der schwarzen Limousine vor uns folgt, die in einem sportlichen Tempo Richtung Panama-Stadt fährt.

»Brav alles aufessen, dann – vielleicht dann – bekommst du einen Kaffee mit den tödlichen Inhaltsstoffen, der deinem Körper schadet.« *Ist das sein Ernst?*

Ich schnaube. »Du übertreibst etwas, findest du nicht?«

»Alessio achtet auf alles, was sein Leben beeinflusst. Er würde nichts essen, was nicht von einem Käfer angelächelt oder einer Biene angeflogen wurde«, antwortet Luis, der sich ein dunkles Lachen von Alessio kassiert.

Ich weiß ja, dass Alessio auf seine Ernährung und Lebensweise achtet, aber so verschärft?

Während ich die Tortilla esse, Alessio seinen doch an Luis verschenkt, schaue ich aus dem Fenster. Es sind so viele Wochen vergangen, in denen ich keine Stadt mehr gesehen oder betreten habe. Wir fahren keine Hauptstraßen, sondern manchmal ziemlich merkwürdige Straßenunterführungen, feuchte Tunnel oder an verlassenen Hafengeländen entlang. Hier und da fallen mir Graffiti unter Brücken oder an heruntergekommenen Gebäuden auf. Es ist jedes Mal dasselbe Bild. Es wurde mit weißer Farbe auf schwarzem Untergrund eine

Wolfsmaske aufgesprüht, die definitiv Alessios Wahrzeichen ist. Da Zahra und ich uns niemals in diesen dunklen schmutzigen Ecken der Stadt aufgehalten haben, haben wir die Graffiti, die wirklich überall zu sehen sind, nicht entdeckt.

»Alessio ist unsere Zukunft«, lese ich leise und runzele die Stirn. Inwiefern sollte er die Zukunft der Straßenkids sein, die Wände beschmieren, was nicht nur strafbar, sondern auch ziemlich unüberlegt ist. Sie wissen doch nicht, wie er ist. Wer er ist.

Vor einem hohen Glasgebäude, das nach einem Hotel aussieht, stoppt unser Wagen. Uns wird die Tür von einem Pagen geöffnet.

Vor uns sehe ich Zahra und Ciprian gefolgt von Mihail aus der Limousine steigen. Zahra huscht eilig auf mich zu, während ich die Umgebung mustere. Wieder versteckt sich Alessio nicht, verlässt den Wagen und riskiert es, gesehen zu werden. Er wird freundlich begrüßt und umrundet den Wagen, bis er an meiner Seite steht und mir galant seine Hand anbietet. In meinem schlichten schwarzen Kleid komme ich mir etwas fehl am Platz vor. Hätte ich gewusst, dass wir in einem Nobelhotel absteigen werden, hätte ich andere Kleidung gewählt. Tormenta schnüffelt an dem Pagen, dem Teppich vor dem Eingang und Blumenkübel, in dem Palmen wachsen.

An der Rezeption lässt sich Alessio mehrere Zimmerkarten aushändigen, die uns von zwei bildhübschen Frauen überreicht werden. Sie erinnern mich an die Frauen auf der Veranstaltung im Geheimbunker, die Alessio diese aufreizenden Blicke zuwarfen, ihm schöne Augen machten und ihr Dauerlächeln kaum unterdrücken konnten. Denn sie verhalten sich genauso und flirten mit ihm so auffällig und schamlos, dass der Putz von den Wänden bröckelt.

»Du wirkst etwas überrascht«, stellt Alessio im Lift neben mir fest. Zahra und Tormenta blicken ebenfalls wie einstudiert zu Alessio.

»Das bin ich auch. Ich dachte, du würdest dich verstecken. Ich dachte, wir würden fliehen und in keinem Fünf-Sterne-plus-Hotel absteigen.«

Ciprian prustet mir gegenüber, der lässig in schwarzen Jeans und T-Shirt der Decke entgegengrinst, an der sich ein Spiegel befindet. Eher draufgängermäßig pult er sich einen Salatrest aus den Zähnen. Zahra stößt ihn an. »Was ist so komisch?«, fragt sie ihn. Er senkt seinen Blick auf sie hinab, bevor er zu Alessio schaut.

»Es ist komisch, dass Samira annimmt, wir würden in einem Hotel absteigen.«

»Ist es denn keines?« Es sieht allem Anschein nach wie ein Luxushotel aus. Marmor auf den Böden und an den Wänden, edle Zierpflanzen, ein Lift, in dem alberne Klaviermusik abgespielt wird, Pagen, die unser Gepäck abgenommen haben, Rezeptionistinnen, die Alessios Aufenthalt so angenehm wie möglich gestalten wollten. »Es ist ein Hotel. Das ist offensichtlich.«

Alessio beugt sich nah an mein rechtes Ohr, als er meine Hüfte umfasst und an sich zieht. »Ich sagte dir bereits, du solltest mit offenen Augen durch die Welt gehen. Nicht alles, was du siehst, ist das, was es ist.«

Ein Rätsel? »Verrate es mir«, bitte ich ihn. Er zieht sich mit einem geheimnisvollen leisen Lachen zurück, als sich die Lifttüren aufschieben und uns zwei Pagen erwarten, die uns über einen Korridor mit sieben dunklen Zimmertüren führen, an denen goldene Ziffern hängen. Einer von ihnen nimmt mir Tormenta ab, der in einer anderen Etage untergebracht werden soll. »Nein«, sage ich sofort. »Tormenta bleibt bei mir.«

»Ihr habt sie gehört«, sagt Alessio, der auf meinen Hund schaut und anschließend zu mir. »Du kannst später mit ihm auf die Dachterrasse gehen.« *Eine Dachterrasse?* »Wir möchten die nächsten Stunden ungestört sein. Meine Begleiter und ich werden gegen 20 Uhr Abendessen. Alles Weitere bestellen wir über den Roomservice.«

»Es ist also doch ein Hotel«, sagt Zahra, die uns folgen will. Doch Ciprian zieht sie in einer Drehung zu sich. »Wohin willst du, Schätzchen? Unser Zimmer befindet sich hinter dieser Tür. Oder möchtest du einen Dreier mit Alessio und Samira?«

Sofort stockt mir der Atem. Ich drehe mich zu Zahra um, die ihn von sich stoßen will. »Was hast du gerade gesagt? Ich möchte kein Zimmer mit dir teilen.«

»Wer sagt, dass wir es uns teilen werden? Du wirst die meiste Zeit im Bett gefangen verbringen.« *Was?* Ciprian lacht spöttisch, bevor er seinen tätowierten Arm um Zahra schlingt, die er anschließend über seine Schulter hebt und das Zimmer mit seiner Karte und seinem Fingerabdruck öffnet. Sofort kehre ich auf dem Absatz um, um Zahra zu helfen.

»Lass ihnen ihre kindischen Albereien«, höre ich Alessio hinter mir, der mich zurückhält und wieder seinen Arm um meine Mitte legt, um mich durch die dunkle moderne Flügeltür am Ende des Korridors zu führen. Wir gehen an zwei Pagen vorbei, die nahezu geräuschlos die Tür hinter uns schließen. Kaum betrete ich den ersten großen Raum, fällt mir die Kinnlade hinunter. Er hat recht, es ist kein Hotelzimmer, keine Suite, sondern … sondern …

»Was ist das hier?«, frage ich perplex, als ich die dunkel gehaltenen Räume sehe, an deren Wänden sich Aktenschränke und Regale mit Waffen hinter Glas befinden. Ein tiefroter Teppich führt links und rechts in zwei offene Räume, in denen ich einen schweren Schreibtisch sehe, in dem anderen einen eher wohnlichen Bereich. Ich löse mich aus seinem Griff und betrete vorsichtig die anderen Räume, hinter denen ich noch Schrecklicheres erwarte wie geknebelte und gefolterte Menschen. Stattdessen erschrecke ich, als ein junger Mann mit Brille hinter drei Monitoren zu mir aufblickt. Rückwärtsgehend pralle ich gegen Alessio, der meine Schultern umfasst und mich zu dem Schreibtisch führt. »Dio dürftest du bereits kennen.«

»Du hast ihre Frage noch nicht beantwortet, Alessio.« Dio erhebt sich hinter seiner Technik, umrundet den Schreibtisch und kommt auf mich zu, um mir seine Hand zu reichen. »Du siehst gut aus. Wir haben uns lange nicht mehr gesehen.«

»Nach dem letzten Mal kann ich nur besser aussehen«, antworte ich knapp und blicke mich weiter um.

»Um deine Frage zu beantworten.« Alessio hebt seine Hände von mir, geht um den Schreibtisch herum auf einen Nebenraum zu, der durch drei Stufen mit diesem Büro oder Spionageraum – oder was auch immer das hier ist – verbunden ist. Dabei zieht er das Jackett aus und legt es über eine der Ledercouchen, die sich um einen Miró gruppieren. *Ist der echt? Sind alle Bilder, die an den Wänden hängen, echt?*

»Nein, es handelt sich um kein Hotel. Die unteren Etagen werden als Hotel geführt, die oberen sind meine persönlichen Arbeitsräume. Oder nennt man es doch Chefetage, Dionel?«, will er mich verspotten und schaut fragend zu Dio.

»Ich würde es eher Chefetage benennen. Die anderen mit dem Gesetz in Konflikt Geratenen checken aus und ein wie in einem Hotel«, erklärt Dio, der nun auf eine Bar zuhält. »Möchtest du etwas trinken?«

»Sie sieht wirklich aus, als bräuchte sie ein Glas Wasser«, scherzt Alessio, der kurz darauf im Nebenraum verschwindet.

»Du willst mir damit sagen, dass die unteren Etagen Kriminelle beherbergen, die hier wie in einem Hotel wohnen?«

»Kriminelle ist so ein allgemeiner Begriff.« Dio reicht mir ein Glas Wasser und stupst seine schwarze Nerdbrille an.

»Dem stimme ich zu«, höre ich Alessio. »Samira hat immer noch nicht begriffen, dass wir ein legales Geschäft führen, an dem es nichts Anrüchiges gibt.« Alessio erscheint wieder mit einem Koffer von mir, den er durch den Raum an mir vorbei trägt. »Wir leiten hier ein nettes Imperium – mehr nicht.«

Mehr nicht? »Du verarschst mich doch. Du beherbergst hier Kriminelle …«

»Menschen, die mit dem Gesetz in Konflikt geraten sind«, korrigiert er mich leise räuspernd und hält auf den anderen Raum zu. »Das ist ein Unterschied.«

»Ach, ist das ein Unterschied? Das finde ich nicht. Die Waffen hier …« Ich deute in den Raum, den wir als Erstes betreten haben.

»Dienen meinem Schutz. Jeder, der Schutz braucht, darf sich Waffen aneignen.«

»In dem Ausmaß? Sind das Granaten?« Neugierig bleibe ich vor der Glasscheibe stehen, hinter der sich Pistolen, Messer, Sturmgewehre, Präzisionsgewehre und sogar Granatwerfer befinden. Die Waffen werden angestrahlt wie Ausstellungsstücke in einem Museum.

»Sind sie nicht schön?« Unvermittelt bleibt er neben mir stehen, nachdem er meinen Koffer in den angrenzenden Raum gebracht hat.

»Schön? Sie sind gefährlich, tödlich und verboten.«

»Waffenbesitz wird in Panama streng genommen …«, fügt Dio hinzu, der mich auch belehren will.

»Ich denke nicht, dass Samira das wissen will. Ja, sie sind tödlich. Aber darf nichts Tödliches trotzdem wunderschön sein?«, raunt er mir entgegen und streicht eine Haarsträhne hinter mein Ohr. »Freunde dich mit dem Anblick an. Die nächsten Tage werden wir uns hier aufhalten, solange uns *andere* verfolgen und mir schaden wollen. Dieses Hotel ist eine Festung. Niemand wird es ohne Weiteres betreten.«

»Niemand, der nicht den Todeswunsch hegt«, sagt Dio lachend aus dem Nebenraum, der wieder am Schreibtisch Platz genommen hat.

Ich schlucke hart, als mir bewusst wird, dass mir Alessio

seine andere Seite zeigt, von der ich zwar wusste, die ich jedoch die letzten Tage verdrängt habe. »Folge mir, ich zeig dir unser Schlafzimmer.« *Unser Schlafzimmer?* »Ab sofort wirst du eine neue Angestellte von mir zugeteilt bekommen. In diesem Haus ist keiner blind.«

Als er das Wort *blind* erwähnt, breitet sich erneut ein tiefer Schmerz in meinem Brustkorb aus. Pheola ist gestorben. Nein, sie wurde grausam ermordet. Und wenn Alessios Vermutung stimmt, dann meinetwegen, weil dieser fremde maskierte Mann glaubte, dass Pheola ich war. Oder aber er erst meine Angestellte loswerden wollte, um mich anschließend hinterrücks zu ermorden. Mir wird Pheola fehlen. Sie hat mich jeden Morgen mit einem Lächeln auf den Lippen geweckt, hat mich viele schwere Tage begleitet und mich mit ihrer freundlichen Art jedes Mal angesteckt hat. Sie trug die Sonne in ihrem Herzen, die sie doch nicht mehr sehen konnte.

Und sie wusste, für wen oder was sie arbeitet?

»Brauchst du einen Moment?«, fragt Alessio, nachdem er bemerkt, dass sich mein Blick vor dem Waffenarsenal ins Leere verliert. »Ist es zu viel für dich? Ich kann die Waffen auch verschwinden lassen, wenn du Angst hast, ich würde sie jeden Moment gebrauchen.«

»Du kannst alles verschwinden lassen. So ist es doch«, flüstere ich angespannt und verärgert. »Selbst Menschen, Leichen, Waffen, Leben …«

Ich will es nicht wahrhaben, da ich mein Herz an diesen Mann verloren habe, aber ich sollte nicht naiv sein. Was er tut, ist illegal, kriminell, gesetzwidrig und skrupellos.

»Dein Bild über mich ändert sich doch nicht gerade? Du wusstest, wer ich bin und was ich tue. Ich habe dich nie belogen.«

Mit geschlossenen Augen drehe ich mich zu ihm und reibe die Lippen aufeinander, bevor ich sage: »Ich habe geahnt, dass du eine geheime grausame Organisation leitest, aber nicht in dem Ausmaß.«

»Du hast also angenommen, ich würde nur im Dschungel leben, mich von blinden Menschen bedienen lassen und Drogen über die Grenzen von Kolumbien nach Panama oder direkt über die Karibik nach Amerika schmuggeln? Täusch dich nicht, Samira. Ich habe dir zu Beginn gesagt, dass wir keine kriminelle Bande sind, ich ein Unternehmen leite. Das Hotel ist Teil des Unternehmens.«

»Mit dem du deine Gelder wäschst?«, werfe ich sofort ein und weiche einen Schritt zurück. Wohin könnte ich jedoch gehen? Er wird mich nicht gehen lassen. Eine Flucht in diesem streng überwachten Gebäude ist nahezu zwecklos. So unmöglich es ist, das Hotel unerlaubt zu betreten, so unwahrscheinlich wird es sein, es einfach so zu verlassen.

»Ich weiß, dass Panama das Land der Geldwäscherei ist, dass hier Scheinunternehmen existieren, die Gelder für Reiche, Politiker, Prominente, selbst Königsfamilien waschen. Ich habe mich dazu belesen, als ich mich noch erinnern konnte. Und das hier alles …« Ich deute auf die verschlossenen Aktenschränke, Waffen und zu Dio. »Ist nichts weiter. Was ist mit den Menschen im Lager? Wofür brauchst du sie?«

Mit jedem Wort, das ich ausspreche, wird sein Blick finsterer. Das alles ergibt keinen Sinn. Erst recht nicht die Freude der Menschen, die Alessio anhimmeln wie einen Retter. Sie beten ihn an wie einen Gott, schreiben Slogans wie »Alessio ist unsere Zukunft« unter sein Bild. Wie kann das sein? Für mich sieht es aus, als würde er die Zukunft zerstören.

»Du stellst eindeutig zu viele Fragen. Komm mit mir.« Es ist offensichtlich, dass ich in seinen Augen anders reagiert habe, als er erwartet hat. Aber wer wäre begeistert, wenn er das hier sehen würde?

Da ich wie angewurzelt stehen bleibe, greift er nach meiner Hand und führt mich in den rechten Raum, in dem ich einen luxuriösen Wohnbereich auffinde. Anschließend begleitet er mich durch eine Bibliothek in das Schlafzimmer, in dem mein Koffer vor einem hellen Wandschrank wartet. Alle Zimmer sind mit dunklem Marmor verkleidet, weichen Teppichen ausgelegt und hellen Möbeln eingerichtet. Wie auch das helle Bett, in dem ich pechschwarze Satinbettwäsche sehe.

»Ich schicke dir Inéz.« Neben der Tür drückt er eine Taste, nachdem er mich freigegeben hat.

»Nein, warte kurz«, will ich ihn davon abbringen, um mir mehr zu erzählen. »Erkläre es mir, bitte. Sag mir, was das alles zu bedeuten hat. Warum schauen Kinder und Jugendliche zu dir auf? Warum waren diese Menschen im Lager, die geschrien haben? Wofür brauchst du die Waffen? Wer verfolgt dich? Wer ist der Maskierte auf der Veranstaltung und in deinem Anwesen gewesen?«

Alessio seufzt tief, bevor er wieder an mich herantritt und seine Hand um meine Wange legt. »Ich erkläre dir alles, aber nicht jetzt. Ich muss mich auf ein Treffen vorbereiten und werde erst zum Abendessen zurück sein. Falls später, iss mit Zahra und den anderen Angestellten, die dir jeden Wunsch erfüllen werden. Du kannst dir alles aufs Zimmer bringen lassen, was du möchtest …«

»Nein, das will ich nicht. Rede mit mir. Sag mir, was das alles zu bedeuten hat.« Ich lege meine Hand auf seine Brust und schaue erwartungsvoll zu ihm auf. Seine Augen forschen in meinem Gesicht, bevor er seinen Blick von mir losreißt und an mir vorbeischaut. Er nickt knapp, bis er mich freigibt.

»Später. Ich beantworte dir alle Fragen, aber gerade ist kein günstiger Moment. Leb dich hier ein. Du weißt, wo du Ciprian und Zahra findest. Dio und Inéz stehen dir zur Seite. Ich beeile mich, meine geliebte Samira.« Zart streichelt er mit dem Daumen über meine Lippen, was sofort einen Schauder in mir auslöst. Im nächsten Moment schließt er die Augen und wendet sich von mir ab.

Als er das Schlafzimmer verlassen hat, fahre ich mir, überfordert von den Eindrücken, über die Stirn und drehe mich um. Plötzlich sehe ich eine blonde Frau hinter mir stehen, die mir ihre Hand reicht. Alessio muss ihr entgegengenickt haben, als sie leise das Zimmer betreten hat.

»Ich bin Inéz. Es freut mich wirklich sehr, dich endlich kennenzulernen.«

Ich reiche ihr misstrauisch meine Hand, obwohl es mir erneut das Herz bricht, Pheola nicht länger um mich zu haben, sondern einen fremden Menschen.

Ich werde dich vermissen, Pheola. Sehr sogar.

KAPITEL 38

ALESSIO

Es ist später geworden als erwartet. Verdammt spät. Ein dumpfer Schmerz pocht unter meiner Schläfe, als ich die oberste Etage des Hotels erreiche und die Haupttür zu meinen Räumen mit drei verschiedenen Sicherheitssystemen öffne. Dio dürfte längst die Etage verlassen haben, Inéz Samira beim Auspacken behilflich gewesen sein und Samira hoffentlich schon schlafen.

Ich gähne hinter der Maske, bevor ich meine Schuhe loswerde und durch die Räume direkt ins Bad gehe, um eine Dusche zu nehmen. Nach der Versammlung mit meinen Partnern dürfte ich nach Zigarrenrauch, Alkohol und kalter Asche stinken, was ich Samira nicht zumuten will.

Wie scheinheilig … ich mute ihr ganz andere Dinge zu.

Im dunkel gehaltenen Badezimmer, in dem ich vor dem Spiegel, der von Steinsäulen umgeben ist, meinen Anzug loswerde, frage ich mich, wie lange ich dieses Spiel noch ertrage.

Aber will ich ein gewöhnliches langweiliges Leben wie viele Menschen dort draußen? *Nein. I*ch habe meinen Weg selbst gewählt, und auch wenn es Samira nicht begreifen will, ich helfe Menschen und töte nicht nur. Würde ich das

Geschäft aufgeben, würde jemand Skrupelloseres in meine Fußstapfen treten und es auf grausame brutale Weise fortführen.

In der Walk-in-Dusche wende ich mich der Wand zu, nehme die Maske ab und lege sie auf das Glasregal mir gegenüber. Ich werde die letzten Reste, die mich an einen unheilvollen Tag erinnern, los. Das Wasser spült jede Dunkelheit von mir, bis sie am nächsten Abend wieder an mir klebt, da ich morgen früh die erste Straftat begehe. Weil ich Samira immer noch gegen ihren Willen festhalte.

Nach dem Frühstück werde ich Unterlagen durchgehen und weitere illegale Verträge absegnen. Ich werde mich anschließend auf die Suche begeben, um Azekeems Familie aufzuspüren, seine Schwester ausfindig machen und sie foltern, damit er aus seinem Rattenloch kriecht.

Im Anschluss schicke ich ihn mit einem Kopfschuss in die Hölle zurück, aus der er gekommen ist. Ich werde Johanna den Kopf ihres engagierten Laufburschen schicken, der im Prinzip ein Schwächling ist und von ihr vorgeschickt wird.

Und schon morgen werde ich wieder wie jeden Abend die Schwärze von meinem Körper waschen. Doch die dunklen Flecken auf meiner Seele werden bleiben – ganz egal, wie oft ich versuche, sie fortzuspülen.

Mir wird es um den Jungen leidtun, da er eine andere Richtung hätte einschlagen können. Johanna wird vor Wut ihre gesamten Leute zusammentrommeln und sich einen grausamen Plan überlegen, um mir weiterhin das Leben zu erschweren. Und wofür? Weil ich ihren Mann getötet habe, der mich betrogen hat.

Liebe kann ein trügerischer Antrieb sein. Tödlicher als Wut und Zorn. Ganz egal, ob sie Azekeem schickt, der mir Samira nehmen soll, ob sie mein Ansehen ankratzt, indem sie überall in den Städten Mittel- und Südamerikas die Botschaft verbreitet, ich wäre für die brutalen Morde der letzten Monate verantwortlich, sie wird ihr Ziel niemals erreichen und sich selbst auf dem Rachezug verlieren.

Es ist beinahe schon traurig, in der ersten Reihe sitzen zu müssen und dabei zusehen zu dürfen, wie sie während des Feldzugs ihre eigene Seele verliert.

Dabei war sie eine meiner talentiertesten Chirurginnen. Eine Studentin mit dem besten Harvardabschluss ihres Jahrgangs. Sie beherrscht fünf Sprachen und stand komplett hinter mir, bis sie José traf, einen gut aussehenden Typen, der nach ihr in mein Unternehmen einstieg. Doch recht schnell entwickelte sich José von einer kriechenden Ratte zu einem geldgierigen Verräter. Einem Verräter, der glaubte, mir meine Kunden abwerben zu können, ohne dass ich es bemerkte. Der schlechten Stoff verkaufte, an denen etliche Menschen gestorben sind, und meinte, mein Imperium infrage stellen zu können, um hinter meinem Rücken ein neues zu gründen. Johanna war so blind vor Liebe, glaubte ihm jedes Wort, schluckte jede Lüge, hoffte auf Gerechtigkeit und ließ sich für seine Zwecke einstellen.

Liebe ist … abartig, unberechenbar und vernichtend. Zugleich faszinierend und eine Kraft, die mir unbegreiflich ist.

Sie ist weder zu lenken noch zu beeinflussen. Sie schleicht sich wie ein lautloser Killer hinterrücks in deinen Geist und nimmt von dir Besitz. Wenn du merkst, dass sie dich regiert, ist es längst zu spät und sie durchbohrt wie eine scharfe Klinge dein Herz.

Mit beiden Händen streiche ich mein Haar aus der Stirn, als ich ein leises Quietschen hinter mir höre. Sofort greife ich zur Maske, deren Rand ich demjenigen, der meine Ruhe stört, in die Kehle rammen würde.

Jeder Muskel von mir ist angespannt. Ich spüre die fremde Präsenz, schalte das Wasser ab, nehme das Handtuch vom Haken und wickele es um die Hüfte.

Was, wenn ich Spione unter meinen Leuten habe? Wie

sonst hätte Azekeem das Anwesen in Yaviza finden können? Jemand muss ihm geholfen haben. Ich habe nur keine Ahnung, wer es aus meinen Reihen sein könnte.

»Ich will dich nicht stören …«, höre ich plötzlich Samira hinter mir in der Nähe des Waschtischs. Als ihre Stimme an meine Ohren dringt, löst sich meine Anspannung. Ich setze die Maske auf und verlasse die Dusche.

»Ein Anklopfen wäre ein Zeichen von Respekt gewesen. Es sei denn, du legst es darauf an, zu sterben.«

Mit einem weiteren Handtuch trockne ich meinen Oberkörper ab, bevor ich die Handschuhe überstreife und die Dusche verlasse. »Ich wollte dich nicht stören, sondern nur wissen, wer hier ist. Das Hotel ist unheimlich und nach deinen Erzählungen …«

Ihr dunkles Haar fällt in Wellen über ihre Schulter, als ich auf sie zugehe. Sie steht im Badezimmer wie ein verlorener Engel, der von der Finsternis angelockt wurde. »Glaubst du, es würden sich Straftäter zur obersten Etage schleichen, um dich zu töten?«

»Ganz so abwegig ist der Gedanke nicht. Heute wollte mich bereits jemand töten«, antwortet sie mit einem ernsten Blick. Über ihren Nasenrücken zeichnen sich zwei kleine Furchen ab, die ich jedes Mal sehe, wenn sie etwas beschäftigt. Ich grinse hinter der Maske.

»Keine Sorge, er steht bereits auf der Abschussliste der Beamten und unter den Verbrechern«, antworte ich ihr gelassen. »Jeder hält die Augen nach ihm offen.«

Vor dem Waschtisch angekommen, greife ich nach einem Kamm und streiche mein Haar zurück. Hinter mir bleibt sie einen halben Meter stehen und betrachtet meinen Rücken. Im Spiegel beobachte ich sie aufmerksam. »Was hat die Tätowierung zu bedeuten?«

»Wie wirkt sie auf dich?«, erkundige ich mich mit einer Gegenfrage, die sie hasst, aber mit der ich ihre komplette

Aufmerksamkeit gewinne. Unvermittelt berührt sie meinen Rücken und fährt über die Federn, die über meine Rippen verlaufen. Es kostet mich jedes Mal Zurückhaltung, ihre Berührungen zu dulden. Oft genug kämpfe ich gegen den Reflex an, ihre Hand nicht fest zu umfassen und sie von mir wegzustoßen. Ich lasse nahezu niemanden mehr als einen halben Meter an mich heran. Selbst das ist nah genug. Ashara, Mihail, Luis, Ciprian und nun auch Samira sind die einzigen Menschen, die ich aushalte. Wobei ich mir bei Samira noch nicht sicher bin.

»Es sieht bösartig aus, als würdest du den lachenden Tod auf dem Rücken tragen, der wie ein Dämon jeden von dir stößt.«

Ihre Fingerkuppen fahren weiter über die schwarzen Linien, Runen und Teufelsaugen. »Zugleich zeigt es, wie viel Schmerz du bisher ertragen und überleben musstest.« Das hat noch keiner vor ihr festgestellt oder zu mir gesagt.

Und ohne damit gerechnet zu haben, schlingt sie ihre Arme um meinen Oberkörper und schmiegt sich an mich. Mir stockt für wenige Sekunden der Atem. Überrascht von ihrer Umarmung starre ich mir im Spiegel entgegen, um zu prüfen, ob ich nicht träume. Ihre Hände schieben sich über meine Brust und meinen Bauch. Die Wärme ihres Körpers schwappt auf meinen über, bis ich den Kamm langsam auf der Granitplatte ablege.

»Wir sollten schlafen … Es ist bereits zwei Uhr und …« Ich schlucke hart. Warum verflucht bringen mich ihre Nähe und ihre Berührungen jedes Mal so sehr aus der Fassung?

Rasch löse ich ihre Hände von mir und wende mich von ihr leise fluchend ab.

Gib nicht nach, lass sie sich nicht noch mehr in deine Gedanken schleichen. Halte sie auf Abstand, bevor es zu spät ist!

»Was ist passiert, Alessio?«, höre ich sie hinter mir. Sie folgt mir ins Schlafzimmer, in dem ich die zerwühlten Laken auf dem Bett sehe.

»Das Übliche. Ich will nicht darüber reden.« Eigentlich wollte ich eine Dusche nehmen, dachte, sie schläft längst, und würde mich zu ihr ans Bett setzen. Falsch gedacht. »Wir können morgen unsere ausführliche Frage-Antwort-Stunde abhalten, Samira.«

Sie überholt mich und bremst mich vor dem Bett aus. »Okay, ich gebe dir Zeit, mir alles zu erklären. Ich möchte aber etwas, was mir wichtig ist, jetzt loswerden.«

Wirklich? Mitten in der Nacht? »Das wäre?«, frage ich interessiert und schiebe mit den Fingern zwei lange Haarsträhnen hinter ihre nackten Schultern. Sie trägt ein durchscheinendes Negligé, so wie ich es liebe. Selbst beim Anblick und der Berührung ihres Haars spüre ich augenblicklich das wilde Verlangen nach ihr.

Sie hebt ihr Gesicht mit einem selbstsicheren Blick an, der nichts Gutes verspricht, aber der jedes Mal meine Dominanz herausfordert, um ihn ihr aus dem Gesicht zu wischen. »Ich möchte meine Familie sehen.«

»Nein«, antworte ich augenblicklich. »Nicht jetzt. Nicht …«

»Alessio, bitte.« Sie hebt ihre schlanken Hände zu meinen Schultern und hält sich an mir fest. »Ich möchte ihnen erklären, warum ich mich entschieden habe, hierzubleiben. Ich möchte, dass sie wissen, dass es mir gut geht und sie sich keine Sorgen machen müssen. Ich will ihnen in die Augen blicken, wenn ich es ihnen sage.«

Ist das die Wahrheit oder ein Trick? In ihren haselnussbraunen Augen kann ich keinen Hintergedanken ablesen.

»Warum jetzt?«

»Weil ich nicht möchte, dass …« Sie weicht meinem harten Blick aus. Ich streichele über ihre Oberarme, schiebe eine Hand in ihren Nacken, während meine andere über ihren wunderschönen Körper gleitet. »Dass sie mich wenige Monate später schwanger sehen. Die Worte, die ich im Video gesagt habe, werden zwar der Polizei genügen, um nicht länger nach mir zu suchen, aber meine Eltern kennen mich besser. Ich habe immer den Kontakt zu ihnen gehalten. Ich möchte nicht, dass sie glauben, mir ginge es schlecht oder ich wäre längst tot. Verstehst du das?«

Nein, ich verstehe es überhaupt nicht, da ich keine Familie hatte, die sich um mich gesorgt hat. Dennoch sehe ich, dass es ihr wichtig ist.

Im gleichen Zug hat sie endgültig zugestimmt, ein Kind von mir zu bekommen. Sie trägt den Ring, den ich ihr geschenkt habe. Sie ist endlich bereit, was eine beruhigende Wärme in meinem Brustkorb auslöst.

Langsam beuge ich mich nah zu ihrem Gesicht hinab, um in ihren großen Augen zu forschen.

»Du darfst sie in wenigen Wochen treffen. Sei ehrlich zu ihnen und hintergehe mich nicht. Falls doch, hat es Konsequenzen. Du wirst ein Mikro tragen, damit ich jedes Wort hören kann. Zudem werden dich meine Männer im Auge behalten. Wenn du mit den Gegebenheiten einverstanden bist, kannst du dich mit ihnen in Panama an einem öffentlichen Ort treffen.«

Als sie meine Worte hört, weitet sie die Augen, noch bevor ein Strahlen ihr Gesicht erhellt. Es ist keine Lüge, kein Trick, eine so gute Schauspielerin war sie nie und wird sie nie werden.

»Danke. Ich akzeptiere deine Bedingungen.« Mit einem Satz schlingt sie ihre Arme um meinen Nacken und zieht sich eng an mich. Ich blicke eher ratlos zur Decke auf, da ich nicht weiß, wie ich reagieren soll.

»Es wäre wunderbar, wenn du dich auf eine andere Art erkenntlich zeigen würdest«, antworte ich dunkel lachend und weiß doch, mal wieder das absolut Falsche gesagt zu haben.

Andere in meiner Situation würden ihre Hände ebenfalls um ihren Körper legen, ihr Lächeln erwidern und sie küssen. Aber in mir ist diese meterhohe Stahlwand, die es nicht zulässt.

Langsam löst sie ihre Hände von mir, als ich den Reißverschluss an der Seite ihres Negligés öffne und sie auf den Zehenspitzen stehend meinen Hals küsst, mich vom Handtuch befreit und ihr letztes Kleidungsstück auszieht. Nackt und willenlos legt sie sich bereitwillig ins Bett und zieht mich an sich hinab.

»Ich werde mich erkenntlich zeigen. Sooft du möchtest.« Diese Worte zu hören, gibt meinem dunklen Herz einen enormen Stoß, da sie sich endlich fügt und sich mir nicht mehr widersetzt. Über ihr stütze ich mich ab, gleite mit den Fingern zwischen ihre Beine und dringe langsam in sie ein. Zugleich keucht sie unter mir und krallt eine Hand in mein Haar, die andere neben sich ins Laken.

Wieder kommt ein triumphierendes Lachen über meine Lippen, bis ich ihre Feuchte spüre, spüre, wie sehr sie mich will. Mit jeder Sekunde wird mein Schwanz schwerer, fühlt sich warm und prall an. Ich will sie einfach nur besitzen, und das jeden Tag. Ich reibe ihre Klit so fest, dass sie nach nur wenigen Minuten vor mir kommt, ich mittlerweile vor dem Bett knie und sie am liebsten schmecken würde.

Eine Weile atme ich ihren Duft ein, den ich liebe, zwirbele ihre harten Brustwarzen und ficke sie härter mit meinen Fingern. Sie ist so was von bereit, lässt sich fallen und genießt jede meiner Berührungen. Ich gleite mit der freien Hand über ihren Körper, der mein Eigentum ist, und fahre zu ihrem Hals hoch. Gerade in dem Moment, als sie laut stöhnend kommt, ihre Pussy sich um meine Finger verengt, drücke ich ihr die Luft ab und sie verfällt in eine komplette Ekstase.

Ganz ehrlich, sie trägt sehr viel mehr Dunkelheit in sich, als ich anfangs dachte. Denn sie genießt, was ich mache, und schreit nicht, dass ich aufhören soll. Im Gegenteil, sie will immer mehr.

Als ihre Beine weiterhin zittern, sie in schnellen Atemstößen keucht und die Augen geschlossen hält, gebe ich ihr einen Moment, um durchzuatmen, bevor ich sie mir nehmen werde. Die Gier nach ihr ist bei ihr jedes Mal so stark wie bei keiner Frau zuvor.

Als sie erschöpft vor mir liegt, ziehe ich silberne Schmuckstücke aus dem untersten Fach des Nachttisches und beuge mich über sie. Blinzelnd öffnet sie die Augen, als sie das Metall auf ihrem Körper spürt.

»Was ist das?«, fragt sie perplex, zieht sich auf die Unterarme und blickt auf ihre Brüste, die herrlich voll und mit perfekten Rundungen jedes Mal meinen Verstand vernebeln. Im nächsten Moment wimmert sie, als ich die Klemmen zuziehe und grinse.

»Ich sollte dir nicht nur Ringe und Blumen schenken, meine geliebte Samira.« Sie krallt ihre Finger neben sich in die Laken, kämpft zuerst gegen den beißenden Schmerz an, bis sie loslässt und sich entkrampft. Kurz bevor sie sich entspannt, zwirbele ich ihre linke Brustwarze und lege anschließend die letzte Klemme um.

Als ich sie festziehe, stoße ich mit den Fingern in ihre Pussy und reibe mit dem Daumen über ihre Klit. Die Welle aus Lust vermischt mit Schmerz lässt sie tief keuchen, was sie kaum verhindern kann und meiner verdorbenen Seele schmeichelt.

»So gefällst du mir noch mehr, meine Schönheit, daher möchte ich deinen Anblick voll und ganz auf mir genießen.« Ich ziehe meine Finger aus ihr zurück, reiche ihr meine Hand, um ihr aufzuhelfen, und lege mich anschließend im Bett auf den Rücken. Ich dirigiere sie, auf mich zu steigen. »Du darfst auf mir reiten, aber behältst deine Hände bei dir. Du darfst höchstens meine Hände umfassen, um Halt zu finden.« Das sind meine Bedingungen, da ich weiterhin die Kontrolle über alles und ganz besonders über die Situation besitzen will.

Ein Funkeln ist in ihren Augen zu erkennen. Sie stimmt meinen Bedingungen mit einem Nicken zu. »Irgendwann wirst du mehr zulassen«, höre ich sie über mir sagen. Sie kniet auf mir und umschließt meine linke Hand. Fest umfasse ich ihre Brust, an der das Silber im Dunkeln herrlich verführerisch schimmert.

»Hoffe nicht darauf, Samira«, antworte ich und genieße ihr Wimmern, als ich über die festen Klemmen reibe. Mit der anderen Hand umfasse ich meine Härte und schiebe sie zwischen ihre Beine. Langsam senkt sie ihr Becken auf meinen Schwanz hinab, der in sie eindringt. *Fuck, ich wollte sie die gesamte Zeit spüren.* Ihre Finger verschmelzen mit meiner rechten Hand, als ich die letzten Zentimeter in sie stoße und ihr entgegenkomme. Sie ist vollkommen entspannt, scheint sich an die Größe meines Schwanzes zu gewöhnen und schließt die Augen. Anschließend bewegt sie sich auf mir, zuerst quälend langsam und ziemlich zurückhaltend, bis sie ihr Becken schneller auf mir auf und ab bewegt. Ich umfasse ihre Hüfte und bohre meine Finger in ihre prallen Pobacken.

Sie so auf mir zu sehen … ist wie ein wahr gewordener Traum. Vereinzelt rutschen dunkle Haarsträhnen während ihrer Bewegungen wieder über ihre Schultern und umgeben ihre schönen Brüste mit den Klemmen, die im Rhythmus auf und ab wippen. Ich lasse sie gewähren, gebe ihr Zeit, ihr Tempo selbst zu bestimmen, und spüre den reinen ungestillten Hunger in mir. Am liebsten würde ich sie von mir heben, in ihr Haar greifen, es um mein Gelenk schlingen und sie hart von hinten vögeln. Aber … Ich kann nicht. Nicht, wenn ich sie nicht brechen will.

Sie ist noch unerfahren und tastet sich vor. Dafür in einem schnellen Tempo. Wie sie gestern meinen Schwanz geblasen hat, war unglaublich. Niemals hätte ich mir vorstellen können, dass sie es freiwillig und gerne macht.

Sie im Blick behaltend, spüre ich ihre enge Pussy um meine Eichel und meinen Schaft reiben, sie bewegt sich schneller, was ein dunkles Kitzeln in mir hervorruft.

Ich keuche, als ich in ihren leuchtenden Augen sehe, dass sie es will. Mich zufriedenstellen will und sich daher alle Mühe gibt. Wie eine dunkle Göttin reitet sie mich schneller, keucht angestrengt und ich sehe einen glänzenden Film auf ihrem Körper.

Langsam komme ich ihr mit jedem Stoß entgegen, ziehe ihr Becken heftiger herab, sodass ihr Keuchen in ein lustvolles Stöhnen übergeht. Wie gern würde ich in ihre Brustwarzen beißen, an ihnen saugen, während ich sie auf mir reiten lasse.

Sie gibt nicht auf, kämpft weiter, reitet mich schneller, härter und bewegt sich so geübt wie eine Amazone auf mir, bis ich unerwartet komme und »Verdammt! Carajo, Samira« stöhne. Mein Schwanz pumpt, meine Hoden ziehen sich zusammen und mein Sperma spritzt in ihre enge Pussy.

Den Kopf in den Nacken gelegt, die Augen geschlossen, atme ich tief durch und halte ihre festen Pobacken weiterhin umfasst, ziehe sie auseinander, um mein Becken noch enger an sie zu pressen.

In dem Moment beugt sie sich zu mir herab, umfasst meinen Hals und drückt sich an mich. Mein Herz springt jede Sekunde aus dem Brustkorb. »Ich glaube, ich will dich nie mehr verlassen«, flüstert sie nah an meinem Unterkiefer. »Ich glaube, ich habe mich verliebt.«

Augenblicklich weite ich die Augen. Eine düstere Enge dehnt sicht in meinen Lungenflügeln aus, die ich kaum ertrage. Als sie meinen Hals küsst, löse ich die Hände von ihrem Po und rolle sie hart von mir. »Die Bedingung!«, fahre ich sie an. »Du hast ihnen zugestimmt.«

Mich nicht anzufassen, wenn ich es nicht will!

KAPITEL 39

SAMIRA

Unerwartet steht er komplett neben sich und stößt mich so hart von sich, dass ich aus dem Bett falle und unsanft auf dem Boden aufkomme.

»Die Bedingung!«, fährt er mich laut an. »Du hast ihnen zugestimmt.«

Ich weiß. »Ich … Es tut mir leid. Ich habe nicht daran gedacht … als … Es war ein Reflex.«

»Reflex?«, fragt er fast am Durchdrehen, als hätte ich ihm etwas angetan, ihm eine Klinge an den Hals gehalten oder die Maske vom Gesicht gerissen.

Was ist los? Was hat er? Warum dreht er vollkommen durch?

Ehe ich ihn fragen kann, greift er nach einem schwarzen Morgenmantel und verlässt das Schlafzimmer. »Folge mir nicht! Leg dich hin und schlaf!«

Die Worte kommen nicht wie eine Bitte über seine Lippen, sondern wie eine Morddrohung, bevor er mir wirklich eine Klinge zwischen die Rippen rammen wird. »Schlaf gut«, sagt er ruhiger, bis er die Tür hinter sich schließt.

»Es tut mir wirklich leid«, wispere ich mit Tränen in den Augen, obwohl ich längst weiß, dass er meine Worte nicht mehr hören wird. Enttäuscht von mir selbst, da mich meine Gefühle überwältigt haben, senke ich das Gesicht auf dem Boden sitzend und lehne mich mit dem Rücken gegen die Kommode.

Klasse gemacht, Samira.

Und jetzt weiß er auch noch, was ich empfinde. *Großartig, besser hätte es nicht laufen können.* Nein, es endete in einer Tragödie, obwohl der Sex mit ihm wundervoll war, ich den Anblick, auf ihm reitend, nicht so schnell vergessen werde.

Nachdem einige Minuten vergangen sind, seufze ich und erhebe mich. Ich rechne nicht mehr damit, dass Alessio auftaucht. Hoffentlich hat er sich abreagiert und beruhigt.

Auf dem Bett sitzend drehe ich die Klemmen locker, was höllisch schmerzt, als das Blut zurück in meine Brustwarzen fließt. Ich wimmere mit zusammengekniffenen Augen und will die Klemmen einfach nur loswerden.

Mit zittrigen Fingern lege ich sie auf dem Nachttisch ab, steige ins Bett und rolle mich auf meiner Seite in die schwarzen Laken. Ich brauche sehr lange, eine halbe Ewigkeit, um einzuschlafen, weil ich immer noch hoffe, dass er zurückkommen wird. Doch er kommt nicht zurück.

~

Knapp sechs Wochen später fahren wir auf dem Parkplatz eines einladenden Cafés am Strand vor. Ein Café, das den amerikanischen Charme eines Diners besitzt.

Nachdem der Wagen hält, steige ich aus dem schwarzen Cabrio aus, das zwischen zwei bulligen kugelsicheren Geländewagen parkt.

»Bist du bereit?«, erkundigt sich Elian vom Fahrersitz, als ich das Cabrio an der Motorhaube erreicht habe.

»Bin ich. Ich halte mich an die Vorgaben«, antworte ich abgeklärt und zugleich nachdenklich.

Eine milde Brise weht durch mein Haar, die Sonne scheint heiß auf meine nackten Schultern, die Luft ist angenehm feucht. Vom Strand höre ich Fregattvögel kreischen, sehe offene Touristenbusse in der Nähe an der Strandpromenade halten und höre das Lachen von Kindern.

Es ist so lange her, dass ich frei war. Mich frei zwischen anderen Menschen in der Stadt bewegen konnte. Obwohl, so frei bin ich auch wieder nicht. Schließlich behalten mich fünf Männer im Blick und achten auf jede meiner Bewegungen.

Nach der Nacht, in der ich Alessio zu nah kam und ihm sagte, dass ich ihn liebe, sprachen weder Alessio noch ich über die Sache. Keinen. Einzigen. Tag. Als wäre die Sache nicht vorgefallen.

Er verfiel seinem strengen Tagesablauf, ich hielt mich mit Zahra und Tormenta immer im Hotel auf, in dem wir uns in den obersten Etagen frei bewegen durften. Mein einziger Trost, die Sonne auf der Haut zu spüren, war auf dem Dach. Dort durften Zahra und ich uns öfter aufhalten, da sich ein Garten auf dem Hotel befindet. Und das in einer schwindelerregenden Höhe von über einhundertfünfzig Metern.

Alessio beantwortete mir am Tag darauf sämtliche Fragen, die mir seit Wochen auf der Zunge lagen. Und er ging sogar ins Detail, wich keiner meiner Frage mit einer Gegenfrage aus oder ließ sie unbeantwortet. Das hat mich etwas verwundert, da er mir vollen Einblick in sein Leben gewährte. Warum, das erfuhr ich bisher nicht.

Er betreibt drei Unternehmen. Eines ist das Hotel, in dem er Kriminelle – für mich sind es nach wie vor Verbrecher und keine Strafzettel-Sünder – beherbergt, deren Identitäten geschützt werden. Es ist eine Art Safehouse für Verbrecher. Das schockte mich, aber war an und für sich keine neue Information mehr.

Doch es kommt noch besser. Sein zweites Unternehmen nennt sich *Scoytis* und ist eine Scheinfirma, die angeblich

Medientechnologien entwickelt. Das Unternehmen existiert auf dem Papier, ist jedoch nicht real. Es ist ein großes Gebäude, in dem Alessios Leute Geld waschen, Gelder der Leute, die eben *auch* keine Kriminellen sind, sondern einfach ihre Millionen vor Steuerfahndern verstecken wollen. Logo, das ist ja kein Strafdelikt, sondern macht jeder heimlich.

Sein Klientel reicht von vermögenden Anwälten bis hin zur superreichen Erbin europäischer Adelshäuser. Es ist unfassbar, wie viele Menschen bewusst mit dem Gesetz in Konflikt geraten und kein schlechtes Gewissen haben.

Aber der Oberknaller ist, dass sich Leute der Regierung an dem profitablen Geschäft beteiligen und auch ihre Finger im Spiel haben. Wer Neukunden anschleppt, erhält jährlich einen Obolus. Unglaublich, aber wahr. Daher wird aus Amerika keiner seinen Finger rühren, um die Firma anzuschwärzen, weil genügend einflussreiche Leute, die in der Öffentlichkeit stehen, Verträge mit Scoytis abgeschlossen haben und auffliegen würden.

Tja, also das sind Alessios zwei Geschäfte. Als wäre das nicht genug, besitzt er ein drittes und das für mich schrecklichste Unternehmen.

Er hat vor fünf Jahren zwei Krankenhäuser gekauft, sie modernisieren und renovieren lassen. Es sind Krankenhäuser, in denen illegale Operationen durchgeführt werden. Menschen, die sich Geld verdienen wollen, verkaufen ihre Organe. Sie unterzeichnen Verträge, die nach ihrem Tod ihre Angehörigen finanziell absichern sollen, wenn sie ihre Körper im Gegenzug ausschlachten lassen. Das halte ich für das grausamste und skrupelloseste Geschäft von allen dreien.

Alessios Handel erstreckt sich weit über Mittelamerika hinaus. Er kooperiert mit zwei anderen Kartellen, fünf Waffenschiebern aus Südamerika und Osteuropa und Edelsteinschmugglern aus Argentinien und Kolumbien. Aber nur, um sich mit ihnen die Routen zu teilen. Damit die Leute, die sich illegal operieren lassen, problemlos mit ihrem neuen Taschengeld eine neue Zukunft in fortschrittlichen Ländern aufbauen können. Zumindest ein Teil der Menschen versucht es. Reiche Familien gelangen schneller an Spenderorgane und müssen auf keine Warteliste. Von überall reisen Menschen aus der ganzen Welt an, um sich Organe zu kaufen und direkt operieren zu lassen. *Unheimlich, oder?*

Als ich das alles gehört habe, wurde mir schlecht, und ich wollte nur verschwinden. Es reicht nicht, dass er nur ein, bloß ein einziges kriminelles Unternehmen aufbaute, nein, es sind drei. Das ist so skurril, wie es zugleich unfassbar ist. Und die Leute lieben ihn. Warum?

Weil er sehr viel Geld, das er einnimmt – und das müssen jährlich mehrere Millionen, wenn nicht sogar Milliarden sein –, in wohltätige Zwecke investiert. Ja, denn er besitzt vier Stiftungen, wird in der Forbes unter den dreißig reichsten Männern aufgezählt und zeigt sich als Robin Hood für die Armen. Man nahm viele Jahre an, dass er in Wahrheit Christoph Vegas ist, der Geschäftsführer, der die Stiftungen leitet. Ein attraktiver Mann, der sich oft auf Events und zu Presseterminen zeigte. Doch das soll wohl nicht stimmen.

Eine Stiftung setzt sich für Waisenkinder ein, eine andere für Obdachlose. Aus der Stiftung wurden Häuser errichtet, die Menschen ohne ein Zuhause eine warme Mahlzeit pro Tag und sichere Unterkünfte anbieten. Eine weitere Stiftung wurde für medizinische Zwecke gegründet. Ich weiß nicht, wofür genau, ob für die Krebsforschung oder das Heilen von bisher unheilbaren Infektionen. Zumindest existieren diese zwei Stiftungen im medizinischen Bereich, die letztendlich auch die zwei Krankenhäuser tarnen. Es ist alles ziemlich komplex und clever gelöst.

Ich weiß nicht, aber dieser Mann hat zwei Seiten. Wie er zwei Gesichter besitzt. Er verdient sein Geld als Verbrecher, um es als Heiliger unter die Armen zu bringen. *Ist das wirklich richtig? Gibt es überhaupt ein Richtig oder ein Falsch?*

Es gibt so viele skrupellose Menschen in hohen Positionen, so viele Lobbyisten, die in Hinterräumen dunkle Geschäfte abwickeln und ihre Macht ausnutzen. Alessio ist einer von ihnen. Aber im Gegenzug zu vielen anderen häuft er seine Geldberge nicht an, sondern verteilt sie, um den Menschen, die auf der Straße leben, denen es schlecht geht und die dringend Hilfe benötigen, zu helfen.

Es sind mehr als sechs Wochen vergangen, als ich davon erfuhr, und ich wäge noch heute ab, ob ich es gut finden soll, was er macht, oder ob ich ihn als den Teufel betrachten soll, der er für mich am ersten Tag war.

Nein, der Teufel ist er für mich nicht. Das war er nie. Dafür schätze ich seine empathische Seite viel zu sehr. Er besitzt ein Herz und eine starke Entschlossenheit. Wenn er sich etwas in den Kopf gesetzt hat, zieht er es durch. So auch den Wunsch, Vater zu werden.

In den vergangenen sechs Wochen schlief er nahezu jede Nacht mit mir. Allerdings war der Sex wie anfangs. Er fesselte mich, knebelte mich, gab mir nicht mehr einen Moment die Möglichkeit, ihn anzufassen, und nahm sich, was er wollte. Er war immer vorsichtig und dominant und schenkte mir die heftigsten Orgasmen meines Lebens. Der Sex mit ihm ist genauso bittersüß wie der Rest seines Lebens.

Er kann nicht ohne mich, das weiß ich, aber er wird niemals zulassen, ihn lieben zu dürfen. Er ist so fremd und doch so vertraut. So nah und doch so fern. So liebevoll und doch so unerbittlich. In allem, was er tut. Aber am meisten zu mir.

Jeden Menschen behandelt er stets mit Respekt, ganz egal welchen Alters, welcher Hautfarbe, mit welchem Glauben, welchen Einkommens oder welchen Rangs er angehört. Er betrachtet das Leben als etwas Besonderes, etwas Wertvolles, da er vermutlich oft genug an der Schwelle zum Tod stand.

Genau deswegen wünscht er sich dieses Kind so sehr. Er ist immer noch so vernarrt in die Sache. Aus diesem Grund darf ich meine Eltern heute treffen, die er extra nach Panama-Stadt einfliegen ließ.

Heute habe ich zwei Stunden Zeit, um sie endlich wiederzusehen und ihnen ihre Sorgen zu nehmen.

Alessio ist gerade anderweitig unterwegs, somit hat mich Elian zum Café gefahren. Vier weitere Leute der Terequeraz behalten mich und die Umgebung im Blick. Ich trage ein Mikro und werde abgehört. Alessio und Dio können alles hören, was ich mit meinen Eltern besprechen werde. Sollen sie. Ich habe keine Geheimnisse vor ihnen, schon lange nicht mehr. Denn das größte Geheimnis verriet ich vor mehreren Wochen: dass ich Alessio liebe. Und es war ein Fehler, da er mich nicht liebt.

Im Lokal angekommen, läutet eine Glocke über der Tür. Ich suche mit den Augen die Tische ab, sehe hinter der Fensterfront Elian sich gegen die Motorhaube des 911er lehnen und telefonieren. In schwarzen schmalen Jeans und Löchern an den Knien, Boots und dunklem T-Shirt mit V-Ausschnitt trägt er passend dazu eine verspiegelte Pilotensonnenbrille. Sein mitternachtsschwarzes Haar glänzt in der Sonne. Sein Bartschatten verleiht ihm etwas Verwegenes. In den letzten Wochen traf ich ihn kaum an. Es ist fast so, als hätte er sich auch von mir distanziert.

Immer noch schwebt sein Duft von Zitrone und Amber unter meiner Nase. Ich mag seltsamerweise beide Düfte. Den von Alessio und den von Elian.

Elian nickt zum Tisch weiter vor mir, als er sieht, dass ich im Café stehen geblieben bin. Er hat meine Eltern bereits entdeckt. Ich auch, bloß … Mich überkommt plötzlich die

Angst, dass es ein Fehler ist, hier zu sein. Aber ich habe es mir so sehr gewünscht.

Doch in den vergangenen Monaten hat sich so viel verändert, ich habe mich verändert, und ich weiß nicht, ob meinen Eltern gefällt, was sie sehen werden.

Mein Herz schlägt bedrohlich schnell, meine Hände sind schweißnass, meine Kehle staubtrocken. Wieder nickt Elian zu ihnen und deutet anschließend auf seine teure Armbanduhr. Ich weiß, ich habe nur zwei Stunden Zeit, die ich nutzen sollte.

Daher gebe ich mir einen Ruck und halte auf den Tisch zu, an dem meine Eltern sitzen und mich zwischen den vielen Gästen noch nicht gesehen haben.

An ihrem Tisch angekommen, setze ich mein freudestrahlendstes Lächeln auf und sage: »Mama, Papa.« Beide schauen zu mir auf, wirken im ersten Moment sprachlos, mich unversehrt, in einem teuren Sommerkleid und Sonnenbrille vor sich stehen zu sehen. »Ich habe euch so vermisst.«

Meine Augen glänzen, als ich meiner Mutter mit ihrem dunklen Haar, das ihr Gesicht umrahmt, und roten Lippen und mandelförmigen Augen ins Gesicht blicke und meinem Vater, der wie immer einen Anzug trägt.

»'ant huna. Es ist wahr«, seufzt meine Mutter überglücklich, die sich von der Bank als Erste erhebt und die Hand meines Vaters loslässt. Das ist ihre Geste. In schweren Situationen umfassen sie immer ihre Hände, mein Vater gibt meiner Mutter Halt, wenn sie am Boden zerstört ist, wie nach dem Tod meines Bruders.

»Wir haben uns solche Sorgen um dich gemacht. Lass dich ansehen. Wie geht es dir? Wo ist Zahra? Was ist passiert?«

Ich sollte mir genaustens einbläuen, dass dies kein Wiedersehen ist, sondern ein Abschied. Doch gerade als mich meine Mutter umarmt, sie in ihrem Hosenanzug mit dem Goldschmuck und ihrem so vertrauten Parfüm jede schöne Erinnerung in mir weckt, fällt es mir unglaublich schwer, mich von ihnen zu verabschieden. Ich schließe die Augen, da ich Elians Blicke hinter der Fensterscheibe aussperren will, und vergieße eine Träne.

»Mir geht es sehr gut, wirklich fabelhaft«, versichere ich ihr, löse meine Hände von ihrem Rücken und blicke ihr lange in die dunklen schönen Augen. Sie bringt ein erleichtertes Lächeln über die Lippen und betrachtet mich näher, nimmt mir die Sonnenbrille ab und küsst meine Wange. Anschließend umarme ich meinen Vater, der mich kaum mehr loslassen will. »Wir haben lange auf eine Nachricht von dir gewartet und weiter nach dir gesucht. Das Video war inszeniert, uns brauchst du nichts vorzumachen. Nimm doch Platz – willst du etwas trinken oder essen?«, wechselt er das Thema und winkt eine Bedienung an unseren Tisch.

Nachdem wir bestellt haben, greift er seine Frage erneut auf. Ich sitze ihnen gegenüber und könnte zugleich lachen und weinen. »Es war inszeniert«, antworte ich ehrlich und sage die Worte, die ich mir zurechtgelegt habe. Ich will, dass sie mich als ehrlichen Menschen in Erinnerung behalten, trotzdem muss ich sie belügen, um ihnen ihre Sorgen zu nehmen.

Draußen sehe ich Elian sich von der Motorhaube erheben und sein Kinn vorschieben. »Ich wurde von den Terequeraz entführt und kam frei. Ich habe jemanden kennengelernt, der mir half, von der skrupellosen Organisation zu fliehen. Hätte ich gekonnt, hätte ich mich eher bei euch gemeldet, aber …« Geräuschvoll atme ich durch und greife nach der ringbesetzten Hand meiner Mutter. »Ich wollte euch nicht in Gefahr bringen. Sie hätten euch aufgespürt. Ich musste untertauchen, wobei mir mein Freund geholfen hat.« Mein Blick wandert erneut zu Elian, der den Kopf neigt, als begreife er nicht, warum ich mir diese Geschichte ausdenke.

»Zahra ist bei mir. Ich wollte euch unbedingt sehen. Wie geht es euch?«, frage ich beide und schaue von meinem Vater, dem ein Shake serviert wird, zu meiner Mutter, die sich einen Kaffee bestellt hat. Beide tauschen kurze Blicke aus.

»Wir haben in der Zeit, in der nach dir gesucht wurde, sehr gelitten. Wir haben halb Mittel- und Südamerika abgesucht und Detektive beauftragt. Nach deinem Statement glaubte jeder, du wärst freiwillig gegangen. Keiner aus der Familie glaubte diese Lüge«, erzählt meine Mutter auf Englisch, nicht wie üblich auf Arabisch oder Hebräisch. Das war Alessios Bedingung, mich nicht auf Arabisch oder Hebräisch mit ihnen zu unterhalten.

»Wie können wir uns bei demjenigen erkenntlich zeigen, der dir geholfen hat? Wie heißt er?«, fragt mein Vater, der auf meine Hand blickt, die die Hand meiner Mutter hält. Mist. In dem Moment fällt ihm der Ring mit der schwarzen Perle auf.

»Er erwartet keine Belohnung, sondern hat es gern getan, weil …« Ich schlucke hart, bevor ich meine Lüge fortsetze. »Er mich retten wollte. Er ist wundervoll und rechtschaffen und wir haben uns verliebt.«

»Und verlobt«, stellt mein Vater fest, der meine Hand nimmt und sie anhebt.

»Nein, ich bin nicht verlobt. Ich schicke jeden würdigen Kandidaten wie mit dir vereinbart zuvor zu dir. Der Ring ist eine Aufmerksamkeit von ihm.« Eher Bezahlung für den Sex, damit ich ihm ein Kind schenke und er mich anschließend verstoßen kann. Nur zu dem Zweck, so kommt es mir vor, bin ich bei Alessio. Wenn er das hat, was er will, bin ich nutzlos. Und dieser Gedanke macht mir Angst, denn ich werde ihn nicht los. Ich denke jeden Tag daran, träume sogar nachts davon.

Vorsichtig ziehe ich meine Hand aus seiner, nehme einen Schluck von meinem Latte macchiato und unterhalte mich sehr lange mit meinen Eltern. Ich tische ihnen eine Lüge nach der nächsten auf, erzähle von meinem perfekten Freund, den ich ihnen sehr bald vorstellen werde, und erwähne auch, dass ich sie sehr bald in Amerika besuchen werde. Lüge. Lüge. Lüge.

Wenn ich ihnen die Wahrheit sagen würde, würde ich sie einer Gefahr aussetzen, von der sie nicht einmal träumen können. Ich bin hier, damit sie glauben, ich hätte mir etwas Neues aufgebaut, käme ohne sie allein zurecht, hätte Zahra an meiner Seite und würde jemanden kennengelernt haben, den ich liebe und der auf mich aufpasst. Mein Vater ist nicht so einfach davon zu überzeugen wie meine Mutter. Aber die Fakten sprechen für sich.

Ich lächele zufrieden, sehe gesund aus, gepflegt und beantworte jede Frage. Gelegentlich blicke ich zu Elian, der sich wieder in seinen Wagen gesetzt hat. Hin und wieder entgehen meinen Eltern die Blicke zu Elian nicht. »Ist er das?«, fragt meine Mutter irgendwann. »Wartet er auf dich?«

Ein Blick auf die Uhr verrät mir, dass mir bloß noch eine halbe Stunde bleibt. Daher nicke ich lächelnd. »Hättet ihr etwas Kleingeld für mich?«, frage ich. »Ich würde kurz die Toiletten aufsuchen und mir anschließend eine Waffel vom Stand dort drüben holen.«

»Sicher …« Mein Vater holt sein Portemonnaie hervor. Er war noch nie geizig und drückt mir fünfzig Dollar in die Hand. Es ist nicht einmal gelogen. Ich muss wirklich auf die Toilette, was Elian gern überprüfen kann, wenn er will. Denn ich sehe zwei dunkel gekleidete Männer aus dem Geländewagen aussteigen. *Sie sollen jetzt keine Show abziehen.*

»Ich bin gleich wieder zurück«, sage ich zu meinen Eltern, erhebe mich und gehe am Kuchen- und Eistresen vorbei zu den Toiletten. Auf dem Weg dorthin schalte ich das Mikro aus.

Als ich an der Küche und einem Privatraum des Cafés vorübergehe, begegnet mir eine Bedienung, die schmutziges Geschirr in die Küche trägt.

»Entschuldigen Sie«, spreche ich sie leise an. »Sie müssen mir einen Gefallen tun.«

Die schwarzhaarige junge Frau schaut mich misstrauisch an. Sie kennt mich aus den Medien, das ist der Plan. »Du weißt, wer ich bin und bei wem ich bin? Ich habe einen Auftrag für dich«, spreche ich schnell weiter. »Geh zur nächsten Apotheke oder Drogerie und hol bitte einen Schwangerschaftstest.« Bevor sie mir wiedersprechen kann, drücke ich ihr die fünfzig Dollar in die Hand und nehme ihr das Tablett ab.

»Für Alessio?«, fragt sie mich. *Meint sie das ernst?*

»Ja, äh, ja, im Auftrag für ihn. Beeil dich bitte. In einer halben Stunde musst du zurück sein. Meine Jacke hängt später an der Garderobe dort drüben.« Ich deute auf meinen Blazer, den ich noch über dem Arm trage. »Wenn du zurück bist, schieb den Test einfach in die Jackentasche. Es darf dich niemand sehen, okay?«

»Sí, sí, ich helfe gern.« Alessio scheint wirklich immensen Eindruck auf die Bevölkerung hinterlassen zu haben, wenn sie freiwillig jeden Job für ihn erledigen. Schon geht sie los.

»Störe ich dich etwa?« Unvermittelt höre ich Elians Stimme, der unerwartet hinter mir steht. Die Bedienung eilt längst den Korridor zurück ins Café. *Das war knapp.*

»Ähm, nein. Die Bedienung ist schrecklich. Ich beschwere mich aufgrund des schlechten Kaffees, schon drückt sie mir ihr Tablett in die Hände und rennt weinend davon. Ich wollte nur die Toilette aufsuchen.«

»Habe ich gehört«, antwortet Elian mit einem skeptischen Blick.

»Nimm du das Tablett.« Rasch übergebe ich es ihm, damit er beschäftigt ist.

»Stell dein Mikro wieder an, Samira, oder das Treffen ist in fünf Minuten beendet«, warnt er mich mit einem todernsten Blick.

»Ach, willst du mir auf der Toilette zuhören, wie ich pinkele?«

Er kassiert einen spöttischen Blick von mir, bevor ich durch die WC-Tür gehe. Das war knapp. Sehr knapp.

Ich schalte das Mikro erst wieder an, sobald ich zurück bin. Der Vorwand mit der Toilette hätte nicht gelegener kommen können.

Allerdings muss ich nicht meine Blase erleichtern, sondern meinen Magen. Ich spüre schon seit einer halben Stunde dieses flaue Gefühl im Magen. Mir ist übel, und wenn sich meine Vorahnung bestätigt, bekommt Alessio schneller seinen Willen, als mir lieb ist.

Nachdem ich mich eine Minute später über der ekelhaften Kloschüssel übergeben habe, brauche ich einen Moment, um die ziependen Tränen aus meinem Gesicht zu wischen, meine Hände zu waschen und anschließend das Mikro an meinem BH anzuschalten.

»Ich bin fertig und gehe jetzt zu meinen Eltern«, spreche ich ins Mikro, als ich die Toilette verlasse. Ich hoffe sehr, Elian nicht wieder im Gang zu begegnen. Er könnte mir womöglich sofort ansehen, dass etwas nicht stimmt. Ich hoffe nur, die Angestellte beeilt sich und macht, was ich sage.

Im Gehen hänge ich meinen Blazer an die Garderobe und nehme anschließend am Tisch meiner Eltern Platz, um einige Schlucke vom Wasser zu nehmen, das ich mir zusätzlich bestellt habe.

»Wolltest du nicht eine Waffel holen?«, erkundigt sich meine Mutter.

»Oh«, antworte ich. »Habe ich vergessen. Möchtest du das Geld zurück?«

»Lass mal. Wenn du Geldprobleme hast, kann ich dir aushelfen, das weißt du.« Mein Vater ist nicht dumm. Er weiß längst, dass ich kein Portemonnaie dabeihabe, ansonsten würde ich ihn nicht um Geld bitten.

»Nein, nicht nötig. Ich muss wohl meine Handtasche im Wagen vergessen haben.« Aus den Augenwinkeln blicke ich zum Cabrio, in dem ich Elian nicht sehe.

Verflucht. Er hat hoffentlich nicht bemerkt, was ich vorhabe. Doch im nächsten Augenblick stürmt die Bedienung ins Café, die mir ein knappes Nicken schenkt, als sie an unserem Tisch vorbeigeht. Sie hat den Test. Erleichtert atme ich lächelnd durch.

Nach weiteren Minuten, die ich mit meinen Eltern genieße, muss ich gehen. Denn Elian ist am Fenster des Cafés mit einer Waffel in der Hand demonstrativ vorbeigelaufen und steigt nun in das Cabrio. *Verarscht er mich? Ist das ein Trick?*

Als ich mich von beiden verabschiede und die Tränen zurückhalten muss, schaue ich ihnen eine Weile auf dem Gehweg nach. Es ist besser so. Für den Moment. Oder eine halbe Ewigkeit. Ich weiß, dass sie sich dennoch Sorgen um mich machen werden, mein Vater weiterhin Detektive auf mich ansetzt und einige Dinge hinterfragen wird, aber vorerst wissen sie, dass es mir gut geht. Darum ging es. Nur darum.

Bevor ich das Café nach ihnen verlasse, hole ich meinen Blazer, lege ihn vorsichtig über den Arm und kann die Schachtel in der Tasche ertasten. *Sehr gut.*

Im Freien winken mir meine Eltern zu, die die Strandpromenade entlanglaufen und sich Schritt für Schritt von mir entfernen. Eine Weile bleibe ich an der Hausecke stehen, blicke ihnen hinterher und vergieße zwei Tränen.

»Für dich. Du hast deine Waffel vergessen.« Plötzlich hebt eine Hand eine Serviette, auf der sich eine gebackene Waffel mit Sahne befindet, vor mein Gesicht. Mir ist der Appetit vergangen, schon lange.

Ohne Elians Aufmerksamkeit anzunehmen, wende ich mich von ihm ab und laufe langsam auf den Parkplatz.

»Was ist los, Masa? Du wirkst so nachdenklich. Das Treffen lief doch sehr gut. Einen kurzen Moment habe ich mich schon auf ein Kennenlernen mit deinen Eltern gefreut. Sie wirkten sehr an mir interessiert.«

Wie in Trance drehe ich mein Gesicht zu ihm, dabei umklammere ich fest den Blazer. »Keine Sorge, ich meinte es ernst, was ich über die Terequeraz sagte, Elian. Ich will sie da raushalten.«

Mehr spreche ich nicht, kein einziges Wort und warte ab, bis wir ins Cabrio steigen, den Parkplatz verlassen und vor dem Hotel vorfahren. Während der Fahrt spreche ich kein Wort mit Elian, sondern hänge meinen Gedanken nach.

Ein Page übernimmt das Einparken des Cabrios, während ich mit Elian die sogenannte Chefetage mit dem edlen Lift hochfahre. Jeder Angestellte von Alessio ist übermäßig freundlich, hilfsbereit, aufgeschlossen und zugleich neugierig. Ich will nicht wissen, was sie über mich denken oder über mich tuscheln.

Kurz vor der Tür, die tagsüber nur mit einem Zahlencode gesichert ist, nehme ich das Mikro ab und drücke es Elian in die Hand.

»Du musst nicht mit reinkommen. Sag Alessio, dass ich heil zurück bin und erst mal Ruhe brauche.« An der Tür lasse ich Elian stehen, der die Schwelle bereits betreten wollte. Selbst seine Anwesenheit ertrage ich momentan nicht. Nur Zahras und Tormentas.

Als ich mir sicher bin, dass Dio wirklich nach 19 Uhr gegangen ist, ich allein in den Räumen bin, die videoüberwacht werden, suche ich das Badezimmer auf. Das Badezimmer besitzt keine Kameras, was ich eingehend geprüft habe. Daher verschließe ich die Tür, die ich leider nicht abriegeln kann, und will ungestört den Test machen.

Im Gegensatz zum letzten Mal will ich vorher wissen, ob ich schwanger bin. Nicht erst, wenn ich das Kind verliere. Jerome erscheint gelegentlich, der nach mir sieht und vor einer Weile eine Spritze verabreichen musste, die wohl dafür zuständig ist, dass mein Immunsystem das Kind nicht wieder abstößt.

Mir ist schlecht und irgendwie komme ich mir so nutzlos vor. Als ich den Test aus dem Blazer hervorhole, lese ich ausgiebig den Beipackzettel auf Spanisch. Und das drei Mal. Denn ich habe nur diese eine Chance, vor Alessio zu wissen, ob ich schwanger bin.

Als ich mir sicher bin, wie es funktioniert, mache ich den Test und warte anschließend im Bad auf und ab tigernd auf das Ergebnis. Ich weiß es längst oder ahne es, ohne die Anzeige lesen zu müssen. Und es macht mir Angst. Was, wenn er mich nach der Geburt des Kindes nicht zurück nach Amerika reisen lässt? Was, wenn er mich loswerden will? Schließlich weiß ich verdammt viel über ihn und die Organisation. Ich kenne Alessios Gewohnheiten, Ängste, Schwachstellen, Wünsche.

Vor dem Waschtisch bleibe ich nach über zehn Minuten stehen, greife nach dem Test und … könnte tot umfallen.

Mit bebenden Lippen löse ich den Blick von dem Ergebnis und weine. Traurig fahre ich über mein Gesicht und schaue erneut auf das Ergebnis.

Der Test ist positiv. Ich bin seit vier Wochen plus schwanger. Also beginnt der Albtraum von vorn, ohne dass ich es ihn wissen lassen werde. Zahra weiß alles. Ich habe ihr alles erzählt und sie springt für mich ein, gibt mir für die wöchentlichen Tests ihren Urin, damit ich Jerome und Alessio täuschen kann. Sie selbst passt auf, nicht auch schwanger zu werden. Es wäre der Oberknaller, würde Ciprian sie ungeplant schwängern. Aber er will kein Kind, daher werden sie aufpassen.

Das ist der Plan. Ich werde es Alessio so lange wie möglich verheimlichen. Denn sobald er davon weiß, wird er seine Sicherheitsmaßnahmen verschärfen. Und ich brauche Zeit. Zeit, um zu fliehen.

KAPITEL 40

ELIAN

Mit der Zeit verändert sich Samira. Sie wirkt von Woche zu Woche unglücklicher im Hotel, wirkt blasser, trauriger. Was ist passiert? Was hat ihre Meinung über alles geändert?

Sie ist kaum mehr wiederzuerkennen. Nimmt sie der Tod von Pheola so mit oder das Treffen mit ihren Eltern? Allem Anschein nach lief es gut. Okay, sie erzählte ihnen das Blaue vom Himmel, um sie zu beruhigen, aber wer macht das nicht?

Außerdem liegt das Treffen bereits mehr als fünf Wochen zurück. Wenn Alessio nicht anwesend ist, versuche ich gelegentlich, wenn es die Zeit zulässt, bei ihr zu bleiben. Um nach ihr zu sehen, mich mit ihr zu unterhalten. Aber selbst *mir* traut sie nicht mehr. Nach der ersten Nacht in diesem Hotel hat sie sich verändert, während ich den Grund wissen will.

Vor mir erscheint eine dunkle Gestalt auf dem Pier, die trotz des heftigen Regengusses gemächlich auf mich zuspaziert. Der Größe und des Körperbaus nach einzuschätzen ist es Iron.

»Gibt es Neuigkeiten?«, frage ich ihn. Er trägt seine Kapuze tief ins Gesicht gezogen und schüttelt den Kopf.

»Es gibt keine schlechten, aber auch keine guten. Es

scheint so, als würden sie sich zurückziehen oder ihren nächsten Angriff planen. Mir gefällt das nicht.«

Ich stöhne leise. »Das erwarte ich. Mehr als abwarten und weitersuchen, wird nicht helfen. Selbst Azekeems Schwester wollte nicht reden.«

»Wir befinden uns in einer Sackgasse. In Yaviza ist kein weiterer Einbruch mehr gemeldet worden«, fährt Iron vor. »Ihr solltet zurück, statt euch länger in der Stadt aufzuhalten. Wenn wir Johanna und Azekeem nicht finden, finden sie euch.« Er wirkt ehrlich besorgt, mein langjähriger Komplize.

»Ich werde es überdenken. Wir sehen uns morgen Abend zum vereinbarten Essen.« Da ich nicht klitschnass wie ein Pudel im alten Militärschiff ankommen will, lege ich meine Hand auf seine Schulter und jogge zum gigantischen ausgemusterten Metallkoloss.

»Ach, Elian!«, ruft Iron hinter mir, der wenige Sekunden später zu mir aufgeholt hat. Ich höre seine Schritte kaum über den lauten Regen, dafür seinen Atem hinter mir.

»Sei vorsichtiger. Ein Gefühl verrät mir, dass Samira und ihre Freundin etwas planen, dem du möglicherweise nachgehen solltest.« Keuchend öffne ich die Lippen, will mich zu ihm umdrehen, doch er geht bereits wieder. »Du solltest nicht nur ein Ziel verfolgen, sondern alle im Auge behalten.«

Netter Ratschlag. Das versuche ich die gesamte Zeit!

Ihm ist Samiras Veränderung auch aufgefallen, obwohl sich beide nicht einmal persönlich kennen? Er hat recht, sollte ich die Kleidung gewechselt und eine frische Dusche genommen haben, werde ich die Sache angehen und Samira ansprechen. Sie hat mir vertraut, mir viel erzählt, mich geküsst. Obwohl sie mich derzeit ignoriert, weiß ich, liegt ihr noch etwas an mir.

KAPITEL 41

SAMIRA

Die Katze ist aus dem Sack. Ich gratuliere dir, Alessio!« Jerome musste ein Blutbild von mir machen und konnte anhand des Hormonspiegels sehen, dass ich schwanger bin. Dabei konnte ich Alessio mit jedem fehlgeschlagenen Test so gut täuschen. Jetzt wird er wissen, dass etwas nicht stimmt und ich ihn hintergangen habe.

Am Esstisch rutscht mir der Suppenlöffel aus den Fingern. Zahra hebt sofort ihr Gesicht und blickt viel zu verräterisch in meine Richtung. Vielleicht weiß Alessio ja nicht, in welcher Woche ich bin. Immerhin sieht man äußerlich an meinem Bauch so gut wie nichts. Höchstens meine etwas größer gewordenen Brüste hätten mich verraten können. Ich bin erst in der 15. Woche. Jede Nacht konnte ich ihn täuschen. Noch.

»Samira ist wirklich schwanger?«, fragt Ciprian, der sein Secco-Glas sinken lässt. Ich setze ein überwältigendes Strahlen auf.

»Bist du dir sicher, Jerome? Ich meine, die letzten Ergebnisse waren negativ«, versuche ich meine Enttäuschung zu überspielen und stattdessen vorzugeben, mich wahnsinnig über die Nachricht zu freuen.

»Ich bin mir absolut sicher.« Er löffelt seine Suppe weiter, während mich nun Luis, Mihail, Ciprian, Zahra und zwei weitere von Alessios Männern anstarren. Warum jetzt? Warum musste er es ausgerechnet jetzt vor allen an der Tafel verkünden?

»Ich freue mich außerordentlich. Unsere Bemühungen scheinen sich gelohnt zu haben«, fügt Alessio mit diesem gefährlich samtigen Klang in seiner Stimme hinzu und erhebt sich zu einem Toast. »Ein wunderbarer Anlass, um anzustoßen. Du musst leider vorerst verzichten, meine liebe Samira.«

Er nennt mich wieder seit Tagen liebe Samira, nicht mehr geliebte Samira wie früher. Auch für ihn hat sich etwas geändert, das spüre ich.

»Liebend gern. Das ist es mir wert«, antworte ich so überglücklich wie möglich, greife nach dem Wasserglas und stoße mit allen an. Anschließend ertrage ich die Gesellschaft nicht länger und suche die Toiletten neben dem großen Speiseraum des Hotels auf.

»Ich bin gleich wieder zurück.«

Kaum bin ich allein, schlage ich auf die Wand des Waschraumes ein. Im nächsten Moment wird die Tür erneut geöffnet und Zahra betritt mit einem verängstigten Gesichtsausdruck das Bad. »Bist du irre, hier aufzukreuzen?«, sage ich zu ihr und umfasse ihre Schultern.

»Nein, ich habe gesagt, dass du sicher erst mal mit einer Frau reden willst, weil du dein Glück kaum fassen kannst und so«, antwortet sie auf Arabisch und zieht mich tiefer ins Bad. »Wie konnte er davon erfahren?«

»Sie haben einen Bluttest gemacht. Es ist vorbei und wir sind nicht viel weiter.«

»Sag das nicht, ich habe alles von der Liste besorgen können«, flüstert sie mit diesem gewieften Lächeln auf den Lippen und zieht mich in den Arm. »Sehr bald ist alles vorbei und wir verschwinden getarnt als Angestellte aus dem Hotel.«

Gerade als wir unsere Umarmung lösen, klopft es an der schwarzen Tür. »Kann ich kurz stören, die Damen?«

Alessio, laenatan! Verdammt.

»Ja, es ist unfassbar, nicht wahr?«, rufe ich überglücklich aus, damit er unser Gespräch über die Schwangerschaft hören kann.

»Ich kann es kaum erwarten, dass erste Ultraschallbild zu sehen«, spielt Zahra das Spiel mit. In dem Moment öffnet Alessio die Tür und klatscht in die Hände.

»Eines muss ich euch beiden wirklich lassen. Schauspieltalent habt ihr. Ihr konntet Jerome und auch mich ziemlich lange an der Nase herumführen.«

Er weiß es also. »Zahra, verlass die Waschräume. Ciprian erwartet dich sicher längst.« Zahra umfasst meinen Arm, will sich vor mich schieben, als Ciprian ebenfalls die Waschräume betritt. »Komm schon, Sonnenscheinchen. Ich reiße dir oben deinen kleinen Hintern auf.«

Ciprian bekommt Zahra im Nacken zu fassen, die er aus dem sandsteinfarbenen luxuriösen Waschraum nur unter Protesten führt.

»Nun zu dir!« Alessios Blick hat sich mit jeder Sekunde weiter verdüstert.

»Ich wollte es dir erst nach den ersten zwölf Wochen sagen. Das musst du mir glauben. Ich wollte dich nicht erneut enttäuschen«, beginne ich ihn zu belügen.

Hinter sich schließt er nahezu lautlos die Tür, damit wir allein sind, was mir nicht gefällt. »Seit wann bist du unehrlich mir gegenüber geworden? Was hat sich verändert? Ich habe dir alles gegeben, was du wolltest. Stattdessen ziehst du dich seit Wochen zurück, hintergehst mich und manipulierst die Tests. Warum vertraust du mir nicht mehr?«

Das ist eine berechtigte Frage. Er sollte selbst darauf kommen, nachdem er mich an diesen Ort gebracht hat, mir zeigte, worauf er stolz ist und womit er sein Geld verdient. Ich kann ihm nicht abkaufen, dass alle Leute, die davon wissen, gutheißen, was er macht. Außerdem schmerzt es so unglaublich, zu wissen, dass ich ihm nichts bedeute.

»Wenn wir ehrlich zueinander sind, Alessio«, beginne ich, beuge mich nicht seinem Blick oder weiche ihm aus. »Spielen wir allen etwas vor. Wir haben ein Abkommen, das, wenn es beendet ist, uns trennt. Ich bedeute dir nichts, du willst nur dieses Kind. Nach allem, was ich gesehen habe, bin ich mir nicht einmal mehr sicher, ob du deinen Teil der Abmachung halten wirst. Ich ende ganz bestimmt tot im Meer oder auf dem Seziertisch einer deiner Krankenhäuser oder Labors. Du willst, dass ich ehrlich bin? Das ist das, was ich seit Wochen denke.«

Aus irgendeinem Grund scheine ich ihn mit dieser Antwort komplett zu überrumpeln. »Wir stehen also wieder beim Anfang? Du nimmst an, ich würde dich einfach loswerden wollen, nachdem du unser Kind auf die Welt gebracht hast?«

»Ja«, antworte ich selbstsicher. »Denn genau das willst du. Das Kind. Nicht mich.« Das wurde mir in den letzten Wochen immer mehr klar. Auch wenn ich ihn liebe, woran ich nichts ändern kann, werde ich mich nicht von ihm ausnutzen und hinterher beseitigen lassen.

»Ich habe dir mein Versprechen gegeben, dass ich dich gehen lasse, wenn das dein Wunsch ist. Als Beweis, dass ich meine Versprechen halte, habe ich dem Treffen mit deinen Eltern zugestimmt. Ich hab dir deine Fragen beantwortet. Ich war jederzeit ehrlich zu dir.«

Das denke ich nicht. Denn auch er hat sich in den vergangenen Wochen verändert, rennt seinen Racheplänen hinterher, ist sehr oft abwesend und wirkt angespannt und ungehalten.

»Das bist du nicht, sonst würdest du dich nicht hinter einer Maske verstecken. Ich habe für mich beschlossen, ebenfalls vorsichtig zu sein. Das ist mein gutes Recht.«

Langsam kommt er Schritt für Schritt auf mich zu und überwindet die Distanz zu mir, die ich rückwärtsgehend aufrechterhalten will. »Ist es, aber warum? Warum zweifelst du mich an?«

Es liegt doch auf der Hand. Ist er so blind? Weiß er nicht, wie sehr er meine Gefühle zu ihm ausgenutzt hat? Wie sehr ich mir jedes Mal, wenn wir schlafen, wünsche, er würde mich wieder näher an sich heranlassen?

»Warum sollte ich es nicht tun?«, versuche ich es mit einer Gegenfrage, wie er meine Fragen meistens beantwortet. Langsam setze ich einen weiteren Schritt zurück, aber trete mit den hohen Absatzschuhen dummerweise auf das bodenlange schwarze Kleid und stolpere rückwärts. Ein erschrockenes Keuchen kommt über meine Lippen, als ich nach hinten kippe. Er streckt seine Hand nach mir aus, die ins Leere greift, sodass ich falle und mit dem Hintern voran auf den harten Steinfliesen aufkomme.

»Was machst du?« Im letzten Augenblick bekommt er meinen Oberkörper zu fassen, bevor ich mit dem Kopf auf den Boden pralle. »Hast du dich verletzt? Geht es dir gut?«, fragt er mit diesem besorgten Blick, den ich so lange nicht mehr in seinen Augen gesehen habe.

»Alles … bestens«, keuche ich mit schmerzverzerrtem Gesicht, da mein Po dumpf pocht, und erhebe mich mit seiner Hilfe.

»Ich hole Jerome.«

»Nein«, antworte ich sofort. »Hilf mir auf. Es ist nichts passiert.« Einen Moment sieht er hilflos aus, aber zieht mich in den Stand.

»Trotzdem, er soll …«

»Nein«, sage ich erneut. »Genau das will ich nicht, dass du mich ständigen Untersuchungen unterziehst, mir Medikamente verabreichen lässt, auf mein Essverhalten Einfluss hast, aufpasst, ob ich genug geschlafen habe. Ich bin vierundzwanzig, Alessio, und kein Kind mehr. Ich bin fertig mit dem Essen. Wir sehen uns später oder vermutlich nicht«, antworte ich angefressen. »Du musst mich jetzt nicht mehr jede Nacht vögeln, da du dein Ziel erreicht hast.« Verärgert stoße ich ihn von mir und verlasse die Waschräume.

»Ich vögel dich nicht, weil ich bloß ein Kind von dir wollte.« Kurz bevor er weitersprechen will, klingelt sein Handy, das bisher nur zweimal geklingelt hat, seit wir uns in dem Hotel aufhalten. »Warte, ich muss rangehen. Du bleibst hier stehen, damit wir das klären!«

Sicher nicht. Er nimmt den Anruf entgegen, als ich die Waschräume verlasse und nicht zurück zu dem großen Konferenzraum gehe, der zu einem Speisesaal umfunktioniert worden ist, sondern den Lift aufsuche. Sollen die anderen auf die Schwangerschaft anstoßen, ich brauche frische Luft.

Auf der Dachterrasse angekommen, reißt ein heftiger Wind an meinem dünnen Kleid. Der Rock bläht sich wie ein Segel auf, als ich zum Abendhimmel blicke und schwere Gewitterwolken sich über der Stadt zusammenziehen. Von Weitem sehe ich einen Blitz über das weit entfernte Meer zucken. Als ich langsam durch den kleinen, aber hübschen Garten zur Brüstung gehe, werden plötzlich meine Arme auf meinen Rücken gezerrt und mir wird etwas über den Kopf gezogen.

»Was soll das?«, frage ich panisch, zerre an den Griffen und will mich befreien.

»Nehmt sie mit«, höre ich eine völlig fremde Männerstimme, bevor meine Knie von einem dumpfen Schlag auf meinem Kopf nachgeben und ich in fremde Hände sinke.

Ist das Alessios Bestrafung?

KAPITEL 42

ALESSIO

»Ich mache es dir heute leichter als sonst, Alessio«, höre ich eine weibliche Stimme am Telefon.

»Johanna, was verschafft mir die Ehre?«, frage ich so unbeeindruckt wie möglich und begebe mich dennoch auf die Suche nach Samira. Ich will mit ihr reden, um ihr ihre Ängste zu nehmen. Seit wann hält sie mich für ein skrupelloses Monster, das sie bloß für seine Zwecke missbrauchen will? Vielleicht, weil ich es anfänglich falsch angegangen bin.

»Sprich nicht von Ehre, wenn du meinen Tod willst. Ich habe Neuigkeiten für dich, die dich interessieren könnten.« *Wie zur Hölle konnt sie mich überhaupt über diese Nummer erreichen!*

»Welche?«, frage ich genervt und öffne die Tür des Speiseraums, in dem sich alle versammelt befinden, essen und amüsieren. Samira ist nicht unter ihnen. Wo ist sie? Mit großen Schritten suche ich den Lift auf.

»Heute lasse ich dir eine Wahl. Genau eine. Vor der Küste der Stadt treiben zwei Schiffe. Das eine ist voll beladen mit Drogen und Waffen deiner Partner, die das Warengut sicher heil im Hafen von Texas löschen wollen. Die dir vertrauen und deren Wert sich auf über 40 Millionen beläuft. Im anderen Schiff befinden sich Menschen in Containern, die nach Amerika einreisen wollen, denen du eine Zukunft und ein besseres Leben versprochen hast. Eines von beiden wird untergehen. Du entscheidest bis 22 Uhr, welches es sein wird.«

Das ist ein Scherz! »Ich verhandele nicht mit dir, Johanna. Nach Spielereien steht mir nicht der Sinn.«

»Auch nicht, wenn ich dir verrate, dass sich auf einem der beiden Schiffe Samira befindet?«

»Lachhaft. Sie kann sich auf keinem der beiden Schiffe befinden, da sie sich in meiner Obhut aufhält. Du machst dich lächerlich mit deinen leeren Drohungen und schlechten Recherchen.«

»Bist du dir absolut sicher? Ich rufe in einer Stunde erneut an.«

»Sicher bin ich mir si…« Schon hat das Miststück aufgelegt. Samira hat höchstens eine Viertelstunde Vorsprung. Es ist praktisch unmöglich, in das Hotel einzubrechen und sie zu kidnappen.

Auf einmal geht der Alarm im Gebäude los. Ich bleibe abrupt stehen. Mir wird eiskalt, als ich begreife, dass ihre Worte stimmen könnten. Sofort stürmen meine Leute aus den Räumen, Angestellte, die in den Archiven gearbeitet haben, verlassen hektisch die Büros. Andere rennen aus der Küche, dem Lager, den Aufenthaltsräumen. Ciprian und Mihail eilen auf mich zu.

»Habt ihr Samira gesehen?«

»Nein.« Ciprian und Mihail schütteln den Kopf, als sie ihre Waffen ziehen.

»Wo ist sie?«, fragt Zahra aufgeregt. »Sie war zuletzt bei dir. Sie kann nicht weit sein. Was ist hier los?«

»Beruhige dich, Zahra. Sie ist nicht weit. Sucht sie, sofort! Sie wollte sich zurückziehen und …«

»Maestro, hier drüben! Schnell!« Luis winkt mich in den Speiseraum und deutet hinter die verdunkelten Scheiben auf einen Seilzug. Als ich ans Fenster trete, glaube ich, meinen Augen kaum zu trauen. Tief unter uns fährt ein Lastenzug herunter, der nicht Teil des Gebäudes ist. Ich kann Menschen darin erkennen. »Runter. Alle zu den Ausgängen!«, befehle ich sofort.

Das ist unmöglich. Wie ist es ihnen gelungen … Die Fensterputzer. Sie haben die Wanne der Scheibenreiniger genutzt, um Samira … vom Dach. Mir gefriert das Blut in den Adern, als ich begreife, wie sie mich angreifen konnten. Auf so raffinierte und doch simple Art.

¡Puta mierda! Es war keine leere Drohung, sondern ihr voller Ernst. Sofort mache ich auf dem Absatz kehrt, stürme aus dem Raum und suche das Treppenhaus auf. Wie konnte es Johanna vor meiner Nase gelingen, sie zu entführen! Wie zur Hölle!

»Was ist los?«, fragt Mihail, der mir wie ein Schatten folgt, da er die meiste Zeit als mein persönlicher Bodyguard tätig ist.

»Wir müssen das Gebäude verlassen und zum Hafen fahren. Ich erzähle euch alles Weitere auf dem Weg. Nehmt jede Waffe und jeden Mann mit, den ihr erreichen könnt!«, weise ich an. »Kontaktiert Iron!«

In einem mörderischen Tempo überwinde ich die Stufen des Treppenhauses, während mein Verstand auf Hochtouren läuft. Zuerst müssen alle aus dem Gebäude, was ein hässliches Problem darstellt. Allen voran für diejenigen, die hier eingecheckt haben. Aber wir haben keine andere Wahl. Es könnte sein, dass der Feueralarm grundlos losging oder es wirklich irgendwo brennt oder ein Zündsatz gelegt wurde.

Außerdem muss ich zum Hafen. Zwar kann ich aus der Ferne Johannas Entscheidung treffen, aber ich traue ihr schon lange nicht mehr über den Weg. Selbst wenn ich ihr idiotisches Spiel mitmachen würde, könnte es eine Falle sein. So oder so ist alles eine Falle. Wenn ich zum Hafen fahre, weiß sie, wo ich mich befinde. Sie wird mich abpassen und dabei zusehen lassen, wie eines der Schiffe untergeht. Ich werde nicht die geringste Chance haben, nah genug an eines der Frachtschiffe heranzukommen. Aber sie müssen Samira erst auf eines der Schiffe bringen. Und was, wenn nicht? Was, wenn sie sich auf keinem der Schiffe aufhält und bereits woanders hingebracht oder getötet wird?

Bei der Vorstellung flammt der reine Zorn in mir auf. Sollte sie einer ihrer Leute verletzt oder getötet haben, schwöre ich, werde ich jeden Einzelnen ihrer Leute ausfindig machen, genüsslich dabei zusehen, wie sie ihr eigenes Grab schaufeln, erschießen und darin vergraben!

Samira ist mir heilig. Und das weiß Johanna. Sie weiß es mehr, als es Samira begriffen hat. In den letzten Wochen habe ich mich nur deshalb distanziert, um Abstand zu meinen Gefühlen zu ihr zu gewinnen, um mich um die lästigen Anschläge in der Stadt zu kümmern, um … Ich war so feige.

Ich hätte ihr sagen sollen, wie wichtig sie mir ist. Dass ich nicht die geringste Ahnung habe, wie man richtig reagiert, wenn jemand einem so viel bedeutet. Wie konnte sie einen Augenblick glauben, ich würde sie nach der Geburt des Kindes töten lassen?

Ich will es ihr erklären. So schnell wie möglich und hoffe, dass es dafür nicht zu spät ist.

Vor dem Eingang angekommen, herrscht das reinste Chaos. Jeder Gast ist vor die Tür gerannt. Auf der Hauptstraße sehe ich zwei Cadillacs vorfahren, zu denen Mihail und ich rennen. Mein Herz rast, mein Atem geht schnell.

Hastig reiße ich die Beifahrertür auf und rutsche auf den Sitz. Mihail steigt hinter mir ein und gibt den anderen die Info weiter, dass wir uns auf dem Hafengelände treffen, an dem unsere Schiffe ablegen.

»Weit können sie nicht sein«, sagt Ciprian, der Vollgas gibt. Auf der Rückbank liegen einige Waffen, von denen ich mir ein Messer und zwei Pistolen von Mihail reichen lasse, die ich anschließend unter dem Jackett verstaue. Bald ist eine halbe Stunde vergangen und Johanna wird anrufen.

»Beeil dich! Fahr schneller!«, treibe ich Ciprian an, der sich gefolgt von zwei weiteren Wagen durch den Abendverkehr fädelt.

»Behalt die Nerven, auch wenn es schwer ist. Johanna will, dass du unüberlegt handelst, einmal nicht vorausschauend planst«, höre ich Mihail zu mir sprechen, der das Magazin seiner Waffen überprüft.

»Ich musste Zahra wegbringen lassen. Sie ist fast durchgedreht und wollte uns begleiten. Keine Sorge, ich weiß, wie Frauen drauf sein können«, mischt sich Ciprian ein, der weiterhin Richtung Westen fährt und dabei mehrere Ausweichmanöver hinlegen muss, damit wir mit keinem anderen Wagen kollidieren. Rasend schnell überquert er Kreuzungen, als mein Telefon wieder klingelt, ich tief durchatme und dann abnehme. Ich stelle das Telefonat auf laut.

»Siehst du jetzt, wie ernst es mir ist, lieber Alessio?«, erklingt Johannas Stimme.

»Sehe ich. Also was ist deine Forderung im Gegenzug für Samiras Freilassung? Wir können über alles reden, du kennst mich.« Ich versuche, so diplomatisch an die Sache heranzugehen wie möglich. Obwohl ich ihr am liebsten die Kehle durchschneiden würde. Doch Empathie ist manchmal effektiver als jede Drohung.

»Ich möchte deine Entscheidung wissen. Für welches Schiff entscheidest du dich? Sag nicht, dir ist letztendlich egal, ob beide Schiffe auf den Grund sinken, und du willst nur deine Frau und das Kind, das sie von dir trägt, zurück?«

Woher weiß sie davon!

Ciprian lenkt haarscharf an einem Taxi vorbei, als Mihail seine Hand auf meine Schulter legt. Ich lache dunkel.

»Der Buschfunk scheint immer noch intakt zu sein. Ich treffe keine Wahl. Die ganze Entführung und die Besetzung meiner Schiffe ist eine Falle. Ich will sie lebend zurück, Johanna, oder aber das Abschlachten geht weiter!«, knurre ich. »Solltest du ihr etwas antun, schwöre ich …« Ich komme nicht dazu, meine Drohung auszusprechen, da ein Transporter mit einem mörderischen Tempo von rechts auftaucht, auf uns zurast und unseren Wagen mit voller Wucht rammt. Glas fegt in den Innenraum, das Handy rutscht aus meinen Fingern, bevor sich unser Wagen überschlägt. Mit einem ohrenbetäubenden Krächzen von Metall schlittert die Karosserie über die Hauptkreuzung.

Mein Kopf prallt gegen das Fenster, der Gurt schnürt mir fast die Luft ab und zerquetscht meine Rippen. Blinzelnd und mit einem Dröhnen in meinem Schädel blicke ich mich um, sehe Ciprian die Augen aufschlagen und fluchen. Blut rinnt an seiner Schläfe entlang. Hinter mir höre ich Mihail schnaufen, der die Tür eintritt, um sich zu befreien.

Einen Moment wie gelähmt, schnalle ich mich ab und sinke auf dem Sitz zusammen, bevor ich durch das zersplitterte Fenster krieche und meine Beretta fest umfasse. Es ist bereits dunkel, Scheinwerfer blenden mich, als Schüsse erklingen und ich mich an der Karosserie hochziehe. Ich sehe bewaffnete Männer aus dem Lastwagen steigen, die auf uns zukommen. Mein Blick ist benebelt, trotzdem ziele ich auf zwei, die umfallen, verfehle den dritten und sehe aus den Augenwinkeln zwei weitere Vans am Unfallort stoppen. *Unmöglich. Wo sind meine Leute?*

Mihail richtet seine Waffe auf die Frontscheiben und schießt. Menschen nehmen schreiend Abstand vom Schauplatz. Als ich einer hinterhältigen Ratte hinterherjage, bevor sie mir entwischt, sehe ich Kinder Steine anheben und auf den Typen werfen.

Doch bevor ich um den Van rennen kann, wird es schwarz vor meinem Sichtfeld, und mir wird ein Sack über den Kopf gezogen.

Wütend fahre ich herum, verpasse meinem Angreifer zwei Haken und schlage mit meiner Waffe in sein Gesicht. Etwas knirscht wie ein Nasenbein. Das ist ihr Plan – verstehe ich endlich. Sie wollte mich rauslocken, um mich selbst abzupassen. Ein heftiger Schlag trifft auf meinen Kopf und ich sacke wie ein schlaffer Mehlsack zusammen. Meine Waffe rutscht aus den Fingern, bevor ich vornüber in die Dunkelheit kippe.

¡Puta mierda!

KAPITEL 43

SAMIRA

Grelles Licht blendet mich, als ich die Augen aufschlage und nach Luft schnappe. Zuerst brauche ich einen Moment, um zu realisieren, dass ich geknebelt und an den Händen gefesselt auf dem feuchten verrosteten Boden liege. Wasser schwappt in der Ferne gegen eine Wand. Licht flackert in Neonröhren über mir. Irgendwie schwankt der Boden unter meiner Wange etwas.

Wo verdammt bin ich?

Im nächsten Moment erkenne ich eine Person unweit von mir, die neben mir liegt, einen schwarzen Anzug und eine Wolfsmaske trägt. *Alessio.* Er sieht zu mir und schüttelt den Kopf, da er auch geknebelt ist. Was hat sein Kopfschütteln zu bedeuten?

»Endlich sind beide wach.« Träge rolle ich den Kopf in den Nacken und sehe den anderen Maskierten über mir, der mit der Schuhkante gegen meine Wange stupst. »Wir werden eine Menge Spaß haben. Doch zuvor …« Er wendet sich von mir ab, greift nach Alessios Jackett, an dem er ihn aufrichtet und gegen die Wand stößt. »… wollen wir doch endlich das Geheimnis lüften. Weißt du, ich frage mich, seit ich siebzehn bin, wer sich hinter der Maske verbirgt. Wer ist derjenige, der einen Mythos erschaffen hat? Der ganz Panama in Angst und Schrecken versetzt. Über den jeder rätselt. Heute habe ich die Möglichkeit, es herauszufinden.

Du wirst dich vielleicht nicht mehr an mich erinnern, aber ich mich an dich. An dem Abend, als deine Männer meinen Bruder erschossen haben. Ich war einer deiner größten Anhänger, aber …« Der fremde Maskierte knurrt wütend. »Nach der Bluttat bist du für mich gestorben, Alessio!«

Ich weite die Augen, als dieser Verrückte ein Messer zieht und die Klinge aufspringen lässt. *Nein!* Sofort richte ich mich auf, um Alessio zu helfen. Allerdings komme ich nicht weit, als jemand fest in mein Haar greift und mich zurückreißt. »Wo willst du hin, Hübsche?«

Aus den Augenwinkeln sehe ich mit tränenden Augen einen Koloss von Mann über mir, der mich zu einer Ecke zerrt. Unter dem Knebel schreie ich auf, strample, verheddere mich in dem Kleid und reiße die Hände hoch, um ihn davon abzubringen, mich weiter durch den Raum zu zerren. Meine Kopfhaut brennt, mein Sichtfeld verschleiert sich, und ich will, dass er mich loslässt.

Der Raum wird von zwei weiteren Männern mit Waffen bewacht, die eine Tür öffnen, durch die nun eine Frau in schwarzer Lederjacke und Jeans mit feuerrotem Haar tritt. Mit einem Ruck reißt der Maskierte ein Tape von Alessios Mund, der ihn wütend von sich tritt.

»Fasst sie nicht an!«, knurrt er und schaut von der Frau zu mir. Alessio senkt kurz den Blick und zieht sich schwerfällig auf die Füße. Blut ist an seinem Hals zu erkennen, er wirkt angeschlagen und keucht angestrengt. Ist er es wirklich oder ist es eine Täuschung?

»Alessio, wie schön, dich auf meinem Schiff begrüßen zu dürfen. Aber ich denke, deine Freude hält sich in Grenzen, mich zu sehen.«

Feindselig blickt er ihr entgegen. Seine Hände sind ebenfalls mit Kabelbindern gefesselt.

»Azekeem, lass den Unsinn, geh von ihm weg.«

»Wieso? Endlich habe ich die Chance, seine Visage zu sehen und anschließend mit meinem Messer zu bearbeiten, damit er für immer eine Maske tragen muss, weil niemand sein entstelltes Gesicht ertragen würde. Du liebst doch Klingen genauso sehr wie ich, oder, Alessio?« Dieser Azekeem ist wie besessen.

»Lass ihm die Maske auf, er soll so nichtssagend sterben, wie er verschwinden wird. Niemand wird ihn betrauern, wenn du seinen Platz einnimmst. Er verlässt absolut bedeutungslos diese Welt. Das ist doch das, wovor du dich am meisten fürchtest, mein lieber Alessio?«, äfft sie ihn nach. Genau die Worte verwendet er für mich. Das heißt … ich sehe auch an Alessios Blick, dass er versteht, dass wir abgehört wurden.

Langsam ziehe ich mich in den Sitz hoch, als mich ein Tritt von dem Maskierten so heftig gegen den Kopf trifft, dass ich umkippe. Sofort blickt Alessio zu dem Typen und rennt auf ihn los. Mit Schwung reißt er ihn mit seinem Körper zu Boden, schlingt seine gefesselten Hände um seinen Hals und schnürt ihm die Luft ab. Zugleich explodiert ein heftiger Schmerz in meinem Kopf, der mein Sichtfeld vernebelt.

»So impulsiv habe ich dich noch nie erlebt. Für gewöhnlich handelst du sehr weitsichtig, vernünftig und bedacht und tötest selten«, sagt Johanna, die sich an der Metallwand neben einem Bullauge anlehnt, dem Kampf zuschaut.

Der bullige Typ zerrt mich schmerzhaft auf die Füße und hält mich wie ein Schutzschild vor sich. Doch Alessio hört nicht auf, Azekeem zu erwürgen, der röchelnde Geräusche von sich gibt, strampelt und im Gesicht rot anläuft. Seine Augen treten hervor, was schrecklich aussieht. Sofort wende ich den Blick ab.

»Macht schon, bevor er Azekeem erwürgt!« Die zwei Typen, die die Tür bewacht haben, gehen auf Alessio los und zerren ihn von dem anderen Maskierten, der sich auf allen vieren hochhievt, jammert und würgende Geräusche von sich gibt. Er spuckt einen Schwall Blut aus, bis er sich Alessio zuwendet. »Ich war noch nicht fertig mit dir!«

Verdammt, ich will hier einfach wieder raus.

»Dafür wirst zu bezahlen, du Wichser!« Dieser Azekeem zückt plötzlich ein Messer und sticht zweimal auf Alessio ein, der von den anderen beiden Typen festgehalten wird.

Nein! Verdammt. Ich schreie hinter dem Klebeband, verpasse dem Typen hinter mir einen Schlag mit meinem Kopf gegen sein Gesicht und will dazwischengehen. Doch ich komme nicht weit, als Johanna »Achtung, hinter dir!« ruft und sich Azekeem blitzschnell zu mir umdreht und dabei haarscharf mit seiner Klinge meine Kehle streift. Blut rinnt kitzelnd meinen Hals hinab.

Alessios Augen weiten sich. »Samira.« Anschließend trifft mich ein weiterer Faustschlag so hart auf den Kopf, dass ich mit voller Wucht umstürze und reglos liegen bleibe.

Ich höre Alessio wie unter Wasser meinen Namen rufen. Aus den Augenwinkeln rollen Tränen über meine Wangen und ich denke an so vieles. An das Kind in mir. An Alessio, den sie erstechen werden, und an mein Leben, an dem ich hänge. An Tormenta und Zahra. An Elian und an Pheola. An meine Eltern und Melvin.

Ich kann nicht aufgeben. Das hier kann nicht das Ende sein. Jemand wird kommen, uns finden und alles aufhalten.

Wie in Zeitlupe verfolge ich, wie Alessio sich von den Kabelbindern ruckartig befreien kann, als er sie über die Klinge von Azekeem zieht, der zu mir schaut. Alessio stößt seine Feinde zur Seite, verpasst ihnen üble Schläge und schleudert Johanna die Klinge entgegen. Schüsse fallen und ich …

ich will mich bewegen, aber ich kann nicht. Mein Körper will nicht … ich kann nur zusehen …

»Trennt beide. Sofort!«, befiehlt Johanna. »Er ist kaum mehr wiederzuerkennen.«

KAPITEL 44

ALESSIO

»Je mehr du dich wehrst, desto mehr werde ich ihr wehtun. Sei kein Idiot!« Johanna zieht die Klinge aus ihrer Schulter begleitet von einem gequälten Stöhnen. Azekeem liegt am Boden wimmernd wie ein Baby und sucht seine Maske. Die anderen beiden machen es mir nicht so leicht, fangen mich immer wieder ein, sodass ich mit ansehen muss, wie zwei weitere Samira aus der Kabine zerren. *Wohin bringen sie sie? Was haben sie vor?*

»Nehmt sie mit, schafft sie hier raus und überlasst sie später Azekeem, der sicher seinen Spaß mit ihr haben wird.«

»Wenn er sie anrührt!«, knurre ich, trete auf Azekeems Hand, der vor Schmerz aufbrüllt, und greife in sein Haar, um seinen Kopf in den Nacken zu ziehen. »Schwöre ich dir, wirst du niemals erfahren, wo dein Mann verscharrt liegt!«

Die zwei Stiche lassen mich kaum mehr aufrecht stehen, trotzdem gebe ich nicht auf. Auch nicht, als ein Faustschlag meine Schulter trifft, damit ich Azekeem loslasse, was ich auch tue, aber nur, um mir die Pistole des Schützen zu schnappen. Ich bekomme den Typen am Hals zu fassen, presse ihn gegen die Metallwand und schlage seinen Kopf gegen eine Schraube. Schlaff sinkt er mit einem trägen Blick zusammen.

Als ich seine Waffe in den Händen halte, schieße ich auf den anderen Angreifer und anschließend auf Johanna, die flieht und die Tür hinter sich versperrt. *Nein!*

»Ich bin bereit, zu verhandeln«, wimmert Azekeem neben mir, als ich über ihn gebeugt und schwer atmend die Waffe auf ihn richte. Ich schieße direkt zwischen seine Augen. Jede Verhandlung ist unnötig. *Er hatte seine Chance.*

Mit schwankenden Schritten gehe ich auf die Tür zu und will sie öffnen. Sie ist verschlossen. »Ich schwöre dir, Johanna, wenn du die Tür nicht augenblicklich öffnest …«

»Was dann?«, fragt sie hinter der Tür, hinter der ich Samira plötzlich schreien höre. »Ich denke, du bist nicht in der Position, mir Anweisungen zu geben. Um deine Freundin steht es nicht gut. Wenn du dich nicht an meine Bedingungen hältst, werde ich ihr beim Sterben zusehen, sie zuvor meinen Männern überlassen. Du hättest Azekeem nicht töten müssen«, faucht sie.

»Du bist daran schuld, dass er tot ist. Du hast ihn in die ganze Sache hineingezogen, ihm Lügen erzählt und ihn für deine Zwecke missbraucht!«, kommt es wütend über meine Lippen, während ich gegen den Schmerz zwischen meinen Rippen ankämpfe. Als ich nach den Wunden taste, sehe ich überall Blut.

»Und du Samira. Hör ihr beim Leiden zu.« Wieder dringen ihre gequälten Schreie an meine Ohren. Ich komme mir so hilflos vor. Schnell schnappe ich die Pistole, nehme Abstand zur Tür und schieße auf das Metall. Allerdings mit wenig Erfolg.

»Was willst du jetzt tun, Alessio? Schau aus dem Fenster, dort erwartet dich ein weiterer wundervoller Anblick.«

Geschwächt von den Messerstichen, umfasse ich meine Flanke und gehe auf das Fenster zu, hinter dem ich ein brennendes Schiff sehe, ich dabei zuschauen muss, wie Menschen verzweifelt um ihr Leben schreien, von Bord springen, und das aus einer tödlichen Höhe, die sie nicht überleben können. Eine gigantische Rauchwolke steigt in den Nachthimmel auf, Asche wirbelt durch die Luft, während lodernde Flammen das pechschwarze Meer erhellen.

»Das ist dein Werk! Du bist dafür verantwortlich, dass diese Menschen sterben! Als Nächstes wird Samira sterben, so wie du mir José genommen hast.«

Ein lautes Poltern ist zu hören, anschließend Samiras gequälte Stimme. Sie wehrt sich und schreit, bis alles still ist. *Verdammt! Ich muss hier raus. Irgendwie.* Ich kann nicht zulassen, dass sie sich an ihr rächt. Samira sollte nicht bestraft werden, wenn, dann ich. Nur ich.

Daher versuche ich es erneut, nehme Abstand und schieße auf das Schloss der Tür. Mit rasselndem Atem nähere ich mich der Tür. Sie besteht aus so massivem Stahl, dass es fast unmöglich ist, sie zu öffnen. Mir wird schwarz vor Augen, da ich in kurzer Zeit viel zu viel Blut verliere. Schwankend sacke ich auf die Knie, kämpfe gegen die Bewusstlosigkeit an und stehe erneut auf, um weitere Male auf die Tür zu schießen. *Sie muss sich öffnen, irgendwie …!*

Ich will Samira da rausholen.

Als ich zwischen den drei Toten, die auf dem Boden liegen, Anlauf nehme, werfe ich mich mit der Schulter voran gegen die Tür. Und das mehrere Male. Beim dritten Versuch stürze ich und pralle mit der Schulter auf den Boden, was höllisch schmerzt. Trotzdem trete ich mit den Füßen dagegen. Die Tür bewegt sich. *Es fehlt nicht mehr viel …*

Nachdem ich ein weiteres Mal auf sie eingetreten habe, kippt sie aus den Scharnieren und kommt laut klappernd auf den Boden.

Mit einem schrillen Pfeifen in den Ohren passiere ich die Tür, suche die Gänge ab und steige anschließend eine Leiter hoch. Mein linker Arm ist kaum mehr zu gebrauchen, meine Schulter womöglich ausgekugelt.

Irgendwo ist sie. Ich höre sie schreien, nach mir rufen, dass es mir das Herz zerreißt. Niemals in meinem Leben habe ich diese Hilflosigkeit gespürt. Sicher gab es einige Momente, in denen ich Todesängste hatte, aber keine um einen anderen Menschen.

Ich stoße die benachbarten Türen auf, bis ich hinter der nächsten Samira sehe, die von zwei Typen festgehalten wird. Ich erschieße sie, bevor sie sich an ihr vergehen. Sie liegt neben den rostigen Heizungsrohren der Motorräume auf dem verdreckten Boden. Es ist so verdammt laut, dass das Dröhnen des Motors das Pfeifen in meinem Ohr überdeckt.

Neben Samira gehe ich in die Knie und lege die Waffe an ihrem Gesicht ab. »Halte durch. Es wird alles gut.« In ihren Augen sehe ich, dass etwas nicht stimmt, ihr der harte Schlag auf den Kopf fast das Bewusstsein raubt. Ihr Kleid wurde hochgeschoben, der Stoff über ihren Brüsten aufgerissen. Mühsam ziehe ich mein Jackett aus, um es auf sie zu legen.

Ohne zu überlegen, streife ich die blutverschmierten Handschuhe ab, um ihr Gesicht zu umfassen und mich zu ihr hinabzubeugen. Mir fehlt die Kraft, um sie hochzuheben und aus dem Schiff zu tragen. Und selbst wenn ich mit ihr das Oberdeck erreichen sollte, wir befinden uns auf dem Meer. Schwimmen ist keine Option. Wir können nicht entkommen. Die Erkenntnis bringt mich fast um.

»Ich passe auf dich auf … ich beschütze dich, meine geliebte Samira.« Sie blinzelt, als ich ihr das Klebeband abnehme und sie ihre Augen schließt. Nein, komm schon. »Bleib wach. Kämpf weiter. Te quiero, corazón mío.« Schwach blinzelt sie, hebt ihre gefesselten Hände und erreicht mein Gesicht nicht. Denn in dem Moment, als sie meinen Kiefer berühren will, weitet sie die Augen und ich spüre eine scharfe Klinge in meinen Rücken eindringen. Bevor ich mich umdrehen kann, um meinen Angreifer zu erkennen, keuche ich und stütze mich über Samira ab.

»Ein sehr tragisches Ende für ein Liebespaar. Jetzt sind wir quitt, Alessio«, höre ich Johanna, die die Klinge aus mir zieht.

Es tut mir leid – zieht der Gedanke durch meinen Kopf. Zwölf Jahre war ich nahezu unbesiegbar und hatte nie das Glück, eine so wundervolle Frau wie Samira zu treffen, mir eine eigene Zukunft zu erhoffen … Und jetzt, da ich sie gefunden habe, kann ich sie nicht beschützen.

Aus Samiras Augenwinkeln rollen Tränen, sie greift mit zittrigen Fingern nach der Pistole neben ihrem Gesicht, hebt sie an und schießt. Drei Mal, bis jemand hinter mir tot umfällt.

»Wir … wir überleben das … oder nicht?«, fragt sie, hebt ihre Hände zu mir, nachdem ich mich mühsam auf die Seite rolle und einen Moment die Augen schließe.

»Wir überleben … alles, corazón mío. Den Dschungel … das Schiff … unsere Auseinandersetzungen … die ich liebe … dich liebe …« Schwach lächle ich ihr entgegen, was sie vermutlich nicht sehen kann. »Ohne dich … kann ich nicht mehr … sein.«

Sie schmiegt ihr Gesicht an meine Brust, atmet ebenfalls abgehackt und blickt ins Leere. »Erzähl dem Kind von mir …«, bitte ich sie.

»Du stirbst nicht …«, antwortet Samira. »Du bist eine Legende …« Sie lächelt bitter, bis ihre Augen träge zufallen. Ich umfasse ihren Hinterkopf und spüre viel Blut. *Nein, bleib bei mir … gib nicht auf.*

Mein Blick verschwimmt, bis ich langsam in die Dunkelheit kippe.

Iron, wo bist du! Wo!

KAPITEL 45

SAMIRA

Als ich langsam die Augen öffne, finde ich mich in einem dunkelvertäfelten Raum mit bordeauxroten Wänden und Sprossenfenstern, durch die frische Luft weht, vor. Frische klare Luft, die über mein Gesicht und meine nackten Arme streichelt wie heilender Balsam. Weiter entfernt erkenne ich schwach durch den Türbogen im Raum eine Couchlandschaft, links von mir den Schiebeschrank, der einen verzierten Spiegel einfasst. Kolonialstil, Zierpflanzen, palisanderfarbene Türen … *Yaviza.*

Ich bin im Anwesen, das sich im Dschungel befindet …

Erschöpft ziehe ich die Brauen zusammen. Die Bettwäsche ist weiß, ein leises Rauschen dringt neben meinem Kopf an meine Ohren.

»*… es blitzte und donnerte und der Dschinn wurde sehr böse.*

›Wie wagst du es, du unwürdiges Wesen, zu behaupten, ich würde lügen? Ich werde es dir zeigen!‹ Der Dschinn zog sich wieder zusammen und sank nach und nach in die Flasche, bis er ganz darin verschwunden war. Er schrie aus der Flasche heraus: ›Siehst du nun? Bereite dich auf den Tod vor!‹ Aber der Fischer nahm rasch das Blei und drückte es wieder auf den

Flaschenhals. – Witzig, über die Blödheit des Dschinns an dieser Stelle muss ich immer wieder lachen«, höre ich eine bekannte Frauenstimme rechts von mir, die das Märchen vorliest.

»›*O Dschinn! Wähle du nun, wie du sterben willst!‹ Als der Dämon dies hörte, merkte er wohl, dass der Fischer ihn überlistet hatte, und er sprach zu ihm: ›Guter Fischer, lass mich doch raus, ich habe nur einen Scherz mit dir getrieben.‹* – dummer Dschinn«, lacht die helle Stimme.

»Von wegen Scherz, er wollte nur zeigen, wie mächtig er ist, und hat nicht mit der Intelligenz des Fischers gerechnet. Aber es geht ja noch weiter: *›Ich will nichts Gutes von dir, du armes Geschöpf Gottes‹, antwortete der Fischer, ›aber auch nichts Böses.‹ Da leistete der Dschinn einen Eid und schwor beim Namen des Erhabenen, dass er dem alten Fischer kein Leid zufügen werde.*

Der Fischer öffnete die Flasche, wieder stieg Rauch in die Höhe, bis der Dschinn seine fürchterliche Gestalt annahm, die Flasche mit den Füßen zertrat und sie im Wasser versank. Als der Fischer dies sah, schwante ihm nichts Gutes und er sah seinen Tod schon nahe. Doch er fasste Mut und sprach: ›O Dschinn! Du hast einen Eid geschworen, darfst also nicht treulos gegen mich werden, sonst wird es Gott auch gegen dich sein.‹

Der Dämon lachte und sagte: ›Guter Freund, entschuldige, wenn ich dich jetzt verlasse.‹ Er flog in den weiten Himmel und seine Stimme wurde immer leiser: ›Gott stehe dir bei, guter Fischer. Und vergiss nicht, deinen Fang mitzunehmen!‹ Da blickte der Fischer erstaunt um sich und sah den toten Esel, der war lebendig geworden und wieherte vor sich hin. Und der Topf blinkte nun voller Gold und glitzernder Edelsteine. – Ende. Schon merkwürdig und ergreifend.«

Gerade als ich ein Buch zuklappen höre, das auf den

Nachttisch geschoben wird, dreht sich die Frau von der Seite zu mir. »O bei Gott, Samira.«

Zahra schaut mich an, als wäre ihr sehnlichster Wunsch in Erfüllung gegangen. *Warum?* Ich weiß zwar, was passiert ist, fühle meinen Körper kaum und sollte Gott wirklich danken, noch am Leben zu sein, aber sie bricht sofort in Tränen aus.

Ich würde mit ihr reden wollen, was nicht geht. Durch ein komisches Plastikteil führt ein Schlauch in meinen Mund. Ich traue mich kaum, meinen Unterkiefer zu bewegen oder kopfüber das Kissen zu verschieben. Alles, was ich kann, ist, zu ihr schauen und meine rechte Hand zittrig nach ihr ausstrecken.

Mir gehen so viele Fragen durch den Kopf. Seit wann sind wir im Anwesen, das ich so sehr liebe, zurück? Wer hat uns gerettet? Geht es Alessio gut? Sind die Feinde weiterhin hinter uns her?

Zahra greift schluchzend nach meiner rechten Hand und beugt sich über mich, küsst meine Stirn und wirkt verändert. Ihr sonst so glattes Haar ist zu einem komplizierten Zopf geflochten, der um ihre Schulter liegt. Sie trägt ein wunderschönes schwarzes Spitzenoberteil, einen schwarzen Faltenrock und an ihrem Finger sehe ich einen Ring aufblitzen.

Ich schlucke, was sich merkwürdig anfühlt. *Der Schlauch … ich …* Mit der rechten Hand versuche ich nach ihrem Haar zu greifen. Mein Arm fühlt sich so schwach an.

»Sicher … Entschuldige, Mira. Du hast bestimmt sehr viele Fragen.« Ich nicke. Sie nimmt wieder Platz, reicht mir einen Papierblock und Stift. *Warum sind wir beide allein in diesem Zimmer?*

Als sie den Block hält und den Stift zwischen meine Finger schiebt, schreibe ich in wackeligen Druckbuchstaben:

WIE LANGE?

Wie lange sind wir hier? Wie lange war ich ohne Bewusstsein?

Sie entziffert meine wackeligen Linien auf Arabisch und atmet mit einem ernsten Blick tief durch. »Fast vier Monate, Samira.«

Was hat sie gesagt? Als ich die Worte höre, ziehe ich erneut die Augenbrauen zusammen. *Das ist unmöglich. Sie meint ganz sicher vier Tage, aber keine vier Monate.*

»Genau genommen sind siebzehn Wochen vergangen, seit du aus dem Frachter gerettet und im Krankenhaus operiert wurdest.«

Das bedeutet … ich lag im Koma? Ich habe siebzehn Wochen geschlafen?

Schnell schreibe ich mein nächstes Wort auf den Block:

ALESSIO?

Als sie den Namen liest, presst sie die Lippen fest aufeinander. Sie wirkt einen Moment in Gedanken versunken, vollkommen lethargisch und distanziert. Erst nach wenigen Sekunden schüttelt sie den Kopf.

»Alessio ist kurz nach dem Eintreffen in seiner Klinik gestorben. Er konnte nicht gerettet werden und ist auf dem OP-Tisch gestorben.«

Ich höre ihre Worte, aber kann sie nicht verstehen. Sie hat sich sicher versprochen. Sie irrt sich. Sie meint sicher, Alessio ist im Krankenhaus und liegt vielleicht ebenfalls im Koma?

Schlagartig flackern die letzten Bilder vor meinen Augen auf, als Alessio zu mir wankte und sich über mich beugte, ich seine Hände um mein Gesicht spürte. Johanna stand plötzlich hinter ihm, die ihm ein Messer in den Rücken rammte. Er sank zusammen.

»Wir überleben … alles, corazón mío. Den Dschungel … das Schiff … unsere Auseinandersetzungen … die ich liebe … dich liebe …« Schwach lächelte er mir entgegen, während er so viel Blut verlor. »Ohne dich … kann ich nicht mehr … sein.« Ich auch nicht ohne dich. Ich schmiegte mein Gesicht an seine Brust, atmete seinen Duft ein, der vom Geruch des Blutes vermischt wurde, hörte seine immer langsamer werdenden Herzschläge. »Erzähl dem Kind von mir …«, waren seine letzten Worte.

Er kann nicht tot sein. Er lebt noch. Tränen brennen in meinen Augenwinkeln, als Zahra ihr Gesicht traurig senkt, die nach einem Taschentuch greift und ihre Tränen fortwischt. »Es tut mir sehr leid, Samira. Die halbe Stadt trauerte über einen Monat um ihn. Es fand ein großer Umzug durch Panama statt. Einige glauben immer noch, dass er zurückkommen wird, aber …« Sie schüttelt den Kopf. »Ich habe gesehen, in welchem Zustand er eingeliefert wurde. Er hatte mehrere Messerstiche und du eine gefährliche Hirnblutung. Sie mussten deinen Schädel öffnen, um dich zu retten. Es tut … mir so unendlich leid.«

Ein eisiges Gefühl durchflutet meinen nahezu gefühlstauben Körper. Ich kann nicht einmal mit dem Schlauch in meinem Rachen schluchzen, nur unzählig viele Tränen hervorbringen und meine Augen schließen. *Ich kann das nicht glauben … Ich will ihn zurück.*

»Sch, beruhige dich. Ich werde Jerome und eine Schwester holen, die dich von der Maschine befreien und dich untersuchen. Ich weiß, wie du dich fühlen musst, aber …« Sie erhebt sich und greift nach meiner rechten Hand, die weiter tiefer auf meinem Bauch legt. »Du hast das Kind behalten. Es lebt und ihm geht es prächtig.«

Ich bin noch schwanger? Ohne den Kopf weiter anheben zu können, taste ich mit den Fingern über den runden Bauch.

Während Zahra den Raum verlässt, weine ich stumm

weiter – teils vor Trauer und zugleich vor Freude. Ich habe das Kind behalten, es lebt … Ein Teil von Alessio lebt und ich kann es selbst durch die Laken spüren. Spüren, wie sich etwas in mir bewegt. Es muss bemerkt haben, dass ich wach geworden bin.

Mich überkommt ein merkwürdiges Gefühl. Es hat mich bisher nicht sprechen hören, nur meinem Herzschlag und meinen Atemzügen lauschen können. Es wird nie die Stimme seines Vaters hören, nie wissen, wie sehr er es wollte und liebte und sich wünschte. Doch ich werde ihm davon erzählen, sagen, wie er war … *Alessio ist wirklich tot …* Traurig und am Boden zerstört kann ich nur zur Decke aufblicken, während mir das Herz aus der Brust gerissen wird.

Einerseits könnte ich vor Trauer, Schmerz und Wut schreien, wild im Bett um mich schlagen, weil ich es nicht wahrhaben will. Andererseits atme ich mithilfe der Maschine weiter, will das Kind nicht beunruhigen und muss zuerst Jerome sehen.

Nach nur gefühlt zwei Minuten erscheint Jerome, gefolgt von Elian, die den Raum betreten. *Elian?*

»Du bist wach. Du bist wirklich wach?«, sagt er mehr zu sich selbst als zu mir. Jerome tritt an das Bett, tätschelt meine Wange und misst meine Vitalwerte. Alles geschieht ziemlich routiniert.

»Das könnte kurz brennen, tief ausatmen«, höre ich Jerome sagen, der mithilfe einer Angestellten den Schlauch aus meinem Rachen zieht. Es fühlt sich an, als würde der Dschinn aus Zahras Märchen meinen Körper verlassen. »Nicht sprechen, versuche, ruhig weiterzuatmen«, höre ich Jerome. »Machst du das?«

Ich nicke, während Elian neben mir am Bett sitzt, alles überwacht und meine Hand hält. Elian ist hier? Aber … Von den Medikamenten und dem Schwächegefühl in meinen Knochen bin ich wie gelähmt, sie könnten sonst was mit mir machen, ich würde nichts dagegen unternehmen können. Jerome spricht im Anschluss mit mir, erzählt mir, was passiert ist, welche komplizierte OP ich hinter mir habe und dass es an Glück grenzt, dass ich und das Kind überlebt haben.

Ich nicke nur, schließlich sind meine Stimmbänder nicht zu gebrauchen. Obwohl Elian den Arzt immer wieder ermahnt, mich nicht mit Informationen zu überrennen, will ich alles wissen. Wissen, was Jerome mir über mich und das Kind sagen kann.

»Ihm geht es wunderbar. Wir haben alles unternommen, dass es weiter unbeschadet wächst. Für den Notfall war ein Kaiserschnitt geplant.« *Ihm?* Mein Blick wandert zu Elian, der wahrscheinlich meine Frage in den Augen ablesen kann.

»Ja, du wirst einen Jungen bekommen, Masa. Willst du ihn sehen?« Ich nicke, bevor Jerome ein Ultraschallgerät ans Bett heranrollt und Elian mir das Laken vorsichtig vom Bauch schiebt. In seinen dunklen Augen sehe ich, wie glücklich er ist, dass ich aufgewacht bin. Vermutlich hat er wie alle anderen auch angenommen, dass ich weitere Wochen, Monate, vielleicht sogar Jahre im Koma liegen werde. »Du bist in der vierunddreißigsten Schwangerschaftswoche. Ob wir dich bis zur Geburt auf die Beine bekommen werden, werden wir sehen«, sagt Jerome mit diesem wissenden Lächeln, als ich seine zweideutigen Worte höre. Anschließend kommt der Moment, in dem die Trauer für wenige Sekunden vollkommen verblasst. Es ist der Augenblick, als ich das Baby in mir auf dem Display des Ultraschallgerätes sehe. Sein Gesicht erkenne, wie es die Lippen öffnet und sich bewegt. Ungebremst rollen Tränen über meine Wange, weiter über meine Lippen. Ich fühle es. Diese grenzenlose Liebe, diese Hoffnung, die sich Alessio so sehr erhofft hat.

Schmerzhaft schlucke ich mit bebenden Lippen, fühle, wie Elian meine Hand hält und für mich da ist. Aus den Augenwinkeln schaue ich flüchtig zu ihm und lächele erschöpft.

KAPITEL 46

ELIAN

Nachdem überall die Botschaft bekannt gegeben wurde, dass Alessio ermordet worden ist, hatten wir – und besonders ich – alle Hände voll zu tun, damit keine Bandenkriege ausbrechen. Die wenigen Menschen, die zusehen konnten, wie sich Alessios Wagen auf der Kreuzung überschlug, er auf offener Straße angegriffen und entführt wurde, waren Zeugen, dass an diesem Abend etwas Schlimmes passieren würde. Es existieren sogar zwei Videos, die gemacht und mittlerweile millionenmal im Internet angesehen wurden.

Somit ist Alessio tot. Für viele Menschen da draußen, die nicht wissen, was auf dem Containerschiff danach passierte. Doch einige glauben immer noch an eine Wiederauferstehung, setzen Gerüchte in die Welt, dass sie ihn gesehen hätten. Hin und wieder tauchen Fakebilder in den Medien auf, auf denen ein schwarzer Mann mit Maske fotografiert wurde, der an einer Tankstelle in der Gasse in El Chorillo oder sogar Mexiko, Schweden und Brasilien gesehen wurde. Und es hört nicht auf. Der mysteriöse Tod einer Persönlichkeit, die ein Leben hinter der Maske führte, von dem niemand weiß, wie er wirklich aussah, beschäftigt sehr viele Menschen. Es geht sogar so weit, dass einige den Mythos in die Welt setzen, dass sich Alessio von der CIA abwerben ließ und nun für sie arbeite. Eine Legende ist gestorben und schon werden Mythen zum Leben erweckt.

Doch ich weiß es besser. Alessio ist tot. Er ist an dem Tag gestorben, als er von der Schwangerschaft erfuhr, auf offener Straße angegriffen wurde und mit lebensgefährlichen Verletzungen ins Krankenhaus eingeliefert wurde. Er verlor viel Blut. Doch auch um Samira stand es sehr schlecht.

Nachdem Samiras Operation geglückt war, sie das Kind nicht verlor, traf ich die nächsten Entscheidungen und wollte, dass beide überleben.

Es war immer unter den Terequeraz abgesprochen, dass ich im Notfall oder Ausnahmezustand die Führung übernehmen werde. Zwar wussten Alessios Leute davon, trotzdem kam es zu Unruhen, ganz besonders unter den Geschäftspartnern, die nur mit Alessio verhandeln wollen und keinem anderen Mann. Diese Hürde zu überwinden und ihr Vertrauen zu erlangen, war nicht wirklich einfach. Besonders nicht, da sich Iron immer wieder querstellen musste. Das Imperium komplett aufgeben? *Niemals.* Weiterhin im Untergrund agieren. *Unbedingt!*

Iron ist ein Schattenmensch, der sich weder anderen zeigt noch mit ihnen redet. So war er schon immer. Ein Geist. Aber ich brauchte seine Hilfe. Er ist die Person, der ich mein Leben anvertraue, der Samira rettete und aus dem Schiff holte.

Nachdem sich die Geschäfte der Terequeraz seit ungefähr drei Wochen allmählich beruhigen, Partner uns vertrauen, nachdem sie gesehen haben, dass wir weiter in Alessios Sinn handeln, boomt das Geschäft an Merchandising umso mehr. Jeder will eine Alessio-Figur, ein T-Shirt, einen Schlüsselanhänger, eine Postkarte und eine silberne Wolfsmaske. Wenn ich an diesen Geschäften vorübergehe, kann ich mir mein

Grinsen kaum verkneifen. Obwohl es schwer war, ihn gehen zu lassen.

Es ist, als wäre ein Teil von mir gestorben, meine zweite Hälfte, da Alessio nicht nur eine Figur und ein Mensch war, sondern eine Legende.

Genauso bezeichnete Samira ihn. *Als Legende.*

»Möchtest du noch etwas trinken oder essen?«, frage ich sie, als ich Samira eine Woche später im Rollstuhl durch den blühenden Garten fahre. Ciprian biegt mit Zahra um die Ecke. Beide haben sich verlobt, und ehrlich gesagt habe ich alles versucht, um ihm diesen Blödsinn auszureden. Aber er wollte es unbedingt, einmal verlobt sein und alles in seinem Leben richtig machen. *Dieser Narr.* Aber warum sollte ich ihrem Glück im Wege stehen?

»Mäste sie nicht noch mehr, Elian. Sie sieht ohnehin aus, als würde sie gleich platzen«, kann sich Ciprian seine Bemerkung nicht verkneifen. »Ich bin schon gespannt auf das kleine Kerlchen. Wird er mit oder ohne Maske auf die Welt kommen?«

»Du Blödmann«, sagt Samira und tritt nach ihm. »Wenn du ihn weiterhin nervst, wirst du ihn überhaupt nicht zu Gesicht bekommen, Ciprian.«

Ciprian blickt zu mir. »Werden wir sehen.«

»Ich hätte gern Wasser«, antwortet mir Samira, nachdem sie den Kopf in den Nacken legt und zu mir aufblickt. Obwohl die Trauer um Alessio immer noch tief hinter ihren wunderschönen Augen versteckt zu erkennen ist, schlägt sie sich gut. Außerdem weiß sie es. Sie kennt sein Geheimnis und weiß, wer er war. Ich muss sie nicht fragen, da ich es in ihrem Gesicht ablesen kann. Und sie verrät nichts.

Ich reiche ihr eine Flasche Wasser, nach dem sie greift und von dem sie vier Schlucke nimmt, bevor sie zusammenzuckt und mit schmerzverzerrtem Gesicht aufstöhnt. »Was ist los?«

Sofort umrunde ich den Rollstuhl, um vor ihr in die Knie zu gehen und zu sehen, was passiert ist.

»Verdammt, ich glaube …« Sie verzieht ihr Gesicht. »Er will raus.«

»Du meinst, du hast eine Wehe gespürt?«

»Ich bin mir nicht sicher.« Denn im nächsten Moment lockern sich ihre Gesichtszüge wieder.

»Geht es jetzt wirklich los?«, fragt Zahra, die an Samiras andere Seite tritt und ihre Stirn streichelt. »Du solltest genau machen, wie wir es durchgegangen sind, ruhig atmen. Ganz entspannt bleiben und den Schmerz wegatmen.«

»Nein, es war wohl nur ein Stechen«, antwortet Samira, die den Kopf schüttelt. *Ein Stechen?*

Alarmiert blicke ich auf ihren runden Bauch, den ich umfasse. »Das hört sich nicht gut an«, knurre ich und forsche in ihren Augen. Rasch erhebe ich mich, umfasse die Griffe des Rollstuhls und schiebe sie zurück ins Haus.

»Ich ruf Jerome an«, höre ich Ciprian, ohne ihm die Anweisung gegeben zu haben. »Denn ich wette, er will raus und mir meine Frage beantworten.« Gerade würde ich ihm für seine unangebrachte Bemerkung ein paar aufs Maul geben.

»Elian, langsamer«, ruft Samira, als ich in einem Eiltempo über die Rampe zur Außenterrasse fahre.

»Nein, ich will sofort wissen, wenn etwas nicht stimmt.«

»Ich mag es, wenn du besorgt bist«, kann sie ihre Gedanken nicht verbergen. »Aber es ist vollkommen unnötig. Es war nur ein Tritt zwischen die Ripp-EN!«, schreit sie die letzte Silbe, die in ein Stöhnen übergeht. Sie hält ihren Bauch in der lockeren Tunika umfasst und atmet gegen den Schmerz an.

»Wirklich? Hört sich anders an, mein Herz.« Ich schiebe sie eilig durch die Gänge an Angestellten vorbei, die schlagartig wie Skulpturen stehen bleiben, rufen Ashara und Yaritza, die alles herrichten sollten, obwohl wir bereits vorbereitet sind.

Trotzdem, ich will nichts dem Zufall überlassen und nicht … dass sie stirbt. *Nicht wie meine Mutter.* Sie wird es schaffen und bald ist alles vorbei und sie kann sich erholen.

Denn noch mal will ich sie nicht fast verlieren. Dafür liebe ich sie zu sehr.

KAPITEL 47

SAMIRA

Alles geht ziemlich schnell. Ich werde von Elian, der sich umgezogen hat, aus dem Rollstuhl auf ein Klinikbett gehoben, bevor Jerome mit einer Anästhesistin erscheint und sie wie besprochen die örtliche Betäubung namens PDA einleiten, was scheiße wehtut.

Ab dem Moment, als ich wieder auf den Rücken gerollt werde, kann ich wenig sehen. Jerome richtet nur eine Lampe auf meinen Bauch hinter dem OP-Tuch.

Wir wollten warten, bis die Wehen einsetzen, damit sich Kareem so lange wie möglich in mir entwickeln kann. Ich war gegen jede erzwungene Geburt und jetzt ist der Moment gekommen. Der Moment, vor dem ich mich fürchte, da ich weiß, dass sich mein Körper noch nicht erholt hat. Eine Infektion oder unentdeckte Blutung und ich weiß, ich sterbe. Eine normale Geburt kommt nicht infrage, weil meine Muskeln von den vier Monaten, die ich im Bett gelegen habe, zurückgegangen sind, ich kaum Kraft habe, um Kareem selbst auf die Welt zu bringen, obwohl ich es mir gewünscht hätte.

Daher kommt nur ein Kaiserschnitt infrage, den die erfahrenste Chirurgin, die Elian dafür extra einfliegen lässt, übernimmt. Es dauert nur eine halbe Stunde, bis sie hier ist. In der

Zeit hat Jerome alle Maßnahmen ergriffen, damit mein Kind auf die Welt kommen kann.

Aufgeregt und ängstlich zugleich umfasse ich Elians Hand fester, der neben mir in OP-Kleidung sitzt und ebenfalls angespannt wirkt.

»Wenn es schiefgeht«, sage ich zu ihm ernst und schaue in seine wunderschönen Augen.

»Wird es nicht«, unterbricht er mich sofort. »Ich habe für jeden Fall vorgesorgt. Der Helikopter wartet, bis du es überstanden hast. Du wirst ihn aber nicht benötigen, sondern hierbleiben, verstanden? Denk nicht einmal daran, dass es schiefgehen würde.«

Weiterhin glaubt er, immer die Kontrolle über jede Situation zu haben. Das beruhigt mich und schenkt mir Hoffnung. An seiner Seite wird mir nichts passieren.

»Ich weiß …«, antworte ich und nicke. »Trotzdem, falls es schiefgeht, möchte ich, dass … Ich habe Alessio vor der Entführung ziemlich üble Sachen gesagt.«

Sein Blick wirkt verwirrt, als er meine Worte hört. »Die hat er dir sicher längst verziehen«, antwortet er schwach grinsend. »Beruhige dich, mach dir keine Gedanken. Deine Worte haben sicher nichts an den Gefühlen zu dir geändert. Er wollte nicht nur das Kind, sondern auch dich. Er wollte euch beide. Schon immer. Auch, als er dich das erste Mal vor die Entscheidung stellte, ob du ein Kind mit ihm bekommen willst«, antwortet er eindringlich, sodass ich die Lippen fest zusammenpresse und die Tränen zurückhalten muss. »Daher überlebst du das und kämpfst, verstanden?«

Sanft umfasst er meine Wange und wischt mit dem Daumen meine Tränen fort. Anschließend beugt er sich über mich, um in meine Augen zu blicken. Dass er das Verlangen hat, mich zu küssen, ist kaum zu übersehen. Doch er zögert einen Moment, als würde er mein Okay abwarten. Ich hebe meine rechte Hand und schiebe sie in seinen Nacken, bevor ich mich an ihn ziehe und meine Lippen auf seine lege. Ich weiß es längst. Weiß, wie sehr er mich liebt und dass er die Fäden niemals aus der Hand gegeben hat.

Auch wenn uns Jerome und die anderen beobachten sollten, ist mir egal, was sie denken. Ich will seine Nähe, seinen Duft einatmen und seine Wärme spüren. Zuerst zögerlich erwidert er den Kuss, der mich beruhigt, bis hinter uns eine Tür leise ins Schloss fällt. »Ich bin da.« *Die Ärztin.* »Wie geht es dir, Samira?«

»Nervös … gut … etwas Angst habe ich schon«, bin ich ehrlich zu ihr und denen, die sich im Raum aufhalten.

Elian zieht sich vorsichtig über mir zurück, reibt über meine Unterlippe und erhebt sich, um sie zu begrüßen, bevor Jerome ihm alle Werte durchgibt, ich den Herzschlag des Kindes hören kann. »So weit stabil. Allerdings gehen die Herzschläge des Kindes etwas zurück.«

»Was?«, keuche ich angespannt und will mich aufrichten, was nicht geht. Elian schiebt mich an den Schultern zurück.

»Atmen, überlass den Rest ihnen, ich bleibe bei dir. Die gesamte Zeit und passe auf euch auf.«

Trotzdem überkommt mich eine heftige Angstwelle, die mich kaum klar denken lässt. Nachdem sich die Chirurgin in ihrer blauen OP-Kleidung gegenüber von Jerome und der Hebamme positioniert hat, ich die untere Hälfte meines Körpers schon minutenlang nicht mehr spüren kann, beobachte ich, wie sie den Eingriff vornehmen. Sehe, wie sie sich über mich gebeugt unterhalten, sich die Ärztin von Jerome in ihren OP-Kittel helfen und ihr OP-Besteck reichen lässt.

Elian wirkt angespannt, wie ich ihn nie zuvor gesehen habe, dennoch behält er die Szene genau im Blick, verfolgt, was sie machen, und gibt meine Hand keine Sekunde frei. Immer wieder tauschen wir Blicke aus oder er streichelt über meine Wange. Plötzlich geht ein leichter Ruck durch meinen

Körper, und ich weiß, sie haben Kareem aus mir gehoben. Doch ich höre nichts.

»Na los, kleiner Mann, atme.« Sofort richte ich mich ein Stück auf. In dem Moment sehe ich mein Baby und höre ihn. Höre, wie er zuerst leise meckert, dann zu schreien beginnt.

Langsam gebe ich die angestaute Luft aus meinen Lungen frei, da ich sehen kann, dass er lebt. Die Schwester nimmt ihn, um ihn zu untersuchen, zu wiegen und in eine Decke einzuwickeln. Ich kann Elian ansehen, dass er nicht weiß, ob er bei mir bleiben oder zu Kareem gehen soll.

»Schau ihn dir an«, sage ich zu Elian. »Geh zu ihm.«

Sanft löse ich meine Finger aus seinen, bis er sich erhebt, noch einmal zu mir blickt, dann auf die Schwester zugeht. An seinen Blicken kann ich sehen, dass er das Wunder kaum glauben kann und überglücklich aussieht.

Kareem lebt – denke ich erleichtert und lächele. Mein Blick wandert zur Decke. Ich höre das Fiepen von Geräten, spüre, dass ich weiter behandelt werde, und fühle mich zugleich so müde. Ich will einfach nur die Augen schließen, einen Moment, bis ich mein Kind ansehen und halten darf.

»Samira …« Elians Stimme dringt an mein Ohr. Bestimmt umfasst er mein Kinn und dreht mein Gesicht zu sich. »Mach die Augen auf.«

Blinzelnd öffne ich die Augen, sehe die Furcht in seinen faszinierend palisanderbraunen Iriden, mich zu verlieren. Sanft schmunzele ich. Denn in der nächsten Sekunde sehe ich meinen Sohn, mein wunderschönes Kind, das rabenschwarzes Haar besitzt und in eine Decke eingewickelt auf meine Brust gelegt wird. Der Moment ist überwältigend. Da ich ihn nicht selbst halten kann, hilft mir Elian. »Er ist perfekt und kerngesund. Ihm geht es ausgezeichnet.«

Vorsichtig beugt er sich zu mir herab, küsst meine Stirn und haucht: »Wie fühlst du dich, mein Herz? ¿Cómo estás, Corazón mío?«

»Ich bin glücklich«, hauche ich müde. »Er ist wunderschön.« In seinen Augen erkenne ich ebenfalls Freudentränen. Er weint, wirklich? Ausgerechnet er? Ich keuche und lecke über die Lippen.

»Ruh dich aus, ich bleibe bei dir.«

Nickend schließe ich die Augen, fühle seine warme Hand auf meiner Wange und drifte bald darauf in einen tiefen Schlaf.

KAPITEL 48

SAMIRA

Einige Wochen später

Es ist Juli. Genau genommen der 27. Juli, als die Limousine vor dem Lokal vorfährt und mir die Tür aufgehalten wird. Ich kann mein Schmunzeln nicht verbergen. Wie auch.

Dieses Date lässt er sich nicht nehmen.

Vor einem Jahr hätten wir uns ganz offiziell an diesem Ort getroffen, und wer weiß, was passiert wäre, wenn ich nicht mit Zahra entführt worden wäre. Doch ich bin der festen Überzeugung, dass ich Elian so oder so begegnen sollte. Als das Schicksal unser Date sabotierte, gab es einen Gott, der alles in Bewegung setzte, damit ich ihn doch kennenlernte.

In meinem schwarzen Abendkleid betrete ich mit meiner Handtasche die Außenterrasse des Restaurants. Am Marktplatz sehe ich fotografierende Touristen vorübergehen, sehe zwitschernde Vögel in den hohen Baumkronen hocken und höre das fröhliche Kinderlachen.

»Wie schön, dass du es dir einrichten konntest und

gekommen bist«, begrüßt mich Elian, der sich vom Tisch erhebt, gentlemanlike meinen Stuhl zurückzieht, damit ich auf dem Polster Platz nehmen kann und bereits Wein bestellt hat.

»Ich würde dich um keinen Preis warten lassen. Das wäre also der Ort gewesen, an dem wir uns getroffen hätten?«

»Gefällt er dir?«, fragt er mich mit diesem interessierten Blick. Feine Fältchen umgeben seine Augenwinkel. In seinem T-Shirt und schwarzen schmalen Hosen sehe ich ihn die meiste Zeit, heute jedoch trägt er einen Anzug, was mich gekünstelt lachen lässt.

»O ja, sehr. Geschmack hast du schon immer besessen. Da macht dir keiner so leicht etwas nach.«

»Ich weiß«, raunt er mir zu, hebt seine Hand zu meinem Kinn und zieht eine Augenbraue in die Stirn. »Kareem können wir hierüber beobachten. Dio hat die Kamera verbessert und eine Liveübertragung installiert.« Plötzlich hebt er sein Smartphone vor mein Gesicht, auf dem ich Kareem friedlich in seinem Babybett schlafen sehe. Sein Kopf liegt auf der Seite, seine kleinen Arme ruhen um sein Gesicht. Ich höre sogar im Hintergrund die leise Musik des Windspiels. »Ich will besser nicht wissen, was du alles von mir gesehen hast, während ich glaubte, unbeobachtet zu sein«, antworte ich lachend.

»Ich will …«

»Die Kontrolle über alles haben. Ich weiß«, antworte ich ihm, nehme seine Hand und umfasse sie. »Die hast du immer gehabt, ganz besonders über mich.«

»Nein, das siehst du falsch. Du warst diejenige, die mich kontrolliert hat, mit ihren Blicken und mit meinen Gedanken über dich.« Er gleitet mit zwei Fingern meine Kehle hinab, tiefer zu meinem Schlüsselbein. Ich kann seine Begierde sehen, sein Verlangen und seinen unbändigen Hunger.

»Am besten. wir bringen das Essen schnell hinter uns«, schlage ich vor, als ich das unverkennbare Funkeln in seinen Augen erkenne.

»Nein, ich möchte es genießen. So wie es richtig abgelaufen wäre«, antwortet er mit diesem verwegenen Grinsen.

»Du weißt überhaupt nicht, was *richtig* bedeutet«, provoziere ich ihn, woraufhin sich sein Gesichtsausdruck verdüstert.

»Ich versuche mich darin, das ist ein Anfang. Außerdem habe ich etwas für dich, was dir gefallen könnte.« *Ein Geschenk?*

Er greift in sein Jackett, in dem ich wie gewohnt seine silberne Beretta sehe, sobald wir sein Anwesen verlassen, und holt einen schwarzen Umschlag hervor. »Ich hoffe sehr, dir wird die Überraschung gefallen, da ich gemerkt habe, wie interessiert deine Eltern an mir waren, als sie mich damals vor dem Café gesehen haben.«

»Meine Eltern?« Skeptisch greife ich zum Umschlag, aus dem ich drei Flugtickets ziehe, mit seinem, meinem und Kareems Namen darauf.

»Die Tickets sind natürlich symbolisch, wir reisen mit meinem Jet, da ich nicht vorhabe, vor einem Linienflug durchgefilzt zu werden.« Verständlich, weil sie Waffen und möglicherweise Drogen entdecken könnten. Und weil er ansonsten weitere zehn Plätze buchen müsste, um seine Männer zu unserem Schutz mitzunehmen. Denn auch jetzt sehe ich sie weiter entfernt in einem schwarzen Cadillac die Umgebung streng im Auge behalten. Mihail hält sich auf einer Parkbank unweit eines dunklen Wagens auf und raucht entspannt eine Zigarette, ohne uns auffällig anzustarren. Eine Gasse weiter sehe ich Lionel mit einer Frau flirten, im Geschäft schräg von uns erkenne ich Luis.

»Und das möchtest du unbedingt vermeiden, ich verstehe«, bringe ich schmunzelnd über die Lippen, schiebe die Tickets zurück in das Kuvert und schnappe mir sein Revers.

»Ich freue mich wahnsinnig darauf, meine Eltern wiederzusehen und dich ihnen vorzustellen. Ich weiß, dass es dich

Überwindung kostet und du vermutlich immer noch glaubst, ich könnte abhauen.«

Schnaubend schüttelt er den Kopf. »Nein, das denke ich schon lange nicht mehr. Ich muss dich nicht mehr gefangen halten, meine hübsche Samira«, raunt er mir ins Ohr, nachdem er sich zu mir vorgebeugt hat. Unter dem Tisch fährt er über mein Knie, schiebt das Kleid etwas höher und küsst meinen Hals.

Gott, ich kann es kaum erwarten, ihn zu spüren. Die Vorstellung, endlich nach so vielen Wochen, nein, Monaten, seine Hände zum ersten Mal auf meinem nackten Körper zu fühlen und ihn küssen zu dürfen, lässt mich sinnlich aufkeuchen. Ich kann das Verlangen nach ihm kaum mehr zurückhalten, spüre meine Brustwarzen unter dem seidigen Stoff kribbeln und ein Pochen in meinem Becken. Zugleich atme ich seinen betörenden Duft von Abendregen und Amber ein. Er weckt sofort jede Erinnerung.

»Haben Sie schon gewählt?«, fragt eine Bedienung. In seiner Ruhe gestört knurrt Elian leise.

»Sicher. Wir nehmen die Tortillas, Maisfladen und …«

»Waffeln zum Nachtisch«, ergänze ich, woraufhin er dunkel zu mir blickt.

»Die nehmen wir. Und ich möchte, dass Sie sich beeilen, da wir beide noch etwas Wichtiges vorhaben und nicht unnötig warten wollen. Dafür haben Sie sicher Verständnis.« Elian steckt der Bedienung eine Geldnote zu, die sie mit einem freundlichen Lächeln entgegennimmt.

»Sehr gerne. Das ist überhaupt kein Problem.« Eilig läuft sie davon, während ich ihr nachblicke.

»Und zu dir«, wendet er sich wieder mir zu, löst seine Hand vorsichtig von meinem Oberschenkel und lehnt sich im Stuhl zurück. »Du scheinst wieder zu glauben, mir über den Mund fahren zu können. Und das vor anderen?« Oh, wie ich seine herrische Seite liebe.

»Wenn ich Appetit auf Waffeln habe, wirst du mir den Wunsch sicher nicht verwehren?«, necke ich ihn weiter und provoziere damit seine dunkle Ader. »Dafür kassiere ich gern eine Bestrafung.«

»Wirklich? Tja, ich hoffe für dich, du hast dich in den letzten Wochen ausreichend erholt, mein Herz. Denn du ahnst nicht, wie ich mich bereits auf deine Bestrafung freue.«

In seinen dunklen Iriden sehe ich dieses verheißungsvolle Funkeln. Es kostet mich Anstrengung, keine Miene zu verziehen, um ernst zu bleiben.

Nachdem das Essen serviert wird, ich den fruchtigen Wein probiere, da ich leider nicht stille, lasse ich mich von Elian füttern. Es ist witzig, da wir natürlich von anderen Gästen gesehen werden, was ihn herzlich wenig interessiert. Er lässt es zu. Und genau das ist mir wichtig, da er sich nicht mehr vor mir verschließt.

Mag sein, dass ich niemals jeden seiner Beweggründe verstehen werde, er immer noch oft genug meinen Fragen mit Gegenfragen ausweicht, er weiterhin diese faszinierend geheimnisvolle und gefährlich düstere Seite in sich verbirgt. Aber genau das liebe ich an ihm. Sein Ich, so wie er ist. So, wie er zu mir ist und mich behandelt und Kareem liebt.

Anschließend laufen wir über den Platz zu den Wagen, in den wir hinter Mihail auf der Rückbank einsteigen. Er gibt für keinen Moment meine Hand frei, fährt in Abständen über den Ring, den ich nie abgenommen habe. Im Wagen hebt er meine Hand zu seinen Lippen, küsst meinen Handrücken und schenkt mir diesen vielsagenden Blick.

»Ich hoffe, ihr geduldet euch, bis wir da sind«, murrt Mihail mit einem schiefen Grinsen. »Aber allem Anschein nach ist das Date sehr gut gelaufen.«

»Du wirst nicht dafür bezahlt, meine privaten Treffen mit meiner Herzdame zu beurteilen, Mihail.«

»War kein Urteil. Nur eine Feststellung«, lässt er sich von

Elian nicht einschüchtern, gibt Gas und fährt die dunkelsten Straßen unter Brücken und durch Tunnel entlang. In Abständen sehe ich wieder die Graffiti, die Alessio abbilden. Eine weiße Wolfsmaske auf dunklem Untergrund mit den spanischen Worten: »Alessio ist unsere Zukunft.«

Bei einem wurde »ist unsere Zukunft« durchgestrichen und »hat uns verlassen« darüber gekritzelt.

»Halte kurz!«, ruft Elian zu Mihail, der sofort auf die Bremse tritt.

»Was hast du vor?«, will ich wissen. Elian steigt, ohne meine Frage zu beantworten, aus dem Wagen, geht auf ein paar Jugendliche zu, die sich unter der Brücke versammelt haben und Knaller anzünden. Was wird das? Ich schnalle mich ab, um ebenfalls auszusteigen, doch Mihail hält mich am Arm zurück.

»Steig nicht aus. Warte hier, Samira«, sagt er mit kratzigen Stimmbändern. »Mal sehen, was er vorhat.«

Er reicht den Kids etwas, die ihm im Gegenzug ebenfalls etwas wie eine Flasche geben. Hinter uns parken Luis und Lionel, die die Szene wie wir im Auge behalten.

Elian geht auf die Graffiti von Alessio zu, schüttelt eine Spraydose und wird im nächsten Moment von den neugierigen Jugendlichen mit ihrer lauten Rapmusik umzingelt. Das sieht nicht gut aus. Doch er wirkt nicht angespannt, sondern hebt den Arm und streicht die Worte »hat uns verlassen« mit weißer Farbe durch, um darüber »wacht über euch« zu schreiben. Anschließend wendet er sich von der dreckigen Wand ab, wirft einem hageren Jungen die Sprayflasche zu und kehrt zum Wagen zurück.

Ich verfolge die Jugendlichen und Kinder, die ihm hinterherschauen, als sähen sie einen Geist.

»Wir können weiterfahren«, erklärt Elian, nachdem er eingestiegen ist und nach Farbe riecht. Ich sage nichts, da ich es richtig finde, was er macht. Er nimmt ihnen nicht die Hoffnung, dass Alessio doch noch lebt. Er lebt in den Herzen der Menschen weiter, die ihn verehrt und geschätzt haben. Und es weiterhin tun.

Am verlassenen Hafen angekommen, erwartet uns bereits ein Helikopter, in den wir einsteigen und der uns zurück zum Anwesen fliegt. Weiterhin schaut Elian auf sein Handy, weil er Kareem selten aus den Augen lassen kann, was jedes Mal mein Herz ergreift. Es war unser erster Abend allein, der wunderbar verlief. Ich habe mich lange nicht mehr so gut gefühlt.

Im Anwesen angekommen, sehe ich sofort nach meinem Kind, das friedlich im Bettchen schläft und von Ashara betreut wurde.

»Es gibt immer noch Momente, in denen ich glaube, dass das alles nicht real ist«, höre ich ihn neben mir sagen.

»Ich weiß. Die habe ich auch. Ganz besonders, nachdem Alessio gegangen ist.«

»Er aber weiterhin über dich wacht«, raunt er hinter mir stehend ins Ohr, streicht mein Haar, das zu einem Pferdeschwanz zusammengebunden ist, aus meinem Nacken und küsst ihn. Diese Berührung löst sofort einen kitzelnden Schauder in mir aus. Ich schließe die Augen, spüre seine Hände auf mir, die den Reißverschluss meines Kleides öffnen. »Glaub nicht, ich schone dich.«

»Das erwarte ich gar nicht«, keuche ich und lehne meinen Kopf gegen seine Schulter. Seine Finger schieben sich über meinen Bauch, meine Brüste höher, da das Kleid bereits um meine Füße auf dem Boden liegt. Noch bevor ich seine Hände auf mir genießen kann, hebt er mich auf seine Arme und trägt mich wie seine Beute in unser Schlafzimmer, das sich direkt neben Kareems Raum befindet.

Tormenta wacht neben dem Kinderbett wie sein persönlicher Bodyguard. Auch gegen Alessios Anweisung liebe ich meinen Hund, der mittlerweile ein Jahr alt ist und sich prächtig erholt hat. Er ist zu meinem Seelengefährten geworden, den selbst Elian nicht wieder weggeben will. Weil er ihn genauso liebt – wenn er ehrlich ist.

Behutsam legt mich Elian auf den schwarzen Bettlaken ab. Im Anschluss stützt er sich über mir ab, bevor ich mich aufrichten kann, umfasst meine Kehle und legt seine Lippen auf meine. Zuerst küsst er mich sinnlich, verboten hingebungsvoll, bis jede Zurückhaltung fällt, ich meine Finger unter sein Jackett schiebe und ihn im Nacken näher an mich ziehe. Ich erwidere seine Küsse, die sehr schnell hungrig und gierig werden. Unsere Zungen umkreisen sich immer zügelloser, bis er mir mit seiner Dominanz den Atem stiehlt.

Langsam verlassen seine Lippen meine, küssen meinen Mundwinkel, seine Zunge leckt meinen Kiefer entlang und er löst den Griff um meinen Hals. Immer noch, das weiß ich, will er nur mich. Wollte er nie jemand anderen, da er weiß, wie tief ich in seine dunkle Seele geblickt habe. Ich seine Abgründe, seine Schmerzen und seine Ängste kenne.

Seine Hände umfassen meine Brüste, bis ich seine Bartstoppeln auf meiner Haut entlangkratzen spüre, danach seine Zunge um meine Brustwarze kreist, bevor er an ihr saugt. Zugleich wandert seine andere Hand zu meinem Becken, rutscht zwischen meine angewinkelten Beine und schiebt den Slip zur Seite. Ich gebe ihn frei, lege meine Hände locker neben mir auf das Laken ab und genieße jede seiner Berührungen. Das verlangende Pochen in meinem Becken ist so groß wie die Gier, ihn in mir zu spüren. Ich dürfte so feucht sein, dass er mühelos in mich eindringen könnte. Und doch kurbelt er meine Lust weiterhin an.

»Sieht ganz danach aus, als müsste ich nicht nachhelfen, meine geliebe Samira. Wie groß ist dein Verlangen nach mir?«, fragt er mit diesem fordernden Blick und rauer Stimme. Er ist brillant darin, seine Stimme je nach Laune zu wechseln.

»Unermesslich groß, so wie meine Liebe zu dir und Kareem. Vögel mich. Ich will wieder dir gehören.«

Als er die Worte hört, flackert ein finsteres Funkeln in seinen Augen auf. Ich höre ihn dunkel lachen, bevor er in meine Brustwarze beißt, und das nicht gerade sanft. Ich keuche auf und spüre im nächsten Moment seine Finger um meine Klit kreisen, dann hart in mich eindringen.

»Du hast mir keine Anweisungen zu geben, obwohl es mir schmeichelt, wie ergeben du dich mir anbietest.« Dieses amüsierte leise Stöhnen ist zu hören, bis er tiefer zu meiner Hüfte rutscht, mich anschließend vom Slip befreit und Küsse meine Oberschenkel bedecken. Anschließend spüre ich seine raue Zunge durch meine Spalte lecken, höre ihn genüsslich knurren und gebe mich ihm vollkommen hin.

Wie oft habe ich mir vorgestellt, er würde das tun? Ich habe es mir verflucht oft in meinen Gedanken ausgemalt.

Er leckt mich so verdammt gut, saugt an meiner Klit und dringt mit seiner Zunge immer wieder in mich ein. Ich drohe fast auszulaufen, weil ich die Sehnsucht nach ihm kaum bändigen kann. Als er mich mit seinen Fingern nimmt, passe ich mich seinem Rhythmus an, spüre seine schnellen Zungenbewegungen, die mich rasant zum Abgrund treibt, bevor meine Beine zittern, ich den Kopf weiter in den Nacken lege und die Augen schließe.

Er ist perfekt für mich. »Ich zweifele dich niemals mehr an«, stöhne ich, bevor meine Pussy kontrahiert, meine Brustwarzen kribbeln und eine heftige Lustwelle meinen Körper durchrauscht. Ich kralle eine Hand neben mir in die schwarzen seidigen Laken, die andere in sein Haar und drücke das Rückgrat durch. Mit voller Wucht werde ich rückwärts in die unergründliche Dunkelheit gestoßen. Mein Stöhnen geht in ein Schreien über, mein Körper bebt und er genießt es. Genießt es, mich in seine verdorbene Welt zu führen, wann er will und wie oft er will.

Finger, die nach mir schmecken, schieben sich zwischen meine Lippen, an denen ich sauge. »Deine Gier nach mir und die Ekstase, in die ich dich versetzen kann, ist unglaublich. Du bist wie für mich geschaffen«, höre ich weit entfernt an meine Ohren dringen, bevor er nach meinen Handgelenken greift und sie in etwas Kühles legt. Etwas wie Metall.

Schwer atmend öffne ich die Augen und sehe eine silberne Kette zwischen meinen Handgelenken, um die breite Metallmanschetten anliegen. Er verbindet die Kette mit einem Karabiner am geflochtenen Metall des Kopfteils.

»Du hast mir den Weg zu dir gezeigt, auf dem ich mich fast verloren hätte. Nein, ich bin nur für dich geschaffen, ich weiß, wer du bist«, hauche ich, als er sich entkleidet und auf mich herabblickt wie eine düstere Gottheit, die sich jeden Moment das nehmen wird, was er will.

»Weißt du das?« Wieder verlässt eine seiner süffisant gestellten Gegenfragen seine geschwungenen Lippen. »Ich frage mich ernsthaft, und das nicht zum ersten Mal, seit wann. Wann war dieser Moment, den ich wohl verpasst habe? Du beherrschst die Täuschung ebenfalls sehr gut, das muss ich dir lassen«, schmeichelt er mir, steigt aus seiner Hose und kniet sich zwischen meine Beine auf das Bett. Mein Herzschlag beschleunigt sich, da endlich dieser Moment eintritt … er mich wieder seine Macht spüren lässt.

»Ich verrate es dir nicht. Es gefällt mir, wenn du weiterhin grübelst und dir deinen hübschen Kopf darüber zerbrichst.« Die Worte provozieren seine dominante Seite. Er holt geräuschvoll Luft, umfasst meine Hüfte und stößt mit seinem großen harten Schwanz in meine Pussy, und das wirklich nicht langsam oder zärtlich. Aber er weiß, dass ich das nicht möchte, nicht jetzt.

Ich kneife die Augen zusammen, als ich ihn in mir spüre, er mich dehnt, sich weitere Zentimeter zurückzieht, um mit dem nächsten Stoß komplett in mir zu sein. Als er sich nicht bewegt, blinzele ich und sehe ihn über mir.

»Ich werde es herausfinden, das verspreche ich dir. Und dich möglicherweise bestrafen müssen, das weißt du.«

»Um mir am nächsten Tag Blumen zu schenken.«

»Du wirst wirklich frech. Dir scheint Alessios Abwesenheit nicht zu bekommen«, knurrt er über meinem Gesicht. Ich würde zu gern meine Hände zu ihm heben, was er nicht zulassen wird. Nein. In manchen Momenten braucht er seine Distanz, zieht er sich zurück, ist Nähe absolutes Gift für ihn. Ich akzeptiere es. Ich würde niemals seine Grenzen übertreten und ihm schaden wollen.

Als er sich zwischen meinen Beinen aufgerichtet hat, ich seinen muskulösen Oberkörper sehe, seine blasse Narbe auf der Schulter und weiter auf seinem Bauch und Brust bewegt er sich wieder in mir und lässt mich mit jedem harten Stoß seine Begierde, Liebe und sein Verlangen nach mir spüren. Und zugleich sein Vertrauen, da er meinem Blick keinen Moment ausweicht.

Er nimmt mich immer schneller, reibt in Abständen über meine Klit, zwirbelt meine Brustwarze und treibt mich immer weiter zum Abgrund, an dem er auf mich wartet.

An dem uns Flügel wachsen und wir gemeinsam zum Nachthimmel, an dem ein heftiger Gewittersturm aufzieht, fliegen. Die Hitze überrollt mich, sein Schwanz erobert Stück für Stück meinen Körper, seine Blicke besetzen meinen Geist, bis ich laut stöhnend seinen Namen rufe und mich unter seinen schneller werdenden Stößen winde.

Ich komme so tief, so hart, dass er den Druck meiner Pussy um seine Härte spüren dürfte. Einige Sekunden später pulsiert seine Härte, stößt er dreimal so heftig in mich, bis er kommt und ich zum ersten Mal sehe, wie schön er ist. Wie er den Kopf in den Nacken legt, sein Gesicht zur Decke hebt und zufrieden mit sich im Reinen zu sein scheint.

»Es war mir«, keucht er mit einer erhobenen Braue und

verdorbenem Blick. »Wie immer ein Vergnügen. Vielleicht werde ich die gesamte Nacht bei dir verbringen.« *Wirklich?*

Denn bisher hat er nie, noch nie direkt neben mir geschlafen. Am Bett gesessen und mich die Nacht über im Auge behalten, ja. Im Sessel geschlafen auch, ja, aber nicht direkt entkleidet neben mir geschlafen, wie es wohl jedes Paar, das sich liebt, macht. »Das wäre die schönste Aufmerksamkeit, die du mir schenken könntest«, antworte ich sofort. Er dürfte das Leuchten in meinen Augen sehen. Für viele da draußen mag es selbstverständlich sein, dass sein Partner neben ihm schläft, für mich ist es das nicht. Da ich weiß, wie viel Vertrauen, Überwindung und düstere Gedanken, von denen ich noch nicht alle kenne, es ihn kostet. Ich weiß nicht, was er alles in seiner Kindheit und Jugend erlebt haben muss, um sich ständig schützen zu müssen und Abstand zu halten. Aber ich will ihn nicht ausfragen.

Nein, er erzählt mir von allein Stück für Stück Details aus seiner Vergangenheit. Er vertraut mir vollkommen und ich möchte es niemals missbrauchen.

»Aber nur, da du wie mein Festmahl angekettet neben mir schlafen wirst. Glaub nicht, ich würde deine Lage nicht ausnutzen.«

Ich lache, als ich seine Worte höre. »Nutz sie meinetwegen die gesamte Nacht aus«, antworte ich, als er sich langsam aus mir zurückzieht, die Laken anhebt und sich zu mir legt. So nah, dass ich trotz der gefesselten Gelenke mein Gesicht an seiner warmen Brust vergraben kann. Ich den Nachtwind und das Abendgewitter spüren kann.

»Es war der Moment, als du mich ein zweites Mal küssen wolltest«, antworte ich an ihn gekuschelt, spüre die Geborgenheit und lausche seinen Atemzügen. »Du wolltest wissen wann?«

Müde blicke ich zu ihm auf. Er legt zögerlich seinen Arm beschützend um meinen Rücken, nickt und fängt meinen

Blick auf. »Unter der Palme habe ich mich das erste Mal gefragt, ob es stimmen könnte. Ob ich mit meiner Vermutung richtigliege, wusste ich nie. Dich fragen wollte ich nicht, denn ich wusste, wie der Mann hinter der Maske ist. Daher war mir egal, wer du bist. Und später … hat dich die Liebe zu Kareem verraten. Aus dem Grund habe ich die Schwangerschaft verheimlicht. Ich wollte nicht, dass du dich von deiner Mission ablenken lässt.«

»Und hast dafür meinen Zorn riskiert?« Erschöpft und doch unendlich glücklich zucke ich die Schultern und ziehe mich etwas an ihm höher.

»Hast du alles auf der Straße absichtlich inszeniert? Ich habe mich oft gefragt, ob es nicht Teil eines Plans von Alessio war, an diesem Tag zu sterben. An dem Tag, als er erfuhr, dass die Frau, die er liebt, ein Kind erwartet und bereits im vierten Monat schwanger war.«

Elian holt tief Luft, grinst geheimnisvoll der Decke entgegen und schaut dann zu mir herab, ohne den Kopf zu bewegen. »Das werden wir wohl nie erfahren.«

An dieser Stelle hast du die Möglichkeit, auszusteigen und dich über das Happy End zu freuen, das du vielleicht nicht mehr erwartet hättest.

Falls du den Mut haben solltest, weiterzulesen, sag dir selbst:

»Ich werde es nicht bereuen.«

Denn … ich verspreche dir,
du wirst es bereuen,
weitergelesen zu haben.

A.

Ergänzung:

Was ich vergaß, ich habe dich zu nichts gezwungen, sondern dich nur vor die Wahl gestellt.

EPILOG

ALESSIO

Etwa drei Jahre später

Ich will es sehen! Nachdem ich mein Militärschiff aufgesucht habe und zum untersten Deck hinabgestiegen bin, öffne ich die versiegelte Stahltür, die sich schwer und nur quietschend aufstoßen lässt. Im stockfinsteren Raum schalte ich das Licht an. Unberührt finde ich dahinter an den Wänden schwarze Kleidersäcke penibel aufgehängt vor. Ich gehe auf einen zu, öffne den Reißverschluss und fahre über das schwarze Revers.

Sollte tatsächlich stimmen, was Iron sagt, sollte ich dem ein Ende setzen, bevor es Ausmaße annimmt, die die gesamte Stadt erschüttern wird. Es muss sein. Nicht für immer. Aber so lange wie nötig.

Ohne weiterhin unnötig in Erinnerungen zu schwelgen, die mich sofort überkommen, als ich den Stoff des Jacketts berühre, hebe ich es vom Bügel und streife es über mein schwarzes Hemd. Ich gehe auf die Luke im Boden zu, hebe sie an und greife nach einer Axt, um den darunterliegenden Beton einzuschlagen. Iron hat ganze Arbeit geleistet, eine massive Schicht gegossen, die ich erst nach fünfzehn Minuten freilegen kann. Im Beton verewigt, finde ich eine Metallkiste vor, die ich von Staub und Betonbrocken befreie. Anschließend öffne ich die Titanbox, die mit einem Schloss und einem Zahlencode gesichert ist. Als ich das vertraute leise Klicken höre, zögere ich einen Moment.

»Bist du dir sicher, dass du das willst?«, dringen die rauen Worte unheilvoll an meine Ohren.

Drei Jahre habe ich seine Stimme nicht mehr gehört. Ich habe keine Nachforschungen betrieben, um ihn aufzuspüren, da ich ihn ohnehin nicht gefunden hätte. Ich spüre seine Präsenz direkt hinter mir, sehe den Schatten, der neben mir in die Hocke geht und eine Patrone aus der Titanbox nimmt.

»Ich bin der absoluten Überzeugung, dass es nötig ist«, knurre ich und greife nach meiner Beretta, die ihre eigene Geschichte zu erzählen hat. Sehr viele und, wenn sie gefunden wird, unzählige Morde nachweisen kann, ohne den Besitzer ausfindig machen zu können. Geschmeidig erhebe ich mich, klopfe den Staub von meinem Jackett und schiebe die Pistole versteckt unter mein Jackett. Anschließend gehe ich auf das Regal zu, auf dem Farbtöpfe, Werkzeuge und verstaubte Pinsel stehen. Ich lehne mich dagegen und schiebe es zur Seite. Klappernd fallen vereinzelt Utensilien aus den Fächern, bis ich vor der kahlen Metallwand stehen bleibe und den Kasten des Stromverteilers öffne, der keiner ist, sondern ein Sicherheitssystem, das Dio installiert hat. Ich gebe den Code ein, lasse meine Iris scannen und warte, bis sich die Metallwand bewegt, die dahinter Regalfächer preisgibt, auf denen sich meine Masken befinden.

»Du könntest es auch ignorieren und die Menschen sich einmal sich selbst um die Angelegenheit kümmern lassen. Du musst dich der Sache nicht annehmen und könntest dich deiner Familie weiter zuwenden.«

»Ist das eine Probe von dir? Ich kenne keine verdorbenere Seele als dich. Du wärst der Erste, der sich wünscht, dass ich zurückkehre.«

Ein theatralisches Seufzen ist zu hören. »Ich wollte nur an deine Vernunft appellieren. Aber ich weiß, dass du nicht von Vernunft, sondern einem tiefen Zorn getrieben wirst.«

Ist das so? »Du etwa nicht?«, kontere ich, greife mit meinen behandschuhten Fingern nach einer der sieben Masken und hole tief Luft. Ich setze sie langsam auf, wende mich dann an Iron.

»Zeig es mir.«

»Liebend gern.« Unter seiner Kapuze kann ich sein tödliches Grinsen sehen, bis er sich von mir abwendet und mit lockeren Schritten das Unterdeck des Militärschiffs verlässt. »Ich habe alles vorbereiten lassen, wie du es vor Jahren geplant hast.«

»Sehr gut.« Ich folge ihm, ziehe im Gehen die Jackettärmel über die Handschuhe und steige die Leiter zum Oberdeck hoch. Als wir uns an der frischen Luft befinden, eine milde Brise meinen Hals streift, steigt ein stickiger Geruch von Qualm und verbrannten Eingeweiden an meine Nase. Mittlerweile hat das Schiff seine Position verlassen und treibt auf dem offenen Meer direkt vor der Küste meiner Stadt. Als ich nach Iron auf die höchste Plattform, die sich direkt über der Kommandobrücke befindet, steige, sehe ich das komplette Ausmaß. Unser Schiff treibt nicht weit genug entfernt vor der Küste, um nicht von der Küstenwache entdeckt zu werden, dafür um meine Botschaft klar und deutlich hinterlassen zu können.

An einem der modernen Hochhaustürme, der in Flammen steht, wurde ein gigantisches Banner mit den Worten: »Alessio hat euch für immer verlassen!«, angebracht. Es ist die reine Provokation, die ich nicht ignorieren kann.

Unter dem Banner erkenne ich zwischen den hoch lodernden Flammen dunkle Schatten.

»Reich mir ein Fernglas.« Ciprian tritt an meine Seite, während Luis, Mihail und Lionel auf dem Hauptdeck alles für unsere Antwort auf diesen Anschlag vorbereiten. Das Gefühl von Verlust, Wut und Rache dehnt sich bei dem Anblick in meiner Brust aus. Iron ist eine Ebene höher geklettert, der in die Knie gegangen ist, um das teuflische Feuerspiel zu bewundern.

Als ich durch das Fernglas schaue, das mir Ciprian mit den Worten: »Es wird dir nicht gefallen, was du gleich sehen wirst«, reicht, fehlen mir für einige Sekunden die Worte. Es hängen sieben Leichen unterhalb des Banners, die wie Erhängte im Wind leblos hin und her baumeln. Darunter sehe ich zwei mir bekannte Ärzte, einen Geschäftspartner und einen meiner Piloten, der Ware von Kolumbien über Kuba nach Miami einfliegt.

»Malí«, knurre ich, senke das Fernglas und reiche es Ciprian.

»Wir sind uns nicht sicher, ob sie es waren.«

Es ist mir gleichgültig, ob sie es waren oder nicht. Ich lasse sie nicht weitermachen und werde es stoppen. Noch heute.

»Sollen wir beginnen?«, wartet Ciprian mit einem zweifelnden Blick auf mein Okay.

»Ja.«

»Bist du sicher? Das würde alles verändern.«

»Ich bin mir absolut sicher«, antworte ich und kann den Blick kaum von dem brennenden Hochhaus lösen, das Feuerwehrmänner verzweifelt löschen. Ciprian nickt, bevor er das Dach des Brückendecks verlässt und die Leiter hinabspringt. »Okidoki, dann gehts los, Jungs! Zeigen wir, dass die Terequeraz zurückschlagen werden«, richtet Ciprian die Worte an meine Männer.

Unter mir beginnen sie mit den letzten Vorbereitungen.

Iron erscheint einige Sekunden mit einem leichten Satz neben mir. »Wenn ich ehrlich bin, habe ich jeden Tag auf deine Rückkehr gewartet. Du konntest viele täuschen, aber nie dich selbst.«

Meine Mundwinkel zucken unter der Maske, als hinter mir ein pfeifender Lärm beginnt, das Feuerwerk startet und die ersten Lichtbogen am Nachthimmel über uns in einem bunten Lichterspiel explodieren. Ich habe den Auftrag vor Jahren einem Pyrotechniker anvertraut, um jederzeit meine Rückkehr mit einem freudigen Anlass zu feiern. Dies ist bedauerlicherweise kein freudiger Anlass, doch ab nun wird sich einiges ändern und sich die Machtmonopole der Stadt verschieben.

Zuerst sind gigantisch große knisternde Lichter am Nachthimmel zu entdecken, um die Menschen der Stadt auf uns aufmerksam zu machen, sie aus ihrem Fenster, am Strand, in den Lokalen und öffentlichen Plätzen in unsere Richtung blicken zu lassen. Sirenen erklingen, während das Feuer sich im Hochhaus weiter ausdehnt. Nach etwa zehn Minuten starten mehrere Raketen, die ein großes A an den dunklen rauchbedeckten Himmel projizieren. Und das mehrere Male, was nur möglich ist, da die Feuerwerke nicht bloß von einem Schiff aus gezündet werden.

»Was für ein spektakulärer Neustart«, höre ich Iron zufrieden neben mir sagen. »Ich würde sagen, wir haben einiges aufzuholen und zu erledigen. Ich hoffe für dich, deine Samira hat dafür Verständnis.« *Oh, das hat sie. Das wird sie haben, weil sie mich kennt, mir vertraut und mich liebt. Weil sie ein Teil von mir ist.*

»Du kennst sie. Wir sollten nicht zu lange warten und mit der Aufräumphase beginnen, mein lieber Bruder«, beschließe ich mit einem selbstzufriedenen Lächeln.

Es wird Zeit, die selbst ernannten Idioten, die meinen Platz einnehmen wollen, zu beseitigen. Ich habe sie lange genug im Glauben gelassen, ich sei verschwunden, gestorben und hätte meine Stadt verlassen. Dabei habe ich nur meine Kräfte gesammelt, um zurückzuschlagen. Jetzt, da alle Ratten während der drei Jahre meiner Abwesenheit aus ihren Löchern gekrochen sind und sich mir zeigten, wird es mir ein Vergnügen sein, sie aus dieser Stadt zu verbannen.

Mir hat das Leben wenig geschenkt und doch so viel gegeben. Und das, was mir gegeben wurde, achte ich. Wie auch den Glauben der Menschen an einen Beschützer. Sie glauben, ich hätte sie verlassen. Sie glauben, ich wäre gestorben. Heute gebe ich ihnen ihre Hoffnung zurück. Ihr Glaube an mich war nicht umsonst. Ich werde sie bewachen und beschützen, weil es sonst niemand tut.

Du glaubst, zu wissen, wer ich wirklich bin?
Täusch dich nicht.

UND ZUM SCHLUSS …

Mein größter Dank geht wie immer an euch, meine treuen Leser, die auf jeden Roman von mir geduldig warten. Ihr seid mein Antrieb und eure Mails und Kommentare sind meine Motivation.

Ganz besonders möchte ich an dieser Stelle meinen fleißigen Testleserinnen danken: GABY & JULE. Zusammen seid ihr beiden unschlagbar. Ich hoffe sehr, ich habe euch mit meinen vielen Fragen über Alessio nicht zu sehr gefoltert?

Ende des Sommers 2019 wird die Reise in Panama weitergehen. Der Roman trägt den Titel »SommerSturm«. Ob es ein Einzelband zu anderen Charakteren, die ihr bereits kennt, sein wird oder ein Nachfolger von Samiras & Alessios Geschichte halte ich mir noch offen.

Ihr könnt mir eure Meinung dazu sehr gerne in Form einer Rezension oder eines Kommentars auf Instagram oder Facebook dalassen. Welcher Charakter hat euch in den Bann gezogen? Von wem würdet ihr gern mehr lesen wollen?

Ich freue mich auf euer Feedback.

Wir lesen uns schon sehr bald wieder.
Cordialement! ♥ Odesza

VORSCHAU

SPÄTSOMMER 2019

Ihr möchtet mehr von der Autorin lesen?

»Sehnsüchtig«
»Auserwählt«
»Liebe Mich!«
»Fang Mich!«
»Dein Für ...«
»Spiegel & Scherben«
»Geliebte Nacht«

D.C. Odesza schreibt auch als Yuna Drake

»Nachtblütenkuss«
»Follow your Passion«

Ein sinnlich aufregendes Lesevergnügen!